毛姆短篇小说选 ·II·

The Short Stories of W. Somerset Maugham

〔英〕威廉·萨默塞特·毛姆 著

辛红娟 鄢宏福 译
张柏然 审校

人民文学出版社
PEOPLE'S LITERATURE PUBLISHING HOUSE

W. Somerset Maugham
The Short Stories of W. Somerset Maugham
根据 Doubleday and Company, 1952 年版译出

图书在版编目（CIP）数据

毛姆短篇小说选．Ⅱ/（英）威廉·萨默塞特·毛姆著；辛红娟，鄢宏福译．—北京：人民文学出版社，2023
ISBN 978-7-02-017956-5

Ⅰ．①毛… Ⅱ．①威…②辛…③鄢… Ⅲ．①短篇小说—小说集—英国—现代 Ⅳ．①I561.45

中国国家版本馆 CIP 数据核字（2023）第 066593 号

责任编辑　王　婧
装帧设计　刘　远
责任印制　王重艺

出版发行　人民文学出版社
社　　址　北京市朝内大街 166 号
邮政编码　100705

印　　刷　北京盛通印刷股份有限公司
经　　销　全国新华书店等

字　　数　355 千字
开　　本　880 毫米×1230 毫米　1/32
印　　张　15.875　插页 1
印　　数　1—5000
版　　次　2016 年 7 月北京第 1 版
印　　次　2023 年 6 月第 1 次印刷

书　　号　978-7-02-017956-5
定　　价　79.00 元

如有印装质量问题，请与本社图书销售中心调换。电话：010-65233595

目　录

创作灵感

我估计很少有人知道艾伯特·福里斯特夫人创作《阿基里斯雕像》的原委。既然这部作品被视为我们这个时代最伟大的小说之一,我想,简要介绍这部作品产生的背景,必定会让文学领域的后学们很感兴趣。评论家预言该书将畅销不衰,若所言非虚的话,那么本篇所叙之事不仅能供人消遣,更能为将来史学家编撰这一时期的文学史提供有益的参照。

当然,每个人都记得《阿基里斯雕像》出版时获得的巨大成功。几个月间,印刷工人废寝忘食,装订工人夜以继日,版本一个接一个,层出不穷。英国和美国的出版商们紧锣密鼓,完成书商们的加急订单。图书立即被翻译成欧洲的每一种语言。最近,有消息称,读者很快就能读到该书的日语和乌尔都语版本。小说曾经在大西洋两岸的报刊上连载过,艾伯特·福里斯特夫人的代理人从这些报刊编辑身上攫取了高额利润。作品还被改编成戏剧,在纽约上演整整一个季度,毫无疑问,等这部戏剧在英国推出,也会取得同样的成功。电影版权已经高价售出。尽管艾伯特·福里斯特夫人所赚金额很可能跟传言(文学圈内)有出入,有一点却可以肯定,她凭借这部书赚得的利润,足以保证这一生衣食无忧。

一部书很难同时得到公众和批评家的青睐。对于艾伯特·福里斯特夫人来说，情况尤其明显(请允许我这么说)。迎合圈子诚然令她格外满足，评论家们不遗余力地吹捧她(而她确实也开始觉得自己实至名归)，奇怪的是，公众对她的才华似乎浑然不觉。她出版的那些薄薄的作品，印刷精美，白色布纹装帧，甫一问世即被视为上乘之作，专栏定会刊发鸿篇巨论，仅在那些古老俱乐部尘封的图书馆中才能见到的每周评论对其极尽笔墨。饱学之士都读过她的作品，个个赞叹不已。然而，饱学之士并不买书，她的书因此并不畅销。如此久负盛名的作者，想象力如此奇特，文笔如此绮丽，却不为普通读者熟悉，说起来实在丢人。在美国，她几乎无人知晓;尽管卡尔·范维克滕先生曾经撰文指责公众驽钝，但公众依然反应平淡。她的一位代理人，对她的天才顶礼膜拜，曾经逼迫一位美国出版商:必须出版她的两本书，才授权他出版急切渴望的其他作品(毫无疑问，是质量低劣的小说)，于是，这两本书才得以按时出版。这两本书受到出版社讨好似的赞誉，说美国最杰出的头脑欣赏她的才华。可到了第三本书，美国出版商(用惯有的粗俗方式)告诉这位代理人说，如果有钱，他宁愿投资杜松子酒。

自从《阿基里斯雕像》出版之后，艾伯特·福里斯特夫人此前的作品被一版再版(卡尔·范维克滕先生再次撰文，悲痛而坚定地指出，早在十五年之前，他已经向读书界推荐这位不同凡响的作家)，宣传得尽人皆知，高雅的读者无不知晓这些作品，无需我在此枚举。有了卡尔·范维克滕的两篇佳作，再做赘述无异于狗尾续貂。艾伯特·福里斯特夫人很早即开始她的写作生涯。十八岁，她就出版了处女作《一部挽歌》。此后，每隔两三年，她就会出版一本诗集或散文集(她对艺术怀有崇高的信念，不愿过于草率地频繁出版）。创作完成《阿基里斯雕像》时，她已五十七岁，到了受人尊敬的年纪。不难想象，她的作品数量卷帙浩繁。她为这个世界奉献了六本诗集，皆以拉丁文冠名，包括《幸运》《圣母马利亚》和《死生之际》，这些诗集都属庄重型诗体。她善于沉思，不愿涉足轻浮、荒诞的题材，独钟情严肃和厚重。她依然热衷于创作挽歌，十四行诗令她如痴如醉。她的非凡成就在于她复兴了抒情诗，这是今日之诗人久已生疏的诗体。可以断言，她的抒情诗《献给法利埃总统的颂歌》将在任何一类诗歌选集中占据一席之地。这首诗不仅韵脚响亮，对于法国大好河山的描绘更是惟妙惟肖。艾伯特·福里斯特夫人描绘了卢瓦尔河的旖旎风光以及文艺复兴时期欧洲诗人杜·贝莱留下的印记，沙特尔大教堂镶嵌宝石的窗户和普罗旺斯阳光明媚的城市。她的赞叹之情尤为珍贵，这是因为，除了新婚宴尔之际从马盖特乘坐游船到过布洛涅，她再也没有去过法国其他地方。她晕船厉害，而且，这个广受欢迎的海滨胜地的居民听不懂她流利地道的法语，令她羞愧不已。她于是决定再也不去重复这种既不体面又不愉快的经历，从此抛弃了曾经在《圣母马利亚》里以庄重甜美的笔调反复歌颂的题材。

《伍德罗·威尔逊颂歌》中也有些精彩的段落。但是非常遗憾，由于她对这位杰出人物的观点发生了变化，决定不再重印这部作品。然而，我认为艾伯特·福里斯特夫人的经典力作是她的那些散文。她创作了多篇语言简洁、结构完美的美文，取材广泛，包括《萨塞克斯的秋天》《维多利亚女王》《死亡》《诺福克的春天》《乔治王朝的建筑》《迪亚吉列夫先生》和《但丁》。她还创作博雅、古怪的作品，介绍十七世纪的耶稣会建筑，论述百年战争时期的文学问题。正是她行文绮丽的散文，为她赢得了为数不多却绝对忠实的拥趸。这些崇拜者们认为她是这个世纪最伟大的语言大师。她自己也承认,她的强项在于她的风格,铿锵有力却不失生动活泼,语言典雅而又意味深长。她只在散文中展现了韵味十足但又张弛有度的幽默,令读者们难以抗拒。这种幽默不在于思想意蕴,也不在于遣词造句,而在于标点符号的精微修辞:电光火石之间,她发现了分号所蕴含的幽默潜能。因此,她大量使用分号,已臻炉火纯青的境界。她对分号的巧妙使用令人叫绝,你如果受过良好教育且幽默感强,根本不会滑稽大笑,而是欢畅地吃吃发笑,文化程度越高,笑得就越欢畅。朋友们说,她的幽默令其他所有类型的幽默显得粗俗不堪且夸张做作。多位作家都尝试模仿她,但皆以失败告终。无论你如何评价艾伯特·福里斯特夫人,都不得不承认她已经将分号的幽默意蕴发挥得淋漓尽致,任何人皆难以学到她分毫。

艾伯特·福里斯特夫人住在距离石门不远的一栋公寓,交通便利,租金实惠。公寓包含一间临街的豪华客厅,一间供艾伯特·福里斯特夫人居住的宽敞卧室,一间位于后面的阴暗餐厅,以及一间紧邻厨房、狭小简陋的卧室,供福里斯特先生居住。房租由福里斯特先生支付。每个星期二下午,艾伯特·福里斯特夫人在豪华客厅里招待她的朋友们。客厅朴素而整洁。墙上挂着世界知名壁纸花样设计者兼画家威廉·莫里斯亲手设计的壁纸,还悬挂着朴素黑框装饰的铜版画,这些铜版画是在铜版画涨价之前就已收藏。家具是齐本德尔时期的,带折叠桌盖的写字台隐约保留了路易十六时期的特色。艾伯特·福里斯特夫人就在这张书桌上写作。总要给第一次登门的客人介绍一番,多数人见了这张桌子都惊叹不已。地毯厚实,灯饰庄重。艾伯特·福里斯特夫人坐在一张铺有红绸缎的直背老爷椅上。这张椅子并不值得夸耀,却是房内唯一舒适的椅子,艾伯特·福里斯特夫人安然端坐,高高在上,与客人们保持着距离。负责倒茶的女仆,看不出年纪,沉默少言、无精打采。艾伯特·福里斯特夫人从来不向任何人介绍她,但众所周知,女仆把为艾伯特·福里斯特夫人分担倒茶之苦视作自己的特权。这样一来,艾伯特·福里斯特夫人便能全身心投入聊天。不得不承认,艾伯特·福里斯特夫人谈吐不凡。言谈并不轻松活泼,加之口头聊天时很难展示标点符号之妙,她的言谈虽然可能不那么幽默,却旁征博引、滔滔不绝,令人受益匪浅,不失生动趣味。艾伯特·福里斯特夫人深谙社会科学、法律和神学。她阅读广泛,博闻强记,天生擅长引经据典,弥补了智慧的不足。三十年来,她或多或少结识过一些社会名流,于是,总有一大堆趣闻轶事与人分享。她自己也颇为用心,重复讲述的次数不致令人作呕。艾伯特·福里斯特夫人善于吸引各行各业的人员,很可能会在她的客厅同时见到前任首相、报社社长和出任某大国的大使。我一直猜想,这些上层人物之所以来到这里,是因为他们觉得,来到这里跟一位作风正派、身份清白的文化人交往,不会招致非议。艾伯特·福里斯特夫人对政治深感兴趣,我自己就曾听一位内阁大臣坦率地对她讲,她具有男性的智慧。她一直反对妇女选举权,但当妇女最终被赋予这项权利后,她开始考虑进入国会。令她头痛的是,不知道该加入哪派政党。

"总之,"她顽皮地耸动宽阔的肩膀说,"我不会自己创建一个政党。"

与众多严肃的爱国者一样,她分不清局势走向,她的政治观点模糊不清。最近,她明确转向认为工党是这个国家最大的希望。如果她能稳操胜券获得一个席位,她肯定会毫不犹豫地作为受压迫的无产阶级斗士进入公众视野。

她的客厅也常对外国人开放,包括杰出的捷克斯洛伐克人、意大利人和法国人,以及名不见经传的美国人。她绝非势利小人,她的客厅里见不到贵族公爵,除非这位公爵有特殊癖好;她的客厅里也见不到贵族夫人,除非这位夫人除了作为贵族之外,身上还出过这样或那样的小插曲引起艾伯特·福里斯特夫人这位天主教徒的恻隐之心,诸如婚姻破裂、写过小说或是伪造过支票。她不怎么喜欢画家,画家大多腼腆寡言;也不喜欢音乐家,因为他们倘或有名,通常不愿演奏。而即便他们同意演奏,音乐也会妨碍谈天。人们想听音乐,大可去音乐会。她青睐更加微妙的音乐,心灵之音。她对作家,尤其是前途光明而目前寂寂无闻的作家,热情不减。她对崭露头角的创作天才独具慧眼,不时与她把盏品茗的知名作家,绝大多数在尝试写作阶段得到过她的鼓励,在写作生涯初期得到过她的指引。她的文学地位已岿然不动,根本不会对别人产生嫉妒之心。人们对她写作天分的赞美不绝于耳,她因此不会为他人所获得的成功而心生嫉妒。

艾伯特·福里斯特夫人对文学后人的甄别能力自信满满,确信能做到公正无私。基于上述种种,不难理解她何以能够在荒蛮之风甚嚣尘上的国度成功打造法国十八世纪沙龙似的聚会清谈。人人都觉得,能够接受邀请“星期二吃面包、喝茶”是一种无上的荣耀。置身朴素的客厅,在肃穆的灯光下,往齐本德尔式椅子里一坐,你会恍然感觉自己正经历鲜活的文学历史。美国大使曾经恭维艾伯特·福里斯特夫人:

“艾伯特·福里斯特夫人,跟您喝茶,是不可多得的心灵盛宴,我有幸参加,真是荣耀之至。”

确实,类似的聚会清谈是一种无与伦比的享受。艾伯特·

福里斯特夫人品位卓尔,她对正确的事情必加以赞美,必做出精准的评判,时常令人叫绝。出席她的高雅聚会之前,我常会先喝上一两杯鸡尾酒解馋。事实上,我发现自己很难融入她的沙龙聚会。一天下午,我到她家门口通报,本来应该问开门的女仆,"艾伯特·福里斯特夫人在家吗?"我却问道:"今天有没有礼拜?"

当然,纯粹是随口这么一问,不幸的是女仆吃吃笑了起来。艾伯特·福里斯特夫人的一位最忠实的崇拜者埃伦·汉纳威碰巧在走廊里脱鞋子。我还没进客厅,她就已经将我的话学给女主人听过了。我进去时,艾伯特·福里斯特夫人用老鹰般的眼睛盯着我。

"你为什么要问今天有没有礼拜?"她愠怒道。

我解释说,自己纯粹是随口一问。孰料,艾伯特·福里斯特夫人继续盯着我,眼神咄咄逼人。

"你是不是想说我的聚会……"她在寻找合适的词眼,"很神秘?"

我不知道她是什么意思,可我无意在众多聪明人面前暴露自己的无知,于是认定自己唯一能做的就是奉承一番。

"亲爱的夫人,您的聚会就像您本人一样,完美无瑕,高雅神圣。"

艾伯特·福里斯特夫人高大的身躯微微一颤。仿佛突然冲进开满风信子的房间,醉人的香气令她目眩神迷。她变得温和起来。

"你要是想要幽默的话,"她说,"我想最好用在我的客人身上,不要跟仆人插科打诨……沃伦小姐会给你倒茶。"

艾伯特·福里斯特夫人挥挥手,示意我这个话题告一段落了。但她却开始揪住这个话题不放，在接下来的两三年里，但凡需要向别人介绍我，她总不忘加上一句：

“您务必好好跟他聊聊，他上这儿来只是为了赎罪。他到门口时总会问：‘今天有没有礼拜？’很逗，对吧？”

然而，艾伯特·福里斯特夫人并不满足于每星期二举行一次的茶会。每个星期六她都会准备八个人的午宴：用她的话说，八个人最适合清谈，再者，她家的餐厅容纳不下更多的人。艾伯特·福里斯特夫人吹嘘说，比起她久负盛名的午餐会，她为人所知的英国韵律学知识可就小巫见大巫啦。她对客人精心挑选，谁要是接到邀请，不单是受到抬举那么简单，简直就是受宠若惊。餐桌上的交谈比鱼龙混杂的茶会更加高雅，几乎所有的客人离开餐厅时都会对艾伯特·福里斯特夫人的能力信心倍增，对人性的信念也更加积极。她只邀请男客人，尽管她坚定地支持女性并且在很多地方愿意见到女人，但是她认为女人在饭桌上只会谈些家长里短，妨碍广泛的思想交流，她想让聚会不仅成为味蕾的享受，更是一次心灵的盛宴。不得不说，艾伯特·福里斯特夫人午餐会有可口的佳肴、优质美酒和高级雪茄。凡是参加过文人聚餐的人都知道，这几样绝对非同寻常，文人们通常精熟于思考，可生活乏味。他们满脑子充斥着各种思想，鲜少会留意到羊肉尚未烤熟或土豆早已冰凉，他们喝喝啤酒就心满意足，认为红酒过于柔和，而咖啡过于浓烈。艾伯特·福里斯特夫人很乐意别人赞赏她的食物。

“如果人们肯赏脸与我共同进餐，”她说，“我就有义务提供与他们家常饮食一样美味的餐肴。”

过多的溢美之词，她也会稍加推却。

“承蒙您如此盛赞，我当真有愧。您得表扬布尔芬奇太太。”

“布尔芬奇太太是谁?”

“我的厨师。”

“那她当真不可多得,不过,别跟我说酒也是她挑选的。”

“酒还行吗?我无暇顾及这些琐碎事务。全权交给我的酒商啦。”

可要是有人提到雪茄,艾伯特·福里斯特夫人一准会满脸兴奋。

“啊,说到雪茄,你们得表扬艾伯特。雪茄是艾伯特挑的。我想,没有谁比艾伯特对雪茄更在行。”

她看着坐在餐桌尽头的丈夫,明亮而骄傲的眼神仿佛母鸡(尤其是奥平顿鸡)看着小鸡。此时,一阵赞美声响起。急切想向男主人表达感激之情的客人,终于找到机会赞叹雪茄的独特芬芳。

“不用客气,”艾伯特说,“你们喜欢我就高兴。”

之后,他会就雪茄做一番演讲,解释他挑雪茄时看重哪些品质,并且遗憾地表示,由于雪茄行业越来越商业化,品质每况愈下。艾伯特·福里斯特夫人脸上洋溢着满足的笑容,聆听他的演讲,很明显,她为他演讲成功感到由衷的高兴。当然,也不能无休无止地谈论雪茄,一旦她觉得客人们有些许耐不住,就会引入更加广泛、更加重要、更加有趣的话题。艾伯特于是再度陷入沉默。但他已然出了风头。

艾伯特比较木讷,他的存在令福里斯特夫人的午餐会不如茶会那般妙趣横生。可尽管她无疑深知这一点,还是坚持让他参加。实际上,她把时间定在星期六(除了这一天,他都很忙),就是为了艾伯特能够参加。艾伯特·福里斯特夫人觉得让丈夫出现在这些欢乐的场合，是她为着自尊偿债。她永远不会粗心地让世人揣测到，她嫁给了一个精神世界与她相去甚远的男人。或许在寂静的深夜里，她会问自己，哪里才能找到一个精神世界与其比肩的男人。艾伯特·福里斯特夫人的朋友们却不似这般留情面，她们替她叫屈，说这样一位有才华的女士配这样一个索然无味的男人，真是可怕得很。她们私下里议论，她怎么会嫁给这样一个男人。答案（她们大多独身）令人绝望，没有人知道一个人为什么会跟另一个人结婚。

并不是因为艾伯特说话啰嗦，或盛气凌人、令人厌烦，他不会强人所难地讲述冗长的故事或纠缠不休地说些无聊的笑话。他不会拿些陈词滥调折磨你的耳朵或弄些市井流言摧残你的神经，他只是个无趣的人，一个微不足道的人。久负盛名的法国浪漫主义作家克利福德·博伊莱斯顿曾经说过，在只有艾伯特一个人的房间里，你会觉得他跟空气很好地融为了一体。艾伯特·福里斯特夫人的朋友们觉得此语甚妙。知名小说家、最无所畏惧的女士罗斯·沃特福德曾经斗胆对艾伯特·福里斯特夫人重复了这句话。福里斯特夫人佯装嗔怒，却禁不住嘴角露出笑容。她对待艾伯特的态度令朋友们对她倍加尊敬。她坚持说，无论她们在心底怎么看待她丈夫，必须待他彬彬有礼。她自己的举止令人羡慕。如果艾伯特偶然发表见解，她会侧耳聆听。如果他帮她拿来一本想要的书，或是帮她找来铅笔以便她能记录迸发的灵感，她总是诚意感谢。她不允许朋友们公然忽略他的存在。尽管她不乏心计，但还是明白，要她时时处处带着他未免太过勉强。于是，多数时候她只身一人外出，但朋友们知道，她希望她们每年至少邀请艾伯特一起吃顿饭。她出席公开宴会发表演讲时，丈夫总是陪伴在她身边。她发表演说时，总是留心在讲台上给他留个座。

我确信,艾伯特应当属于中等个头,但兴许是因为他总是跟身材魁伟的妻子一道出现,会让人觉得他个头不高。他身形瘦弱,看上去比真实年龄老。他妻子也比较显老。艾伯特头发很短,斑白稀疏,留着粗短的白色胡子。五官平淡无奇,瘦削的脸上布满皱纹。曾经魅力十足的蓝眼睛,变得黯淡憔悴。他一成不变地穿着整洁的雪花呢裤子,搭配也一成不变,黑外套,灰领带上别着珠光针。他毫不惹眼。当他站在艾伯特·福里斯特夫人的客厅招呼她请来的客人时,看上去跟安静而具有绅士派头的家具一样不起眼。他彬彬有礼,跟客人们握手时笑容可掬。

"您好!真高兴见到您!"如果对方有些名望,他会加上一句:"别来无恙吧?"

如果声名显赫的陌生人第一次来,客人进屋时,他会恭立门边迎接,自报家门说:

"我是艾伯特·福里斯特夫人的丈夫。我来领您去见我太太。"

之后,他会将来客引到艾伯特·福里斯特夫人身旁,她背对灯光站立,兴奋而急切地欢迎陌生人的到来。

他以妻子的文学名声为荣,举止得体不逾矩,从不抢她的风头。需要他时,他总在那里;不需要他时,他绝不出现。这种机敏,如果不是刻意为之,则必定是与生俱来的天赋。艾伯特·福里斯特夫人是第一个欣赏他优点的人。

"我真不知道少了他我该怎么办。"她说,"他是我的无价之宝。无论写什么,我都读给他听,他的评论通常很有教益。"

"活脱脱莫里哀和他的厨师第二。"罗丝·沃特福德小姐揶揄道。

“这很好笑吗，亲爱的罗丝？”福里斯特夫人略带不悦地反问。

艾伯特·福里斯特遇上自己不赞成的说法，总会满脸无辜地问，是不是自己太笨没能理解那个笑话，问得大家摸不着头脑。但这种做法绝不会令沃特福德小姐尴尬。沃特福德小姐风流艳事不断，但对文学充满了激情。福里斯特夫人虽然不认同她刚才的揶揄，却也不好发作。

“得了得了，亲爱的，”沃特福德小姐说道，“你很清楚，没有你的话，就不会有他。他也认识不了我们这些人。对他来说，能接触到这个时代最出类拔萃的人物是他莫大的荣耀。”

“虽说蜜蜂离开了遮风挡雨的巢穴，也许会死亡，但蜜蜂也有自身存在的价值。”

艾伯特·福里斯特夫人的朋友们深谙艺术和文学，对自然史却一无所知，因此，他们对这一譬喻没有做出回应。她继续往下讲。

“他不干涉我。他潜意识里知道我什么时候不想被打扰。的确，当我专心思考，文思如泉时，他在家里，非但不会妨碍思维，反而让我感到非常放松。”

“就像一只波斯猫。”沃特福德小姐说。

“即便如此，也是一只训练有素、风度翩翩、举止高雅的波斯猫。”福里斯特夫人厉声说道，沃特福德小姐终于有所收敛。

但艾伯特·福里斯特夫人却没有立刻放弃谈论她丈夫的话题。

“我们文化圈的人，”她说，“总是生活在自己的圈子里。我们喜欢抽象，不喜欢具体。有时我想，我们超然地俯察这个喧嚣的尘世，自命清高。你们不觉得我们有面临缺失人性的危险吗？

我一直感激艾伯特,他使我始终不会脱离凡人的世界。”

朋友们无不欣赏她这般饱含卓越洞见的精妙之词,正是她这一席话,她的好朋友一度戏称她丈夫为“凡人艾伯特”。但不久之后,人们又找到了新的话题。他又成了众所周知的“集邮家艾伯特”。这个称呼是克利福德·博伊莱斯顿的戏作。一天,他绞尽脑汁也找不到合适的话题跟艾伯特聊,最终绝望地问:

“你收集邮票吗?”

“不集邮,”艾伯特腼腆地说,“我不集邮。”

刚一问完这个问题,克利福德·博伊莱斯顿立刻就发现了玄机。他曾写过一本有关波德莱尔姑妈婚姻的书,吸引了无数对法国文学感兴趣的读者。而且,众所周知,他在法国精神研究方面颇有造诣,在很大程度上继袭了法国人的敏捷和智慧。他全然不顾艾伯特的否认,自顾自逮着机会告诉艾伯特·福里斯特夫人的朋友们,说他终于发现了艾伯特的秘密:艾伯特集邮。后来,他每次见到艾伯特都会问:

“噢,福里斯特先生,集邮进展怎么样?”或是:“上次见面后又买邮票了吗?”

不管艾伯特如何否认都无济于事,这个捏造的事实十分巧妙,令人不由得不信。艾伯特·福里斯特夫人的朋友们坚持说他集邮,一跟他聊天就会问他集邮进展如何。连艾伯特·福里斯特夫人玩笑开到兴头上的时候也会称丈夫“集邮家”。这称呼简直像手套一样妥帖。有时候,他们当着他的面讲,他也欣然接受,大家不得不佩服他性情温厚;他毫不嗔怒地微笑,并不辩驳。

当然,艾伯特·福里斯特夫人极具社交敏感,断不会让高贵

的客人坐在艾伯特左右,威胁午餐的顺利进行。她想方设法安排老友和密友坐在他身边。当这些指定的牺牲者进屋时,她会告知他们:

“我就知道,你不会介意坐在艾伯特身边,对吧?”

他们只好说乐意为之,要是他们面带难色,她就会开玩笑地拍拍他们的手,说:

“下次让你坐我旁边。艾伯特在生人面前很害羞,你知道怎么跟他相处。”

他们的确知道怎么跟他相处:直接忽略他的存在。对他们来说,他的座椅跟没人一样。大家吃着他花钱买来的美食却对他视而不见,他也不会流露出丝毫怨愤。以艾伯特·福里斯特夫人的收入,自然买不起他们眼下大嚼特嚼的鲑鱼和芦笋。他安静地坐在那里,如果开口讲话,也只是对仆人吩咐一二。如果是位新来的客人,他就目不转睛地盯着客人。幸而他的目光如孩童般天真,如此打量并不会令客人难堪。他似乎是在思索这个奇妙的生物到底是什么,但经过一番细致打量之后答案究竟如何他从来不露声色。当人们聊得起兴时,他的目光就从一个说话人转移到另一个说话人,但从他这张瘦削而布满皱纹的脸上,你依然无法捉摸他对饭桌上往来穿梭的奇思妙想有何感触。

克利福德·博伊莱斯顿说,艾伯特听到的一切奇思妙想就像水珠滚落鸭子背一样,不会留下丝毫痕迹。艾伯特压根就没打算了解他们谈话的内容,不过是做出聆听的样子而已。可才华横溢的批评家哈里·奥克兰却坚持认为艾伯特一字不落地记在心里,竭力用他愚钝、糊涂的大脑将听到的美妙事物理出头绪。奥克兰认为艾伯特一定会进城吹嘘他认识的名人,没准跟城里那些人在一起,他还会被当成有见识的文人,被奉为权威呢。要是能听到他如何自吹自擂,那真是妙不可言。哈里·奥克兰是艾伯特·福里斯特夫人坚定的仰慕者,曾就她的创作风格撰就一篇精妙散文。奥克兰举止优雅,长相英俊,毛发异常浓密,酷似生发剂中毒的西班牙巴斯克人。他很年轻,尚不足三十,业已从事过戏剧评论、小说评论、音乐评论和美术评论等工作。但他渐渐对艺术心生厌倦,扬言今后将致力于体育评论。

需要说明一点,艾伯特虽然在城里有份工作,不幸的是,福里斯特夫人的朋友始终认为她美德过人之处全在于能够委屈下嫁这么一位没钱的丈夫。如果艾伯特是手握国家命脉的富商,或者能调遣满载珍稀香料的船队到达诗家广为传颂的地中海口岸黎凡特港,那也许还有些传奇色彩。可艾伯特只是个卖葡萄干的商人,只能勉强让艾伯特·福里斯特夫人过上优渥、体面的生活。他常常要在店铺里忙到下午六点钟,艾伯特·福里斯特夫人星期二下午聚会上最尊贵的客人离开后他才赶得回来。等他回来,客厅里最多不超过三四个密友,肆无忌惮而又幽默风趣地谈论已经离开的客人,他们听到艾伯特的钥匙插进前门,就不约而同地意识到时间不早了。艾伯特迟迟疑疑地打开门锁,好脾气地朝屋内扫一眼。艾伯特·福里斯特夫人满脸明媚地跟他打招呼。

"快进来,艾伯特,快进来。我想这里每一位你都认识。"

艾伯特走进屋,与妻子的朋友们一一握手。

"你刚从城里回来吗?"她急切地问,明知道他不可能从别的地方回来,"想喝杯茶吗?"

"不了,亲爱的。刚在店铺里喝过。"

艾伯特·福里斯特夫人满脸洋溢着笑容,屋里其他人都觉得夫妻恩爱情深。

"再喝一杯好吗？我去给你倒。"

艾伯特·福里斯特夫人走到茶桌旁,浑然不觉已经沏泡一个半小时的茶早就冷透了。她还是给丈夫倒了一杯,加上牛奶和糖。艾伯特道声谢,接过茶,轻轻搅动杯中茶水。一伺福里斯特夫人回到被他回家打断的闲谈中,他就一口未喝径直放下茶杯。他回家是聚会结束的信号,余下的客人渐次离去。但有一次,聊天很吸引人,话题又很重要,艾伯特·福里斯特夫人根本不理会客人们离开的请求。

"这个话题一定要谈透彻。再说了,"她用近乎调皮的口吻说道,"艾伯特对这一话题肯定有话说。咱们听听他的高见吧。"

时下正流行女人剪短发。这次讨论的话题是艾伯特·福里斯特夫人是否该剪短发。艾伯特·福里斯特夫人身材魁伟,高大的骨架完美地隐藏在脂肪下。要不是她身形如此人高马大,肯定会显得臃肿肥胖。她很以这副身板为豪。她的五官略大,无疑衬显出她的阳刚智慧。她肤色较暗,可能会让人认为她身上流淌着黎凡特人的血液:她曾坦言相信自己有吉卜赛人血统,这也解释了她诗歌中为何时常流露出一股放荡不羁的激情。一双黑色大眼睛炯炯有神,鼻子与惠灵顿公爵别无二致,只是丰满许多。方颌大嘴,嘴唇肥厚猩红,却并不是涂抹口红的效果,艾伯特·福里斯特夫人从不屑于使用化妆品。浓密的灰色头发拢向头顶,平添了她的高度。这副身形即令算不上惊悚,也足以令人印象深刻。

艾伯特·福里斯特夫人衣着得体,面料昂贵,色泽庄重,非常契合她的文人形象。她小心翼翼地追求时尚(毕竟是凡人,难免爱慕虚荣),衣服剪裁时髦。我认为,她蠢蠢欲动想去剪个短发，却觉得应朋友们恳求去剪比自己主动去剪更加合适。

“哦，必须剪，必须剪，”哈里·奥克兰像小男生一般急切敦促道，“你剪短发肯定非常、非常好看。”

克利福德·博伊莱斯顿正在创作一本关于路易十四的情妇曼特农夫人的书，他不看好艾伯特·福里斯特夫人剪短发，认为将会是一次危险的试验。

“我觉得，”他一边用细麻布手帕擦拭眼镜，一边说，“我觉得人选定发型以后就不应尝试改变。路易十四要是不戴假发，会是什么样子？”

“我很矛盾。”艾伯特·福里斯特夫人说，“毕竟，我得与时代同步。我属于这个时代，不想落伍。诚如威廉·迈斯特[①]所说：美国时代已然到来。咱们老爷的意见呢？艾伯特，你说呢？剪还是不剪，这是个问题。”

“亲爱的夫人，恐怕我的意见无足轻重。”他温和地答道。

“对我来说，你的意见至关重要。”艾伯特·福里斯特夫人讨好似的说。

她一定非常清楚，朋友们觉得她对“集邮家艾伯特”多么贤淑！

“我要你说嘛，”她不依不饶，“我就是要你说嘛。谁也不如你那么了解我，艾伯特。短发适不适合我？”

“或许适合。”他答道，“我唯一担心的是，你五官轮廓清晰，短发兴许会让你看上去有点像，怎么说呢，热情的古希腊女诗人萨福曾经唱过情歌的希腊岛。”

---

① 歌德代表作《威廉·迈斯特的学习时代》和《威廉·迈斯特的漫游时代》中主人公。

现场出现短暂的尴尬。罗斯·沃特福德忍住笑，其他人谁也没说话。艾伯特·福里斯特夫人嘴上的笑容僵住。艾伯特失言了。

"我一直都觉得，拜伦不过是个普普通通的诗人①。"艾伯特·福里斯特夫人最终开口说。

客人散去。艾伯特·福里斯特夫人没有剪短发，后来再也没有提及此事。

又一次，在艾伯特·福里斯特夫人星期二聚会临近尾声时发生了一件事，对她的文学生涯产生了巨大影响。

这是她办得最成功的一次聚会。工党领袖莅临聚会，艾伯特·福里斯特夫人竭力显示，差不多要明确向他表忠心，宣告自己已经准备好与工党同呼吸共命运。现在时机成熟，如果她有心问政，就该下定决心了。克利福德·博伊莱斯顿领来一位法兰西学术院院士，尽管她知道院士完全不通英文，但听到他赞扬自己文风华丽而清晰还是令她格外满足。美国大使也出席了聚会。还有一位俄罗斯王子，得亏他有名正宗罗曼诺夫血统，外表看起来真像个舞男。席间还有跟公爵离婚，嫁给赛马手的一位仪态万方的公爵夫人。她佩戴着草莓叶，尽管已经干枯焦黄，无疑为聚会增添了一抹色彩。此次聚会，可谓文学巨星云集。此刻，众人逐渐离去，只剩下克利福德·博伊莱斯顿、哈里·奥克兰、罗斯·沃特福德、奥斯卡·查尔斯和西蒙斯。奥斯卡·查尔斯身材矮小，比侏儒高不了多少，年纪不大，长得尖嘴猴腮，戴着

① 艾伯特所说"热情的古希腊女诗人萨福曾经唱过情歌的希腊岛"出自诗人拜伦名作《哀希腊》的前两句：希腊岛啊，美丽的希腊群岛！热情的萨福曾在这里将情歌唱过，……

金丝眼镜。他在政府部门工作，闲暇时间喜欢舞文弄墨，给便宜的周报写些小文章，对世间诸事颇为不屑。艾伯特·福里斯特夫人欣赏他，觉得他有天赋，尽管他素爱表达自己对福里斯特夫人行文风格的钦慕，可他出了名的刻薄还是令她畏惧三分（其实，正是他给福里斯特夫人取名“分号女”）。西蒙斯是福里斯特夫人的代理人，圆圆脸，戴着深度眼镜，镜片后的眼睛看起来怪诞、畸形，让人想起玻璃缸里看到的古怪甲壳动物。他长期参加艾伯特·福里斯特夫人的聚会，一方面是因为他无比仰慕她的天赋，另一方面是因为在她的客厅里容易发掘潜在客户。

他为她殷勤奔走，但收效甚微，艾伯特·福里斯特夫人并不反对给他正当赚钱的机会，常常言辞恳切、满怀感激地将他介绍给持有待售文学产品的客人。臭名昭著的圣斯威森夫人回忆录销路极佳，当时就是在她的客厅里敲定的，每每想起此事，她总不无骄傲。

剩下来的这几位围坐在艾伯特·福里斯特夫人身旁，兴致勃勃地议论当天出席的各位宾客，不得不说，这些议论都是些飞短流长。沃伦小姐没精打采，在茶桌旁忙活了两个小时，眼下正满屋子收拾散放的杯子。她有份马马虎虎的工作，但总能抽时间帮艾伯特·福里斯特夫人白天倒倒茶水、晚上打印手稿。艾伯特·福里斯特夫人并不支付她薪酬，总是理所当然地认为自己对那可怜人已经够好了。她将别人免费送她的电影票转赠给沃伦，还经常将自己不穿的衣服送给她穿。

艾伯特·福里斯特夫人正用她深沉、圆润的嗓音发表长篇宏论，客人们听得聚精会神。她措辞严谨，从她口中喷薄而出的文字可以不加润饰直接写在纸上。突然，走廊里传来一声重物跌落地上的巨大声响，紧接着传来一阵激烈的争吵声。

艾伯特·福里斯特夫人停下来,高贵的眉毛笼上一层阴云。

“我还以为他们都知道我不能容忍在家里如此喧闹。沃伦小姐,请你按铃问问到底怎么回事?”

沃伦小姐按下铃,过了一会儿,女仆进来。为免打扰到艾伯特·福里斯特夫人,沃伦小姐站在门口,低声向女仆问话。但艾伯特·福里斯特夫人怒气冲冲,亲自过问:

“喂,卡特,怎么回事?房顶塌了,还是红色革命终于爆发了?”

“对不起,夫人,是新厨子的箱子。”女仆答道,“门房搬箱子时失手摔地上去了,厨师非常生气。”

“什么‘新厨子’?”

“夫人,布尔芬奇太太下午走了。”女仆说。

艾伯特·福里斯特夫人盯着她。

“我还是头一回听说。布尔芬奇太太提出辞职了吗?等福里斯特先生回来,告诉他我有话问他。”

“好的,夫人。”

女仆走出客厅,沃伦小姐缓步回到茶桌旁。尽管没人要喝茶,她却机械地倒了好几杯。

“真是飞来横祸!”沃特福德小姐嚷道。

“你该把她找回来,”克利福德·博伊莱斯顿说,“那个女人可是个宝贝,厨艺精湛,每天都有长进。”

恰在此时,女仆又走进来,端着镀金小托盘,里面放着一封信。她将信递给女主人。

“这是什么?”艾伯特·福里斯特夫人问道。

“福里斯特先生说,如果您要找他,就将这封信交给您,夫人。”女仆回答。

“福里斯特先生人在哪里?”

“福里斯特先生走了,夫人。”女仆答道,好像这么问令她很惊讶。

“走了? 好吧,你先出去。”

女仆走出客厅,艾伯特·福里斯特夫人满脸困惑,打开信封。罗斯·沃特福德小姐跟我说,她的第一感觉是认为,艾伯特害怕布尔芬奇太太离开会让他妻子怪罪自己,索性投泰晤士河自杀了。因为,艾伯特·福里斯特夫人读完信,脸上惊恐万状。

“噢,太可怕了,”她惊叫道,“可怕! 可怕!”

“出了什么事,福里斯特夫人?”

艾伯特·福里斯特夫人脚戳地毯,仿佛情绪激昂的马匹用蹄子扒地逡巡不前。她双臂交叉,俯视好奇而受了明显惊吓的朋友,姿势很难描绘(就像泼妇即将撒泼的情景)。

“艾伯特跟厨子私奔了。”

房内响起一片倒吸冷气的声音。之后,发生了令人惊骇的一幕。站在茶桌后面的沃伦小姐突然失控了。三年来,她从没开口讲过话,也从没被人搭理过。来的这些客人每星期都会见到她,走在街上却也认不出她。此际,沃伦小姐纵声大笑。大家不约而同惊骇地转身望着沃伦。众人的感觉一定跟以色列先知巴兰听到自己的驴子开口讲话时一样。沃伦小姐尖声大笑。这场面有种难以形容的恐怖,好像自然现象突发异常,就像桌椅板凳毫无征兆地在地板上跳起古怪舞蹈一般令人目瞪口呆。沃伦小姐试图止住大笑,但她越努力克制,越是笑得浑身战栗。她抓起一块手帕塞进嘴里,急急忙忙冲出客厅。门在身后嘭地关上了。

“发神经!”克利福德·博伊莱斯顿说。

“真是神经，一点儿没错。”哈里·奥克兰说。

但艾伯特·福里斯特夫人一言不发。

信已经被她扔到脚边，代理人西蒙斯捡起信递给她。她没有接。

“读出来，”她说，“大声读出来。”

西蒙斯将眼镜推到额际，把信凑到眼前，大声读道：

亲爱的，

布尔芬奇太太想换个环境，决定辞职离开。没有她，我觉得自己也没必要继续待下去，于是也决定离开。我已经受够了文学，受够了艺术。

布尔芬奇太太不在意结不结婚，不过，如果你愿意跟我离婚，她很乐意嫁给我。希望你对新来的厨师感到满意。她的推荐人很棒。随信附上我的地址，省得你找起来费周折，我和布尔芬奇太太住在东南区肯宁顿路411号。

艾伯特

谁也没说话。西蒙斯先生将眼镜戴回鼻梁上。尽管他们平素谈锋机敏，任何时候都能找到合适的话题，此时却都成了哑巴。艾伯特·福里斯特夫人不是那种容易安慰的女人，大家都怕弄巧成拙，反而授人以柄。最终，克利福德·博伊莱斯顿鼓足勇气，打破僵局。

“真不知道该说什么好。”他谨慎地说。

又是一阵沉默，接着罗斯·沃特福德小姐开口问道：

“布尔芬奇太太长什么样？”

“我怎么知道？”艾伯特·福里斯特夫人略带恼怒地回答，“我从来没有看过她一眼。佣人一直由艾伯特管理，那女人只是头一回来的时候进来了一下，让我看看品貌是否周正。”

“可你每天早上打理家务的时候肯定会见到她呀。”

“家务都是艾伯特负责打理。他主动揽下那档子事，说这样我才能专心工作。人嘛，精力有限。”

“你的午餐也是艾伯特安排吗?”克利福德·博伊莱斯顿问。

“当然。这是他的职责。”

克利福德·博伊莱斯顿稍稍扬起眉毛。自己多愚蠢啊，竟然从来都没想到艾伯特·福里斯特夫人的美味佳肴全是艾伯特的杰作。美味的夏布利酒冷藏温度总是恰到好处，口感良好，不至于冰镇过头，失去醇香，这自然也是艾伯特的功劳。

“他可真是调配美酒佳肴的好手。”

“我一直跟你们说，他有自己的长处，”艾伯特·福里斯特夫人答道，好像克利福德·博伊莱斯顿是在责备她，“你们都取笑他。我跟你们说我亏欠他很多，你们还不相信。”

大家都无言以对，沉重而不祥的沉默再次笼罩在这群人头上。突然，西蒙斯先生扔了一枚炸弹。

“你一定要去把他弄回来。”

艾伯特·福里斯特夫人万分惊讶，要不是身后靠着壁炉架，肯定会吃惊地连连后退。

“你到底是什么意思?”她嚷起来，“我这辈子再也不想见到他。去把他找回来？想都别想！他就是回来跪在地上求我，我也不会答应。”

“我没有说把他找回来，我说的是，把他弄回来。”

可艾伯特·福里斯特夫人压根儿不理会他的这套说辞。

“我为他付出了一切。没有我，看他到底怎么办？你们想想。我给他带来他连做梦都想不到的声名地位。”

不可否认，艾伯特·福里斯特夫人发怒都自有一股肃穆劲儿，可西蒙斯先生似乎浑然不觉。

“你打算怎么生活？”

艾伯特·福里斯特夫人狠狠地剜了他一眼。

“上天自有安排。”她冷冰冰地说。

“我可不这么认为。”他毫不相让。

艾伯特·福里斯特夫人耸耸肩，一脸盛怒。西蒙斯先生舒适地坐在椅子里，点燃一根烟。

“你知道，没谁比我更欣赏你的艺术。”他说。

“是没人比我更欣赏。”克利福德·博伊莱斯顿纠正他说。

“就算是吧。”西蒙斯先生不温不火地继续说道，“我们都知道，在创作上无人可与你匹敌。你的散文和诗歌绝对举世无双。还有你的创作风格。大家都了解你的文风。”

“兼有托马斯·布朗爵士的华丽与纽曼主教的清晰，”克利福德·博伊莱斯顿说，“约翰·德莱顿的活泼与乔纳森·斯威夫特的精确共冶一炉。”

艾伯特·福里斯特夫人听完，报以惨然一笑。

“还有你的幽默。”

“世界上还有谁，”沃特福德小姐惊叹道，“能将机智、讽刺和诙谐的洞察融入分号之中？”

“纵有这些，你的书却从不畅销。”西蒙斯先生不依不饶，“我代理你的作品二十多年，实话告诉你，佣金根本养不胖我，可我依然坚持代理你的书，因为我时常喜欢优秀作品。我一直相信你，希望迟早有一天，公众能接受你。但你如果觉得可以靠写这些东西养家糊口的话，我不得不告诉你，压根儿不可能。”

“只恨我生不逢时。”艾伯特·福里斯特夫人感喟道，“我应该生在十八世纪，那时出手阔绰的赞助人愿意为一篇献词花一百金币。”

“你以为葡萄干买卖利润很高？”

艾伯特·福里斯特夫人叹了口气。

“非常微薄。艾伯特一直跟我说，他一年大概挣一千二百英镑。”

“他想必经营有道。虽然不可能指望这点收入能给你带来多少盼头。但你目前只有一条路可走，就是听我的话把他弄回来。”

“我宁愿贫困潦倒住阁楼。你认为我能够容忍他带给我的羞辱吗？你要让我跟一个厨子争风吃醋吗？别忘了，对我这样的女人来说，有样东西比安逸的生活更加重要，那就是自尊。”

“我正要说到自尊。”克利福德·博伊莱斯顿不为所动。

他环视众人，那双不对称的怪异眼睛看起来异常恐怖，像金鱼的眼珠。

“我笃信，”他继续说道，“你在文学界名声显赫，独树一帜。你从来不出卖文才换取肮脏的钱财，你高举纯真艺术的旗帜。你想进入国会。我本人对政治毫无兴趣，但无可否认，如果你打算进国会，这些都会是很好的炒作噱头。到时候再来个全美巡回演讲，一定会有很好的效果。你有理想，有追求，我敢保证，即便从没有读过你作品的人也一定会敬重你。但以你的身份，有一件事情你承受不起，那就是笑柄。”

艾伯特·福里斯特夫人明显吃了一惊。

“你到底是什么意思？”

“我对布尔芬奇太太知之甚少。我只知道她是个受人尊敬的女人，但事实是，一个男人如果跟着厨子私奔，他的妻子定会成为笑柄。如果对方是个舞女或者有身份的女人，倒也无妨，但是个厨子却会让你彻底完蛋。不出一个星期，整个伦敦都会嘲笑你，如果说有什么东西能终结作家和政治家事业的话，那就是笑柄。你必须把丈夫弄回来，必须在最短的时间内把他给弄回来。”

艾伯特·福里斯特夫人脸上漾起一层暗红，她没有马上回应。她耳朵里突然响起迫使沃伦小姐冲出客厅的可恶的诡异笑声。

“我们都是好朋友，你大可以相信我们。”

福里斯特夫人看着她的这帮朋友，能够察觉到罗斯·沃特福德小姐眼里不怀好意的笑容。奥斯卡·查尔斯的瘦脸上表情古怪。她真希望刚才没有冲动泄露自己惨遭抛弃的秘密。西蒙斯先生很清楚文学界，将目光驻留在众人身上。

“不管怎么说，你是他们的核心。你丈夫不仅抛弃了你，也抛弃了他们。这对他们也很不利。说实话，艾伯特·福里斯特让你们大家都成了十足的傻瓜。”

“我们大家，”克利福德·博伊莱斯顿说，“我们大家都在一条船上。他说得非常正确，福里斯特夫人，‘集邮家艾伯特’必须回来。”

“见你的鬼去吧，小子！”①

西蒙斯先生不懂拉丁文，他若能听懂艾伯特·福里斯特夫人吐出的这几个词，一定不会再帮她出主意。他清清喉咙：

“我建议，艾伯特·福里斯特夫人明天去见他，所幸我们有

---

① 此处为拉丁文。

他的地址，去让他仔细想清楚。我不知道女人遇到这种情况该怎么开口，但艾伯特·福里斯特夫人机敏而又富有想象力，一定会说得很好。不管福里斯特先生开出什么条件，一概接受下来。一定要做到万无一失。”

“如果处理得当，明天晚上就一定能够把他带回来。”罗斯·沃特福德小姐轻松地说。

“你愿意这么做吗，福里斯特夫人？”

至少有两分钟，她转身背对大家，盯着空无一物的壁炉。突然，她挺直身子，面对大家。

“为了我的艺术，不是为了我自己。我不会让市井小人卑鄙的笑声玷污我历来追求的真善美。”

“好！”西蒙斯先生起身说道，“我明天回家路上会顺便来看看，希望你和福里斯特先生届时能像雌雄斑鸠一样情意无限。”

他告辞离开，其他人也都不愿意留下来陪着情绪激动的艾伯特·福里斯特夫人，纷纷跟着离开了。

第二天下午五六点钟，艾伯特·福里斯特夫人穿着黑丝绸衣服，戴上天鹅绒礼帽，气度不凡地离开公寓，从石门乘公交车前往维多利亚车站。西蒙斯先生已经打电话告诉她如何经济便捷地前往肯宁顿路。无论是感觉上还是外表上，她都不像妖妇黛利拉①。在维多利亚车站，她改乘有轨电车沿沃克斯豪尔桥路前行。过河后，她来到伦敦最喧嚣破烂的地区，这里跟她惯常所处的环境迥然不同。然而，她沉浸在自己的思绪里，无心打量这里的环境。她很庆幸，电车沿着肯宁顿路一路行驶，她请售票

① 《圣经·旧约》中，参孙的情妇，她将参孙出卖给非利士人，在参孙睡觉时剪掉了他的头发，使参孙丧失了能量，后来指“妖妇”“不忠实的女人”。

员在距离目的地几幢房子的地方将她放下。电车继续轰隆隆前行，将孤单的她留在车水马龙的街道上，她感到莫名的失落，仿佛东方传说中被神仙发落到陌生城市的旅人一样。她缓步行走，左右张望。尽管愤怒和尴尬的情绪竞相涌进她丰满的胸脯，她还是禁不住想，这里真是绝妙散文的上好素材地。矮小的房屋保留着久远年代的气息，彼时这里还是一片乡野。艾伯特·福里斯特夫人在自己惊人的记忆库里增添一条：必须调查一下肯宁顿路的文学因缘。411号在远离街道的一排简陋房屋中。房前有一小块破败的草地，一条石子路通向油漆严重剥落、装着栅栏的木门廊。屋前长满矮小凌乱的藤蔓，再加上那条喧嚣嘈杂的马路，使房子有了一股怪诞、不祥、不真实的乡村气息。房子的气息隐约提醒着人们，仿佛里面住着一些纵情享乐而生活窘迫的女人。

一个身材羸弱、双腿颀长、头发凌乱的十五岁姑娘打开门。

"请问，布尔芬奇太太住这里吗？"

"你按错门铃了。她住二楼。"女孩儿一边指着楼梯，一边尖起嗓子喊："布尔芬奇太太，有人找。布尔芬奇太太！"

艾伯特·福里斯特夫人走上黑乎乎的台阶。台阶上铺着破旧的地毯。她步履缓慢，不想累得上气不接下气。她刚爬上二楼，一扇门豁然打开，出来的人正是她曾经的厨子。

"下午好，布尔芬奇，"艾伯特·福里斯特夫人语气庄重，"我想见你的主人。"

布尔芬奇太太迟疑了一秒，随即敞开门。

"进来吧，夫人。"她转过头，"艾伯特，福里斯特夫人想见你。"

福里斯特夫人快速绕过她进了屋，艾伯特坐在壁炉旁边一张破烂的真皮扶手椅里，脚上穿着拖鞋，身上只穿了件衬衫。他正在读晚报，嘴里叼着雪茄。艾伯特·福里斯特夫人进屋时，他站起身。布尔芬奇太太跟着来客走进屋里，随手关上门。

“你还好吗，亲爱的？”艾伯特高兴地问，“希望你一切安好。”

“你最好穿上外套，艾伯特。”布尔芬奇太太说道，“福里斯特太太看到你穿成这样会怎么想呢？我倒是从来都不在乎。”

她拿起挂在木钉上的外套，帮他穿起来。接着，非常熟络自然地扯扯他的马甲，把衬衫衣领露出来。

“我收到了你的信，艾伯特。”艾伯特·福里斯特夫人说。

“我想你肯定收到了，不然也不会知道我的地址，对吧？”

“请坐吧，夫人？”布尔芬奇太太一边说，一边麻利地掸掸椅子上的灰尘，将椅子向前推推。全套家具都蒙着暗紫色绒布面，椅子也不例外。

艾伯特·福里斯特夫人点点头坐下。

“我想跟你单独谈谈，艾伯特。”她说。

他眨眨眼睛。

“我想，你要说的话对我和布尔芬奇太太同样重要，最好让她也留下。”

“随便你吧。”

布尔芬奇太太拉过一张椅子坐下。在艾伯特·福里斯特夫人印象中，她总穿着印花裙子，系着大围裙。现在她穿一件开领白丝短衫，黑裙子，银扣高跟皮鞋。大约四十五岁年纪，头发微微泛红，面色红润，说不上多漂亮，但面容和蔼，丰满圆润。她让艾伯特·福里斯特夫人想起一位荷兰老画家戏谑画上的胖厨娘。

“亲爱的，你有什么话就说吧。”艾伯特道。

艾伯特·福里斯特夫人脸上露出灿烂、和蔼的笑容。硕大的黑眼睛里满是宽容与幽默。

“你自然应该清楚，这件事很荒唐，艾伯特。我想你肯定是着了魔。”

“亲爱的，你这样认为吗？我可真没料到！”

“我不生你的气，我只是觉得好笑。但是玩笑归玩笑，不要开过头。我来带你回家。”

“我的信上没有写明白吗？”

“很明白。我不盘问，也不怪你。咱们只当这是一时糊涂，就当什么都没发生过。”

“没有任何东西能够吸引我跟你继续生活下去，亲爱的。”艾伯特语气十分和蔼。

“你不是认真的吧？”

“非常认真。”

“你爱这个女人吗？”

艾伯特·福里斯特夫人脸上依然带着急切而灿烂的笑容。她下定决心，轻松应对这件事。依她本性看来，这个场面确实滑稽。艾伯特望着布尔芬奇太太，布满皱纹的脸上笑意盈然。

“我们相处得很好，对吧，姑娘？”

“还不错。”布尔芬奇太太说。

艾伯特·福里斯特夫人扬起眉毛。在他们的婚姻生涯中，他从没叫过她“姑娘”，她也不允许他这么称呼自己。

“如果布尔芬奇对你有一分在乎或尊重的话，她就应该知道，这件事不可能。有了之前的生活和圈子，在这么简陋、连家具都是租来的房子里，她根本无法给你带来长久的幸福。”

“这些家具不是租来的，夫人。”布尔芬奇太太反驳道，“这都是我自己的家具。你知道，我很独立，喜欢有自己的房子。所以，不管有没有工作，我总有自己的几间屋子，好随时有个去处。”

“一个温馨、舒适的地方。”艾伯特说。

艾伯特·福里斯特夫人环顾四周。壁炉里有个灶头，灶上的水壶咕嘟嘟冒着热气，壁炉架上摆着黑色大理石钟表，两旁各有一只黑色大理石烛台。大餐桌上铺着红桌布，一个梳妆台，一架缝纫机。墙上挂着圣诞季照片和装饰画。后面房门上遮了红丝绒门帘，从房子面积看，艾伯特·福里斯特夫人（闲暇时对建筑有较为广泛的研究）断定这套房子仅有这一间卧室。布尔芬奇太太和艾伯特的亲密关系至此一目了然。

“你跟我在一起不幸福吗，艾伯特？”福里斯特夫人声音低沉。

“我们结婚三十五年，亲爱的。太久了。真是太久了。你有你的好，但你不适合我。你是文人，而我不是。你是艺术家，我也不是。”

“我一直小心翼翼，努力让你分享我的兴趣。我苦心孤诣，不让你生活在我成功的阴影中。你不能说我没有让你参与。”

“你是个出色的作家，这一点我从不否认。可事实上，我一点都不喜欢读你写的书。”

“如此说来，容我冒昧，只能说明你缺乏品位。最优秀的批评家都承认我作品的影响力和魅力。”

“我也不喜欢你的那些朋友。跟你说个秘密吧，亲爱的。在你的聚会上我经常有种遏止不住的冲动，想要脱光衣服，看看大家如何反应。”

“什么反应都不会有，”艾伯特·福里斯特夫人眉头轻蹙，“我只会派人去请医生。”

“艾伯特，你可没有脱光衣服的身材。”布尔芬奇太太说。

西蒙斯曾经暗示艾伯特·福里斯特夫人，如有必要，她必须毫不犹豫地施展女性的魅力，将误入歧途的丈夫带回家。但她根本不知从何入手。她禁不住想，要是穿上晚礼服，兴许还能施展点魅力。

“难道三十五年的忠贞不渝一文不值吗？我从来没有对别的男人动心，艾伯特。我已经习惯跟你生活在一起。没有你，我会不知所措。”

“我已经把所有的菜单都留给了新厨师，夫人。你只需要告诉她有多少人吃饭，她就能够胜任。”布尔芬奇太太说道，“她人很可靠，做糕饼是个好手，我认识的人里顶数她了。”

艾伯特·福里斯特夫人开始灰心。布尔芬奇太太这么一说，铁定使她无法继续打感情牌了。

“亲爱的，恐怕你在这里只会浪费时间，”艾伯特说，“我主意已定。我不再年轻，我需要有个人照顾我。当然，我会尽力给你一笔补偿金。科丽娜希望我退休。”

“科丽娜是谁？”艾伯特·福里斯特夫人万分惊讶。

“是我，”布尔芬奇太太答道，“我母亲有一半法国血统。”

“如此我就明白了。”艾伯特·福里斯特夫人说完，嘟起嘴。尽管她很欣赏法国文学，可她知道法国人的道德观念亟待提升。

“我是说，艾伯特已经工作很多年了，该享受享受生活。我在滨海克拉克顿有处产业。那里的生活健康，空气洁净。我们可以生活得非常舒适。海滩和码头总能找到事情打发时间。那里的人都非常友善。你不干涉别人，人家也不会干涉你。”

“我今天跟合伙人谈过，他们愿意认购我的股份。当然啦，免不了吃点儿亏。转让之后，我每年能有九百镑收入。我们三个人，每人每年三百英镑。”

“这点钱怎么够我支出？”艾伯特·福里斯特夫人嚷道，“我总要维持场面吧。”

“你有一支流畅、多产而卓越的笔呀，亲爱的。”

艾伯特·福里斯特夫人不耐烦地耸耸肩膀。

“你知道我的书除了给我带来名声别无他用。出版商总是抱怨我的书让他们赔钱，可实际上他们就是为了赢得好名声才出版我的书的。”

布尔芬奇太太突然冒出个建议，竟然产生非同一般的效果。

“你为什么不尝试写点儿惊悚侦探故事呢？”她问道。

“哪里？”艾伯特·福里斯特夫人失声问道。她生平第一回说话出现这样的语法错误。

“这主意不错，”艾伯特说，“这主意真不错。”

“会被文学评论界唾弃的。”

“我可不这么认为。让习惯了阳春白雪的人看点下里巴人的东西，又没刻意贬损他，他会感激得不知如何是好。”

“多谢你这么说。”艾伯特·福里斯特夫人若有所思，喃喃说道。

“亲爱的，文学评论界会接受的。用你美妙的文辞写出来，他们一定会将其奉为杰作。”

“这种想法很荒谬，跟我的才华大相径庭。我从来都不会刻意去取悦大众。”

“为什么？大众想读优秀的作品，却不喜欢枯燥乏味的素材。他们都知道你的名字，但不读你的作品，因为你的作品索然无味。说实话，亲爱的，你本人确实很乏味。”

“艾伯特，真没料到你居然会这么说。”艾伯特·福里斯特夫人说，语气里并无怨怼，就像有人说赤道地区寒冷赤道并不会反感一样，“大家一致认为我高雅、幽默，没有谁能像我一样从分号中发掘出如此深刻的幽默韵味。”

“如果你能为公众创作出令人毛骨悚然的好故事，同时净化他们的心灵，你就会赚到大把大把的钱。”

“我长这么大从没读过侦探故事。”艾伯特·福里斯特夫人说，“我听说纽约有位巴恩斯先生写过一本书，名叫《出租马车之谜》。但我没有读过。”

“当然，你得讲究技巧，”布尔芬奇太太应声说道，“第一个要领就是不要写情爱场面，这种情节跟侦探小说不搭调。书中要的是谋杀、警犬，要到最后一页才能让人知道凶手是谁。”

“亲爱的，要是写，你可一定要尊重读者。”艾伯特说，“我最讨厌嫌疑一直落在秘书或有头衔的贵妇头上，结果真凶却是只会说‘马车已经备在门外了’的男仆。尽量为读者设置悬念，但别把他们当成傻瓜。”

“我喜欢优秀的侦探故事。”布尔芬奇太太说，“要写就写穿着晚礼服的贵妇，身上缀满钻石，躺在书房地上，胸口插着匕首，我敢打赌绝对精彩。”

“不要再囿于品位之类的东西，”艾伯特说，“就我来说，我喜欢类似下面的情节：出身名门望族的律师，留着络腮胡，戴着金表链，面容和蔼，死在海德公园里。”

“被人割断喉管吗？”布尔芬奇太太急切地问。

“不是，背后被人捅了一刀。读者们尤其对名声清白的中年绅士被人谋杀感兴趣。表面上看似清白无辜的人，背后却隐藏着不可告人的秘密,想想都让人兴奋。”

“我明白你的意思,艾伯特,”布尔芬奇太太说道,“死者肯定知道了惊天秘密。”

“亲爱的,我们会给你各种建议。”艾伯特春风满面地对艾伯特·福里斯特夫人说道,“我读过成百上千部侦探小说。”

“你吗?”

“这正是我和科丽娜最初走到一起的原因。我看过的小说,经常会拿给她去看。”

“当凌晨的曙光悄然穿过窗户,听到他关掉电灯,我就情不自禁笑着自言自语:‘终于读完了,他现在可以睡个好觉啦。’”

艾伯特·福里斯特夫人站起身,平静了情绪。“现在我终于看清我们俩之间的鸿沟,”她说,完美的女低音微带颤抖,“置身英国文学的皇皇巨著三十年,你却读了数百部侦探小说。”

“是上千部。”艾伯特无比满足地纠正道。

“我来此地,是为了稍作转圜,让你跟我回家,可现在我已无意这么做。你让我看清,我们根本没有共同语言,从来没有过。我们之间隔着万丈深渊。”

“很好,亲爱的,”艾伯特温柔地说,“我愿意服从你的决定。但请你认真考虑写侦探小说一事。”

“我要走了,”她喃喃自语,“去茵尼斯弗利站搭车。”

“我送您下楼。”布尔芬奇太太说,“您要是不知道地毯上哪里有洞的话,可得倍加小心。”

艾伯特·福里斯特夫人小心谨慎地下楼梯,同时还没忘继续端着高贵的尊严。布尔芬奇太太打开门,问需不需要帮她叫出租车,她摇摇头。

“我坐电车。”

"您不要担心我照顾不好福里斯特先生,夫人,"布尔芬奇太太轻松愉快地说,"他会过得很舒适。布尔芬奇先生上回生病,我照顾了他整整三年。照顾病人我很在行。我倒不是说福里斯特先生身体虚弱或行动不便。当然啦,他得有个爱好。我一直觉得男人应该有个爱好。他准备集邮。"

艾伯特·福里斯特夫人暗暗吃了一惊。正在此时,一辆电车驶来,跟所有其他女人一样(身份高贵的女人也不例外),她冒着生命危险冲到马路中间,拼命挥手。电车停下来,她钻进车里。她不知道该如何面对西蒙斯先生。等她回到家,他一定会在那里等她。克利福德·博伊莱斯顿很可能也在。大家可能都在,她得告诉他们很不幸,计划没有成功。此时此刻,她从这一小群忠实的仰慕者身上没有感受到丝毫温暖的友情。她想知道现在是什么时间,抬头打量坐在对面的男子,思忖着是否合适向他询问,却陡然吃了一惊——坐在对面的是位中年绅士,外表令人尊敬,留着络腮胡,面容和蔼,戴着金表链。跟艾伯特刚才描述的死在海德公园里的男子正好吻合。她不得不推断,他是位家庭事务律师。这巧合真是太离奇了,看起来命运之手真的在向她召唤。他戴着丝帽,身穿黑外套,灰雪花呢裤子,略显肥胖,块头很壮,身旁放着公文包。行到沃克斯豪尔桥路中途,他喊售票员停车。她眼看着他走进一条狭小的街道。为什么在这里下车?为什么?深深沉浸在冥想中,电车到了维多利亚车站她也浑然不觉。直到售票员非常生硬地提醒,她才起身下车。埃德加·爱伦·坡①就写过侦探小说。她上了公交车。坐进车里,

① 埃德加·爱伦·坡(Edgar Allan Poe,1809—1849),十九世纪美国诗人、小说家和文学评论家,主要成就在侦探小说、恐怖小说和诗歌。

陷入沉思，但公交车到海德公园拐角车站时她突然决定下车。她再也坐不住了。她感觉自己必须下去走走。她进了公园大门，走得很慢，不时四处打量，看似心不在焉，实则专注而急切。没错，埃德加·爱伦·坡写过侦探小说，这是不可否认的事实。可以说，他发明了这种文体，但大家也都知道他对法国高蹈派诗人的影响有多大。也许是象征主义诗人？管他呢。反正是波德莱尔①还有其他什么人。经过阿基里斯雕像时，她驻足片刻，凝神打量。

终于，她回到公寓。打开门，她发现客厅里挂着几顶帽子。朋友们已经来了。她径直走进客厅。

"总算回来了。"沃特福德小姐惊叫道。

艾伯特·福里斯特夫人走上前去，面带微笑，握住伸来的手。西蒙斯先生和克利福德·博伊莱斯顿都在，还有哈里·奥克兰和奥斯卡·查尔斯。

"噢，可怜的朋友们，你们没喝茶吗？"她欢快地嚷道，"我根本不知道什么时间了，但知道我肯定回来得非常迟。"

"怎么样？"他们齐声问道，"怎么样？"

"亲爱的朋友们，我有个好消息要告诉你们。我有了新的创作灵感。谁说好曲只应天上来？"

"什么意思？"

她顿了一顿，想让即将披露的消息产生最令人震惊的效果。趁他们都还没有回过神来，她陡然丢出一句：

"我打算要写一部侦探小说。"

---

① 夏尔·皮埃尔·波德莱尔（Charles Pierre Baudelaire，1821—1867），法国十九世纪最著名的现代派诗人，象征派诗歌先驱，代表作有《恶之花》。

每个人都张大了嘴巴。她举手做了个阻止大家插话的姿势。实际上,谁也没打算插嘴。

“我要把侦探小说上升到艺术的高度。我在海德公园突然萌生这个想法。一桩谋杀案,我要等到最后一页才揭晓谜底。我要用最完美的英文创作。最近,我觉得已经穷尽了分号的潜在优势,我决定改用冒号。目前还没有人探索过冒号的潜能。我将致力于发掘冒号的幽默与神秘功能。书名已经想好了,就叫《阿基里斯雕像》。”

“书名太棒了!”西蒙斯率先回过神来,惊叹道,“仅凭书名和你的名声,准能卖掉连载的版权。”

“可艾伯特呢?”克利福德·博伊莱斯顿问。

“艾伯特呢?”福里斯特夫人机械地重复道,“艾伯特呢?”

她望着克利福德·博伊莱斯顿,从表情看,仿佛她根本不知道他在说什么。接着,她轻声低呼,似乎突然回想起来。

“艾伯特!我就想着要出去办个什么事,可就是完全想不起来到底是件什么事。我走到海德公园,就萌生了这番灵感。你们瞧,我多愚蠢啊!”

“就是说你压根儿就没去见艾伯特咯?”

“亲爱的,我完全把他给忘了。”她笑得无比开心,“就让艾伯特跟厨子过吧。我现在可顾不了艾伯特。艾伯特属于分号的时代。我要写一部侦探小说。”

“亲爱的,你真是太棒了。”哈里·奥克兰由衷地赞道。

(辛红娟 译)

美 德

世上没多少东西能胜过上等哈瓦那雪茄。我年轻时很穷，只有别人递烟的时候，才能抽上一支。我于是暗暗下定决心，他日赚了钱，每天午饭、晚饭后我都要抽上一支。年轻时下过的诸般决心，仅这一个得以保留至今。这也是我唯一实现了的雄心壮志，从未因幻灭而痛苦过。我喜欢温和而又够味的雪茄。不能太小，还没过瘾就没了；也不能太大，会惹人生厌。要卷得恰到好处，抽起来不费劲；烟叶要卷得紧，不会粘在嘴唇上；即便抽到最后一口，也应该风味依旧。吸完最后一口，放下烟蒂，看着最后一缕烟在空气中变小变蓝，会让生性敏感的人多少有一丝伤感。一根雪茄凝聚了多少辛劳、关注和痛苦，还有思虑、努力和复杂的程序，凡此种种只为了吸食者半小时的愉悦。为了这点愉悦，人们要经受热带骄阳的常年炙烤，搭乘船只穿越七大洋。不过，要是吃一打牡蛎（就着半瓶干白葡萄酒），心里的刺痛感会更加强烈；要是吃烤羊排，刺痛感可能会令人难以忍受。经过千百万年的进化，地球上才有了生物，但其最终归宿却是装着碎冰的盘子或银质烤架。牡蛎和羔羊是动物，每念及此，总难免令人心生敬畏。当然，想象力匮乏可能无法理解吃牡蛎的庄严，而进化论则认为双壳贝历经漫长的时间依然自我封闭，理所当然无法获得同情。在人类的雄心壮志面前,双壳贝的冷漠令人恼怒;在人类的自负面前,它的自满显得可憎。很难想象,面对一块烤羊排,竟然有人能不眼噙热泪:人类插手自然历程,鲜嫩的盘中美食关涉地球生物种属的进化历史。

有时,人类自身的命运也常让人难以索解。看看周围生活中那些言辞不多的普通人、银行职员、清洁工、唱诗班第二排的中年妇女,想想他们背后的故事,他们如何历经艰难,从最初的窘境到达此际的境地,那感觉真是奇妙。如果说只有经历了巨大变故,才会有当时当日的境况,人们会认为那些变故一定意义非凡,会认为那些变化一定关乎生命本质,才造就了他们的境况。遇上一次突发事件,曾经的线就断了。既往突然中断,似乎一切都化为乌有。成了痴人说事。若果一件极其重要的事件,却起因于毫末,难道不令人感到匪夷所思吗?

一件毫不起眼的小事,本来可能不会发生,却产生了不可估量的影响。似乎偶然因素支配了一切。我们不经意的行为可能会深刻影响别人的一生,哪怕是那些本来与我们不相干的人。如果那天我没有穿过街道,下面要讲的这段故事也就不会发生。生活真是奇妙,要有非同一般的幽默感才能发现其中的乐趣。

一个春日上午,我在邦德大街闲逛,无所事事。到了午饭时间,我想去苏富比拍卖行看看有没有中意的物什。恰遇交通堵塞,我只好穿行于密密麻麻的汽车林中。到了对街,碰见一位在婆罗洲认识的熟人,他刚好从一家帽行里出来。

"你好,莫顿。"我说,"你什么时候回国的?"

"回来差不多一星期了。"

莫顿担任婆罗洲地方行政长官。总督曾替我给他写了封引荐信,之后,我便写信告诉他打算在他的辖区待一星期,希望能住在政府客栈。他来船上接我,邀我跟他同住,但我谢绝了。我不想整整一星期都跟一个完全陌生的人待在一块儿,更不想麻烦他负担我的食宿费用。我喜欢一个人自由自在。可他执意不从。

“我那儿地方多。”他说,“客栈简直不是人住的地方。我已经六个月没跟白人说过话了,一个人住当真乏味透了。”

他费了好大的劲才说服我,小船把我们送到他住的平房。可是,在给我倒了一杯酒后,他就好像完全不知道下一步该拿我怎么办。他突然腼腆起来,原来流畅从容的谈话变得局促。我竭力让他觉得像在自家一样放松(我必须要这么做,毕竟这里正是他的家啊),问他是否有新唱片。他打开留声机,拉格泰姆旋律让他恢复了自信。

从平房可以俯瞰到河流,客厅是一个宽敞的回廊。摆放的家具完全没有个人风格,是典型的政府官员住所摆设,这些官员随时接到调任通知就得马上赴任。墙上挂着当地人的帽子做装饰,还有动物的角、吹管和矛。书架上摆着一些侦探小说和几本旧杂志。还有一架英国产立式家庭小钢琴,琴键已经泛黄。家里非常凌乱,不过,倒还算舒服。

遗憾的是我不太记得他的长相了。他很年轻,后来我才知道他当时二十八岁,笑起来有些孩子气但很迷人。我们相处的那一星期关系融洽。一起沿河散步,一起去爬山。一天中午,还跟几位住在二十英里外的种植园主吃了顿便餐。我们俩每天晚上都去俱乐部。这家俱乐部的全部会员就是一家工厂的经理和他的几位助理。几个人关系不睦,只有莫顿带客人来时,为了不让莫顿失望,才勉强可以凑一桌桥牌。即便如此,气氛还是很紧张。我们回家吃晚饭,听唱片,然后睡觉。莫顿的文案工作不多，别人可能觉得他的生活无聊而漫长，但他却精力充沛，情绪高涨。这是莫顿第一次担任地区行政长官职务，很开心能够独当一面。他唯一担心的是正在修建的公路还没完工自己就会被调走。修路确实能够给他带来快乐。修路是他的主意，费了不少口舌才说服政府拨付资金。他亲自勘察地形，制定路线，面临的所有技术问题，全都独立解决。每天早上去办公室前，他总要开着那辆破福特车去苦力施工的地方，察看前一天的工程进度。他心无旁骛，连做梦都是那条路。估计要一年后才能完工，完工之前他不准备休假。画家或雕塑家要创造一件艺术品，也不过这般热忱。他的这种渴望让我不由自主地喜欢他。我喜欢他的热忱，他的率真。这种追求成就的激情让他忘记孤独，忘记升职，甚至忘记回国的念头。我忘记了那条路的具体长度，大概十五或二十英里，也记不清他修那条路的具体目的。我估计莫顿也不在乎。他的激情和艺术家没有两样，怀揣着人定胜天的信念。他边干边学，要与丛林抗争，要与随时可能毁掉几星期辛苦劳作成果的暴雨抗争，要与随时可能发生事故的险峻地势抗争。他亲自招募劳工，组织劳动力还要应对资金不足的问题。丰富的想象力支撑着他，辛勤的劳动焕发出史诗般的力量，跌宕起伏的工程进度，仿佛就是一部伟大的传说，饱含无数的插曲。

他唯一抱怨的是，日子太短，时间不够用。他有文案要处理，还要兼职法官和收税官，是这个地区名副其实的父母官（虽然只有二十八岁）。时不时还要外出巡视。他要不去现场，工程就没有进展。他愿意一天二十四小时待在工地上，驱使那些不情愿的苦力们卖力干活。我去之前，有件事让他欢欣鼓舞。之前，他打算把其中一段路分包给一个中国人，可那中国人索价太高。多次协商仍谈不拢，莫顿忧心忡忡，眼看工程就要耽搁，他却无计可施。一天早上，在去办公室的路上，听说前一天夜里一家中国赌场有人斗殴。有个苦力伤势严重，凶手已经被抓到，正是那个承包商。到了法庭，证据确凿，莫顿判他十八个月的劳役。

“现在他得去对付那条难修的路，一个子也没有。”莫顿说。他讲这个故事时神采奕奕。

一天上午，我们看见了那个家伙，穿着囚服，正在干活，一副满不在乎的样子，看来心态还不错。

“我跟他说，等路修好了，就把他剩下的刑期免掉。”莫顿说，“他高兴坏了。我只是做了个顺水人情，不是吗？”

告辞离开时，我对莫顿说如果他休假回英国，一定要跟我说一声。他答应，回国一下船就给我写信。离情别绪中发出的邀请绝对是真心真意。可要是对方果然当真，自己却又有点不知所措。人们在国内和在国外情形大不一样。在国外，他们随和、诚恳而自然，有很多趣闻可以分享。他们非常友善，常令人急切想要回馈这番盛情与款待。但是，事情往往并没这么简单。那些人在他们的环境里非常风趣，可到了你这里就会变得相当乏味。他们拘束又腼腆。把他们介绍给朋友，朋友们会觉得他们乏味无聊透顶。朋友们当面客客气气，可那些陌生来客刚刚转身离开，他们立刻长舒一口气，谈话顿时回归正常模式。我估计，那些事业起步之初就去了异国的人对这种情形一定了然于心，因为结果总会有些不快或令人难堪。我发现，那些在热带雨林的边远任所热热情情的邀请和热热情情的接受，很少有人会践约。但莫顿的情况不同。他年轻，又是单身。通常说来，都是那些任所的官员夫人比较难以打交道，其他女性一看她们衣着呆板，土里土气，立刻就对她们冷若冰霜。但男人可以打桥牌、打网球、跳舞。莫顿很有魅力。我相信只要一两天,他就能够如鱼得水。

“你回国了,怎么不告诉我?”我问他。

“我以为你可能不愿意被人打扰。”他微笑着说。

“胡说八道。”

我们站在邦德街石板路上聊了一会儿,他看起来像变了个人似的,非常陌生。我只见过他穿卡其布短裤和网球衫,只有一次例外,有一天晚上我们从俱乐部回来,吃晚饭时他换上休闲外套和纱笼。那是我见过的最舒适的晚装。现在他穿着蓝哔叽布西装,显得有点手足无措。白衬衫衣领衬得脸色黧黑。

“路修得怎样了?”我问他。

“修好了。本来我还担心可能要推迟休假,因为快完工时又有一两处问题。不过我催他们加班加点,总算完工了。出发前一天,我开着福特车在那条路上来回巡查,一刻都没停。”

我笑起来。他开心的样子非常迷人。

“你来伦敦都做了些什么?”

“买衣服。”

“玩得开心吗?”

“棒极了。有点寂寞,不过我还行。每天晚上去看戏。你在婆罗洲北部沙捞越见过的帕尔默夫妇,本来也打算进城一起找些乐子的。可帕尔默太太的母亲病了,他们只好去了苏格兰。”

他的话说得轻描淡写,却也入木三分。这种情形很普遍,难免令人黯然神伤。好几个月前,这些人就开始规划假期。下船时,他们大多兴奋得不能自已。伦敦:商店、俱乐部、剧院、餐馆。伦敦,他们打算尽情享受。伦敦,这座城市吞噬了他们。这座城市陌生而喧闹，没有敌意却很冷漠，他们迷失了。没有朋友。和周围的熟人没有半点共同之处。比在热带雨林的时候还寂寞。要是在剧院里碰上一个在东方认识的人（也许这人无聊透顶，不讨人喜欢），那可真是个安慰。他们可以晚上一起打发时间，开怀大笑，分享彼此玩得有多尽兴，聊聊共同的朋友。最后会有点腼腆地吐露心声：假期结束也不用太难过，到时又有新的任用。他们会去看望家人，当然，家人也很乐意见到他们。但时过境迁，他们觉得格格不入。这时你会幡然醒悟，英国人的生活其实糟透了。回到故乡当然很开心，但你已经不适合在这里生活了。你会时常想起能俯瞰河流的平房，在辖区内的巡察，时不时还能去山打根港①、古晋港②或新加坡遛一遛，多让人振奋。

我清楚地记得莫顿多么渴盼把路修好，修好路就可以安心回国休假。可现在他却一个人孤零零地在沉闷的俱乐部用餐，谁也不认识，或独自一人在伦敦苏豪区③小餐馆吃饭，然后去看戏，身边一个伴儿也没有，没有人和他分享看戏的快乐，也没有人陪他在幕间休息时喝一杯。一想起这些我心里就一阵绞痛。可我心里也清楚，即使早就知道他在伦敦，我也爱莫能助，上一周我忙得不可开交。遇见他的当天晚上，我正准备和几个朋友吃饭，然后一起去看戏，第二天我就要出国了。

“你今晚有什么安排？”我问他。

---

① Sandakan，山打根，又译仙那港，马来西亚沙巴州第二大城市。

② Kuching，古晋，马来西亚沙捞越首府，是东马乃至整个婆罗洲最大的城市。

③ 苏豪区（Soho）位于英国伦敦西部的次级行政区西敏市（Westminster）境内，本来是当地的红灯区。后来色情事业式微，加上位置紧贴伦敦的金融区梅菲尔区（Mayfair），每天下班时候都有很多人从梅菲尔区到苏豪区喝酒、消遣和听音乐，使苏豪区渐渐变成一个让世界各地游客云集的小区。

“打算去帕威廉剧院①看戏。那里常常人满为患，街上有个家伙不错，帮我搞了一张退票。要想同时买两张票很难，只要一张，通常会比较好办。”

“不如跟我一起吃晚饭？我约了几位朋友去海马基特剧院②看戏，之后去西罗餐厅吃意大利餐。”

“好啊。”

我们约好晚上十一点在餐馆见面，说完我就去赶赴中午的约会了。

我担心邀请的朋友不太可能令莫顿开心，这些朋友已然人到中年，可一时之间实在想不到什么合适的年轻人。如果邀请我认识的年轻姑娘跟这位马来西亚回国的腼腆年轻人吃饭、跳舞，没一个姑娘会对我表示感激。我相信毕晓普夫妇会尽力作陪，再者，吃饭的地方有很好的乐队，可以看年轻女郎跳舞，总比晚上十一点无处可去只能回去睡大觉要好。我先认识查理·毕晓普，那时我还是个医学院学生。他身材瘦削，浅褐色的头发，性格直率。深色的眼睛炯炯有神，很有魅力，只可惜戴了副眼镜。红红的圆脸庞，总是带着迷人的笑。他非常有女孩子缘。我估计他很有自己一套手段，虽然他无财也无貌，身边的年轻姑娘却从没断过，她们心甘情愿满足他蓬勃的欲望。他聪明，傲慢，爱争论，脾气暴躁，说起话来很刻薄。回想起来，我得说他年

① 伦敦沙夫茨伯里大街（Shaftesbury Avenue）上坐落着很多戏院，该戏院位于沙夫茨伯里大街与科文特大街（Covent Street）交界处，毗邻苏豪区娱乐中枢皮卡迪利广场（Piccadilly Circus）。

② 1705 年建筑在伦敦市中心的海马基特剧院，从 18 世纪初开始，一直是意大利歌剧的大本营。

轻时非常不太讨人喜欢，但这并不意味他这个人很乏味。现在，他五十四五岁光景，身材矮胖，秃顶，金丝眼镜后面的眼睛依然明亮而机警。他说话武断，有点自负，仍然爱争论，言辞依然刻薄，但心地善良，能逗乐。认识一个人很久以后，对他的性格缺陷就不会太在乎，接受他的性格缺陷，就像接受自己的生理缺陷一样自然而然。他是位病理学家，时不时会送我一本他出版的小薄册子。那些册子内容严肃，非常专业，还有一些黑乎乎的细菌图片。我从没认真读过。时常听别人说，查理在专业领域的观点并不准确。我估计他在同行中不太受欢迎。他也直言不讳，认为那些人都是些无能的白痴。但他有份自己的工作，我想，一年能挣六百或八百镑，别人怎么评价他，他也不会在乎。

我喜欢查理·毕晓普，是因为我们认识三十年了。喜欢他太太玛格丽，是因为她很有魅力。当他告诉我准备结婚时，我诧异至极。那时他快四十了，十足的花心男，我以为他会一直单身下去。他喜欢女人，但并不会动真情，玩玩而已。在理想化的时代，他对女性的态度可以说非常粗俗。他清楚自己想要什么，并且毫不掩饰地寻求满足。如果因为爱情或金钱的原因无法如愿，他大不了耸耸肩，扬长而去。简而言之，他找女人不是为了精神需要，而是肉体需要。奇怪的是，他虽然个子矮小，相貌平平，可总有不少女人心甘情愿满足他的愿望。至于他的精神需求，单细胞生物就能满足他。他说话向来开门见山，那天他说要娶一个叫玛格丽·霍布森的年轻女人，我就直截了当地问他原因。他咧嘴一笑。

“三个原因：第一，不结婚，她不跟我上床；第二，她能把我逗笑得像条鬣狗；第三，在这世上她孤零零的，没一个亲人，总得有人照顾她。”

“第一个原因是在炫耀，第二个纯属无稽之谈，第三个才是真的。也就是说，她已经把你俘虏了。”

他那副大眼镜后面的目光闪亮而温柔。

“估计你说对了。”

“她不但把你俘虏了，你还挺享受被她俘虏的。”

“明天过来吃午饭，见见她。她还真养眼。”

查理是一家混合性别俱乐部会员。我那时也经常出入那家俱乐部，我们于是约定第二天中午去那里吃饭。玛格丽非常年轻，也很迷人，不满三十岁，举止贤淑。这一点令我非常满意，却也颇感意外，我很早就发现凡是能够吸引查理的姑娘大多出身教养欠佳。玛格丽不算漂亮，但颇秀气，头发乌黑亮泽，双眸生动。她的肤色很好，显得很健康。她待人诚恳，令人愉悦；说话直率，讨人喜欢。看起来诚实、单纯、可靠。我立刻就喜欢上了她。和她交谈轻松愉快，虽然她没有什么真知灼见，却能理解别人在说什么。笑话一听就懂，也不拘谨。给人的印象很能干。她温和而快乐，脾气好，悟性高。

他们似乎非常相爱。第一次见玛格丽，我心想她为什么要嫁给这样一个男人，身形矮小，脾气暴躁，秃顶，年纪一大把。我很快发现，她是真的非常爱他。他们相互打趣，开怀大笑，时不时眼神相对，饱含深情，好像在传递着私密的信息。他们的关系令人动容。

一星期后，他们注册结婚了。婚后生活幸福美满，如今已经十六年了，回想起他们共同生活的那些趣事，我常常忍俊不禁。他们是我所见最恩爱的夫妻。没什么钱，但好像也不缺钱。也没什么雄心壮志。他们的生活就像永远不会结束的野餐。他们住在潘顿街一套小公寓里，我从没见过这么小的卧室、客厅、盥洗间兼厨房。他们没什么家的概念，长期在餐馆吃饭，只有早餐在公寓解决。公寓只是一个睡觉的地方。倒也舒适，如果第三个人来喝一杯威士忌加苏打，就会有些转不开身。他们按日雇了个女佣，玛格丽跟女佣一起，把公寓打理得也算井井有条。不过公寓里没有一样显示个人风格的东西。他们有辆小小的车，查理休假时，两人就开着车到欧洲大陆四处游玩。全部的家当就是每人一个行李包，爱去哪儿就去哪儿。车抛锚了不会恼怒，天气恶劣也可以找乐子，轮胎爆了也不耽误讲笑话。如果迷路了，被迫睡在野外，他们也会认为是桩人生乐事。

查理依然脾气暴躁，爱争辩，但无论他做什么，都绝对扰乱不了玛格丽一贯的可爱、温和。她一句话就能让他平静下来。她还能让他哈哈大笑。她为他打印关于某种鲜为人知的细菌的专著，为他即将发表在科学杂志上的论文校稿。有一次，我问他们是否吵过架。

“没有。”她说，“没什么可吵的，查理的脾气跟天使一样。”

“胡说。”我反驳道，“他专横，好斗，很难相处。他生性如此。”

她看着查理，咯咯直笑，我估计她一定认为我是在开玩笑。

“别听他胡说。”查理说，“他这个傻瓜，无知得很，根本没搞清刚才使用的那些词的意思。”

他们彼此相爱，非常享受对方的陪伴，不是万不得已，绝不分开。结婚多年，查理依然每天中午开车去西城陪玛格丽到餐馆吃饭。大家经常取笑他们，没什么恶意，只是偶尔有点尴尬，因为要是有人邀请他们去乡下过周末，玛格丽就会写信跟女主人说，有双人床可以睡的话，他们就去。他们在一起睡了这么多年，要是分开，谁也睡不着。这多少有点尴尬。一般来说，丈夫和妻子都会要求分开睡，如果主人要求他们共用卫生间，夫妻都会不乐意。现代客房不是为夫妻同住设计的，但朋友们心知肚明，若是想要毕晓普夫妇来，就得给他们一张双人床。当然有些人觉得这太不体面，也不方便，但是和这两口子相处确实很愉快，因此对他们的偏执忍忍也值得。查理总是兴高采烈，言语刻薄却风趣；玛格丽则平静随和。招待他们一点都不费劲儿，让他们俩在乡间优哉游哉地散步，他们就非常满足了。

男人结了婚，太太迟早会让他疏远老朋友，但玛格丽却让查理和朋友更亲密了。她让他更宽容，也因此更讨人喜欢了。有趣的是，你会觉得他们不像一对已婚夫妇，更像两个住在一起的中年单身人士。玛格丽经常是男人堆里唯一的女性，五六个男人说脏话、争论、寻欢作乐，她一点也不会妨碍他们的兄弟情谊，反而让他们更快活。我只要在英国，就会时常和他们见面。他们通常会在我前面提到的那家俱乐部吃饭，如果我碰巧一个人的话，就会去跟他们一起用餐。

当天晚上，看戏之前我们一起吃点心，我告诉他们我邀请了莫顿共进晚餐。

“我担心你们会觉得他挺无聊的，”我说，“那小伙子为人不错，我在婆罗洲时，他对我非常照顾。”

“怎么不早点告诉我？”玛格丽大声说，“我可以带个年轻姑娘来。”

“要年轻姑娘干吗？”查理说，“有你就行了。”

“我这把年纪了，年轻人跟我跳舞有什么意思？”玛格丽说。

“胡说。年龄跟跳舞有什么关系？”他转身问我，“你见过比她跳得更好的吗？”

我见过，不过她确实跳得也不错。步履轻盈，节奏感很强。

“没见过。”我说得很诚恳。

我们到西罗餐厅时，莫顿已经等在那里了。他穿着正式的晚装，衬显得他那久被炙烤的皮肤益发黝黑。也许因为我知道那套衣服在装了樟脑丸的铁皮箱子里放了四年，总觉得他穿在身上怪怪的。他穿卡其布短裤会更自然。查理·毕晓普很健谈，简直自我陶醉于神侃。莫顿有点拘谨。我给他一杯鸡尾酒，还点了香槟。我感觉他想跳舞，但不知他会不会想邀请玛格丽一同跳。我明显觉得我们三个跟他不是一代人。

“我可跟你说啊，毕晓普太太舞跳得一级棒。”我说。

“是吗？”他的脸微微涨红了，“能请你跳个舞吗？”

玛格丽起身，与他一起步入舞池。那天晚上，她光彩照人，倒不是穿着多时尚，那件朴素的黑连衣裙最多不过六基尼，但很优雅。她双腿修长，恰好那个年代流行穿短裙。我估计她化了点淡妆，但和其他女人相比，看上去非常自然。短发型非常适合她，而且没有一根白头发，发质柔润亮泽。她不算漂亮，但她友善、优雅而健康，让人不禁感觉，漂亮与否对她而言根本不重要。她回到桌边时，神采奕奕，双颊绯红。

“他跳得怎样？”她丈夫问。

“好极了。”

“你也跳得很好。”莫顿说。

查理继续高谈阔论。他的幽默夹杂着讽刺，他为自己说的趣味话题深深陶醉。可他讲的东西，莫顿一无所知，他出于礼貌饶有兴趣地倾听。显然，眼前欢乐的气氛、音乐、香槟让他太兴奋了，根本没留意谈话内容。音乐再次响起，莫顿的眼睛马上去搜寻玛格丽。查理看在眼里，笑了笑。

“去跟他跳舞吧，玛格丽。看着你运动对我的身材也有好处。”

他们再次翩然起舞，查理痴迷地望着玛格丽好一会儿。

“玛格丽今天玩得过瘾。她爱跳舞，可我一跳就上气不接下气。这年轻人不错。”

我安排的小聚会很成功。我和莫顿与毕晓普夫妇道别后，一同朝皮卡迪利广场走去的路上，莫顿一再向我道谢。他玩得非常开心。我们道别后，第二天，我就出国了。

我很遗憾，没能为莫顿再多做点什么。我知道，等我回国，他已经早就返程回婆罗洲了。我偶尔会想起他，但秋天我回国时，已经不太常记起他了。回伦敦一星期后的一天晚上，我碰巧经过一家俱乐部，查理也是那儿的会员。他和三四个男人坐在一起，那几个人我也认识，于是就走过去。我回来后，这几个人我一个都还没见过。其中一个名叫比尔·马什，他太太珍妮特是我的好朋友。比尔请我过去喝一杯。

“你从哪儿冒出来的？”查理说，“最近一直都没见到你。”

我立刻意识到他喝醉了。我非常震惊。查理虽然一直喜欢喝酒，但能自制，很少过量。从前年轻的时候，偶尔也会多喝几杯，但主要是为了显得合群。再者，也不能总拿老眼光看人。可我记得查理一旦喝醉了就比较难缠。他天性好斗，喝醉了就更张狂；喋喋不休，嗓门又大；随时可能会吵架。现在他就很武断，发号施令，出言不逊，完全听不进别人的不同意见。大家也知道他醉了，一方面对他的无理取闹感到恼火，另一方面又不得不因为醉酒对他加以忍让，众人着实苦恼。他可真是个难缠的主。一把年纪，又秃又胖，戴副眼镜，酒后失德。他平时衣冠楚楚，现在却衣衫不整，身上到处是烟灰。查理喊服务生过来，又点了一杯威士忌。服务生在这个俱乐部已经干了三十年。

“您面前还有一杯没喝完,先生。”

“他妈的,别管闲事。”查理·毕晓普嚷道,“马上拿双份威士忌过来,不然我向经理投诉你对客人失敬。”

“那好吧,先生。”服务生只好让步。

查理一口干掉杯子里的酒,他的手抖抖索索,泼洒了不少酒到自己身上。

“好了,查理,老伙计,我们还是走吧。”比尔·马什说。他转身对我说:“查理最近得跟我们住一阵子。”

我更吃惊了。我意识到一定是出了什么事,但我最好什么也不问。

“好吧,我再喝一杯就走。再喝一杯,晚上会好过一点儿。”

看样子聚会还不会马上就散,我于是起身说要步行回家去。

“喂,”我正要走,比尔叫道,“明天晚上过来吃晚饭好吗?只有我、珍妮特和查理三个人。好吗?”

“没问题,我非常乐意。”

显然是发生了什么事情。

马什夫妇住在摄政公园东边。女佣开了门,请我先去马什先生的书房。他在那里等着。

“你上楼之前,我得先和你聊聊。”他一边和我握手一边说,“你知不知道玛格丽离开查理了?”

“这不可能!”

“查理很难接受。珍妮特觉得他一个人待在那个该死的小公寓里太可怜了,我们请他过来住一阵。我们已经尽力了。他天天喝得烂醉。两星期没合眼了。”

“玛格丽真的不会再回来了?”

我大吃一惊。

“不会。她疯狂地迷上了一个叫莫顿的家伙。”

“莫顿？莫顿是谁？”

我还没想起来他就是我那位从婆罗洲来的朋友。

“真见鬼,不是你介绍他们认识的吗？瞧你干的好事！我们上楼去吧。我想着还是先跟你通个气比较好。”

他打开书房门,我们走出去。我如堕五里雾中。

“嗨,你瞧。”我说。

“你还是问珍妮特吧。来龙去脉她清楚。我也搞不懂。我对玛格丽没耐性,查理已经够我缠的了。”

他引着我来到客厅。我进去时,珍妮特·马什起身和我打招呼。查理坐在窗边看晚报。我走过去,他放下报纸,和我握手。他很清醒,说起话来也是一贯的轻松自如,但面色憔悴。我们喝了杯雪利酒,然后下楼吃晚饭。珍妮特精力充沛,身材高挑,皮肤白皙,相貌姣好。她聪明机敏,整个晚上餐桌都没冷场。晚餐后,她让我们三个喝杯波特葡萄酒,留话说喝酒不能超过十分钟。比尔平时沉默寡言,这会儿打开了话匣子。我也开始试着找点话说。我虽然不知道发生了什么事情,但明显能够看出马什夫妇不希望查理胡思乱想,于是我尽量说点让他感兴趣的。他倒也非常配合,滔滔不绝,从病理学家的角度分析最近传得沸沸扬扬的一桩谋杀案。他说起话来没有活力,就像一具行尸走肉,让人感觉他看在主人的分上,在强迫自己说话,思绪却在别处。这时,楼上传来敲地板的声音,我们长舒一口气,珍妮特显然已经等得不耐烦了。这种情形,女人的参与往往能缓解气氛。我们上楼玩了一会儿桥牌。我起身告辞的时候,查理说想陪我走到马里波恩路。

“哦,查理,很晚了,你该睡觉了。”珍妮特说。

“我出去走一会儿,回来会睡得更好。”他回答说。

珍妮特神情忧郁。一位中年病理学教授想出去散散步,谁能阻拦得了?她对丈夫瞥了一眼,突然眼前一亮。

“我估计比尔也想出去走走。”

这话说得毫无技巧。女人有时就是控制欲太强。查理忧郁地望了她一眼。

“没必要拖比尔出来。”查理坚决不同意。

“我一点也不想去。”比尔微笑着说,“我累坏了,想睡觉了。”

我猜等我们出去了,这两口子肯定要吵架。

“他们对我很照顾。”我们沿着扶栏下楼时,查理说,“要是没有他们,我真不知道该怎么办。我已经两星期没合眼了。”

我表示遗憾,但没问原因。我们走了一阵子,谁也没说话。我原以为他出来是想告诉我发生了什么,但我觉得不用催他。我急切地表达同情,却又害怕说错话,我不想着急打探他的隐私。我不知道该怎么开导他,相信他也不需要开导。他不是拐弯抹角的人。我想他在琢磨措辞。到了拐角处。

“在教堂那里你就可以打到出租车了。”他说,“我再走走。晚安。”

他点点头,步履蹒跚地走了。这很出乎我的意料。没有别的法子,我只能继续往前走,去搭出租车。第二天早上,我正在洗澡,电话铃响了,我从卫生间跑出来,用浴巾随便裹一下,拿起听筒。是珍妮特。

“嗯,这件事你怎么看?”她问,“昨晚你好像和查理谈得很晚嘛。差不多凌晨三点,我才听见他回来。”

“我们在马里波恩街就分手了。”我说,“他什么也没说。”

“什么也没说?”

听她的口气,接下来要跟我好好谈谈了。我怀疑她用的是床头电话。

“听我说,”我迅速告诉她,“我正在洗澡。”

“哦,卫生间装了电话?”她急切地问,听得出有点羡慕。

“没有。”我语气生硬,“地毯上滴得到处都是水。”

“哦。”她语气有点失望,还有点急不可耐,“我什么时候能见你?你十二点可以过来吗?”

那个时间不方便,但我不想和她争执。

“好吧,再见。”

我挂断电话,不让她多说一句话。天堂里,那些已经升了天的人打电话直奔主题,从不多扯无关的事。

我非常喜欢珍妮特,但我也知道,没什么事情能够比朋友的不幸更令她激动万分。她会热心助人,但常常介入太深。你若摊上麻烦,她是值得信赖的朋友。管别人的闲事,对她而言简直甘之如饴。你若遇上婚外情,会发现她不知不觉就成了你的知情人,要是闹离婚,她也会插上一手。虽然如此,她总的来说是个相当不错的女人。中午我到了珍妮特家的客厅,看着她忍不住急切地要倾诉,我心里直觉得好笑。她对毕晓普夫妇的变故很不安,但又非常兴奋,心里痒痒的,又有个新人来听她讲故事了。就像母亲和家庭医生讨论已婚女儿的第一次分娩,她的心里怀有同样的期待。珍妮特当然知道问题的严重性,因此,她不会轻率地做评价,但也下决心要充分挖掘其中的乐趣。

“玛格丽告诉我,终于下定决心要离开查理,当时可把我吓坏了。”她说得很顺溜,一听就是已经用同样的话把同样的事讲了至少十几遍,“他们是我见过的最恩爱的夫妻。完美的婚姻。一见钟情。虽然我和比尔也算恩爱,但我们时不时会吵架,厉害的时候,我恨不得杀了他。”

“你和比尔的关系,我不管。”我说,“说说毕晓普夫妇的事吧。我来就是为了这个。”

“我觉得必须要见你,因为只有你能解释这一切。”

“哦,天哪,这是什么话?要是昨晚比尔不告诉我,我可什么都不知道。”

“我同意你的说法。我突然想到,也许你真的什么都不知道,不然,你可真的难辞其咎。”

“你还是从一开始说起吧。”我说。

“好,你就是那个‘一开始’。一切的麻烦都是从你开始的。你介绍了那年轻人。这就是我为什么一定得见你的原因。你跟他熟。我可从来没见过他。我了解的,都是玛格丽告诉我的。”

“你打算什么时候吃午饭?”我问。

“一点半。”

“我也是。继续说吧。”

我的话让珍妮特又有了新的主意。

“要是我中午不去跟朋友吃饭,你是不是也可以不去?我们可以在这里随便吃点儿。家里肯定有些冷盘肉,这样就不用赶时间了。我只要三点钟赶到发型师那里就可以了。”

“不行,不行,不行。”我说,“这主意不好。我最迟一点二十得走。”

“那我只好快点儿讲了。你觉得杰瑞这人怎样?”

“杰瑞是谁?”

“杰瑞·莫顿。他名字叫杰拉德。”

“我怎么知道?”

“你在他那儿住过一阵。那里就没有什么信件之类的?”

“我猜应该有,只是我碰巧没有读过那些信。”我口气不悦起来。

“哦,说什么傻话?我指的是信封。他这人怎么样?”

“人很好啊。拉迪亚德·吉卜林①式的人物。工作努力,热忱,帝国建设者,诸如此类。”

“我不是问这个。”珍妮特非常不耐烦地提高了声音,“我是说,他长得怎么样?”

“跟其他人没什么两样。当然,一见面我肯定能认出他来,但要仔细描述他的模样,我还真说不上来。他看起来很干净。”

“哦,天哪。”珍妮特嚷道,“你到底是不是小说家?他的眼睛什么颜色?”

“不知道。”

“你肯定知道。你跟他在一起相处了一星期,却连他眼睛是蓝是棕都不知道?他肤色是深还是浅?”

“不深也不浅。”

“是高还是矮?”

“中等。”

“你是故意跟我对着干吗?”

“不是。他确实很普通。没有什么引人注意的地方。算不

---

① 拉迪亚德·吉卜林(Rudyard Kipling,1865—1936),英国小说家、诗人,出生于印度孟买。父亲曾是孟买艺术学校教师,后任拉合尔艺术学校校长和博物馆馆长。吉卜林6岁时被送回英国受教育,17岁中学毕业返回印度,父亲为他在拉合尔找了份工作,担任拉合尔市《军民报》副编辑。由于工作关系,他对印度的风土人情以及英国殖民者在印度的生活有相当透彻的了解。

上平庸也不算上英俊。看起来很体面,像个绅士。"

"玛格丽说他笑容迷人,身材也很棒。"

"就算是吧。"

"他疯狂地爱上玛格丽。"

"你怎么知道?"我冷冷地问。

"我看过他写的信。"

"你是说,玛格丽把他写的信都给你看了?"

"是啊。怎么啦?"

女人总是把自己的隐私跟别人分享,这是男人最难忍受的。她们却毫无愧色。哪怕是最私密的事,彼此倾诉也不会觉得尴尬。稳重是男性专有的美德。虽然理论上男人对女人的这种特点略知一二,可现实中每次碰到女人曝光隐私,还是觉得震惊。要是莫顿知道他给玛格丽的信,珍妮特也看了,他痴迷的恋情,珍妮特都了如指掌,不知莫顿该作何感想。据珍妮特说,莫顿对玛格丽一见钟情。西罗餐厅小聚后,第二天一早他就打电话给玛格丽,邀请她去喝茶,喝茶的地方也可以跳舞。我听珍妮特讲故事时,当然知道她转述的都是玛格丽的一面之词,所以我也就将信将疑。有趣的是,我发现珍妮特总是站在玛格丽这一边。虽然玛格丽离开丈夫之后,珍妮特觉得不能让查理孤零零地住在那套空荡荡的小公寓里,于是邀请查理过来住两三星期,而且对他体贴入微。珍妮特每天都陪查理吃午饭,因为他已经习惯了每天和玛格丽一起吃午饭。她陪查理去摄政公园散步,还让比尔周日陪他去打高尔夫。她非常耐心地听查理讲述自己的不幸,竭尽所能地安慰他。她替他难过。尽管如此,她还是坚定地站在玛格丽这边。我要是对玛格丽稍有微词,她马上对我言辞激烈。这段婚外情让她觉得刺激。一开始,玛格丽满面春风,受宠若惊，将信将疑地来找她倾诉：有个年轻人在追求自己。最后，玛格丽恼怒焦躁、心烦意乱，宣称再也受不了这种压力，她收拾行李，搬出公寓。这从头到尾都有珍妮特的影子。

“当然，起初我简直不敢相信自己的耳朵。”珍妮特说，“你知道查理和玛格丽的关系。他们俩简直如胶似漆。大家常常忍不住取笑他们，实在太恩爱了。这矮个子男人，脾气暴躁，形象也欠佳，但是对玛格丽心疼得不得了，让人不由自主地会喜欢他。有时我挺羡慕玛格丽的。他们没钱，生活也乱糟糟的，可非常幸福。不过，话又说回来，我一开始也觉得她的这种感情不会有什么结果。玛格丽只是觉得好玩。‘我当然不会太当真，’她说，‘到我这个年纪，身边有个年轻人，真是挺好玩儿的。我很多年没收到花了。查理觉得他送花很傻气，所以我叫他别送了。他在伦敦一个熟人都没有。他喜欢跳舞，他说跟我共舞如梦幻般美好。他总是一个人去看戏，真是太可怜了。我陪他去看了两三次午场戏。每次我说能够跟他出去时，他那感激的样儿真让人心疼。’‘嗯，’我说，‘听起来他像只温顺的羔羊。’‘没错。’玛格丽说，‘我就知道你会理解的。你不会责怪我，对吧？’‘当然不会，宝贝儿，’我说，‘你知道我不会。换成是我，也会这么做。’”

玛格丽和莫顿出去，并没有向她丈夫隐瞒，查理时不时还拿她的追求者开开玩笑。他觉得莫顿彬彬有礼，谈吐风趣，自己忙的时候，有莫顿陪着妻子倒也不错。他从来不嫉妒。他们三个人有几回还一起吃饭、看戏。但不久，杰瑞·莫顿就央求玛格丽晚上单独和他出去。玛格丽说不行，但他能说会道，总缠着她让她不得安宁。最后，她只好求助珍妮特，让珍妮特打电话邀请查理过来吃晚饭，打桥牌，就说三缺一少了他不行。查理从不撇下妻子单独出门，但马什夫妇是老朋友，珍妮特着重强调了这一点。她编了个什么荒唐借口，说得言之凿凿，查理只好同意。第二天，玛格丽和珍妮特见面，说他们前一天晚上很甜蜜。他们在泰晤士河畔的梅登黑德餐厅吃饭、跳舞，然后在美妙的夜色中驱车回家。

“他说他深深爱上了我。”玛格丽说。

“他吻你了吗？”珍妮特问。

“当然。”玛格丽轻声笑了，“别犯傻气，珍妮特。他真是温柔体贴，脾气和善。当然，他说的话我有一半都不信。”

“亲爱的，你可别爱上他了。”

“我已经爱上他了。”玛格丽说。

“亲爱的，你就不怕会出事吗？”

“哦，反正长不了。他秋天就回婆罗洲了。”

“好吧，不可否认，你现在看起来年轻多了。”

“我知道，我自己也感觉年轻多了。”

没过多久，他们就发展到天天要见面的地步。早上碰头，在公园里散步，或者去看画展。中午分开，因为玛格丽要回去陪丈夫吃午饭。午饭后又碰头，开车去乡下或河边某个地方。玛格丽没有告诉丈夫。她觉得丈夫肯定无法理解。

“你怎么没见过莫顿呢？”我问珍妮特。

“哦，玛格丽不愿意我见他。我们这一代人就这样。我能理解玛格丽。”

“明白了。”

“当然，我尽自己所能成全他们。每次她跟杰瑞出去，都谎说跟我在一起。”

我这人凡事注重细节。

“那时候他们上床了吗?”我问。

“哦,没有。玛格丽可不是那种人。”

“你怎么知道?”

“她什么都会告诉我。”

“我想也是。”

“当然,我也问过她。可她断然否认,我相信她说的是真话。他们之间根本没有那种事。”

“那就奇怪了。”

“喂,玛格丽一直是个品行端正的女人。”

我耸耸肩。

“她对查理绝对忠诚。不可能欺骗他。要有什么事瞒着查理,她自己都会受不了。当她发现自己爱上杰瑞的时候,也想告诉查理。当然,我求她别这么做。我跟她说,这没半点好处,只会让查理难过。而且,再过几个月,那小伙子就要走了,反正这事不会长久,何必自寻烦恼。”

杰瑞指日可待的返程却成了整件事情的导火线。毕晓普夫妇像往常一样准备去国外,这次计划开车去比利时、荷兰和德国北部。查理忙着搜集地图和旅游指南。他对假期充满期待,像个小男生一样兴奋不已。玛格丽听他说着旅行计划,心情越来越沉重。他们一去四星期,而九月份杰瑞就要启程了。和杰瑞一起的时间这么少,却还要浪费那么多天,让她无法忍受。一想到这次驾车旅行,她就异常烦恼。离出行的日子越来越近,她越来越紧张。最后,她觉得只有一种解决办法。

“查理,这次旅行我不想去了。”那天,查理正在跟她讲自己听说过的一家饭店,她突然打断他,“我希望你另外找个人陪你去。”

查理看着她，一脸茫然。她也被自己的话吓了一跳，嘴唇有些发抖。

“怎么啦，出什么事了？”

“没事。就是不太想去。想一个人待一阵。”

“是不是病了？”

她发现查理眼里立刻充满害怕的神情。这种担忧让她难以承受。

“没有。我身体很好。我恋爱了。”

“你？跟谁？”

“杰瑞。”

查理惊讶地望着她，简直不敢相信自己的耳朵。她误解了他的表情。

“你用不着指责我。我也是情不自禁。再过几星期他就要走了。我不想浪费所剩不多的时间。”

查理放声大笑。

“玛格丽，你怎么能干这种傻事？你的年龄都可以当他妈妈了。”

她脸唰地一下红了。

“他很爱我，就像我爱他一样。”

“他这么跟你说的？”

“说过不下一千遍。”

“他是个彻头彻尾的骗子。仅此而已。”

查理哈哈笑起来，肥胖的大肚子一颤一颤的。他觉得这是个天大的笑话。我猜查理对待他太太的方式也许不合适。珍妮特觉得这时候查理应该表现出关切与同情。他应该理解。我仿佛看见珍妮特脑海中浮现的情景：紧绷的上唇、无声的痛楚、最终的放弃。女人总是比较敏感,能够欣赏别人自我牺牲的悲切之美。如果查理勃然大怒,打烂一两件家具(过后他得再换新的),或者对着玛格丽的下巴就是一拳,珍妮特也会对他深表同情。但他居然嘲笑玛格丽,这真是不可原谅。我心想,一位矮胖的病理学教授,年满五十五岁,要他突然像个野蛮人一样动粗,估计会有困难。不管怎么说,荷兰之行总算取消了,毕晓普夫妇整个八月份都待在伦敦。他们过得可不怎么快活。两人依然一起吃午饭、吃晚饭,因为这是多年来的习惯。其他时间,玛格丽都跟杰瑞在一起。跟杰瑞在一起总是那么愉悦,为了这种愉悦,即使要忍受一些其他的事,也是值得的。她要忍受的还不少,查理的幽默粗俗而尖酸,经常取笑玛格丽和杰瑞。他始终不把他们俩的事当回事儿。他因为玛格丽的愚蠢而恼怒,却自始至终都没有觉得这是对他不忠诚。我把自己的看法告诉珍妮特。

“是啊,他从来都没有怀疑玛格丽。”珍妮特说,“他太了解玛格丽了。”

又几个星期过去了,杰瑞终于启程了。他从提尔伯里港口上船,玛格丽去港口送行。回家后哭了足足四十八小时。查理看着她,越看越恼火,终于忍无可忍。

“好了,玛格丽,”最后,他开口道,“我对你够耐心的了,可你现在得振作起来。就当是场玩笑,过去了就算了。”

“你就不能让我一个人安静会儿?”玛格丽哭着说,“我已经失去了生活中最美好的东西。”

“别傻了。”查理说。

我不知道查理还说了些什么。反正是糊涂透顶,说了些对杰拉德的看法。估计措辞粗俗,恶意中伤。于是引发了结婚以来第一次家庭大战。以前再怎么嘲笑,玛格丽都能忍受,因为过一个小时，顶多隔一天，就能见到杰瑞。现在，她已经永远失去了杰瑞，再也受不了别人的冷嘲热讽。她已经忍了好几个星期，现在终于爆发了。也许她自己都不知道对查理说了些什么，本来查理就暴躁冲动，这下终于动了手。他们俩都吓了一跳。查理抓起帽子，飞也似的冲出公寓。前一阵子，他们虽然也闹别扭，但还睡在一张床上。这次半夜回来，查理发现玛格丽睡在客厅的沙发上。

“你不能睡在那儿，”他说，“别傻了。到床上来。”

“不，我不愿意。别理我。”

他们吵了一夜，最后玛格丽还是睡在沙发上，而且从那以后，她每晚都睡在沙发上。但是，那公寓实在太小，他们根本无法回避对方，想看不见、听不见都不行。他们亲密无间地生活了这么多年，在一起已经成为一种本能。查理试着跟玛格丽讲道理。他觉得她真是愚蠢至极，和她一而再、再而三地争吵，希望她能意识到自己真是昏了头。他不让她清静，不让她睡觉，谈到半夜，一直到两人都精疲力竭。他认为自己能说服她不再受爱情的蛊惑。有时候，两三天谁也不跟对方说一句话。有一天，查理回家发现玛格丽正伤心痛哭，眼泪让他心烦意乱。他告诉玛格丽，自己有多爱她，回忆多年来他们在一起的幸福时光，希望能让她回心转意。他希望过去的就过去了。承诺再也不会提杰瑞这个人。难道他们就不能忘了这场噩梦吗？但是，一想到和解意味着什么，玛格丽就觉得反感。她说自己头痛欲裂，让查理给她一片安眠药。第二天查理出门时，她假装还没醒。等他一走，她就收拾行李，离开了家。她有几件祖上传下来的饰品，卖了点钱。租了廉价公寓里的一个单间，没告诉查理地址。

等查理回家发现人去楼空，一下子就崩溃了。玛格丽离家出走让他悲痛欲绝。他告诉珍妮特，孤独令他无法忍受。他写信给玛格丽，央求她回家。他请珍妮特帮忙调解，承诺任何条件都答应玛格丽。他低声下气，但玛格丽不为所动。

“你觉得她最终会回家吗？”我问珍妮特。

“她说不会。”

我得走了，已经差不多一点半了。我还得赶到伦敦城的另一头。

两三天后，我接到玛格丽的电话留言，问我是否愿意跟她见一面。她提议到我住处见面。我邀请她过来喝茶。我尽量对她客客气气，她的婚外情不关我的事，但我心里觉得她实在太傻，态度上难免有点冷淡。她从前就算不上多漂亮，这些年变化并不大。深色的眼睛依然神采奕奕，脸上竟然一丝皱纹也没有，即便是化了妆，也是化得非常巧妙，让人看不出。她衣着朴素，魅力依旧，自然、友善、幽默。

“如果可以，我想请你帮个忙。”她开门见山。

“帮什么忙？”

“查理今天要从马什夫妇家搬回公寓了。我担心开头几天他会很难熬，要是你能偶尔请他出来吃晚饭或做点别的什么事就好了。”

“我会看看日程安排。”

“听说他最近喝得很多。真让人担心。希望你能劝劝他。”

“可能是最近家里有麻烦的缘故吧。”我语气刻薄。

玛格丽脸红了，痛苦地望了我一眼，眼神有些畏缩，好像被我打了一下。

“你认识他更久一些，自然站在他那边。”

“亲爱的,说实话,这些年我和他交往,主要是因为你。我向来不怎么喜欢他,但我觉得你待人不错。”

她冲我微微笑,笑得很甜。她知道我说的是实话。

“你觉得我是个好太太吗?”

“很完美。”

“他以前经常得罪人。很多人不喜欢他,我倒不觉得他不好相处。”

“他非常爱你。”

“我知道。我们在一起的日子很快乐。十六年来,我们很幸福。”她顿了一下,垂下眼睑,“但我只能离开他。一切都不可能了。那段时间天天吵闹,日子过得糟透了。”

“我向来不明白,两个无法继续生活在一起的人,为什么要勉为其难。”

“我们当时的情形太糟了。两人一直亲密无间,谁也离不开对方。可最后竟闹到看都不愿意看他一眼的地步。”

“我明白那种情形对你们俩都不容易。”

“我爱上别人了,可这不是我的错。要知道,这种爱和我对查理的爱不同。对查理,总有种母性,想保护他。我比他理性多了。他很难驾驭,但我总能驾驭他。杰瑞不同。”她的声音变得温柔,脸上容光焕发,“他让我变年轻了。在他面前我就像个小女孩,可以依靠他,受到他的照顾,觉得有安全感。”

“在我看来,那小伙子不错。”我慢条斯理地说,“我可以想象,未来前途光明。我认识他的时候,那么年轻就已经身居要职了。现在也才二十九岁,对吧?”

她微微笑了,知道我话里是什么意思。

“我从没对他隐瞒过年龄。他说年龄不是问题。”

我相信。她不是那种会为年龄撒谎的女人。而且,告诉对方自己的实情也让她觉得刺激、兴奋。

“你多大了?”

“四十四。”

“你现在打算怎么办?”

“我已经写信给杰瑞,告诉他我已经离开查理。一收到回信,我就会去找他。”

我吃了一惊。

“要知道,他生活的地方是一小块未开化的殖民地。只怕你去了会发现处境很尴尬。”

“杰瑞让我答应,万一他离开后我生活难以为继,一定要去找他。”

“年轻男人热恋中的话,你也当真?”

她脸上又显出那种美丽的神采。

“我信。因为这个年轻人是杰瑞。”

我的心开始往下沉。沉默了一会儿。我跟她说了杰瑞·莫顿修路的事。当然,有些添油加醋,估计效果应该不错。

“你跟我说这些干什么?”我说完后,她问。

“我觉得这故事很精彩。”

她摇摇头,笑了。

“不是。你是想告诉我,他年轻,充满激情,专注工作,不会把时间浪费在别的事情上。我不会干涉他的工作。我比你更了解他。他浪漫得不可思议。他认为自己是开拓者,在开辟新的疆土,我理解他为什么这么兴奋。这确实了不起,对吧?相比之下,这里的生活就太单调乏味了。当然,在那里会非常孤独。有个中年女人陪着或许也不赖。”

“你打算嫁给他吗？”我问。

“我听他的。我不想做任何他不喜欢的事。”

她说这番话时，语气率真，这种甘心屈从的态度让人感动，她走的时候，我对她的怨气全消了。当然，我还是觉得她很傻，但如果因为别人傻而生气，只怕一辈子都会在气恼中度过。我想一切都会好的。她说杰瑞很浪漫。没错，他确实浪漫。现实世界里浪漫的人都会花言巧语，因为他们非常清楚：受骗的都是那些被表象迷惑的人。英国人浪漫，正因为如此，其他国家的人认为他们虚伪。事实并非如此，他们真诚无比地踏上通往天国的征途，可旅途艰辛，顺便捡点便宜本也无可厚非。英国人的灵魂，像威灵顿将军①的部队一样，吃饱喝足才能打仗。估计杰瑞收到玛格丽的信以后，会有那么一刻钟的内心挣扎。对这件事，我不怎么同情。我只是好奇莫顿会怎样摆脱这种纠葛。估计玛格丽会失望痛苦，但这对她没太大害处，这样她就可以回到丈夫身边。我相信，夫妻俩经历这番磨难后，今后的生活肯定会平和、安静、幸福。

然而，事情的进展却出乎意料。实在不巧，我好几天没空约查理·毕晓普见面，但给他写过信，邀请他下周抽空一起吃晚饭。我还提议一起去看戏，虽然觉得可能有点不合时宜。我知道他最近贪杯豪饮，喝多了就闹事。希望他不会在剧院生事惹人厌。我们计划七点钟在俱乐部见面吃饭，因为我们要看的那一场八点一刻才开始。我到了，等着。他没来。打电话到公寓，没人接，猜想应该在路上。我不喜欢错过表演的开头，感到心烦

① 威灵顿将军（1769—1852），英国著名军事家和政治家，1815 年滑铁卢战役中与普鲁士的布吕歇尔联手击败拿破仑。被英国人称为“世界征服者的征服者”。

意乱，就在大厅等着，他一到，我们就可以直接上楼。为了节约时间，我点了餐。时钟指向七点半，八点差一刻。我觉得不能再等下去了，于是上楼到餐厅，一个人吃了晚饭。他还是没有出现。我让餐厅打电话给马什夫妇，很快，服务生告诉我，接通了比尔·马什。

“喂，你知道查理·毕晓普怎么回事吗?”我说，“我们约好了一起吃饭，然后看戏，结果他到现在还没露面。”

“他今天下午过世了。”

“什么?”

我惊呆了，感叹声惊得周围两三个人抬头看我。餐厅里人很多，服务生来来回回忙个不停。电话在收银台上，一位负责酒水的服务生端着托盘走过来，托盘上放着一瓶白葡萄酒和两只高脚杯，服务生递给收银员一张单据。一位胖领班领两位客人去餐桌时撞了我一下。

“你从哪里打过来的?”比尔问。

估计他听到了电话里的嘈杂声。我告诉了他。他问我能否一吃完饭马上就过去。珍妮特有话跟我说。

“我立刻过去。”我说。

珍妮特和比尔坐在客厅里。比尔在看报，珍妮特在玩单人纸牌。女佣带我一进来，珍妮特就飞快地迎过来。脚步轻快，身子前倾，像一只豹子偷偷接近猎物。我一眼就看出，她简直情绪高涨。她把手递给我，转过脸去试图掩饰泪汪汪的眼睛。声音低沉而伤感。

“我把玛格丽带过来，让她去睡了。医生给她开了镇静剂。她伤心欲绝，真是太可怜了。”她嗯了一声，像是喘息，又像是抽泣，“真不明白这种事怎么老是让我碰上。”

毕晓普夫妇没请佣人，但有个临时工会每天早上去打扫卫生，收拾餐具。她自己有把钥匙。那天早上，她和往常一样开门进去，收拾客厅。自从太太离开，查理的作息就不规律了，所以他那个时间点还在睡觉，女佣也不觉意外。过了一阵，她觉得查理该起来上班了，于是敲了敲卧室的门。没人应声。她觉得好像听到他在呻吟。她轻轻推开房门。他仰面躺在床上，打着鼾。喊他，他没醒。她有种不祥的预感。她去同一层楼的另一套公寓求助。那里住着一名记者。她按门铃时，记者还在睡觉，穿着睡衣来开门。

"对不起，先生。"她说，"可不可以请您过来看看我家先生，他好像不大对劲儿。"

记者穿过楼梯间走进查理的公寓。床边有一个装安眠药的空瓶子。

"你最好叫警察来。"记者说。

警察来了，给警局打电话叫救护车。他们把查理送到查林十字医院。他再也没有醒过来。临终时玛格丽陪在他身边。

"警察当然会问讯，"珍妮特说，"可事实非常清楚。他最近三四星期都没怎么睡好，我估计一直在吃安眠药。一定是碰巧吃过量了。"

"玛格丽也这么认为？"我问。

"她伤心欲绝，什么也想不了。我跟她说，我相信查理不是自杀。我是说，他不是那种人。对吧，比尔？"

"你说得对，亲爱的。"他答道。

我看得出，珍妮特坚信查理·毕晓普不是自杀，至于她内心深处到底怎么想，恐怕只有研究女性心理学的专家才会知道。当然，也有可能她是对的。一位中年科学家，因为中年妻子离开他而自杀，似乎不合情理。如果是因为睡不着觉而恼怒，又喝多了，在不太清醒的情况下不小心吃多了安眠药，似乎更加可信。反正验尸官也是这么看的。验尸官了解到的情况是，已故查理·毕晓普最近染上酒瘾，太太因此离开了他，显然他不可能想要自杀。验尸官对这位寡妇表示同情，并郑重强调了安眠药的危害。

我不喜欢葬礼，但珍妮特求我一定要去参加查理的葬礼。医院的几位同事私下表示要来，但遵照玛格丽的意思，他们的好意被婉言谢绝了，因此只有我、珍妮特、比尔和玛格丽出席了葬礼。我们要一起去殡仪馆接灵车，他们说会在路上叫我。我在窗口看着，等他们的车过来时，赶紧下楼。比尔从车里出来，把我堵在了家里。

"等一等，"他说，"我有话跟你说。珍妮特想请你回来后去喝茶。她说玛格丽一直以泪洗面可不好，喝完茶，我们还可以玩几圈桥牌。你能来吗？"

"穿成这样来？"

我穿着燕尾服，戴着黑领结，穿着西裤。

"哦，没关系。至少能让玛格丽分分心。"

"好吧。"

我们最终没有玩桥牌。珍妮特穿着深色葬礼服，金黄的头发，看起来很动人。她扮演的角色是贴心朋友，极具技巧性。她哭了一会儿，擦眼睛时小心翼翼，以免刮花黑色的睫毛膏。玛格丽伤心欲绝地抽泣，珍妮特温柔地搂着她，给她患难中的安慰。我们回来时，有一封给玛格丽的电报。她拿起电报上楼去了。我估计是查理的某个朋友刚刚得知噩耗，发来的唁电。比尔去换衣服，我和珍妮特上楼去客厅把桥牌桌摆好。珍妮特取下帽子，放在钢琴上。

“咱们之间没有必要一直端着样子，”她说，“玛格丽确实一直伤心欲绝，但现在该振作了。打圈桥牌会让她状态好点儿。可怜的查理，我真替他难过。我想玛格丽离开他，确实让他崩溃了。不过现在事情变得简单了。今天早上，玛格丽给杰瑞发了电报。”

“说了些什么？”

“告诉他可怜的查理辞世的事情。”

女仆突然走进来。

“太太，您可以上楼去看看毕晓普太太吗？她想见您。”

“好的。”

她立刻离开，留下我一个人。不久，比尔来了，我们喝了一杯。最后，珍妮特回来了。

她递给我一份电报，上面写着：

请务必等我的信。

杰瑞

“你觉得这是什么意思？”珍妮特问我。

“不就是上面写的意思吗？”我答道。

“白痴！我当然也跟玛格丽说，这没什么别的意思，可她很担心。这封电报一定是在得知查理死讯之前发的。我估计玛格丽现在根本不想玩桥牌。我是说，她丈夫下葬的当天就玩牌，还是不妥。”

“确实不妥。”我说。

“当然，等收到玛格丽的电报，杰瑞可能会再回电报。他肯定会这样，对吧？我们现在只有坐着干等了。”

我看谈话可以到此为止,就走了。几天后,珍妮特打电话告诉我,玛格丽收到莫顿的唁电。她向我复述了一遍:

得悉噩耗,不胜悲痛。致以深切的哀悼。爱你。

杰瑞

"你怎么看?"她问我。

"我觉得措辞得体。"

"那当然,他总不能说自己心花怒放吧?"

"那倒看不出来。"

"他确实说了爱你两个字。"

我可以想象,这两个女人如何反复推敲这两份电报,仔细琢磨每一个词,挖掘任何可能的含义。我仿佛可以听到她们的窃窃私语。

"如果他这时候让玛格丽失望,真不知道玛格丽会做出什么事来。"珍妮特继续说,"杰瑞是不是个绅士,现在还很难说。"

"别胡说。"我说,很快挂了电话。

接下来的几天,我和马什夫妇吃过几次饭。玛格丽看起来很疲倦。我猜她是在等那封信,忧心如焚。悲伤和忧虑把她折磨得精神恍惚,看起来非常虚弱,这可是她从不曾有过的精神状态。她很温柔,对别人的关心感激不尽。微笑里带点犹疑和羞怯,似乎有无限的悲凉。她的无助别有一番风情,可惜莫顿远在千里之外。一天早上,珍妮特打来电话。

"信到了。玛格丽说我可以给你看。你能过来吗?"

她语气紧张,我一听就全明白了。刚一赶到,珍妮特就把信给我。我看了。措辞谨慎,我猜莫顿肯定写了好多遍。语气友善,费尽心思,极力避免说任何伤害玛格丽的话,但字里行间透露出他的恐惧。他写这封信时恐怕两腿一直在发抖。他觉得，应对目前这种情形，最好的方式就是开些无关痛痒的玩笑。他取笑殖民地的白人。如果玛格丽突然出现，那些人会怎么说？他马上就会被炒鱿鱼。人们认为在东方自由而轻松，但事实并非如此，这里比伦敦南部的克拉伯姆还保守。他太爱玛格丽了，一想到那些可恶的女人会对她说三道四，就心如刀割。此外，他已经被派到新的驻地，与世隔绝，出来一趟要十来天。玛格丽不能住在以前那幢平房里，现在的驻地连个像样的旅馆都没有。他的工作，经常要进丛林，有时一待就好几天。总之，那儿不是女人待的地方。他说玛格丽在他心中无可替代，但她决不能因他而受困扰。考虑再三，他觉得她最好还是回到丈夫身边。要是他成了妨碍他们的第三者，他永远也不能原谅自己。确实，我敢肯定，写这封信可真不容易。

"当然，写这封信的时候，他还不知道查理已经死了。我跟玛格丽说，查理不在了，情况不一样了。"

"玛格丽也这么看吗？"

"我觉得她现在不太理智。你怎么看这封信？"

"哦，很明显，杰瑞不想要她。"

"可两个月前，他那么想要她。"

"氛围和环境对人的影响真是不可思议啊。估计对他来说，离开伦敦像是有一年了。他回到老朋友身边，做着自己喜欢的事。亲爱的，玛格丽最好别自欺欺人了。杰瑞的生活已经恢复了正常，却没有她的位置。"

"我建议玛格丽别管这封信，直接去找他。"

"我希望她理智点，免得到时候当面被拒绝，情何以堪。"

"现在她该怎么办？哦，这太残酷了。这世上再也找不到比她更好的女人了。她真是太善良了。”

“想想真是滑稽。正是她的善良导致了这么多麻烦。为什么她不跟莫顿上床？反正查理也不会知道，事情也不会坏到哪里去。她和莫顿可以共度一段美好时光，等莫顿走的时候，他们体面地分手，这段情缘就此画上完美的句号。这将是一段美好的回忆，她可以再回到查理身边，心满意足，心情平和，继续做个完美的妻子。”

珍妮特噘起嘴，轻蔑地看了我一眼。

“要知道，有一样东西叫美德。”

“去他妈的美德。带来破坏和不幸的美德，有什么用？你可以叫它美德，我叫它怯懦。”

“一想到和查理生活在一起却又背叛他，玛格丽就觉得恶心。要知道，有些女人就是这样。”

“老天，她可以精神上忠诚，肉体上背叛。女人不是很擅长这种把戏吗？”

“你这人真是玩世不恭，愤世嫉俗。”

“如果说透过现象看本质，生活中用点常识，也算玩世不恭的话，那我确实玩世不恭、愤世嫉俗。我们直说吧，玛格丽人到中年，查理五十五，他们俩结婚十六年。遇到一个年轻人迷恋她，她昏了头，这也算正常。但这不是爱情。这是生理反应。杰瑞说什么她都当真，那她就真是个傻瓜。不是杰瑞在说话，而是他饥渴的性欲，他的性饥荒已经闹了四年了，至少没碰过白种女人。如果玛格丽要他兑现那些不着边际的承诺，就等于毁了他的生活，对他来说这太可怕了。他喜欢上玛格丽，纯属偶然。他想要她，因为得不到，所以更想要她。我猜他觉得这是爱情。相信我，这只是情欲。如果他们上了床，查理现在一定还活着。正是玛格丽那见鬼的美德导致了所有的麻烦。”

“你怎么这么蠢？难道你看不出来，她是情不自禁吗？她可不是个水性杨花的女人。”

“我宁愿她水性杨花而不是个自私鬼，宁愿她是个荡妇而不是个傻瓜。”

“哦，你给我闭嘴。我请你来，不是让你来胡说八道的。”

“那你请我来干吗？”

“杰瑞是你的朋友。是你把他介绍给玛格丽的。玛格丽现在处境艰难，都是因为他。而你才是一切麻烦的源头。你有义务写信给他，让他负责。”

“我要是写，那就真见鬼了。”我说。

“那你走吧。”

我起身要走。

“哎，不幸中的万幸，查理买了人寿险。”珍妮特说。

我转过身直勾勾地望着她。

“你居然还可以说我愤世嫉俗。”

我甩门而去，这里就不重复我冲她说的那些粗话了。不管怎么说，珍妮特还是个不错的女人。我常常会想，要是娶了她，一定会有不少乐趣。

（辛红娟 译）

带伤疤的男人

第一次留意他是因为这块疤痕，又大又红，呈月牙形，从太阳穴延伸到下巴处。疤痕一定是由于严重受伤而留下的。我想，不知是受了刀伤，还是被弹片划伤。他的脸圆润肥胖，和蔼可亲，这样一道长疤因此显得异常突兀。他五官细小，貌不惊人，短小的脸庞与肥胖的身躯极不相称。他个头中等偏高，强壮有力。除了一套寒碜、邋遢的灰色西装，一件卡其布衬衫，和一顶旧毡帽之外，我从未见过他穿别的衣服。他几乎每天都去危地马拉城的皇宫酒店，在酒会开始前兜售彩票。如果他仅靠这个维持生计，恐怕挣不了几个钱，因为我从没见过有谁买他的彩票。不过经常有人请他喝上一杯，他对此倒是来者不拒。他穿梭于酒桌之间，步态蹒跚，似乎习惯于如此来回走动，在每张桌前停下来，带着微笑，念叨待售的彩票号码。要是没有人理睬，他就带着同样的微笑，走向下一桌。我想，他多数情况下都是醉醺醺的。

一天晚上，我跟一位熟人站在吧台前，一只脚搁在栏杆上——危地马拉城皇宫酒店的干马天尼酒非常有名——带伤疤的男人走了过来。他向我递上彩票，我摇摇头。从我走进酒吧开始，这已经是他第二十次向我递上彩票。不过，我的同伴友好地点点头。

“你好吗，将军？卖得怎么样？”

“马马虎虎。生意不好，只会越来越差。”

“想喝点儿什么，将军？”

“来杯白兰地。”

他一饮而尽，将酒杯放回吧台，朝我的朋友点头致谢。

“谢谢。回头见。”

他接着转身向站在我们身边的人推销彩票。

“这朋友是谁？”我问道，“脸上的疤痕怪吓人的。”

“疤痕嘛，哪有看着漂亮的？他是尼加拉瓜的流亡犯。当然，他是罪犯，是歹徒，但人品不坏。我不时给他几个比索。他是革命军领袖，要不是因为弹药耗尽，现在很可能推翻了政府，当上了战争部长，而不是在危地马拉卖彩票。情况不外乎政府逮捕了他和他的部下，送上军事法庭审判。在这些国家，这类审判简单迅速。他被判死刑，黎明执行。我猜他被捕时就知道自己在劫难逃。晚上他跟其他囚犯一起，总计五人，在监狱里玩扑克牌打发时间。他们拿火柴棒当筹码。他告诉我说，一辈子从来没有像那天夜里那么背运。他们玩的是半副牌。他一直没拿过好牌。整场牌玩下来，他抓到的好牌不过五六手。刚买进一堆火柴，立刻全部输光。等到破晓时分，士兵们进监狱带他们出去行刑时，他输掉的火柴普通人一辈子都用不完。

“他们被带到监狱院子里，五个人并排靠墙站立，面对行刑队。半天不见动静，我们的这位朋友就问行刑队指挥官，到底在搞什么鬼，左等右等不开枪。军官回答说，政府军的将军要出席这次行动，大家正在等待他的到来。

“‘那我正好再抽支烟。’这位朋友说，‘他从来都不准时。’

“但是，烟刚点着，将军——顺便说一下，他叫圣伊格纳西奥：不知道你是否见过他——就走进院子，身后跟着副官。首先是些例行的礼节,然后圣伊格纳西奥问这些犯人行刑之前是否还有什么要求。五个人中的另外四个都摇摇头,唯独我们这位朋友开了口。

“‘有,我想跟我的妻子道个别。’

“‘没问题,’将军说,‘我不反对。她在哪儿?’

“‘在监狱门口等着。’

“‘好,但不能超过五分钟。’

“‘顶多五分钟,将军阁下。’这位朋友说。

“‘将他带到旁边吧。’

“两名士兵走上去,架着这名叛军头目走到指定的地方。将军点点头,行刑队指挥官一声令下,一阵刺耳的爆炸声响起,四个人应声倒下。令人匪夷所思的是,他们不是同时倒地,而是一个接着一个,动作格外怪异,仿佛剧场里的木偶。指挥官走上前去,用手枪对着一名还没断气的犯人补了两枪。我们这位朋友吸完烟,将烟蒂扔掉。

“门口传来一阵骚动。一名女子疾步跑进院子,一只手放在胸前,猛地站住脚。她惊叫一声,张开双臂,冲上前来。

“‘天哪。’将军失声惊道。

“她穿一身黑色衣服,头戴纱巾,脸色惨白。她看上去一副姑娘模样,身材苗条,五官娇小,一双大眼睛里饱含痛苦。她向前奔跑,嘴巴微张,面容哀伤而俏丽,冷漠的军士们看到她,都惊讶得屏住呼吸。

“叛军头头上前一两步,迎向她。她冲进他怀里,嘶哑、激动地喊叫:我的心肝!我的心肝!他狠狠地吻着她的双唇。蓦地,他从破烂的衬衫中抽出匕首,刺进她的喉咙!真不知道他怎么做到把匕首藏在身上的。鲜血从割断的血管喷涌而出,染红了他的衬衫。他展开双臂,紧紧抱着她,发疯般地吻着她。

“这一切发生得太突然,许多人还没弄明白出了什么事,但是,也有人发出恐怖的惊叫。人们跳起来,抓住他,扯开他的手,如果不是副官扶住这个女人,她肯定会倒在地上。女人已经昏迷。人们将她放到地上,木然地望着她。叛军头目选准了攻击部位,血流不止。过了一会儿,跪在女人身边的副官站起身。

“‘她死了。’他低声说。

“叛军头头在胸前画了个十字。

“‘你为什么要这么做?’将军逼问。

“‘因为我爱她。’

“士兵中间响起一阵叹息。人们惶惑地看着这位凶手。将军凝视着他,沉默半晌。

“‘这是高贵之举。’他最后说,‘我不能杀这个人。开我的车,把他送到边境去。先生,我向你表示我的敬意,勇敢者对勇敢者的敬意。’

“听众中间响起一片赞叹声。副官拍拍叛军头头的肩膀,夹在两名士兵中间的叛军头头,一言未发,朝汽车走去。”

讲到这儿,我的朋友停了下来,我陷入了沉思。需要说明的是,我朋友是危地马拉人,故事是用西班牙语讲的。我竭尽全力翻译他的叙述,丝毫没有削弱他夸张的措辞。说实话,我觉得这种措辞正适合这个故事。

“那块伤疤是怎么来的?”我最后问道。

“哦,是我开酒瓶时炸伤的。姜汁啤酒瓶。”

“我从不喜欢姜汁啤酒。”我说。

(辛红娟 译)

倒闭的妓院

我要讲述的故事发生在一个快乐的国度，没什么东西能诱使我说出这个国度的名字；但是，披露一点点信息倒也无伤大雅：这是美洲大陆上一个自由独立的国家。这么说已经足够隐讳，料想不会引起外交纠葛。正当这个自由独立国家的总统想要物色一位美人之际，一个年轻貌美的女郎从密歇根州来到他的首都——广阔的阳光城市，市内有一处广场，教堂庄严肃穆，还有几处古老的西班牙建筑。女郎相貌出众，令总统一见倾心。他立刻向她表白爱意，令他高兴的是，女郎对他也是芳心一片。可恼人的是，女人觉得他有妻室，而自己也已婚嫁，终难长相厮守。她和其他女性一般，将婚姻看得很重。尽管这在总统看来并不合理，但他从不让一位漂亮女士的幻想破灭，向她承诺自己一定会尽力促成两人缔结姻缘。总统召来所有的法官，将问题摆到他们面前。他说，他一直在考虑，对于一个进步国家来说，他们的婚姻法明显已经跟不上时代，因此，他强烈建议修订该法。法官们退席后，随即修订出台了一项令总统满意的离婚法。但我所描写的这个国家向来遵照宪法谨慎从事，因为那是个高度文明、民主和备受尊敬的国家。尊重自己并尊重就职宣言的总统，即便为了自己的利益，也不能在订立法律时置形式于不顾,而订立法律是需要时间的。总统刚签署完新离婚法生效的法令,革命就爆发了。总统不幸被绞死在庄严的教堂前广场灯柱上。年轻貌美的女郎仓皇离开首都,但是法律被延续下来。这部法律的条款十分简单。只需支付一百金币并在城里住满三十天,丈夫就可以与妻子离婚,妻子也可以与丈夫离婚,甚至不需要事先通知另一方。因此,你的妻子可能会告诉你,她准备去跟她年迈的母亲住一个月,而后,某一天早餐时间,当你查看邮件时,可能会收到她的信,告诉你她已跟你离婚并已另嫁他人。

很快,这个幸福的消息就不胫而走,说距离纽约不远的地方有个国家,该国首都气候温和,生活便利,女人能简单快捷又经济实惠地挣脱令人厌恶的婚姻,解放自己。既然离婚不需要告知丈夫,女人就省去了令人心力交瘁的激烈争吵。所有的女人都明白,无论男人对离婚的提议如何吵闹,最终通常都会做出让步,接受现实。如果你告诉他想要劳斯莱斯轿车,他会说买不起,但如果你买了下来,他照样会像绵羊一样温顺地签支票。须臾,美丽的女人大量涌进这座舒适的阳光城市。风尘仆仆的女商人和时髦女郎,追求享乐和闲适的女人,从纽约、从芝加哥、从旧金山,纷至沓来,从佐治亚州和达科他州蜂拥而至,从联邦各州如潮水般涌来。联合果品公司邮轮舱位几乎供不应求。如果你要订特等客舱,务必提前半年下手。这个生机勃勃的国都一片繁荣,转眼之间,城里每一位律师都开上了福特汽车。大酒店老板唐阿戈斯托斥巨资修建多家豪华大浴室,毫不吝惜,钱财滚滚而来。每次经过前总统被绞死的灯柱时,他都要恭敬地挥挥手。

“他是个了不起的人,”他说,“有朝一日人们会为他塑雕像。”

我这么说,好像只有女人从这部便捷而理智的法律中受益,似乎是在暗示,美国女人比男人更渴望从神圣婚姻的羁绊中解脱。事实并非如此。尽管来到这个国家的多半是意欲离婚的女人,我想这是因为女人更容易离家六个星期(往返各一个星期,再加上三十天定居时间),而男人很难甩开自己的事务六个星期之久。的确,男人可以在暑假期间离开,但这个时节往往酷热难耐;而这座城市也没有高尔夫球场;有理由相信,如果男人不得不牺牲一个月打高尔夫球的便利才能与妻子离婚的话,他一定会三思。大酒店里的确有两三位男士住上三十天,但通常说来,他们大多有着不可告人的商业目的。商人这个职业,能同时追求自由和利润。

尽管如此,大酒店里主要的客人仍是女性。午餐和晚餐时间,女人们欢乐地围坐在庭院拱门下的小方桌旁,谈论婚姻的烦恼,畅饮香槟。唐阿戈斯托的生意如火如荼,将军、上校(在这个国家,军队里将军的数量远超上校的数量)、律师、银行家、商人和城里的花花公子络绎不绝,来这里一饱眼福。但是,这个世界上很少有完美的事情,不尽如人意的事情总会发生。正准备跟丈夫闹离婚的女人们通常情绪焦躁不安,要讨好她们绝非易事。现在,不得不承认,尽管这座令人愉悦的小城有很多优点,娱乐场所却十分匮乏。城里只有一座影院,放映的好莱坞电影十分老旧。当然,白天你可以通过咨询律师、修剪指甲或逛街购物消磨时间,可夜晚总是寂寞难熬。很多人抱怨说三十天太长,不止一位性急的年轻女人质问律师,为何不能修订法律,将三十天改为四十八小时。不过,足智多谋的唐阿戈斯托想出一条妙计:他雇用了一队危地马拉流浪汉演奏木琴。世界上再也没有如此美妙的音乐,惹得人脚尖酥麻,霎时间,院子里的男男女女都情不自禁翩翩起舞。很明显,二十五位漂亮女人不可能只与三位商人跳舞,幸好还有这些将军、上校和城里的花花公子们。他们舞技超群,顾盼神飞。时光飞逝,日子一天天过去,一个月的时间倏然而过。唐阿戈斯托的顾客中,不止一位在道别之际表示,她们愿意待得更久。于是,唐阿戈斯托兴高采烈。他乐意看到人们纵情欢乐。木琴乐队带来的收益是雇佣乐队成本的两倍。看到女人们跟时髦的军官和城里的年轻人尽情舞蹈,老板兴奋不已。节俭的唐阿戈斯托总是晚上十点就关掉楼梯和走廊的电灯,因此,时髦的军官和城里的年轻人英语水平大幅提高。

俗话说,"快乐不知时日过"。终于有一天,科拉莉太太再也忍受不了了。一个人的快乐往往是建立在另一个人的痛苦之上。她精心打扮一番,前去拜访她的朋友卡门希塔。伶牙俐齿的科拉莉表明来意之后,卡门希塔叫来佣人,派她去请拉戈达。她们有要事要跟拉戈达商量。拉戈达很快就赶到了,她身形高大,唇上髭毛很重。三人就着一瓶马拉加葡萄酒进行了一番重要磋商。讨论结束后,她们写了一封信给总统,请求觐见。新任总统三十来岁,年轻力壮,几年前在一家美国公司当搬运工。凭借与生俱来的雄辩口才,和阐明观点或强调立场时的好枪法,登上了总统宝座。秘书把求见信呈到面前,总统笑了。

"这三个老婆子找我什么事?"

然而,总统生性善良,平易近人。他并未忘记,他是人民的总统,是人民的一分子,保卫人民是他的职责。年轻时,科拉莉太太还雇佣过他当跑堂工人。他告诉秘书说第二天上午十点接见她们。三人如约来到总统府邸,攀上一段气派的楼梯,被引到会见室。负责领路的官员轻叩大门,装有栅栏的窥视孔打开,里面露出一只警惕的眼睛。总统可不愿重蹈前任覆辙,尽最大努力保护自身安全。无论来客是谁，接见之前他都十分警惕。官员通报了三个女人的名字，门开了一条缝，三人挤了进去。房间富丽堂皇，秘书们穿着干练的衬衫，坐在一张张办公桌前，忙着打字，每个人腰间都别着一把手枪。还有一两名年轻男子，全副武装，躺在沙发上，边看报纸边抽烟。总统也穿着衬衫，腰间别着手枪，双手拇指插在西装背心的拇指孔里。总统身材魁梧，相貌英俊，甚至带有几分高贵神气。

“你们好！”他愉快地打着招呼，露出洁白的牙齿，“什么风把你们吹来了，夫人们？”

“唐曼纽尔，您可真是神气！”拉戈达说道，“真是一表人才！”

他跟她们一一握手，下属们停下手头忙碌的工作，直起身热诚地向三位太太挥手致意。他们跟这三位是老朋友啦，这次招呼，虽然略微显得有些讽刺，却很亲切。现在，我必须说明一点真相（当然，我可以把话说得十分隐晦，让人摸不着头脑；或者，既然要说，不如说得清楚明白，以免误会），这三个女人是这个自由独立国家首都三家主要妓院的老鸨。拉戈达和卡门希塔来自西班牙，穿着体面的黑色衣服，戴着黑色头巾，科拉莉太太是法国人，头戴丝绒帽。她们三位阅历丰富，深谙周全圆滑的处世之道。

总统请她们落座，命人奉上马德拉葡萄酒和香烟，她们婉言谢绝。

“不用，谢谢您，唐曼纽尔。”科拉莉太太说，“我们来见您是因为公事。”

“好，我能做些什么？”拉戈达和卡门希塔看着科拉莉太太，科拉莉太太望向拉戈达和卡门希塔。两人点点头，科拉莉看出来,她们想让她当代言人。

“哦,唐曼纽尔,事情是这样的。我们三个女流,辛辛苦苦这么多年,从来没有因为半点流言蜚语玷污自己的名声。在整个美洲再也找不出三家比我们更出色的妓院,我们的妓院为这座美丽的城市平添了声誉。去年,我还花了五百元在大厅装上玻璃镜。我们向来遵纪守法,按时纳税。现在,却有人从我们的嘴边抢走我们的饭碗。这么些年诚实劳动,凭良心做生意,却要遭受这种结果,我不得不说,苍天不公啊!”

总统十分惊讶。

“亲爱的科拉莉,我不明白你是什么意思。是不是有人瞒着我违法向你们收费?”

总统怀疑地看了秘书们一眼。秘书们尽力装着若无其事的样子,尽管他们清清白白,看起来却局促不安。

“我们抱怨的正是这部法律。我们马上就要破产啦。”

“破产?”

“有这部新离婚法在,我们就做不了生意,美丽的妓院只好关门停业。”

接着,科拉莉太太原原本本地道出实情,大概意思转述如下:由于大批外国美女涌进这座城市,她和另外两位太太开设的三家妓院门可罗雀。追求时尚的年轻人晚上喜欢住在大饭店。在大饭店里,他们只需几句甜言蜜语,就能尽情享受,而在妓院,可是要实打实地付现钞的。

“这不能怪他们。”总统说。

“我不怪他们,”科拉莉太太嚷道,“我怪那些女人。她们无权来到这里,从我们的嘴里抢走面包。唐曼纽尔,您是人民的一分子,您可不是达官显贵。如果您纵容这些骗子抢走我们的生意，国家会怎么处理？我想问您，这公不公平，诚不诚实？”

“可是，我有什么办法？”总统说，“我又不能把她们锁起来，关上三十天。如果这些外国人没有尊严感，我怪她们又能有什么用？”

“妓院里那些穷人家的姑娘就不同了，”拉戈达插话说，“她们得以此为生。可那些女人投身欢场又不是迫于生计。无论如何我无法理解。”

“这个离婚法太糟糕，太缺德。”卡门希塔说。

总统猛地跳起来，双手叉腰。

“你们不是想让我废除这部法律吧？这部法律为这个国家带来了和平与繁荣。我是人民的一分子，人民选举了我，国家的繁荣时刻挂在我心上。离婚是我们的支柱产业，只要我不死，这部法律就不会废除。”

“噢，天哪，到头来是这个下场。”卡门希塔说，“可怜我和两个在新奥尔良修道院的女儿。干这一行经常会遭遇种种不愉快，但我总是安慰自己，这么做是为了女儿们能找个好归宿，等我退休，她们能继承家业。我送她们去新奥尔良的修道院难道不花钱吗？”

“唐曼纽尔，要是我的妓院倒闭，谁来养我在哈佛读书的儿子？”拉戈达反问道。

“对我自己来说，”科拉莉太太开口说，“倒无所谓。我可以回法国去。我的老母亲八十七岁，剩下的时日不多。在她有生之年待在她身边，对她倒是个安慰。令人痛心的是整件事情并不公平。唐曼纽尔，您在我的妓院度过了无数欢乐的夜晚，要是您让我们遭受这样的屈辱，我真的很受伤。您不是亲口对我说过，您作为贵宾来到曾经当过跑堂的妓院的那一天，是您人生中最引以为傲的时刻吗?”

“这一点我不否认。我当时还请在场的所有人喝了香槟呢。”唐曼纽尔在偌大的厅里踱来踱去,陷入沉思,不时地耸耸肩,“我是人民的一分子,人民选举了我,”他比画着大声说道,“实际情况是,这些女人是骗子。”他转向秘书,做了个非常夸张的手势,“这是我执政期间的污点。让毫无技术的外国劳动力从诚实勤劳的人民嘴里抢走面包,这违背了我的原则。这几位太太来找我,请求我的保护,她们做得对。我不能任由这种行径继续下去。”

这的确是一场旗帜鲜明的演讲,但在场所有的人都明白,口头说说不顶任何用处。科拉莉太太在鼻子上补了点粉,在小镜子里瞥了一眼令人印象深刻的鼻子。

“当然,我了解人的本性,”她说,“我能理解这些女人度日如年。”

“我们可以建一座高尔夫球场,”一位秘书斗胆进言,“不过这样只能打发白天的时间。”

“如果她们需要男人,为什么不带男人一起来呢?”拉戈达说。

“啊,”总统惊叹一声,突然停顿下来,“有办法了!”

总统能有如今这个尊贵的位置,并不缺乏远见和智慧。他眉飞色舞。

“我们要修订这部法律。男人可以像以前一样自由入境,但女人只能在丈夫的陪伴或者书面同意下才准入境。”他发现秘书们透出惊恐的眼神,于是,大手一挥,“但是,请通知移民部门,‘丈夫’这个词的含义模糊处理。”

“天哪!”科拉莉太太一声惊呼,“如果外国女人可以带朋友一起来,那个朋友就可以保证没有人会妨碍他们,我们的顾客又会回到热情服务的妓院。唐曼纽尔,您真是个了不起的领导人,有朝一日,人们会为您塑雕像的。”

最简单的方法往往可以解决最棘手的问题。按照唐曼纽尔的建议,现行离婚法被稍作修订。一方面,这个自由独立国家广袤的阳光都城继续繁荣昌盛;另一方面,科拉莉太太得以继续从事利润丰厚的职业,卡门希塔的两个女儿在新奥尔良修道院受完昂贵的教育,拉戈达的儿子则从哈佛大学顺利毕业。

(辛红娟 译)

乞丐

上帝知道，我经常悲叹没有时间做自己想做的事。我已经记不清上次独享清闲是什么时候。我时常憧憬拥有一个星期的清闲时光。我们中间有很多人，不是忙于工作，就是忙于玩乐：骑马、打网球、打高尔夫、游泳或赌博。但是，这些我都没兴趣。我宁愿从早到晚漫步闲逛。这样，我的记忆仿佛一块石板，时间则是海绵，抹去感官世界留下的丝丝印记。时间，转瞬即逝，无法恢复，于是成为人类最宝贵的属物，虚度光阴则成为最奢侈的挥霍。克娄巴特拉①将价值连城的珍珠溶入酒杯，却将其献给安东尼②；浪费宝贵的时间，无异于端起溶有珍珠的酒杯，将里面的美酒泼在地上。这动作很壮观，但也跟所有壮观的动作一样，非常愚蠢。那当然只是一种托词。在我渴望得到的这个星期里，我当然应该读书，对一个习惯读书的人来说，读书已然成瘾，难以自拔；一旦阅读品被夺走，就会变得焦躁不安，情绪激动；就好比嗜酒如命的人，没有白兰地，连虫漆或甲醇都会喝，嗜读书的人会浏览五年前的报纸，甚至翻阅电话号码簿。但职业

---

① 克娄巴特拉（前69—前30），世称“埃及艳后”，古埃及托勒密王朝末代女王。

② 安东尼（前83—前30），古罗马政治家和军事家。

作家可不会去读那些无聊的读物。我希望我的阅读成为另一种形式的休闲。我打定主意，如果能享受一段清静无忧的快乐时光，一定去完成牵挂多年的计划——读完尼克·卡特[①]全套作品。迄今为止，这项事业就像冒险家探索未知国度一样，才刚刚起步。

我一直幻想挑选一处钟爱之所，无拘无束地度过这段时光。然而，当我突然间得了这闲暇机会，又不想囫囵虚度时，竟颇有些措手不及（就像在苍茫的太平洋上，邀请一位在汽轮上萍水相逢的朋友来伦敦小住，那人不打一声招呼突然带着全部家当出现在你眼前一样）。那次，我从墨西哥城到韦拉克鲁斯，搭乘沃德公司的白色邮轮前往尤卡坦半岛。始料未及的是，前一天码头刚刚发生罢工，我要搭乘的船无法进港，被迫滞留韦拉克鲁斯。我在俯瞰广场的迪丽君西亚斯酒店订了间房，上午欣赏城市风光，漫步街头巷尾，探看古色古香的庭院。我信步走过教区的教堂，教堂的雕刻与飞拱美丽如画。海风与骄阳将教堂粗糙而宏伟的墙壁渲染得无比沧桑。穹顶铺满蓝白相间的瓦片。饱览一番景致之后，我选择一隅凉爽的拱廊，坐下来休憩一番，点了酒水。烈日无情地照射在广场上，椰子树上积满灰尘，无力地耷拉着。巨大的黑兀鹰在椰树上焦躁不安，突然扑向地面，抢夺食物残渣，扇动笨重的翅膀，飞到教堂塔楼上。我打量着广场穿行的人群：黑人，印第安人，克里奥尔人，西班牙人，还有加勒比海地区的各色人种，肤色从乌黑到象牙白，无所不包。上午的时间就这么打发过去，身边桌旁逐渐聚满客人，大多是男人，他们

① 尼克·卡特（Nick Carter），19 世纪末美国一套通俗小说中虚构的私家侦探形象，最早出现于廉价小说《老侦探的学生》（又名《麦迪逊广场的神秘罪案》）中，该书作者为约翰·R. 科里尔（John R. Coryell），出版于 1886 年。

午餐前来这里小酌一杯。这些人多半穿着白色帆布裤子，也有些人为了彰显职业尊贵，不顾天气酷热，穿着深色衣服。吉他手、盲小提琴手和竖琴手组成的小型乐队，演奏着爵士乐。每隔两首曲子，吉他手就会端着盘子绕行一圈。我买了份当地报纸，不再搭理那些锲而不舍向我兜售同一份报纸的小贩子。我的皮鞋一尘不染，邋遢的孩童却恳请给我擦皮鞋，我拒绝了不下二十次。零钱花完之后，我只能摇头拒绝胡搅蛮缠的乞丐，他们一刻也不容你消停。身材矮小的印第安妇女，衣衫褴褛，每个人的背上都用披肩裹着一个婴儿，伸出瘦骨嶙峋的手，一遍遍诉说着凄惨的故事。小男孩领着瞎眼老人来到我桌前。残疾人、瘸子或畸形的人向我展示他们先天或后天所致的残缺怪异。光着半身、饿得皮包骨头的孩子哀哀纠缠，讨要铜板。但他们这些人随时保持着高度警惕，以防肥胖的警察突然拿着皮鞭冲出来，对着他们的后背或头顶一顿猛抽。他们会四散奔逃，等到警察被折腾得精疲力竭昏然欲睡，他们则再回到老地方。

突然，我的注意力被一位乞丐吸引。跟其他乞丐不同，跟我身旁那些皮肤黝黑、头发乌黑的人也不同，他的头发和胡须红得惊人。此人胡须凌乱，乱蓬蓬的头发仿佛几个月都没梳过。他只穿了一条裤子和一件棉汗衫，衣服破烂不堪、肮脏污秽、恶臭扑鼻，勉强能够蔽体。我从未见过像他这么瘦的人，腿和胳膊瘦得皮包骨头。破烂的汗衫下，肋骨都清晰可辨。沾满灰尘的双脚，骨头历历可数。在这群饥饿的人当中，他显得最为凄惨。他年纪不大，不超过四十岁，我禁不住在心底揣测，到底是什么样的遭遇让他沦落到这步田地。但凡能找到一份工作，他不可能不去干。其他乞丐都倾诉自己的苦难故事，如果这样还得不到施舍，他们就继续乞求，直到你不耐烦地将他们轰走。他沉默不语。我以为,他坚信他的颓唐就是最好的招徕方式。他甚至连手都懒得伸,只是看着你,眼神充满悲惨,神情无比绝望,令人恐惧。他就这样站在那里,一言不发,一动不动,目不转睛地望着你,如果你没有留意他,他就缓慢地移动到下一张桌子。如果没有得到施舍,他既不失望,也不生气。如果有人给他一枚硬币,他就向前移动半步,伸出瘦骨嶙峋的手接住,连句谢谢都不说,迟钝地继续前行。我没有什么东西给他,因此他走到我面前时,为了不让他无谓地等待,我摇摇头。

“看在上帝面上请您免了我吧。”我用卡斯蒂利亚人惯用语礼貌地回答他。西班牙人拒绝乞讨时经常这么说。

但他却像没听见我的话一样,站在我面前,用悲凄的眼神望着我,站在我桌前的时间跟站在别的桌前的时间一样长。我从未见过如此悲惨的人。他的外表之下蕴藏着某种令人恐惧的东西。他看起来不太正常。站了一阵子,他继续往下一桌走去。

我吃午餐的时候已经下午一点了。午睡醒来,天气依然炎热,到了傍晚,一丝凉风从我冒险敞开的窗户吹进来,吸引我走进广场。人们从周围的街道大量涌入广场空地,饭店周围的桌子旁坐满了顾客,中间凉亭里,乐队开始演奏。人群越来越密。人们挤坐在免费长凳上,宛如藤蔓上堆叠的葡萄。聊天的嘈杂声萦绕在耳畔。巨大的黑兀鹰尖叫着从头顶掠过,看到食物,便飞扑而下,或是从行人脚边匆匆跑开。黄昏降临,兀鹰从城镇的每个角落向教堂塔楼飞来,盘旋在塔楼四周,黑压压的一片,发出刺耳的嘶叫声,焦躁地抢夺栖身之地。擦鞋童再一次恳求为我擦鞋,报童们将潮湿的报纸硬塞给我,乞丐们苦苦哀求施舍。我又看见那个长着红色胡子的家伙,一动不动地站在那里,神情凄惨,从一张桌子挪动到另一张桌子。这一次,他没有在我桌前驻足。我想，这是因为他还记得早上见过我，从我这里什么都没有讨到，觉得没必要继续尝试。红头发的墨西哥人并不多见。我只在俄国见过如此贫困潦倒的人，心里暗自思忖，他会不会是俄国人。让自己沦落到这步田地，正契合俄国人软弱无能的品性。可他的脸孔又不像俄国人。他憔悴的脸孔轮廓分明，蓝色的眼睛和头部也不是俄国人的特征。我暗下猜想，他是不是水手，是英国人、斯堪的纳维亚人或美国人，从船上溜号却落到这般下场。忽然，他不见了。苦于无事可做，我一直坐到肚里饿了才离开，吃完饭又回来坐到人影渐稀、该去睡觉的时候。不得不承认，那一天感觉很漫长，这样的日子不知道还得熬上多久才会有船离开。

我睡着一会儿就突然醒过来，再难入睡。房间里空气沉闷，我打开百叶窗，遥望外面的教堂。天上没有月亮，明亮的星光隐隐勾勒出教堂的轮廓。兀鹰密匝匝地聚集在穹顶上的十字架上和塔楼边缘，不时动一下，感觉非常诡异。不知怎的，那个一头红发、衣衫褴褛的家伙突然浮现在我脑海中，我有种奇怪的感觉：我以前见过他。这个想法如此强烈，我顿时睡意全消。我确信曾经见过他，但是什么时候见过，在哪里见过，却不得而知。我尝试着勾勒他可能出现的地方，却只能看见一个模糊的身影出现在浓雾之中。临近黎明，天气凉爽下来，我才睡着。

在韦拉克鲁斯度过的第二天跟前一天毫无差别。我仔细留意着红发乞丐的到来。当他站在我旁边的桌前时，我仔细打量他。此刻，我确定曾在哪里见过他，我甚至确定我认识他，跟他聊过天，但我仍然记不起具体是在什么地方。他再次经过我的桌子却没有停下来，他眼神和我眼神接触的一刹那，我从中搜寻记忆的影子。一无所获。我怀疑自己是不是弄错了，是否有些时候,由于人脑作祟,做某件事情时突然感觉是在重复过去某个时间曾经做过的事情。在过去的某个时刻,他曾经进入我的脑海,我就是想不起来。我绞尽脑汁。现在,我确定他要么是英国人,要么是美国人。但我不好向他求证。我在脑海里不断回忆,什么时候可能见过他。记忆之中找不到他的位置,这让我十分恼怒。这就好像人名到了嘴边,却怎么都想不起来。这一天终于又挨完了。

新的一天到来,又一个上午,又一个傍晚。到了星期天,广场上热闹异常。拱廊下面摆满桌子。跟平常一样,红头发乞丐走过来,一声不吭、衣衫褴褛,可怜的样子令人生畏。他站在距离我两张桌子远的地方,无声地哀求,却没有任何动作。我看到时不时露脸保护人们免受乞丐胡搅蛮缠之苦的警察从柱子后面冲出来,用皮鞭狠狠抽了他一记。他瘦弱的身躯畏缩了一下,没有反抗,眼睛里也没有怨愤。他似乎已经习惯了刺痛的皮鞭,就像他已经习惯周围的一切。他慢慢腾腾地挪开,消失在广场的暮色四合之中。但这凶狠的鞭笞却抽醒了我的记忆,我突然想了起来。

我还没有想起他的名字,但其他的一切都已浮现出来。他肯定已经认出我来,因为二十年来我并无太大变化。第一天上午之后他再也不在我桌前停留,原因正在这里。是的,我认识他是二十年前的事。那年冬天,我在罗马度过,每晚在西斯提纳大道的一家饭店吃饭,那里的通心粉和酒远近闻名。一小群英国和美国艺术学生,还有一两位作家经常光顾那家饭店。我们经常待到深夜,没完没了地讨论艺术和文学。他和他的一位画家朋友经常来。那时他还年轻,不超过二十二岁,蓝色的眼睛,笔挺的鼻子,红色的头发,外表赏心悦目。我记得,他大肆谈论中美洲，曾经在美国果品公司工作过，为了当一名作家，辞了工作。他不太受欢迎，因为态度傲慢，我们当时还没到能容忍年轻人傲慢的年纪。他以为我们都愚蠢而可怜，并且在我们面前毫不掩饰这一点。他不愿向我们展示他的作品，因为我们的赞扬对他毫无意义，他对我们的批评不屑一顾。他的虚荣心很强。这令我们愤怒，但是我们中间有人认为他可能是对的。他强烈的天才意识难道毫无根据吗？为了当上作家，他牺牲了一切。他对自己十分坚信，他的自负甚至影响了他的朋友。

我还记得他曾兴高采烈，活力四射，对未来充满信心，对周遭事物漠不关心。这个乞丐跟他不可能是同一个人。可我分明坚信此人是他！我站起身，付了酒钱，走进广场去寻找他。我思绪凌乱，惊骇不已。我曾经想起过他，有时还会想不知道他混得怎么样。我永远无法想象他会沦落到今天这个可怕的境地。成千上万的年轻人怀揣伟大的理想，响应艺术的强烈呼唤，但多数人表现平平，最后不得不做出妥协，在某处安身立命，勉强度日。他的这般光景却异常恐怖。我暗想，不知发生了什么变故。什么样的梦想破灭导致他精神崩溃，什么样的艰难挫折将他彻底粉碎，什么样的幻想失败让他万念俱灰？我问自己，他是否真的已经无药可救。我绕着广场四处寻找，拱廊里没有他的影子。要想从围绕在演奏台旁的人群中间找到他简直不可能。光线暗淡下来，恐怕找不到他了。我经过教堂时，突然发现他正坐在台阶上。他的凄惨形象简直无法用言语形容。生活已经彻底将他击败，将他百般折磨，逐块肢解，然后将鲜血淋漓的他抛在教堂的台阶上。我走上前去。

“你还记得罗马吗？”我问道。

他一动不动，没有回答，甚至没有留意我的存在，仿佛我压根儿就不存在。他没有看我。蓝色的眼睛茫然地盯着台阶底端惊叫着争抢食物的兀鹰。我不知所措,从口袋里掏出一张黄色背面的钞票,塞进他手中。他看都没看一眼。但他的手动了一下,爪子般的手指捏住钞票,将钱揉皱,卷成一个小纸团,推到大拇指的位置,弹到空中,纸团落在兀鹰中间。我本能地扭头观看,一只兀鹰叼起纸团飞起来,另外两只尖叫着跟在后面。我再回过头时,那人已经消失了踪影。

我在韦拉克鲁斯又待了三天,可再也没有见到他的影子。

(辛红娟 译)

不可多得

理查德·阿朗热是个幸福的人。尽管《传道书》[①]之后悲观论者发表过诸多悲观论调,在这个不幸的世界里幸福的人其实并不鲜见。可理查德·阿朗热知道,幸福的人的确罕见。古人珍视的中庸之道已经过时,遵循中庸之道的人务须忍耐那些缺乏克制之心和缺乏常识公德者的讥笑。理查德·阿朗热彬彬有礼、一笑了之。让别人去铤而走险吧,让别人去玩火自焚吧,让别人去孤注一掷吧,让别人冒险得荣誉或下地狱吧,让别人为了事业、激情或冒险浪费生命吧。他从不艳羡别人的名声,也从不怜悯那些在努力前进途中一败涂地的家伙。

这并不是说理查德·阿朗热是个自私无情的人。他既不自私也不无情。他为人体贴,生性大方。他总是乐于帮助朋友,家境殷实,也有条件助人。他有自己的存款,在内政部有份工作,薪金不菲。这份工作规律、可靠而舒心,很适合他。每天离开办公室,他就去俱乐部打几个钟头桥牌,星期六和星期天去打高尔夫。他到国外度假,住高档酒店,参观教堂、美术馆和博物馆。

① 《传道书》(*The Book of Ecclesiastes*)执笔者是大卫的后代所罗门,是耶路撒冷的王,该书的主题是感叹人生之虚空,认为人在日光之下的劳碌皆属虚空,惟有信靠神,人生才有真正的满足。

他是剧院首映式的常客。他经常在外就餐。朋友们喜欢他。他平易近人,阅读广泛,知识渊博,幽默风趣。他的外表算不上格外英俊,但风度翩翩。他个头很高,身材匀称挺拔,脸庞瘦削精明。年近半百,头发略显稀疏,棕色的眼睛笑意盈然,牙齿一颗也没掉。他天生一副好身板,保养得非常不错。在这个世界上,他没有理由不幸福。如果在他身上偶然觅得一丝自喜之色,他也会觉得无可厚非。

他非常幸运,竟能在危险动荡的婚姻海峡中安全航行,古往今来不知多少聪明、睿智的好男人在婚姻的惊涛骇浪中船沉命殒。二十出头时,他和妻子因爱结合,经过数年堪称完美的婚姻生活,双方渐行渐远。两人都不再想另谋嫁娶,所以也不存在离婚不离婚(理查德·阿朗热在政府部门工作,离婚倒是不利),但为了方便起见,在家庭事务律师的协调下,两人签订了分居协议,自由生活,互不干涉。分手之际,依然相互尊重,彼此祝福。

理查德·阿朗热将位于圣约翰森林的房子卖掉,住进距离白厅①步行可到的公寓,有一间客厅,里面摆满他的书,一间餐厅,里面安置着齐本德尔式家具,一间面积合适的单人卧室,厨房过去是几间佣人房。他将跟随多年的厨师从圣约翰森林带过来,但不再需要那么多佣人,于是将他们悉数辞掉。又在登记处申请找个住家女侍。他十分清楚自己的需求,准确无误地向代理行负责人说明要求。他想要的女侍不能太年轻,首先是因为年轻的女人太轻浮,其次是因为尽管他已经上了年纪,且是个讲原则的人,人们还是会说闲话(先不说旁人,门房和商贩们至少

---

① 白厅(Whitehall)是英国伦敦市内的一条街,连接议会大厦和唐宁街。在这条街及其附近有国防部、外交部、内政部、海军部等一些英国政府机关设在这里。

会)，为了他自己的名声，同时也为了女侍的名声，他认为候选人至少要达到能承担法律责任的年龄。除此之外，他希望女侍会打理银器。他一直对古旧银器情有独钟，希望收藏的安妮女王时期贵妇人使用过的叉勺得到精心料理和珍视。他生性热情好客，喜欢每周至少有一次能够宴请四到八位亲友吃饭。他的厨师能为客人奉上令人满意的佳肴，但是希望女侍能麻利地在一旁招待。他还希望女侍能够擅长洗烫衣物。他衣着讲究，穿着跟他的年纪和地位相称，希望有人精心照料他的衣服。他要找的女侍必须会熨烫裤子和领带。他对鞋子非常挑剔，需要保养得锃亮。他的脚尺码偏小，费了不少麻烦才买得到合脚的鞋子。他鞋子很多，要求脱下来的鞋子必须立即套在鞋楦上。最后，房子必须干净整洁。当然，他明确要求，申请这个职位的人性格必须无可挑剔，严肃认真、诚实可靠、相貌宜人。作为报酬，他提供丰厚的工资、适当的自由和充裕的假期。负责人听得目不转睛，承诺说一定会满足他的要求。但从她派来的一群候选人来看，他的要求她根本没有听进去。他亲自面见所有的候选人。有些明显无法胜任，有些过于粗野，有些岁数太大，有些年纪太轻，有些长相不够宜人，没有一个候选人能赢得哪怕试用的机会。他这个人，心地善良、待人有礼，拒绝大家时脸上带着微笑和愧疚。他并不灰心，准备继续面试女侍，物色心仪的人选。

人生就是有趣，如果你铁了心追求完美的东西，往往真会得到；只要你坚决拒绝唾手可得的东西，就很有可能得到你真正想要的。好像命运在说，这家伙是个十足的呆子，他要寻找完美，出于女人的任性天分，命运女神就把完美之物甩到他面前。有一天，公寓门房突然对理查德·阿朗热说：

“我听说您在找女侍，先生。我倒是认识一个人，兴许合适。”

“你能亲自推荐她吗?”

理查德·阿朗热坚信,佣人的推荐远胜过雇主的推荐。

“我敢向您担保她品行良好。她条件很好。”

“我大概七点钟回来换衣服。如果方便的话,我到时候可以见见她。”

“好的,先生。我一定通知她。”

他回家不到五分钟,厨师从前门应门回来,告诉他门房说的那个女人在门口。

“带她进来。”他说。

他又开了几盏灯,以便能够清楚地看见候选人的相貌。他站起身,背靠壁炉。一个女人走进屋,毕恭毕敬地站在门口。

“晚上好。”他招呼说,“你叫什么名字?”

“普里查德,先生。”

“多大了?”

“三十五岁,先生。”

“嗯,这个年纪很好。”

他吐了口烟圈,若有所思地打量她。她个头偏高,几乎跟他一样高,估计穿了高跟鞋。黑色的裙子格外合身。她身材匀称,面容清秀,脸色红润。

“你能摘下帽子吗?”

她取下帽子。只见她一头淡褐色头发,衣着整洁而得体,看起来结实健康,不胖不瘦。如果穿上得体的制服,那样子肯定很上相。她长相并不惹眼,但清秀标致,如果身处上流社会,你很可能会说她美丽动人。他又问了她几个问题,她的回答令人满意。她离开前任主人的理由相当充分。她受过专业管家培训,熟悉自己的职责。在前任主人那里，她还是三个女侍的领班，但她并不介意一个人独揽家务。她之前服侍过一位绅士，那位绅士还送她去裁缝那里学过熨烫衣服。她略显矜持，但不羞怯也不拘谨。理查德和颜悦色、不紧不慢地提问，她则诚实正直、镇定自如地回答，给他留下良好的印象。他又问她有没有介绍信。介绍信也令人格外满意。

“你看这样吧，”他说，“我很乐意聘请你。但我不喜欢经常换人。我的厨师已经跟了我十二年：如果我觉得你合适，这地方也适合你的话，你就长久留下来。我的意思是说，我可不想看你干上三四个月，然后告诉我说你得辞职结婚。”

“不必担心这一点，先生。我是个寡妇。我想婚姻对我这种女人已经没什么吸引力。我的丈夫从结婚到死去从来没有工作过，一直都是我养活他。我现在只想有个好主家工作。”

“我同意你的观点。”他笑着说，“婚姻是个好东西，可对婚姻麻木不仁就不对啦。”

她表现得非常得体，并不搭茬，只等待他宣布决定。她似乎并不急切得到这个职位。他觉得如果她跟外表看起来一样能干的话，找份工作应该不难。他告诉她工资待遇，她表示满意。他告诉她关于这个地方的一些必要信息，但是她给他的印象是，这些她已然知道。这样一来，他不仅没有挫败感，反而觉得挺有意思，说明她申请这份工作之前已经了解过他的有关情况。这恰恰显示出她的审慎与责任感。

“如果聘用的话，什么时候能开始工作？我现在身边缺人，厨师忙着做饭。我想尽快定下来。”

“先生，我本来打算给自己放一个星期的假。可如果您需要，我可以放弃休假。方便的话，我明天就可以过来。”

理查德·阿朗热给了她一个迷人的笑容。

“我不会让你放弃期待已久的假期。我可以继续像这样撑一个星期。回去度假吧,假期结束再来。”

“非常感谢您,先生。我下星期过来行不行?”

“没问题。”

她离开后,理查德·阿朗热觉得这一天心满意足。看来他已经找到了梦寐以求的女侍。他按铃叫来厨师,告诉她终于如愿以偿请到一位女侍。

“我想您会喜欢她的,先生。”厨师说,“她今天下午进来和我聊了会儿。我一眼就能看得出来,她能胜任。她也不是那种轻浮的女人。”

“等我们试试看吧,耶迪太太。我希望你说的都是我的好话。”

“哈,我说您非常挑剔,先生。但您是谦谦君子,喜欢生活得井井有条。”

“这一点我承认。”

“她说她不介意您挑剔。说她喜欢循规蹈矩的绅士。还说,如果没有人注意的话,规规矩矩地做事也没什么意思。我想您会发现她对自己的工作充满自豪感。”

“我想找的正是这样的女侍啊。恐怕继续找下去只会不尽如人意。”

“是啊,先生,正是如此。布丁的味道只有吃了才知道。如果您问我的意见,我觉得她会是个不可多得的人。”

事实证明,普里查德果真不可多得。没有谁比她更会伺候人。她擦鞋的功夫一流,皮鞋擦得光亮照人,晴朗的早晨步行上班,他的步履变得更加轻松。她打理衣服格外用心,同事们开玩笑说他是英国公务员系统中穿得最讲究的人。有一天,他比平时回家早些,发现浴室里挂着一排袜子和手帕。他把普里查德叫过来。

“我的袜子和手帕都是你自己用手洗的吗,普里查德?我想你该做的事情已经够多了。”

“干洗店把袜子和手帕都洗坏了,先生。如果您不反对的话,我情愿在家里洗。”

她清楚地知道他在各种场合该穿什么衣服,不用问她就知道该拿出晚上穿的无尾礼服加黑色领带或者燕尾服加白色领带。当他要出席的聚会需要佩戴勋章时,他发现外衣翻领上早已挂好一排奖章。他早上不再需要从衣橱里挑选领带,因为她已经准确无误地帮他挑好心仪的领带。她品位不凡。他猜想她准是读过他的信件,因为她对他的活动了如指掌。如果他忘记在什么时间该参加什么活动,也根本不需要查看笔记本,因为普里查德可以告诉他。她清楚地知道接电话时对什么人用什么口气说话。除了对小商贩们口气强硬之外,她总是彬彬有礼,但如果是阿朗热先生在文学界的朋友或者是内阁部长太太,她的语气又迥然不同。她凭直觉能够分辨出他想跟谁聊天,不想接谁的电话。他有时从客厅里听到她平静而真诚地告诉来电话的人他不在家,之后,她就会进来告诉他是什么人打电话来,但她觉得他不想被人打扰。

“很好,普里查德。”他笑着说。

“我知道她只想缠着你去听音乐会。”普里查德说。

他的朋友们通过她安排会面,晚上回来她就将这些安排一一报告。

“索姆斯太太打来电话,先生,问您星期四,也就是八号,能否跟她一起吃午饭，但是我说很抱歉，您要与韦尔辛德夫人共进午餐。奥克利先生打来电话，问您能否参加下星期二下午六点钟在萨沃伊饭店举行的鸡尾酒会。我说您非常希望能去，但您可能得去看牙医。”

“很好。”

“我想您可以到时再做决定，先生。”

她将房间整理得好像闪亮的别针。她来家里工作不久，有一次，理查德度假回来，从书架上取下一本书，立刻发现书上的灰尘被清除过。他按下铃。

“我忘记告诉你了，我不在的时候，决不允许碰我的书。清扫书的时候，总是不能放回原位。我不介意书上有灰，但我最讨厌找不到书。”

“非常抱歉，先生，”普里查德说，“我知道有些先生对打理书要求很高，我已确保每一本书都放回原位。”

理查德·阿朗热扫视一眼书架。每本书都摆在原处。他脸上绽放出笑容。

“抱歉，普里查德。”

“书太脏了，先生。我的意思是，随便翻开一本书，您的手上就会沾满黑灰。”

当然，她将他的银器打理得前所未有的光亮。他觉得有必要特别称赞一番。

“多数银器都是安妮女王和乔治一世时期的，知道吗？”他解释说。

“是，我知道，先生。这么好的东西，理所当然应当好好保存，而且打理起来乐在其中。”

“你打理银器肯定很有一套。我从没发现有哪个男管家护理银器像你这么在行。”

“男人缺少女人的耐心。”她谦虚地说。当他觉得普里查德已经适应这个环境,他就恢复每星期一次的小型聚餐。他发现,她知道在桌旁该如何服侍,不过令他更加得意的是,他意识到她很善于安排聚会。她动作敏捷,从不多话,眼色活络。客人刚刚感觉需要什么,普里查德早已将他所需之物送到肘边。她很快熟悉他亲密朋友的口味,记住谁喝威士忌不喜欢加苏打要加水,谁特别中意羊腿肘以下的部分。她清楚地知道腿肉冰冻到什么程度不致丧失风味,红葡萄酒存放多长时间味道最醇。看她倒一整瓶勃艮第红葡萄酒一滴也不洒落,真是一种享受。有一次,她没有按照吩咐端上理查德点的红酒。他毫不留情地指出来。

“先生,我打开酒瓶,发现有些走味。所以我上了香贝坦红葡萄酒,我觉得更安全。”

“很好,普里查德。”

如今,他将这件事完全交给她负责,因为他发现她十分清楚客人们的口味。如果客人们懂酒,不消他吩咐,她就能从酒窖里拿出上好的佳酿和陈年白兰地。她觉得女人味觉迟钝,所以女人来参加聚会,她就端上即将过期的香槟。她有英国仆人对社会差别的本能直觉。无论是阶级还是金钱都不会蒙蔽她的眼睛,她能分辨出谁不是绅士。她对他的朋友也会表现出自己的喜好。如果有她特别喜欢的人来吃饭,她就会带着猫儿吞下金丝雀的得意表情为他斟上一杯阿朗热特别珍藏的美酒。阿朗热觉得很有趣。

“你可是得到了她的青睐,兄弟。”他惊叹道,“她上这种酒的机会可不多。”

普里查德已经出名。众所周知,她是完美的女侍。在阿朗热身上,大家顶顶羡慕的就是他拥有如此女侍。她的价值堪超黄金,媲美红宝石。大家称赞她时,理查德·阿朗热喜形于色。

“主善则仆贤。”他得意地说。

一天晚上,大家正喝着葡萄酒,碰巧她不在客厅,于是大家又把话题转到她身上。

“她要是离开你,对你可是个沉重的打击。”

“她为什么要离开我?有一两个人想从我这里把她挖走,可都被她拒绝了。她知道在哪里过得幸福。”

“迟早有一天她得嫁人。”

“我觉得她不是那种人。”

“她长得不错。”

“是的,长得很体面。”

“你这算什么话?她是个可人儿。要是出身名门,一定是名媛佳丽,她的照片一定会充斥各大报刊。”

正在这时,普里查德端着咖啡走进来。理查德·阿朗热仔细端详。四年来,除了休假,他差不多每天都会见到她——天哪,时间过得可真快——他还真不记得她到底长什么模样。自从第一次见面至今,她似乎丝毫没有改变。她并未长胖分毫,面色依然红润,端庄的脸庞依然坚定而茫然,黑色的制服格外合身。她走出客厅。

“她堪称完美典范,这一点毫无疑问。”

“我知道,”阿朗热回答说,“她十全十美。少了她我真不知如何是好。奇怪的是,我并不特别喜欢她。”

“为什么不喜欢?”

“我觉得她有点儿让人觉得乏味。你看吧,她话不多。我经常尝试跟她闲谈。她只是回答我的问题,仅此而已。四年来,她从未主动说话。我不知道她到底是喜欢我还是对我完全冷淡。她就像个机器人。我尊重她，欣赏她，信任她。她具有我期望的一切优秀品质，但不知为什么，她在我眼里却无关紧要。我觉得肯定是因为她缺乏魅力。”

这个话题到此便告一段落。

两三天之后，轮到普里查德晚班休息，理查德·阿朗热正好没什么特别活动。他独自一人在俱乐部用餐。听差过来告诉他，家里打电话过来，说他忘记带钥匙了，问有没有必要打出租车将钥匙送过来。他把手插进口袋，果然没带钥匙。事出偶然，他出门吃饭前换了套蓝色哔叽布西装，把钥匙忘在了衣服口袋里。他本来打算玩会儿桥牌，但当晚俱乐部里人不多，看似不太可能玩得尽兴。他突然想到正好有机会看看最近热议的电影，于是让听差回话说他半小时后回家去取钥匙。

他按下公寓门铃，开门的是普里查德，手里拿着钥匙。

“你怎么还在这里，普里查德？”他问道，“今天轮到你晚上休息，不是吗？”

“是的，先生。但我不怎么想出去，所以我让耶迪太太去了。”

“有机会出去的话你还是该出去玩玩，”他带着一贯的体贴说道，“一直关在家里对你可不好。”

“我时不时地出去跑腿办事，但从上个月开始，我晚上就不想出去了。”

“这到底是为什么？”

“嗯，一个人出去没什么意思，到现在为止我还不认识哪个我特别想跟他一起出去的人。”

“你得时不时找点乐趣，这对你有好处。”

“我似乎已经没有那个习惯了。”

“哦,我刚好要去看电影。想不想一起去?”

他纯粹是一时冲动,出于好意这么一说,但话一出口,就有些后悔。

“好啊,先生,非常乐意。”普里查德说。

“那赶快去找顶帽子戴上。”

“马上就来。”

她转身离开,他走进卧室,点燃一支雪茄。他觉得自己的所作所为挺有意思,也挺高兴。不用太麻烦,还能让别人开心,这种感觉真是美妙。普里查德素来如此,既不惊讶也不犹豫。五分钟之后,她再次出现,他发现她已经换了衣服。她换上了蓝色人造丝裙衫,戴着黑色帽子,上面别着蓝色饰针,脖子上围着银狐皮围巾。他很欣慰地发现她看起来既不寒酸又不炫耀。无论谁碰巧撞见他们,绝对想不到这是内政部的高官带着女侍来看电影。

“很抱歉让您久等,先生。”

“没关系。”他颇有风度地说。

他为她打开前门,她走在前面。他想起路易十六和宫女之间家喻户晓的风流韵事。他很高兴,她毫不犹豫地走在他前面。要去的电影院距离阿朗热公寓不远,因此他们步行前去。一路上他谈论天气、道路状况和阿道夫·希特勒。普里查德适时地回上几句话。他们到达电影院时,《米老鼠》正好开始放映,着实让他们开怀大笑了一场。她服侍理查德·阿朗热四年来,他还从没见她笑过。现在她不停地大笑,令他也开心不已。他喜欢她开心的样子。随后,电影正式开始。这是部好看的电影,两人都看得非常兴奋。他掏出烟盒,自然地给递上一支给普里查德。

“谢谢,先生。”她抽出一支烟说。

他为她点上烟。她聚精会神地盯着银幕,几乎没有意识到是他在给她点烟。看完电影,他们随着人群涌进街道,步行回到公寓。天空晴朗,繁星满天。

“喜欢这部电影吗?”他问。

“非常喜欢,先生。真的很开心。”

他突然萌生一念。

“顺便问下,你吃过晚饭没有?”

“没有,先生,还没来得及吃。”

“饿吗?”

“到家之后,我可以吃点儿面包和奶酪,还可以喝杯可可饮料。”

“听起来很寒酸。”空气中弥漫着欢乐的气氛,人群如潮水般从他们身边涌过,熙来攘往,个个都兴高采烈。一不做二不休,他在心底思忖:“呃,你愿不愿意跟我找个地方吃晚饭?”

“我愿意,先生。”

“咱们走。”

他叫了辆出租车。他感觉自己仁慈博爱,这种感觉可不坏。他告诉司机去牛顿街一家热闹的饭店,自信在那里不会遇见任何熟人。饭店里乐队正在演奏,客人们翩翩起舞。看到这些,普里查德一定会开心。他们一坐下来,服务生就走了过来。

“这里有套餐,”他说,心想她会喜欢,“我们就点套餐吧。你想喝点儿什么?喝点儿白葡萄酒怎么样?”

“我想喝杯姜汁啤酒。”她说。

理查德·阿朗热自己点了一杯威士忌加苏打水。普里查德胃口不错，尽管阿朗热先生并不饿，但为了让她吃得不拘谨，就又吃了一些。刚刚看完的电影成了他们的谈资。前几天晚上大家说得对，普里查德长相不错，即使有人看到他们在一起，他也无所谓。如果他告诉朋友们，他带着无与伦比的普里查德去看电影，然后吃晚饭，朋友们一定会好奇得不得了。普里查德看着舞动的人群，嘴角泛起淡淡的笑容。

“你喜欢跳舞吗？”他问。

“我年轻时跳得很棒。但结婚后很少跳舞。我丈夫个头比我矮，我总觉得跟个头儿比我高的绅士跳舞才好，但愿您明白我是什么意思。恐怕过不了多久我就不适合跳舞啦。”

理查德当然比他的女侍个头高。他们一起跳会很般配。他喜欢跳舞，舞技不凡。但他有些犹豫。他担心请她跳舞会让她尴尬。或许不应该太性急。不过有什么关系呢？她过着单调的生活。她很敏感，如果她觉得这不妥的话，他敢肯定她会找借口推辞。

“想跳一圈吗，普里查德？”乐队再次开始演奏时，他问道。

“我很久不跳了，先生。”

“那有什么关系？”

“如果您不介意，那就跳一曲吧，先生。”她不卑不亢地说，顺势站起身。

她一点都不害羞，只是担心跟不上他的步子。他们步入舞池。他发现她跳得很好。

“啊，你跳得很棒，普里查德。”他赞赏说。

“我又找回跳舞的感觉了。”

尽管她身材高大，舞姿却非常轻盈，天生节奏感好，是个很好的舞伴。他瞥了一眼墙上的镜子，只觉他们十分般配。两人目光在镜子里交汇，他在揣测，不知道她是不是也这样想。他们又跳了两曲舞，理查德·阿朗热提醒说该回家了。他买完单，两人走出饭店。他发现她从容淡定地走在人群中。他们坐进出租车，十分钟就到了家。

“我走后门吧，先生。”普里查德说。

“没必要这么做。跟我一起走电梯吧。”

他挽着她的胳膊，冷冷地看了值夜班的门房一眼，这样他就不会对他跟女侍这么晚一起回来感到奇怪。他拿钥匙开门，跟着她走进房子。

“晚安，先生，”她说，“非常感谢。真的很开心。”

“谢谢你，普里查德。如果今晚一个人的话，一定过得很单调。希望你玩得尽兴。”

“的确很尽兴，先生，简直难以形容。”

一切都那么圆满。理查德·阿朗热对自己很满意。他做了一件仁爱的事情。能给人带来这么多快乐的感觉真是美妙。他心中涌起一阵暖流，顿时感到对整个人类都充满仁爱之心。

“晚安，普里查德。”他说。他感到既幸福又美妙，用胳膊揽住她的腰，亲吻她的嘴唇。

她的嘴唇非常柔软。她深深地回吻了他。这可是正值盛年的健康女人温暖热烈的吻。他感觉妙不可言，将她紧紧地拥入怀中。她将手臂环住他的脖子。

平常，要到普里查德拿着信件进来他才起床，可第二天早上，他七点半就醒了。有种莫名其妙的感觉。他习惯了枕着两个枕头睡觉，却突然发现枕头只剩下一个。然后他回忆起来，惊慌地环顾四周。另一只枕头在他头侧。谢天谢地，身边没有睡着别人。但是很显然，有人在旁边睡过。他吓出一身冷汗。

“天哪，我真是愚蠢！”他惊叫一声。

他怎么能做出这种傻事？他到底是怎么想的？他真不应该跟女侍厮混。这是多么丢人的事情！到了他这个年纪，又有这样的身份。他没有听到普里查德离开。一定是睡熟了。他似乎根本不怎么喜欢她，她不属于他喜欢的类型。而且，跟他前几天晚上说的一样，她有点儿让人觉得乏味。直到现在，他只知道她叫普里查德。他甚至不知道她姓什么。真是疯狂！接下来怎么办？让她继续工作不太可能。很明显，他不能继续留她，但是因为他和她一起犯了错误而赶走她看起来极不公平。因为一时糊涂而损失如此优秀的女侍是多么愚蠢啊！

“都怪我这该死的慈悲之心。”他叹息说。

他再也找不到能像她这样精心照料衣服、打理银器的女侍。她记得他所有朋友的电话号码，她会品酒。但是，她一定要走。她自己必须清楚，到了现在这个局面，一切都无法挽回。他会为她备一份厚礼，给她写封完美的推荐信。现在，她随时都会进来。她是否会变得调皮，亲昵？或者装腔作势？甚至有可能她不愿再送信进来。要是他不得已按下铃，耶迪夫人进来说：先生，普里查德还没起床，她在睡懒觉。那真是糟糕透顶！

“我真是愚蠢！真是下流！”

一阵敲门声响起。他心焦似火。

“进来！”

理查德·阿朗热心里很不痛快。

普里查德进来时，半点钟的钟声正好敲响。她穿着上午惯常穿的印花裙衫。

“早上好，先生。”她问候道。

"早上好。"

她拉开窗帘，将信件和文件递给他。她脸上看不出任何表情。她神态如常，动作也跟往常一样从容不迫。她既不逃避理查德的眼神，也不刻意追寻。

"您要穿灰色西装吗，先生？昨天从裁缝那里取回来了。"

"好的。"

他假装在读信件，眼睛却打量着她。她背对着他，取出他的背心和内裤，在椅子上叠好。将他前一天戴的饰纽取下来，换上新的。拿出一双干净袜子，摊在椅子上。接着，她取出灰色西装，将背带扣在裤子后面的纽扣上，打开他的衣橱，沉思片刻，挑出一条领带搭配他的西装。她将前一天穿过的西装搭在胳膊上，然后拾起鞋子。

"先生，您是现在就吃早餐还是先去洗个澡？"

"先吃早餐。"他回答说。

"好的，先生。"

她动作缓慢而轻柔，平静地离开卧室。脸上严肃、恭敬而茫然的表情跟平时一样。之前发生的事仿佛一场梦境。普里查德的举手抬足说明她对前一天晚上的事丝毫没有印象。他叹了口气。一切如常。她不必辞职，她无须辞职。普里查德是个不可多得的女侍。他清楚，普里查德永远不会在言行上表现出来，他们之间依然只是主仆关系。理查德·阿朗热非常幸福。

（辛红娟 译）

蒙德拉哥勋爵

奥德林医生看了看桌上的钟。五点四十分。这位病人居然迟到了,他有点意外。因为蒙德拉哥勋爵向来以准时为豪。他说话言简意赅,即使是寻常言语,也带点警句的风格。他常说,准时是对智者的赞美、对愚人的斥责。蒙德拉哥勋爵约好五点半就诊。

奥德林医生相貌平平。瘦高个,削肩,有点驼背;头发灰白稀疏;长脸,皱纹密布,不苟言笑。虽然不满五十岁,奥德林医生看起来却老相十足。浅蓝灰色的眼睛大而无神。如果和他待的时间稍长一点,你会发现他眼球很少转动。他会一直盯着你的脸,眼神空洞,但也不会令你不安。眼睛里鲜有神采。他的眼神既不会暴露内心的想法,也不会因说话内容而有所变化。如果再观察仔细一点,你还会留意到,他甚至连眨眼的次数都比常人少。奥德林医生手掌很大,手指细长,柔软而有力,冰凉而不湿黏。至于他的穿着,如果不端详一番,很难说得上来。深色的衣服,黑色的领带,衬显得布满皱纹、不苟言笑的脸异常苍白,浅蓝灰色眼眸更加空洞。他给人的感觉,简直就是个重病号。

奥德林医生是位心理分析师。机缘巧合跨入这个行当,从业以来一直如履薄冰。一战爆发时,他入行还不久,正在几家医院积累经验。他主动向政府申请服役，不久被派往法国。正是在那段时间，他发现了自己非比寻常的天分。他那冰凉有力的手抚摸病人，就能减轻他们的痛苦；和失眠症病人交谈，就能帮助他们入睡。他语速缓慢，声音寻常，无论说什么，语调一成不变，但富有音乐感，轻柔，使人平静。他对病人说，必须放松，不要担心，必须睡觉；果然病人松弛到了骨髓，平静地祛除焦虑，仿佛在一条坐满人的凳子上，有人给自己挤出了一个位置，接着缠绵的睡意降临在病人沉重的眼皮上，好像春天绵绵细雨洒在新翻的土地里。奥德林医生发现，用自己低沉单调的声音和他们交谈，用自己暗淡平和的眼神看着他们，用自己细长有力的手抚摩他们疲倦的前额，就能帮助病人舒缓不安，解决内心的矛盾冲突，驱逐折磨人的恐惧。他的治疗效果非同凡响。有人曾被炮弹爆炸掀起的泥土掩埋，患上失语症，他能够让他重新开口说话；有人在飞机失事时瘫痪了，他让人家四肢恢复功能。他的能力连自己都无法理解。他生性多疑，虽然人们一般都认为，在这种情况下，最关键的是相信自己，可他从来都做不到。他行医疗效卓著，即使从不轻信的人也对他无可挑剔，因此他不得不承认，自己确有某种超常的能力。不知从何而来，难以描述，也难以把握。虽然成绩斐然，却无法解释。战争结束后，他去维也纳学习，后来又去了苏黎世，最后在伦敦定居，施展他莫名其妙获得的异能。如今他从业十五个年头，在业内声名大噪。对他创造的奇迹，人们口口相传。虽然他收费高昂，找他看病的人却络绎不绝。奥德林医生清楚，自己确实成就卓著。他让想自杀的人重燃生的希望，让精神癫狂的人恢复正常，让悲痛欲绝的人得到心灵抚慰，让不幸的婚姻重获幸福，让那些变态的人消除冲动、挣脱仇恨的枷锁，让病态的心灵回归健康。尽管如此，他内心深处依然疑虑重重，觉得自己水平不过尔尔。

施展这种连自己都无法理解的异能，并非他本意。他对自己没有信心，却赢得了病人的信任，这有违诚信。他现在阔绰富裕，不用工作也可以衣食无忧。这种工作让他心神俱疲。有很多次他想要放弃这个行当。他熟读弗洛伊德、荣格等人的著述。依然无法解释他的疑惑。他本能地认为，那些理论不过是骗人的把戏，而他的行医成果，虽然难以理解，却显而易见。十五年来，病人们络绎不绝地前往温坡街那间昏暗的诊室求诊，什么样的人性他没见过？各种各样出乎意料的真相源源不断地涌进他的耳朵，倾诉的人有的急不可耐，有的羞愧难当，有的吞吞吐吐，有的怒气冲冲。他早就见怪不怪了，没有什么能再让他震惊的。他现在知道，人人都是骗子，虚荣心膨胀，人性黑暗，但他也清楚，不该由他来评判或谴责别人。年复一年，他得知的可怕秘密越来越多，脸变得越来越阴沉，皱纹越来越密，眼神越来越倦怠，鲜少露出笑容。偶尔看小说解闷，才难得微微一笑。那些作家真的认为世间男女如书中所写那样吗？事实上，人类要复杂得多，难以捉摸，灵魂深处不可调和的因素共存，阴暗邪恶的念头折磨着他们。但愿作家能了解这一切！

五点四十五分了。在他接手的各种奇特病例中，蒙德拉哥勋爵可算最古怪的一位。首先，这位病人的身份独一无二。蒙德拉哥勋爵是位干练杰出的人物。不到四十岁，就被任命为外交大臣。现在已履职三年，政绩显著。众所周知，他是保守党内最杰出的政治家。但遗憾的是，他父亲是贵族，一旦过世，他就得继承爵位，就会因此失去下议院的议席，无缘竞选首相。在民主时代，首相不能从上议院产生，可这并不妨碍蒙德拉哥勋爵在下一届保守党执政的内阁中，继续担任外交部长，长期掌控国家的外交政策。

蒙德拉哥勋爵品质卓尔不凡，聪明勤奋，见多识广，能流利地讲多种语言。年轻时就致力于外交事务，认真学习，竭力熟悉其他国家的政治、经济形势。他勇气可嘉，洞察力敏锐，意志坚定。他是位杰出的演说家，无论是在下议院还是其他公共场合，他的演说总是条理清楚，表达准确，充满智慧。他还是一位才华横溢的辩论家，机敏睿智，声名远播。他仪表堂堂，高大英俊，虽然有点秃顶，身材偏胖，却也给人一种稳重成熟的印象。他年轻时还是位运动健将，曾代表牛津大学参加过划船比赛，同时还是英格兰最佳射手。二十四岁时，娶了一位十八岁的姑娘。姑娘的父亲是位公爵，母亲继承了大笔美国家产，可以说她既有地位又有财富。她给他生了两个儿子。他们已经私下分居多年，公开场合仍然会表现得非常恩爱，保全彼此的颜面。双方都没有绯闻，因此也没有把柄让人说三道四。蒙德拉哥勋爵满怀雄心壮志，勤勤恳恳，精忠报国，那些有损前途的寻欢作乐之事，他向来毫无兴趣。总之，这些品质足以令他成为一位饱受欢迎的成功人士。不幸的是，他也有自身致命的缺点。

他非常势利。若是他父亲这辈才得到贵族头衔，有这种心理倒也无可厚非。那些刚刚获得贵族封号的律师、工厂主、酿酒商们，他们的儿子非常看重头衔，是情理之中的事。但蒙德拉哥勋爵父亲拥有的伯爵封号是查理二世赐予的，在受封伯爵之前，家族拥有的男爵封号可以追溯到蔷薇战争①时期。三百年来，这个封号的历代继承人都与英格兰最尊贵的名门望族联姻。但

① 蔷薇战争（Wars of the Roses，1455—1485），又称玫瑰战争，通常指英国兰开斯特王朝（House of Lancaster）和约克王朝（House of York）的支持者之间为了英格兰王位的内战。

是,蒙德拉哥勋爵珍爱自己的出身,就像暴发户珍爱自己的钱财一样,绝不错过任何炫耀家世的机会。当他有意要展示自己的风度时,总是举止优雅,彬彬有礼,但只有面对那些他认为可以平起平坐的人,他才会这么做。对于地位比他低的人,他傲慢无礼,不屑一顾。对仆人,他态度粗暴;对秘书,他经常出言羞辱。政府部门的下属对他又恨又怕。他狂妄自大,目中无人。他认为那些跟他打交道的人都不如自己高明,也时时刻刻提醒别人这一点。他对人性的弱点毫无耐心。他觉得自己生来就是要发号施令的,若期望他听听别人的意见,或希望他陈述自己做决定的理由,他定会勃然大怒。他自私自利,无以复加。他觉得别人为他服务,那是因为他既有贵族身份又才华横溢,是理所当然的,无须心存感激。他从来没想过要向别人伸出援手。他树敌不少,打心底鄙视他们。他认为没有人值得他帮助、同情或怜悯。他没有朋友。上司不信任他,因为他们怀疑他的忠诚;在保守党内,他也不受欢迎,因为他傲慢专横,粗鲁无礼。但他功绩显赫,忠诚爱国,才华过人,处理事务精明得当,因此上司和同僚又敬他三分。有时他的确挺有魅力。如果面对的是能和他平起平坐的人,或者是他想取悦的人,比如达官显要或名媛贵妇,他会表现得轻松愉快、机智幽默、温文尔雅。他的风度让你觉得,他血管里流着和绅士典范切斯特菲尔德勋爵①一样的血液。他讲起故事来绘声绘色,自然、明白、深刻。他知识渊博、品味独特,让你赞叹不已。你觉得他是世界上最好的伙伴,甚至忘了昨天他还羞辱过你,明天有可能对你视而不见。

---

① 切斯特菲尔德勋爵(Philip Stanhope, 4th Earl of Chesterfield,1694—1773),英国政治家、作家,欧洲旅行时写给儿子的信函被当作标准绅士的行事典范。

蒙德拉哥勋爵差点没能成为奥德林医生的病人。勋爵的秘书打电话给医生,说勋爵想请他看病,希望他明天上午十点到勋爵府上来。奥德林医生答复说,他不会去勋爵府上,但很乐意安排后天下午五点钟在诊所接待勋爵。秘书传话之后,很快又打电话来,说蒙德拉哥勋爵坚持要在自己府上看病,至于出诊费,医生可以随意开价。奥德林医生坚持回复,说他只在诊所看病,如果蒙德拉哥勋爵不来诊所,那他也爱莫能助,唯有遗憾。一刻钟后,他得到消息,勋爵阁下准备亲自前来,不过不是后天,而是明天,下午五点。

蒙德拉哥勋爵被带到诊所门口,没有直接进来,而是站在门口,很粗鲁地把医生上上下下打量了一番。奥德林医生察觉到,他怒气冲冲。医生默默凝视着他,眼睛一动也不动。眼前这个人,高大魁梧,头发灰白,靠近额头的地方有点秃,眉宇间透着贵族气派,五官端正,轮廓分明,一副盛气凌人的架势。活像十八世纪波旁王朝的某位权贵。

"奥德林医生,见你跟见首相一样不容易啊。我可忙得很。"

"请坐。"医生说。

奥德林医生脸上看不出一丝表情变化,像是完全没有听见勋爵的话似的。奥德林医生坐在桌前椅子里。蒙德拉哥勋爵站在那里纹丝不动,脸色阴沉。

"我想我得告诉你,我可是陛下的外交大臣。"他语气尖酸地说。

"请坐。"医生再次要求。

蒙德拉哥勋爵身形一动,似乎想转身离开。也许只是那么一闪念,马上又改变了主意。他坐了下来。奥德林医生打开一本很大的记事簿,拿起笔,头也没抬,就写起来。

"年龄?"

"四十二。"

"结婚了吗?"

"结了。"

"多久了?"

"十八年。"

"有孩子吗?"

"两个儿子。"

蒙德拉哥勋爵快速简短地作答,奥德林医生逐一记下。接着他往椅背上一靠,看着病人。一言不发,神情严肃,呆滞的眼睛一动也不动。

"你为什么来找我?"最后,他终于开口问道。

"我听说过你。凯纽特夫人是你的病人。她跟我说,你给她看过以后,她好多了。"

奥德林医生没有搭腔。眼睛依然盯着对方的脸,双眼无神,好像他根本没有看见对方似的。

"我也不是无所不能。"医生最后说,没有微笑,可眼神里闪出一丝笑意,"就算我有这本事,皇家医学院也不会认可。"

蒙德拉哥勋爵轻轻笑了,敌意似乎消退了些许,语气也变得和蔼一些。

"你声名远播,很多人都信任你。"

"你为什么来找我?"奥德林医生又一次问道。

这下轮到蒙德拉哥勋爵沉默了。似乎很难回答。奥德林医生等着。最后,蒙德拉哥勋爵似乎鼓足了勇气,说了起来。

"我身体非常健康。几天前,我的私人医生给我做了常规检查。就是奥古斯塔斯·菲茨伯特爵士,我估计你听说过他。

他说，我的身体状况像个三十岁的人。我工作勤奋，不知疲倦，乐在其中。我很少抽烟，喝酒也很有节制。经常锻炼，生活规律。我一切正常，身心健康。估计你觉得我来这儿看病，真是愚蠢幼稚。”

奥德林医生看得出来，他确实需要自己的帮助。

“我不知道是不是能帮得上忙。我会尽力。有什么烦心事吗？”

蒙德拉哥勋爵皱了皱眉。

“我的工作非常重要。我的决定会影响国家利益，甚至世界和平，所以必须思维缜密，头脑清醒。我觉得有责任消除一切忧虑，以免妨碍工作。”

奥德林医生的眼睛一刻也没从他脸上挪开。他心下已然明白了不少。这位病人表面上夸夸其谈，不可一世，其实内心焦虑万分，无法排解。

“我请你到这儿来，是因为凭我的经验，在这种昏暗的诊室里比在自己熟悉的环境中，更容易敞开心扉。”

“这里确实够暗的。”蒙德拉哥勋爵尖酸地说。他突然顿住了。这个人向来充满自信，反应敏捷，意志坚定，从来不会困惑茫然，这时候却有点尴尬。他微笑了一下，想向医生证明他从容不迫，可眼神却暴露了内心的不安。再开口时，显得很诚实，也有点不自然。

“整件事微不足道，我都不好意思说出口。也许你会说，我这么小题大做太愚蠢，简直是浪费你宝贵的时间。”

“微不足道的事也可能很重要。说不定就是严重精神失常的症状。我的时间完全由你支配。”

奥德林医生的声音低沉严肃，单调的语调有种奇特的安抚效果。蒙德拉哥勋爵终于决定袒露心扉。

“事实上,我最近老做梦,让我疲惫不堪。我知道,把梦当真很愚蠢,可——唉,真实的情况是,这些梦让我心烦意乱。”

“能描述一下你的梦吗?”

蒙德拉哥勋爵微笑了,本想缓和一下气氛,看起来却是十足的苦笑。

“这些梦很荒唐,我都不好意思说出口。”

“没关系。”

“第一次做这种梦是大约一个月前。我梦见自己参加了康尼马拉府邸的宴会。官方的正式宴会。国王和王后也会驾临,自然来宾都得戴勋章。我也戴了绶带和星形勋章。我走进衣帽间,仆人帮我脱了大衣。有个矮个子家伙也在那里,叫欧文·格里菲斯,是议会的威尔士议员。说实话,看见他,我很意外。这家伙很平庸。我心想:‘唉,莉迪亚·康尼马拉真是越来越不像话了,下一回说不定还会请什么样的人。’我觉得那人用一种好奇的眼光打量着我,但我根本没理会他。事实上,我根本不会理会这个粗人,径直上楼去了。我估计那地方你没去过吧?”

“没去过。”

“是啊,你多半不会去那样的地方。那房子普普通通,但大理石楼梯很精致。康尼马拉夫妇站在楼梯上迎接宾客。我和康尼马拉夫人握手时,她很惊奇地看着我,忍不住咯咯笑了。我没太在意,这女人又蠢又没教养,她们家族就是这种不入流的样,和她那位被查理二世册封为女公爵的祖先没什么两样。不过,我得说,康尼马拉府邸的会客室还真是富丽堂皇。我走过去,和相熟的人点头打招呼,握手。后来我看见德国大使正在和奥地利大公交谈。我很想过去和大公说说话,就走了过去,向他伸出手。大公一看见我，突然狂笑起来。这对我简直是奇耻大辱。我用凌厉的眼神上下打量他，可他笑得更放肆了。我正打算冷嘲热讽，给他点颜色看看，突然全场鸦雀无声，我明白，国王和王后驾临了。我转身背对着大公，朝前走去，突然，我发现自己居然没穿长裤！只穿了条丝质短裤，腿上绑着红色吊袜带。难怪康尼马拉夫人咯咯直笑，难怪大公狂笑不已！那一刻，我的心情真是无法形容。羞愧难当。我被吓醒了，一身冷汗。醒来发现只是一场梦，才长舒了一口气。”

“这种梦也不算太离奇。”奥德林医生说。

“没错。但离奇的是第二天发生的事。我在下议院的大厅，格里菲斯那家伙从我身旁慢慢走过。他特意打量我的腿，又盯着我的脸看，似乎还冲我挤眉弄眼。我突然有了个荒谬的想法。那天夜里他也在场，看见我出丑，幸灾乐祸。当然我知道，这是不可能的，那不过是场梦。我冷冷地瞪了他一眼，他接着往前走去。可他一副忍俊不禁的样子。”

蒙德拉哥勋爵从口袋里掏出手帕，擦了擦手心。现在他毫不掩饰自己的不安。奥德林医生的眼睛一直没离开过他。

“说说其他的梦。”

“第二天晚上那个梦更荒诞。我梦见自己在下议院。有一场关于外交事务的辩论，全国乃至全世界都在密切关注。政府决定调整外交政策，极有可能影响到帝国的未来。这是历史性的时刻。自然，下议院座无虚席。所有的大使都出席了，连旁听席上也挤满了人。轮到我发表今晚的重要演说了。我早已精心准备好。像我这样的人，树敌不少。在我这个年龄，即使再有才的人，谋个一官半职也就心满意足，可我已经身居要职，让很多人愤愤不平。我下定决心，这次演说不仅要无愧于这一伟大时刻，而且要让那些诽谤我的人从此闭嘴。一想到全世界都准备洗耳恭听，我激动不已。我站起身来。如果你去过下议院，就会知道，在辩论期间，议员经常交头接耳闲聊，把文件、报告翻得沙沙作响。我一开口，全场鸦雀无声，庄严肃穆。突然，我看见那个可恶的大老粗、威尔士议员格里菲斯，就坐在对面的议席上，他居然冲我吐舌头。不知道你有没有听过一首演艺厅流行的粗俗歌，叫《两个人骑的自行车》。多年前很风靡。为了让格里菲斯知道，我有多鄙视他，我唱起了这首歌。第一段唱得很顺溜。全场一片错愕。等我唱完，对面议席上的人大喊：'好啊，好啊。'我抬起手来，示意大家安静，接着唱起第二段。全场肃静，听我唱歌，可我觉得第二段唱得不太理想。我很恼火，觉得我那动听的男中音没发挥出来，于是决心一定要让他们知道我的厉害。接着唱起了第三段，这时议员们开始笑起来，笑声一下子蔓延开来。大使、嘉宾席、女宾席上的宾客、记者，有的笑得浑身发抖，有的大喊大叫，有的捧腹不已，有的笑得在座位上东摇西晃。只有我身后前排议席上的部长们没有笑。面对这种匪夷所思、空前绝后的骚乱，他们呆若木鸡。我瞟了他们一眼，突然意识到自己的拙劣行径。我让自己成了全世界的笑柄。我痛苦不堪，知道自己只能引咎辞职。这时，我突然惊醒过来，知道又做了噩梦。”

蒙德拉哥勋爵说话时，傲慢狂妄荡然无存；说完这番话，他脸色苍白，全身发抖。但他极力保持镇静，颤抖着嘴唇挤出一丝笑容。

“整个情景太荒诞了，我自己都觉得好笑。我并没有多想。第二天下午，我去下议院时，精神状态很好。辩论枯燥无聊，但我得在场，于是趁机审阅了一些重要文件。不知怎的，我一抬头，碰巧看见格里菲斯在演讲。他那威尔士口音刺耳难听，形象也让人反感。他说什么，我根本不屑一顾，正准备继续看文件，他突然引用了《两个人骑的自行车》中的两句歌词。我忍不住瞟了他一眼，结果发现他正盯着我，冲我咧着嘴笑，满脸的轻蔑不屑。我微微耸了耸肩。一个威尔士小瘪三居然敢这么看着我，未免太过滑稽。我在噩梦里从头到尾唱的那首歌，他居然引用了其中的两句歌词，这样的巧合实在太奇怪。我再次埋头看文件，可说实话，却怎么也没有办法集中精力。真是令人匪夷所思。欧文·格里菲斯第一次出现在我的梦里，就是那次在康尼马拉府上，过后我就有种强烈的感觉，他见过我梦里的那副狼狈样。他引用那两句歌词只是巧合吗？我有时想，他是不是和我做了同样的梦？当然，这种念头太可笑了，我告诫自己不要多想。”

奥德林医生望着蒙德拉哥勋爵，蒙德拉哥勋爵看着奥德林医生，谁也没有开口说话。

“听别人讲梦确实很无聊。我太太以前有时做了梦，第二天就非要详详细细告诉我。常常会令我发狂。”

奥德林医生轻轻笑了。

“我没觉得无聊。”

“我再告诉你几天后做的另一个梦。我梦见自己去了莱姆豪斯的一家小酒吧。我这辈子从没去过莱姆豪斯，而且自打我从牛津大学毕业后，再也没去过小酒吧。可是，在梦里，我对那条街、那间酒吧好像轻车熟路，了如指掌。我进了一间房，不知道叫雅座酒吧间还是私人酒吧间。有壁炉，壁炉一侧摆着一张大扶手椅，另一侧摆着一张小沙发，吧台连着两边的墙壁，越过吧台可以看见公共酒吧间。门口摆着一张大理石圆桌和两把扶手椅。那天是星期六晚上，酒吧里挤得水泄不通。灯火通明，烟雾缭绕，熏得我睁不开眼。我穿得像个无赖，头上戴顶帽子，脖子上系着一条手帕。那里大部分人好像都醉了，看起来挺有趣。不知是留声机还是收音机在播放音乐，壁炉前两个女人正在跳一种奇怪的舞蹈。她们身边围了一圈人，有的大笑，有的喝彩，有的唱歌。我走过去想看个究竟，有个男人对我说：'喝一杯吧，比尔？'桌上有几只杯子，装满了深色的液体，我知道是棕啤。他递给我一杯，为了不惹人生疑，我一口干了。正在跳舞的一个女人突然挣脱舞伴，跑过来抓起杯子。'嘿，怎么搞的？'她说，'你把我的啤酒喝了。''噢，真对不起。'我说，'是这位先生给我的，我以为是他请我客。''算了，伙计。'她说，'没事。过来和我跳一个吧。'她不由分说抓住我，我们跳了起来。后来，我发现自己坐在一把扶手椅里，那女人坐在我大腿上，我们喝着同一杯啤酒。我得告诉你，我向来对性没多大兴趣。我结婚很早，一来我这个身份肯定得结婚，二来可以一劳永逸地解决性需要。我想要两个儿子，结果真的如愿以偿生了两个儿子，自那以后就没怎么考虑过性生活了。一方面太忙，根本没心思想这些；另一方面，作为公众人物，要是惹出性丑闻，那简直是疯了。政治家最宝贵的资本，就是和女人毫无瓜葛。有些男人因为女人而毁了事业，对这种人，我无法容忍，只有鄙视。坐在我腿上的那个女人已经醉了，她既不漂亮，也不年轻。事实上，她就是个邋遢的老婊子，让人恶心。可她把嘴凑过来亲我的时候，虽然她满嘴啤酒臭味，露出一口烂牙，虽然我痛恨自己，可我就是想要她，我欲火中烧，不能自持。突然，我听到有人说话。'这就对了，老小子，好好玩儿吧。'我抬头一看，是欧文·格里菲斯。我想从椅子上跳下来，但是那个可怕的女人抓着我不放。'别理他，'

她说，‘关他屁事。’‘你就好好享受吧。’格里菲斯说，‘我了解莫尔。她不会让你白花钱的。’要知道，让他看见这情形确实有点尴尬，但更让我恼火的是，他居然叫我‘老小子’。我一把推开那女人，站起来，冲到格里菲斯面前。‘我不认识你，也不想认识你。’我说。‘我对你可是一清二楚。’他说，“我要给你提个醒，莫尔，得把钱拿到手了，那可是个赖账的家伙。’旁边桌上有瓶啤酒，我一言不发，抓起酒瓶，狠命朝他脑袋砸去。我动作太猛，结果惊醒了。”

“这种梦也不难理解。”奥德林医生说，“有些人性格完美无瑕，但内心蕴藏着复仇的本性。”

“这梦是很无聊。我说起这个，并不是因为这梦本身多么奇怪，而是因为第二天的怪事。我急需查点资料，就去了下议院图书馆。我找到那本书读起来。我坐下来的时候，并没有留意到格里菲斯就坐在我旁边的椅子上。另一个工党议员进来了，朝他走过去。‘嗨，欧文。’他冲欧文说，‘今天怎么脸色不好啊？’‘我头疼得厉害。’格里菲斯答道，‘好像有人拿瓶子砸了我的脑袋。’”

说到这里，蒙德拉哥勋爵脸色苍白，表情痛苦。

“我终于明白，先前那种猜想，因为觉得太荒谬就没往心里去，其实是真的。格里菲斯和我做着同样的梦，他和我一样，都记得一清二楚。”

“也许只是巧合。”

“他答话时，不是冲着朋友说的，是特意冲着我说的。眼里充满了愠怒和仇恨。”

“为什么总是同一个人出现在你梦里？能说说原因吗？”

“我想不出来。”

奥德林医生的眼睛一直没有离开病人的脸，看得出来，他在撒谎。医生手里有支铅笔，在吸墨水纸上随意地画了一两条线。通常要费很长时间才能让病人说真话。其实，病人也清楚，如果不说实情，医生就帮不上忙。

“你刚才描述的梦是三星期以前的。从那以后，还做过梦吗？”

“每晚如此。”

“每次都有这个叫格里菲斯的人？”

“没错。”

医生在吸墨水纸上画了许许多多条线。他需要这种寂静、单调和诊室的昏暗光线，来对抗蒙德拉哥自身的理性。蒙德拉哥勋爵往椅背上一靠，转过头去，这样就不用面对医生阴沉的眼睛。

“奥德林医生，你得帮帮我。我快崩溃了。再这样下去，我会疯掉的。我不敢睡觉。已经有两三晚没合眼了。我熬夜看书，实在太困了就穿上外套出去走走，走到精疲力竭。可我必须睡觉才行。我公务繁忙，必须精神饱满，充分发挥自己的才能。我需要休息，可现在，睡觉并不能让我得到休息。一睡着就开始做梦，他总是在那儿，那个矮小粗俗的家伙，咧着嘴冲我狞笑，嘲笑我，鄙视我。这简直就是残酷的迫害。我跟你说，医生，我并不是像梦里的那样。凭那些梦来评价我的为人太不公平。随便打听打听，就知道我是个诚实、正直、体面的人。我品行端正，于公于私都对得起良心，没人会对我说三道四。我最大的抱负就是，为了国家的繁荣昌盛恪尽职守。我有钱，有地位，对于那些让别人趋之若鹜的诱惑，我根本无动于衷，说我廉洁奉公也算不上过誉。可以说，无论是名誉、利益或其他私心，都不能诱使我玩忽职守。我牺牲一切才有了今天的成就。崇高伟大是我的目标。目标触手可及,可我却心烦意乱。在那个可怕的矮个子男人眼里,我卑鄙、下流、怯懦、好色,可事实并非如此。我跟你说了三个梦,可那并不能说明什么。他看见我做的那些事,野蛮、恐怖、无耻,现实生活中我是宁死也不会做的。可他记得一清二楚。我不敢面对他眼神里的嘲弄和厌恶,甚至说话都语无伦次,因为我知道,在他看来,我说的不过是无稽之谈。他看见我做的那些事,是但凡有点自尊的人都不会做的。谁要做了,肯定会被朋友抛弃,被判处长期监禁。他听见了我那愚蠢的演说,看见了我那可笑而恶心的样子。他鄙视我,甚至不加掩饰。我跟你说,如果你不能帮我,那我只能自杀或者杀了他。"

"如果我是你,我不会去杀他。"奥德林医生用他那平和的声音冷冷地说,"在这个国家,杀一个同胞,后果会非常严重。"

"我不会因为这个被绞死的。你大可放心。谁能知道是我干的?先前那个梦已经告诉我该怎么办了。我跟你说过,那天晚上我做梦用酒瓶砸了他的脑袋,第二天他头痛欲裂,眼睛看不清。他自己说的。这说明,梦里发生的事情,他醒来后身体仍然有反应。下次我就不会用瓶子砸他。总有一天,我做梦的时候,会发现手里拿把刀,或者口袋里揣着一把枪。一定会有那一天的,因为我太想那样做了,到时我就瞅准时机。像杀猪一样捅他,像射狗一样朝他开枪。直中心脏。这样我就可以摆脱这种残酷的迫害了。"

人们可能会觉得蒙德拉哥勋爵疯了。多年以来,奥德林医生医治过各种各样的精神疾患,他知道,精神正常与不正常只有一线之隔。有些人外表看起来健康正常,没什么痴心妄想,在日常生活中尽职尽责,满载荣誉,惠及他人,可一旦你得到他们的信任，撕开他们的面具，会发现原来内心多么丑恶、变态、扭曲，内心的痴心妄想多么荒唐，在这个意义上，你完全可以称他们为疯子。如果把他们送进疯人院，那全世界的疯人院也装不下。当然，有人做些稀奇古怪的梦，心烦意乱，但也不能断定为精神失常。这个病例很特殊，在奥德林医生看来，不过是比其他病例夸张一点而已。然而，他有点担心，以前那些疗效显著的办法，这次不知是否管用。

"你有没有咨询过我的同行？"他问。

"只有奥古斯塔爵士。我只告诉他我总受噩梦的折磨。他说我劳累过度，建议我出游。太不切实际了。当前国际局势需要密切关注，我不能离开外交部。没有我不行，我知道。在当前这个节骨眼上，任何举动都会影响将来的前途。他给我开了些镇静剂，可不管用。又开些补药，还不如不吃。这个老庸医！"

"为什么总是这个人出现在你梦里？能说说原因吗？"

"这个问题你问过了。我也答过了。"

确实问过了。可是，奥德林医生对答案不满意。

"刚才你提到迫害。为什么欧文·格里菲斯要迫害你？"

"不知道。"

蒙德拉哥勋爵把眼光移开了一点。奥德林医生确信他没有说实话。

"你有没有伤害过他？"

"从来没有。"

蒙德拉哥勋爵一动也不动，奥德林医生却有种奇怪的感觉，似乎勋爵缩成了一团。表面上，他那么高大魁梧，不可一世，似乎向他提的那些问题都是对他的侮辱。其实他躲躲闪闪，担惊受怕，仿佛一只落入陷阱的困兽，惊恐万分。奥德林医生身子往前靠了靠，眼睛逼视蒙德拉哥勋爵。

“真的没有吗？”

“确实没有。你好像还不太清楚，我们完全不是同路人。我不想多说，但得提醒你，我是皇室的内阁大臣，格里菲斯只是工党的无名小卒。自然我跟他没什么社会交往。他出身卑微，无论在什么地方，我都不想碰到这种人。我们的政治立场也截然不同，因此没有任何共同之处。”

“如果不把实情说出来，只怕我爱莫能助。”

蒙德拉哥勋爵扬了扬眉毛，粗声粗气地说：

“从来没人怀疑我的话，奥德林医生。如果你要怀疑的话，再说下去就是浪费我们俩的时间了。请把诊疗费告诉我的秘书，他会把支票送给你的。”

奥德林医生面无表情，好像根本没听见蒙德拉哥勋爵说什么。他继续直视着勋爵的眼睛，声音严肃而低沉。

“你有没有对他做过什么事，让他觉得很受伤？”

蒙德拉哥勋爵犹豫不决。他将目光移开，接着，似乎奥德林医生的眼神有种不可抗拒的力量，他又把目光转向医生。勋爵语调低沉地说：

“他不过是个肮脏、卑贱的小无赖。”

“这只是你描述出来的形象而已。”

蒙德拉哥勋爵叹了口气。他妥协了。奥德林医生知道，这一声叹息意味着对方终于打算和盘托出了。现在，他不用再催促。医生垂下眼帘，又开始在吸墨水纸上画一些模模糊糊的几何图形。沉默了两三分钟，勋爵终于开口了：

“只要对治疗有帮助，我都愿意告诉你。有些事先前没有提，那是因为，我觉得都是些小事，跟我的病情毫无关系。上次竞选时，格里菲斯得了一个席位，几乎立刻惹起大家的反感。他父亲是个矿工，自己年轻时也在矿上干过，当过寄宿学校校长，还做过记者。他就是那种半桶子水，自以为是的小知识分子，知识贫乏，想法幼稚，计划漏洞百出，是典型的工人阶级义务教育的结果。他瘦得皮包骨头，脸色发灰，好像饿得半死，衣服也邋里邋遢。现在的议员都不太讲究穿着，可他那形象简直有损下议院的尊严。他衣着寒酸，衣领从来没有干净过，领结也从来没有系整齐过，看起来就像一个月没洗澡了，手也脏兮兮的。工党议员里，仅前排议席里两三个人还算有点水平，其他的根本不值一提。山中无老虎，猴子称霸王。格里菲斯口齿伶俐，对某些问题有点浅见，于是工党领导一有机会就推举他发言。结果，他还真以为自己是块外交的料，经常问我一些愚蠢又无聊的问题。不瞒你说，我决定好好收拾收拾他。从一开始，我就讨厌他那种讲话方式，呜咽的嗓音，粗俗的口音。紧张兮兮的，我一看就来火。讲话拘谨，吞吞吐吐，好像说话是种折磨似的。但他内心很有激情，不吐不快，经常说些令人不安的话。我得承认，有时候他慷慨激昂，的确有点雄辩的口才，对那些稀里糊涂的工党成员产生了一定影响。他们对他的热忱印象深刻，却不在意他那令人生厌的情感煽动。在政治辩论中，有一点感性倒也正常。各国都是为了维护自身利益，可却常常自欺欺人地认为自身的利益也正是他人的利益。如果政治家用些冠冕堂皇的话说服选民，让他们相信他为本国利益精打细算的方案能够惠及全人类，他这么做无可厚非。格里菲斯这种人犯的错就在于，把这种冠冕堂皇的话当真了。他是个怪人，可恶的怪人。他叫自己理想主义者。这些年来，知识分子对我们说的那些陈词滥调，他可以信手拈来。不抵抗主义。世人皆兄弟。都是些无聊的废话。最糟糕的是,他这些鬼话不仅影响了工党,还动摇了我们党内一些愚蠢无知的人。有传言说,一旦工党组阁,格里菲斯有可能进入内阁。甚至还听说,他有可能掌管外交部。这些传言虽然可笑,但也不是不可能。有一天,有一场关于外交事务的辩论,格里菲斯第一个发言,我是最后一个。他说了一个小时。我觉得这是毁掉他的大好时机,老天爷,我真的毁了他。我把他的演讲贬得一文不值。我指出他的推理错误,强调他的知识匮乏。在下议院,最致命的武器就是讥笑:我嘲笑他,取笑他,我那天斗志昂扬,下议院笑声震天。他们的笑声让我振奋不已,超常发挥。反对党脸色阴沉,默不作声,但也有些人忍不住偶尔笑出声来。要知道,看见一个同僚或对手被嘲弄,并不会那么难受。如果说这世上当真有人受过羞辱,这个人非格里菲斯莫属。他在椅子上缩成一团,脸色惨白,不一会儿用双手捂着脸。等我坐下的时候,我知道他已经完蛋了。我让他声誉扫地。即使工党组阁,他任职的机会跟门口的保安差不多。后来我听说,他父亲,那个老矿工,和他母亲专程从威尔士赶来,还有选民中的好些支持者,都期望看到他大获全胜。可结果看到的却是奇耻大辱。上次他是以微弱优势选票获得议席的,这次事件后,只怕议席都难保。可那不关我的事。”

“你毁了他的前程,这么说不过分吧?”

“不能这么说。”

“那是严重的人身攻击。”

“他自找的。”

“你难道从来没觉得内疚?”

“早知道他父母在场,我可能会口下留情。”

奥德林医生不好再说什么,他开始用自认为合适的方式给病人治疗。他试着用暗示使他醒来的时候忘记噩梦,试着让他睡眠安稳不再做梦。可他发现无法解除蒙德拉哥勋爵的抗拒心理。一小时后,他让病人回去了。自那以后,他接待过蒙德拉哥勋爵五六次。效果甚微。可怕的噩梦依然折磨着这个可怜的人。显然他的身体每况愈下。他疲惫不堪,暴躁异常。医生的治疗对他没什么效果,蒙德拉哥勋爵非常生气,但他还是会坚持来治疗,一来因为这是他唯一的希望,再者,找个人说说心里话对他也是一种解脱。最后,奥德林医生得出结论,只有一种办法能解救勋爵,但以他对勋爵的了解,勋爵是无论如何也不会听从的。蒙德拉哥勋爵若想从要命的梦魇中解脱,就得采取措施,只是这措施与他高贵的出身和自大的禀性格格不入。奥德林医生认为事不宜迟。他给病人用的是暗示治疗法,试过几次后,发现开始起效了。最后,他将病人引入催眠状态,那低沉、柔和、单调的声音让病人紧绷的神经放松了不少。他一遍又一遍重复着同样的话。蒙德拉哥勋爵躺着一动也不动,闭着双眼,呼吸均匀,四肢放松。接着,奥德林医生用同样平静的语气,说出了早已准备好的话:

"你去找欧文·格里菲斯,向他道歉,因为你对他造成了巨大的伤害。跟他说,你会在自己权力范围内尽可能弥补过错。"

这些话像鞭子一样抽在蒙德拉哥勋爵的脸上。他立刻清醒了,跳了起来。怒目圆睁,破口大骂,那脱口而出的脏话连他自己都觉得意外。勋爵辱骂医生,诅咒他。奥德林医生什么粗话都听过,有时还是出自纯洁的贵妇之口。而现在蒙德拉哥勋爵用词之粗痞下流,让医生吃了一惊,真没料到勋爵竟然还知道这些。

"向那个龌龊的威尔士矮子道歉?我宁愿去死。"

“我相信，这是让你恢复健康的唯一办法。”

奥德林医生从来没见过哪个神志清醒的人如此怒不可遏。他脸涨得通红，双眼凸出，骂得唾沫星子四溅。奥德林医生冷冷地看着，等着风暴平息。蒙德拉哥勋爵长期精神紧张，体质虚弱。不一会儿，奥德林医生就发现他体力不支，精疲力竭。

“请坐。”医生说，语气严厉。

蒙德拉哥勋爵瘫在椅子上。

“天哪，我累死了。得休息一会儿再走。”

大约五分钟，他们俩谁也没说话。蒙德拉哥勋爵是个性情粗野、脾气暴躁的恶霸，但也是位绅士。再次开口时，他已经恢复了平静。

“只怕刚才无礼了。我对刚才说的话感到羞愧。如果你决定不再帮我治疗，我也不怪你。但希望你不要放弃我。我觉得来你这儿后，还是有所好转。你是我唯一的希望。”

“刚才的事不用再提了。我不会在意。”

“但有件事你就别再提了，那就是向格里菲斯道歉。”

“我为你这个病例花了不少工夫。不能说已经非常了解，但我认为要想解脱，唯一的机会就是照我说的做。我认为，我们不止一个自我，而是多个。你的其中一个自我反对你对格里菲斯的伤害，所以在你脑海里化身成格里菲斯的形象，惩罚你的暴行。如果我是位神甫，就会告诉你，是你的良心化成这个人的身形容貌，来谴责你，敦促你悔改，洗清罪孽。”

“我的良心清白得很。就算我毁了他的前程，那也不是我的错。我打垮他，就像踩死花园里的一条鼻涕虫一样。没什么好后悔的。”

说完，蒙德拉哥勋爵就走了。奥德林医生一边等着，一边看病历，心里琢磨着，既然常规治疗都不起效，怎么才能让病人心态平和，进而接受他的建议。他看了看钟。六点了。很奇怪，蒙德拉哥勋爵竟然还没有来。他知道勋爵是打算来的，早上秘书就打电话来说，勋爵会和往常一样按时赴约。一定是公务缠身。想到这一点，奥德林医生有点担心：蒙德拉哥勋爵目前的状态，根本不适合工作，完全不可能集中精力处理国家大事。奥德林医生不知是否应该联系某位高层人物，比如首相或外交部常务秘书，告知对方，蒙德拉哥勋爵精神状态不稳定，不适合处理外交事务。但这事需三思而行。说不定会招致不必要的麻烦，自己好心好意，没准儿会惹来一顿臭骂。他耸耸肩。

"反正，"他想，"过去二十五年，政治家们已经把这世界搞得乌烟瘴气。现在，他们疯或不疯，已经不会有太大影响了。"

他按了下铃。

"如果蒙德拉哥勋爵现在过来，请转告他，我六点一刻另外有约，恐怕不能见他了。"

"好的，先生。"

"晚报到了吗？"

"我去看看。"

一会儿，仆人送来报纸。头版巨幅标题：外交部长不幸辞世。

"天哪！"奥德林医生惊叫。

向来冷静的医生一反常态。他感到震惊，无比震惊，不过这结局并不意外。蒙德拉哥勋爵有可能会自杀，好几回，奥德林医生脑海里都浮现过这种想法。毫无疑问，他是自杀的。报上说，蒙德拉哥勋爵正在地铁站等车，他站在站台边上，火车过来时，他突然倒向铁轨。估计是突然晕厥。报上还说，蒙德拉哥勋爵劳累过度，病了好几星期，却无法抽身休养，因为目前的国际局势需要他密切关注。现代政治让政要们心力交瘁，蒙德拉哥勋爵是又一个牺牲品。还有一篇短文介绍了这位已故政治家的才能与勤奋，爱国热忱与远见卓识，最后是对继任人选的一些猜测。奥德林医生一字不漏地看完。他一直不喜欢蒙德拉哥勋爵。勋爵之死对他的主要刺激是，没能治好病人，他对自己深为不满。

也许他应该早点和蒙德拉哥的私人医生联系。他很沮丧。每当认真医治却不见成效时，他对自己赖以谋生的那套经验主义的理论和实践就深感厌恶。他在跟一些黑暗、神秘的力量打交道，这些东西可能超出了人类思想的理解力。他像个被蒙住双眼的人，在费劲地摸索，却不知道路在何方。他无精打采地翻着报纸。突然，目光停住了，又是一声惊叹。他的目光落在某个栏目底端的一小段文字上，标题是：议员猝死。欧文·格里菲斯先生，某某党成员，下午在舰队街突然发病，被送到查林医院时，已不幸身亡。估计是自然原因导致死亡，但会验尸确认。奥德林医生简直无法相信自己的眼睛。难道蒙德拉哥勋爵前一天晚上真的在梦里找到了梦寐以求的武器，刀或枪，杀了这个折磨他的人？难道这恐怖的谋杀几个小时后真的在那个醒着的人身上起作用了？就像上次勋爵在梦里用瓶子砸了格里菲斯的脑袋，第二天那人就头痛欲裂？或者，有种更神秘、更可怕的情形？蒙德拉哥勋爵以死求解脱，而他的敌人，那个饱受屈辱，从未得到安抚的人，不惜一死，要追到阴曹地府，继续折磨他？真是太奇怪了。理性地分析，只能说纯属巧合。奥德林医生按了按铃。

“告诉弥尔顿夫人，很抱歉，今晚我不能见她。我身体不舒服。”

他真的不太舒服。瑟瑟发抖，好像得了疟疾。凭着某种心灵感应，他仿佛看到了一个阴冷、荒凉、恐怖的空间。灵魂中的茫茫黑夜将他吞噬，令他感到长久以来的那种奇怪而不可名状的恐怖。

（辛红娟 译）

教堂司事

那天下午，位于内维尔广场的圣彼得教堂内刚举行完一场施洗仪式，艾伯特·爱德华·福尔曼身上还穿着教堂司事长袍。他将新袍子收起来，只在参加葬礼和婚礼的场合才舍得拿出来穿（上流社会人士喜欢选择内维尔广场的圣彼得教堂举办此类典礼）。衣服折叠得有棱有角，仿佛不是一件普通的羊驼毛织物，而是用上古青铜制成的。他身上穿的这件比那件新的稍微旧一点。穿上司事长袍他就格外得意，因为这是他神圣职责的象征。少了长袍（当他脱下衣服回家时）他就忐忑不安，仿佛身上少了些什么。他精心打理，亲手熨烫。担任这个教堂的司事十六年来，他穿过无数长袍，但旧长袍他一件都舍不得扔，全部收藏起来，用牛皮纸精心包好，放在卧室衣橱下面的抽屉里。

司事默默地忙碌着，换下大理石洗礼盘的彩漆木盖，搬开为体弱老妇准备的椅子。他要等牧师完成小法衣室的仪式，进去打扫完卫生再回家。他看着牧师走过圣坛，在高高的圣台前跪下，走下通道，身上依然穿着法衣。

“他还在瞎晃悠什么？”司事自言自语道，“他不知道现在是我的下午茶时间吗？”

牧师是新近委派来的，面色红润，精力充沛，四十多岁。艾伯特·爱德华至今还在替前任牧师惋惜，那是个老派牧师，总是用清脆的嗓音不慌不忙地布道，还经常跟贵族教民们外出吃饭。他喜欢让教堂的一切保持原样，从不吹毛求疵。他可不像这位新牧师，什么事情都要插手。不过艾伯特·爱德华宽宏大量。圣彼得教堂环境优美，教民素质很高。新牧师来自东区①，不可能指望他一下就能跟贵族教徒合拍。

"总是这样四处插手，"艾伯特·爱德华说，"不过，过些日子，他会学聪明的。"

牧师从通道上走过来，在距离司事足够近的地方停下脚步。如此，在这个神圣的地方，不需要提高嗓门就能对他说话。

"福尔曼，你能到法衣室来一下吗？我有话对你说。"

"好的，先生。"

牧师等着他，两人一起朝法衣室走去。

"施洗仪式非常成功，先生。您刚一接过孩子，孩子就停止哭泣，真有意思。"

"一直都是这样。"牧师略带微笑说，"不管怎么说，我可是老手了。"

他用自己的方式抱起孩子，几乎总能让孩子立刻止住哭声，他从心底感到自豪。孩子的母亲和保姆看到他将婴儿放进穿着白色法袍的臂弯时露出羡慕的表情，这表情他并不陌生。司事知道，赞美他的天赋会令他高兴。

牧师在艾伯特·爱德华的前头走进法衣室。艾伯特·爱德华发现里面还有两位教会委员，略吃了一惊。他没有留意他们

① 伦敦东区在历史上就被看成是贫民区，在柯南·道尔笔下，雾中的伦敦最危险之处，莫过于东区。

是什么时候进来的。两人和蔼地朝他点头致意。

“下午好，大人。下午好，爵士。”他一一问好。

他们俩都上了年纪，担任教会委员的时间跟艾伯特·爱德华担任司事的时间一样长。两人坐在宽大的餐桌边，餐桌是前任牧师多年前从意大利买回的。牧师则在两人中间的空椅子上坐下。艾伯特·爱德华隔着桌子面对他们仨坐下，心下稍感不安，不知到底发生了什么事。他想起来，风琴手演奏时出了岔子，他们费尽心机替他遮掩。在内维尔广场圣彼得教堂这样的教堂里，绝不容忍任何丑闻。牧师涨红的脸上显露出坚定而慈祥的表情，但另外两人表情略显凝重。

“肯定是牧师因什么事情跟他们纠缠不清，”司事心想，“一定是他鼓动他们做什么事，他们不想做。肯定是这样，等着瞧吧。”

艾伯特·爱德华心里虽然这么想着，轮廓鲜明、五官端正的脸上却不露痕迹。他恭敬地坐在那里，却也并不谄媚讨好。担任教堂职务之前，他当过管家，当然啦，主家是豪门大户。他的行为举止无可挑剔。他最初在一位富商家里当听差，凭借自己的能力，在男仆中从第四名逐渐上升到第一名。他还在一位寡居的贵妇人家里当过男管家，独当一面。来到圣彼得教堂之前，他在一位离任的大使家里当管家，手下管着两名男仆。他瘦高个儿，严肃，有派头。看起来即便不像公爵，至少也像个扮演公爵的演员。他机智老练、沉着稳重、正直自信。他的品格无可指摘。

牧师开门见山地说：

“福尔曼，我们有个不幸的消息要向你宣布。你在这里干了很多年，我相信两位委员阁下和我一样，对你的工作表现都非常满意。”

两位教会委员点点头。

“但是几天前我了解到一个令人难以置信的情况，职责所在，我觉得有必要告知教会委员。我发现，你既不会看书，又不会写字，这让我太吃惊了。”

司事脸上并未显露出尴尬的表情。

“这一点前任牧师知道，先生，”他回答说，“他说没关系。他总是说，他觉得世人接受的教育过多，其实并不好。”

“这话我可是闻所未闻，”委员惊叹道，“难道说，你当十六年教堂司事，从来没学习读书写字吗？”

“先生，我十二岁就给人当差。在第一个雇主家里，厨师想教我识字，但我似乎一窍不通。此后，事情一件接着一件，我一直没时间学。我从来也不觉得有这个必要。我觉得很多年轻人浪费太多时间读书，这些时间本来可以更有作为。”

“你难道不想读新闻吗？”另一位委员问道，“难道不想写信吗？”

“没有必要啊，阁下，我似乎过得很好。近年来，报纸上都有图片，有些什么新闻我一看就明白。我妻子肚子里很有些墨水，我想写信的话，就让她帮我。不过，我也并不是无所事事、游手好闲啊。”

两位委员不安地看了牧师一眼，然后低下头瞅着桌子。

“福尔曼，我已经就这事跟两位委员商量妥了，他们也非常同意我的看法，这种情况不能继续下去。在内维尔广场的圣彼得教堂，不能容许司事既不能读又不会写。”

艾伯特·爱德华瘦削的脸涨得通红，他不安地蹉动两只脚，什么话也没说。

“原谅我，福尔曼。我不是对你有意见。你的工作很出色，我对你的人品和能力都很器重。但是你不识字，万一因此出了什么风险,我们可担当不起。这么做一来是为谨慎起见,同时也是个原则问题。”

“福尔曼,你难道不能学习读书识字吗?”委员问道。

“没办法,先生,恐怕已经为时太晚。你瞧,我不再年轻,年轻的时候都读不进去,现在就更别指望了。”

“我们可不想为难你,福尔曼。”牧师说,“我和两位委员已经商定。给你三个月的时间,如果三个月之后你还是不会读书写字,恐怕就只能走人。”

艾伯特·爱德华从来都不喜欢新任牧师。他一开始就说,让他来圣彼得教堂是个错误。他这种人不适合到这种上层社会的教区。现在,他挺直身子。他知道自己的价值,不会任人这般贬损自己。

“很抱歉,先生,只怕这样也无济于事。老狗难学新把戏。我不会读书,不会写字,这些年照样活得好好的。我不是吹嘘,自吹自擂毫无益处,但我得说,我就是这样履行职责,同样赢得了大家的赞赏,就算我能学会,我也不想学。”

“如果是这样的话,福尔曼,恐怕你只能离开这里了。”

“好吧,先生,我能理解。等您找到人顶替我的位置,我即刻辞职走人。”

艾伯特·爱德华一如既往地彬彬有礼,但在牧师和两位委员走后,关上门的那一刻,他再也无法保持面对这一突如其来打击时的冷静、高贵神情,他的嘴唇开始颤抖。他缓步走回法衣室,将司事长袍挂回原处。想起这件长袍见证过的盛大葬礼和浪漫婚礼,他叹了口气。他将一切整理就绪,穿上外套,手里攥着帽子,走过长廊。他锁好教堂大门,漫步穿过广场,满心悲痛。他没有走回家的路,家里香浓的茶水正等他归来。他缓慢前行,心情沉重，不知道该何去何从。他可不想再回去给人当管家。这么多年来，习惯了当家做主的日子，不管牧师和教会委员怎么认为，事实上一直是他在掌管内维尔广场的圣彼得教堂。他可不能逆来顺受，妄自菲薄。他有笔不小的存款，但坐吃山空肯定不行，而且生活成本逐年上涨。以前，他从没考虑过这个问题。圣彼得教堂的司事，就像罗马教皇一样，终身不变。他以前经常想象，牧师在他死后第一个星期天晚上的祷词中极力赞美这位数十年如一日忠诚侍奉上帝，人品堪称楷模的已故司事艾伯特·爱德华·福尔曼。他深深叹了口气。艾伯特·爱德华无论是抽烟还是喝酒都很有节制，只在晚餐时喝杯啤酒，或是疲惫时抽支香烟。此时此刻，如果能抽支烟就好了。但他身上没带烟，他四处张望，看哪里有烟草店能买包金叶香烟。四下里没有烟草店，他只好继续向前。街道很长，各种店铺琳琅满目，偏偏就没有一家烟草店。

"这可真奇怪。"艾伯特·爱德华自言自语。

为了探个究竟，他在街上又走了一遍。没有烟草店，确定无疑。他停下脚步，若有所思地四处打量着。

"走在这条街上想吸烟的人应该不止我一个吧。"他说，"在这里开家烟草店应该会很不错。烟草糖果店。"

他浑身一个激灵。

"这可是个主意。"他说道，"最想不到的事情往往会摊到头上，真是奇怪。"

他转身走回家，享用下午茶。

"你今天下午不怎么说话，艾伯特？"妻子问。

"我在想事情。"他说。

他认真地考虑所有的细节。第二天，他又去那条小街走了一遍，恰好碰上一家门面出租，看起来正是他想要的店面。二十四小时之后，他已经租下店面。一个月之后，艾伯特·爱德华·福尔曼永远辞别内维尔广场的圣彼得教堂，正式成为烟草商兼报刊经销商。妻子说，从圣彼得教堂的司事变成生意人收入会一落千丈，可他回答说，此一时彼一时，如今的教堂已经今非昔比。于是他决定，"恺撒的物当归给恺撒"①。艾伯特·爱德华的生意十分红火。一年多时间过去，他觉得有必要再开一家店面，雇一个人经营。他又找到一条没有烟草店的长街，寻了一间招租的门店，租下房子，做起生意。照例又是成功之举。之后，他想，既然能开两家，就能开六家，于是他在伦敦四处奔走，寻找没有烟草店的长街，遇上招租的店面他就买下来。十年下来，他买了十余家店面，赚了大把大把的钞票。每个星期一他亲自前往所有店面，收集钱款，存进银行。

一天上午，正当他将一大捆钞票和一大袋银币交给收银员时，收银员告诉他银行经理想见他。他被领进办公室，经理跟他握手。

"福尔曼先生，我想跟您谈谈您在我们银行的存款。您知道您具体存了多少钱吗？"

"无法精确到一块两块，先生。但是大概数字我知道。"

"今天上午的存款不算，您的存款已经超过三万英镑。这可是笔巨额存款。我觉得您有必要做些投资。"

"我不想冒任何风险，先生。我知道在银行里很安全。"

"您一点儿都不必担心。我们可以向您推荐一些绝对保值

---

① 语出《圣经·马太福音》第22章："恺撒的物当归给恺撒；神的物当归给神。"

的证券。这样的话，您就能得到比我们所能提供的利息更高的回报。”

福尔曼轮廓分明的脸上现出一丝焦虑。“我从来都不会买股票，全部交给你来处理吧。”他说。

经理笑了，“我们会处理一切。您下次来的时候只需要签转让书。”

“签名我会。”艾伯特不确定地说，“但我怎么知道自己签的是什么文件？”

“您可以自己看啊。”经理口气立刻严肃起来。

福尔曼先生轻松地笑笑。

“先生，问题就在这里。我不识字。我知道这听起来很荒唐，但事实就是如此，我既不能读又不会写。我只会写我的名字，就连写自己的名字都还是开始做生意之后才学会的。”

经理吃惊地从椅子上站起身，“这真是我听过的最离奇的事啦！”

“确实如此，我一直没机会读书识字，等到上了年纪，又不想学了。人就是这么顽固。”

经理盯着他，仿佛他是个史前怪兽。

“您是说您一手建立起这么生机勃勃的商业，赚了三万英镑，竟然不会读书写字？我的天哪，如果您会读书写字的话，那该会从事多么辉煌的职业啊？”

“这一点我倒是可以告诉您，先生，”福尔曼先生贵族气派的脸上洋溢着笑容，“那我会是内维尔广场圣彼得教堂的司事。”

（辛红娟 译）

大班

他比任何人都清楚,自己的身份举足轻重。他是英国在中国开设的一家重要公司的相当重要的分公司负责人。他凭借自己的实力,一路干到头号人物的位置。想起三十年前初到中国时,自己还是个不谙世事的小职员,他唇边浮现一抹笑意。他还记得故乡巴恩斯的老房子,那是一幢普通的红色矮房,坐落在一排红色矮房中间。巴恩斯地处郊区,人们拼命跻身上流社会,结果却过得凄清惨淡。对比如今富丽堂皇的石头宅邸,开阔的走廊和宽敞的房间,他得意地笑起来。这里曾经是公司的总部,现在成了他的宅邸。他已今非昔比。他想起每天从学校放学回家(他就读圣保罗学校),跟父母和两个姐姐吃晚餐的情形,只有一片冷肉,一些面包和黄油,茶里兑上许多牛奶,大家自取自食。又想想自己如今吃晚餐的情景:他总要穿着正式晚装,无论是不是一个人用餐,总要有三个年轻男仆在桌旁服侍。一号男仆清楚地知道他的爱好,他从来不需要为家务烦心。他的晚饭总是有汤有鱼,有主菜,有烤肉,有甜品,有开胃菜,随时可以请客人一起享用。他喜欢美食,认为不能因为独自用餐,没有宴请客人,就让饭菜的种类打折扣。

他的确算得上飞黄腾达。这也是他至今不想回国的原因。

他已经十年没有回英国,度假时他选择日本或者温哥华,确信在这些地方能碰到中国沿海的旧相识。在英国他可谁都不认识。他的两个姐姐已经嫁入门当户对的人家,她们的丈夫都是职员,她们的儿子也都是职员。他跟姐姐们之间没有任何共同语言,她们令他觉得乏味。不过每年圣诞节他都给她们寄一匹上好丝绸、一方精致刺绣或一盒茶叶,借此维系他们之间的手足情谊。他不是个吝啬的人,母亲健在的时候,是他负责她的饮食花销。等他到了退休年龄,也不想回英国去,他亲眼看见很多人回到英国,最后总是不甚了了。他准备在上海跑马场附近买栋房子:舒舒服服安度晚年,打桥牌,玩赛马,打打高尔夫。考虑退休之前,他还得工作很多年。再过五六年,希金斯就会回国,到那时他就会成为上海总部的负责人。眼下,他对现在这个地方很满意,在这里生活能省不少钱,这在上海可办不到,这里能尽情地讨价还价。这个地方与上海相比还有一个优势:他在社交圈子里颇有名气,说话有分量,连领事都让他三分。有一次他跟领事意见不合,最后认输的却不是他。想起这事,大班还会翘翘下巴,一副好斗形象。

大班无声地笑了,心情很不错。他刚从汇丰银行参加一场重要的午宴回来,步行回办公室。午宴十分令人满意,菜肴一流,酒水丰盛。他一开始喝了几杯鸡尾酒,又喝了一些纯正白葡萄酒,加上两杯波特葡萄酒,还有一些高档陈年白兰地。他有些醺醺然。离开时,他做了一件不同寻常的事情:步行。轿夫们抬着轿子跟在他身后几步开外的地方,预备着他随时可以坐上去,但他很喜欢这样伸展伸展腿脚。近些日子他很少运动。现在体重超标,不适合骑马,锻炼起来有心无力。可即便不能骑马,他依然可以养马,他一边漫步在芬芳的空气中,一边想着春季赛马。他养了几匹种马，觉得养马很有前途。公司里碰巧有个小伙子是出色的骑师（他可得留神，千万不能让人把他挖走，上海的希金斯老家伙舍得花大价钱请他），他应该会赢两三场比赛。大班自诩他的马厩在城里首屈一指。他像鸽子一样昂首挺胸往前走。天气晴朗，活着的感觉真好。

经过公墓时，他停下脚步。公墓干净整洁，表明这是个富裕的社区。他每次经过公墓，都会感到由衷的自豪。作为英国人他倍感荣幸。当初选择公墓地址时，这个地段一文不值，如今，随着城市繁荣起来，这块墓地价格不菲。有人提议将公墓迁往别处，把地卖给房产商，但社区居民在情感上无法接受。想到他们这群人中的死者安息在这座岛屿上的富庶宝地，大班顿时心满意足。这也表明，他们将有些东西看得比钱还贵重。去他妈的金钱！遇到“至关重要的东西”（这是大班最爱的口头禅），人得知道钱不能代表一切。

他想进去走走。他环顾这些墓茔，个个打扫得干净整洁，路上连一根杂草都没有。他一边漫步，一边阅读墓碑上的名字。有三个名字刻在一起：分别是玛丽·巴克斯特号的船长、大副和二副，他们在一九〇八年的台风中共赴黄泉，当时的情景他记忆犹新。还有一小群人，两位牧师和他们的妻儿，在义和团运动中被杀害。真是令人震惊！并不是说他对传教活动非常虔诚。但是无论如何，不能让这些可恶的中国人任意屠戮传教士。随后，他又看到一个熟悉的名字。好家伙，爱德华·马洛克，他饮酒过度，醉酒而死，可怜的家伙，死时年仅二十五岁。大班认识很多这类人。还有几座墓碑，上面刻着名字和年龄，二十五岁，二十六岁和二十七岁。都是同样的经历：他们来到中国，从来没有见过这么多钱，他们都很单纯，想跟别人斗酒：但酒量不行，最终葬身墓地。在中国沿海，要想喝酒逞能，得有精明的头脑和强健的体魄。当然，这些事都很悲惨，可想起他曾经跟这些长眠地下的年轻人中很多人都喝过酒，他情不自禁露出笑容。有个人的死对他大有益处。这个人也在他的公司，是他的上司，也是个精明的家伙：如果这家伙现在还活着，那大班的位置无论如何轮不到自己。命运真是难以捉摸。这里躺着的是娇小的特纳太太，她全名叫维奥莱特·特纳，真是个迷人的小娘子，他跟她可是很有一腿。她死的时候，他悲伤欲绝。他从墓碑上看着她的年龄。要是她现在还活着的话，也是半老徐娘了。想起这些死者，一股满足感涌遍全身。他们都是败军之将。他们都死了，他却活着。他确实击败了这些人。环顾累累墓冢，他嘲弄地笑了。简直想要拊掌大笑。

"再也不会有人拿我当傻瓜。"他喃喃自语。

对无言的死者他有股说不出的轻蔑，当然，他并无恶意。他继续往前走，突然遇见两个苦力在挖墓穴。他十分惊讶，因为他没听说社区里有谁过世。

"这到底是给谁挖的？"他大声问。

两个苦力看都没看他一眼，继续干活。他们站在深深的墓坑中，铲起沉重的土块。尽管大班已经来中国很长时间，但听不懂中国话。在他那个年代，没必要学这鬼话。他用英语问他们墓穴是给谁挖的。两人没有听懂。他们用中国话说了些什么，他骂两个苦力是无知的蠢货。他知道布鲁姆太太的孩子患病，有可能已经夭折，但他应该得到消息呀，而且，这也不像是给孩子挖的坟。这是成人的坟，而且是个胖子。太怪异了！他真希望自己刚才没进墓园来。他匆匆走出公墓，坐进轿子，不安地皱起眉头，愉快的心情荡然无存。一回到办公室，他就叫来二号男仆：

“彼得斯，你知不知道是谁死了？”

彼得斯被问得一头雾水。大班十分疑惑。他叫来一位本地职员，派他去公墓向苦力打听消息。趁这会儿工夫，他开始在信件上签字。职员回来说，苦力已经走了，不知道向谁打听。大班开始觉得有些愠怒：他不喜欢有事情发生，而自己却被蒙在鼓里。他的贴身男仆肯定知道，那个家伙无所不知，就派人去找他，连他也没听说社区有人过世。

“我就知道没有人过世，”大班愤愤地说，“可那坟是给谁挖的？”

他命男仆去墓地看守人那里查查，既然没有人死，为什么要挖墓穴。

“你走之前，先给我倒一杯威士忌加苏打水。”男仆正要离开房间，大班吩咐说。

不知为何看到墓穴令他如此不安。他想忘掉这一幕。喝完威士忌他感觉好点儿，完成手头的工作后上楼浏览《笨拙》杂志①。再过一会儿，他要去俱乐部玩一两把桥牌，再去吃晚饭。但是，他得听听贴身男仆回来怎么说才能放心，于是等着他回来。不多时，贴身男仆把看守人带了回来。

“你为什么要找人挖墓穴？”他不解地问，“没有死人呀。”

“我没找人挖墓穴。”那人回答说。

“你到底是什么意思？今天下午明明有两个苦力在公墓里挖墓穴。”

---

① 《笨拙》(*Punch*)杂志创刊于1841年，是英国老牌的讽刺漫画杂志之一，提供政治讽刺漫画、家庭漫画、社会漫画等内容，通过诙谐的讽刺手法描述社会热点问题。

两个中国人面面相觑。贴身男仆说刚才他们一起去过公墓,确实没看见新挖的墓坑。

大班一时不知说什么好。

“他妈的,我下午亲眼所见。”话已经到了嘴边。

但他没有说出来。他将话硬生生咽了回去,涨得满脸通红。两个中国人目不转睛地看着他。一时间,他有些喘不过气来。

“没事了,你们出去吧。”他喘息着说。

两人刚转身离开,他又大声叫贴身男仆。男仆回来时,他怒气冲冲地叫他拿威士忌来。他抽出手帕擦拭脸上的淋漓汗水。他举起酒杯想要送到唇边,手却不停地颤抖。不管他们怎么说,他千真万确看见了那个墓穴。他还听到苦力将泥土抛上地面时发出的闷响。这意味着什么?他能感觉到自己的心跳。他感到莫名的不安。他竭力镇定下来。简直太荒诞了!如果没有墓穴,肯定是他出现了幻觉。他唯一能做的就是回到俱乐部,如果能遇见医生,他会找医生给自己做个检查。

俱乐部里众人的表现跟往常一样。他也不知道为什么会期待大家表现异常。没有异常,对他是一丝安慰。这些人相处多年,过着一成不变的生活,养成不少癖好。有个人打桥牌的时候不停地哼歌,还有个人喝啤酒一定要用吸管——这些平日里令大班恶心的把戏今天却让他有了一丝安全感。他需要这种安全感,他无法从脑海里驱除那诡异的一幕。他今天的桥牌打得差极了,对手指指点点,大班发了脾气。他觉得大家看他的表情非常古怪。他暗想别人是不是发现了他哪里不对劲。

突然,他觉得再也无法忍受俱乐部里的空气。走出俱乐部时,他看到医生在阅览室里读《泰晤士报》,可他现在还不想跟医生谈这些。他要亲眼看看到底有没有墓穴。他坐进轿子,让轿夫抬他去公墓。人不可能连续两次产生幻觉,对吧?而且,他要带上看守人,如果没有墓穴,他肯定看不到。如果有的话,他就要拿鞭子狠狠抽他一顿。但是看守人不见了踪影。他出去了,钥匙也被他带在身上。大班进不去公墓,突然感到像泄了气的皮球,坐进轿子,命轿夫抬他回家。晚饭前他想躺着休息半个钟头。他精疲力竭。也许就是这个原因。他听人们说过,人疲惫的时候容易产生幻觉。男仆进来为他准备吃晚餐时穿的正装,他挣扎着爬起床。他今天晚上非常不愿换衣服,但还是勉强换上:他已经立下规矩,晚饭必须穿正装,二十年来日日如此,他永远不会打破这个规矩。晚餐他要了一瓶香槟,能让自己感觉舒服一点。之后,他让男仆端上最好的白兰地。几杯酒下肚,他感觉好多了。让幻觉见鬼去吧!他走进台球室,练了几个高难度动作。他的眼睛还是那么好使,不会有什么问题。上床后,他很快就睡熟了。

但是,他突然惊醒过来。他梦见了那块墓穴,苦工们正不紧不慢地挖着。他确信以前见过他们。说这是幻觉显然荒谬,因为他亲眼见过他们。远处传来打更人巡逻的声响。这声响打破深夜的寂静,令他魂飞魄散。恐惧顿时将他整个吞噬。这座中国城市蜿蜒密布的街道令他恐惧,庙宇盘绕的屋顶上狰狞扭曲的怪兽让他心惊。他痛恨这里刺鼻的臭气。痛恨这里的人。那些苦力,衣衫褴褛的乞丐,身着黑色长袍、老奸巨猾、笑容满面、令人费解的商人和官员!他们似乎威胁着向他扑过来。他痛恨这个国家。中国!他当初为什么要来这里?现在他惊慌失措。必须离开。他一年也不愿多待,一个月也不愿多待。上海又算得了什么?

"噢,上帝啊,"他失声叫道,"但愿我能平安回到英国。"

他想回家。如果一定会死，他宁愿死在英国。他无法忍受跟这些嘴歪眼斜的黄种人埋在一起。他想埋在自己的家乡，不想埋进白天看到的那个墓穴。在那里，他将永远、永远不得安息。随便人们怎么想，那又有什么关系？他们爱怎么想就怎么想。当务之急是有机会就赶紧离开这里。

他从床上爬起来，给公司负责人写信，说他发现自己罹患重症，请求公司立刻换人。如无十分必要，他不能继续待在这里。他必须即刻回到英国。

早上，人们发现大班手里紧紧攥着这封信，躺在书桌和椅子之间的地上。已经死去多时。

（辛红娟 译）

患难识人

三十年来,我一直在研究自己的同类,可对他们仍知之不多。我当然不会光看长相就决定是否雇佣一名仆人,但估计我们对别人的印象主要还是基于对方的长相。我们常会根据下巴形状、眼神和嘴唇轮廓来判断一个人。我怀疑这种判断的准确程度。小说和戏剧往往背离现实,原因就在于作者创造的人物通常表里如一,当然这也许是创作的需要。作者不能让人物自相矛盾,因为一旦如此,人物就会变得难以理解,然而自相矛盾却是大多数人的特征。我们其实是各种矛盾的综合体。逻辑学书籍告诉我们,如果说黄色是管状的,或感激比空气重,肯定荒诞不经。但在个体的矛盾集合中,黄色完全可能是一辆马车,而感激完全可能是下星期的某个时间段。要是有人告诉我,他们对人的第一印象一贯正确,我只能耸耸肩。我觉得他们要么目光短浅,要么过于自负。在我看来,跟人相识越久,就越看不懂他们:我的老朋友,正是我一无所知的那些人。

之所以会有这番感慨,是因为今天早上从报上得知,爱德华·海德·伯顿在神户去世了。他是个生意人,在日本经商多年。我跟他不熟,对他感兴趣是因为他曾让我大吃一惊。若不是听他亲口说出,我断然不会相信他会做出这种事。无论从外表还是行为举止上看，他所属的类型非常明确，因此这事就更令人震惊。他是一个真正表里如一的人。个子矮小，身高不过五英尺四英寸，身材瘦弱，头发花白，红润的脸庞上爬满皱纹，蓝眼睛。我认识他的时候，他约莫六十岁。他一贯衣着整洁低调，与年龄和身份甚为相称。

伯顿的办事处设在神户，但他经常来横滨。有一次，我碰巧去横滨等船，需要在那里待几天，我和他在英国俱乐部经人介绍相识。我们一起打桥牌。他牌技很好，牌品也不错。无论在牌桌上还是酒桌上，他话不多，但说出的话都那么合情合理。他会不动声色地讲冷笑话。在俱乐部好像很受欢迎，他离开后，大家对他赞不绝口。碰巧我们都住在格兰德酒店，第二天他请我一起用餐。我于是认识了他的太太和两个女儿，太太体态偏胖，上了年纪，笑容可掬。显然是和睦幸福的一家子。伯顿给我印象最深的就是他的友善。那双温柔的蓝眼睛里有某种东西让人非常愉悦。他说话语气温和，估计即便生气也不会提高嗓门，笑容和蔼可亲。这人真有吸引力，你始终会感受到他对同胞真诚的友爱。他迷人而不矫情：喜欢打牌、喝鸡尾酒，还能绘声绘色地讲个耐人寻味的重口味段子，年轻时应该是个运动健将。他很有钱，但每一分钱都来路正当。我估计还有一点也会让你喜欢他：他个子瘦小、羸弱，会激起你的保护欲。你会觉得他连只苍蝇都不忍心伤害。

一天下午，我无所事事地坐在格兰德酒店的大堂吧。那是在大地震①前，酒吧里还摆着皮质扶手椅。向窗外望去，拥堵的

① 此处指的是发生在日本横滨和东京一带的“关东大地震”（1923 年 9 月 1 日）。

港口一览无余。有不少大客轮,有的开往温哥华和旧金山,有的途经上海、香港和新加坡,开往欧洲;也有来自世界各地的货轮,船身斑驳,饱受海浪侵蚀;也有些帆船,船尾高高翘起,船帆五颜六色;另外还有不计其数的舢板。到处是一派繁忙热闹的景象,我内心却不由得感觉平静怡然。浪漫传奇就在眼前,似乎触手可及。

不一会儿,伯顿也来了大堂吧。他一眼看到我,于是坐进了我旁边的椅子里。

“喝点什么?”

他拍手招来服务生,点了两份杜松子汽水酒。服务生送酒来时,外面街上有熟人碰巧路过,看见我,朝我挥了挥手。

“你认识特纳?”我朝外面的人点头打招呼时,伯顿问我。

“我在俱乐部见过他。据说他靠国内家人汇款过日子。”

“没错,我相信。这里不少人都这样。”

“他桥牌打得不错。”

“这些人通常都会打桥牌。去年有个家伙,碰巧和我同姓,是我见过的顶级桥牌高手。估计你在伦敦没见过他。他叫兰尼·伯顿,应该是几家高档俱乐部的会员。”

“我确实不记得这个名字。”

“他打牌水平绝对一流,似乎对桥牌有种天生的直觉,挺奇妙。我们经常一起玩。他在神户待过一段时间。”

伯顿喝了一小口杜松子汽水酒。

“说来有趣,”他说,“那家伙人不坏,我挺喜欢他。他衣着得体,仪表堂堂。卷头发、白里透红的脸蛋,很帅气。女人对他非常着迷。他人不坏,只是有点放荡不羁。当然,他喝酒还是太放纵了,那些人差不多都这样。每个季度会收到家里汇来的一小笔钱,而他的主要来源还是靠打牌赢得。这点我清楚,光从我这儿他就赢了不少。”

伯顿友善地笑笑。凭我的观察,他打桥牌即使输了钱,也会很洒脱。他用瘦弱的手摸摸剃得干干净净的下巴,手上血管突起,看上去清清楚楚。

“我估计,他后来潦倒时来找我,一来是从我这里赢过不少钱,二来是因为他跟我碰巧同姓。一天,他来到我办公室,说希望能找份工作。我吃了一惊。他说家里不会再给他寄钱了,他想要工作。我问他多大年纪了。

“‘三十五。’他说。

“‘你干过什么工作?’我问。

“‘哦,没干过啥。’他说。

“我忍不住笑出声来。

“‘那恐怕我帮不上你什么了。’我说,‘再过三十五年来找我,或许我能帮你找点事情做做。’

“他一动也没动。脸色惨白。迟疑了一会儿,他告诉我说自己最近一段时间手气很差。他不想老打桥牌,于是改打扑克,结果输得更惨,身无分文。所有的东西都典当了,可还是付不起酒店的账单,他们也不再赊账给他。他已走投无路。如果不能找点事情做,恐怕只能自杀了。

“我望着他好一阵子。他整个人都废掉了。严重酗酒,看上去像个五十岁的老头儿。看到他那副样子,肯定不会有什么女人再会恋上他。

“‘那除了打牌,你还会什么?’我问他。

“‘我会游泳。’他说。

“‘游泳!’

“我简直不敢相信自己的耳朵，听起来真是荒唐透顶。

“‘我在大学里曾经代表学校参加过比赛。’

“我知道他想说什么了。我认识好些人，上大学时都风光一时，自以为是。

“‘我年轻的时候游得也很不错。’我说。

“我突然有了个主意。”

伯顿停了一下，转身面向我。

“你了解神户吧？”他问。

“不怎么了解。”我说，“有一次经过那里，但只待了一晚上。”

“这么说你不知道盐谷俱乐部了。我年轻的时候，曾经从盐谷俱乐部的灯塔附近游到垂水小溪。全长三英里多，灯塔附近水流很急，一般人对付不了。我跟那年轻人说了这事，而且说，如果他能做到，我就给他一份工作。

“看得出来，他非常吃惊。

“‘你自己说会游泳的。’我说。

“‘我现在身体不大好。’他回答说。

“我一言不发，耸了耸肩。他看看我，然后点点头。

“‘好吧。’他说，‘你想要我什么时候游？’

“我看了下手表，刚过十点。

“‘估计你游过这段不会超过一小时一刻钟。我开车十二点半到小溪那里接你，然后带你去俱乐部换衣服，一起吃午饭。’

“‘一言为定！’他说。

“我们握手告别。我祝他好运，他就走了。那天上午我非常忙，赶到垂水小溪时刚好十二点半。其实我根本不需要那么赶,他再没露面。"

"他最后一刻打退堂鼓了?"我问。

"那倒没有。他当时就动身了。但是他常年饮酒作乐,身体早就垮了,根本应付不了灯塔附近的水流。我们打捞三天,也没找到尸体。"

我无言以对,非常震惊。后来我问伯顿:

"你说可以给他一份工作的时候,知道他会淹死吗?"

他轻轻笑了笑,那双友善真诚的蓝眼睛看着我,手摸了摸下巴。

"当时我的办事处根本没有空缺。"

(鄢宏福 译)

满满一打

我喜欢埃尔塞姆。它是英格兰南部的一处海滨胜地，距离布莱顿市不远，风景宜人，有些许乔治王朝①后期的城镇风格。但埃尔塞姆并不喧闹，也不浮华。十年前，我常去埃尔塞姆，随处可见坚固、浮夸，却并不令人讨厌的老房子（宛若门庭衰落的贵妇，对自己的出身依然无比自豪，令人感觉滑稽可笑，但不会心生厌恶）。这些老房子建于欧洲第一位绅士统治时期，失宠的王公大臣可以来此地度过风烛残年。城里的主街道很冷清，医生的汽车显得有些格格不入。主妇们悠闲地料理家务。她们一边跟屠夫东拉西扯，一边看他砍下最好的颈肉。她们跟杂货店老板娘亲切地寒暄，老板则将半磅茶叶和一袋盐装进她们的网兜。我不知道埃尔塞姆是否曾经算得上时尚之地，但当时肯定不是。不过，城市整体还算体面，消费也不高。上了年纪的老处女和寡妇，会住到那里，还有印度英侨和退役军人：他们忐忑地期待每年八九月份度假高峰游客的到来，好将房子租出去，拿上租房子的钱到瑞士人开的膳食旅馆里过上几个星期。我从没在旺季去过埃尔塞姆：旅馆爆满，海滩上挤满身着运动上衣的年

① 乔治王朝（1714—1837），英国历史上这一段时期以浮华奢靡为特色。

轻人,江湖艺人在海滩上献艺,海豚酒店的台球室里击球声一直持续到深夜十一点。我只在冬季去过。这个时节,临海的每一幢房屋前都竖着招租广告,这些用灰泥粉刷的房屋都带有一个世纪之前建的凸肚窗。海豚酒店只有一名招待客人的服务员,加上几个擦鞋的杂役。晚上十点,门房走进吸烟室,朝你一瞪眼睛,你就得起身去睡觉。这个季节,埃尔塞姆是处宁静之所,海豚酒店也非常舒适。摄政王曾不止一次驾车带着菲茨赫伯特夫人在海豚酒店的咖啡厅里喝茶,想起这段历史,不由得心旷神怡。酒店大厅里还挂着一封镜框装裱起来的信,信上写道:萨克雷①预订两室一厅的临海房间,还要求派马车到车站接他。

战后两三年,有一年十一月份,我得了流感,到埃尔塞姆疗养。到达那里已经下午了,安顿好行李,我到海滩上散步。天空乌云密布,平静的海面灰暗而寒冷,几只海燕贴着海岸飞翔。帆船的桅杆已经卸下,搁浅在满是砂石的岸边。更衣室一个挨一个排成长串,晦暗阴沉,破败不堪。市政当局四处安置的长凳上空无一人,仅有几位游客在沙滩上来回走动锻炼身体。我从一位老上校身边经过,只见他鼻子通红,穿着灯笼裤,身后跟着一条小猎犬。接着遇见两个身着短裙和宽大鞋子的老妇人,还有一个戴黑色帽子姿色平平的姑娘。我从没见过海滩上如此萧条。旅馆看起来就像邋遢的老处女等待着永远都不会归来的情人,热情的海豚酒店也显得惨淡荒凉。我的心情一落千丈,顿时觉得生活单调乏味。我回到酒店,拉上客厅的窗帘,拨旺炭火,拿起一本书排遣低落的情绪。到了更衣吃晚饭的时间,我心情

---

① 威廉·梅克比斯·萨克雷(William Makepeace Thackeray,1811—1863),英国作家,其代表作品是世界名著《名利场》。与狄更斯齐名,为维多利亚时代的代表小说家。还著有《班迪尼斯》《弗吉尼亚人》等作品。

终于好了起来。我走进咖啡厅，发现旅馆的房客们已经悉数坐在里面。随意环视一圈，只见一个独坐的中年女人，另有两位上了年纪的绅士，很可能是打高尔夫球的客人，红脸膛、秃顶，闷声不响地享用晚餐。还有坐在咖啡厅凸肚窗前的三个人，他们立即牵动了我好奇的神经。一位老先生和两位女士，年老的很可能是他妻子，另一个年纪稍轻，多半是他们的女儿。首先吸引我注意的是那位老妇人。她穿着宽大的黑丝裙，戴黑色蕾丝帽。腕上戴着笨重的金手镯，脖子上挂着结实的金链子，链子上吊着硕大的金盒，胸前别着一枚巨大的金胸针。真不敢想象，如今还有人戴这样的首饰。走过二手珠宝店或典当行，我喜欢进去逛逛，瞧瞧这些结实昂贵、丑陋而又古怪的老物件。想起曾经佩戴这些首饰的贵妇如今都已长眠地下，难免会黯然神伤，凄然一笑。这些首饰流行的年代，裙撑和荷叶边装饰正取代圆环裙，平顶帽正取代阔边女帽。那时的英格兰人喜欢结实、牢固的东西。人们每个星期天上午去教堂，然后去公园散步。晚宴齐齐整整地备上十二道菜，主人亲自为客人切分牛肉和鸡肉。饭后，会弹琴的女士们奏一曲门德尔松①的《无言的歌》，男士们则用优雅的中音唱着古老的英格兰民谣。

年纪较轻的女人背对着我，一开始我只见她身材苗条，充满活力。浓密的棕色头发梳理得十分精致，穿着灰色裙子。三人正低声交谈。突然，她扭过头来，我得以看清她的长相，美貌惊人。鼻子纤巧挺括，优雅的脸庞仿佛模子里雕印出来一般。这时我才发现，她绾着亚历山德拉皇后一样的发型。晚餐结束后，

① 门德尔松（Jakob Ludwig Felix Mendelssohn Bartholdy，1809—1847），德国指挥家、钢琴家及作曲家。

他们起身离开。老妇人轻快地走出餐厅，年轻女人紧紧跟在身后。我惊讶地发现，她其实已不算年轻。衣服十分简朴，裙子比时下流行的裙摆略长，剪裁略显过时，是淑女裙式样。她个头很高，仿佛诗人丁尼生笔下的女主角，身材纤细，一双长腿，姿态优雅。我曾见过这只鼻子，是希腊女神的鼻子。嘴巴美丽可人，蓝色的大眼睛澄澈透明。当然，她的皮肤略显紧绷，额头和眼角散见皱纹，她年轻时皮肤一定柔软光滑。她让人想起维多利亚时代著名画家阿尔玛-塔德玛经常描绘的五官典雅的罗马美女，尽管穿着古老的长裙，看起来却是地道的英国长相。相貌中透出数十年来人们早已淡忘的冷艳。如今，这般冷艳仿佛经典警句一样，已无处可觅。宛若考古学家发现深埋地下的雕塑，我非常惊讶能与一个久已消逝时代的遗存美人不期而遇。刚刚逝去的时代往往最容易被人遗忘。

两位女士离开时，那位先生起身相送，随后重又坐回椅子里。服务员给他端来一杯浓烈的波特葡萄酒。他闻一下，抿一口，咂咂舌头。我将他上下打量一番。他身材矮小，比他高大的妻子矮一截，不胖不瘦，一头卷曲的灰色头发。脸上布满皱纹，表情略显幽默。嘴唇紧绷，下巴方正。按现在的标准来说，他穿得非常奢侈：黑丝绒上衣，褶皱低领衬衫，黑色宽领带，肥大的晚礼服裤子。看上去像套戏装。他悠闲地喝完波特葡萄酒，起身缓步走出餐厅。

经过大厅，我心里好奇这三位到底是何方人士，于是瞥了一眼宾客登记表。看到上面有四十年前学校里年轻女性中流行的带棱角的笔迹，写着一排名字：埃德温·圣克莱尔先生、埃德温·圣克莱尔太太和波切斯特小姐，地址是伦敦贝斯沃特片区伦斯特广场 68 号。肯定是刚才引起我注意的那三个人的姓名和住址。我向酒店女经理打听圣克莱尔先生是谁,她说,准是伦敦城里有来头的人物。我走进台球室,打了会儿球,然后穿过大厅,准备上楼。两个红脸膛男人正在读晚报,一位老妇人正捧着一本小说打瞌睡。刚才那三个人坐在角落里。圣克莱尔太太忙着编织,波切斯特小姐埋头刺绣,圣克莱尔先生则抑扬顿挫地大声朗读。我从他们身边经过时,发现他朗诵的是作家查尔斯·狄更斯的《荒凉山庄》。

第二天,我大部分时间都待在酒店里阅读和写作,仅下午出去散了步。回来的路上,我在海滩上随处可见的长凳上坐了一会儿。天气不如前一天那般寒冷,非常宜人。无所事事之际,我瞧着一个人影从远处向我走来。是个男人,走到近处,我发现他个头不高,衣衫褴褛,穿着黑色长外套,戴着破礼帽。他走路时双手插在兜里,一副冷飕飕的样子。他从我身边经过,扫了我一眼,继续向前走了几步,犹豫着停下脚步,返回来。他走到我坐的板凳前,从口袋里掏出一只手摸了一下帽檐,向我致意。我留意到他的黑手套十分破旧,暗忖他一定是个鳏夫。要么就是像我这样刚刚患过流感的沉默寡言之人。

"先生,打扰一下,"他说,"能借根火柴吗?"

"当然可以。"

他在我旁边坐下,我在口袋里摸火柴时,他在口袋里找烟,掏出一小包金叶,满脸失望。

"天哪,真恼人! 一支也没有了。"

"抽我的吧。"我笑着说。

我掏出烟盒,他抽出一根。

"金的?"我盖上烟盒时他在上面敲了一下,"金的? 这种东西我从来都留不住。有过三个,都给人偷走了。"

他闷闷不乐地盯着脚上那双需要修补的烂靴子。他身形干瘪,瘦长鼻子,淡蓝灰眼睛,皮肤泛黄,满脸皱纹。我看不出他的年龄,也许三十五,也许六十。他最明显的特征就是毫不起眼。尽管贫寒,倒也干净整洁。他看起来体面,或至少竭力维持着体面。他看来并不沉默寡言,我估计是律师所的书记员,由于新近丧偶,善解人意的雇主让他到埃尔塞姆来调整一下心情。

"您准备在这里长住吗,先生?"他问我。

"十天或者半个月吧。"

"您第一次来埃尔塞姆吗,先生?"

"以前来过。"

"这里我很熟,先生。不是吹牛,几乎所有的海滨胜地我都去过。埃尔塞姆无与伦比,先生。这里的人很友善。埃尔塞姆既不吵闹,又不庸俗,我想您会认同我的看法。先生,埃尔塞姆有我非常美好的回忆。我对埃尔塞姆的昔日记忆犹新。我在这里的圣马丁教堂里举行过婚礼,先生。"

"是吗。"我随口应道。

"那真是一桩美满婚姻,先生。"

"听起来不错。"我回答说。

"那场婚姻持续了九个月。"他若有所思地说。

这句话有些出人意料。我预料着他要跟我大谈婚史了,这一点倒是始料未及。眼下,我带着好奇,或者些许急切,想要听他细细道来。他却突然打住了,叹了口气。最后,我忍不住打破沉默。

"附近游客好像并不多。"我说。

"我就喜欢这样。不喜欢人多的地方。我刚才说过,这么些年,我去过很多海滨城市,可从不在旅游旺季去。我喜欢这儿的冬天。”

“你不觉得冬天有点儿凄凉吗？”

他转过身，戴着黑手套的手在我胳膊上停留片刻。

“确实凄凉。但正是这份凄凉，才使得阳光尤其珍贵。”

这话听来着实荒唐，我没理会他。他将手从我胳膊上移开，站起身。

“我不打扰您啦，先生。很高兴认识您。”

他彬彬有礼地摘下破旧帽子致意，缓步走开。气温开始下降，我该回海豚酒店了。我走上宽阔的酒店台阶，两匹瘦马拉着的一辆四轮马车在台阶前停下，圣克莱尔先生从车上下来。他戴的帽子不伦不类，仿佛圆顶礼帽和大礼帽的不幸联姻。他将一只手伸给妻子，继而将手伸向侄女。身后，搬运工将地毯和坐垫搬进酒店。圣克莱尔先生付钱给司机时，我听到他交代司机第二天同一时间过来。原来，圣克莱尔每天下午都会坐马车出去兜一圈。若说他们从来没有坐过汽车，我一点儿都不会感到奇怪。

女经理告诉我说，他们一直独来独往，不太跟酒店的其他客人打交道。我任由想象驱骋。仿佛看见他们一日三餐，仿佛看见圣克莱尔夫妇早上坐在酒店台阶上。男的读《泰晤士报》，女的织毛衣。我猜圣克莱尔太太这辈子从来没有读过报纸，因为他们除了《泰晤士报》之外没订别的报刊，圣克莱尔先生每天都带着报纸进城。大约十二点，波切斯特小姐就来跟他们会合。

“散步还开心吗，埃莉诺？”圣克莱尔太太问道。

“很开心，格特鲁德婶婶。”波切斯特小姐回答说。

原来，圣克莱尔太太每天下午乘车外出，而波切斯特小姐每天上午出去散步。

“亲爱的，等你织完这一行，”圣克莱尔先生一边看着妻子织毛衣一边说，“我们出去散散步，然后吃午饭。”

“很好。”圣克莱尔太太应声说道，她将毛衣收起来，递给波切斯特小姐，“埃莉诺，你要是上楼，就帮我带上去吧。”

“好的，格特鲁德婶婶。”

“我敢说你散完步肯定有点儿累，宝贝儿。”

“我先休息一会儿，再吃午饭。”

波切斯特小姐走进酒店，圣克莱尔夫妇肩并肩在海滩上慢慢逛着，走了一段距离后折返回来。

我上楼梯时要是遇见他们中的一个，鞠躬致意，他们也会面无表情地鞠躬回敬。上午我冒昧打了个招呼，对方也没理会。看这情形，我永远没有机会跟他们中的任何一个人搭上茬。可现在，我察觉到圣克莱尔先生不时看我一眼，似乎对我产生了好奇。一两天后，我正坐在房间里，门房进来传话。

“圣克莱尔先生问候您，不知您是否能将《惠特克年鉴》①借给他看。”

我十分惊讶。

“他怎么会认为我有《惠特克年鉴》呢？”

“噢，先生，女经理跟他提起过您是作家。”

我不知道这两者之间有什么必然联系。

“请转告圣克莱尔先生，很抱歉，我没有这本书，如果有的话一定非常乐意借给他。”

机会终于来了。我一直都很希望能够接触这几位怪人。在

---

① 《惠特克年鉴》是由英国出版家约瑟夫·惠特克(Joseph Whitaker,1820—1895)于1868年创刊，被誉为英国最好的年鉴和微型百科全书，收录内容上至天文、下至地理、旁及世界各国基本情况和科学知识。

亚洲中部，我不时能碰上孤单的小部落，生活在与世隔绝的小村庄里。没有人知道他们如何来到那里，或者为何会在那里定居。他们过着自己的生活，说着自己的语言，跟周围的社会毫无瓜葛。没有人知道他们到底是游牧民族横跨大陆迁移时落下的族人子嗣，还是曾掌权帝国的贵族遗民。他们就是个谜。没有未来，没有过去。这个奇怪的小家庭在我眼中宛若此类。他们属于已经逝去的时代，让我想起父辈们读过的节奏缓慢的旧小说中的人物。他们属于十九世纪八十年代，一直不曾改变过。四十年来始终如一，犹如时光停滞，太奇妙了！他们将我带回孩提时代，让我想起离世多年的人们。不知道是不是因为他们的冷淡疏远，让我觉得他们跟其他人不一样。如果一个人被说成"很有个性"，那可一定大有文章。

于是，那天晚饭后，我走进休息室，斗胆跟圣克莱尔先生搭讪。

"很抱歉，我这儿没有《惠特克年鉴》，"我说，"但要是您对我的其他书有兴趣的话，我将非常高兴借给您。"

圣克莱尔先生显然吃了一惊。两位女士依然眼睛盯着各自手上的活计。有一刹那令人尴尬的沉默。

"没关系，我听女经理说您是小说作家。"

显然，我的职业与《惠特克年鉴》之间有什么联系，但我绞尽脑汁也想不出来。

"很久以前，作家特罗洛普①先生常来我们位于伦斯特广场的家中吃饭。我记得他说过，对小说家来说，最有用的两本书是

① 安东尼·特罗洛普(Anthony Trollope，1815—1882)，英国作家，代表作品《巴彻斯特养老院》和《巴彻斯特大教堂》等。

《圣经》和《惠特克年鉴》。”

“我知道萨克雷曾经在这家旅馆住过。”我赶忙回答说，不想让谈话就此中断。

“我向来不大喜欢萨克雷先生，尽管他多次跟我岳父、已故的萨金特·桑德斯一起吃饭。我觉得他太愤世嫉俗。我侄女到现在都没读过他的《名利场》呢。”

听见提到自己，波切斯特小姐涨红了脸。一位服务员端来咖啡，圣克莱尔太太转身问丈夫：

“亲爱的，或许我们可以请这位先生一起喝咖啡。”

尽管她没有直接邀请我，我赶紧接过话头说：

“非常感谢。”

我坐下来。

“特罗洛普先生一直是我最喜爱的小说家，”圣克莱尔先生说，“他是位地道的绅士。我也欣赏查尔斯·狄更斯，但他永远算不上绅士。我想，今天的年轻人觉得特罗洛普的作品有点儿枯燥。我侄女波切斯特小姐更喜欢威廉·布赖克[①]先生的小说。”

“恐怕我从没读过。”我说。

“啊，你跟我一样。你也很古板。我侄女曾经劝我读读罗达·布劳顿[②]小姐的小说，可我连一百页都读不下去。”

“我可没说喜欢她的小说，埃德温叔叔。”波切斯特小姐争

---

① 威廉·布赖克（William Black, 1841—1898），英国小说家，生于苏格兰格拉斯哥市，与安东尼·特罗洛普齐名。

② 罗达·布劳顿（Rhoda Broughton, 1840—1920），英国小说家，早期作品被认为哗众取宠，导致她后期较优秀作品常遭批评家忽视。作品非常畅销，有“图书馆流通王后”美称。

辩说，脸上又是一阵通红，“我告诉您她的书节奏快，卖得也快，大家都在谈论她的小说。”

“我敢保证格特鲁德婶婶不愿意让你读这种书，埃莉诺。”

“我记得布劳顿小姐曾经说过，她年轻时人们说她的书节奏快，可她老了以后，人们又说她的书节奏沉闷，众口难调啊，她四十年来风格根本就没变过。”

“噢，您知道布劳顿小姐吗？”波切斯特小姐问道，这是她第一次对我说话，“多有趣啊！还有，您知道韦达①吗？”

“亲爱的埃莉诺，不知道你接下来还会说到谁？你肯定从没读过韦达的书。”

“我读过，埃德温叔叔。我读过《两面旗帜下》，非常喜欢。”

“你真是让我吃惊。不知道现在的姑娘们都变成什么样了。”

“您以前一直说等我到了三十岁，想读什么是我的自由。”

“亲爱的埃莉诺，自由和规矩可不是一回事。”圣克莱尔先生略带责备地说，脸上虽然带着微笑，却能听出话中的严厉。

我不知道通过复述这些对话，能否将我感受到的有趣而过时的气氛传递出来。我差不多一整个晚上都在聆听他们谈论十九世纪八十年代年轻人的堕落。我真想去看看他们位于伦斯特广场的宽敞宅邸。我应该能见识到客厅里盖着红绸缎的笨重家具，每一件都摆在固定位置。壁橱里摆满德累斯顿陶瓷，这些陶瓷将我带回童年时光。客厅只用于聚会，他们经常坐着的餐厅里挂着土耳其挂毯，矗立着巨大的桃花心木餐具柜，里面摆满银

① 韦达（Ouida，1830—1908），英国女作家，出生在英格兰，真名为玛利亚·路易丝·德·拉·拉梅，韦达系笔名，其创作于1867年的作品《两面旗帜下》（*Under Two Flags*）1922年被拍成美国电影。

器。墙上挂着激发人们对汉弗莱·沃德夫人①和她叔叔马修·阿诺德②(皇家学会会员)景仰的绘画作品。

次日上午,我在埃尔塞姆城后一条美丽的小巷闲逛,恰好遇见"例行上午散步"的波切斯特小姐。我本想跟她一起走一程,但觉得这位五十岁的未婚女子单独跟哪怕像我这样上了年纪的男人走在一起,也一定会觉得不自在。我从她身边经过时,她红着脸鞠了一躬。在她身后几码外的地方,我碰见了那个之前在海滩上跟我搭讪过的衣衫褴褛、略显滑稽的干瘪男人。心下不免诧异。他摸了一下破旧帽檐。

"对不起,先生,能借个火吗?"

"当然可以,"我回答说,"但我身上没带烟。"

"那我请您抽一支。"他说着掏出烟盒,里面空空如也,"哦,天哪,又是一支也没有了! 真是太不凑巧了!"

他说完就走开了,我觉察到他加快了步子。我开始怀疑,希望他不会骚扰波切斯特小姐。有一阵子,我想掉头走回去,但最终还是放弃了。他是个有教养的男人,我想他断然不会去招惹一位单身女士,给自己惹麻烦。

那天下午我再次遇到他。我坐在海滩上,他慢悠悠、摇摇晃晃地向我走过来。天有点起风了,他像片枯叶,被风吹着往前走。这一回,他没有犹豫,直接坐在我旁边。

"又见面了,先生。这世界真小。如果您不介意,请允许我坐着休息几分钟。真有点儿累了。"

---

① 玛丽·奥古斯塔·阿诺德·沃德(Mrs. Humphry Ward,1851—1920)的笔名,英国社会改革家、小说家,小说有《罗伯特·埃尔斯密尔》《玛塞勒》《威廉·阿什的婚姻》等。

② 马修·阿诺德(Matthew Arnold, 1822—1888),英国诗人、评论家。

“这些长凳是公共财产，可没说我坐了你就不能坐。”

我没等他向我讨火柴，直接递了支烟给他。

“您真是好心肠，先生！我得少抽点儿烟，但抽起来还真是享受。人上了年纪，生活的乐趣就越来越少，我感觉，越少就得越珍惜。”

“这么想来确实令人安慰。”

“先生，冒昧问一下，您就是那个著名作家吧？”

“我是个作家。”我回答道，“你怎么知道？”

“我在报纸插图上见过您的照片。您大概不认识我吧？”

我再次打量他，骨瘦如柴，穿着齐整的旧黑衣服，长鼻子，蓝眼睛非常有神。

“恐怕我真不认识。”

“我敢说我长变了。”他叹息道，“有一段时间，我的照片充斥英国各大报刊。当然，这些媒体上的照片一点儿都不逼真。我向您保证，先生，要不是亲眼见到照片下面写着我的名字，我永远也不可能想到有些照片是我本人。”

他突然不说话了。退潮了，沙砾海滩外侧现出一条黄泥地带。防波堤半掩其间，仿佛史前怪兽的脊骨。

“当作家肯定很有意思吧，先生。我经常想，我也可以写部关于自己的作品。曾几何时，我也读过不少东西。最近没怎么读书。一方面是因为我的眼睛大不如前。我相信，要是愿意尝试，我也能写本书。”

“人们说，每个人都可以写书。”我回答说。

“哦，我说的不是小说。小说我写不出。我喜欢历史类的书。但不喜欢回忆录。如果有人给得出价，我倒不介意写本回忆录。”

“现在很流行写回忆录。”

“没几个人有我这样的丰富经历。不久前，我确实给一份星期天报纸投稿，但他们一直没有回信。”

他定定地望着我，似乎在等我的反应。他看起来这么体面，决计不会是想开口跟我借半克朗①。

“我就是大名鼎鼎的莫蒂默·埃利斯。”

“噢？”

除此之外，我不知道该作何反应，因为我从没听过这个名字。我看到他脸上流露出失望的神情，暗下不免有些尴尬。

“莫蒂默·埃利斯，”他又说一遍，“可别告诉我您没听过。”

“我还真没听过。我经常不在国内。”

不知道他是因何声名赫赫。我在脑子里思索各种可能性。他肯定不是运动员，在英国运动员倒是非常容易博得声名。不过，他很可能是信仰治疗师抑或台球冠军。当然，离任内阁大臣最容易被人遗忘，他很可能是前任贸易委员会主席。可他又丝毫不像个政客。

“是因为您自己名气太大了。”他不快地说，“接连好几个星期，我都是英国谈论最多的人物。您瞧瞧我。您肯定在报上见过我的照片。莫蒂默·埃利斯。”

“对不起。”我摇了摇头。

他沉默半晌，似乎想让即将披露的消息能够产生震动。

“我就是那个赫赫有名的重婚犯。”

一个陌生人告诉你他是赫赫有名的重婚犯，你该怎么回答？

---

① 旧时英国及其多数殖民地、属地也用此货币单位(Crown)。1 克朗 = 5 先令。1 英镑 = 4 克朗。

我承认，我时常自负地以为，我一般不会理屈词穷，但彼时彼刻，我实在不知该说什么。

“我娶过十一个老婆，先生。”他自顾自说上了。

“多数人觉得一个老婆就够折腾的了。”

“啊，那是因为缺乏经验。要是娶上十一个老婆，对女人就该无所不知啦。”

“为什么是十一个呢？”

“啊，我就知道您会这么问。我见您的第一眼就觉得：这位先生看着就是一副聪明相。您知道的，先生，这事儿其实也一直让我非常烦恼。十一确实是个滑稽的数字，对吧？感觉总是一件事情还没有完成。三这个数字很寻常，七还不错，人们说九是个幸运数字，十全十美挺好的。可偏偏就是十一！感觉挺遗憾的。要是能够凑成十二个也好，满满一打嘛。”

他解开上衣纽扣，从内兜里掏出一本鼓囊囊、油乎乎的笔记本。他从笔记本里抽出一大叠破旧不堪、沾满油污的剪报。他摊开两三张剪报。

“看看这些照片吧。我请问您，照片像我吗？简直就是羞辱。看着这些照片，您会觉得我是个犯罪分子。”

那些剪报的篇幅都很长。很显然，在那帮编辑眼里，莫蒂默·埃利斯的素材颇具新闻价值。一条新闻的标题是“一名多婚男人”，另一条标题是“无情流氓对簿公堂”，第三条标题是“卑鄙无赖遭遇滑铁卢”。

“可都不怎么光彩。”我低声说。

“我从不介意报纸怎么说。”他耸耸瘦削的肩膀说，“因为这事儿，我结识了不少记者。我心里怪的是那个法官。他判刑太重了。告诉你吧，他也没落什么好下场，当年就丧了命。”

我扫了一眼手里的剪报。

“他判了你五年。”

“不得不说,判这么重太无耻,请看看报道怎么说。”他用食指指着一处地方,“‘受害者中有三人请求轻判他。’这足以说明她们对我的态度。他还是坚持判了我五年。看看他怎么说我的吧:无情流氓,社会害虫,公众危害。哼,我可是世上最有情有义的人。他说恨不得毙了我。我并不介意他判我五年,我永远不会说他判得不重,但是,请问您,他有什么权利这么说话?他没有这个权利。我永远都不会原谅他,我活到一百岁都不会原谅他。”

重婚犯的脸涨得通红,明亮的眼睛充满怒火。看来这还真让他恼火。

“我能看看这些报道吗?”我问。

“我拿出来就是为了给您看的。我想让您看看,先生。如果您看完了不觉得我被冤枉的话,那算我看错人了。”

我一篇篇看完那些报道,发现莫蒂默·埃利斯对英国各大海滨胜地了如指掌。这些地方是他寻找猎物的场所。他惯用的伎俩是等旅游旺季结束后,在空旅馆里寻一间房子。很明显,不用多久他就能搭上某个女人,通常是寡妇或未婚女性。我发现这些女人的年龄在三十五到五十岁之间。她们在证人席上都说,第一次跟他认识是在海滩上。他通常会在两星期之内求婚,闪电般跟她们结婚。他用这样或那样的方式诱惑她们将存款委托给他,几个月之后,借口说他去伦敦出差,离开她们便再无音讯。只有一个受害人后来撞到过一次,其他人都是出庭作证才得以再次见到他。这些妇女都有一定的社会地位。有医生的女儿,牧师的女儿,旅馆老板娘,推销员的遗孀,还有退休女裁缝。

大多数人的财产在五百英镑到三千英镑之间,可无论有多少钱,上当受骗后都是分文不剩。好几个女人被骗后过着极为悲惨的生活。可这些女人众口一词,都认为他是个好丈夫。三个女人请求从轻判处他,甚至还有一个出庭作证的女人表示,如果他肯回来,她仍然愿意接受他。他发现我正读到这个地方。

"她还愿意接着伺候我,"他说,"这一点毫无疑问。可我说,过去的事就让它过去吧。谁也没我那么喜欢拣便宜的颈头肉吃,可我承认,我并不喜欢残花败柳。"

莫蒂默·埃利斯没有娶第十二个老婆,从而凑足他梦寐以求的满满一打,这纯属意外。他跟哈伯德小姐已经订婚,他向我透露:"如果哈伯德所言非虚,她有两千英镑战时公债。"结婚公告宣布后,曾经的一个老婆撞见他,打听清楚后报了警。就在第十二次婚礼的前一天,他被警察抓了起来。

"真是个坏女人,坏透了。"他对我说,"她无耻地欺骗了我。"

"她怎么欺骗了你?"

"噢,我跟她是在伊斯特认识的,有一年十二月,在码头上。聊天过程中,她跟我说她以前做女帽生意,已经退休。说她赚了不少钱,具体数字她不肯透露,但给我的感觉是有一千五百英镑。你能相信吗,跟她结婚之后我才发现,她连三百英镑都没有。就是她出卖了我。您要知道,我从来都没怪过她。很多男人发现自己被愚弄之后都会怒不可遏。我甚至从没流露出一丝失望,我只是一句话也没说就离开了她。"

"我猜你没有忘记带走那三百英镑吧。"

"嗨! 先生,您可得讲道理啊,"他一副颇为受伤的样子,"三百英镑总不能一直用不完吧。我跟她结婚好几个月,她才向我道出这个实情的。"

"恕我冒昧问一句,"我说,"请你别误会,我这么问没有贬低你的意思,她们为什么会嫁给你?"

"因为我向她们求婚。"他回答说,明显对我的问题感到惊讶。

"你从来没有被拒绝过吗?"

"很少。在我的整个求婚生涯中,遭拒绝不超过四五次。当然,我只有等到心中有数时才会求婚。也不是说从来不会失手。你不可能每次都成功,实话跟您说吧,我常常在女人面前装模作样好几个星期,最终却无法得逞。"

我陷入沉思。但我发现这位朋友多变的脸上露出开心的笑容。

"我知道您的意思,"他说,"是我的外表让您感到困惑。您不知道她们从我身上看到什么。您这是看小说、电影太多了的缘故。您觉得女人都喜欢牛仔类型,或是眼睛闪亮、肤色健康、舞技超群的西班牙式浪漫男人。您真让我想笑。"

"是这个意思。"我说。

"您结婚了吗?"

"结了,不过只有一个老婆。"

"一个老婆是总结不出规律的。您知道,从单一事例中不能得出普遍规律。现在,我问您,如果您只养过一条牧羊犬,您能对狗有什么了解?"

他这是反诘,肯定不需要回答。他故意停下来卖个关子,过一会儿才接着讲下去。

"您错了,先生。大错特错。女人喜欢外表潇洒的男人,可并不会想嫁给他。她们并不十分看重男人的长相。"

“智慧超群但相貌丑陋的剧作家道格拉斯·杰罗尔德曾经说过，给他十分钟时间，他就能击败房间里最英俊的男人。”

“她们不想嫁给太聪明的男人。不想嫁给要宝逗乐的男人，觉得要宝逗乐的男人不够严肃。不想嫁给长得太帅的男人，觉得太帅的男人同样不够严肃。这就是女人，她们想嫁给严肃的男人。安全感第一。再就是用心。我长得不帅，也不会要宝逗乐，但是相信我，我具有女人想在男人身上发现的优点：稳重。我让每一个老婆都很幸福，就足以证明这一点。”

“三个老婆替你求情，一个等你回心转意，真有你的。”

“您不知道我在狱中的那份焦虑。生怕自己刑满释放的时候，她等在监狱门口。于是我对监狱长说：‘先生，看在上帝的分上，请把我偷偷运出去吧，别让任何人看见。’”

他往上扯了扯手套，眼睛盯着食指上的破洞。

“先生，这都是住旅店的后果。没了女人的照料，男人哪里还能干净整洁？我过惯了有老婆的日子，少了老婆压根儿没法儿过。有的男人不愿结婚。我真不理解。说句实话，无论做什么事不花心思肯定不行，我就喜欢有老婆的生活。我喜欢做些讨女人欢心的小事，但有些男人对此不屑一顾。就像我刚才说的，女人需要对她用心。我每次离开家都要吻老婆，每次回到家也要吻她一下。我几乎从不忘记回家时给老婆买盒巧克力或一束鲜花。我从不吝惜花费。”

“毕竟，你花的是她们的钱。”我插话说。

“是又怎么样？花谁的钱并不重要，重要的是有这份儿心。这才是女人最在意的。我不是吹牛，要我自己说，我是个十足的好丈夫。”

我心不在焉地翻着手中有关审判的报道。

“这么跟你说吧，让我惊讶的是，”我说，“这些女人全都是非常规矩的人，有一定的人生阅历，安静，体面。可她们怎么会在短暂相识之后义无反顾地嫁给你呢？”

他重重地将手压在我的手臂上。

“啊，这您就不懂了，先生。女人就是渴望嫁人。不管多大年龄，个头高矮，黄头发黑头发，女人都有一个共同点：渴望嫁人。您要知道，我可是在教堂里娶她们的呀。女人只有在教堂里结婚才觉得可靠。您说我长得一般，没错，我从来不觉得自己相貌堂堂。但是，哪怕我只有一条腿，还是个驼背，依然会有很多女人争着抢着要嫁给我。这就是女人的癖好，是女人的病态。几乎每个女人跟我见第二面时就想嫁给我，只是我在求婚前想要多摸清点情况。求婚时，我也不见得有多激动，毕竟都结过十一次了嘛。十一次？算不上什么，还不够一打。我要是愿意的话，结三十次都不成问题。先生，说句实话，想想摆在我面前唾手可得的机会，我真是为自己的克制力感到惊讶。”

“你跟我说过你喜欢读历史书。”

“是的，首任印度总督沃伦·黑斯廷斯也这么说过，不是吗？每次读到这句话，我都觉得无比认同。”

“你从来不觉得反复不断求婚有些无聊吗？”

“先生，我认为自己很有逻辑思维能力。眼见同样的原因导致同样的结果，我真是乐在其中，希望您能明白我的意思。比方说，在从没结过婚的女人面前我就装扮成鳏夫。屡试不爽。您知道，老处女喜欢略通情事的男人。但是在寡妇面前，我总说自己是个单身汉：寡妇担心有婚史的男人太复杂。”

我将剪报还给他，他整齐地叠起来，夹回油乎乎的笔记本中。

“先生，您知道，我一直觉得自己受到了不公正的评判。看看大家怎么形容我：社会的害虫，没有底线的流氓，卑鄙的无赖。可你瞧瞧我。您说说，我像是他们说的那种人吗？您了解我，您就是人格鉴定专家，我已经向您吐露一切。您觉得我是坏人吗？”

“我对你的了解还很肤浅。”我尽可能婉转地表达自己的看法。

“我想知道，法官，陪审团，公众，他们有没有站在我的立场上替我考虑。我被带上法庭时，人群里一片嘘声。警察重重保护，我才免受伤害。有人想过我为女人付出的一切吗？”

“你拿走了她们的钱。”

“我的确拿走了她们的钱。我跟所有的人一样，也要生活。但是，为了换来这些钱财，我付出了什么？”

又是个反诘句，尽管他看我的眼神仿佛需要我来回答，我还是没有张口。我确实不知道答案。他提高嗓门，一字一顿。我能看出来他很严肃。

“让我告诉您，我拿什么回报她们的钱财吧：浪漫。看看这地方。”他做出拥抱大海和地平线的姿势，“英国像这样的地方不下百处。看看这大海天空，看看这些旅馆饭店，看看这码头海滩。你难道不觉得心碎吗？这里一片死寂。您来这里一两个星期，感觉不错，这是因为您累了。但是想想这些经年累月生活在这里的女人。她们连机会都没有。她们几乎谁都不认识。她们除了钱之外，别无他物。不知道您是否了解她们生活得有多么糟糕。她们的生活就像海滩，一条漫长、平直的水泥路，从一处海滨通往另一处海滨。即便是旺季也不关她们什么事儿。她们被排除在外。她们生不如死。就在这时，我出现了。您知道，对那些未满三十五岁的女人，我从不下手。我给她们爱。她们中很多人从来都没尝过背后有男人支撑的感觉。她们中很多人从不知道夜色下被男人搂着腰坐在长凳上是什么感觉。我给她们带来改变和兴奋。我给她们带来自信。她们仿佛被束之高阁的瑰宝，我轻轻走来，将她们取下。这就是我，仿佛单调生活中的一缕阳光。她们争先恐后地要我，她们希望我回心转意，这一点也不奇怪。唯一抛弃我的人就是女帽商。她说她是个寡妇，但我感觉她从没结过婚。您说我对她们手段卑劣，但是我带给十一个生命幸福和浪漫，这些她们永远都不会再有。您说我是个流氓，是个无赖，您错了，我是个博爱者。五年，他们竟然判了我五年！他们本来应该为我颁发英国皇家慈善学会奖章！”

他掏出瘪瘪的金叶烟盒，望着烟盒，忧郁地摇摇头。我把我的烟盒递给他，他抽出一根，一言不发。我观察着“好人”同自己的情感斗争的场面。

“我问您，我从中得到什么好处？”他接着问道，“只有食宿和烟钱。我从来都攒不起钱。证据明摆着嘛，如今我已经不再年轻，但口袋里不名一文。”他乜我一眼。“我今天落到这步田地，也真是倒霉。我一直都自食其力，一辈子没跟朋友借过钱。先生，不知您能否借我一点儿。我真是不知道怎么开口，但是，如果您能借给我一英镑，我真是感激不尽。”

这个重婚犯给我带来很多乐趣，一英镑当然物超所值，我伸手到钱包里掏钱。

“乐意之至。”我说。

他盯着我掏出来的一叠钞票。

“能给两英镑吗，先生？”

“可以。”

我给他两张一英镑的钞票，他接过钱，轻轻叹着气。

“您不知道过惯了舒适居家生活的男人晚上不知流落何处的感觉。”

“不过有件事我想问问你的看法。”我说，“千万不要觉得我在挖苦你，但我感觉女人通常觉得‘施恩比受惠更有福’这句话是专门说给我们男人的。你是怎么劝说这些规矩做人、生活简朴的女人，放心地将全部积蓄托付给你的？”

他其貌不扬的脸上绽放出得意的笑容。

“先生，您知道，莎士比亚曾经说过：雄心过大，招来失败。原因就在这里。告诉女人，如果将钱交给你打理，你能在半年内让她的资金翻倍，她会毫不犹豫地把钱交给你。这就是贪念在作祟。纯粹是贪念。”

从这个有趣的流氓到圣克莱尔夫妇和波切斯特小姐的体面精致（浅紫色的手袋，撑架裙），如此巨大的落差，就像冰淇淋上淋热酱一样刺激人的胃口。我现在每天晚上都跟圣克莱尔夫妇和波切斯特小姐在一起。两位女士一起身回房，圣克莱尔先生就会派人来问候，邀我跟他一起喝杯波特葡萄酒。喝完酒，我们就去大堂里喝咖啡。圣克莱尔先生喜欢陈年白兰地。跟他们在一起的时光非常乏味，却对我有着莫名的吸引力。女经理告诉他们说我写过剧本。

“亨利·欧文爵士[1]在莱西尤姆剧院时，我们经常去看戏。”圣克莱尔先生说，“我曾有幸跟他会面。有人请我出席埃弗里特·米莱爵士在加里克俱乐部举办的晚宴，我被介绍给欧文先

---

[1] 亨利·欧文爵士，英国演员和导演，十九世纪七十年代早期在伦敦一举成名，1878—1902 年任莱西尤姆剧院经理，是第一位受封爵士的演员。

生。那时,他还不是爵士。”

“告诉他欧文怎么夸赞你的,埃德温。”圣克莱尔太太说道。

圣克莱尔先生戏剧般地模仿亨利·欧文,模仿得惟妙惟肖。

“‘你的脸很有演员相,圣克莱尔先生,’他对我说,‘你无论何时想上台演出,都可以来找我,我给你个角色。’”圣克莱尔先生又换回正常语气,“这么说对年轻人很有鼓动性。”

“可你没有被鼓动。”

“我不否认,如果各方面都合适的话,我可能抵挡不住诱惑。但是,我得考虑我的家人。如果我不经商,我父亲会伤心。”

“为什么?”我问。

“我是个茶商,先生。我的公司是伦敦历史最悠久的公司。我年轻时家家户户都喝中国茶,我花了四十年的精力,才使人们改喝锡兰红茶。”

我觉得他很有个性,将毕生的精力用来劝说公众买不喜欢的东西。

“年轻的时候,我丈夫参加过大量业余演出,大家都觉得他悟性很高。”圣克莱尔太太说。

“知道吗,有时是莎士比亚的剧,有时是《造谣学校》①。我从来不演拙劣的文艺作品。但这些都是过去的事情啦。我有天赋,或许浪费天赋有些可惜,可如今为时已晚。晚餐聚会时,我常暗示女士们请我背诵哈姆莱特的独白。仅此而已。”

噢,噢,噢!我好奇地想象这些聚会上的情景,思忖不知自己是否有幸参加。圣克莱尔先生面带微笑,半是惊讶,半是

---

① 《造谣学校》是英国十八世纪启蒙主义作家谢立丹(Richard Brinsley Sheridan)1777年完成的感伤喜剧作品,以“造谣学校”为背景,描写十八世纪伦敦上层社会的一些现象,从而调整滥情与造谣的习气。

拘谨。

“我丈夫年轻时是个放荡不羁的文艺青年。”她说。

“确实有些放荡。我认识很多画家和作家,比如威尔基·柯林斯①,还有报纸专栏作家。瓦茨②帮我太太画过肖像,我还买过米莱斯③的一幅作品。我认识很多拉斐尔前派④画家。”

“有罗塞蒂⑤的画吗?”我问。

“没有。我敬佩罗塞蒂的天赋,但是他的私生活我不敢恭维。我永远不会买我不愿邀请到家里共进晚餐的画家的作品。”

波切斯特小姐看看手表,问道:“埃德温叔叔,您今晚不打算读书给我们听吗?”我脑袋里顿时一阵眩晕。

我赶紧起身告辞。

一天晚上,我跟圣克莱尔先生一起喝波特葡萄酒时,他告诉我波切斯特小姐的悲惨故事。她跟圣克莱尔太太的一个侄子已经订婚。他是位律师,正准备结婚时却发现他跟他的洗衣女工的女儿私通。

“真是丢人啊,”圣克莱尔先生说,“太丢人了。当然,我侄女处理得非常得当。她退回了那男人的戒指、书信和照片,说她永远不会嫁给他。她恳求那男人娶那个被他糟蹋的年轻女孩做

---

① 威尔基·柯林斯(Wilkie Collins),英国侦探小说之父。

② 瓦茨(George Flederic Watts, 1817—1904),英国画家、雕塑家。

③ 约翰·埃弗里特·米莱斯(John Everett Millais,1829—1896),十九世纪英国画家,是拉斐尔前派的三个创始人中年龄最小、才华最高的一位(其他两位是亨特和布朗)。

④ 拉斐尔前派(Pre-Raphaelite)是1848年在英国兴起的美术改革运动。这个画派的活动时间虽然不是很长,但是对于十九世纪的英国绘画史及方向,带来了很大的影响。

⑤ 但丁·迦百利·罗塞蒂(1828—1882),拉斐尔前派艺术向后来唯美倾向转变的领导人物,同时也是绘画史上少有的取得独特成就的画家兼诗人。

妻子,还说会以姐妹之礼待那女孩。她伤透了心。再也没有爱上过别人。”

“那他娶了那个女孩没有?”

圣克莱尔先生摇摇头,叹了口气。

“没有,我们真是看错人了。我亲爱的太太一想到她侄子做出这么不光彩的事,就觉得十分悲痛。后来,我们听说他跟一位颇有身份、家产一万英镑的年轻女士订了婚。我觉得有义务写信将相关事实告知那位女士的父亲。但他傲慢地回了我的信。他说,女婿婚前有情人总好过婚后找情人。”

“那后来呢?”

“他们两人结了婚,现在,我太太的侄子是高等法院的皇家法官,他的妻子因此成了贵族。但我们一直不愿接受他们。我太太的侄子被封为骑士之后,埃莉诺建议我们请他们到家里吃顿饭,但我太太说她永远不会让他进这个门,我也支持她。”

“洗衣女工的女儿呢?”

“她也嫁了门当户对的人,在坎特伯雷开了家酒馆。我侄女也有点儿钱,竭尽所能帮衬她,还做了她家长子的教母。”

可怜的波切斯特小姐。她坚守维多利亚时代的伦理道德,牺牲了自己的幸福。恐怕在这整件事中她唯一得到的回报就是知道自己做得很体面。

“波切斯特小姐貌美惊人,”我说,“年轻的时候一定是个美女。不知道她后来为什么没有嫁人。”

“波切斯特小姐是公认的美人。荷兰裔英国画家阿尔玛-塔德玛非常欣赏她,想请她为一幅画做模特,我们当然没有同意。”圣克莱尔先生的语气表明,这个请求令他很失体面,“没有,除了她那个远房表兄之外,她从来没有爱上过其他人。她从没提起他，如今他们已经分开三十年，但我坚信她依然爱他。亲爱的先生，她是个忠诚的女人，一生只爱一个人，尽管我很遗憾她没有体会到为人妻和为人母的幸福，但我很钦佩她的忠诚。”

然而，女人的心令人捉摸不透，认为女人会忠贞不渝的男人显然过于草率。埃德温叔叔，你可真是草率！埃莉诺的母亲病逝后，你将她带回位于伦斯特广场舒适、奢华的家中，那时她只是个孩子。你们确实在一起生活了多年。但是，埃德温叔叔，说句老实话，你到底了解埃莉诺多少？

圣克莱尔先生饱含深情地告诉我波切斯特小姐至今单身的故事，可就在两天后，下午我打完高尔夫回到酒店，女经理焦虑不安地走到我面前。

“圣克莱尔先生问候您，请您一回来就去 27 号房间。”

“好的。什么事？”

“噢，事情很紧急。他们会告诉您。”

我敲敲门，听到里面说“请进，请进”。这让我想起圣克莱尔先生肯定在伦敦最优雅的业余剧团演过莎士比亚的角色。进屋之后，我发现圣克莱尔太太躺在沙发上，眉头上蒙着浸有科隆香水的手帕，手里攥着一瓶嗅盐。圣克莱尔先生站在壁炉前，一副不让屋里任何人靠近壁炉的架势。

“我很抱歉这么唐突请您过来，但是我们悲痛万分，觉得您或许能够帮我们理出些头绪。”

他显然十分焦虑。

“到底出了什么事？”

“我们的侄女波切斯特小姐跟人私奔了。今天上午，她请人传话给我太太，说她头痛病又犯了。她以往头痛，喜欢一个人待着。下午，我太太去看看她情况怎么样，却发现房间里空无一人。行李箱已经打包。装有银饰的化妆盒不见了踪影。枕头上留了一封信,告诉了我们她的这次鲁莽行为。”

“很遗憾,”我说,“真不知道我能帮上什么。”

“我们在想,在埃尔塞姆她认识的男人只有你一个。”

我突然明白他的意思。

“我可没有跟她私奔,”我说,“我已经结婚了。”

“我知道你没有。起初,我们想,或许……如果不是你,还能有谁?”

“我不知道。”

“把信拿给他看,埃德温。”圣克莱尔太太坐在沙发上说。

“别动,格特鲁德。不然你的腰痛又该犯了。”

波切斯特有头痛的毛病,圣克莱尔太太有腰痛的毛病。圣克莱尔先生会有什么毛病?我敢赌五块钱,圣克莱尔先生肯定有痛风病。他将信递给我,我做出一副深切同情的样子,读了起来。

最亲爱的埃德温叔叔、格特鲁德婶婶,

当你们看到这封信时,我已离开了。今天上午我将嫁给一位十分疼爱我的先生。我知道,如此不辞而别断然不对,但是我担心告诉你们的话你们肯定会阻挠这桩婚事。既然,我反正不会改变主意,那么默不作声会避免大家之间发生很多不快。我的未婚夫性格非常腼腆,由于他常年住在热带国家,身体状况欠佳,他认为结婚是我们两人的私事。如果你们知道我过得十分开心,希望能原谅我。请将我的箱子寄到维多利亚火车站行李房。

你们的侄女　埃莉诺

“我永远不会原谅她，”我将信还给圣克莱尔先生时，他说道，“她永远别想再踏进我的门槛。格特鲁德，我不许你再在我面前提埃莉诺的名字。”

圣克莱尔太太开始低声哭起来。

“您这么做不是太过分了吗？”我说，“波切斯特小姐为什么不能结婚？”

“都这个年纪了，”他气愤地说，“真是荒唐！我们会沦为伦斯特广场的笑柄。你知道她多大了吗？她五十一岁啦。”

“五十四岁。”圣克莱尔太太止住啜泣。

“她一直是我的掌上明珠。她就像我们的亲生女儿。这么多年她守身如玉。我想，到了这个年纪还想嫁人很不得体。”

“她在我们眼里永远是个小女孩儿，埃德温。”圣克莱尔太太说道。

“她要嫁给谁？让人恼火的是她在欺骗我们。她一定在我们的眼皮底下偷偷约会。甚至不告诉我们那人姓甚名谁。我担心她会被人骗。”

突然，我心里一个闪念。那天上午，早餐后我出去买烟，在烟草店遇到了莫蒂默·埃利斯。我已经有好几天没有见过他。

“你看起来很精神。”我说。

他的靴子修补过，还擦了鞋油，帽子也经过洗刷，衬衫很干净，戴着新手套。我当时想，看来已经把我的两个英镑花得精光。

“我今天上午要去伦敦出差。”他说。我点点头，离开商店。

我又想起两个星期前，在镇上散步碰到波切斯特小姐，后面几码远的地方跟着莫蒂默·埃利斯。莫不是他们在一起散步，见到我，他故意退后？我顿时恍然大悟。

“我记得您说过波切斯特小姐自己有点儿钱。”我说。

“有一点儿,三千英镑吧。”

我现在非常肯定了。我茫然地看着他们。突然,圣克莱尔太太惨叫一声,从沙发上跳起来。

“埃德温,埃德温,万一他不会娶她呢?”

圣克莱尔先生听到这话,用手抱着头顶,一屁股跌进椅子。

“真是丢死人了。”他颓然叹道。

“别这么紧张。”我说,“他会娶她的。他总是这样做。他会在教堂里娶她。”

他们没有留意我说的话。我想,他们觉得我已经失去理智。现在我很肯定,莫蒂默·埃利斯终于实现了他的理想。波切斯特小姐成了第十二位老婆,圆了他满满一打的夙愿。

(鄢宏福 译)

简

我依然清晰地记得跟简·福勒初次见面时的情景。见面时她的诸般细节历历在目,才令我相信确有此事。每次回想起来,总觉得似乎是记忆跟自己开了天大的玩笑。当时我刚从中国回伦敦不久,跟托尔太太在一起喝茶。当时,盛行居室装修之风,托尔太太醉心其中。在女性冷酷天性的驱使之下,她淘汰掉坐了多年的舒适椅子,婚后一直静静陪伴着她的桌子、橱柜和装饰品,还有那些陪了她一辈子的画作。她把房子放手交给了装饰专家。客厅里与她相关或者有纪念意义的所有物品荡然无存。那天,她邀请我看看家里时髦、华丽的装修。凡能酸洗的东西都被酸洗处理,凡无法酸洗的东西都被涂上油漆。家里的东西看起来不配套,倒也十分谐调。

"你还记得从前我客厅里那套可笑的家具吗?"托尔太太问道。

低调奢华的窗帘,铺有意大利锦缎的沙发,我坐的椅子上垫着针绣品。房间很漂亮,富丽却不炫耀,新颖又不做作。但对我来说,似乎缺少点什么。我嘴上赞不绝口,心底却在思考,不知为何我还是更喜欢老家具上简朴的印花棉布,我久已习惯的维多利亚水彩,以及壁炉台上装饰着的德累斯顿瓷器。在装饰行业利润丰厚的时代，不知道装修公司出品的房屋到底缺少点什么。是不是不够用心？但是托尔太太开心地环顾四周。

“你难道不喜欢我的条纹大理石灯吗？”她说，“灯光多么柔和啊。”

“我个人比较偏爱亮光。”我说。

“亮光跟柔光很难搭到一起。”托尔太太笑着说。

我不知道她年纪几何。我还是个年轻小伙子时，她就已经结婚，年纪比我大不少。但是现在，她将我视作同龄人。她总说自己不隐瞒年龄，现年四十岁，然后笑着说，女人都会少说五岁。她从不掩盖染发的事实（她的头发棕中带红），还说她染发是因为头发变灰显得很单调。一旦她的头发全部变白，她就不再染发。

“那时，人们就会说我的脸很年轻。”

她脸上化了精细的妆容，活泼的双眼很大程度上归功于人为雕琢。她模样俊俏，打扮高雅，在昏暗的大理石灯光下，对她自己声称的四十岁而言，一点都不显老。

“只有在化妆台前，我才能忍受相当于三十二支蜡烛的电灯泡的强光，”她面带微笑，不无揶揄地说，“那时，我才需要灯光告诉我可怕的事实，让我采取必要的措施加以改变。”

我们开心地聊着闲话，谈论我们共同的朋友。托尔太太告诉我最近的一些流言蜚语。一番东奔西走之后，能够坐进舒适的椅子，临着壁炉里熊熊燃烧的火苗，品着可爱的茶几上摆着的美味茶点，跟这位风趣美丽的女人谈天说地，真是惬意。她把我当成归来的浪子，对我悉心照顾。她素以自己举办的晚宴为豪，精美的菜肴，如云的宾客。客人们几乎都觉得受邀参加她的晚宴是份殊遇。眼下，她选定了日子，问我想见哪些人。

“只有一件事,我必须告诉你。如果简·福勒还在此地的话,我就只能将宴会推迟啦。”

“简·福勒是谁?”我问道。

托尔太太凄然一笑。

“简·福勒是我的心病啊。”

“噢!”

“你记不记得我装修房子之前,钢琴前经常摆着的那张女人照片?照片里的女人穿着窄袖紧身裙,脖子上吊着小金盒,额头很宽,头发梳到脑后露着耳朵,呆板的鼻梁上架着副眼镜?”

“你以前房间里有很多照片。”我语焉不详地说。

“想想就会不寒而栗。我已经将照片装进大牛皮纸包,丢到阁楼上了。”

“简·福勒是谁?”我微笑着问道。

“她是我的小姑子,我丈夫的妹妹,嫁了北方的一个工厂主。守寡多年,很有钱。”

“她怎么会是你的心病?”

“她有个体面的身份,穿着俗气,也很土气。看起来比我大二十岁,但她逢人必说我跟她是同学。她家庭观念很重,在世上只剩下我一个亲人,因此就认定了我。她来伦敦,从没想过去别的地方住——她怕伤害我的感情——她每次来看我就会住上三四个星期。我们坐在客厅里,她织毛衣或读书。有时,她执意带我去克拉里奇酒店吃饭,她看起来像个滑稽的老清洁工。我不希望被人看见跟她在一起,偏偏每回都被熟人撞见。我们开车回家的路上,她说特别喜欢带我出去吃饭。她亲手给我织茶壶套,她在的时候我必须得用,她还给我做餐桌布和餐桌装饰品。”

托尔太太停下来,喘口气。

“我认为像你这么机智的人肯定能应付那些情况。”

“啊,你看不出来吗,我压根儿就没有可能。她对人简直友善到了极致,有一颗金子般善良的心。她让我厌烦透顶,可我却一点也不能流露出来,以免她生疑。”

“她什么时候到?”

“明天。”

然而,托尔太太话刚落音,门铃就响了。门厅里传来一阵响动,过了一两分钟,管家领进一位上了年纪的女士。

“福勒太太来了。”管家报告说。

“简,”托尔太太跳起来叫道,“没想到你今天就来了。”

“刚才管家也这么说的。可我在信里说定了今天来。”

托尔太太立刻恢复常态。

“噢,没关系。你什么时候来我都高兴。太幸运了,我今晚没有别的安排。”

“别因为我添麻烦。给我煮只鸡蛋当晚餐就行。”

托尔太太俊俏的脸上现出一丝古怪的表情。煮鸡蛋!

“噢,我想肯定比煮鸡蛋要丰盛一点儿。”

想到这两个女人年纪相仿,我心底忍不住偷笑。福勒太太看起来足有五十五岁。她身材魁梧,戴着黑色宽边草帽,黑色蕾丝面纱垂到肩膀,外套严肃而整洁,黑色的长裙,裙摆宽大,仿佛里面穿了好几件内衣,脚上穿一双大号靴子。

“想喝杯茶吗?”托尔太太问道。

“那就麻烦啦。我先脱掉大衣。”

她先脱掉黑色手套,然后脱掉外衣。脖子上戴着结实的金链,上面挂有硕大的金盒。我敢肯定,里面装有她已逝丈夫的照片。接着，她取下帽子，跟手套和外衣一起整齐地摆放在沙发一角。托尔太太噘起嘴唇。当然，这些衣服跟托尔太太装饰一新、低调奢华的客厅极不相称。不知道福勒太太在哪里找到这身特别的行头。衣服挺新的，面料也很昂贵。很难相信裁缝如今还做二十多年前的款式。福勒太太的灰色头发简单扎起来，露出额头和耳朵，头发中分。头发显然没有领略过马塞尔先生烫发钳的滋味。她眼睛盯着茶几上乔治王朝时期的银壶和老伍斯特茶杯。

“我上次来的时候送给你的茶壶套呢，玛丽恩？”她问道，“你没拿出来用吗？”

“用，我每天都在用哩，简。”托尔太太立刻接口道，“很不幸，前一阵子出了意外。烧坏了。”

“上上次给你做的也是被烧坏的。”

“我担心你会说我们太粗心了。”

“没关系，”福勒太太笑着说，“再给你做一个就是啦。我明天去‘利伯蒂’买些丝线。”

托尔太太赶紧绷住脸。

“我真不值得你如此费心。你们教区牧师的太太需要吗？”

“噢，我已经给她织了一个。”福勒太太欢快地说。

我留意到，她笑的时候，露出一口洁白、细小而整齐的牙齿。牙齿真的很漂亮。当然，笑容也很甜美。

不过，我知道两位太太一定有体己话要说，就告辞离开了。

第二天一大早，托尔太太打电话给我，从她的声音里能听出来她很兴奋。

“我有个大好消息要告诉你，”她说，“简要嫁人啦！”

“别胡说啦。”

“她今晚要带她的未婚夫来给我认识,我想让你也来。”

“噢,只怕我会碍事。”

“不会的。简让我叫你来。一定得来。”

她兴奋得笑出声来。

“那男的是谁?”

“我不知道。她说是位建筑师。你能想象简要嫁什么样的人吗?”

我反正也无事可干,干脆去托尔太太家享受一顿丰盛的晚宴。

我到托尔太太家里时,她一个人在家,穿着有些过于年轻的茶会礼服,光艳照人。

“简很快就收拾停当。我真想让你看看她心慌意乱的样子。她说那个男的爱慕她。那人叫吉尔伯特。提到他的名字,简的声音就会变得奇怪、颤抖。我简直想笑。”

“不知道那男人长什么样。”

“噢,想也想得出。大个子,秃脑袋,戴着大金链子,挺着啤酒肚。宽大肥胖的红脸刮得干干净净,声音洪亮。”

福勒太太走进来。她穿一件式样古板的黑色丝裙,裙摆宽大,裙裾曳地。浅V型领,袖子过肘。她戴着镶钻石的银项链,手里攥着一双黑色长手套和一把黑色鸵鸟毛扇子。她竭力打扮得跟身份相配(很少有人这样穿),一看就知道她是一位北方富商的遗孀。

“你的脖子长得真漂亮,简。”托尔太太和善地笑着说。

她的脖子跟饱经风霜的脸比起来,的确显得很年轻,皮肤光滑白皙。我注意到,她的脖子将头和肩膀优雅地连在一起。

“玛丽恩有没有把我的好消息告诉你?”她带着迷人的微笑

问我，仿佛我们是多年的老朋友。

“恭喜你了。”我说。

“留到见着我的小伙子时再恭喜吧。”

“听听，‘我的小伙子’，可真是甜蜜啊。”托尔太太打趣道。

透过模样古怪的眼镜，福勒太太两眼闪着光芒。

“他可一点都不老。你们也不希望我嫁给一个老态龙钟、行将就木的人，对吧？”

她就给我们打了这么个预防针。当然，也没时间做更多的讨论，因为管家已经打开大门，高声宣布：

“吉尔伯特·内皮尔先生到！”

门口进来一位年轻男子，身着剪裁得体的无尾礼服。他身材瘦弱，个头不太高，一头金发自然卷曲，胡须刮得干干净净，一双蓝色眼睛。他算不上十分英俊，但是相貌亲切，讨人喜欢。没准十年后，他可能会显得枯槁消瘦，可眼下他风华正茂，容光焕发、年富力强、精力旺盛。他肯定不超过二十四岁。我的第一印象是，这是简·福勒未婚夫（我不知道他是个鳏夫）的儿子，来告诉大家他父亲突发痛风，不能前来。可他的目光立刻落在福勒太太身上，满脸喜气，走到她跟前，伸出双手。福勒太太也伸出双手，露出端庄的微笑，转向她的嫂子。

“这就是我的小伙子，玛丽恩。”她说。

年轻人伸出手去。

“希望您能喜欢我，托尔太太。”他说，“简跟我说过，您是她在这个世界上唯一的亲人。”

托尔太太的表情可谓瞬息万变，不失仪态。看到良好的教养和社交礼仪可以如此出色地对抗女人的本性，我甚是佩服。她一开始还难以掩饰惊讶和沮丧，但脸上很快露出热情和欢迎的表情。很明显，她不知道该说什么好。如果吉尔伯特觉察到一丝尴尬，倒也自然。我竭力避免自己笑出声来，绞尽脑汁想说点儿什么。只有福勒太太格外沉着。

“我知道你会喜欢他的，玛丽恩。他比谁都喜欢美食。”她转向年轻人，“玛丽恩的晚宴可是鼎鼎有名。”

“我知道。”他神采飞扬地说。

托尔太太赶紧回应几句，接着我们一起到楼下就餐。饭桌上的精妙喜剧着实令人难忘。托尔太太弄不清是他们俩在跟她开玩笑，还是简有意隐瞒未婚夫年龄来捉弄她。可话又说回来，简从来不开玩笑，也不会如此用心险恶。托尔太太惊奇、恼羞成怒、困惑，千般情绪交织。但她竭力保持镇定，她无论如何不会忘记，自己是完美的女主人，职责就是让晚宴顺利进行。她轻松愉快地聊天，不知道吉尔伯特·内皮尔是否觉察到她友好面具背后真正的眼神。她在打量他。她在窥探他的灵魂。我能看出她很生气，因为脸上搽着厚厚的粉底，她的脸涨得通红。

“你的脸色真好看，红彤彤的，玛丽恩。”简透过硕大的圆眼镜片亲切地看着她说。

“我的妆化得太仓促。我敢说是腮红打得太多。”

“噢，是腮红吗？我以为是本来的颜色呢，否则我也不会跟你说。”她略带羞涩地对吉尔伯特笑笑，“知道吗，我跟玛丽恩是同学。现在看看我们俩，你肯定想不到这一点，对吧？当然，我一直过着安静的生活。”

我不知道她说这些话是什么意思。很难相信她只是随性一说。这席话着实让托尔太太恼火。她将虚荣心抛到九霄云外，粲然一笑。

“简，我们俩可是跟五十岁永别啦。”她说。

如果说这句话是为了刺激这位寡妇，那真是没起到一点儿效果。

“吉尔伯特说，为了他，我可不能承认超过四十九岁。”简柔声说道。

托尔太太双手略微颤抖，总算找到一句可以回击的话了。

“你们之间的年龄真是不和谐。”她笑着说。

“相差二十七岁。”简说，“你觉得相差太大吗？吉尔伯特说我看起来很年轻。我跟你们说过，我可不想嫁给行将就木的人。”

我忍不住笑出来，吉尔伯特也笑了。他笑得很真诚，有点儿孩子气。他似乎觉得无论简说什么都很好笑。但是托尔太太已经无计可施，我担心如果不安慰她一下，她会忘记自己是完美的女主人。我竭力救场。

“我猜你肯定忙着置办嫁妆吧？”我说。

“还没有呢。我想在结婚至今一直光顾的利物浦的老裁缝那里置办衣物。但是吉尔伯特不同意。他很专业，当然，也很有品位。”

她深情款款，略带矜持地望着吉尔伯特，仿佛十七岁的少女。

透过妆容能够看出托尔太太脸色变得苍白。

“我们准备去意大利度蜜月。吉尔伯特一直没机会研究文艺复兴时期的建筑。建筑师自然很有必要亲眼看看这些作品。我们途中会在巴黎停留，在那里置办衣服。”

“你们会去很久吗？”

“吉尔伯特跟公司商量好了，准备请六个月假。这对他来说很难得，对吧？要知道，他以前从来没有享受过两星期以上的假期。”

“为什么？”托尔太太竭力掩饰口气中的冷淡。

“他以前请不起更长时间的假啊，亲爱的。”

“啊！”托尔太太发出意味深长的惊叹。

咖啡煮好了，两位女士先行上楼。我和吉尔伯特没有太多的话，有一搭没一搭地聊着天。两分钟后，管家递给我一张小纸条，是托尔太太写的：

> 立刻上楼一趟，然后尽快离开。让那个男人跟你一块离开。不马上跟简说明白，我要气炸了。

我随便撒了个谎。

“托尔太太头痛病犯了，想要休息了。如果你不介意的话，咱们一起离开吧。”

“当然可以。”他回答说。

我们一起上楼，五分钟后，就到了大门口。我叫了辆出租车，主动提出载他一程。

“不用，谢谢。”他说，“我还是走到街角坐公交车吧。”

托尔太太听到前门关上的声响，即刻咆哮起来。

“你疯了吗，简？”她尖叫道。

“我想，跟大多数没住疯人院里的人比，我不会更疯狂吧。”简温和地说。

“能不能请问你，为什么要嫁给这个小伙子？”托尔太太语气冰冷而礼貌。

“一方面是因为他不容我不同意。他已经向我求过五次婚。我不能再拒绝他了。”

“你觉得他为什么这么想跟你结婚?”

“他觉得我很风趣。”

托尔太太怒气冲冲地“嗤”了一声。

“他就是个厚颜无耻的流氓。我差点当着他的面讲出来。”

“那你就错了。这么讲可不礼貌。”

“他身无分文,你家财万贯。你不可能傻到连这个看不出来,他跟你结婚是图财。”

简依然格外冷静。她淡定地看着怒气冲冲的嫂子。

“我觉得不是,你知道。”她回答说,“我认为他很喜欢我。”

“你都是个老太太啦,简。”

“我们俩同岁,玛丽恩。”她笑着说。

“我非常注意收拾,从不放纵自己。我看起来显得年轻。没人觉得我超过四十。即便这样,我都没想着嫁给比自己小二十岁的男人。”

“小二十七岁。”简纠正道。

“你不会要告诉我,你相信男人会喜欢跟他母亲一样年纪的女人吧?”

“我在乡下生活了很多年。我敢说,人性里面有很多东西我还不了解。他们告诉我,有个名叫弗洛伊德的人,我猜是个奥地利人……”

托尔太太毫不客气地打断她。

“别傻了,简。这样做很不体面,有失尊严。我一直觉得你是个理智的人。说真的,我觉得你最不可能爱上一个毛头小子。”

“但是我并不爱他。我已经告诉过他。当然,我很喜欢他,否则我也不会想着嫁给他。我想,只有明白地告诉他我的感受,对他才公平。”

托尔太太大口喘着气，一股血气直涌脑门，令她呼吸困难。手里没扇子，她一把抓起晚报，不停地扇着。

“既然你不爱他，为什么又要嫁给他？”

“我寡居多年，一直过着安静的生活。我想我需要改变。”

“如果你想嫁人，只管嫁人就是。为什么不嫁个年纪相当的人？”

“年纪相当的人没有谁向我求五次婚。实际上，年纪相当的人没有谁向我求过婚。”

简咯咯笑着答道。托尔太太愤怒到极点。

“别笑了，简。我不同意。你肯定是疯了。真可怕！”

她终于忍受不住，失声痛哭起来。她知道，到这个年纪，哭的后果很严重。眼睛会红肿二十四小时，非常难看。可她实在控制不住。她泪如雨下。简依然十分镇静。她从硕大的镜片后面看着玛丽恩，若有所思地抻平黑丝裙裙摆。

“你会过得很不幸。”托尔太太抽泣着说，小心翼翼地擦拭眼睛，以免弄花黑色睫毛膏。

“我不这么认为，你知道。”简用温和平静的语气回答说，话里透着笑意，“我跟他开诚布公地谈过。我认为自己是个很好相处的人。我想我会让吉尔伯特过得开心舒适。他一直找不到人好好照顾他。我们经过深思熟虑才打算结婚。我们还约定，无论哪一方想追求自由，另一方都不会阻止。”

托尔太太渐渐恢复平素的理性，犀利地问道：

“他想让你付给他多少钱？”

“我想每年付一千给他，但他不要。听到我提这个建议，他感到很不安。他说他能挣钱养活自己。”

“他比我想象的更狡猾。”托尔太太不悦地说。

简停顿片刻，用善良而坚决的眼神看着嫂子。

“亲爱的，你的处境不一样。”她说，“一直以来，你过得可不算是寡居生活，对吧？”

托尔太太看着她，有些脸红。她甚至感觉有些不舒服。当然，简很单纯，绝不会含沙射影。托尔太太打起精神，不失端庄。

“我真是心烦，得睡觉去了，”她说，“我们明天上午再谈吧。”

“恐怕明天上午不太方便，亲爱的。我和吉尔伯特准备明天上午去领结婚证。”

托尔太太沮丧地挥挥手，什么都没说。

婚礼就在婚姻登记署内举行。我和托尔太太当证婚人。吉尔伯特穿着潇洒的蓝色西装，看起来异常年轻，当然也很紧张。对所有的男人来说，这都是个紧张的时刻。简却表现得异常镇定，宛若对结婚典礼司空见惯的时尚女郎。只有双颊一抹嫣红表明，她的镇定之下隐藏着隐隐的激动。对所有的女人来说，这都是个激动的时刻。她穿着银灰色天鹅绒长裙，剪裁的式样我认出来，出自利物浦的裁缝（一定是个品行完美无瑕的寡妇）之手，这位裁缝已经给她做了多年衣服。为了映衬婚礼庆典的欢乐气氛，她戴了一顶插着蓝色鸵鸟毛的硕大阔边帽，配上那副金框眼镜，看起来不伦不类。仪式结束之后，登记员（我想，他一定被新郎新娘的年龄差距吓得不轻）跟简握了握手，说些官样话，祝福他们。新郎满脸赧然，亲吻了新娘。外表平静但心底不甘的托尔太太也亲吻了她。新娘满怀期待地望着我。显然，我也应当亲吻她。我上前吻了她。我承认，我们走出登记署，经过等待一睹新婚夫妇尊容的势利人群时,我感到有些害羞。直到坐进托尔太太的汽车,我才长舒了口气。我们开车去维多利亚火车站,这对幸福的新人乘坐两点钟的火车前往巴黎。简坚持要在车站餐馆里举办喜宴。她说她非常紧张,总是担心不能及时赶上火车。托尔太太纯粹是出于亲属的责任,完全甩手不管宴会的情况。她什么都没吃(这不能怪她,因为饭菜着实糟糕,而且,我讨厌午餐喝香槟),说话的腔调很做作。但是简非常认真地看着菜单。

"我一直认为,旅行前要好好大吃一顿。"她说。

送走一对新人,我开车将托尔太太送回家。

"你觉得这样的婚姻能维持多久?"她说,"六个月?"

"我们还是往好的方面想吧。"我笑着说。

"别傻了。好不到哪里去。你不觉得这小伙子跟她结婚是为了钱吗?肯定长久不了。我只希望她别吃太多苦头。"

我笑了。原本善意的话用这种腔调说出来,让我有些怀疑托尔太太的真正用意。

"如果不会持久,那你就能欣慰地说:'我可是事先警告过你。'"我说。

"我保证不会这么说。"

"那你就会庆幸自己很有自制,没有说'我可是事先警告过你'这句话。"

"简又老又邋遢又无聊。"

"你觉得她很无聊吗?"我说,"她的确不怎么说话,但她说的话都很中肯。"

"我从来没有听她开过玩笑。"

吉尔伯特和简蜜月归来时,我去了远东地区。这一走差不多两年。我时不时给托尔太太寄张风景明信片,她鲜少回信,所以也一直没有她的消息。但我回到伦敦不到一个星期就遇见了她。当时我在外面吃饭,正好坐在她旁边。那是次大型聚会,出席人数众多,令我想起“馅饼里的二十四只黑画眉”①。我到得有些迟,一扎进人堆里,就有些茫然不知所措,根本没法留意客人中间都有些谁。但落座后,环顾长桌四周,我看到在场的很多客人都是知名的公众人物,他们的照片经常出现在报纸上。看来女主人偏爱那些被冠以“名流”之衔的人,此次聚会可谓名流云集。我和托尔太太像两个多年不见的朋友,彼此一番寒暄。后来,我向她打听简的情况。

“她过得很好。”托尔太太干巴巴地说。

“她的婚姻怎么样?”

托尔太太略微停顿一下,从面前的盘子里取了一只腌杏。

“看起来非常成功。”

“你当时看走眼啦?”

“我说过不会长久,到如今我仍然会说不会长久。这不符合人的本性。”

“她幸福吗?”

“两人都很幸福。”

“你不经常见他们吧。”

“一开始我经常见他们。但是现在……”托尔太太噘了噘嘴唇,“简现在可是气派得很哪。”

---

① 此句出自英国家喻户晓的童谣《唱一首六便士之歌》(*Sing a Song of Sixpence*),歌词前几句是:袋子里装满黑麦;二十四只黑画眉,被放在馅饼里面烤!馅饼一切开,画眉开始唱歌……实则指的是馅饼里的黑刺莓果,此处是形容聚会上人多,黑压压一片清晰难辨。

"什么意思?"我笑道。

"我想我应该告诉你,她今晚在这儿。"

"在这儿?"

我吃了一惊。我再次环顾酒桌。女主人是个愉快而风趣的人,我无法想象她会在这样的聚会上邀请名不见经传的建筑师年老邋遢的妻子。托尔太太似乎看出我的困惑,明白我心里到底怎么想的。她挤出一丝笑容。

"看男主人左侧。"

我朝她指的方向望去。说来也怪,从我被引进这个人影喧腾的客厅,那个位置上相貌出众的女人就引起了我的注意。我当时想她眼睛里闪烁着似曾相识的光芒,可我相信自己从未见过她。她并不年轻,一头短短的铁灰色头发,卷曲着贴在美丽的头颅上。她无意于把自己装扮年轻,没有涂口红、胭脂,也没有搽粉,在聚会上显得很惹眼。她长相并不十分俊俏,面色泛红、饱经风霜。但是,由于她的脸未经任何粉饰,透出令人愉悦的自然美,跟她白皙的肩膀形成鲜明的对比。肩膀非常漂亮,即令三十岁的女人也会引以为豪。她的礼服与众不同。我从未见过更有创意的款式。领口裁剪得非常低,裙摆很短(当时很流行的款式),黄、黑两色,有化装舞会礼服的效果。穿在别人身上可能显得很古怪,但穿在她身上简洁自然,浑然天成。这身穿着给人的印象是奇特而不造作,奢侈而不炫耀,她戴着一片用黑色宽丝带系着的单片眼镜。

"你可别告诉我,那位是你的小姑子。"我吸了一口气。

"正是简·内皮尔。"托尔太太冷冷地说。

那会儿,简正说着什么。男主人面带微笑,满怀期待地侧耳倾听。一位白发秃顶、面相精明的男子坐在她左侧,身体热切地前倾，坐在她对面的一对夫妇停下交谈，专心听她说话。她说完之后，大家突然往后一靠，开怀大笑。餐桌对面一位男士跟托尔太太打招呼——我认出那是位著名政治家。

"你的小姑子又讲了个笑话，托尔太太。"他说。

托尔太太莞尔一笑。

"她非常有趣，不是吗？"

"我先好好喝上一阵香槟，等一下仔细跟我说道说道啊。"我说。

我打听到事情的原委。蜜月一开始，吉尔伯特把简带到巴黎各色服装店，任她随心所欲挑选衣服，又劝她按照他的设计做一两件礼服。他似乎对服装设计很有天赋。他雇了一个麻利能干的法国女仆。简从来没有这样的经历。缝缝补补的事情她自己动手做，需要更衣打扮时，她已经习惯按铃叫女仆了。吉尔伯特设计的衣服跟她之前的风格迥然不同。他非常谨慎，不想一下子在风格上跳跃太大。为了让他开心，简尽管有些犹疑，还是劝说自己多穿他设计的衣服，少穿自己挑的。当然，她穿这些衣服的时候里面不能穿她久已习惯的肥大内衣。她曾为此焦虑、纠结，最终还是把那些肥大旧内衣丢掉了。

"实话跟你说吧，"托尔太太说，非常嗤之以鼻，"人家现在可是只穿薄薄的丝质紧身衣。真是奇怪，她这么一把年纪，居然没被冻死。"

吉尔伯特和那位法国女仆教她怎么搭配衣服，出乎意料的是，她竟然非常快就学会了。看到太太的手臂和肩膀，法国女仆简直叹为观止。如此美丽的身体不袒露出来简直是暴殄天物。

"过一阵子，阿方西娜，"吉尔伯特说，"接下来为太太设计衣服时，我们得充分展示太太的这些优势。"

那副眼镜自然很丑陋。戴着金框眼镜,谁都不会好看到哪里去。吉尔伯特尝试使用玳瑁镜框,却又摇摇头。

“年轻姑娘戴着会好看,”他说,“简,你的年纪不适合戴眼镜。”他突然间有了灵感,“天哪,有了！你要戴单片眼镜。”

“噢,吉尔伯特,我不戴。”

她看着他,他那股兴奋劲儿,艺术家的兴奋,让她忍不住微微笑起来。他对她太好了,她想竭尽所能让他高兴。

“我试试吧。”她说。

他们到眼镜店,找到合适的尺寸,她俏皮地戴上单片眼镜,吉尔伯特不停地拍手称好。就在眼镜店里,当着惊讶的店员,他在她的脸上亲了又亲。

“你看上去真美!”他叹道。

他们接着前往意大利,度过了几个月的幸福时光,研究文艺复兴和巴洛克时期的建筑。简不仅习惯了新装扮,而且深深喜欢上这样的风格。起初,当她走进酒店餐厅,人们转身盯着她看时,她还感觉非常不好意思,以前人们对她可是连眼皮都不曾抬过。很快,她发现这种感觉不错。女士们走上前来,咨询她在哪里买的衣服。

“你喜欢吗?”她端庄地回答,“是我丈夫为我设计的。”

“如果您不介意,我想仿照这个款式做一套。”

虽然简多年来一直过着安静的生活,但她丝毫不缺乏女性的本能。她应对如流。

“真是抱歉,我丈夫很挑剔,不喜欢有人仿照我的款式。他想让我与众不同。”

她本以为这么说会让人笑话,可谁也没有笑话她。她们只回答说:

“噢，当然，我很理解。您确实与众不同。”

但她发现人们默默用心记住她的衣服款式，不知为何，这让她心烦意乱。仔细想想，她平生第一次没有穿众人追捧的款式，她想不明白为什么大家开始想学她的样子穿衣服。

“吉尔伯特，”她一反常态，显得无比急切地说，“下次你帮我设计衣服的时候，设计成那种谁也无法模仿的款式吧。”

“唯一的办法就是设计只有你能穿的款式。”

“你办不到吗？”

“办得到，但你得帮我个忙。”

“怎么帮？”

“剪掉长发。”

我想这是简第一次犹豫不决。她一头秀发又密又长，年轻时她就对此深以为豪。剪掉长发可是非常之举，可谓破釜沉舟。对她来说，这是她万万不想付出的代价。但她最终还是接受了（“我知道，玛丽恩会以为我是个十足的傻瓜，我再也不能去利物浦了。”她说）。他们返程经过巴黎时，吉尔伯特将她带到世界上最好的理发店（她感觉难受极了，心跳得非常快）。她从理发店里走出来时，一头干净利落的灰色卷发，显得俏皮、时尚而又奔放。简直是皮格马利翁的旷世杰作：复生的加拉提亚。①

“好吧，”我说，“但这还不足以解释简今晚怎么会跟公爵夫人、内阁大臣这样的大人物一起出现在这里，也不能解释她怎么会坐在男主人身边。要知道另一侧坐的可是海军元帅呀。”

“简是幽默大师，”托尔太太说，“你没看见她把大家逗笑

---

① 希腊神话中的塞浦路斯国王皮格马利翁用神奇的技艺雕刻了一座美丽的少女雕像加拉提亚，并像对待自己的妻子一样爱抚她，爱神阿芙洛狄忒被他打动，赐予雕像生命，并让他们结为夫妻。

了吗?”

毫无疑问,托尔太太满腹悲痛。

“简写信告诉我,他们度完蜜月要回来了,我觉得有必要请他俩吃顿饭。我不太情愿这么做,但是别无选择。我知道聚会肯定会像一潭死水,我不准备牺牲那些重要的朋友。另一方面,我又不想让简觉得我没有体面的朋友。你知道,我的聚会从来不超过八个人,但这一次,我想如果能邀请十二个客人的话,聚会也许会顺利些。那一阵子我非常忙,直到晚会上才见到简。她来得有些迟——这是吉尔伯特的聪明主意——最后,她仪态万方地走进来。我简直惊呆了。在她面前,所有的女人都显得寒碜土气。她让我觉得自己就像是个浓妆艳抹的老婆娘。”

托尔太太喝了口香槟。

“真希望我能给你描述她的礼服。换在别人身上都不合适,但在她身上完美无瑕。还有单片眼镜!我认识她三十五年,从没见她摘下过那副土气的眼镜呢。”

“可你本来就知道她身材很好。”

“我怎么会知道?她永远穿着同一套衣服,就是你第一次见她时的那套。你那时觉得她身材很好吗?她不是没瞧见自己带来的轰动效应,但表现得格外自然。不过,想起我晚宴请的这些人,倒也如释重负。尽管她反应有些呆板,有了这身装扮,应该问题不大。她坐在桌子另一头,我听到大家笑声不断。我很高兴,客人们竭尽所能让聚会充满生气,但没想到,晚饭后,不止三位男士过来告诉我说,我的小姑子非常有趣。问我她会不会同意他们拜访她?我完全分不清他们说的是真话还是假话。二十四小时之后,今晚的女主人打电话跟我说,她听说我的小姑子在伦敦,大家都说她活泼风趣,想请我带她去参加午宴,介绍给她认识。这个女人的直觉从来不会错:不出一个月的时间,简成了街谈巷议的名人。我今晚能来这里,不是因为我认识女主人已经二十年,邀请她参加过不下百次的宴会,而是因为我是简的嫂子。”

可怜的托尔太太。这种处境确实难堪,尽管我心里不免觉得好笑,真是风水轮流转,如今她成了输家。不过,我也确实同情她。

“说话风趣的人总是让人难以抗拒。”我安慰她说。

“我从不觉得她说得好笑。”

桌上再次传来一阵哄笑,我猜简又说了个笑话。

“你的意思是说,你是唯一不觉得她有趣的人吗?”我笑着问。

“你以前觉得她幽默风趣吗?”

“我承认,以前不觉得。”

“她三十五年来一直在说同样的话。我之所以笑,是因为大家都在笑,我不想让自己看起来像个傻子,其实一点都不好笑。”

“就像维多利亚女王一样。”我说。

这是个愚蠢的俏皮话,托尔太太语气生硬地向我抗议。我只好转换话题。

“吉尔伯特在这儿吗?”我朝桌子尽头看去。

“吉尔伯特也接到了邀请,因为没有他陪着,简就不出来。但是今晚,他去出席建筑师协会什么的晚宴了。”

“我迫切地想要跟简重叙旧情。”

“饭后你去跟她聊聊呗。她会邀请你参加她的星期二聚会。”

"她的星期二聚会?"

"她每星期二晚上在家里举办晚会。凡是你听说过的人物,在那里都能遇见。那是伦敦最有名的聚会。我花了二十年心血都没办到的事,她一年时间就办到了。"

"你说的真是玄乎。她是怎么办到的?"

托尔太太耸耸优美的胖肩膀。

"我正想着你能告诉我呢。"她回答说。

饭后,我想挤到简坐的沙发旁,可走到一半就挤不过去了。过了一会儿,女主人走到我面前说:

"我想向你介绍今晚聚会上的大明星。你认识简·内皮尔吗?她很风趣。她比你的喜剧还风趣得多。"

我被领到沙发前面。刚才坐在她身边的海军元帅依然在她身边,丝毫没有要离开的意思,简跟我握握手,将我介绍给他。

"你认识雷金纳德·弗罗比舍爵士吗?"

我们开始聊天。这还是我曾经认识的简,简单、朴实、自然,但她美丽的外表为她的言辞平添了特别的韵味。突然,我发现自己笑得前仰后合。她的话合情合理,切中主题,但一点儿也不睿智,只是她说话的方式,和她镜片后面温和的眼神,令人忍俊不禁。我感觉轻松愉快。起身离开时,简对我说:

"如果你没有要紧的事,星期二晚上来看我们吧。吉尔伯特见到你一定会非常高兴。"

"在伦敦待上一个月,他就会明白,没有什么事情比参加聚会更当紧。"海军元帅说。

于是,星期二我去了简家里,到得有些晚。我承认,满室宾朋令我吃惊不小。作家、画家、政治家、演员,群贤毕至,贵妇、美女,济济一堂:托尔太太说得对,这是盛大的聚会。自从斯塔福德宅邸出售之后,我在伦敦再也没有见过如此规模的聚会。聚会上没有什么特别的娱乐方式。点心和饮料充足但不奢华。简从容不迫,自得其乐。看不出客人给她带来什么麻烦,但是大家似乎很喜欢待在那儿,欢乐的聚会持续到凌晨两点才结束。从那以后,我经常见到她。不仅到她家里做客,出席午宴和晚宴也总能碰到她。我也爱好说笑,总想寻找她独特天赋的奥秘。然而,她说过的话无法重复,因为笑话就像某些美酒,换个场合就失味。她不善于引用名言警句。她也从来不会机智应答。她的言辞毫无恶意,她的反驳也不讽刺。有些人认为,风趣的灵魂在于无礼而非简洁,但她说的话从来不会让维多利亚时代的人觉得脸红。我觉得她的幽默是无意识的,我敢肯定,她的幽默没有经过事先筹划。宛如一只蝴蝶,从一朵花瓣飞向另一朵花瓣,随性而至,既不拘泥于方法,又不屈从于意图,完全取决于她说话的方式和她的装扮。吉尔伯特为她打造的华丽、奢侈的外表给她的言辞增色不少,但她的外表只是一部分。如今,当然是她在引领时尚,她一开口,众人就笑声不断。人们不再打探为什么吉尔伯特娶了年长那么多的妻子。他们发现对简这样的女人来说,年龄已经不再重要。大家觉得吉尔伯特是个幸运的年轻人。海军元帅引用莎士比亚的名言对我说:“年龄无法使她枯萎,习俗也不能减损她的千姿百态。”①吉尔伯特为她的成功感到由衷的高兴。随着我对吉尔伯特的了解加深,越来越喜欢他。很明显,他既不是流氓,也不为了图财。他不仅为简感到自豪,更对她一片忠心。他对她体贴入微,令人感动。他是个慷慨无私、脾气温和的好小伙。

① 引自莎士比亚的悲剧《安东尼与克里奥佩特拉》。

“你觉得简现在怎么样?”他带着几分孩子气的骄傲问我。

“你和她,我不知道究竟哪一个更出色。”我坦白说道。

“噢,我算不了什么。”

“不对。别以为我是傻子看不出来,是你,正是你让简有了今天。”

“我唯一的功劳在于,我看到肉眼看不见的东西。”他回答说。

“你发现把她打造成为时尚光鲜之人的潜在空间,这一点我明白,可你怎么让她变得如此幽默呢?”

“我一直觉得她说话令人叫绝。她一直都很幽默。”

“以前,可只有你一个人这么认为。”

托尔太太也不乏宽宏大量,承认她误会了吉尔伯特。她也越来越喜欢他。但是,尽管嘴上不说,她心里从来没有改变主意,认为两人的婚姻不会持久。我时常打趣她。

“哎,我可从没见过这么恩爱的夫妻。”我说。

“吉尔伯特今年二十七岁了。正是年轻貌美女郎追求的年龄。几天前的晚宴上,你有没有留意到雷金纳德爵士漂亮的外甥女?我知道简一直在留心那两个人。我当时也起了疑心。”

“我想简不会惧怕天底下任何姑娘的挑战。”

“等着瞧吧。”托尔太太说。

“你当初还说不会超过六个月。”

“现在我说不出三年。”

当有人对自己的观点确信无疑时,别人总是希望他事与愿违,此乃人性使然。托尔太太太自信了。但我并未能得到让她事与愿违的满足感。她对这一对并不般配的夫妻自信满满的预测结果,在某种意义上确实得如所愿。然而,命运很少会完全遂人心愿，尽管托尔太太可以吹嘘说她预测对了，我想最终还只能说她预测错误。实际上，事情并未朝她预测的方向发展。

一天，托尔太太火急火燎地打来电话，我恰好有时间，就立刻赶过去了。刚一进门，托尔太太就从椅子上起身迎上前来，像金钱豹追捕猎物般敏捷。我看得出她情绪激动。

“简和吉尔伯特分手啦。”她说。

“不会吧？啊，果然被你说中了。”

托尔太太用难以捉摸的表情看着我。

“可怜的简。”我喃喃自语。

“可怜的简?!”她重复说道，话中的揶揄令我哑然。

她费了好大劲，才跟我表述清楚事情的来龙去脉。

吉尔伯特前脚离开，她立刻就给我打了电话。吉尔伯特来她家的时候，脸色苍白，心烦意乱，她立刻明白出事了。他还没开口，她就猜到个八九不离十。

“玛丽恩，简离开我了。”

她微笑着握住他的手。

“我知道你一直非常绅士。如果有人认为是你离开了简，那对她来说就太可怕了。”

“我来这儿，是笃定你会同情我。”

“噢，我不怪你，吉尔伯特。”托尔太太格外温和地说，“迟早要发生的。”

他叹了口气。

“我想也是。我没指望能够一辈子留住她。她太出色了，我只是个再普通不过的人。”

托尔太太拍拍他的手。他这事儿干得太漂亮。

“接下来准备怎么办？”

“她，她准备跟我离婚。”

“简一直说，如果你想娶个年轻姑娘，她不会阻拦你。”

“你该不会以为，是我不愿做简的丈夫，想另娶新欢吧？”他问道。

托尔太太被他弄糊涂了。

“当然啦，你的意思是说你已经离开简了。”

“我？我永远不会这么做。”

“那她为什么要跟你离婚？”

“等离婚判决一生效，她就要嫁给雷金纳德·弗罗比舍爵士了。”

托尔太太尖叫一声。她感觉自己马上要晕过去了，赶紧把嗅盐拿出来。

“你为她付出这么多，她居然还要这样！”

“我并没为她做什么。”

“你是说，你就这样任由她利用？”

“我们结婚前就约定好，无论哪一方渴望自由，另一方绝不阻拦。”

“但那样约定是为了你的缘故。你才二十七岁，比她年轻一大截。”

“到头来这条约定却对她有用。”他痛苦地说。

托尔太太又是劝，又是争辩，还给他讲道理，但吉尔伯特就是固执地认为这些规矩对简不起作用，他只能按照简的意愿行事。他让托尔太太感到非常沮丧。她一五一十向我描述了他们之间的会面后，心情明显轻松许多。看到我跟她一样惊讶，她非常高兴。至于我并没有像她那样对简感到愤慨，她则将之归结于男人天生缺少道德正义感。管家打开门将简引进来的时候，托尔太太还在那里愤愤不平。简穿着黑白两色的衣服，无疑正适合她目前不尴不尬的状态。她的裙子新颖奇特，帽子引人注目，看到她我不禁倒吸一口冷气。但她跟平时一样温和镇定。她走上前来，亲吻托尔太太，托尔太太冷淡地抽身躲开。

“吉尔伯特刚才来过这儿。”她说。

“我知道，”简笑意盈盈，“是我让他来见你的。我今晚动身去巴黎，我不在的时候请你好好照顾他。我担心刚开始他会比较孤独，有你照顾他，我会放心一些。”

托尔太太两只手紧紧交握。

“吉尔伯特刚刚跟我说了件事，我简直不敢相信。他告诉我你要跟他离婚，嫁给雷金纳德·弗罗比舍。”

“你还记得吗，我嫁给吉尔伯特之前，你建议我嫁个年纪相当的男人？海军元帅今年五十三岁。”

“可是，简，你能有今天全靠吉尔伯特，”托尔太太怒气冲冲地说，“没有他就没有你的今天。少了他为你设计服装，你什么都不是。”

“噢，他已经答应继续为我设计服装。”简温和地回答。

“没有哪个女人能找到比他更出色的丈夫。他一直都对你很好。”

“噢，我知道他对我很好。”

“你怎么能这么无情无义？”

“但我从来都不爱吉尔伯特，”简说，“我一直对他这么说。我现在开始觉得需要同龄人的陪伴。我想我跟吉尔伯特在一起生活已经够久的了。我跟他没有什么共同话题。”她顿了顿，脸上露出迷人的微笑，看着我们，“当然，我不会丢下吉尔伯特不管。我已经跟雷金纳德商量过了。元帅有个外甥女很适合他。

我们结婚后，会邀请他们到马耳他跟我们一起生活——你知道，元帅要到地中海履新——如果他们两人相爱，我一点儿都不会感到惊讶。”

托尔太太哼了一声。

“你有没有跟元帅约定，如果哪一方渴望自由，另一方绝不阻拦？”

“我提了这个建议，”简镇静自若地说，“但是元帅说他看中的绝对不会走眼，他决不会另娶他人，但如果有人想娶我——他的旗舰上有八门十二英寸火炮——他会在火炮的射程之内跟他谈判。”她透过单片眼镜看着我们，尽管托尔太太怒火中烧，我还是忍不住笑出声来：“元帅可真是个血性男儿啊。”

托尔太太朝我生气地皱起眉头。

“我从来不觉得你风趣，简，”她说，“我一直不理解为什么你说的话引人发笑。”

“我也从来不觉得自己风趣，玛丽恩。”简笑着说，露出明亮整齐的牙齿，“我非常高兴，能够在多数人还没觉悟过来的时候离开伦敦。”

“我希望你能告诉我你惊天成就的秘诀。”我说。

她转向我，依然是我非常熟悉的镇定、朴实的表情。

“你知道，我嫁给吉尔伯特后在伦敦定居，人们开始觉得我说话风趣，对此我比谁都惊讶。同样的话我说了三十年，可并没有人觉得我说话好笑。我当时想，一定是因为我衣服款式、短发发型或是我戴的单片眼镜让他们发笑。后来，我发现是因为我说真话。说真话显得与众不同，人们因此觉得幽默风趣。总有一天别人会发现这个秘密，人人都习惯说真话时，当然就不再好笑了。”

“为什么只有我一个人从来都不觉得好笑呢?”托尔太太问道。

简犹豫片刻,仿佛在竭力思考给她一个满意的解释。

“亲爱的玛丽恩,或许是因为真相摆在面前你也不知道。”她用一贯温和、友善的口气说道。

此句真是掷地有声。我觉得简说话总是掷地有声。她确实风趣。

(鄢宏福 译)

疗养院

进疗养院的头六个星期，阿申登一直躺在床上。除了早晚查房的医生、换班照顾他的护士和送餐点的女侍，别的什么人也见不到。他罹患肺结核，去瑞士疗养有困难，给他看病的伦敦专科医生于是将他送到苏格兰北部的一家疗养院。经过漫长的等待，终于等来了医生告诉他能够下床走动的那一天。当天下午，护士帮他穿好衣服，扶到走廊，在他背后塞上靠垫，裹好毛毯，让他晒晒冬日暖阳。时值隆冬，疗养院坐落在小山丘上，下面是一派白雪皑皑的乡村风光。走廊上成排的折叠椅上躺满病人，有的在跟左邻右舍聊天，有的在读书看报。时不时地，哪位病人传来一阵咳嗽，你会发现，咳完之后，他会焦急地盯着手帕。护士离开前，以她惯有的轻盈，转向躺在旁边椅子上的男人。

“这位是阿申登。”她介绍道。她接着转过身对阿申登说：“这位是麦克劳德先生。他和坎贝尔先生在这里疗养的时间最久。”

阿申登的另一侧躺着一位漂亮姑娘，红色的头发，明亮的蓝眼睛。虽然没有化妆，她嘴唇红润，两颊绯红，衬显得皮肤异常白皙。尽管这份白皙与绯红系结核病所致，看来还是非常动人。她穿着皮大衣，裹着毯子，因此看不出身材，但她的脸格外清瘦，这让原本小巧的鼻子显得有些突出。她友善地望了阿申登一眼，没有说话。阿申登置身众多陌生人中间，有些腼腆，等着别人先开口。

“第一次下床走动，对吧？”麦克劳德说。

“是的。”

“你住几号房间？”

阿申登告诉他房号。

“那个房间很小。疗养院所有的房间我都一清二楚。我在这里疗养了十七年。我弄到了这里最好的房间，不过，也理所应当啊。坎贝尔一直想把我撵走，自己住进去，我才不会搬走呢。我比他早来半年，论资格就该归我。”

麦克劳德躺在那儿，给人的感觉是个头非常高，皮肤紧巴巴地包着骨头，两颊凹陷，颅骨突出。枯槁的面容上兀自凸显着阔大的鼻子和一双大得吓人的眼睛。

“十七年可够长的。”阿申登说，他实在不知道该怎么接茬。

“时间过起来很快。我喜欢这儿。起初，每隔一两年，我每年夏天总离开这儿，但是现在不了。现在，这儿就是我的家。我有一个哥哥，两个姐姐。他们都结了婚，现在都有了家庭，不需要我。在这里住过几年，再回到正常生活，会觉得有点儿不合群，明白吧。你的好朋友们都有自己的生活轨迹，你跟他们再也没有共同语言。人人都忙忙碌碌。毫无意义地忙忙碌碌，仅此而已。喧嚣嘈杂，索然无味。这里的生活幸福多了。等到哪天脚一蹬，进棺材，我才会离开这里。”

伦敦的专科医生告诉过阿申登，好好休养一段时间，就会康复。他好奇地看着麦克劳德先生。

“你整天都做些什么呢？”他问。

“做什么？患上肺结核可是整天都有事干，小伙子。我得量体温，称体重。不慌不忙地穿衣打扮。吃早饭，看报纸，散散步。休息休息，吃午饭，玩桥牌。再休息，吃晚饭，接着玩桥牌，然后上床睡觉。这里的图书馆很上台面，各种新书应有尽有，可我真没多少时间读书。我喜欢跟人聊天。你瞧，这里能遇到各种各样的人。有人进来，有人出去。从这里出去，有时是因为自信已经痊愈，可多半又会回来；有时是因为死了。我见过很多人出去，等到我自己出去的那天，肯定还会看到更多。”

坐在阿申登另一侧的姑娘突然开了口。

“我得告诉你，没几个人能够像麦克劳德先生那样笑对死亡。”她说。

麦克劳德开心地笑起来。

“我可没你说的那么深刻。事实上，我每回都在心里暗自庆幸：他们送出去的是别人，不是我。”

他突然意识到阿申登还不认识这位漂亮姑娘，于是说道：

“顺便介绍一下，这位是阿申登先生，这位是毕晓普小姐，英格兰人，人不坏。”

“你来疗养院多久了？”阿申登问。

“才两年。这是最后一个冬天。伦诺克斯医生说几个月之后我就能痊愈，然后，我就笃定能够回家啦。”

“真傻，要我说，”麦克劳德说，“奉劝你一句，哪儿舒服就在哪儿待着。”

正说着话，一个拄拐杖的男人沿着走廊慢慢走过来。

“噢，看，坦普尔顿少校过来了。”毕晓普小姐说，蓝色的眼睛盈满笑意。等他走上前来，她说：“真高兴见到你下床了。”

“哦，算不上什么。小感冒而已。现在已经全好了。”

话还没说完，他就开始咳嗽，咳嗽得俯在拐杖上。终于平息下来后，他开心地笑起来。

"就是止不住这该死的咳嗽，"他说，"烟吸得太多。伦诺克斯医生让我戒烟，可没办法——就是戒不掉。"

他个头很高，仪表堂堂，像个喜剧演员，面色黑中带黄，漂亮的黑眼睛，整洁的黑胡子。穿羔皮领子皮大衣，长相帅气，穿着入时。毕晓普小姐把阿申登介绍给他。坦普尔顿简单说了几句热情的客套话，然后请姑娘陪他一起散步。医生允许他走到疗养院后面的树林再回来。麦克劳德看着他们慢慢走开。

"我猜他们俩肯定有一腿，"他说，"人们都说坦普尔顿染上肺结核之前是个色魔。"

"可刚才看着不像啊。"阿申登说。

"这可说不准。我在这里多年，怪事可真没少见。我要是愿意，可以给你讲个没完没了。"

"既然如此，何不讲讲呢？"

麦克劳德咧嘴一笑。

"呃，那就给你讲一个吧。三四年前，疗养院住着一个妇女，长相漂亮，身材火爆。她丈夫每隔一个周末就来看她。丈夫对她痴心一片，经常从伦敦飞来。伦诺克斯医生确信她在这儿跟人有一腿，但不知道对方是谁。于是，有一天，等我们都睡着了，伦诺克斯医生在她房间门口泼了一层薄薄的油漆，第二天他检查了所有人的拖鞋。很精明，对吧？脚底沾油漆的家伙被撵走了。伦诺克斯医生非常在意这事。他不愿意任何人败坏疗养院的名声。"

"坦普尔顿来这儿多久了？"

"三四个月。他多数时间都躺在床上。他活该多躺着不能下床。艾维·毕晓普要是跟他有一腿，那可真是个傻瓜。艾维痊愈的可能性非常大。你知道，这些年我看过太多结核病人，我能够分辨得出。我只消看人一眼，就知道这人能不能痊愈，如果他不能痊愈，我能准确地猜出他还能活多长时间。我很少猜错。我看坦普尔顿还能活两年左右。”

麦克劳德故弄玄虚地望了阿申登一眼，阿申登知道他在想什么，尽管心里想把他的话当成笑话，仍禁不住忐忑不安。麦克劳德眼光闪烁。阿申登脑子里在想什么他显然很清楚。

“你的病会痊愈的。我要是没把握的话，肯定不会说。我不想因为恐吓病人被伦诺克斯医生从疗养院给撵出去。”

阿申登的护士过来带他回床上休息。他只在外面坐了一个小时，却感到浑身疲惫。终于能躺下来，他感到心情愉快。伦诺克斯医生晚上来查房，盯着他的体温表说道：

“体温情况不错。”

伦诺克斯医生个头不高，性格开朗，待人和善。他医术高明，经营有方，热衷于出海打鱼。捕鱼季节到来时，他就将病人交给助手照看。病人颇有些牢骚，可吃着他打回来的小鲑鱼，病人们又都变得欢欢喜喜。伦诺克斯医生喜欢跟病人聊天。看完体温表，他站在阿申登的床尾，用浓重的苏格兰口音问他下午有没有跟别的病人交谈。听到阿申登说护士给他介绍了麦克劳德，伦诺克斯医生笑了。

“他在疗养院待得最久。他对这座疗养院和病人比我还了解。不知道他那些消息都是从哪里打听到的，可疗养院里没有一个人的隐私能逃过他。论起对丑闻的敏锐嗅觉，疗养院的老女佣个个都比不上他。他有没有跟你提起坎贝尔？”

“提了。”

“他讨厌坎贝尔，坎贝尔也讨厌他。想想还真是有意思，这两个人在疗养院都住了十七年，都只剩半边健康的肺。他们都将彼此视作眼中钉，我现在不准他们来向我抱怨对方的不是。坎贝尔的房间正好在麦克劳德楼下。坎贝尔拉小提琴，把麦克劳德气疯了，投诉说他十五年来反反复复听着同一首传统提琴曲，可坎贝尔说麦克劳德根本就是五音不全。麦克劳德想让我阻止坎贝尔拉琴，但我没办法，只要不在规定的休息时间，他有他的自由。我提出给麦克劳德换个房间，可他不同意。他说坎贝尔拉琴就是为了把他赶走，因为他的房间是疗养院最好的房间，他坚决不会上这个当。是不是很奇怪，两个中年男人，偏要斗个你死我活？谁也不肯让步。他们在同一张桌子上吃饭，在一起打桥牌，没有哪一天不吵架。我有时候吓唬他们说，如果再不收敛，就把他俩都撵出去。这样他们才会消停点儿。他们不想离开疗养院。在这里待了这么多年，外面没什么人在乎他们了，他们也无法适应外面的生活。几年前，坎贝尔要出去度几个月的假。一个星期后就跑了回来，说受不了外面的喧嚣，看到街上的人潮他就恐惧。”

阿申登身体状况日趋好转，可以越来越长时间地跟其他病友待在一处，他发现疗养院是个神奇的世界。一天上午，伦诺克斯医生告诉他，可以到餐厅跟大家一起进餐了。低矮的餐厅开着大大的窗户，显得宽敞明亮。窗户一直敞开着，晴天的时候，阳光倾泻而入。餐厅里人很多，他花了些时间才将他们分清楚。年轻人，中年人，老年人，形形色色。有些跟麦克劳德、坎贝尔一样，来疗养院多年，准备终老此间。也有些人来这里只有几个月时间。有个叫阿特金的老姑娘，每年冬天都会来疗养，夏天就出去跟亲戚朋友一起生活。她的身体已经没什么大碍，似乎完全不必再来，但她迷恋上了疗养院的生活。她在这里生活的时间长，因此获得了某种尊崇，成为荣誉图书馆员，跟这里的护士长交情甚笃。她跟谁都能扯得热火朝天，但你很快就会领教，什么话只要一出口，就会被她传给护士长。不过，这倒有利于伦诺克斯了解病人。病人们相处得快乐融洽，遵从疗养院条例，不寻衅生事。没什么能逃过阿特金小姐敏锐的眼睛，消息从她那里传到护士长的耳朵，再传到伦诺克斯医生那里。她来疗养院的年头不少了，因此能跟麦克劳德和坎贝尔同坐一桌，坐在一起的还有一位老将军，此人是因为级别很高。这张桌子跟其他桌子并无不同，但在座的都是资历最老的病友，就显得格外引人注目。好几位年纪大的妇女心里都愤愤不平，每年夏天都要离开四五个月的阿特金小姐能坐在那张桌上，而她们常年待在疗养院，却轮不上份儿。有一位上了年纪的英籍印度文官，在疗养院待的时间仅比麦克劳德和坎贝尔短。他曾经掌管过一个行省。他心急火燎地等着麦克劳德或坎贝尔丧命，好能坐上那一桌。阿申登跟坎贝尔搭上话。坎贝尔四肢很长，骨头突出，秃顶，细脚伶仃，坐进扶手椅活像木偶剧里的木偶。他脾气火暴，一点就着。他跟阿申登交流的第一句话就是：

"你喜欢音乐吗?"

"喜欢。"

"这里没一个人喜欢音乐。我拉小提琴。你喜欢听的话，哪天来我房间，我拉给你听。"

"千万别去，"麦克劳德听完说道，"简直是受折磨。"

"你怎么这样无礼?"阿特金小姐喊道，"坎贝尔先生小提琴拉得非常好。"

"这个鬼地方的人都五音不全。"坎贝尔说。

麦克劳德一边冷嘲热讽,一边走开。阿特金小姐想平息事态。

“你别介意麦克劳德的话。”

“我才不会呢。他就等着瞧吧。”

整个下午,他一遍又一遍拉着同一支曲子。麦克劳德猛砸天花板,坎贝尔对此置若罔闻,锲而不舍地拉着。最后,麦克劳德只好让女佣传话说他头痛,问坎贝尔到底能不能停下来。坎贝尔答复说这是他的自由,麦克劳德先生如果不喜欢,只能将就忍着。接下来,两人恶言相向。

阿申登被安排跟漂亮的毕晓普小姐、坦普尔顿和一个伦敦男人坐一张桌子。伦敦男人是会计师,叫亨利·切斯特,身材矮壮敦实,臂膀很宽,谁都不曾料到他这样的体格也会患上肺结核。陡然患病,着实对他打击不小。他是个非常普通的人,三十多岁,已婚,有两个孩子。他住在城郊很体面的小区里,每天早上进城,读读晨报,晚上从城里回家,读读晚报。除了工作和家庭,他没有别的嗜好。他喜欢自己的工作,收入不菲,衣食无忧,每年还能攒上一笔不小的存款。他每个星期六下午和星期天打高尔夫,每年八月到东海岸的一个固定地方度假三星期。他期待着孩子们长大,成家立业,他好把生意交给儿子,自己跟妻子到乡下买栋小房子颐养天年。他对生活没有更多奢望,这种生活正是千千万万寻常百姓期待的人生轨迹。他是个再普通不过的人。不料好端端的就出了这种事。他打高尔夫时得了感冒,病毒侵入肺部,咳嗽不止。他身体一直都很结实,压根儿没想去就医,最终敌不过妻子反复念叨看了医生。诊断结果令他意想不到,十分震惊,他的左右肺都染上结核,要想保命必须立即住进疗养院。他的主治医生让他不要担心,说是过两年就能重返工作岗位，可两年已经过去，伦诺克斯医生告诫他一年之内都不要想着出去工作的事儿。伦诺克斯医生给他看了他唾液中的细菌，胸部X光片显示双肺病灶活跃。他万分气馁。在他看来，命运跟他开了个残酷而不公平的玩笑。如果他生活放荡，酗酒无度，乱搞女人，或作息紊乱，他还能接受这样的结果。那样的话，是他罪有应得。可他从没放纵过自己，那样的事情一件也没做过。太不公平了！他意兴阑珊，没兴趣看书，一天到晚净想着自己的身体，简直着了魔似的。身体症状的任何一点变化都让他忧心忡忡。他每天会量十几次体温，疗养院最后只好强行拿走他的体温计。他一门心思认定医生对他的病情太冷漠，为了引起医生的注意，他想尽办法让体温计度数走高，一旦伎俩被戳穿，他就开始生闷气、发牢骚。但他天性是个和善、快乐的人，只要不想着身体，也会谈笑风生。要是猛然想起自己是个病人，你会发现他眼中立刻蒙上阴影，充满对死亡的恐惧。

他妻子每个月底都会来附近的公寓住一两天。伦诺克斯医生不太希望病人家属来探视，这会让病人情绪波动。亨利·切斯特对妻子的那份殷殷期盼，着实感人。奇怪的是，每回他妻子真正来了，他却又不见得有多高兴。切斯特太太是位可爱、开朗的小妇人，谈不上有多漂亮，但利落清爽，跟她丈夫一样普通，只消看她一眼，就知道她是个贤妻良母，悉心照料家庭，不声不响地认真履行自己的职责，从不干涉别人。多年来，她对平凡的家庭生活心满意足，唯一的挥霍就是偶尔去看场电影，最大的乐趣就是穿行在伦敦各大商场的特卖区。她从来都不觉得这种生活单调。她心满意足。阿申登对她颇有好感，饶有兴致地听她唠叨她的孩子，位于郊区的房子，左邻右舍和日常琐事。有一回，他在路上遇到她。由于某种原因，切斯特因为治疗上的事没有出来,她孤孤单单一个人。阿申登提议一起走走。他们聊了些无关紧要的事情。接着,她突然问起阿申登对她丈夫健康状况的看法。

“我觉得他康复得非常好。”

“我真是很担心。”

“你可一定要记住,这种病好起来要很长时间。得有耐心。”

两人又走了一会儿,他发现她居然哭了。

“你一定不要生他的气。”阿申登温和地劝慰道。

“唉,你不知道我每回来这里要受多少委屈。我知道,我不该对人讲,但我忍不住。我可以信任你,是吗?”

“当然。”

“我爱他。对他一心一意。我愿意为他做任何事情。我们从来没吵过架,从来没有意见相左的时候。可他现在开始厌烦我,我的心都碎了。”

“唉,这怎么可能。嗨,你不在的时候他时时刻刻提起你。说起你的千般好。他对你也是一心一意啊。”

“是的,那是我不在的时候。等我来到这里,看着我健健康康,他就变了个人似的。你看,他痛恨自己生了病,我却依然健康。他害怕自己会死,他厌烦我是因为我会活着。我得处处小心,时时警惕,不管我说什么,说起孩子,说起未来,都会让他火冒三丈,恶言相向。如果我说我得修理房子,或是换个佣人,他更是怒不可遏。他抱怨说我不再在乎他了。我们过去和和美美,现在我觉得两人有了隔阂,彼此怨怼。我知道不该责怪他,都是这病惹的祸。他是个非常好的人,脾气好,平时他是世上最好相处的人。现在我简直害怕来这里,离开的时候我就觉得如释重负。要是我也染上肺结核,他肯定会很难过,可我知道他内心深处会松一口气。要是他想到我很可能会死,一定会原谅我,原谅命运。他经常谈论他死后我该做些什么,通过这样的谈话折磨我,我要是歇斯底里,哭着让他别再说下去了,他就说我不该这么小气,剥夺他这么可怜的快乐,他说自己活不了多久,而我还能年复一年活着,享受人生。想想多少年来我们夫妻恩爱,如今落得这般悲惨境地,真是可怕!"

切斯特太太坐在路边石头上,失声痛哭。阿申登同情地看着她,但又不知道怎么去安慰。她的这番话,阿申登并不十分吃惊。

"给我支烟吧。"她终于开口说道,"我不能把眼睛哭红,否则会被亨利发现,他就会以为我打听到什么有关他健康状况的坏消息。死亡真有这么恐怖吗?我们都这么怕死吗?"

"我不知道。"阿申登说。

"我母亲临死的时候,似乎一点儿都不害怕。她知道死神临近,竟然还能开着玩笑。当然,她那时年纪已经很大了。"

切斯特太太恢复常态,他们继续向前走。有一阵子,谁也没说话。

"我跟你说了这些,你不会对亨利有不好的看法吧?"她最后开了口。

"当然不会。"

"他是个好丈夫,好父亲。我这辈子从没遇到过比他更好的男人。我想,染上结核病之前,他心里从没有过无情或刻薄的想法。"

这次谈话让阿申登久久无法平静。人们常说他之所以对人性评价不高,是因为他没用通常法则来衡量身边的人。那些在旁人看来无可忍受之事，他却能够笑着面对，多不过一掬清泪，或是耸耸肩。的确，你永远不敢相信，心地纯良、普普通通的小人物心中居然会有如此卑劣的想法，可谁又能料到人生有如此的跌宕起伏？一切的错都归在理想的幻灭。亨利·切斯特生而普通，过着寻常人的生活，日子波澜不兴，突遭人生舛运，惊慌失措，不知如何应对。他就是一块普普通通的砖，本来是要跟数以百万计的砖块一起构建厂房，可碰巧自身有瑕疵，惨遭淘汰。如果砖块会思考，它也会大声疾呼：我到底犯了什么错，为什么不能善始善终，必须从日日为伴的其他砖块中间剔除，扔到垃圾堆里？亨利·切斯特的头脑中并无能够让他学会坦然面对这一灾难的法则，这不是他的错。不是所有的人都能从艺术或思想中寻得慰藉。这是我们这个时代的悲哀，寻常百姓已经丧失了对上帝的信仰，而信仰意味着希望，意味着复活的福祉。这信仰丧失之后，人生因此了无生趣。

有人说苦难会使人变得高尚。此言差矣。通常而言，苦难令人卑鄙、抱怨、自私；可在这家疗养院里，谈不上有多大的苦难。结核病的某一阶段，伴随着轻微发烧，非但不会令人消沉，反能让人兴奋，病人会感觉活力四射，满怀希望，快乐地面对未来。可尽管如此，潜意识里死亡的念头仍挥之不去，仿佛贯穿在轻松歌剧中的讽刺主题。欢乐、和谐的旋律，舞动的韵律，突然偏离，悲情盈动，攫人神魄。凡俗生活中的小兴趣、小嫉妒和小忧虑霎时无关紧要，悲伤和恐惧扣人心弦，热带雨林暴风雨来临前的静寂中升腾出可怕的死亡气息。阿申登进来不少日子后，疗养院住进一位二十岁的小伙子。他在海军服役，是一艘潜艇上的海军中尉，套用小说中的话，他的肺病“急剧恶化”。这位年轻人身材魁梧、外表英俊，棕色的卷发，蓝色的眼睛，笑容灿烂。有两三回,阿申登见他躺在阳台上晒太阳,两人一起消磨时间。小伙子性格乐观,滔滔不绝地谈论音乐剧和电影明星;关注报纸上的足球赛事和拳击新闻。后来,小伙子病情加重躺回床上,阿申登再没见过他。两个月后,小伙子死了,疗养院派人请来他的家人。他走得毫无怨言。他像个小动物一样,浑然不觉等待自己的最终命运。他死后的最初两天,疗养院里充斥着不安的气氛,如同监狱中有人被绞死一样。之后,大家仿佛商量好了似的,出于自我保护的本能,这个年轻人从人们的脑海中淡忘:生活像往常一样继续,一日三餐,在小球场上打高尔夫,进行日常锻炼,遵照安排休息,争吵、猜忌,散布谣言、忍受烦恼。为了激怒麦克劳德,坎贝尔一如既往地拉着苏格兰名曲《安妮·萝莉》。麦克劳德一如既往地吹嘘他的桥牌技术,对别人的健康和人品说三道四。阿特金小姐一如既往地在背后嚼人舌根。亨利·切斯特也一如既往地抱怨医生对他漠不关心,抱怨命运不公,抱怨自己生活检点,到头来却被命运捉弄。阿申登只能一如既往地看书,带着几分隐秘的乐趣,观察着疗养院的众生态。

他跟坦普尔顿少校关系熟络起来。坦普尔顿约莫四十出头。曾在近卫步兵第一团服役,战后退役。他家境殷实,退役后纵情享乐,赛马季去赛马,狩猎季和捕猎季也不甘落后。这些季节过后,他就去摩洛哥赌城蒙特卡洛赌上一把。他告诉阿申登,自己玩巴加拉纸牌,输赢很大。他钟情于各色女人,若他所言非虚,那些女人也都个个钟情于他。他热爱美酒佳肴。熟悉伦敦所有高档饭店的领班,是五六家俱乐部的会员。多年来,他过着无用、自私而又无益的生活,只怕没什么人愿意步他后尘,可他却活得心安理得,有滋有味。有一次,阿申登问他,如果生活能够重来,他会怎么过,他回答说还会是同样的活法。跟他聊天很有趣，轻松诙谐。凡事不往深处想，他对任何事情都轻松、自在，而又自信。他对疗养院里貌不出众的老姑娘也能彬彬有礼；对脾气暴躁的老头儿，又能玩笑戏谑。他举止得体，自然和善。他知道该怎么跟那些有钱没地方花的主儿打交道，就像他对伦敦上流社会居住的梅菲尔区一样熟悉。他生性好赌，仗义疏财，乐善好施。如果说他对社会没多少好处，自然也没有什么害处。他无足轻重。可他比那些品格高尚、才学出众的人更易相处。他的病情严重。他很清楚自己时日无多。他用一贯的轻松、幽默态度淡然处之。他曾经活得轰轰烈烈，没什么遗憾，染上结核固然糟糕透顶，不过也没什么，谁也不会长生不老。转念再想一想，纵然不染病，他也很可能疆场毙命或在赛马中摔断脖子。他的人生哲学就是，愿赌服输，万事大吉。他曾经挥霍无度，对于曲终人散早有准备。天下无不散之筵席。欢宴通宵也好，筵席高潮时中途离席也罢，第二天都没有什么区别。

在疗养院的所有人当中，从伦理道德层面判断，坦普尔顿少校也许最不堪，但对于不可避免的结局，他是唯一能够淡然置之的人。面对死神，他漫不经心，你可以说他举动轻率、不合时宜，也可以说他豁达、无畏。

进了疗养院，最出乎他意料的是自己居然恋爱了，而且比以往每一次都认真投入。他的恋情无以计数，但大多浅尝辄止。他钟情于跟唯利是图的歌舞团演员逢场作戏，也会跟家庭晚会上结识的轻浮女人结一段露水情缘。他一直小心谨慎，避免所有可能牵绊他自由的纠缠。他人生的唯一目标就是及时行乐。在性爱方面，他变着法子，跟各种不同的女人上床。他喜欢女人。即使对那些不再年轻的女人，他跟她们说话时也总是眼中含情，极尽温柔之能事。他曲意承欢，极力讨好她们。那些上了年纪的女人发现他对自己感兴趣,无比受用,坚定地认为他不会辜负自己,却不承想,这种想法有多天真。他曾跟阿申登说过一句非常有见地的话:

"知道吗,只要肯下功夫,男人总能把心仪的女人搞到手,这不算什么本事。真正有本事的是那些能够轻松甩掉女人而不让她觉得受伤害的男人。"

纯粹是习惯使然,他开始向艾维·毕晓普示爱。她是疗养院最漂亮、最年轻的姑娘。实际上,她没有阿申登一开始想象的那么年轻,她二十九了,但是过去八年来,她辗转于瑞士、英格兰、苏格兰的多家疗养院,足不出户,且受到精心照料,看上去非常年轻,不过二十岁的样子。她对这个世界的所有认识都是在疗养院里获得的,因此,她身上奇妙地融合了极度单纯与极度历练。她亲眼见过疗养院的很多恋情。很多不同国籍的男人向她求过爱,她冷静、幽默地接受他们献上的殷勤,一旦他们想要进一步发展,她的态度就会非常坚决。这个外表娇弱的姑娘,谁也不曾想到性格如此果断。该了断的时候,她知道如何用明白、冷静而坚决的话表明立场。她常常跟乔治·坦普尔顿打情骂俏。她知道这一切不过是场游戏,虽然一直对他也不错,却也常常嘲弄似的明确表明,她已经将他参透,不过是和他一样逢场作戏。坦普尔顿跟阿申登一样,每天晚上六点上床,晚饭单独在房间里吃,因此只有白天才能见到艾维。除了一起散步,两人很少单独相处。午饭时,艾维、坦普尔顿、亨利·切斯特和阿申登四个人聊些泛泛的话题,但是很明显,坦普尔顿绞尽脑汁寻找话题并不是为了讨好另外两个男人。在阿申登看来,他并不是跟艾维调情借以打发时间,他对艾维的感情益发深沉、真挚。但阿申登不知道艾维是否注意到这一点,也不知道她是否在意。每次坦普尔顿斗胆说出亲昵的话，艾维就用讽刺的口吻还以颜色，惹得众人哈哈大笑。坦普尔顿笑得非常勉强。他不希望艾维还将他看作花花公子。阿申登对艾维·毕晓普了解越多，也越喜欢这个姑娘。她的病态美中有着令人动容的地方，美丽通透的皮肤，瘦削的脸上生着一双蓝汪汪的大眼睛。她的境况惹人怜爱，跟疗养院里其他很多人一样，她似乎孤零零地活在这世上。她的母亲沉溺于繁忙的社交生活，姐姐们都已经结婚成家。她们对离家八年的小女儿，只剩下义务性的关怀。她们给她写信，偶尔也来探望她，但彼此情分已淡。她坦然接受这个事实，并不伤心绝望。她对所有的人都很友善，带着无比的同情听大家的抱怨和倾诉。她对亨利·切斯特尤其耐心，尽一切努力让他快乐起来。

“呃，切斯特先生，”有一天午饭时她对他说，“月底就要到了，你太太明天就要来了。真是值得期待呀。”

“不，她这个月不会来啦。”他语气平静，低头看着餐盘。

“噢，对不起。为什么不来啦？孩子们都还好，对吧？”

“伦诺克斯医生觉得她不来对我的病情有好处。”

一时，谁也没说话。艾维有些担心地望着他。

“太倒霉了，老伙计。”坦普尔顿无比同情地说，“你为什么不让伦诺克斯见鬼去？”

“伦诺克斯医生说的在理。”切斯特说。

艾维又看了看他，开始谈论别的话题。

联想起之前的事情，阿申登知道艾维可能猜到了真相。第二天，他碰巧跟切斯特走在一起。

“太遗憾了，你太太这个月底不过来。”他说，“你一定很期待她到来。”

“是很期待。”

他拿眼睛余光瞄了阿申登一眼。阿申登感觉他有话要说，却又不知道如何开口的样子。终于，切斯特生气地耸耸肩，开口道：

“如果她不来，也是我的责任。我要求伦诺克斯写信给她，叫她不要来。我再也受不了了。我一个月一个月地，翘首期盼她来看我，可她当真来了，我又开始厌烦她。你知道，我痛恨得了这鬼病。她身体健康，精神旺盛。她眼里的痛楚让我发狂。我得病跟她有什么关系？你生了病，谁会真正在乎？不过是假装在乎罢了，其实心底里暗自庆幸生病的不是他们自己。我这么想很卑鄙，对吧？”

阿申登想起切斯特夫人坐在路边石头上流泪的情景。

“你就不怕不让她来，她会难过？”

“那她也得忍受。我受的痛苦已经够多了，管不了她啦。”

阿申登无言以对，两人一言不发地往前走。突然，切斯特怒气冲冲地嚷起来。

“你当然不在乎！你当然可以无私，你会活得好好的！要死的人是我，真他妈见鬼，我还不想死！为什么偏偏是我?！太不公平了！”

时光飞逝。在疗养院这样的地方值得关注的事情不多，没多久，人人都知道乔治·坦普尔顿爱上了艾维·毕晓普。只不过，艾维的态度还不明朗。她显然喜欢跟他在一起，但也并不刻意为之，有时似乎还刻意不与他单独相处。一两位中年妇女千方百计套她的话，想让她承认。尽管她生性坦率，却也能对付裕如。她装作听不懂她们话里有话，对她们直言不讳的问题，她总是不置可否地哈哈大笑。她的态度终于激怒了大伙儿。

“她不可能傻到看不出坦普尔顿对她的痴心一片。”

“她没有权利这样玩弄坦普尔顿的感情。”

“我觉得她跟坦普尔顿一样，深爱着对方。”

“伦诺克斯医生得告诉她母亲。”

谁都没有麦克劳德反应那么强烈。

“太荒唐了。他们俩这样不会有好结果的。坦普尔顿染着重度结核，她的情况也好不到哪里去。”

然而，坎贝尔却很看好两人的恋情，不过话说得嘲讽而又粗俗。

“我赞同他俩趁活着好好风流快活一番。我敢说他俩早就有一腿，只不过没人知道。男欢女爱，没什么好谴责的。”

“真下流。”麦克劳德鄙夷道。

“噢，少跟我来这套。坦普尔顿不是那种陪小姑娘过家家的人，动真格捞实惠才是他的本意，我敢保证，艾维也不是那么单纯的人。”

阿申登跟他们在一起的时间最多，比任何人都了解这两人。坦普尔顿最终向他吐露心思，说连他自己都觉得可笑。

“真是奇怪，到了我这把年纪，居然还会爱上一位正派姑娘。做梦都想不到我身上会发生这种事。不承认也没用，我彻底沦陷，无法自拔。如果是个健康的正常人，我明天上午就会向她求婚，求她嫁给我。我从来没见过像她这么好的姑娘。我历来以为正派姑娘肯定无趣。可她一点都不令人乏味，冰雪聪明，长相漂亮。上帝啊，多美的皮肤啊！还有那头秀发！我就像九柱地滚球——溃不成军。但刚才说到的那些都不是真正的原因。你知道她真正吸引我的地方是什么吗？真他妈荒诞可笑。像我这样的浪荡子，吸引我的竟然是美德。简直要笑掉大牙了。我从不在意女人的美德，可事实摆在这里，不承认不行，她心地善良，让我感觉自己形如蝼蚁。吓住你了，是吗？”

“没有，一点也没有。”阿申登说，“浪子回头，你不是第一个。不过是人到中年变得多愁善感罢了。”

“臭小子。”坦普尔顿笑骂道。

“她是什么态度？”

“天哪，你不会觉得我已经向她表白了吧。我在别人面前什么也没说，在她面前更不会说。我活不过六个月，再说，我能给她这样的好姑娘带来什么？”

现在，阿申登可以肯定，毕晓普也跟坦普尔顿一样深陷爱河。阿申登发现，见到坦普尔顿走进餐厅，她脸上会漾起红晕，她会趁坦普尔顿不注意时频频投以温柔的目光。听坦普尔顿讲过去的经历，她笑得格外甜美。阿申登觉得她很享受他的爱意，就像病人们面朝雪景坐在阳台上，沐浴温暖的阳光。但也有可能，她想让事情到此而止。她不想让坦普尔顿知道的事，阿申登当然没有必要告诉坦普尔顿。

突然，一次意外事件打乱了疗养院的平静。尽管麦克劳德和坎贝尔长期意见不合，但还总是在一起玩桥牌，坦普尔顿来疗养院前，这里就数他俩牌技最高。两人见面就吵，打完牌也吵，可这么多年来，他们都非常熟悉对方出牌的路数，在牌桌上以打击对方、数落对方的牌技为乐。坦普尔顿通常不跟他们一起玩牌。尽管他牌技很高，却喜欢跟艾维·毕晓普一起玩。麦克劳德和坎贝尔一致认为，艾维简直就是牌场祸根。她要是出错牌，导致决胜局失利，总会笑着说：哎，不就差一墩嘛。但是，一天下午，艾维因为头痛在房里休息，坦普尔顿同意跟坎贝尔和麦克劳德玩牌，加上阿申登，正好凑足四个人。已经到了三月末，但还是接连下了几天大雪，他们穿着皮大衣，戴着帽子和手套，在三面灌风的走廊上玩牌。筹码很小，坦普尔顿这样的赌场高手根本没看在眼里，因此他叫牌十分大胆随性。由于比另外三个人牌技高出太多，他往往定约或接近定约。频繁出现加倍、再加倍，牌势无人可挡，叫出无数次小满贯。四人打得不亦乐乎，麦克劳德和坎贝尔唇枪舌剑、相互攻击。五点半，最后一局开始，六点钟的铃声一响，大家就都得回房休息。这一局打得非常艰难，双方各有胜负，麦克劳德和坎贝尔打对家，两人都不愿让对方赢。五点五十，双方打成平局，开始最后一手牌。坦普尔顿跟麦克劳德搭档，阿申登跟坎贝尔一边。麦克劳德先叫了两张梅花，阿申登没说话；坦普尔顿表示他能够再助一臂之力，最后，麦克劳德叫了大满贯。坎贝尔加倍，麦克劳德再加倍。听到动静，其他牌桌已经散场的玩家围拢过来，在一小群人的围观下，大家屏气凝神打牌。麦克劳德激动得脸色惨白，眉头挂着汗珠，两只手抖个不停。坎贝尔脸色阴沉。麦克劳德需要出掉的两张小牌顺利出手，用逼对方出牌的方法，赢了最后的第十三墩。围观人群爆发出热烈的掌声。麦克劳德得意洋洋地跳起身，朝坎贝尔挥挥拳头。

“去拉该死的小提琴吧！”他兴奋得大叫，“大满贯，加倍，再加倍！求了一辈子，终于实现了。上帝啊，上帝啊！”

他突然喘着粗气，向前一个趔趄，倒在桌上，口里喷出鲜血。大家赶紧派人去叫医生。护理人员赶到时，他已经咽气了。

两天后，麦克劳德下葬。葬礼时间定在凌晨，以免其他病人看到。他的一个亲人身穿黑色礼服从格拉斯哥赶来出席葬礼。没有人喜欢过麦克劳德。死后也没人为他伤心遗憾。到了周末，他就被大家忘掉了。那位印度文官取代了他的位置，吃饭时坐上头一桌，坎贝尔搬进了梦寐以求的房间。

“这下子总算安生了。”伦诺克斯医生对阿申登说，“想想，我得年复一年地忍受这两个人争吵、抱怨……跟你说吧，要想经营疗养院，真需要有足够的耐心。他可没少给我添麻烦，到头来还是这般结果，把病人个个吓得够呛。”

“真是意想不到。”阿申登说。

“他是个一无是处的家伙，但是有些女人居然很伤心。可怜的毕晓普小姐眼睛都要哭瞎了。”

“我猜想，有些人是为自己哭泣，只有毕晓普小姐会真诚地为他感到伤心难过。”

不过，似乎还有一个人没有忘记他。坎贝尔像条丧家之犬，四处晃悠。他不愿意玩桥牌，也不想说话。毫无疑问，麦克劳德的死让他闷闷不乐。好几天时间，他闷在房里，饭都是送到房间里吃的。后来，他找到伦诺克斯医生，说不喜欢新房间，想搬回原来的房间去。伦诺克斯很少发脾气，这次却大发雷霆，训斥他说，多少年来他一直缠着自己要搬进那间房子，现在他要么继续住在里面，要么搬出疗养院。坎贝尔回到房间，闷闷不乐地坐着发呆。

“你怎么不拉小提琴了？”护士长终于忍不住问他，“已经有两个星期没有听到你拉琴了。”

“我一直没拉。”

“为什么不拉琴？”

“拉琴的乐子没了。我过去拉琴很快活，是因为我知道那样能惹麦克劳德生气。可现在没人在意我拉还是不拉。我以后再也不拉琴了。”

直到阿申登离开疗养院，再也没听到他拉琴。说也奇怪，麦克劳德死了，坎贝尔的生活也随之失去了味道。没人跟他吵架，没人跟他斗气，他完全失去生活的动力。看来，要不了多久，他也会紧随麦克劳德而去。

麦克劳德的死也对坦普尔顿产生了影响，影响带来的后果出乎大家的意料。他用冷淡、超然的语气跟阿申登道出他的想法。

“在完胜的辉煌时刻死去，这感觉真棒。我不明白为什么大家对他的死是这么个反应。他在这里很多年了，对吧？”

“十八年。”

“不知道这一切到底值不值得。不知道恣意行乐、正视后果，有什么不好。”

“我想这得看你怎么看待生命。”

“这也能算生命吗？”

阿申登无言以对。再过几个月，他就能康复，但是只消看一眼坦普尔顿，就知道他没有康复的指望，脸上露出死亡迫近的气息。

“你知道我的大手笔吗？”坦普尔顿问道，“我向艾维求婚了！”

阿申登大吃一惊。

“她怎么答复你的？”

“她呀，她说这是她这辈子听到的最可笑的事，说我准是疯了才会有这么个想法。”

“你得承认，她说的没错。”

“没错。但是她同意嫁给我。”

“真是疯狂。”

“确实疯狂，可不管怎样，我们准备去找伦诺克斯，问问他的意见。”

冬天终于过去了。虽然山上仍旧覆盖着白雪，山谷里的冰雪已经消融，山坡底部的桦树已经抽芽长叶。空气中弥漫着春天的气息。太阳暖融融的。人人都充满活力，有些人甚至满心欢喜。那些年年冬天来疗养的人准备动身去往南方。坦普尔顿和艾维相约着去见伦诺克斯医生。他们将两人的打算告诉医生。伦诺克斯给他们做了综合体检，拍了X光片，做了各项检测。伦诺克斯确定了宣布体检结果的日子，届时根据情况再讨论他们的计划。他们按照约定的时间去见医生之前，遇见了阿申登。两人虽然内心很紧张，但都竭力表现出轻松的样子。伦诺克斯给他们看各项检查结果，并用通俗易懂的语言跟他们解释各自的身体状况。

“您解释得很清楚，”坦普尔顿听完之后说，“但我们想知道，我们能不能结婚。”

“这么做很不明智。”

“我们知道不明智，会有什么严重后果？”

“要是生了孩子可就造孽了。”

“我们没打算要孩子。”艾维说。

“好吧，那我就简单跟你们说说情况。主意还得你们自己拿。”

坦普尔顿满脸笑意地望着艾维，握住她的手。医生接着往下说。

“我认为，毕晓普小姐体质太虚弱，无法过正常人的生活，但如果她继续像过去八年这样……”

“过去在疗养院里的八年？”

“没错。那样的话，即便不能像正常人那样活到高龄，也应该能舒舒服服地度过有生之年。她病情稳定。可一旦结婚，过正常人的生活,病灶可能会感染复发,后果无法预料。至于你,坦普尔顿,我可以说得更简洁。你自己也看了X光照片。你的肺部布满结核。要是结婚,不出六个月就会丧命。”

“如果不结婚,我能活多久?”

医生犹豫片刻。

“别担心,实话告诉我。”

“两三年。”

“谢谢您,我们只需知道这些。”

他们离开房间,跟进来时一样,手牵着手。艾维轻轻啜泣着。没人知道他们商量了什么,可当他们走进餐厅时,两人都兴高采烈。他们告诉阿申登和切斯特,他们一办到证就结婚。艾维转向切斯特。

“我真希望你太太来参加我的婚礼。你说她会来吗?”

“你该不会想要在这里举行婚礼吧?”

“是在这里。我们双方的家人肯定都不会同意,所以我们准备婚礼结束后再告诉他们。我们会请伦诺克斯医生主婚。”

她殷切地望着切斯特等他开口,他还没有回答她的请求呢。另外两个男人也看着他。切斯特开口时,声音略显颤抖。

“你真好,愿意邀请她参加。我会写信请她来。”

喜讯在病人中间传开来,尽管人人都祝贺他们,不少人仍私下议论说这么做很不明智。但是,当大家得知——疗养院里的事情迟早都会人尽皆知——伦诺克斯医生已经告诉坦普尔顿如果结婚他活不过半年,大家无不充满敬畏,不再议论。想到他们彼此深爱对方,不惜牺牲生命,连无聊透顶的人都为之动容。友爱与良善之风悄然降临疗养院:原来互不搭理的人开始说话;其他人暂时忘记了自己的焦灼与伤痛。似乎所有的人都在分享这对新人的幸福。春天让这些病人心中燃起希望，这对男女之间伟大的爱情似乎在周围的人们中散发着熠熠光辉。艾维平静而又幸福，结婚的欣喜让她显得愈发年轻漂亮。坦普尔顿幸福飘然，谈笑风生，仿佛这世间压根儿就没有忧愁烦恼。你肯定会认为，他企盼着能够天长地久。有一天，他却向阿申登说了心里话。

“这地方真不赖，知道吗。”他说，“艾维答应我，等我死后，她会重新回到这里。这里有她熟悉的人，不会觉得孤单。”

“医生诊断经常会弄错。”阿申登说，“如果合理安排生活，我想你能够活很长时间。”

“我只求三个月。能活三个月，就心满意足了。”

婚礼前两天，切斯特太太赶到疗养院。她已经好几个月没有见到丈夫，彼此都有些不好意思。不难猜想，两人单独待在一起的时候，难免会感觉到尴尬、紧张。切斯特竭力摆脱几个月来的萎靡不振，吃饭时不管发生什么事都表现出生病前那种开心、快乐的模样。婚礼前夜，大家聚在一起吃饭。坦普尔顿和阿申登跟大家一起熬到夜里十点才去休息。他们喝着香槟，尽情地笑闹。婚礼第二天上午在教会举行。阿申登当男傧相。疗养院里凡是能下床走动的病人都出席了庆典。午饭过后，新婚夫妇就会坐上汽车离开疗养院。病人、医生和护士都来给他们送行。有人在车尾拴了一只旧鞋，坦普尔顿和妻子走出疗养院大门时，人们向他们抛撒米粒祝福。他们乘车离开时，人群一阵欢呼，目送着他们驶向爱情，驶向死亡。人群渐渐散去。切斯特和妻子并肩走着，谁也没说话。走了一小段路，他怯怯地牵起妻子的手。她猛地一阵心跳。她悄悄瞄了一眼，发现丈夫眼中噙满泪水。

“原谅我，亲爱的，”切斯特说，“我对你太残忍了。”

“我知道你不是故意的。”她声音颤抖。

“不，我是故意的。因为我自己在受煎熬，就想让你也跟着受罪。但我以后再也不会这样。坦普尔顿和艾维·毕晓普身上发生的一切——我不知该怎么说，让我改变了对一切的看法。我再也不会惧怕死亡。我想，生死并不重要，重要的是有爱情。我想要你活着，想要你幸福。我再也不会埋怨你，再也不会厌烦你。现在，我很高兴，将要面对死亡的人是我，而不是你。我希望你好好的。我爱你。”

（鄢宏福 译）

远洋客轮

哈姆林太太躺在长椅上，慵懒地看着乘客走上舷梯。轮船前一天晚上抵达新加坡，从天亮就开始装货。绞盘不停地转了一天，现在她的耳朵已经习惯了这持续不断的噪声。在“欧洲饭店”吃过午餐，没什么可打发时间的，她就坐了辆人力车去欢闹、拥挤的街市上逛了一圈。新加坡汇集了很多不同民族的人。虽说马来人是土著民，他们人数并不多，憋憋屈屈地住在城里；满大街都是温和、麻利、勤快的中国人；皮肤黝黑的泰米尔人光着脚，走起路来没有声响，仿佛只是这片陌生土地上的匆匆过客；圆滑、富足的孟加拉人志得意满、踌躇满志；狡诈、谄媚的日本人似乎忙于秘不告人的事务；英国人头戴遮阳帽、身穿白帆布裤，或开着汽车疾驰而过，或悠闲地坐着人力车，一副大大咧咧、毫不在乎的神情。统治所有这些人的管理者们，面带笑容，漫不经心地行使他们的职权。眼下，哈姆林太太又累又热，等待着轮船再次起航，开始渡越印度洋的漫长旅程。

哈姆林太太身材魁梧，看见医生和林赛尔太太走上舷梯，她挥舞着大手。离开横滨之后，她饶有兴致地观察这两人的暧昧关系逐渐升温。林赛尔是英国驻东京大使馆下属的一名海军军官，她很惊讶林赛尔对医生在他妻子身旁百般殷勤却无动于衷。

这时，两名男子走上舷梯，他们是新上船的乘客，她热衷于从二人的举止猜测他们是单身还是已婚。旁边，一群男人坐在藤椅上，她从这些人的卡其布西装和宽沿双顶帽可以看出，他们是种植园主。这些人不停地对甲板服务员发号施令，大声说笑，都喝了不少酒，丑态毕露，吵闹不停。显然，他们是在给其中一个送行。但哈姆林太太分辨不出哪一位即将成为她的同船旅伴。开船时间逐渐临近。乘客纷纷登船，杰夫森先生威严地踱上舷梯。他是领事，这次要回国休假。他从上海刚一上船，就开始跟哈姆林太太套近乎。可她对调情取乐毫无心思。想起回英国的原因，她皱起眉头。想要远离所有关心她的人，在海上孤零零地过圣诞节，她顿时心里一阵难过。令她烦恼的是，她决心抛开的心事不断闯进脑海。

起航的铃声响起，坐在她身旁的几个男人骚动起来。

“呃，我们要是不想跟船走，最好赶快下去。”其中一个说道。

他们起身走向舷梯。趁他们一一握手之际，哈姆林太太终于看清被送行的是何许人。哈姆林太太眼前的这个人身上毫无吸引人之处，但百无聊赖的她细细打量了来人一番。此人身材魁梧，身高超过六英尺，壮硕结实。身穿破旧卡其布衣服，头戴同样破旧不堪的帽子。朋友们离开后，继续逗留在码头上跟他大声说笑。哈姆林太太留意到他操着浓重的爱尔兰口音，声音圆润、响亮、饱满。

林赛尔太太走下甲板，医生走过来，在哈姆林太太身旁坐下。他们分享彼此当天的经历。铃声再度响起，轮船缓缓驶离码头。那位爱尔兰人向朋友们最后道别，随后走到他之前放报纸、杂志的椅子旁，朝医生点点头。

“你们俩认识?”哈姆林太太问。

“午餐前在俱乐部里有人向我介绍过。他叫加拉格尔,是个种植园主。”

港口的喧闹和分别的嘈杂过后,轮船明显变得安静,令人舒适惬意。轮船缓缓驶过覆满植被、怪石嶙峋的悬崖(英国铁行轮船公司的停泊地点位于景色宜人的僻静海湾),进入主港。世界各地的船只在港口驻留,客船、拖船、驳船、货船,不计其数。港口外围防波堤后面停满本地舢板船,放眼望去,桅杆林立。柔和的夕阳,似乎给这繁忙的景象笼上一层神秘,似乎所有这些停歇的船只,都在悄然等待某个重要时刻的到来。

哈姆林太太睡眠不好,习惯在拂晓时分到甲板上走走。凝视微弱的星光消失在黎明的天际,心神不安的她会感到如释重负。清晨,水平如镜的海面,似乎让一切尘世忧伤变得微不足道。天色尚早,晨光翕动,令人心旷神怡。第二天清晨,当她走到上层甲板尽头,却发现有人比她起得还早。是加拉格尔。他正凝望着远处的苏门答腊岛海岸,晨曦仿佛巫师,从暗沉沉的海上将海岸线昭显出来。她吃了一惊,有些不悦,她还没来得及转身就被他看见,对方朝她点点头。

“起得真早,”他说,“抽支烟吗?”

他穿着睡衣、拖鞋,从上衣口袋掏出烟盒递给她。她迟疑片刻。她只穿着睡袍,戴着蕾丝帽,头发凌乱,知道自己看起来肯定不得体,只好自我解嘲。

“我想女人到了四十便没权利在意外表。”她笑着说,仿佛他已然洞悉自己的心思。她接过烟:“你也起得挺早。”

“我经营种植园。多年来,都得早上五点起床,真不知道怎么改掉这个习惯。”

“你这习惯回到英国国内可不太受欢迎。”

他没戴帽子,她能够清清楚楚地打量他的脸。算不上英俊,却也和蔼可亲。他年轻时五官一定很棒,现在胖得看不出轮廓。皮肤通红肿胀。黑色的眼睛露出欢快的神情,看上去至少四十五岁,头发却依然乌黑浓密。看上去强壮有力,此人身形壮实、其貌不扬,非常普通。若不是因为船上低头不见抬头见,哈姆林太太绝不会跟他搭讪。

“你这是回英国度假吗?”她接着问道。

“不是,是回国定居。”

他黑色的眼睛闪闪发光。他很健谈,哈姆林太太下去沐浴更衣前,他向她讲了很多自己的经历。他在马来联邦待了二十五年,过去十年,他在南区(高渊)经营种植园。那是个距离文明世界一百英里的地方,生活虽然十分孤独,却赚了不少钱。他长相憨厚,天生精明,橡胶热期间,他用手头的余钱投资政府股份,狠赚了一笔。现在物价暴跌,他打算退休。

“你是爱尔兰哪个地方的?”哈姆林太太问道。

“戈尔韦。”

哈姆林太太曾开车游遍爱尔兰。记忆中,那是个忧伤、凄清的小镇,城里有不少石头库房,荒凉、破败,面朝凄凉的大海。她想起那里的苍翠与细雨、宁静与偏僻。加拉格尔先生就是要在那个地方度过余生?他的言语间充满孩子气的迫切。想到灰蒙蒙的世界与加拉格尔先生的活力是那么的不协调,勾起了哈姆林太太的好奇心。

“你家人都住在那儿吧?”她问。

“我没有家人。父母已经离世。我在这世上是孑然一身。”

他已经将一切安排妥当,筹划了二十五年,很高兴跟人分享这些事情，多年来，这些计划他只能跟自己唠叨。他想买栋房子，买辆汽车。他准备养马。他不怎么喜欢打猎，在马来联邦的头几年，他猎杀过无数大型动物，现在已经全无了最初的狂热。他不知道为什么丛林里的野兽就该遭人类猎杀。他在丛林里生活了那么久。但偶尔打打猎也无妨。

“你觉不觉得我太胖了？”他问。

哈姆林太太笑着将他上下打量一番。

“你肯定有一吨重。”她说。

他笑了。爱尔兰良种马举世无双，他能够一直保持结实的身材。在橡胶园工作，需要走很多路，他还经常打网球。回到爱尔兰，他很快就会瘦下来。他打算娶个太太。哈姆林太太静静地看着柔和的朝阳染红海面，叹了口气。

“永远离开哪里会有那么容易？没人让你无法割舍吗？生活了这么多年，不管你多么渴盼回到英国，我想，真到了回国的时候，肯定会感到悲伤。”

“我很高兴能永远离开。我已经受够了。再也不想见到这个国家，再也不想见到这里的任何人。”

这会儿，一两位早起的客人也来到甲板上散步，哈姆林太太想起自己衣衫不整，赶紧走下甲板。

接下来的一两天，加拉格尔在吸烟室里消磨时间，哈姆林太太因此很少见到他。由于港口罢工，轮船没在科伦坡停靠，乘客们尽情享受跨越印度洋的航行。大家在甲板上玩游戏，说长道短，打情骂俏。圣诞临近，有人建议在圣诞节举行一场化装舞会，于是大家都有事可干，女客们开始准备服装。头等舱里的乘客们开了会，商量是否邀请二等舱的乘客。天气炎热，讨论的热烈气氛不在其下。女客们说这样会让二等舱的乘客感到不自在。他们在圣诞节肯定会纵情酗酒,可能会发生不愉快的事情。所有发表意见的人都觉得自己心里没有等级偏见,没有人会愚蠢到觉得头等舱和二等舱的乘客之间有任何差别,可对二等舱的乘客来说,最好不要让他们感到不自在。如果他们在二等舱内自行举办聚会,也许会玩得更尽兴。另一方面,没有人想伤害他们的感情,当然,如今人们需要变得更民主(这一说法是为了回应一位曾到过中国传教的传教士夫人,她声称搭乘英国铁行轮船公司邮轮三十五年来,从没听说过二等舱乘客受邀参加头等舱社交舞会),即使他们可能玩得不尽兴,也很可能会愿意参加。看来,不可避免地需要投票决定,加拉格尔先生不情愿地从牌桌上起身。领事想听听他的意见,因为他带了种植园里的一个工人坐二等舱回国。他从沙发上抬起巨大的身躯。

"既然被问到,我只能说:我带了位在种植园打理工具的工人。他是个非常好的人,跟我一样有权利来参加你们的舞会。但是他不会来,因为我准备在圣诞节那天让他敞开喝个够,到了六点,他除了上床睡觉什么都干不了。"

领事杰弗森先生勉强地挤着笑容。由于他的官员身份,大家推选他主持会议,他要求大家严肃对待这件事情。他的口头禅就是:要做就把事情做好。

"照你这么说,"他语气略带不满,"我们会前提出的这个问题对你没什么关系咯。"

"我觉得一点儿关系都没有。"加拉格尔目光灼灼地说。

哈姆林太太笑起来。最后,大家一致商定,表面上邀请二等舱乘客,但私下去船长那里,让他拒绝同意二等舱乘客来头等舱社交厅。圣诞节晚上,哈姆林太太换上晚宴礼服,跟加拉格尔先生同时来到甲板上。

"刚好是鸡尾酒时间,哈姆林太太。"他高兴地说。

"我想来一杯。说实话,我需要喝酒助兴。"

"为什么?"他笑着问道。

哈姆林太太觉得他笑起来很迷人,可她并不想回答他的问题。

"我那天早上告诉过你。"她打趣道,"我四十了。"

"我可没见过哪个女人那么爱提自己的年龄。"

两人步入社交厅,爱尔兰男人给她要了杯干马天尼,自己点了杯普通鸡尾酒。他在东方待得太久,只喜欢喝这种酒。

"你一直在打嗝。"哈姆林太太说。

"是的,打了整整一下午。"他应声说道,"真是奇怪,打从一离开陆地,就开始打嗝。"

"保证吃过晚饭就会好。"

两人一起举杯,第二次铃声响起,他们转移到餐厅。

"你不玩桥牌吗?"两人分开时,加拉格尔问。

"不玩。"

哈姆林太太没有留意,她接下来两三天都没再见到加拉格尔。她沉浸在自己的情绪中。正做着针线活儿,万千思绪突然袭来;她想借读小说忘记这顽固的思绪,但它们依然挥之不去。她本以为,当轮船带她远离伤心地,心中的痛苦能稍有缓解。而事实恰恰相反,随着客轮日益驶近英国,她的忧伤与日俱增。想到未来迎接她的悲凉、寂寥的生活,她心情沉重。心意沉沉地想着令她畏惧的惨淡未来,忽而,她再次回想起自己下定决心逃避的生活。做决定前,她已经无数次想到过未来的情形了。

她结婚二十年。二十年很漫长,她当然不会奢望丈夫依然疯狂地爱着自己。当然,自己也不会继续疯狂地爱着他。可他们仍然是好朋友,彼此理解。他们的婚姻,跟所有的其他婚姻一样,在外人看来非常成功。突然,她发现丈夫爱上了别人。如果丈夫只是跟人打情骂俏,她也不会有太大反应。他以前风流韵事不少,她还常拿来开玩笑。他也并不介意,只当作是对自己的恭维,谈起那些逢场作戏的暧昧,两人还会一起大笑。但这次情况不同。他像毛头小伙子一样坠入爱河。他已经五十二岁了。这太荒唐,太丢人了。爱得失去理智、无所顾忌。等到残酷的现实摆在她面前,事情已经在横滨的外国人圈子中传开了。一开始,她又惊又怒,觉得他根本不可能干这种傻事。如果对方是个年轻姑娘,她想说服自己理解他,原谅他。男人到了中年,经常会在放荡轻浮的女孩儿面前犯糊涂,在远东待了二十年后,她知道男人五十是个危险年龄。可他也太荒唐了。他爱上一位比自己太太大八岁的女人。这太可怕了,让她这个做妻子的无地自容。多萝西·拉科姆年近五十。她丈夫跟她认识八年了,拉科姆跟她丈夫一样,在横滨做丝绸生意。多年来,他们每周都会见上三四次面。有一次,两人碰巧在英国相遇,在海边住同一栋房子。但什么事都没发生!一年前,他们之间的关系还没有超越朋友的界限。令人难以置信。当然,曾几何时,多萝西模样俊俏,身材诱人,丰满而又标致,黑色的大眼睛,红润的嘴唇,美丽的秀发。可这都是多少年前的事了。现在她四十八了呀。四十八岁!

哈姆林太太立即跟丈夫摊牌。一开始,他赌咒发誓说这压根就是没影儿的事,但她手里握有证据。他渐渐败下阵来,证据确凿,无可抵赖。他接下来的话令她震惊。

“你为什么要在乎那件事?”他问。

她气得发疯。她言辞愤怒讥讽。她牙尖口利,一腔悲痛化作口无遮拦的恶语相向。他一声不吭地听着。

“我们结婚二十年来，我并不是一个很差劲的丈夫。我们一直相处得非常友好。我很爱你，这一点丝毫没有改变。我没有从你身上拿走半点儿东西，用在多萝西身上。”

“我有什么做得令你不满意的地方？”

“没有。没人能娶到更好的妻子。”

“你如此残忍地对待我，怎么还好意思说出这样的话？”

“我不想对你残忍。可我情非得已。”

“那你到底为什么爱上她？”

“我怎么知道？你不会觉得我是故意要背叛你吧？”

“你难道不能克制自己吗？”

“我试过。我想我跟她都尝试过，可是没用。”

“瞧你说话，好像你们还是二十岁的年轻人。你们都是中年人啦。她可比我大八岁呀。这让我看起来像个傻瓜。”

他没有答话。她不知道心中是什么滋味。到底是如鲠在喉的嫉妒，抑或是愤怒，还是自尊心饱受创伤？

“我不会任由这件事继续下去。如果只牵扯到你和她的话，我会跟你离婚。但是还有她的丈夫，还有孩子。天哪，你难道没想过如果她生的是女儿，如今已经到了做外婆的年纪？”

“很有可能。”

“谢天谢地，我们没有孩子！”

他温柔地伸出手，想要抚摸她，但她恐惧地避开了。

“你让我成为所有朋友的笑柄。为了我们的名声，我会守口如瓶，但条件是一切必须停止，立即停止，永远停止。”

他低着头，若有所思地拨弄桌上的日本小摆设。

“我会将你说的话转告多萝西。”他最后说。

她略微点点头,一声不响地从他身边走出房间。她怒不可遏,没有发现自己已经有些歇斯底里。

她等着他告诉自己,他跟多萝西·拉科姆商量的结果,可他再也没提这件事。他一声不响,彬彬有礼,什么话也不说。最后,她只能主动问他。

“你忘了我之前跟你说的话吗?”她质问道,语气冷淡。

“没忘。我跟多萝西谈过。她想让我转告你,她很抱歉给你带来这么多痛苦。她想来见你,但又怕你不高兴。”

“你们商量的结果是什么?”

他犹疑片刻。表情严肃,抖着声音告诉她:“恐怕许个空诺言也没什么意义。”

“很好。”她接口说道。

“我想,我得告诉你,如果你要起诉离婚,我们会做出辩驳。你会发现很难找到必要的举证,你会输掉官司。”

“我没想起诉离婚。我会回英国咨询律师。如今,这类事情处理起来非常容易。我希望你高抬贵手,还我自由,不用把多萝西·拉科姆扯进来。”

他叹口气。

“这确实是一团糟,不是吗?只要你不跟我离婚,我会竭尽所能,满足你的一切愿望。”

“你到底想让我怎么样?”她哭喊道,怒火再次燃起,“你想让我像个傻瓜一样无动于衷吗?”

“我真抱歉让你受委屈。”他眼神疲倦,“我相信,我们都不想爱上对方。我们都很清楚自己的年龄。就像你说的,多萝西已经到了当外婆的年龄,而我已经五十二岁,一个秃顶、肥胖的糟老头儿。二十岁时恋爱,你相信爱情天长地久,到了五十岁,你对生活和爱情认识更加深刻,你知道这只是昙花一现。"他声音低沉、令人同情。仿佛他脑海里幻想出忧伤的秋天景象,枯叶凋零。他表情严肃地看着她:"到了这个年纪,你觉得反复无常的命运恩赐的幸福机会不容错过。不出五年,甚至不出六个月,可能一切都会结束。人生单调晦暗,幸福弥足珍贵。人生难免一死。"

一贯客观、实际的丈夫用她完全陌生的口吻吐露心声,令她无比痛苦。他的性格里突然多了这些愁闷和悲伤,这一点她毫无察觉。二十年共同生活无法影响他的决定,面对他的决心,她唯剩无助,别无选择只能离开。她决心跟他离婚(她曾以此要挟),踏上返回英国的航程。

阳光照射下的大海,水平如镜,宛若逼她无处容身的生活一样空洞而充满险恶。三天来,没有别的船只驶进这片寂寥的海域。跃起的飞鱼不时打破平静的海面。天气炎热,连精力旺盛的乘客也停止在甲板上游戏,午饭后没有进船舱休息的乘客坐在椅子上。林赛尔漫步走到她身边坐下。

"你太太呢?"哈姆林太太问道。

"不知道。应该在别的什么地方。"

他对太太行踪的漠不关心令她恼怒。难道他没看见自己的妻子跟外科医生关系暧昧?没几年之前,相信他是在意的。他们的婚姻充满浪漫色彩。林赛尔太太还没毕业,他也还刚刚成年,两人就订了婚。他们一定是漂亮、般配的一对,他们的青春和爱情一定感人至深。可现在,没过多少年,他们已经彼此厌倦。真是令人心碎。她自己的丈夫何尝不是这样?

"我猜你回国之后准备在伦敦定居吧?"林赛尔随口问道。

"应该吧。"哈姆林太太敷衍道。

她始终无法面对无处可去的现实，世上已无人关心她到底住在什么地方。不知为何，她居然联想起加拉格尔。她真羡慕他急切回国的心情。想到他任由想象驰骋，描绘即将入住的房子，迎娶的太太，她深受感动，却也觉得好笑。她在横滨的朋友私下里都非常赞赏她跟丈夫离婚的决心，安慰她说一定会再找到合适的人结婚的。她不想再次走进曾经令她如此沮丧的婚姻。再者，向四十岁的女人求婚，多数男人都会三思而行。加拉格尔都还憧憬着娶个身材丰满的年轻女人。

"加拉格尔在哪儿？"她问窝囊的林赛尔，"我有两天没见到他了。"

"你不知道吗？他病了。"

"可怜的家伙。得了什么病？"

"打嗝。"

哈姆林太太笑起来。

"打嗝也算病吗？"

"医生急得焦头烂额。各种办法都试过，就是止不住。"

"那倒真是蹊跷。"

不过，她没太把这事放心里。第二天上午，她碰巧遇见医生，顺便问了问加拉格尔先生的情况。发现医生稚气、阳光的脸庞黯淡、凝重下来，她吃了一惊。

"恐怕情况不妙，可怜的人。"

"打嗝居然这么难治？"她惊讶得提高了声音。

说实在的，打嗝这种不适反应，确实很难让人当回事。

"你瞧，他什么都吃不进，也睡不着，身体迅速垮掉。能想到的办法都试过了。"他迟迟疑疑地说，"要是不能止住打嗝，真不知道会出什么大事。"

哈姆林太太十分震惊。

“可是，他身强体壮，看起来活力四射呢。”

“我真希望你看看他现在的样子。”

“我能跟你一起去看他吗？”

“走吧。”

加拉格尔已经从船舱转移到客轮诊室。他们刚一靠近，就听到一声响亮的打嗝声。可能是由于未加节制，嗝声听着令人想发笑。加拉格尔的情形令哈姆林太太非常震惊。他消瘦得吓人，脖子上的皮肤松垮地耷拉着。黝黑的皮肤下面，面无血色。曾经总是笑盈盈的眼睛，满是憔悴和痛苦。伴随着打嗝，他硕大的身躯不停颤抖，打嗝声听着不再令人好笑。哈姆林太太莫名地觉得那声音让人毛骨悚然。看见她走进来，加拉格尔冲她笑笑。

“看到你这样，真为你难过。”她说。

“你知道，死不了的。”他喘口气，“到了爱尔兰的绿色海岸，一上岸就会好的。”

他身边坐着一个男人。哈姆林太太跟医生进来时，男人站起身。

“这是普赖斯先生，”医生介绍，“他负责打理加拉格尔先生橡胶园里的工具。”

哈姆林太太点点头。这就是之前讨论圣诞节晚会方案时加拉格尔提到的二等舱乘客。他个头不高，但身体结实，面容粗犷和蔼，充满自信。

“回英国高兴吗？”哈姆林太太问道。

“当然高兴，夫人。”他回答说。

哈姆林太太从这几个字的腔调听得出来，他是伦敦人，属于乐观开朗、通情达理、和蔼可亲、无忧无虑的类型，她从心底开始喜欢他。

“不是爱尔兰人吧?”她笑着问。

“不是，小姐。我家在伦敦，实话跟您说，我太想回去啦。”

哈姆林太太从来不觉得别人称她小姐有什么不妥。

“噢，先生，我要走了。”他对加拉格尔说，一边做出手势，似乎想要摘帽子致敬，可他没戴帽子。

哈姆林太太询问了病人有没有需要帮忙的地方，待了几分钟，就跟医生一起离开了。小个子伦敦人在门外等着。

“能占用您一两分钟吗，小姐?”他问道。

“当然可以。”

诊疗室位于船尾，他们靠栏杆站立，下面井型甲板上歇班的印度水手和服务员在舱口盖处晃悠。

“我不知道到底该如何开口。”普莱斯犹豫地说，活泼而布满皱纹的脸上出奇地换上了严肃表情，“我跟随加拉格尔先生四年了，从没遇到过像他这么好的人。”

他又犹豫了一下。

“我也不想，可那是事实。”

“你不想什么?”

“既然你问，我就跟你说说，医生压根就不懂。我告诉过医生，但他压根就不相信我的话。”

“你也别太消沉，普赖斯先生。医生确实年轻，但他人非常聪明，你也知道，还从来没听说过谁打嗝死掉的。我确信，加拉格尔先生过一两天就会好起来。”

“你知道他什么时候开始打嗝吗? 陆地一消失就开始了。那女人诅咒说让他永远看不见祖国。”

哈姆林太太转身看着他。她比他足足高了三英寸。

“什么意思?”

“我认为,他被人施了诅咒,如果你明白我的意思的话。药对他不会有用。你没有我了解马来女人。”

好一阵子,哈姆林太太震惊得说不出话来。终于,她耸耸肩,笑了出来。

“普赖斯先生,那些都是无稽之谈。”

“我告诉医生,他跟你说的一样。但请你记住我的话,我们还没见着陆地,他就会死。”

这个男人表情严肃,哈姆林太太有些不安,情不自禁受到触动。

“为什么有人要诅咒加拉格尔先生?”她追问。

“这事对女士讲有点儿尴尬。”

“快告诉我吧。”

普赖斯一脸尴尬,要是换个场合,哈姆林太太看了肯定会忍俊不禁。

“加拉格尔在内地生活了很长时间,您知道,内地生活非常孤单,你知道我的意思吧,小姐。”

“我已经结婚二十年了。”她笑着回答。

“对不起,夫人。实际情况是这样,他一直跟一个马来女人同居。我不知道同居了多长时间,我猜有十年或十二年吧。当他下定决心回国定居时,那女人什么都没说,一动不动地坐在那里。加拉格尔以为她会闹个没完,可她没有。当然,他供养她,给她一栋小房子,安排每个月支付她的花销。他并不吝啬,要我说的话。那女人知道他会离开一段时间,既没有哭也没闹。等加拉格尔将自己的所有东西打包寄走时,她坐在那里看着。当加拉格尔将家具卖给中国佬,她还是一言不发。她想要什么,加拉格尔都会给她。到了赶轮船的时间,她还坐在平房前的台阶上,知道吗,呆呆地看着,一言不发。加拉格尔想跟她说再见,这本是很正常的事情,可你知道吗?她一动不动。'你不想跟我说再见吗?'加拉格尔问。她脸上露出难得一见的滑稽表情。知道她说什么吗?'你走。'她说。他们这些本地人说话很滑稽,跟我们不一样,'你走,'她说,'但是我告诉你,你永远回不到你的祖国。等陆地从地平线消失,死亡就会降临在你身上,在你再次见到陆地之前,死神就会将你吞噬。'听了那番话,我吓了一跳。"

"加拉格尔先生怎么说?"哈姆林太太问。

"噢,嗨,你知道他这个人。他只是笑笑。'祝你永远开心、幸福。'他说着跳进汽车,我们就离开了。"

哈姆林太太仿佛看见橡胶园里洒满阳光的道路,园里树木整齐排列、绿意盎然、万籁俱寂,道路蜿蜒爬上山丘,又向下穿过杂乱的丛林。一位莽撞的马来司机驾着汽车,载着白人乘客一路飞驰,经过道路两旁幽静的椰树丛中掩映的房屋,穿过繁忙的村庄,村庄集市上挤满皮肤黝黑、个头矮小、身穿纱笼的农民。傍晚时分,汽车抵达整洁的现代城市,这里有俱乐部和高尔夫球场,有秩序井然的招待所,有白人,有火车站。两人将从这里搭火车去新加坡。在新的经营者到来前,平房会一直空着。女人坐在平房前的台阶上,望着汽车在道路上喷着尾气,望着汽车加速,最终消失在夜色之中。

"那女人长什么样?"哈姆林太太问道。

"噢,呃,在我看来,马来女人长得都差不多。"普赖斯回答说,"当然,她已经不再年轻,你知道他们本地人,胖得吓人。"

“胖?”

奇怪得很,想到这一点,哈姆林太太有些不耐烦。

“加拉格尔先生一贯养尊处优,如果你明白我的意思的话。”

想到那个女人很肥,哈姆林太太立即回过神来。她对自己有些生气,因为有那么一瞬,她似乎接受这个矮个子伦敦人的说法。

“这很荒谬,普赖斯先生。胖女人无法对千万里之外的人施咒。事实上,生活对肥胖女人而言非常艰难。”

“你可以认为好笑,小姐,但如果不采取措施,你记住我的话好了,老爷肯定会出事。药救不了他的命,白人的药不管用。”

“普赖斯先生,理智一点吧。那位马来胖女人对加拉格尔先生没有什么特别的怨愤。在远东这种事情也不新鲜,加拉格尔先生对她已经很大方啦。她为什么要诅咒他?”

“我们不会懂他们那些人心里都想些什么。一个人可以在那里跟一个当地人生活二十年,你觉得他知道那女人黑暗的心里想什么吗?他不知道!”

他虽然言辞夸张,可感情真挚,她笑不出来。她只知道,男人,不管是黄种人、白种人还是棕色人种,都心思叵测。

“可即便那女人生他的气,即便她恨他,想杀了他,她如何办得到?”奇怪的是,哈姆林太太没有意识到,她的这些问题其实是在宽慰自己,“没有哪种毒药在六七天后才开始发作。”

“我没说是毒药。”

“抱歉,普赖斯先生,”她笑着说,“你知道,我可不相信魔咒之类的说辞。”

“你在远东生活过吗?”

“断断续续生活了二十年。”

“好吧,要是你说得清他们能做什么,不能做什么,那我甘拜下风。”他握紧拳头,突然义愤填膺地在栏杆上猛砸了一下,“我讨厌这个该死的国家。总是让人紧张兮兮,事实就是这样。我们白人不是他们的对手,事实就是如此。如果你不介意,我想去喝一杯。我有点情绪激动。”

他突然点点头,走开了。哈姆林太太看着这个身穿破旧卡其布、矮小结实的家伙快速离开她,走到船中央,低头从那儿穿过,钻进二等舱酒吧间。不知为何他的话让她隐隐觉得不安。她脑海里的影子挥之不去:那个身材肥胖、上了年纪的女人,身穿纱笼和彩色上衣,戴着金饰,坐在平房前面的台阶上,望着空荡荡的道路。她的脸上搽了粉,硕大的眼睛干枯、无神。坐在车里的男人仿佛放假回家的学生。加拉格尔如释重负般长舒一口气。清晨,晴朗的天空下,他心情欢畅。未来仿佛阳光大道,蜿蜒穿梭在广袤无垠、树木葱茏的平原上。

当天晚些时候,哈姆林太太向医生打听加拉格尔先生的情况。医生摇摇头。

“我尽力了。我已经无计可施。”他不开心地皱起眉头,“真是倒霉,遇上这种病。在国内这种事都很糟糕,更何况在船上……”

医生是爱丁堡人,最近刚刚获得从医资格,这次出门是乘船度假,准备安顿下来行医。他心情烦闷。原本打算尽情享受一段美好时光,却遇上这种怪病,他着急得要命。他经验固然不足,但已经竭尽所能,乘客们觉得他是个没用的白痴,这让他十分气愤。

“你知道普赖斯先生怎么说吗?”哈姆林太太问道。

“我从不听信这种胡话。我告诉船长,船长不置可否。他不愿意让人传谣,担心会让船上的乘客不安。”

“我一定不会传播谣言。”

医生目光犀利地看着她。

“你肯定不会认为这样的胡说八道有什么道理吧?”他问。

“当然不会。”她看着大海,身旁是一望无垠的湛蓝、平静的海面,“我在东方住了很久,”她说,“那里会发生稀奇古怪的事情。”

“真让我烦心。”医生说。

他们身旁,两个身材矮小的日本男人正在甲板上玩掷绳圈游戏。他们穿着整洁干净的网球衫,白裤子,粗布鞋。看起来很像欧洲人,他们甚至用英语报分数,看着他们,哈姆林太太心情更加不安起来。这些人擅于伪装,让人觉得有些险恶。她心里忐忑不安。

不知怎的,加拉格尔被人施了诅咒的说法很快在船上传播开来。女人们坐在甲板椅子上缝制圣诞节化装舞会上穿的服装时,小声议论;男人们在吸烟室里喝鸡尾酒时也在谈论。很多乘客都在东方待了多年,凭着模糊不清的记忆,他们讲述很多怪异和无法解释的故事。当然,如果当真以为加拉格尔先生是受人诅咒的话,那肯定很荒谬,这种事不可能发生,可事实摆在面前,没人能够解释。医生只得承认,他无法解释加拉格尔病情的起因,只能给出生理学上的解释,至于病人为何突然遭受痉挛的困扰他也不得而知。隐约感觉到人们会指责他,他开始为自己辩护。

“这种情况,即便行医一辈子可能都遇不上。”他说,“这是霉运。”

他通过无线电跟往来船只沟通，四处打听治疗的建议。

“他们跟我说的各种办法我都试了。”他愤愤地说，“日本船上的医生建议使用肾上腺素。在茫茫印度洋中，我到哪里去弄肾上腺素？”

想到客轮行驶在苍凉的大海上，哈姆林太太心里有种莫名的感觉，各种情绪袭上心头。她突然感到自己被弃置在世界的中央，无比孤独。在诊疗室里，加拉格尔先生经受无情的痉挛折磨，奄奄一息。随后，乘客们发现轮船改变了航线，他们听说船长已经决定在亚丁湾靠岸。加拉格尔先生将被抬下船，送进医院，在医院里接受船上无法提供的治疗。轮机长接到命令，开足马力前进。这是艘老船，引擎正拼尽全力震动。乘客们渐渐习惯了轮船马达的轰鸣和震动，越来越大的震动击打着每个人的神经。马达声刺激着大家，船上每个人都忧心忡忡。浩瀚无边的海面上没有任何其他船只，他们似乎穿行在空寂的世界里。现在，船上笼罩着不安情绪，尽管没人愿意承认，但确实让人感到不适。乘客们变得焦躁起来，为了鸡毛蒜皮的小事争吵不休，若是换个场合，这些事肯定都算不上什么。杰弗森先生讲他那些老掉牙的笑话，但是听完没人发笑。林赛尔夫妇吵架了，有人听到林赛尔太太深夜跟丈夫在甲板上散步，压抑着声音怒斥丈夫。一天晚上，吸烟室里玩桥牌时发生了暴力的一幕，最后总算和解。人们不太谈论加拉格尔，但他的影子在人们的脑海中挥之不去。人们查看航线地图。医生说，加拉格尔最多还能活三四天时间，人们激烈地讨论到达亚丁湾的最短时间。将他抬下船之后的事情跟他们无关，但他们不想让他死在船上。

哈姆林太太每天都去探望加拉格尔。在热带地区，春天的雨后，你似乎能看到草本植物在你眼前疯长，哈姆林太太眼睁睁地看着加拉格尔身体一天天垮掉。他的皮肤松软地耷拉在骨头上,双下巴变成了火鸡充满褶皱的肉垂,脸颊深深凹陷。现在,透过他身上盖的床单,能看清他骨骼的大小,他的身体仿佛史前巨兽的骨架。多数时间,他闭目休息,用了吗啡,他整个人无精打采,身体依然在严重的痉挛中颤抖。偶尔睁开眼睛,眼睛大得出奇。眼睛从深深凹陷的眼眶中模糊地看着你,充满困惑和痛苦。他从昏迷中醒来,认出哈姆林太太,勉强笑了笑。

"你怎么样,加拉格尔先生?"她问。

"还好,还好。离开这闷热的地方我就会好起来。天哪,我多想跳进大西洋。真想不惜一切代价,痛痛快快游个泳。我想感受一下戈尔韦寒冷的灰色海水在我胸前激打。"

接着,打嗝让他浑身颤抖起来。普赖斯先生和一位女服务员轮番照顾他。小个子伦敦人脸上粗犷的快乐神情荡然无存,取而代之的是闷闷不乐的表情。

"船长昨天派人去找我,"身边没有别人时,他告诉哈姆林太太,"他跟我进行了不同寻常的谈话。"

"谈些什么?"

"他说他不想听到这些不祥的东西。他说乘客被吓到了,我最好小心我的舌头,否则他会找我算账。这不是我的错。除了你和医生我谁都没说一个字。"

"现在整艘船上的人都知道。"

"我知道。你觉得只有我一个人说吗?所有这些印度水手和中国人,他们都知道加拉格尔先生是怎么回事。你觉得你能管得住他们吗?他们知道这不是普通的病。"

哈姆林太太没说话。她从船上一些乘客的女佣那里得知,除了白人之外,船上所有的人都怀疑,加拉格尔遗弃在偏远马来联邦南区的女人在施魔咒要他的命。所有的人都相信，一见到阿拉伯半岛荒凉的岛礁，他的灵魂就会出窍。

“船长说，一旦他听说我在捣鬼，就把我锁进船舱，直到航行结束。”普赖斯布满皱纹的脸上突然眉头紧锁。

“捣鬼是什么意思？”

他恶狠狠地看了她一会儿，仿佛除了憎恨船长，她也成了被憎恨的对象。

“医生什么法子都试过了，他还到处用无线电联系，结果有什么用?！你说。难道看不出病人快死了吗？现在只有一个办法能救得了他。”

“什么意思？”

“既然魔咒要他的命，就只有魔咒能救得了他。噢，别说这是无稽之谈。我亲眼见过。”他抬高嗓门，急躁而刺耳，“我见过有人被从鬼门关里拉了回来。人们给他请来一位‘巴万’（我们叫巫师）施法术。告诉你，我亲眼所见。”

哈姆林太太没有说话。普赖斯探寻地看着她。

“船上有位印度水手就是巫师，跟我们在马来联邦请的‘巴万’一样。他说他能治好。不过他需要一只活的动物。公鸡就行。”

“要活的动物做什么用？”哈姆林太太略蹙眉头说道。

伦敦人立刻充满怀疑地看着她。

“如果你听我的建议，就什么都别问。但是我告诉你，我要不惜一切代价挽救老爷。如果船长知道了，把我锁进船舱，那也只能随他去。”

正说着话，林赛尔太太走过来，普赖斯用古怪的姿势敬个礼走开了。林赛尔太太想让哈姆林太太给她的化装舞会裙子裁剪一下。进船舱的途中，她焦急地说，加拉格尔先生有可能会死在圣诞节当天。果真如此，舞会只能取消。她跟医生说，要是发生这种事，她再也不会理他，医生真诚地向她保证，他会想尽一切办法让他活过圣诞节。

"这对他也更加仁慈。"林赛尔太太说。

"对谁？"哈姆林太太问道。

"可怜的加拉格尔。当然，没有谁想死在圣诞节。对吧？"

"我不知道。"哈姆林太太说。

当天夜里，睡了不大一会儿，哈姆林太太哭醒过来。她居然会在梦中哭泣，这让她沮丧不已，仿佛人性的弱点已经将她掌控，她的意志被彻底摧毁，无力抵抗自然的悲伤。跟从前一样，她在脑海里反复思考令她备受打击的灾难细节，一遍一遍地回想她跟丈夫的对话，责备自己不该像那样跟他说话。她真诚地希望她对丈夫的一时糊涂浑然不知，她扪心自问，面对这个令人不快的事实，如果放下自尊，睁一只眼闭一只眼会不会更明智。她是个饱经世故的女人，她非常清楚，离开丈夫她失去的远不止爱情。她失去了安全的容身之所，失去了稳定的社会地位，失去了殷实的资产，也失去了公认的后台。她认识很多跟丈夫分居的太太，依靠微薄的收入过着风雨飘摇的生活，她知道，朋友很快就会厌倦她们。她很孤独，仿佛在荒无人烟的大海上颠簸前行的轮船，又像奄奄一息躺在船舱里的孤身病人。现在，哈姆林太太知道这些思虑已经让她完全清醒，只怕很难再度入睡。她的船舱非常闷热。她看看时间，还不到四点半，还得再熬上漫长的两个小时才能天亮。

她穿上和服式睡衣，走上甲板。黑夜阴沉，尽管天空没有云层，还是看不见星星。老船喘息摇晃着，在黑暗中隆隆地全速前行。海面出奇地宁静。哈姆林太太光着脚,在空无一人的甲板上摸索着往前走。

周围一片漆黑,什么都看不见。她来到上层甲板尽头,靠在栏杆上。突然,她吃了一惊,凝神望去,只见下层甲板上有一丝断断续续的光亮。她小心翼翼地向前探出身体。是一小团火,她只看到闪光,因为几个男人光着背簇拥在一起,将火焰围挡起来。她看不清楚,但她猜想,这群人里,有个身材壮实、穿睡衣的男人,不用看她就知道。除了一个欧洲人,余下的都是本地人。肯定是普赖斯,她立刻猜出来,他们正在施行神秘的驱魔仪式。她竖起耳朵,听到一个低低的声音念叨着一串神秘的咒语。她浑身开始颤抖。她知道,这些人过于专注自己的仪式,没想到会有人偷窥,她一动也不敢动。突然,公鸡的啼叫划破宁静的夜空,仿佛一块丝绸被猛地撕成两片。哈姆林太太差点失声叫出来。普赖斯先生正准备通过祭祀东方的奇异神灵挽救他朋友和主人的性命。之后,这群围拢的人动了一下,发生了什么事情,她没有看到。公鸡愤怒而恐惧地发出咯咯咯咯的声音。之后是奇怪的、难以摹写的声响。巫师切断公鸡的脖子。随后,周遭一片寂静。接下来的举动她完全看不明白,过了一小会儿,似乎有人将火踩熄。她隐约看到人影消失在夜色中,一切又恢复平静。她又听到轮船马达规律的震动声。

哈姆林太太受到巨大的惊骇,呆呆地站立良久,然后沿着甲板慢慢走开。她找到一张椅子,躺了下去,身体不停地颤抖。她大致能够猜出刚才发生的事情。她不知道自己在椅子上躺了多久,最后感觉黎明即将来临。天还没亮,夜晚已经过去。黑暗的天空中,能依稀分辨出轮船的栏杆。突然,她看到一个人影朝她走来。是个男人,穿着睡衣。

“谁?”她紧张地喊道。

“是我,医生。”一个和蔼的声音答道。

“哦!这么早你在这里干什么?”

“我刚从加拉格尔那里出来。”他在她身旁坐下,点支烟,“我给他打了一针,他现在安静了。”

“他情况很严重吗?”

“我刚才都以为他马上要死了。我正在看护他,他突然从床上坐起来,开始说马来语。当然,我什么都没听懂。他不断重复一个词。”

“或许是个名字,是个女人的名字。”

“他想要下床。都病了这么多天了,他居然力气还非常大。天哪,我跟他拉扯了好一阵。我担心他会跳船。看他的样子像是有人在叫他。”

“什么时候的事?”哈姆林太太缓声问道。

“四点到四点半之间吧。怎么了?”

“没怎么。”

她打了个冷战。

上午,当船上的生活进入正常节奏,哈姆林太太在甲板上遇见了普赖斯。但他只简单地问候了一声,就迅速将眼神移开,继续往前走。他看起来疲惫不堪,紧张兮兮。哈姆林太太又想起那个肥胖女人,浓密的黑色头发上戴着金饰,坐在空无一人的平房前面,望着穿过橡胶园的空无一人的道路。

天气热得怕人。现在,她知道为什么昨晚的夜色那么阴沉。天空不再湛蓝,变成死寂的苍白,没有半点云彩,热气像棺布一样笼罩在高空。没有风,大海跟天空同样苍茫,海面平静,像染缸里的染料一般闪着光芒。乘客们无精打采。在甲板上走动一圈，就会气喘吁吁，额头缀满汗珠。大家低声聊天。神秘而令人不安的事情在船上酝酿，谁都笑不出来。人们心里涌起愤恨。他们健康完好，仅仅是因为有人要死了（其实这跟他们没什么关系），他们就莫名其妙受到影响，这让他们气愤不已。一个种植园主在吸烟室里喝酒时冷酷地说出了多数人的心声——尽管他们没有承认：

"哎，如果他要蹬腿，"他说，"我希望他干脆利落，快点结束。想想都让人毛骨悚然。"

白天的时间过得很慢。哈姆林太太很高兴晚餐时间终于到来。无论如何，这一天总算熬过去了。她跟医生坐在一桌。

"我们什么时候抵达亚丁湾？"她问。

"明天吧。船长说明天早上五六点钟能看到陆地。"

她目光犀利地看了他一眼。他盯着她看了一会儿，低下头，涨红了脸。他想起那个女人，坐在平房台阶上的那个胖女人，她曾经说过加拉格尔永远也见不到陆地。哈姆林太太在想，这个不迷信的年轻医生，最终是否也动摇了。他略皱眉头，仿佛想努力振作起来。他再次望着她：

"我跟你说，我非常愿意将病人交给亚丁湾的医院。"他说。

第二天就是圣诞节前夕。哈姆林太太睡得不好，起床时天已放亮。她从舷窗往外看，晴朗的天空呈鱼肚白色，夜晚的雾气已经散尽，清晨的海面景色壮观。她心情愉快地走上甲板，一直走到尽头。地平线上，晚星无力地闪烁着。海面闪闪发光，如同流连的微风用手指淘气地撩动海水。光线格外柔和，仿佛春天初露头角的树芽般绵软细长，又像山间潺潺溪流般晶莹剔透。她转过脸，看着彤红的朝阳从东方冉冉升起，看到医生朝她走来。他穿着白大褂，整晚都没有合眼。他头发凌乱，走路时弓着肩膀，精疲力竭。她立刻明白，加拉格尔死了。医生走到她面前时，她看到他在流泪。他看起来很年轻，她开始同情他。她握住他的手。

“可怜的孩子，”她说，“你累坏了。”

“我尽力了，”他说，“我真想救他的命。”

他声音颤抖，她看到他近乎疯狂。

“什么时候死的？”她问。

他闭上眼睛，努力控制自己，嘴唇颤抖着。

“几分钟前。”

哈姆林太太叹了口气。她不知该说什么。她的眼睛扫视平静、永恒的海面。四周的大海，跟人的忧伤一样浩瀚无垠。突然间，她的眼睛停住，在他们正前方，地平线上出现了类似悬崖一样的巨大云团。外形尖锐，不可能是云团。她碰碰医生的胳膊。

“那是什么？”

他观察片刻，她留意到他黝黑的皮肤底下，脸色变得惨白。

“陆地。”

哈姆林太太再次想起那个肥胖的马来女人，安静地坐在加拉格尔平房前的台阶上。这一切，她知道吗？

太阳高高升起，船上为加拉格尔举行了葬礼。人们站在下层甲板和舱口盖上，有头等舱和二等舱乘客，有白人服务员和欧洲官员。传教士宣读了葬礼祷词。

> 他，母亲的儿子，生命短暂，充满苦痛。他，如同鲜花，来到世间，途遭刈除。他，如同影像，倏忽飘逝，从不停留。

普赖斯眉头紧锁，看着甲板，牙关紧咬。他不觉得伤心，因为心里充满愤怒。医生和领事并肩站立。领事脸上一副官员例行哀悼时的神情，医生的脸刮得很干净，一身整洁干净的制服和金色饰带，脸色惨白憔悴。哈姆林太太的眼睛从医生身上转移到林赛尔太太身上。林赛尔太太紧紧靠在丈夫身上，啜泣着，她丈夫则温柔地握着她的手。不知为何，这一幕令哈姆林太太格外感动。在这个悲痛的时刻，这个心烦意乱的小女人，本能地寻求丈夫的保护和支持。哈姆林太太突然感到一阵战栗，她眼睛直勾勾地盯着甲板接缝，她不想看到接下来的一幕。朗诵停顿片刻。甲板上一阵骚动。主持仪式的官员一声令下。传教士的声音继续：

> 万能的主，请用悲悯与仁慈，接引我们亲爱的兄弟，我们将他的身体安放在大海深处，消逝的身体，为他带来灵魂的永生。

哈姆林太太感到热泪顺着脸颊流淌。一声沉闷的水花溅起的声音。传教士的声音仍在继续。

葬礼仪式结束后，乘客们纷纷散去。二等舱乘客返回自己的住处。铃声响起，到了吃午饭的时间。头等舱乘客仍在上层甲板上游荡。多数男客都进了吸烟室，喝威士忌、苏打水和鸡尾酒提神。领事在餐厅外面的木板上张贴通知，召集乘客开会。多数人都知道开会的用意，到了约定时间，大家聚拢起来。一个星期以来，大家从未如此开心。之前，大家心照不宣，彼此克制，如今聊得格外快活。领事戴着单片眼镜，向大家宣布召集大家开会的目的是商讨第二天即将举行的化装舞会。他知道大家都对加拉格尔深表同情，他本想提议联名给逝者家属写一封吊唁信。但是，客轮事务长检查过死者的文件，没能找到他与亲戚朋友的任何联系，写信只得作罢。已故的加拉格尔先生似乎在这个世上孤身一人。此外,领事还冒昧向医生致以诚挚的慰问,他相信,医生已经竭尽全力。

“没错,没错。”乘客们喊道。

领事接着往下说,大家度过了一段非常艰难的时光,有人建议,为了表示对死者的尊重,最好将化装舞会推迟到新年前夜。但是,他坦率地对大家讲,他不同意这样的做法,他相信加拉格尔先生也不希望这样。当然,这个问题还得听听多数人的意见。医生站起来感谢领事和船上的所有旅客,感谢他们富有同情的话语,这段时间的确难熬,但船长请他转告大家,船长希望所有的活动在圣诞节如期举行,权当什么都没有发生。医生私下里告诉大家,船长觉得大家心情都很紧张,在圣诞节尽情玩乐对每个人都有好处。后来,传教士的妻子站起身说,大家不能只想着自己,娱乐委员会已经安排,头等舱的晚宴结束之后,会为孩子们准备圣诞树,孩子们期待已久,希望看到大家穿上化装服。让这些孩子失望未免太狠心。她对逝者的尊敬不亚于任何一个人,对于那些伤心欲绝、无心跳舞的人,她表示理解,但她觉得悲伤对大家毫无益处,一味悲伤是自私的做法。大家还是多为孩子们想想吧。这句话给大家留下深刻印象。人们想忘记这些天来一直笼罩在船上的恐惧,他们还活着,他们想尽情欢乐,却又深感不安,认为总该表示出一丝悲恸。如果他们真是出于无私的动机这么做,倒另当别论。领事请大家举手表决,除了哈姆林太太和一位患风湿的老太太之外,大家都急切地举起了手。

“赞成票占多数。”领事宣布,“我祝贺这次会议达成明智决议。”

会议正要解散,一位种植园主站起身说他有个建议。在目前这种情况下,大家不觉得邀请二等舱乘客一起参加很好吗?

他们共同出席了当天上午的葬礼。传教士跳起身表示赞成这个提议。过去几天发生的事情,已经将大家紧密联系在一起,他说,在死亡面前人人平等。领事接着开始发言:这个问题在之前的会议上已经讨论过,也形成了决议,当时认为让二等舱乘客们自行举办晚会能够玩得更开心,可发生了这么多事情之后,他相信那个决定应该推翻。

“没错,没错。”乘客们说。

一种民主的氛围在人群中蔓延开来,这个提议赢得大家一片喝彩。人们兴高采烈地散去,感觉自己变得宽容仁慈。吸烟室里大家相互请酒。

第二天晚上,哈姆林太太换上化装服。她无心参加眼前的幸福聚会,有那么一会儿,她想装病,但知道没人会相信,也担心被别人瞧破心事。她打扮成卡门的样子,虚荣心使然,竭力将自己打扮得妩媚动人。她描黑睫毛,涂红双颊,穿上合身的服装。喇叭响起,她走进大厅,大家赞叹不已。领事(素来幽默)扮成芭蕾舞女郎,引来哄堂大笑。传教士和妻子有些拘谨,但也自得其乐,装扮成华贵的中国满人。林赛尔太太扮成喜剧中的科隆比纳,秀出一双美腿。她的丈夫扮成阿拉伯酋长,医生则扮成一位马来苏丹。

他们募捐了一笔钱,用于购买晚宴用的香槟和丰盛菜肴。大伙儿还准备了圣诞拉炮①,里面装有供乘客们戴的各种造型

---

① 又称圣诞爆竹,是西方人庆祝圣诞时不可或缺的一道风景。据说1850年伦敦的一个糖果小贩制作了第一只圣诞拉炮。现在流行的圣诞拉炮是由硬纸制成的一个筒,形状如同一个特别大的水果糖。两人一人拉一头,纸筒断开时发出小小的爆炸声。拿到大头的人获得其中的小礼物,一般包括一顶皇冠状的纸帽子,一个小玩具,一个写着笑话、谜语或是脑筋急转弯小故事的纸条等。

的纸帽。还准备了大家相互喷洒用的礼花筒,还有小气球,人们满屋子拍着跑。大家笑呀叫呀,欢快极了。不得不说,人们玩得尽情尽兴。晚宴一结束,大家走进社交大厅,烛光照耀的圣诞树巍然耸立,孩子们跟随家长涌进大厅,兴奋得尖叫起来,领取圣诞礼物。随后,舞会正式开始。二等舱乘客羞怯地站在舞池四周,不时相约跳上一曲。

"有他们一起参与,真是令人高兴。"领事一边跟哈姆林太太跳舞一边说,"我非常赞同民主,但也非常能够理解他们不与外界交往的做法。"

哈姆林太太四处没有看到普赖斯,就找了个机会向一位二等舱乘客打听普赖斯的下落。

"他醉得不省人事。"那人回答说,"下午,我们把他抬到床上,把他锁在了隔间里。"

领事邀请她再跳一支舞。他很爱开玩笑。突然,哈姆林太太觉得她再也无法忍受这支业余乐队制造的噪音,再也无法忍受领事的笑话,再也无法忍受舞者们的欢声笑语。不知为什么,这些人在这夜晚和孤寂的海上分享的快乐突然令她感到恐惧。领事松开她时,她赶紧溜走,环顾四周,确保没人看到她,爬过舷梯,走上甲板。甲板上伸手不见五指。她轻轻往前走,远离喧嚣。她听到一声隐约的笑声,在一个隐蔽的角落里看到一位科隆比纳和一位马来苏丹。林赛尔太太和医生继续着被加拉格尔的死打断的调情。

所有这些人已经残忍地忘记他们中间有个可怜的人曾离奇地死去。人们对他没有同情,却有憎恨,因为他令大家感到不安。人们贪婪地享受生活,尽情说笑,打情骂俏,散布流言蜚语。哈姆林太太记得领事曾经说过,在加拉格尔的文件里没有找到信件，没有找到任何一个可以发送死讯的朋友的名字，不知为何，这让她感到不堪忍受的悲哀。一个男人如此孤寂地离开这个世界，真是有些神秘。想起不久前，他在新加坡上船时，还生龙活虎、精力旺盛，对未来信心满满，她顿时感到绝望。葬礼祷词令她心生敬畏："他，母亲的儿子，生命短暂，充满苦痛。他，如同鲜花，来到世间，途遭刈除。……"他年复一年地规划未来，他想踏踏实实地活一回，他有踏踏实实活一回的理由，正当他伸出双手——噢，这太悲哀了。这让世界上其他一切悲痛都显得微不足道。死亡之神秘才是世上最重要的事情。哈姆林太太从栏杆上探身出去，凝望满天星空。人为何要自寻烦恼？让我们为心爱之人离世伤心落泪吧，死亡总是令人恐惧，除此之外，还有什么别的事情值得人们沮丧？还有什么别的事情值得人们怨恨？还有什么别的事情值得让人变得虚荣、无情？她又想起自己，想起丈夫和丈夫莫名其妙爱上的女人。他自己也说过，我们快乐生活的时间很短，我们死去的时间很漫长。她久久地、专注地思考着。突然，仿佛夏日闪电划过暗夜，她无比惊讶地发现：她心里不再怨恨丈夫，不再嫉妒情敌。她的思想深处涌起一种信念，她的灵魂之中洒满温和、幸福的光芒，仿佛朝阳一般。从这个不知名的爱尔兰人死去的悲剧中，她寻找到勇气，做出了一个大胆的决定。她心跳加快，迫不及待将其付诸实施。她心中激荡着自我牺牲的豪情。

音乐停下来，舞会结束了。多数乘客已经上床睡觉，还有一些乘客在吸烟室里。她走进自己的船舱隔间，路上一个人也没遇到。她拿起书写纸，提笔给丈夫写信：

亲爱的：

今天是圣诞节，我想告诉你，我心里对你们两个充满善意。是我太愚蠢,不讲道理。我想,我们应该容忍心爱之人用自己的方式享受快乐,我们应当尽心爱他们,这样才不会觉得难受。我想让你知道,我并不怨恨这无缘无故闯入你生命中的快乐。我已经不再嫉妒,不再伤心,不再怨恨。不要担心我不开心或者孤独。如果你觉得需要我,就请随时回到我身边,我会满心喜悦地迎接你,毫无责备,绝无歹意。我真诚地感谢这些年来你给我的幸福和温柔,我也希望向你表达我的友爱之情,这友爱无需回报,我也希望这友爱真诚无私。请不要记恨我。祝你幸福,幸福,幸福!

她签上名字,将信装进信封。尽管信要到塞得港才能寄出,她还是想立即将信投进邮筒。投完信后,她开始脱衣服,一边望着镜中的自己。她的眼睛闪着光芒,红润的面庞容光焕发。未来不再凄凉,闪耀着希望的光辉。她钻进被窝,立刻进入沉沉的梦乡。

(鄢宏福 译)

轶闻

聚会人数不多，女主人想让大家有共同话题。晚宴通常只有六人，最多不会超过八人。晚宴后，我们走进客厅，座椅精心摆放过，以免某两个人在角落里窃窃私语，扫大家的兴。到达后，我非常高兴地发现其他客人全都认识。除了女主人，还有两位伶俐、漂亮的女士；除我之外另有两位男士，其中一位是我的朋友奈德·普雷斯顿。女主人从不邀请夫妻双方同时参加聚会，她说聚会上的夫妻总会感到彼此拘束。如果不愿意撇下配偶单独出席，大可不必前来。宴会上的美味佳肴，和那些趣味横生的话题，令她的宴会从来不冷清。人们有时抱怨她邀请的已婚男士比女士多，但她辩驳说这么做也是情非得已，因为现实生活中已婚男士确实比已婚女士数量多。

奈德·普雷斯顿是苏格兰人，和蔼可亲，乐观开朗，讲起故事来颇有天赋，简直是滔滔不绝。他不是一般的健谈，讲起话来极富热情。他单身一人，收入微薄，勉强能够应付不大的开销。他身患慢性肺结核，这种病会迁延多年，虽不致丧命，却也不能过于操劳。时不时地，他会卧病在床，休养两三个星期，病情好转后，再度恢复昔日的开心、快乐与健谈。我怀疑他没钱去昂贵的疗养院休养，当然，他的脾气也不适应疗养院的生活。他一身市侩气。身体健康时，喜欢外出，参加午宴、晚宴，喜欢熬到深夜，抽烟袋，肆无忌惮地喝威士忌。如果他认命像病人一样注意饮食起居，兴许如今还健在，但是他不乐意，谁又能怪罪他？他五十五岁时死于脑溢血，那天晚上不知道他从哪家聚会回来。他肯定会吹嘘说自己是当晚聚会上风头最劲的。

他跟有些肺病患者一样，因发烧而变得亢奋，一直在寻找各种工作，满足活动的欲望。我不知道他从何处得知沃姆伍德·斯克拉比斯监狱缺少社工。他喜欢这份工作，于是到内政部去，面见主管监狱的官员，表达服务的意愿。这份工作没有报酬，曾经有不少人出于同情或好奇做过，但要么很快厌倦，要么觉得太花时间，因此导致犯人们的问题、兴趣和未来常被中途搁浅，无人问津。后来，内政部官员在遴选工作人员时异常小心，不招录那些不能坚守岗位的人，他们详细审查申请人的履历、人品以及是否胜任这项工作。招录之后，申请人要接受试用，受到严格监管，如印象不佳就会被好言劝退，告知不再需要他的服务。但奈德·普雷斯顿符合严厉而精明的面试官员的要求，各方面都值得信赖，从一开始就跟监狱长、看守和犯人们相处十分融洽。他全无等级观念，无论什么身份的犯人，跟他相处都觉得很自在。他对犯人既不高调宣扬，也不严词说教。他一生从未做过作奸犯科的事，甚至连卑鄙的事也不曾挨边儿。迫不得已面对犯人的罪行，他就像对待自己的肺结核一样，只当成是必须要忍受的麻烦事，没必要过多谈论。

沃姆伍德·斯克拉比斯是关押初次犯罪人员的监狱，建筑阴冷可怖，令人望而生畏。奈德曾经带我去过一次，打开门锁走进监狱，我顿时浑身起鸡皮疙瘩。我们穿过犯人们服刑的大厅。

“要是在这里遇到你的好哥们儿，就装作没看见，”奈德告诉我说，“他们不想被人认出来。”

“有可能遇见自己的好哥们儿吗？”我一本正经地问。

“这可说不准。如果你有朋友因为使用假支票屡教不改，或是在公园里做了有伤风化的事被抓，我一点都不惊讶。你要是知道我在这里遇到曾经在晚宴上碰见的家伙频率之高，你肯定会吃惊不小。”

奈德的一项职责就是帮助犯人度过收监伊始的艰难时期。犯人通常会对判决感到震惊，经过一系列入监预备程序，脱衣、洗澡、体检、询问、换装、进入牢房被锁起来，他们往往会精神崩溃。有时，他们号啕大哭，有时，他们不吃不睡。奈德的任务就是鼓励他们，他风趣的举止和与生俱来的亲切通常会创造奇迹。如果犯人担心妻儿，他就代为探望。如果犯人一贫如洗，他就慷慨解囊。他给犯人们捎带消息，帮他们克服与志同道合的朋友分开后的不适应感。他阅读体育报纸，告诉犯人哪匹马赢得了一项重要赛事，或者拳击冠军赢得了拳击比赛。他会给犯人的未来提供建议，等到犯人刑满释放时，他还看他们适合做什么工作，说服雇主给他们机会试试。

由于每个人都对犯罪话题感兴趣，只要奈德在场，聊天的话题迟早会转向他熟悉的领域。晚餐过后，我们手里端着饮料，舒适地坐在客厅里。

“斯克拉比斯监狱最近有什么有趣的案子吗，奈德？”我问他。

“没有，没什么。”

他声音洪亮刺耳，笑声略显沙哑。他笑着打开话匣子：

“我今天去看望一个老太太，她人很有趣。她丈夫是个窃贼。警方盯了他很多年，最近才把他抓住关起来。每次行窃前，他和妻子都会策划不在犯罪现场的证据，尽管他被抓捕送审过三四次，可警方一直没法拆穿那个不在现场的证据，他因此一直逍遥法外。不久前再次被抓住时，他一点也不紧张，他和妻子编造的不在现场证据完美无瑕，他想跟以前一样逃脱罪责。他妻子走进证人席，令他惊讶的是，她并没有像往常那样说出不在现场的证明，结果他就被定了罪。我去见他。他对妻子没提供不在现场证据的疑惑比他被关进监狱的焦虑更重。他请我去见见他妻子，问她葫芦里卖的是什么药。当然，我去问他妻子，你们知道她怎么对我说的吗？‘哦，先生，事情是这样的。这个不在犯罪现场的证据太完美了，我实在不想就这么轻易浪费掉。’”

当然，我们都笑了。说书人奈德·普雷斯顿喜欢能够心领神会的听众，他可不愿意长篇累牍。他又讲了两三则趣闻。这些故事似乎证明他乐于认为，在英国实现人人平等之前，在我们所谓的下层社会可以找到更多激情、更多浪漫、更多不计后果的行为；而在家庭富裕、受到良好教育的上层社会，谨慎让人变得犹豫不决；习俗让人变得约束拘谨。

“要是因为工人不怎么读书，”他说，“因为他不善辞令，你就觉得他缺乏想象力。那可就大错特错。工人的想象力超凡脱俗。要是因为工人强壮得像头野兽，你就以为他没有思想。可就又错了。他思想深邃着呢。”

之后，他又讲了一个故事。我尽力转述他的故事。

弗雷德·曼森外表英俊，高大结实，长着一双蓝眼睛，五官端正，笑起来和蔼可亲。他长着一头浓密拳曲的深红色头发，让他显得与众不同，走在街上回头率很高。他长得真是帅极了。举手投足尽显性感。他的男性气质仿佛醉人的香水。浓密的眉毛，颜色比头发略淡，红头发的人往往皮肤丑陋，幸运的是，他不在其中。他的皮肤呈均匀的小麦色。他笑起来,一双眼睛炯炯传神,极具魅惑。他二十二岁,朝气蓬勃,儒雅可亲。毫无疑问,有如此外貌,又富有男性魅力,他应该不愁没有女人。他外表迷人,性格温柔,富有激情,但是,选择性伴侣时却很混乱。他并非冷酷无情或者厚颜无耻,他本性善良,但不知什么原因,他向自己爱恋的对象们明确表示,他只想找点乐子,不可能只对哪一个人忠诚。

弗雷德是个邮差,在伦敦人口稠密的地区布里克斯顿上班。布里克斯顿区声名狼藉,容纳的犯罪分子超过任何其他郊区,跨河有轨电车通宵运行,犯罪分子在伦敦西区入室盗窃后可以毫不费力地返回家中。弗雷德喜欢他的职业。布里克斯顿区大街小巷纵横,街上房子林立,住着在附近上班的工人,以及需要每天过河上班的职员、店员和各类技工。弗雷德身体健康强壮,对他来说,走街串巷递送信件是件快乐的事情。有时送邮包,有时送需要签字的挂号信,因此,他有机会结识到很多人。他喜欢社交。无论被派到哪条线路,用不了多久,他就会成为家喻户晓的人。过了一段时间,他的工作做了调整。新工作是收集红色邮筒里面的物件送到地区邮政总站。跑一圈下来,他的邮包常常变得非常沉重,但他仗着自己强壮有力,对这点重量一笑了之。

一天,他正在富人区的一条街道上倒邮筒,这条街上都是半独立式别墅。他刚合上邮包,一个女孩跑了过来。

“邮差,”她叫道,“把这封信捎上,好吗?我只想在这个时候把信寄出去。”

他朝女孩友善地笑笑。

“我不介意给女士帮个忙。”他说着,放下邮包,打开包口。

“我不想给你添麻烦,但是事情紧急。”女孩说着将手中的信递给他。

“寄给谁,寄给你的情郎哥哥?”

“不关你的事。”

“嚯,还真傲慢。我可告诉你,他可不是个好人。别相信他。”

“你发神经啦。”她说。

“别人告诉我的。”

他取下帽子,用手梳了梳蓬乱的红卷发。女孩惊讶得喘不过气来。

“你在哪里烫的头发?”她咯咯笑起来。

“如果你喜欢,改天我带你去。”

他低头看女孩,眼睛带着笑意。他身上有某种东西让女孩打心眼儿里喜欢。

“哦,我得走了。”他说,“我要不赶快的话,真不知道这个国家会出什么乱子。”

“我又没有把你拴住。”女孩冷冷地说。

“没拴住可就是你的错啦。”他回答说。

他看了女孩一眼,女孩心跳加速,感觉自己从头红到脚后跟。她转身跑回屋子。弗雷德留意到她家距离邮筒四栋房子远。他正好从那栋房子下面经过,于是抬头往上看。看到网眼窗帘猛地一拉,知道女孩在看他。他扬扬自得。接下来的几天,每次从这栋房子下面经过,他都要抬头看看,可一直没见到女孩的影子。一天下午,他走进女孩住的那条街,碰巧撞见她。

“喂。”他停下来叫道。

“你好。”

女孩顿时脸颊绯红。

“最近没有看到你。”

“没见到有关系吗?”

“关系可大着呢。”

女孩比他记忆中的模样更漂亮,黑色的秀发,黑色的眼睛,瘦高个,身材窈窕,皮肤白皙,牙齿洁白。

“哪天晚上跟我一起看电影怎么样?”

“想得美吧?”

“是很美啊。”他露出玩世不恭的迷人笑容。

女孩莞尔一笑。

“我可不觉得。”

“噢,来吧。人只能年轻一次。”

他身上有种魅力,令女孩无法拒绝。

“真的不行。我父母不会让我跟不认识的人一起出去。知道吧,我是他们唯一的女儿,他们对我管得很严。而且,我连你的名字都不知道。”

“噢,那我可以告诉你,对吧? 我叫弗雷德。弗雷德 · 曼森。你就不能说你跟女朋友一起去看电影吗?”

她从没有过这种感觉。她不知道这到底是痛苦还是快乐。她莫名地喘不过气来。

“我想我可以这么说。”

他们择了一个晚上,选定时间和地点。弗雷德等着她,两人一起走进电影院。电影开始,他一言不发地将手环到女孩腰上,她静静地将他的手移开。他抓住她的手,她又将手抽开。他有些惊讶。女孩儿通常不会这样。他真不明白,要不是为了来点儿搂搂抱抱,人们为什么要看电影呢。电影结束后,他陪女孩一起走回家。她告诉他自己的名字:格雷丝 · 卡特。她爸爸在布里克斯顿路上开店铺，是个布商，请了四个帮手。

“他一定经营得不错。”弗雷德说。

“当然不错。”

格雷丝在伦敦大学读书。她准备毕业后当老师。

“家里放着现成的生意，你为什么要当老师呢？”

“我如今受了教育，爸爸不想让我再跟经商扯上任何关系。他希望我更上进，如果你明白我的意思的话。”

她爸爸从当仆人开始起家，后来给布商当助手，因为勤奋、诚实、机灵，现在自己也成了店主，生意做得红红火火。这份成功让他对唯一的女儿寄予厚望。他希望她嫁给一个有固定职业的人，至少也要嫁个城里人。然后，他就卖掉店子退休，那时格雷丝也已经成了贵妇人。

两人到达她家所在街道的拐角时，格雷丝伸手拦住他。

“你最好别去家门口。”她说。

“你不打算跟我亲吻道别吗？”

“没打算。”

“为什么？”

“因为我不想这么做。”

“你还会跟我去看电影，对吗？”

“哦，我想不会了。”

“噢，别这样。”

他的声音温柔而急切，她双膝酥软。

“如果我同意去看电影，你能不能规矩点？”他点点头。“发誓？”

“我发誓。”

离开时，他挠挠头。这女孩儿真有意思。他从没见过像她这样的女孩儿。她与众不同,这一点毫无疑问。她的声音里有股摄人魂魄的力量,热情又温柔。他琢磨这到底是什么东西。仿佛她说的每个字都在亲吻着他。这听起来有点儿可笑,可事实就是如此。

自那以后,他们每星期去看一两次电影。过了一段时间,她任他将胳膊环在她腰上,握着她的手,却再也不让他更进一步。

“你有没有让男人吻过你?”他有一次问她。

“没有。”她回答得简单干脆,“我妈妈很滑稽,她说你得让男人保持对你的尊重。”

“只要能吻你一下,我愿意做任何事,格雷丝。”

“别这么傻。”

“就让我吻一次好吗?”她摇摇头。“为什么?”

“因为我太喜欢你了。”她哑声说道,说完就从他身边跑开了。

这句话让他也吃了一惊。他从没对哪个女人有过如此的渴望。她的话让他彻底沦陷。他热切地思念她,热切地期待着能够跟她共度良宵。他第一次感到心里没底。无论从哪个方面看,她都比他优越太多。她爸爸生意兴隆,她本人是大学生,凡此种种,而他只是个邮差。他们约好第二个星期五晚上见面,他忧心忡忡,唯恐她不来赴约。他一遍又一遍对自己重复她说的话:或许这意味着她已经下定决心抛弃他。当他终于看到她沿着街道走来时,如释重负,差点哭出来。那天晚上他没有揽她的腰,也没有牵她的手。步行送她回家时,他一言不发。

“你今晚一直没说话,弗雷德,”她开口道,“你怎么了?”

又走了一阵子,他才应声说:

“不想告诉你。”

她突然停下脚步,凝视着他,脸上露出惊恐的表情。

“无论发生了什么,请告诉我。”她不安地说。

“我完蛋了,我情不自禁深深迷恋上你,简直失去了理智。我不知道像我这样爱你算是什么样的爱。”

“噢,就是这事儿吗?你吓了我一跳。我还以为你说你要结婚了呢。”

“我?你以为我是谁?我想娶的人是你呀。”

“哦,那有什么拦着你吗,傻子?”

“格雷丝,你说的是真的吗?”

他一把将她搂进怀里,激情地亲吻她。她也并不抗拒,回吻了他,他能感觉到她跟自己一样急切、热情。

他们商定,格雷丝告诉父母她要与他订婚,他星期天登门来见她父母。星期六布店很晚才打烊,卡特先生回到家里,已经精疲力竭。直到星期天午餐后,格雷丝才有机会宣布消息。乔治·卡特是个雷厉风行的人,个头不高,身板结实,皮肤黝黑,随着生意越做越红火,体重也与日俱增。头上秃顶,留了灰色的络腮胡子。跟众多从工人阶层发家致富的雇主一样,他是个苛刻的老板,尽量花最少的价钱让助手干最多的活。什么事都逃不过他的眼睛,他不会容忍无理取闹,但也还算理性厚道,因此并不招人厌恶。卡特太太是个安静、慈祥的女人,和蔼可亲,风韵犹存。夫妇俩都五十出头,他们“轧马路”十年,才谈婚论嫁。

格雷丝宣布的消息,令夫妇二人非常惊讶,却并不生气。

“你可真是个小滑头。”她爸爸说,“我一直不知道你已经在跟人交往。嗯,我知道迟早有这一天。他叫什么名字?”

“弗雷德·曼森。”

“在学校认识的吗?”

“不是。你们一定在附近见过他。他负责收集我们的邮筒，是个邮差。”

“噢，格雷丝，”卡特太太惊叫一声，“你不是开玩笑吧。你不能嫁给普普通通的小邮差，我们供你读了这么多年书。”

顿时，卡特先生也默不作声。他的脸从没有涨得这么红。

“你妈说得对，丫头。”他忍不住嚷道，“你不能就这样作践自己。这，这太荒唐了！”

“我没有作践自己。你们见过他再说吧。”

卡特太太开始哭泣。

“真是作践啊，真是丢人！叫我以后怎么抬头做人！”

“噢，妈，别这么说。他人很好，还有份好工作。”

“你懂什么。”她妈妈呜咽着说。

“你们是怎么认识的？”卡特先生插话问道，“他的家庭怎么样？”

“他爸爸给邮局开货车。”格雷丝大声说道。

“工人阶层。”

“是啊，那又怎么样？他爸爸在邮局干了二十四年，邮局很器重他。”

“格雷丝，我有话跟你说。我跟你爸爸结婚之前，我给人当佣人。他从来都不想让我告诉你这一点，因为他不想让你为我感到羞耻。这就是我们订婚多年才结婚的原因。我服侍的夫人告诉我，如果我一直服侍到她死的话，她会立遗嘱给我留些财产。”

“我正是靠这笔钱起家，”卡特先生补充说，“要是没有这些钱，我无论如何也没有今天。我也不妨告诉你，你妈妈是世上最好的妻子。”

“我从没接受过正式教育，”卡特太太继续说道，“但我一直胸怀大志。我这辈子最自豪的时刻就是你爸说我们可以请个女仆给我当帮手，他当时说：‘总有一天，你会有厨师，还有女仆。’他已经兑现了自己的承诺。可是现在，你又要回到起点。我心心念念想要让你嫁给绅士。”

“对不起，妈，我知道这让您很失望，但是我无法自拔，难以从命。我爱他。我非常爱他。我相信见到他之后你们也会喜欢上他。今天下午我们要去公园散步，我能不能带他来家里吃晚饭？”

卡特太太烦恼地望了丈夫一眼。他叹了口气。

“我要不满意，装也装不出，但我想我们还是见见他吧。”

晚餐的局面没有想象中那么尴尬。弗雷德不卑不亢，跟格雷丝的父母聊起天仿佛跟他们相识多年。有女仆伺候，餐厅里全是结实的桃花心木家具，客厅里安放着奢华的钢琴，如果这一切对他来说是全新体验的话，他也一点都不显局促。他离开后，一家人各自回到卧室，卡特夫妇开始谈论年轻人。

“人长得是很英俊，这一点不可否认。”她说。

“帅气是帅气。你觉得他是不是冲着女儿的钱来的？”

“他肯定知道你攒了一笔不小的存款，但似乎也确实爱着我们的女儿。”

“噢？你怎么知道？”

“嗯，只需留意他看她的眼神。”

“嗯，这倒是。”

最后，卡特夫妇不再反对，但条件是这两个年轻人要等到格雷丝大学毕业才能结婚。还有一年时间，其实夫妇俩心底盘算，到那时女儿可能会改变主意。从那以后，他们经常见到弗雷德。

他每个星期天都跟他们一起度过。慢慢地，格雷丝的父母也喜欢上他。他性格随和、开朗，兴高采烈，更重要的是，他明显深爱着格雷丝。很快，卡特太太就被他的魅力折服，不久，连卡特先生也承认，他看起来不赖。弗雷德和格雷丝喜出望外。她每天去伦敦上课，学习异常勤奋。晚上，两人在一起甜蜜地度过。他送给她一只漂亮的订婚戒指，还经常带她去伦敦西区吃晚饭，看话剧。天气晴朗的星期天，他就开车载她去乡下，他说车是向朋友借的。当她问他，怎么花得起这么多钱买这买那，他笑笑说，一个好朋友向他透露了点内幕消息，让他大赚了一笔。他们滔滔不绝地谈论结婚后的小公寓，以及装修房子的乐事。他们比以前更加深爱着对方。

突然，噩耗从天而降。弗雷德因为盗窃他负责收集的信件中的钱财被捕。很多人为了省去购买邮政汇票的麻烦，直接将现金放在信封里，当然，信封里有没有放钱并不难甄别。弗雷德被送上审判庭，对罪行供认不讳，被判两年劳教。格雷丝出席了审判。直到最后一刻，她还希望他能证明自己无罪。他承认有罪，对她来说无疑是晴天霹雳。她要探视他，但没有得到批准。他被直接从被告席带到犯人押运车上。她回到家中，将自己锁在卧室里，瘫倒在床，泣不成声。卡特先生从商店回来后，格雷丝的妈妈走进她房间。

"格雷丝，你到楼下来，"她说，"你爸有话跟你说。"

格雷丝起身下楼。她没有顾忌满眼泪水。

"看到报纸了吗？"爸爸一边说，一边将《晚报》递给她。

格雷丝没吭声。

"唉，这个年轻人完了。"他严厉地说。

弗雷德被捕时，格雷丝的父母也吃了一惊。她妈妈很悲伤，坚信一切只是误会，他们不忍心让两人一刀两断。可现在，他们觉得该向她摊牌了。

“吃晚餐和看话剧的钱就是这么来的。还有汽车。我就觉得奇怪，他的朋友星期天自己不用车，偏偏把车借给他开。他是租来的，对吧？”

“我想是吧。”格雷丝怏怏不乐地应道，“他说的每一句话，我都相信。”

“还好你侥幸脱身，丫头，我只能这么说。”

“他这么做只是因为他想让我过得开心。他不想让我跟他在一起的时候不能像在家里一样应有尽有。”

“我希望你不要替他找借口。他是小偷，这是事实。”

“我不在乎。”她不高兴地说。

“你不在乎？这话是什么意思？”

“就是这个意思。我要等他出狱。他一出来，我就嫁给他。”

卡特太太惊恐地倒吸一口气。

“格雷丝，你不能这么做。”她哭喊起来，“想想这多丢人。我们怎么办？我们一直挺胸抬头做人。他是个小偷，做一次小偷，一辈子就是小偷。”

“不要再叫他小偷。”格雷丝尖叫，愤怒地直跺脚，“他这么做，只因为他爱我。我不介意他是不是小偷。我比从前更爱他。你们不懂爱的滋味。就为了一个老太太给你留点儿钱财，你等了十年才嫁给爸爸。你觉得这算是爱吗？”

“不要再跟你妈提这个。”卡特先生吼道。他突然想到了什么，目光犀利地看着她：“你们是不是已经生米煮成熟饭了？”

格雷丝气得满脸通红。

“没有，我们从来没有做过那种事。我也从没犯过错误。他很喜欢我。他也不想做他可能会后悔的事。”

夏日的傍晚，他们常常驱车到乡下，彼此拥抱躺在田野里，亲吻着对方，她的欲望跟他一样强烈。她知道他多想得到自己，如果他提出要求，她准备好了献出自己。但是，每次到了差点无法控制的时候，他总会跳起来说：

“走吧，我们去走走。”

他会将她拽起来。她知道他脑子里的想法。他想留到他们结婚之后。他的爱情让他有了不曾有过的微妙感觉。他自己也弄不清楚，但对她有种奇妙的感觉。他觉得，如果结婚之前得到她，事情就会搞砸。她猜透了他的心思，对他更加死心塌地。

“我不知道你到底中了什么邪。”卡特太太呜咽着说，“你一直是个乖女孩儿。从来没有让我们担心过。”

“省省吧，孩子她妈。”卡特先生厉声说道，“我们得果断解决这个问题。你得放弃这个男人，明白吗？我得考虑我的地位，如果你以为我会找个囚犯当女婿，那你最好重新考虑。这么胡闹我可是受够了。你必须向我保证，再也不跟这小子有任何往来。”

“你以为我现在会跟他一刀两断吗？你们到底要我说多少次，他一出来我就嫁给他！”

“好吧，那你就滚出这家门，给我滚快点儿。到大街上去住！”

“她爸！”卡特太太哭喊着说。

“闭嘴！”

“我宁愿走。”格雷斯说。

“噢，你要走吗？想想你怎么过活啊？”

“我能工作,不是吗?我可以在佩恩-帕金斯找份工作。”

“噢,格雷丝,你不能到商店里打工。你不能这样作践自己。”卡特太太嚷道。

“她妈,你闭嘴好吗?”卡特先生怒不可遏,“工作?就凭你?你这辈子除了在学校里瞎混,做过一点儿工作吗?你妈送你去读书真是明智。等到你每天站上几个小时,对着那些愚蠢的老娘们儿点头哈腰,你就会明白。她们对你百般刁难,就是为了显示她们的优越地位。我相信,到时候因为你不够聪明不够机灵被女经理臭骂一通,你会喜欢的。好吧,嫁给你的囚犯吧。我想你还得赚钱养他。你不会以为他这样有犯罪前科的人,还会有人给他工作吧?滚,快滚,滚出去!”

他愤怒到了极点,瘫坐到椅子上,不停地喘气。卡特太太吓了一跳,倒了一杯水递给他。格雷丝溜出房间。

第二天,爸爸出去上班,妈妈出去购物,格雷丝离开家,只带了一口衣箱。佩恩-帕金斯是布里克斯顿路上的一家大型百货商店。格雷丝因为外表靓丽、举止优雅,毫不费力地被招录进去。她负责女士内衣柜台。一开始,她在基督教女青年会安身,之后,跟一位女同事合租一间屋子。

弗雷德进监的当天晚上,奈德·普雷斯顿进去看他。只见他精神彻底崩溃,但这都是因为格雷丝。对于偷窃他并不以为然。

“我得为她做能配得上她的事情,对吧?她爸妈觉得我配不上她。我要向他们证明,我对她跟他们一样好。我们去伦敦西区时,我总不能给她买个三明治,让她在小酒馆里受委屈吧。哎,她从来没进过小酒馆,我得带她去大饭店。如果人们傻到将钱装进信封里,那么,有这样的结果也是咎由自取。”

他心里委实恐惧。他不知道格雷丝怎么看待他的事情。

“我得知道她准备怎么办。如果她现在抛弃我——那么，对我来说一切都结束了，明白吗？我得想方设法干自己该干的事。我向上帝发誓我会的。”

他向奈德·普雷斯顿讲述了他和格雷丝的爱情故事。

“只要我愿意，我可以无数次得到她。我的确想得到她，她也想，这一点我知道。但是我尊重她，明白吗？她跟别的女孩儿不一样。我告诉你，她算得上千里挑一。”

他滔滔不绝地讲着，情绪激动，泪如雨下。在这言辞的洪流中，有一点十分清楚。这是热烈而痴迷的爱。奈德答应替他去看看这个女孩儿。

“告诉她我爱她，告诉她我这么做只是想让她过得好，告诉她没有她我活不下去。”

奈德·普雷斯顿一腾出空，就去了卡特夫妇家里。可当他问起格雷丝时，开门的女仆说她已经不住在那里了。他于是要求见见女孩的母亲。

“我进去看看她在不在。”

他递给女佣一张名片，心想名片角落印刷的俱乐部名称会让卡特太太愿意跟他见个面。女仆让他在门口等，过了一两分钟，请他进屋。他被领进很少使用、令人拘谨的客厅。卡特太太让他等了一会儿，进来时，用指尖捏着他的名片。他想这是因为她觉得有必要换身衣服。她身上穿的黑色丝裙，显然是出席正式场合专用的服装。他说明自己跟沃姆伍德·斯克拉比斯的关系，说明这次造访跟一个叫弗雷德里克·曼森的人有关。

“别在我面前提这个人的名字。”她尖叫起来，“小偷，那是个小偷。给我们惹了麻烦。真该判他五年。真该这么做。”

“我很抱歉他给你们惹了麻烦。”奈德温和地说，“如果你能告诉我一些事情，或许我可以帮忙解决一些问题。”

奈德·普雷斯顿的确有一套。或许因为他是位绅士这一事实令卡特太太不敢怠慢。“他属于上层社会。”她很可能这么想。不管怎么样，她很快就将故事的来龙去脉和盘告诉了奈德。她一边讲，一边情绪激动起来，开始哭泣。

“如今，她离开家，撇下我们，跑了。我不知道她怎么能做出这种事情。上帝知道，我们爱她。我们为她倾尽所有，为了她什么都做过。她爸爸让她从家里滚出去，只不过是句气话。可她太固执。她爸爸不过是在气头上，他一直是个火暴脾气，发现她出走后，他跟我一样寝食难安。你知道她去哪里，干什么吗？她在佩恩-帕金斯百货商店找了份工作。卡特先生向来看不上这些人。佩恩-帕金斯从来都在降价促销。卡特说这是不正当竞争。想到我们的格雷丝跟一大堆商场女店员一起上班——噢，太丢人了！”

奈德暗暗记下商场的名字。他没把握从卡特太太口中打听到格雷丝的住址。

“她离家之后你们见过她吗？”

“我当然见过。我知道佩恩-帕金斯商店会欣然接受她，像她这么优秀的女孩儿。我去了商店，她当然在那里——在女士内衣柜台。我等到商店打烊，才跟她说话。我叫她搬回家里来。我说她爸爸会既往不咎。你知道她说什么吗？她说，除非我们再也不说弗雷德半句坏话，准备好他一出狱就让她嫁给他，她才回家。当然，我得告诉她爸。我从没见他气成那样子，我以为他会大发雷霆，他说，他宁愿看着女儿死在眼皮底下，也不愿她嫁给囚犯。”

卡特太太又号啕大哭起来，奈德·普雷斯顿尽快抽身离开。他去了百货商店，走到女士内衣柜台找格雷丝·卡特。在别人的指引下，他走到她跟前。

“我能跟你说一分钟吗？我替弗雷德·曼森传个话。”

她顿时面如死灰。好一阵子，一句话也说不出。

“请跟我来。”

她将他带到一处充满消毒剂气味的过道里，味道似乎是从厕所传来的。四周没有旁人。她急切地望着他。

“他让我向你转达他的爱意。他很担心你。担心你会不开心。他想知道，你会不会抛弃他。”

“我？”她的眼中噙满泪水，脸上却露出一丝喜悦，“请转告他，只要他还爱我，什么都无所谓。告诉他，即便等他二十年，我也愿意。告诉他，我天天都在数着他出狱娶我的日子。”

担心被女经理训斥，她最多只能离开工作岗位一两分钟。她在有限的时间里向奈德传递了她对弗雷德·曼森的一片痴心。奈德快六点的时候赶回斯克拉比斯。犯人们五点半才准放下劳动工具，弗雷德正准备歇息。奈德走进他的监号，他脸色惨白，跌坐在床上，焦虑得两腿不听使唤。奈德告诉他消息之后，他如释重负地舒了一口气。一时间，激动得说不出话来。

“你一走进来，我就知道你见过她了。我能闻到她的气息。”

他用力吸了口气，仿佛她的体香在他鼻孔里变得浓烈起来，他的脸上布满欲望，表情瞬间变得扭曲不清。

“你们知道，那情形让我觉得非常不舒服，只好将眼睛移向别处。”奈德·普雷斯顿跟我们讲故事时狂笑着说，“简直就是赤裸裸的性欲。”

弗雷德是个模范犯人。他干活勤快,从不惹事。奈德推荐几本书给他读,他从图书馆里将书借出来,可也仅此而已。

“我根本读不进去,”他说,“我一开始读书,就想起格雷丝。你知道,当她轻轻亲吻你——噢,这感觉真甜美,当她全身心投入地亲吻你,天哪,那可真是太销魂了。”

弗雷德获准每月跟格雷丝见一次面,但是在看守的监视下,隔着玻璃,这种相见十分痛苦。见了几次面之后,他们商定她还是不来看他为好。一年时间过去了。由于弗雷德表现良好,有望获得减刑,再有半年就可以出狱了。格雷丝从工资中省吃俭用,随着弗雷德获释的日子临近,她开始着手为他准备房子。她租下两间房子,通过分期付款的方式装修房子。其中一间当然要用作他们的卧室,另一间用作客厅和厨房。厨房里原来有个旧式炉灶,被她抬了出去,换上煤气炉。她想把一切变得崭新、美观、干净、舒适。她不辞辛劳地将两间小屋装饰得洁净、漂亮。为了这一切,她连购买最基本的生活必需品的钱都花掉了,整个人变得清瘦苍白。奈德怀疑她长期吃不饱饭,每次去看她时,总给她带盒巧克力或者带块蛋糕,这样她至少能吃上东西。他告诉弗雷德,格雷丝过得很好,她请他一定向弗雷德精确描述她买的每一件物品。他将温情的话语从一方传达给另一方,不只是温情的话语,简直是爱的激情。他坚信弗雷德将来会堂堂正正做人,他会给伦敦一家开连锁饭店的公司当个门卫。工资待遇不错,帮忙叫出租车和接车的话,还有额外收入。他一出狱就能开始上班。格雷丝做了必要的准备工作,他们可以立即结婚。弗雷德十八个月的监狱生活即将结束。格雷丝喜出望外。

这当口,奈德·普雷斯顿的老毛病又犯了,有三个星期没法到监狱去。他很烦恼,不想丢下犯人。等到他能起床活动,立即前往斯克拉比斯监狱。看守长告诉他曼森要见他。

“我想你最好去看看他。我不知道他怎么了。你走以后，他的举止有些异常。”

现在距离弗雷德刑满释放只剩两个星期。奈德·普雷斯顿走进他的牢房。

“嗨，弗雷德，你怎么样？”他问道，“很抱歉这么久没来看你。我病了一场，一直没有见到格雷丝。她现在肯定激动得不知所措。”

“嗯，我想请你去见见她。”

他的举止非常傲慢，奈德吃了一惊。这一点儿都不像他，他一向是客气、有礼的。

“我当然要去看她。”

“我想请你转告她，我不打算跟她结婚了。”

奈德惊讶万分，他木然地盯着弗雷德·曼森。

“你到底是什么意思？”

“就是这个意思。”

“你现在可不能辜负她。她的家人已经抛弃她。她一直努力工作，为你准备一个家。她已经办了结婚许可，还准备好了所有的东西。”

“我不在乎。我不打算娶她。”

“这是为什么，为什么？”

奈德目瞪口呆。弗雷德·曼森沉默了很长时间，脸色阴沉黯淡。

“我告诉你吧。十八个月来，我没日没夜地想她，现在我对她深恶痛绝。”

弗雷德·曼森的故事讲到这里，女主人和客人们哄堂大笑。

奈德显然吃了一惊。之后,大家窃窃私语一番,紧接着聚会就结束了。我和奈德一个方向,我们沿着皮卡迪利大街向前走,默默地走了一阵子。

“我留意到大家都在笑,你却没笑。”他突然说。

“我觉得一点儿都不好笑。”

“这种情况你怎么解释?”

“嗯,我能理解他,知道吧。幻想是个奇怪的东西,幻想有时会枯竭。我想,一直以来他不停地思念她,已经耗尽了她给予他的一切情感,我认为这种感觉很真实,他确实对她深恶痛绝了。他已经将柠檬挤干,只能将渣壳扔掉。”

“我也不觉得好笑。这就是我为什么没有继续讲下去的原因。一开始我无法接受。我以为他是疯了还是怎么的。我连续两三天每天都去看他。我跟他争论。我真是竭尽全力。我以为,只要他见到格雷丝就好了,但他不愿见她。我说服不了他。最后,我只得去告诉格雷丝。”

我们又向前走了一段路,谁也没开口。

“我在那条令人恶心、臭气熏天的走廊上见到她。她立即看出事情不妙,脸色变得惨白。她不是个情感外露的女孩儿。她面容端庄、高贵,表情平静。我把情况告诉她,她嘴唇微微翕动,好一阵子什么话也没说。当她开口时,语气异常冷静,仿佛——哎,仿佛她刚错过了一辆公交车,只得等下一班。仿佛这是个麻烦事,但也不值得大惊小怪。‘我别无选择,只能将头伸到煤气炉上去。’她说。

“她的确这么做了。”

(鄢宏福 译)

风　筝

我知道这个故事有些荒诞。我自己也弄不明白。现在白纸黑字将它写下来，只是隐约希望，通过书写能理解得更清楚，或者对人性之复杂了解更深刻的读者能为我解除心头的疑惑。当然，我首先想到的是，这个故事可能会跟弗洛伊德的精神分析扯上关系。迄今为止，我读了大量弗洛伊德的著作，还读了一些弗洛伊德追随者的作品。最近，为了写这个故事，我又翻阅了涵盖弗洛伊德主要著作的现代文库版全集。真是一项浩瀚的工程，弗洛伊德行文艰涩枯燥，措辞激烈，声称自己发明了这样、那样的理论，只不过表明了他的虚荣心，以及对那些在同一领域工作却最终成为科学家之人的嫉妒心。然而，我更愿意相信他是个心地纯良、和蔼可亲的老者。我们知道，作家为人为文往往有很大区别。作家行文可能刻薄、严厉、残忍，但为人可能谦逊、温和，甚至怯懦。不过这些都无关紧要。再次阅读弗洛伊德的作品，对于解决我脑海中的问题毫无益处。我能做的唯有将事实呈现在这里，如此而已。

首先我得说明，这不是我亲身经历的故事，故事中的人物我概不认识。这个故事源自我的一个朋友奈德·普雷斯顿，他之所以讲述这个故事，是因为他不知道遇到这种情况该如何应对。

他以为我能给他提点有益的建议,可事实证明他错了。在前一篇故事里,我想读者已经了解到有关奈德·普雷斯顿的必要信息,所以我现在只需重申,我的朋友是沃姆伍德·斯克拉比斯监狱的社工。他对待工作严肃认真,时时、处处为犯人着想。我们当时正在皇家咖啡馆聚餐。餐厅狭长、低矮,四周挂满荒诞、夺目的装饰画,尽显老皇家咖啡馆设计初时画工的风采。我们面前摆着咖啡和餐后利口酒。奈德不顾医生的告诫,嘴里叼着一支上等哈瓦那雪茄。

"斯克拉比斯监狱来了个有趣的家伙,"他说,顿了一顿又接着说,"我真不知道该拿他如何是好。"

"他因为什么被投进监狱?"

"他抛弃妻子,法院令他每个星期向妻子支付一定数额的生活费,他断然拒绝。我跟他讲大道理,最后差点被他气疯。我告诉他,不要逞一时意气,害了自己。他说他宁愿一辈子待在监狱里,也不愿付给妻子一分钱。我说他不能让妻子挨饿,他却质问:'为什么不能?'他举止正常,不惹是生非,干活勤快,性格开朗,看到他妻子过得一团糟,他却乐在其中。"

"他为什么这么恨妻子?"

"因为妻子弄坏了他的风筝。"

"弄坏了什么?"我大声问道。

"千真万确。妻子弄坏了他的风筝。他说到死都不会原谅她。"

"他肯定是个疯子。"

"不,他没疯。那人神智健全,思维敏捷,衣着体面。"

他叫赫伯特·桑伯里。他的母亲非常讲究,从不准别人昵称他赫布或伯蒂,只能称呼他赫伯特,他母亲也从不昵称自己的丈夫萨姆，却只称呼塞缪尔。桑伯里太太的名字叫比阿特丽斯，她跟桑伯里先生订婚后，他斗胆亲昵地称呼她贝娅，遭到她强烈抗议。

“我的教名叫比阿特丽斯，”她说，“我一直叫比阿特丽斯，永远叫比阿特丽斯，对你来说是这样，对我最亲近的人也是这样。”

她个头不高，强壮、结实、反应灵活，皮肤蜡黄，五官分明，一双小眼睛闪着精光。对于她的年龄来说，她的头发黑得有些令人起疑，梳理得一丝不苟，留着维多利亚女王公主们的发型，这发型打从她少女时期一直留到现在，从未改变过。她或许染过发，如果确实如此，这倒是她唯一的轻浮之举，她这辈子从来没有用粉扑搽过鼻子，更不消说涂胭脂或抹口红了。她素来只穿质地优良的黑色裙子，裙子（出自街角一位小个子女人之手）的款式并不时髦，但既耐穿又得体。她身上唯一的装饰是一根纤细的金链子，上面挂着一只小小的金十字架。

塞缪尔·桑伯里个头也不高。他跟妻子一样瘦小，一头黄棕色头发，十分稀疏，脑袋一侧的头发留得很长，梳理得精心、巧妙，遮掩住硕大一块秃顶。眼睛淡蓝，面色苍白。他是一家律师事务所的职员，从办公室勤杂工干到令人尊敬的位置。雇主称呼他桑伯里先生，有时还请他接待一些无足轻重的客户。二十四年来，除了星期天和每年两星期的海滨度假外，塞缪尔·桑伯里每天早上乘坐同一趟火车进城上班，每天傍晚又乘坐同一趟火车返回位于郊区的家中。他衣着整洁，上班时穿素净的灰色裤子、黑色外套，戴圆顶硬礼帽。回到家中，他就换上拖鞋和黑色外套，这件外套已经破旧，磨得锃亮，在办公室没法穿。星期天夫妻二人去教堂时，他会穿上大礼服，戴上硬礼帽。他用这样的方式对礼拜天表示敬意，同时也显示出他对缺乏信仰之人的抗议，这些人要么骑车乱窜，要么在街上闲荡，就等着酒馆开门。一般说来，桑伯里夫妇不喝酒。每逢星期天，为了改善塞缪尔平日的简陋午餐（通常是烤饼和黄油，外加一杯牛奶），比特阿丽斯会为他准备丰盛的午餐，包括烤牛肉和约克郡布丁。为塞缪尔的健康着想，她只准许他喝杯啤酒，坚决不允许家里出现烈性酒。上午的礼拜仪式结束后，塞缪尔就拎着酒坛溜进小酒馆，在街角酒馆里买一夸脱烈性酒。他无论如何不会独自小酌，为了跟人分享，桑伯里太太也会喝上一杯。

赫伯特是上帝赐给他们的唯一孩子，当然，此举并非是因为他们谨慎行事只想生一个孩子。天意如此。夫妻俩对儿子宠爱有加。儿子从小就伶俐可爱，外表帅气。桑伯里太太用心教养，教他吃饭的时候不把胳膊肘放在桌上，教他像绅士一样使用刀叉，还教他端茶杯喝茶时将小指头翘起来，当他问妈妈这么做的原因时，她答道：

“别问为什么。照做就是。这样做才能显示出你的教养。”

春去秋来，转眼赫伯特到了上学的年龄。桑伯里太太心情焦虑，因为她从来没有让儿子跟街上的孩子们一起玩过。

“近墨者黑。”她说，“我从不跟街上那些人交往，也永远都不会跟他们交往。”

尽管夫妇二人从结婚起就一直住在这里，但是跟邻居始终保持着一定距离。

“在伦敦，你永远都弄不清旁人的底细，”她说，“一件事会导致另一件事发生，还没等你弄明白自己的处境，你已经跟这些身份卑贱的人纠缠在一起，无法摆脱。”

她不喜欢让赫伯特跟郡议会学校粗俗的孩子们混在一起，

于是对他说：

“赫伯特，现在你要学我这样。不跟别人交往，除非万不得已，不要跟他们有什么瓜葛。”

但赫伯特在学校跟大家相处十分融洽。他勤奋好学，聪明伶俐，成绩优异。事实证明，他对算术很有天赋。

“如果是这样的话，”塞缪尔·桑伯里说，“他将来最好当个会计。当会计不愁找不到好工作。”

他们就这么说定了，赫伯特未来要当会计。他个头长得很快。

“天哪，赫伯特，”他妈妈说，“你的身高很快就要赶上你爸爸啦。”

等到从学校毕业时，他又长高两英寸。最后他的身高定型在五英尺十英寸。

“这身高正合适，”妈妈说，“不高也不矮。”

他外表英俊，遗传了母亲的五官和黑色头发，遗传了父亲的蓝色眼睛，尽管肤色苍白，但光洁亮滑。塞缪尔·桑伯里将他送进会计事务所，这家事务所每年给他自己的公司清理账目两次。二十一岁时，他已经能够每星期给妈妈带回一笔不小的工资收入。妈妈给他三枚半克朗硬币买午餐，另给十先令零花钱，然后帮他将剩下的钱存进储蓄银行，以备不时之需。

赫伯特二十一岁生日那晚，桑伯里夫妇上床睡觉，我敢说桑伯里太太从不说“上床”，她会说“就寝”。但桑伯里先生不像妻子那么文雅，总是说：“钻被窝喽。”桑伯里夫妇睡到床上时，妻子说：

“有些人不知道自己有多幸运。感谢上帝，我知道自己有多幸运。谁也没有我们赫伯特这么优秀的儿子。他从来没有生过一天病，从来没有让我操哪怕一丁点儿的心。这就说明，养孩子方法得当，父母就能坐享清福。想想他已经二十一岁了，简直不敢相信。”

“是啊，恐怕不等我们弄明白，他就要结婚成家，离开我们咯。”

“他为什么要那么做？”桑伯里太太厉声问道，“他有个温馨的家，不是吗？你可不要把这些荒谬的思想灌输给他，塞缪尔。不然我要你好看。你知道，我最不希望他结婚成家。结婚成家！他可聪明着呢。他知道在哪里最幸福。他明白着呢，赫伯特可不傻。”

桑伯里先生一言不发。他早就学乖了：跟比特阿丽斯顶嘴没什么好果子吃。

“我觉得男人要等到心智成熟之后再结婚。”她继续说，“男人不到三十或三十五岁，心智不会成熟。”

“他对生日礼物很满意。”桑伯里先生想转换话题。

“他当然应该满意啦。”桑伯里太太依然不依不饶。

实际上，生日礼物很阔气。桑伯里先生送他一块银质夜光指针手表。桑伯里太太送了他一只风筝。这绝不是她送儿子的第一只风筝。第一次送风筝时，儿子才七岁，当时的情形是：他们家附近有处公园，星期六下午天气晴朗时，桑伯里太太就带丈夫和儿子去公园散步。她说，塞缪尔从星期一到星期五一直待在空气浑浊的办公室里，出来呼吸呼吸新鲜空气对他有利。公园里人总是很多，可桑伯里太太不喜欢跟别人交往，尽量与公园里的那些人保持距离。

“看他们风筝，妈妈。”突然有一天赫伯特说。

微风吹拂下，无数大大小小的风筝在空中翱翔。

“是‘他们的’风筝，赫伯特，不是‘他们风筝’。”桑伯里太太纠正说。

“你想不想去看看他们是怎么把风筝飞上天的，赫伯特？”爸爸问他。

“啊，想，爸爸！”

公园中央有处高地，他们走近时，看到男孩、女孩和成年男人从高处冲下来，迎着风放风筝。有时风筝无法起飞，掉落到地上，当风筝乘风升空，风筝的主人就会放开线圈，任其愈飞愈高。赫伯特痴迷地仰望天空。

“妈妈，我能要个风筝吗？”他大声问妈妈。

他已经知道，想要什么东西，最好先向妈妈开口。

“你要风筝干什么？”她问。

“放呀，妈妈。”

“如果你够聪明的话，你得自己动手做一个。”她说。

桑伯里夫妇越过孩子头顶相视一笑。他想要个风筝，真好。已经长成小大人了。

“如果你做个听话的好孩子，每天早上不用妈妈叮嘱按时刷牙，没准儿圣诞节的时候圣诞老人会送个风筝给你呢。”

圣诞节已经临近，圣诞老人给赫伯特带来了第一只风筝。一开始，他还不会操控，桑伯里先生只得亲自从山丘上跑下来，帮他放飞。这是只小巧玲珑的风筝，但赫伯特看着它在天空游弋，手里感受牵拉的力量，兴奋不已。之后，每个星期六，当爸爸从城里回来，他就缠着爸爸妈妈赶快去公园。他很快就学会如何放飞，桑伯里夫妇心情激动地看着他从山丘顶上跑下来，看着风筝凌空上升，看着他一圈圈松开手中的线圈。

风筝成了赫伯特的最爱。随着年龄和身体的增长，妈妈给他买的风筝越来越大。他驾驭风筝技巧娴熟,能让风筝完成意想不到的动作。公园里还有其他人也在放风筝,有小孩儿,也有成年男人。没有什么能像共同爱好一样让人们自然而然走到一起。尽管桑伯里太太不喜欢交往,却发现,自己、塞缪尔和儿子开始跟所有的人交谈了。他们会比较各自的风筝,吹嘘各自风筝的过人之处。赫伯特已经是个十六岁的小伙子,有时也会挑战别的风筝手。他操纵风筝,迎上对手的风筝,任他的线在对手的线上飘动,突然一掣,将对手的风筝拽下来。在儿子学会挑战其他人之前,桑伯里先生被儿子的这种激情感染,经常也要求放飞一次过过瘾。看到他穿着条纹裤子、黑色上衣、戴着硬顶帽从山丘上冲下来,场面非常滑稽。桑伯里太太安静地在他身后小跑,等到风筝平稳飞翔后,她就帮他抓着绳索,看着风筝飘入云霄。星期六下午成了一家人的盛大节日。桑伯里先生和赫伯特早上离开家赶火车进城时做的头一件事情就是抬头望天,看天气是否适合放风筝。他们最喜欢风向不定的大风天,那样的天气最适合练习放飞技巧。从周一到周末,他们每天晚上都谈论风筝。他们对那些比他们小的风筝嗤之以鼻,对比他们大的风筝羡慕不已。父子俩热烈而又轻蔑地谈论其他风筝手的表现,就像拳击手或足球运动员谈论对手一样。他们的梦想是造一只尺寸最大、飞得最高的风筝。他们早就放弃了风筝线圈,夫妻俩在赫伯特二十一岁生日时送给他的风筝足足有七英尺高,他们将钢琴的钢丝缠绕在金属棒上。赫伯特并未就此满足。他不知从哪里听说有人发明了箱形风筝,立刻怦然心动。他觉得自己也可以设计出这样的风筝。因为他懂点儿绘图,就开始自己设计。他做了个小号模型,有一天下午拿去试验,但不成功。他很固执,并没有被击溃。有什么地方不对,得靠他去矫正。

之后,发生了一件不幸的事情。赫伯特晚饭之后开始外出。桑伯里太太不怎么高兴,但桑伯里先生跟她讲道理,替儿子求情。毕竟,儿子已经二十二岁了。整天待在家里肯定会厌烦。如果他想出去走走,看场电影,也没什么坏处。赫伯特谈恋爱了! 一个星期六下午,全家人在公园度过一段快乐时光,晚饭时分,他突然宣布:

"妈妈,我已经邀请一位年轻女士明天来喝茶。这样可以吗?"

"你做什么?"桑伯里太太问,一时间完全不顾语法规范。

"您已经听到了,妈妈。"

"我能不能问问她是谁,你是怎么认识她的?"

"她叫贝文,贝蒂·贝文,我第一次遇见她是在电影院,一个下雨的星期六下午。纯粹是机缘巧合。她坐在我旁边,包掉在地上了,我帮她捡起来,她向我道谢,我们于是就谈上了。"

"你是不是要告诉我,你被这么老掉牙的伎俩算计了? 她的包掉得可真是地方!"

"您说错了,妈妈。她是个好女孩儿,人很好,很有教养。"

"这是什么时候的事?"

"大概三个月之前。"

"噢,你三个月之前就遇见了她,你已经邀请她明天来我们家喝茶?"

"呃,我们后来见了很多次面。第一次见面,电影散场后,我问她星期二晚上能不能跟我一起看电影,她说不知道,或许可以,或许不可以。但她最后来了。"

"她肯定会去。要是你问我,我早就可以告诉你。"

"从那以后,我们大概每星期一块看两次电影。"

“这就是你经常出去的原因?”

“没错。但是,您看,如果您不想让她来喝茶,我也不强求,我可以说您头痛,带她出去玩。”

“你妈会请她来喝茶的。”桑伯里先生赶紧出来打圆场说,“对吧,亲爱的? 不过你妈不喜欢陌生人。她从来不喜欢陌生人。”

“我不喜欢跟别人交往。”桑伯里太太郁郁地说,“她是从事什么职业的?”

“她在城里一家打字室上班,住在家里,如果您觉得那算是家的话。您知道,她妈妈过世后,爸爸又娶了个老婆,生了三个孩子,她跟后妈合不来。她说,后妈整天唠叨、唠叨、唠叨个没完。”

桑伯里太太把下午茶安排得格外讲究。她将平时几乎不用的小茶桌上的装饰品挪开,在上面铺上桌布。她将从没用过的茶具和镀金茶壶找出来,还亲手做了烤饼,烤了蛋糕,切了面包,涂上黄油。

“我要让她看到,我们不是寻常人家。”她告诉塞缪尔。

赫伯特去接贝文小姐,桑伯里先生在门口迎接,以免赫伯特将她带到一家人吃饭兼休息的餐厅里。赫伯特惊讶地看了一眼茶桌,领着年轻女士走进客厅。

“这是贝蒂,妈妈。”他介绍说。

“我猜是贝文小姐吧。”桑伯里太太说。

“对,您叫我贝蒂就行。”

“见面熟识的时间太短,那么称呼不大得体。”桑伯里太太优雅地笑着说,“请坐吧,贝文小姐。”

说怪也怪,说不怪也不怪,贝蒂·贝文跟桑伯里太太年轻时长得很像。她也是瘦削脸庞,小而圆亮的眼睛,但她的嘴唇涂着鲜亮的口红,脸上搽了胭脂,头发自来卷,又黑又短。桑伯里太太一眼就将她看个通透,她能分毫不差地猜出她的人造丝裙子、夸张的高跟鞋和漂亮帽子的价格。贝蒂·贝文的裙衫很短,露出一大截肉色丝袜。桑伯里太太不喜欢她的化妆和衣着,立即对她心生厌恶,但她决心保持贵夫人的风范。如果连她也不知道该如何表现得像个贤淑夫人,可就没人知道了。如此,开场见面非常顺利。桑伯里太太倒了茶,让赫伯特端一杯给他的女朋友。

“问问贝文小姐想不想吃点儿黄油面包或者烤饼,亲爱的塞缪尔。”

“两样都来点儿吧。”塞缪尔说,笨拙地递过两只盘子,“我就高兴看别人随心所欲地吃。”

贝蒂不安地取了一片黄油面包和一块烤饼放在自己的盘子里。桑伯里太太和蔼地谈论着天气。看着贝蒂越来越局促不安,她感到非常满意。后来,她切了蛋糕,强塞了一大块给客人。贝蒂咬了一口,放回盘子时不慎掉落地上。

“噢,对不起。”女孩儿说着,将蛋糕捡起来。

“哦,一点都没关系,我再给你切一块。”桑伯里太太说。

“噢,别麻烦了,我不挑剔。地上非常干净。”

“希望如此,”桑伯里太太笑中带刺,“我可不想让你吃掉在地上的蛋糕。拿给我吧,赫伯特,我再给贝文小姐切一点。”

“我不想吃了,桑伯里太太,真的不想吃了。”

“真遗憾,你不喜欢我烤的蛋糕。我可是特意为你烤的。”她自己咬了一口,“味道挺好啊。”

“我不是这个意思,桑伯里太太,蛋糕很好吃,只是我不饿。”

她不愿意再添茶，桑伯里太太看到她如释重负地将杯子里的茶喝完。“我想她家人是在厨房里吃饭吧。”她自忖道。后来，赫伯特点起一支烟。

“给我也来一支吧，赫布。”贝蒂说，“我太想来一口了。”

桑伯里太太不喜欢女人抽烟，但只是略微蹙起眉头。

“我们喜欢称呼他赫伯特，贝文小姐。”她说。

贝蒂并不傻，她看得出桑伯里太太正想尽一切办法让她难堪，现在她终于找到了反击的机会。

“我知道。”她说，“他告诉我他叫赫伯特时我差点笑了出来。哪有平日里这么称呼人的。我觉得简直滑稽透顶。”

“很遗憾，你不喜欢我儿子受洗时取的名字。我觉得这是个很漂亮的名字。不过，我认为这是由于我们处在不同的社会阶层吧。”

赫伯特插话进来救场。

“在办公室大家都叫我伯蒂，妈妈。”

“那我只能说，他们都是些普通人。”

桑伯里太太面色威严，一句话也不说。桑伯里先生和赫伯特继续对话，事情历来都是这样。想到贝蒂已经被弄得难堪，桑伯里太太不无满足。她也意识到这个女孩儿想走，但又不知道如何脱身。她打定主意不帮她脱身。最后，赫伯特出面解决问题。

“噢，贝蒂，我想我们该走了，”他说，“我走路送你回去。”

“你们现在就要走吗？”桑伯里太太说着，站起身来，“很高兴见到你，真的。”

“女孩子很漂亮。”两个年轻人离家之后，桑伯里先生试探性地说道。

“漂亮个鬼。满脸脂粉颜料。你记住我说的话，她洗掉妆容、不烫头发的话，看起来肯定判若两人。她太普通了，普通如凡尘。”

一个小时后，赫伯特回到家里。怒气冲冲。

“听着，妈，您这么对待一个可怜的女孩儿是什么意思？我真为您感到羞耻。”

“不要这样对你妈妈说话，赫伯特。”她勃然大怒，“你就不该把这样女人带到我家来。太普通了，普通如凡尘。”

桑伯里太太生气的时候，不仅措辞不符合语法规范，发音也含含糊糊。赫伯特没理会她说的话。

“她说她从来没有受过这样的羞辱。我费了大力气才哄好她。”

“噢，她永远也别想再来这里，我把话说明白了。”

“那是您的想法。我已经跟她订婚了，您就好好自说自话吧。”

桑伯里太太倒抽了一口气。

“不是真的吧？”

“是真的。我考虑了很长时间，一直想着要向她求婚。今晚她心情烦闷，我非常内疚，所以就向她求了婚，费了好大的劲才得到她的允准，我在此正式知会您。”

“你个蠢东西，”桑伯里太太失声尖叫，“蠢东西！”

之后的场面相当壮观。桑伯里太太跟儿子闹得不可开交，可怜的塞缪尔想插句话，两人都粗鲁地让他闭嘴。最后，赫伯特跑出房间，冲出家门，桑伯里太太气得眼泪横流。

第二天，谁也不提前一天发生的事。桑伯里太太对赫伯特冷淡又客气，赫伯特则闷闷不乐，一言不发，吃过晚饭就出去了。星期六，他告诉父母亲说下午有事，不能陪他们去公园。

“我敢说，没有你我们照样玩得开心。”桑伯里太太冷淡地说。

到了每年一度的海滨度假时间。他们一直是到赫恩海湾度假，桑伯里太太认为那里上流社会云集，多年来他们一直都住在同一家酒店。一天晚上，赫伯特用尽可能随意的语气说：

“顺便说一句，妈妈，您最好写信告诉他们，今年不用订我的房间了。我和贝蒂准备结婚，我们要去索森德度蜜月。”

顿时，房内一片死寂。

“这件事有点儿突然，赫伯特，不是吗？”桑伯里先生说。

“哦，贝蒂的打字室现在裁员，她失业了，所以我想我们最好立即结婚。我们在达布尼街上租了两间房子，准备用我在储蓄银行里的存款装修一下。”

桑伯里太太一句话都没说。她面如死灰，泪水顺着瘦削的脸庞滚滚落下。

“噢，妈妈，别这样，”赫伯特说，“男人总是要结婚的。如果爸爸不娶您，现在肯定也没有我，对吧？”

桑伯里太太不耐烦地用手抹了抹眼泪。

“不是你爸要娶我，是我要嫁给他的。我知道他性格稳重，受人尊敬。我知道他会是个优秀的丈夫，负责任的父亲。我从来都没有理由后悔，你父亲也没有理由。是这样，对吧，塞缪尔？”

“百分之百正确，比阿特丽斯。”桑伯里先生赶忙说。

“您知道，等您了解贝蒂之后，您会喜欢她的。她是个好女孩儿，真的。我相信您会发现您跟她有很多相似之处。您要给她机会,妈妈。”

“除非我死了,否则她永远不准踏进我家半步。”

“这太荒唐了,妈妈。哎,只要您理智点儿,一切就跟从前一样。我意思是说,我们还可以像往常一样星期六下午去放风筝。只是这一回,我刚订婚,事情有点棘手。您瞧,贝蒂不明白放风筝有什么好玩,但她会慢慢接受的。结了婚就不一样了,我是说,我来陪您和爸爸放风筝,就会是顺理成章的事情了。”

“那是你的想法。呃,我告诉你,如果你娶了这个女人,就不准碰我的风筝。我从来没有把风筝送给你,我是用养家的钱买的,风筝是我的,明白吗?”

“那好,您就留着自己放吧。贝蒂说了,放风筝不过是小孩子家玩的把戏,我这个年龄放风筝,真是挺害臊的。”

他站起身,再次愤怒地冲出家门。两个星期后,他结婚了。桑伯里太太拒绝出席儿子的婚礼,也不准塞缪尔参加。他们去度假,度假归来,生活照旧。星期六下午,夫妻俩去公园放飞巨大的风筝。桑伯里太太从来不想儿子。她下定决心,不打算原谅他。但桑伯里先生经常在早上搭乘的同一班火车上遇见儿子,碰巧坐同一节车厢时,父子俩就会聊上一会儿。一天早上,桑伯里先生抬头仰望天空。

“今天的天气很适合放风筝啊。”他说。

“您和妈妈还放风筝吗?”

“你觉得呢?她现在跟我一样动作敏捷。她把裙子用别针别起来,从山丘上往下跑。我向你保证,我从来不知道她还有这一手。要说跑,她跑得比我还快。”

“爸爸,您就别逗啦!”

“赫伯特,你怎么不去买只风筝。你一直都很痴迷风筝。”

“我知道我很痴迷。我确实提过一次，说要买一只，可您知道女人的脾气，贝蒂说：‘你都多大了呀。’哦，我倒不是介意这个。当然，我不想买小孩子玩的风筝，可大风筝又太贵。开始装修房子的时候，贝蒂说，从长远来看，最经济的办法是一开始就买最好的家具，所以我们去了那种分期付款的店子，每个月付完家具款再加上房屋租金，我们只能勉强维持生活，没有余钱。人们都说两个人过日子不比一个人花的钱多，可目前看来，我的感觉可不是这样。”

“她没有上班吗？”

“嗯，没有，她说，辛辛苦苦上了那么多年班，现在嫁人了，想过得轻松点儿。当然，家里也得有人搞卫生、做饭。”

就这样过了半年，一个星期六下午，桑伯里夫妇像往常一样去公园，太太对丈夫说：

“你知道我刚才看见谁了吗，塞缪尔？”

“我刚才看见赫伯特了，你是想说这个吗。我没提，是因为不想让你烦恼。”

“别跟他说话。就当没看见。”

赫伯特站在看风筝的人群中。他没准备跟父母搭话，可他目不转睛地盯着他过去常常放飞的风筝，这一点没有逃过桑伯里太太的眼睛。气温开始下降，桑伯里夫妇回到家中。桑伯里太太因为怨愤，脸涨得通红。

“不知道他下星期六会不会来。”塞缪尔说。

“如果我不是那么反感赌博的话，我愿意跟你赌上六便士，他会来的，塞缪尔。我等待这一天已经很久了。”

“等待很久？”

“我从一开始就知道，他离不开风筝。”

她说得对。第二个星期六以及接下来的每一个星期六，只要天气晴朗，赫伯特都会出现在公园里。他并不跟父母搭话，只是在那里站一会儿，观望一阵，就走开。就这样过了几个星期，桑伯里夫妇给了他一个惊喜。他们没有放他过去常常放飞的那只风筝，换了一只新风筝，一只小号的箱形风筝，采用的正是赫伯特设计的模型。他看到这只风筝引起其他风筝手的极大兴趣。大家围在一起，桑伯里太太口若悬河。塞缪尔第一次从山丘上冲下来，风筝没有飞起来，悲惨地跌落到地上。赫伯特握紧拳头，咬紧牙关。他实在受不了风筝跌落的惨相。桑伯里先生再次爬上山丘，这一次箱形风筝迎风飞起。围观的人群爆发出一阵欢呼。过了一会儿，桑伯里先生将风筝收起来，走回小山丘。桑伯里太太走到儿子跟前。

"想不想试一试，赫伯特?"

他屏住呼吸。

"好的，妈妈，我想试试。"

"这只是一个小号箱形风筝，因为他们说得先用小号的练手，掌握诀窍。这种风筝跟老式风筝不一样。我们已经订做了一只大号的，他们说掌握诀窍后，风力合适的话，能飞两英里高。"

桑伯里先生加入他们的聊天。

"塞缪尔，赫伯特想试一试这个风筝。"

桑伯里先生将风筝递给他，笑容可掬。赫伯特将帽子取下来，交给妈妈拿着。他跑下山丘，风筝迎风飞起，看着风筝上升，他心里欢呼雀跃。这黑色的小东西扶摇直上，令人心情振奋。盯着这只小风筝，他心里却惦记着爸爸妈妈定做的大号风筝。他们肯定飞不起来。妈妈说，最高能飞两英里呢！哇哦！

“回家喝杯茶吧，赫伯特？”桑伯里太太问，“我们给你看看定做的新风筝的设计图案。或许你能提些建议。”

他犹豫不决。他告诉贝蒂是出来散散步、伸伸腿，她不知道他每星期都来公园，还在家等着他呢。但是，眼前的诱惑无法抵挡。

“好啊。”他说。

喝完茶，他们一起察看风筝的规格。风筝硕大无比，上面的构件他从未见过，价格不菲。

“你们单靠自己肯定飞不起来。”他说。

“我们可以试试。”

“刚开始的时候，想不想让我帮你们试试？”他语气里满是不确定。

“这个主意不错。”桑伯里太太说道。

赫伯特回到家，已经很晚了，比他预想的晚得多。贝蒂恼怒不已。

“你到底去哪儿了，赫布？我还以为你死了呢。一直都在等你回来吃晚饭。”

“我遇到几个熟人，聊了一阵子。”

她犀利地看了他一眼，什么话也没说。她是真生气了。

晚饭后，他提议去看电影，她拒绝了。

“你要想看就自己去吧，”她说，“我不想去。”

接下来的星期六下午，他又到公园里去，妈妈又让他放风筝。他们已经订制了新风筝，三个星期后到货。这时，妈妈告诉他：

“你的女王在那里。”

“贝蒂吗？”

“监视着你呢。”

他着实吃了一惊，却装出一副不在乎的样子。

“由她监视吧。我不在乎。”

他心里很紧张，不想跟父母回家喝茶。他径直回到家里。贝蒂在家等他。

“你就是跟那两个熟人聊天的吧。你每个星期六下午去散步，我早就觉得不对劲，现在终于明白。放风筝去了，你呀，成年人啦。我真替你害臊。”

“我不在乎你怎么说。我喜欢放风筝，你不喜欢，也得受着。”

“我才不受着呢，跟你说明白了吧，我绝不会让你拿自己出洋相。”

“从小到大，我每个星期六下午都放风筝，我想放风筝到什么年纪，还不得由我！”

“都是那个老妖婆，她想从我这里把你抢走。如果你还是个男人的话，就不要再理她，想想她是怎么对我的吧。”

“我不准你这样称呼她。她是我妈，我有权利见她，想见多少次就见多少次。”

争吵无休止地进行下去。贝蒂对赫伯特尖叫，赫伯特对贝蒂咆哮。因为两人都很固执，以前也起过争执，但第一次吵得如此不可开交。星期天两人互不说话，尽管表面平静，但对彼此的反感情绪正在加剧。接下来的两个星期六，碰巧下大雨。看着瓢泼大雨，贝蒂暗自庆幸，赫伯特即使失望，也没有显露丝毫痕迹。吵架的事逐渐被淡忘。像他们夫妻这样，只有两间房子，睡在同一张床上，自然两人很快就和好如初。贝蒂想着法子对赫布好，她想：如今已经让他尝到她的厉害，让他知道她不会任人欺骗,他总该要识相一些。他也算个好丈夫,出手大方,处事沉稳。只需假以时日,她就能将他调理得服服帖帖。

两星期的恶劣天气过后,天气放晴了。

“看起来明天天气很适合放风筝。”桑伯里在站台上等早班火车,遇到儿子时告诉他说,“新风筝已经到货了。”

“真的吗?”

“你妈说我们当然希望你来帮忙,但是谁也无权干涉你们夫妻,如果你担心贝蒂的话,我的意思是说,担心她大吵大闹,你最好不要来。我们在公园里认识了一个年轻人,他想放这只风筝都想疯了,他说如果风筝没问题,他一定能够飞得起来。”

赫伯特突然被嫉妒攫住。

“不能让陌生人碰我们的风筝。我会去的。”

“噢,赫伯特,你再仔细考虑一下吧,如果你不来,我们能理解。”

“我会去的。”赫伯特说。

第二天从城里回家后,他换下工作装,穿上运动裤和旧外套。贝蒂走进卧室。

“你在干什么?”

“换衣服。”他欢快地说,他情绪激动,难以掩饰心中的秘密,“他们的新风筝到了,我要去放风筝。”

“不,你不能去,”她说,“我不准你去。”

“别傻了,贝蒂。我要去,我告诉你,如果你不喜欢,你可以干别的事。”

“我不准你去,绝对不行。”

她关上门,挡在门口。她两眼冒着怒火,下巴坚毅。她身材娇小,他却人高马大。赫布抓住她的两只胳膊,把她搡开,但是她使劲踢他的胫骨。

“你想吃我一个耳光吗?”

“你要是走了,就别回来。”她吼道。

他抓起她,不管她挣扎乱踢,将她扔到床上,扬长而去。

如果说小号箱形风筝在公园里引起了骚动的话,新风筝带来的轰动效应简直不可同日而语。新风筝很难操控,尽管他们跑得气喘吁吁,热心的风筝手们也来帮忙,赫伯特还是放飞不起来。

“没关系,”他说,“我们用不了多久就能掌握要领。今天的风向不对,就是这个原因。”

他回家跟爸妈一起喝茶,一家三口又像从前一样谈论风筝。赫伯特尽可能磨蹭到很晚才离开,因为他不想面对贝蒂的死打烂缠。桑伯里太太走进厨房准备晚餐,他只得回自己家。贝蒂正在读报纸。她抬头看看他。

“你的包已经收拾好了。”她说。

“我的什么?”

“你听到我说的话了。我说过,如果你离开这个家门,就不必回来。我忘了告诉你把东西也带走。全部打好包了。在卧室里。”

他惊讶地看了她一阵子。她假装继续看报纸。他真想痛打她一顿。

“好吧,随你的便。”他说。

他走进卧室。他的衣服已经装进行李箱,还有一只牛皮纸包裹,贝蒂将剩下的杂七杂八的东西都塞在里面。他一手提着行李箱,另一只手拎着包裹,一言不发地穿过客厅,离开家门。他走到妈妈的住处,按响门铃。桑伯里太太打开门。

“我回家了，妈妈。”他说。

“真的吗，赫伯特？你的房间已经准备好了。把东西放着，赶紧进来。我们正准备吃晚饭。塞缪尔，赫伯特回来啦。出去买一夸脱啤酒回来。”

从晚饭到上床睡觉前，他向爸爸妈妈讲述了他跟贝蒂之间的问题。

“你算是幸运地逃过一劫，赫伯特。”听完他的话桑伯里太太感叹，“我跟你说过，她不适合当你的老婆。她太普通，普通如凡尘，你从小到大一直很有教养。”

他发现，睡在自己的床上很惬意，他从小到大一直都睡在这张床上。星期天早上不剃须、不洗漱，直接吃早餐看《世界新闻报》的感觉太美妙了。

“我们今天上午不去教堂了。”桑伯里太太说，“赫伯特，这段日子你受苦了。我们今天休息。”

接下来的一个星期，他们谈论的话题主要围绕风筝，也谈论了很多有关贝蒂的事。他们讨论她下一步会有什么举动。

“她会想办法把你弄回去。”桑伯里太太说。

“那她成功的把握倒是很大。”赫伯特说。

“你得养活她。”爸爸说。

“为什么要养活她？”桑伯里太太嚷道，“她想方设法让赫伯特娶她，可她居然把他从家里赶出来。”

“只要她不过多干涉我，该给的我都会给她。”

日子一天天过去，他感觉越来越自在。事实上，他开始感觉，似乎从未离开过这个家。就像狗离不开窝一样，他定心住下来。他喜欢妈妈给他浆洗衣服，缝补袜子。妈妈做给他从小到大最爱吃的饭菜。贝蒂做饭毫无章法，一开始还觉得挺有意思，就像野餐一样，但她的厨艺拴不住男人的胃。他同意妈妈的观点，新鲜食物总比买来的罐装食品健康。他看见罐装三文鱼就反胃。而且，再也不用憋屈在仅有的两间小屋中（其中还有一间兼做厨房），他喜欢这种能够行动自如的宽敞空间。

“我这辈子最大的错误就是离开家，妈妈。”他有一次对桑伯里太太说。

“我知道，赫伯特，可现在你已经回来，没有理由再离开。”

星期五是他发工资的日子。晚上，他们刚吃过晚饭，门铃响了。

“她来了。”一家人不约而同地说。

赫伯特脸色苍白。他母亲看了他一眼。

“交给我来处理，”她说，“我去见她。”

她打开门。贝蒂站在门口。她想挤进来，但桑伯里太太拦住她。

“我要见赫布。”

“不行。他出去了。”

“没有，他在家。我看到他跟他爸爸一起进来，之后就没有出门。”

“好吧，他不想见你，如果你敢胡来，我就叫警察。”

“我想要这个星期的生活费。”

“你就知道从他身上要钱。”她掏出钱包，“给你，三十五先令。”

“三十五先令？每周房租都要十二先令呢。”

“你只能得到这么多。他住在这里还得缴伙食费，不是吗？”

“还有家具的分期付款费用。”

“到时候我们会处理的。这钱你到底要还是不要?”

贝蒂满心疑惑、悲伤和恐惧,站在那里犹豫不定。桑伯里太太将钱塞进她手里,当着她的面使劲关上门,然后回到餐厅。

“我已经把她搞定了。”她说。

门铃再次响起,响个不停,可谁也没理会,过一会儿,铃声停下来。他们猜想贝蒂准是离开了。

第二天,天气晴朗,风速适当,失败两三次之后,赫伯特终于掌握了操控这个巨大箱形风筝的技巧。他松开丝线,风筝一路往上,往上,直冲云霄。

“用码尺来算的话,得有一英里高了。”他激动地对母亲说。他兴奋得不知所以。

几个星期过去了。他们筹划着让赫伯特给贝蒂写封信,只要她不骚扰他和他的家人,她每个星期六上午都会收到三十五先令邮政汇票,赫伯特将支付家具的分期付款,直到付清为止。桑伯里太太反对这一条,但桑伯里先生第一次违背妻子的意志,同意赫伯特的做法,说这么做是对的。此时,赫伯特已经掌握了放飞新风筝的要领,能够驾驭风筝完成了不起的动作。他已经不屑于跟其他风筝手较劲。他已经将他们远远甩在后头。星期六下午是他的辉煌时刻。他陶醉在旁观者的羡慕之中,享受着不那么幸运的风筝手的嫉妒。一天晚上,他跟爸爸一起从火车站回来的路上,贝蒂拦住他。

“你好,赫布。”她说。

“你好。”

“我想单独跟我丈夫聊聊,桑伯里先生。”

“我们两个之间,没有什么事情需要避开我爸爸。”赫伯特闷闷不乐地说。

贝蒂犹豫不决。桑伯里先生局促不安,不知道是去是留。

"那好吧。"她说,"我想让你回家,赫布。那天晚上我把你的衣服打包,不是真心想赶你走。我只是想吓唬你。我正在气头上。我错了。为了一只风筝吵架,我太傻了。"

"噢,我不准备回去了,明白吗?你把我赶出来的时候,真是给我的人生带来了最佳的转机。"

泪水从贝蒂脸上流淌下来。

"但是我爱你,赫布。如果你想放风筝,你就放吧。只要你回来,我什么都不介意。"

"非常感谢,但是太迟了。我知道在哪里待着舒服,我已经受够了婚姻生活,这辈子已经受够了。走吧,爸爸。"

他们快步向前走去,贝蒂没有阻拦。接下来的星期天,他们去了教堂,晚饭后,赫伯特到放置风筝的煤棚里查看风筝。他简直片刻都离不开风筝,爱不释手。过了一会儿,他跑回来,面如死灰,手里握着短柄斧。

"她把风筝弄坏了。用这柄斧头。"

桑伯里夫妇惊慌失措,惨叫一声,冲进煤棚。赫伯特说得没错。崭新而昂贵的风筝,变得支离破碎。风筝被斧头劈得七零八落,木头架子断成碎片,线轴被剁得稀烂。

"肯定是在我们去教堂时干的。趁我们不在家,肯定是这样。"

"不过,她是怎么进来的?"桑伯里先生问道。

"我有两把钥匙。我回到家才发现有一把不见了,但是我没有多想。"

"不敢说一定是她,公园里有些家伙也很眼红。如果是他们干的,我也不觉得奇怪。"

“好吧，我们会查个水落石出。”赫伯特说，“我去问她，如果是她干的，我要杀了她。”

他愤怒到了极点，桑伯里太太有些恐惧。

“你想因为谋杀被处绞刑吗？不要，赫伯特，我不准你去。让你爸爸去吧，等他回来，我们再从长计议。”

“说得对，赫伯特，让我去吧。”

爸妈好不容易说服他，最后桑伯里先生去了。半个小时后，他回到家里。

“是她干的。她爽快地承认了。还很得意。我不想重复她说的话，话说得让我很惊讶，但是大概意思是说她很嫉妒风筝。她说赫伯特爱风筝胜过爱她。所以，她将风筝砸坏。还说，赫伯特再放风筝的话，她还会给他劈烂。”

“幸好她没有这么对我说。即便会被处绞刑，我也会拧断她的脖子。好吧，她再也别想得到一分钱，就这样。”

“她会起诉你。”他爸爸说。

“由她去吧。”

“家具分期付款下个星期就到期了，赫伯特。”桑伯里太太平静地说，“如果我是你的话，就不会付钱了。”

“那他们就会把家具搬走，”塞缪尔说，“到目前为止你付的钱就都打了水漂。”

“对，那又怎么样？”她回答说，“他负担得起。他有幸摆脱了那女人，他又回到我们身边，这才是最关键的。”

“我一点儿都不关心钱的问题。”赫伯特说，“等他们来搬走家具，我能想象她的表情。家具对她来说很重要，确实非常重要，还有钢琴，她对那架钢琴情有独钟。”

于是，接下来的星期五他没有把每星期一次的钱寄给贝蒂。

贝蒂把家具商的信寄给他，信上说，如果他在某某日期前不付款的话，他们就会把家具搬走。赫伯特回信说他不能继续付费，家具可以任由他们搬走。贝蒂开始到火车站等他，如果赫伯特不跟她讲话，她就跟在他后面，破口大骂。晚上，她来到赫伯特家门口，不停地按门铃，直到估摸他们可能会发疯为止。赫伯特要冲出房门将她痛打一顿，桑伯里夫妇百般努力才把他拦下。有一次，她扔石头打烂了客厅窗户玻璃。她还写些污言秽语的明信片寄到他办公室。最后，她到地方法院起诉，说丈夫抛弃了她，拒不支付她的生活费。赫伯特收到一张传票。两人都陈述了自己的说辞，法官即便觉得事情很荒诞，也肯定没有明说。法官想让两人和解，但赫伯特坚决拒绝回到妻子身边。法官令他每星期支付贝蒂二十五先令。他说他不会支付。

“那你就会被判入狱。”法官说，“下一桩案子。”

赫伯特说到做到。在贝蒂的起诉下，他被再次传唤到法官面前。法官问他为何不执行法庭的命令。

“我说不付就是不付，因为她砸烂了我的风筝。如果你判我去坐牢，我去坐牢就是。”

法官这次对他非常严厉。

“你很愚蠢，年轻人。”他说，“我给你一个星期的时间付款，如果你再这么胡闹的话，就去蹲大牢吧，一直蹲到你头脑清醒过来为止。”

赫伯特没有付钱，我的朋友奈德·普雷斯顿因此得以认识他，我因此才能听到这个故事。

“你怎么看这整个事情？”奈德讲完后问道，“你知道，贝蒂这个女孩儿人不坏。我见过她几次面，除了嫉妒赫伯特的风筝之外，她没什么问题。赫伯特也不是个愚蠢的人。实际上，他比一般人都聪明。你觉得放风筝到底怎么把这个傻瓜变得如此疯狂?”

“我不知道。”我回答说,我沉思片刻,“你知道,我对放风筝这种嗜好不甚了解。或许看着风筝直冲云霄,他有种大权在握的感觉,能够掌控自然,让天上的风屈服于他的个人意志。或许,当他放飞自由而且高高在上的风筝时,他能依稀看到自己的影子,仿佛他能逃离单调的生活。或许,这隐约、模糊地象征了他自由、冒险的理想。你知道,男人一旦感染理想的病毒,就连国王的御用医生也无法挽救他。但这一切都是猜想,我敢说这只是废话和无稽之谈。我想,你最好向比我更理解人类这种动物心理的专家请教。”

(鄢宏福 译)

五十岁的女人

我的朋友怀曼·霍尔特在美国中西部地区一所规模比较小的大学里当英国文学教授，听说我正在邻近的一座城市——相对于幅员辽阔的美国来说算是邻近——做演讲，他写信来，问我能否前去给他的学生做个讲座。他建议我在他那里住些日子，带我看看周围的乡村风光。我接受了邀请，但是告诉他，因为还有其他安排，我只能在他那里待两三天。他到车站接我，开车载我到他家里，喝了点东西，我们步行去学校。看到讲座大厅里人头攒动，我吃了一惊，本来以为听众不超过二十人，我也没准备进行正式讲座，只打算随兴漫谈。令我感到惊讶的是，听众中有不少中年人，甚至老年人，我猜他们是学校的教员。我担心他们会觉得我讲的内容过于肤浅。然而，我只能硬着头皮开讲，怀曼将我介绍给大家，我很清楚，他介绍中的溢美之词恐怕是我今生都难以企及的。讲座结束后，我回答了不少听众提问，随后跟怀曼一起回到讲台后面的小房间里。

好几个人跟着走进房间。他们说了些客套话，我也一一礼貌回应。我口渴得要命。这时，一个女人走进来，向我伸出手。

“真高兴再次见到你。”她说，“多年不见。”

我怎么也想不起在哪里见过她。我勉强挤出热诚的微笑，嘴唇疲惫而僵硬;热情洋溢地握了握她伸过来的手,心里却思忖她到底是谁。我的教授朋友看到我的表情,知道我在回想她是谁,说道:

"格林太太是我们系一位教员的妻子,她开设文艺复兴与意大利文学课程。"

"是吗,"我说,"很有意思。"

我还是一头雾水。

"怀曼有没有告诉您,明天晚上我们一起吃饭?"

"乐意之至。"我说。

"算不上聚会。只有我丈夫,他的弟弟和我的弟媳。我想,佛罗伦萨这些年来一定变化很大吧。"

"佛罗伦萨?"我心里一动,"佛罗伦萨?"

显然我是在那里认识她的。她五十岁左右,灰白的头发简单地扎起来,烫发并不惹眼。身材略胖,衣着十分整洁,没什么特色,我想她的裙子可能是从知名商场在本地开的分店里买的成衣。淡蓝色的大眼睛,面色苍白。脸上没有涂胭脂,口红也很淡。整个人看起来优雅可爱。她的行为举止颇具母性风范,平和而又自信,很有魅力。我想,我可能某次造访佛罗伦萨时遇见过她。这可能是她唯一一次去佛罗伦萨,所以我们之间的会面对她比对我更具意味。我必须坦白,我跟教职员工的太太们很少见面,但她一看就像教授太太。想想看,她的生活充实而平静,省吃俭用,社会交往不多,整天不过是些鸡毛蒜皮和家长里短的事儿,生活忙碌、乏味,不难想象她的佛罗伦萨之行一定令她激动不已、久久不能忘怀。

回怀曼家的路上,他对我说:

"你会喜欢贾斯珀·格林的。他很聪明。"

“他是哪一方面的教授?”

“他不是教授,是讲师。学问很好。他是格林太太的第二任丈夫。她之前嫁过一个意大利人。”

“哦?”我一点印象都没有,“她第一任丈夫姓什么?”

“我也不知道。我想这段婚姻不怎么成功。”怀曼咧嘴一笑,“这只是我的推断。因为她家里没有一样东西表明她曾经在意大利生活过。我以为她至少会有张长餐桌,一两口旧箱子,或者墙上挂着刺绣长袍。”

我笑了。我知道人们去意大利喜欢买些老物件:镀金木质烛台啦,威尼斯玻璃镜子啦,还有坐起来并不舒服的高背椅子。这些东西在拥挤的古董店里看起来真像那么回事,一旦带回另一个国家,经常令人失望。即便是正品——当然很少有正品——看起来也不舒服,格调不搭。

“劳拉非常有钱,”怀曼继续说,“他们结婚时,她将位于芝加哥的房子从地窖到阁楼上上下下装修了一遍。应有尽有。堪称丑陋与庸俗的典范。我每次走进客厅,都会惊叹她精准的品位,大西洋城二等酒店婚礼套房里的物件,在她家客厅几乎都能找到。”

为了说明这句话的讽刺意味,我得补充交代一下,怀曼家客厅里全是铬制品和玻璃制品,粗硬的现代织物,地上铺着夸张的立体派艺术地毯,墙上挂着毕加索画作的印制品和切里柴夫画作。晚餐很丰盛。我们一个晚上兴高采烈地聊着感兴趣的话题,聊完还喝了几瓶啤酒。我睡觉的卧室前卫而现代。我看了一会儿书,熄灯睡觉。

“劳拉?”我心里想,“哪个劳拉?”

我回想过去的经历。想起我在佛罗伦萨认识的所有的人,希望能够想起我何时何地跟格林太太有过接触。因为要跟她一起共进晚餐,我希望能记起一些细节,以证明我没有忘记她。如果不记得对方,对方会觉得你无礼。我想我们都觉得自己很重要,如果跟我们打过交道的人对我们没有印象,这会令自己觉得没面子。我昏昏欲睡,陷入幸福的沉睡之前,我不再绞尽脑汁地回忆,潜意识却变得异常活跃,我突然清醒过来——我记起劳拉·格林是谁了。难怪我把她忘了,上次见她还是二十五年前的事,一个非常偶然的机会。当时,我在佛罗伦萨住了一个月。

那时,第一次世界大战刚刚结束。跟她订婚的男人在战争中遇难,她和妈妈想方设法来到法国,探访他的墓地。她们来自旧金山。伤恸之后,她们来到意大利,在佛罗伦萨过冬。那会儿,佛罗伦萨有个很大的英美人聚居地。我认识一些美国朋友,其中有哈丁上校和他太太。他的上校身份源自他在红十字会的要职。他在波伦亚街有幢豪华别墅,邀请我跟他们一起住。多数上午,我出去观光,中午则在托纳布奥尼街的多尼酒店会朋友,喝鸡尾酒。凡是认识的朋友,在多尼都能见到,美国人、英国人,还有经常出入其间的意大利名流。在那里能听到有关整座城市的流言蜚语。大饭店或是距城中心一两英里地的别墅里,经常举办午餐聚会,那些别墅的花园古朴而漂亮。我得到一张佛罗伦萨俱乐部的会员卡,下午我和查利·哈丁常去那里玩桥牌或一种三十二张牌的危险扑克游戏。傍晚,通常会有晚餐聚会,打桥牌的人更多,经常还有人跳舞。在哪里都能遇到这一帮人,这群人人数众多,形形色色,倒也不乏味。每个人都对艺术多少感点儿兴趣,在佛罗伦萨艺术趣味不可或缺,所以,尽管生活看起来很无聊,但也不全无意义。

劳拉和她妈妈——寡妇克莱顿太太,住在高档公寓里。她们看起来相当阔绰。拿着引荐信来到佛罗伦萨,没过多久就结交了许多朋友。劳拉的坎坷遭遇激起大家的同情,人人都很乐意帮助母女二人,当然,母女俩为人谦和,很快就得到大家的青睐。她们热情好客,经常在这家或那家饭店宴请,席上不乏意大利通心面,煎小牛肉必不可少,还有意大利基安蒂红葡萄酒。克莱顿太太在这个国际人士云集的社交圈子中也许有些失落,那些她觉得很奇怪的话题,大家却兴致勃勃谈论不休。劳拉喜欢这样的场合,她似乎感觉如鱼得水。她聘请一位意大利女人教她学习语言,很快就能读懂但丁《神曲》的《地狱篇》。她贪婪地阅读有关文艺复兴时期艺术和佛罗伦萨历史的书籍,有时我在乌菲兹美术馆遇见她,手里攥着德国出版家贝德克尔的旅行指南。有时我在教堂遇见她,孜孜不倦地浏览艺术品。

她那时二十四五岁光景,而我已经四十多岁,所以,尽管我们经常见面,关系熟络,却并不十分亲密。她一点也不漂亮,却别有韵味。椭圆形的脸蛋,明亮的蓝色眼睛,黑色的头发简单地扎起来,头发中分,梳向两侧耳际,在后颈低绾成髻。她皮肤光滑,肤色较深。五官清秀却不惹眼,犹如珠贝的牙齿整齐、洁白,她最突出的优点在于举止优雅从容。大家告诉我她的舞姿“曼妙”,我一点都不惊讶。她身材很好,比时下流行的身材略显丰满。我想,她的迷人之处在于她的外表巧妙地融合了一位意大利画家祭坛画中的圣母玛利亚的相貌,和她自身的丰满性感。自然,她对于那些上午来多尼聚会,或是偶尔受邀到英美人士别墅参加午宴、晚宴的意大利人来说相当有吸引力。显然,她习惯了跟这些热情奔放的年轻人打交道,尽管她在他们面前表现得可爱、优雅又友善,却跟他们保持着距离。她很快发现,这些人都在物色一位有大笔遗赠的美国女人。令我钦佩的是,她端庄少言,巧妙地让这些人觉得她一点儿都不富裕。他们摇头叹息,把注意力转移到“幸福猎场”多尼酒店的其他猎物身上。大家继续跟她跳舞,继续跟她调情,但不再抱有跟她成婚的幻想。

有一个年轻人始终不放弃。我认识他,他经常在俱乐部玩扑克。我偶尔也玩一下。心存不满的外国人经常说,外国人根本没有赢牌的机会,因为意大利人会联手搞鬼,不过,也有可能是他们更熟悉这种玩法,比我们玩得好。劳拉的追求者蒂托·迪·圣·彼得罗是个胆大甚至有些鲁莽的牌手,有时输掉的金额超出了自己的支付能力。(这不是他的真名,但我这么称呼他是因为他的姓氏在佛罗伦萨历史上享有盛名。)他相貌英俊,身高适中,黑色的眼睛炯炯有神,浓密的黑发从额头梳到脑后,油光锃亮。橄榄色皮肤,五官端正,颇具古典气质。他手头拮据,没有固定职业,但这似乎并没有阻止他纵情享乐,穿着时尚光鲜。没人知道他的住址,不知他是住在家具齐全的大房子里,还是寄居亲戚家阁楼。他祖上留下的全部家产就是离城三十英里的一栋十六世纪意大利风格别墅。我从没亲眼见过,但据说别墅美不胜收,有个巨大的花园,花园久已荒芜,种满柏树和小橡树,还有杂草丛生的亭子、柱廊、人工岩洞和碎裂的雕塑。他的鳏夫父亲是伯爵,孤身一人住在别墅里,依靠保有的小片土地上出产的葡萄酒和橄榄油维持生计。他很少来佛罗伦萨,所以我从没见过他,但是查利·哈丁跟他很熟。

“他属于典型的托斯卡纳贵族,”他说,“年轻时从事外交工作,无所不知。他举止庄重,向你问好时,简直让你觉得他在布施恩惠。他善于辞令。当然,他不名一文,将继承的一点儿家产挥霍在赌博和女人身上,他贫穷却不失尊严。从他的举止看来,钱这东西根本不值一提。”

“他多大年纪?”我问。

“五十岁,应当说,他是我迄今为止见过的最英俊、倜傥的男人。”

“哦?”

“贝茜,你来描述一下吧。他第一次来这里时,还跟贝茜调情呢。我从来都不知道你俩发展到了什么程度。”

“别犯傻了,查利。”哈丁太太笑着说。

她望着他的眼神,尽显多年夫妻的相濡以沫。

“他对女人很有吸引力,他自己非常清楚这一点。”她说,“他跟你聊天的时候,给你的感觉似乎你是世上唯一的女人,令你非常受用。可这只是逢场作戏,女人要是当真的话,那可就真傻了。他相貌英俊。瘦高个,精神焕发。黑色的大眼睛炯炯有神,有股孩子气。银白色头发十分浓密,配上古铜色显年轻的面容,极具杀伤力。他面容消瘦,与众不同,有股难以置信的浪漫气质。”

“在把握获利良机这一点上,他的黑色大眼睛目光独到。”查利·哈丁淡淡地说,“他决不允许蒂托娶个像劳拉那样没钱的女人。”

“劳拉每年收入接近五千美元,”贝茜说,“等她妈妈去世之后,她的收入会高一点。”

“她妈妈还能活三十年,养丈夫、公公和两三个孩子,五千美元剩不下多少,且不说还要修缮连件像样家具都没有的别墅。”

“我想年轻人对她爱得死心塌地。”

“那小伙子多大?”我问。

“二十六岁。”

几天后，查利回来吃饭，我们头一次单独吃饭。他告诉我说他在托纳布奥尼街遇到克莱顿太太，克莱顿太太告诉他，说自己和劳拉准备下午开车跟蒂托一起去见他父亲，顺便看看别墅。

“你觉得这是什么意思？”贝茜问。

“我猜蒂托是带劳拉给他爸爸看看，如果他同意的话，就准备向劳拉求婚。”

“他父亲会同意吗？”

“绝对不会。”

事实证明查利错了。母女俩到他家之后，在花园里走了一圈。不知怎的，克莱顿太太发现巷子里只剩下她和老伯爵两个人。她不会说意大利语，伯爵曾经在伦敦当过参赞，英语还过得去。

“您女儿很漂亮，克莱顿太太。”他说，“我儿子蒂托爱上了她，我一点也不奇怪。”

克莱顿太太并不傻，或许她也已经猜到这个年轻人邀请她们参观祖传别墅的用意。

“意大利年轻人都很感性。劳拉很理智，没把他们的关注放在心上。”

“我希望她对蒂托能够与众不同一些。”

“我觉得她对蒂托跟对那些陪她跳舞的年轻人没什么两样。”克莱顿太太略显冷淡地回答说，“我想我得及早告诉您，我女儿收入平平，我去世后，她的收入才有可能增加。”

“实话跟您说吧。我全部的家当就只有这幢别墅，还有周围的几亩薄田。我儿子不能娶身无分文的女孩儿，但也不会冲着钱去娶一个姑娘，他真心爱慕您的女儿。”

伯爵举止威严而优雅，克莱顿太太并非麻木不仁。她的语气变得柔和。

“这些都无关紧要。在我们美国，儿女的婚姻大事父母说了不算。如果蒂托想娶劳拉的话，就让他去问她自己的意见吧。如果劳拉准备好了嫁给他，她肯定会同意的。”

“如果我没有弄错的话，蒂托现在正在问她。我衷心希望他能如愿以偿。”

伯爵和克莱顿太太继续散步，突然看见两个年轻人手牵手迎面走来。刚才发生的事不难揣测。蒂托亲吻克莱顿太太的手，然后吻了父亲的双颊。

“克莱顿太太，爸爸，劳拉已经同意嫁给我了。”

他们俩的订婚在佛罗伦萨上流社会引起一阵轰动，亲朋好友为这对年轻人举办了好几场晚会。很明显，蒂托深陷爱河，而劳拉似乎不那么动声色。蒂托长相潇洒，活泼热情，乐观开朗。劳拉显然会爱上他。但她感情不轻易外露，还跟从前一样，平静、友善、沉着、友好，易于相处。她同意他的求婚，不知道，到底在多大程度上是因为他伟大的姓氏及其辉煌的历史，加之看到这幢漂亮别墅的美丽风景和浪漫花园。

“毫无疑问，蒂托是出于爱情才求的婚。”聊到这里，贝茜·哈丁说，“克莱顿太太告诉我，蒂托和他父亲压根也没想弄清劳拉到底有多少家产。”

“我敢赌一百万美金，劳拉一分一毫的资产他们都弄得清清楚楚，连折算成多少里拉都精打细算过。”哈丁嘟哝着说。

“亲爱的，你可真是个坏东西。”她补了一句。

他又嘟哝了一句。

不久之后，我离开佛罗伦萨。婚礼庆典从哈丁别墅的宴会开始，宾朋满座，大家尽情享用美食和香槟。蒂托和妻子在隆加诺租下一栋公寓,老伯爵回到冷清的山区别墅。三年后,我再次造访佛罗伦萨,在那里待了一个星期。其间仍然跟哈丁家住在一起。我打听旧日朋友们的情况,想起劳拉和她母亲。

“克莱顿太太回旧金山去了,”贝茜说,“劳拉和蒂托跟伯爵一起住在别墅里。一家人过着幸福生活。”

“有孩子吗?”

“没有。”

“快点儿往下讲吧。”哈丁催促说。

贝茜瞪了丈夫一眼。

“真不敢想象,我怎么会跟你这个讨厌鬼一起生活了三十年。”她说,“他们放弃了隆加诺的公寓。劳拉在别墅上花了很多钱,别墅里没有浴室,她装上中央供暖,还置办了大量家具,把别墅变成了温馨宜居之所。后来,蒂托玩扑克时输了一大笔钱,可怜的劳拉需要替他还账。”

“蒂托没有工作吗?”

“工作赚不了几个钱,只好作罢。”

“贝茜的意思是说,蒂托被解雇了。”哈丁插话说。

“长话短说吧,他们觉得比较经济的做法是搬回别墅去住。而且,劳拉觉得这样也能阻止蒂托不务正业。劳拉喜欢别墅里的花园,将花园打理得十分漂亮。蒂托非常爱她,老伯爵也很喜欢她。所以,真是皆大欢喜。”

“你不知道吧,蒂托上个星期四还来这里。”哈丁说,“他玩起牌来简直疯狂,不知道又输了多少。”

“噢,查利。他可是答应过劳拉永远不再赌啦。”

“赌徒可不会信守诺言。就像上次一样。他又会痛哭流涕地说他爱她,说欠债会影响到家族的荣誉,说如果筹不到钱,他会被人追杀。劳拉也一定会像从前那样替他还债。”

“他意志薄弱，亲爱的，他只有这么个缺点啊。跟多数意大利丈夫不一样，他对劳拉绝对忠诚，人也善良。”她幽默而严厉地看着哈丁说，“我不也一直在寻找完美丈夫嘛。”

“那你可得快点找，亲爱的，否则就晚啦。”他咧嘴笑着反驳说。

我辞别哈丁一家，回到伦敦。查利·哈丁和我不时有邮件往来。大约一年后，我收到他的一封信。他例行讲述了一家人的近况，信上说他去了蒙特卡蒂尼泡温泉，还跟贝茜一起到罗马拜访了朋友。他提到我在佛罗伦萨认识的很多朋友，某某买下一幅威尼斯画派贝利尼的画作，某某太太跟丈夫离婚去了美国。而后，他接着写道：“我想你听说了圣·彼得罗一家的消息吧。我们大家都很吃惊，我们一直在谈论他们。劳拉情况很不好，可怜的人，她要生孩子了。警察不断地讯问她，真是不容易。当然，我们请她来我们家住了一段时间。再过一个月蒂托就要出庭受审了。”

我完全看不懂这些是从何说起，立即写信给哈丁问到底是什么情况。他回了一封长信。他告诉我的情况令人震惊。我想尽量简短地复述这赤裸裸的残酷事实。这些情况一部分是从哈丁的信中得知，一部分是两年后我再次到他们家时他和贝茜亲口告诉我的。

伯爵和劳拉之间立即有了好感，蒂托很高兴看到父亲和妻子这么快就能和睦相处，因为他既热爱自己的父亲，又忠于自己的妻子。他很高兴，伯爵比之前更加频繁地前往佛罗伦萨。夫妇俩的公寓里有间闲房，有时伯爵在公寓里跟他们一起住两三个晚上。伯爵和劳拉会去古董店购置便宜货，买些老物件放到别墅里。他有策略，又有知识，渐渐地，别墅内宽敞的房间和大理石地面不再凄清，变得温馨起来。劳拉对园艺很有激情，她和伯爵夜以继日地一起精心设计，然后监督工人们将古老、庄严而美丽的花园恢复昔日的神采。

由于蒂托经济拮据，夫妇俩不得已放弃佛罗伦萨的公寓，劳拉并不十分放在心上。彼时，她已经厌倦佛罗伦萨上流社会的生活，住在他家祖上留下的大别墅她并无不快。

蒂托醉心城市生活，虽然未来的乡居生活令他沮丧，可他也不能抱怨，正是因为自己的放荡行为导致夫妻俩不得不缩减开支。他们还拥有汽车，父亲和劳拉忙碌时，蒂托成天开车闲荡。即使他们知道他不时去佛罗伦萨俱乐部小赌一把，对此也不过是睁一只眼闭一只眼。一年时光倏然过去。突然，不知道什么原因，蒂托模模糊糊起了疑心。他有种说不清的不祥预感，劳拉对他似乎不如以前那么在乎。有时，父亲对他似乎也很不耐烦。公公和媳妇间似乎有说不完的话，他感觉，两人谈话时自己被排除在外，仿佛他还是个孩子，应该安静坐好，大人聊天时不应该插嘴。他感觉到自己的出现总是不受欢迎，他不在的时候翁媳轻松自在。他了解父亲的为人，知道父亲名声很好，这种疑心实在大逆不道，他不愿接受。但有时，捕捉到两人之间的眼神，他惊慌失措。父亲眼中流露出温柔的属意，劳拉眼中无限缱绻，换作是别的什么人，他肯定会认为二人是情人关系。他不能，也不愿相信两人之间有什么见不得人的地方。伯爵难以自抑地向女人献殷勤，而劳拉也很可能感到了他不凡的魅力，可要是揣测他深爱的这两个人有什么不耻勾当，造成不光彩的乱伦关系，想想都令人羞愧。他敢肯定，劳拉是个年轻、幸福的已婚女人，跟公公之间除了亲情，别无其他。他觉得劳拉不应该每天跟他父亲保持联系,有一天他建议说他们最好搬回佛罗伦萨去住。劳拉和伯爵对这个提议十分惊讶,都不同意。劳拉说,在别墅上花了这么多钱,如今别墅变得舒适宜居,她已经舍不得离开,去住城里的破烂公寓。夫妻俩争执起来,蒂托情绪十分激动。他认为劳拉那些话是在申明她之所以住在这里,是为了让他抵制诱惑,分明在暗示他在牌桌上输了钱,令他十分恼火。

“总在我面前提你那点破钱,”他情绪激动地说,“我要是为了钱结婚,会娶比你有钱得多的女人。”

劳拉脸色惨白,望向伯爵。

“你没有权利对劳拉那样说话,”伯爵说,“你真是个没有教养的混蛋。”

“我在跟我妻子说话,想怎么说就怎么说。”

“你错了。你住在我家里,她有权利得到你的尊重,这也是你的义务。”

“爸爸,需要向您学习礼仪的话,我一定会让您知道。”

“你太放肆了,蒂托。请你离开房间。”

伯爵神情冷峻、威严。蒂托火冒三丈却又心虚异常,抬脚甩门而去。他坐进汽车,开到佛罗伦萨。那天,他赢了一大笔钱(牌场得意,情场失意)。为了庆祝赌博赢钱,他喝得酩酊大醉。第二天上午他没有回别墅。劳拉跟平时一样平静、友善,他父亲却有些冷酷。这件事再也没有提起。从那以后,情况变得越来越糟。蒂托闷闷不乐,喜怒无常,伯爵变得吹毛求疵,有时父子俩针锋相对。劳拉并不插话,可蒂托明显感觉,父子俩出现严重分歧后,劳拉总是为父亲说情,后来伯爵也不再生气,开始像对待任性的孩子一样宽容而耐心。他坚信他们沆瀣一气,他简直遏制不住自己的疑心。当劳拉好脾气地对他说,在乡村里待久了肯定很枯燥，鼓励他经常去佛罗伦萨看朋友时，他的这些疑心更重了。

他草率地认为劳拉这么说只是为了摆脱他。他开始监视他们。知道他们在屋里，他会突然冲进来，想逮住他们有伤风化的场面，或者是悄悄地跟着他们走到花园僻静处。公公和儿媳满不在乎地谈论生活琐事。劳拉微笑着向蒂托问好。他无法找到确凿的证据，怀疑的事无法证实，他备受折磨。他开始酗酒，变得紧张不安，脾气暴躁。他没有证据，没有任何证据证明他们之间有什么不轨勾当，但他骨子里深信他们串通起来欺骗他。他垂头丧气，感觉自己快要疯了。心中无名的烈火煎熬着他，吞噬着他。有一次去佛罗伦萨，他买了把手枪。他下定决心，一旦证据确凿，就将两人统统干掉。

我不知道导致最终灾难的具体原因。审判庭上真相大白：一天晚上，忍无可忍的蒂托冲进父亲房间，要跟父亲问个明白。父亲冷嘲热讽地奚落了他一番。父子俩恶言相向，大吵一番，蒂托掏出手枪打死了伯爵。然后，他瘫倒在地，在父亲尸体旁歇斯底里地哭泣。听到枪声，劳拉和仆人们冲进来。他跳起身，抓住手枪。他后来说，本来想要自杀，但最终犹豫了，或许是因为大家动作太快，把他手里的枪夺了下来。家人报了警。他在监狱里多数时间都在哭泣。他拒绝吃饭，只好强塞。他告诉负责审查的法官说他杀了父亲，因为父亲跟他妻子偷情。经过反复盘问，劳拉发誓说伯爵跟她之间除了亲情，别无其他。这起谋杀让佛罗伦萨公众异常恐惧。意大利人相信劳拉有罪，但是她的朋友，那些英美人，都认为她不可能犯下被指控的那种罪行。他们四处传言，说蒂托患了精神病，嫉妒心强，愚蠢地将劳拉作为美国人的自由作风误认为非法的情欲。从表面上看，蒂托的起诉理由几乎无法成立。卡洛·迪·圣·彼得罗几乎大劳拉三十岁,满头白发。她自己的丈夫年轻潇洒,对她爱得死心塌地,她和公公之间怎么可能会有不轨行为?

在哈丁的陪伴下,她面见审查法官和蒂托的辩护律师。他们打算借口说蒂托有精神病。辩护专家给他做身体检查,说他精神失常,起诉专家检查后,说他精神正常。他犯下可怕罪行之前三个月就买了手枪,这一事实表明,这是一起有预谋的犯罪。调查发现,他欠下大笔债务,债主们逼他还钱。他偿还债务的唯一办法就是卖掉别墅,而父亲死后别墅就会是他的。意大利没有死刑,但有预谋的谋杀者将会被判终身监禁。判决临近,律师们来找劳拉,告诉她唯一能够拯救蒂托的方法就是她在法庭上承认伯爵跟她乱伦。劳拉脸色惨白。哈丁强烈反对。他说,他们没有权利要求她作伪证,损害自己的名声去挽救这个无可救药、放浪形骸的赌徒,她嫁给他已经很不幸。劳拉沉默了一阵。

"很好,"她最后说,"如果这是唯一挽救他的方法,我愿意这么做。"

哈丁试图劝阻,但她心意已决。

"如果我知道蒂托下半辈子只能在牢房里独自煎熬,我也不会得到片刻安宁。"

事情就是这样。审判开始。她被传唤出庭,宣誓之后,她说公公跟她偷情已经一年有余。蒂托被宣布精神失常并送到精神病院。劳拉想立即离开佛罗伦萨,可意大利审判前期程序无穷无尽,到时候,她的孩子也快出生了。哈丁一家劝她生产前跟他们住在一起。孩子生下来,是个男孩,但只活了二十四小时。劳拉计划回到旧金山,找份工作,跟母亲一起生活。因为蒂托挥霍无度,她在别墅上花了一大笔钱,再加上审判的花销,她已身无分文。

这个故事大半是从哈丁处听来的。有一天，哈丁去了俱乐部，我跟贝茜一起喝茶，我们又聊到这个不幸的遭遇，她对我说：

"你知道，查利没有把整个故事讲完，因为他不知道结尾。我一直没有告诉他。男人有时很滑稽。他们比女人更容易激动。"

我扬起眉头，等着她的下文。

"劳拉动身离开前，我们谈了一次话。她情绪低落，我以为她是为失去孩子而悲伤，想说些安慰的话。'你可不要为孩子的事太过悲伤，'我说，'在目前情况下，兴许孩子死了不是坏事。''为什么这么说？'她问。'想想看，这可怜的小东西，爸爸是个杀人犯，他还能有什么前途？'她用一贯的莫测表情看了我一阵。之后，你知道她说什么吗？"

"我不知道。"我说。

"她说：'你为什么觉得他爸爸就是杀人犯？'"

"我感觉自己的脸红得像只雄火鸡。我简直不敢相信自己的耳朵。'劳拉，你是什么意思？''你去了法院，'她说，'你听到了我的供词，卡洛是我的情人。'"

贝茜·哈丁盯着我的神情，一定跟她当时盯着劳拉的神情一样。

"你当时是怎么说的？"我问。

"我还能怎么说？我什么都没说。我也没有受到惊吓，只是感到惊奇。劳拉看着我，不管你信不信，我相信她两眼放光。我感觉自己像个傻瓜。"

"可怜的贝茜。"我笑着说。

可怜的贝茜，现在想起这个离奇的故事，我再次喃喃自语。

她和查利去世很久了,我因此失去了两位挚友。想到这里,倦意袭来。第二天,怀曼·霍尔特开车带我去了很远的地方。

我们七点钟准时赶到格林家吃饭。现在,我已经记起劳拉是何许人,对于再次见面,充满了好奇。怀曼没有夸大其辞。我们走进客厅,那里确实堪称陈腐的典范。客厅很舒适,却没有一点个性,像整体购置的房子,又像政府办公楼,黯淡无奇。我被首先介绍给主人贾斯珀·格林,然后是他的弟弟埃默里和弟媳范妮。贾斯珀·格林身材高大肥胖,脸盘肥厚,黑头发粗糙、蓬乱,戴着硕大的纤维边框眼镜。他的年轻让我吃了一惊。他三十出头,比劳拉年轻近二十岁。他弟弟埃默里是纽约一所音乐学校的作曲家兼教师,大约二十七八岁。弟媳妇娇小漂亮,是个演员,没有固定工作。贾斯珀·格林为我们调制了大杯鸡尾酒,但苦艾酒兑得过多,我们坐下来吃晚餐。宾主聊天甚欢,简直算得上喧闹。贾斯珀和他弟弟声音洪亮,贾斯珀、埃默里和埃默里的妻子三个人都非常健谈。他们彼此插科打诨,又说又笑。他们谈论艺术、文学、音乐和戏剧。怀曼和我偶尔也会插话,但这种机会不多。劳拉根本没想插话。她坐在桌子一端,表情平静,嘴上挂着轻松幽默的微笑,聆听他们瞎扯。这不是愚蠢的鬼扯,请注意,扯得很有智慧,很时髦,但依然改变不了瞎扯的本质。她的神情中有种母性,让我想起毛发光滑的达克斯猎狗安静地躺在阳光下,表情慵懒但又警觉地看着它的幼崽在身旁顽皮嬉戏。不知道她是否会觉得,这种有关艺术的闲扯相对于她记忆中血与激情的经历而言,显得微不足道。不过,她还记得吗?事情已经过去这么多年,或许看起来就像做了个噩梦。或许这些普通得不能再普通的装修正是她刻意为之,为了忘记过去,身处这些年轻人中间她的精神能得到慰藉。或许贾斯珀故作聪明的愚蠢恰似一剂安慰的药饵。在磨人的惨痛经历之后,或许她只想得到平凡而单调的安全感。

可能因为怀曼是研究伊丽莎白时期戏剧的权威,聊天的话题有一会儿转到戏剧上面。我察觉贾斯珀·格林很想结束这个话题,他说:

“我们的剧院大多萧条,因为当今的剧作家们不敢触碰强烈的情感,但强烈的情感恰恰是悲剧的合适题材。”他声音洪亮,“十六世纪有很多耸人听闻、残忍血腥的主题可以拿来创作,所以他们创作了伟大的戏剧。可我们的剧作家要到哪里去寻找这样的主题?我们的盎格鲁-撒克逊血统过于冷静、懒散,无法提供有用的素材,我们的剧作家因热衷于表现社交琐事而广遭诟病。”

我想知道劳拉听了这番话有何感想,但我有意避开她的眼睛。她本可以向他们讲述一个乱伦、嫉妒和弑亲的爱情故事,这正是莎士比亚的继任者们梦寐以求的素材,但是,一旦某个剧作家创作出来,我敢肯定,舞台前会无端多出一具尸体。我现在已经知道她故事的结尾,有些出乎意料,有些枯燥乏味,又有些令人恐怖。真实生活的结尾通常令人悲哀而非令人欢喜。我也在想,她为什么要跟我叙旧。当然,她不会料到我对她所知甚多。或许她本能地相信我不会出卖她,或许她根本不在意我是否会出卖她。我不时瞄她一眼,她安静地聆听三个年轻人激动地胡说八道,和蔼、慈祥的表情没有透露任何信息。要是我没听说过她的故事,我一定会认为她从来就过着这种波澜不惊的生活。

晚上的时间很快过去,我的故事也讲完了。为了增添故事的趣味性,我再说说我和怀曼回到家后的一件小事。上床睡觉前我们打算喝瓶啤酒,于是到厨房里去取。客厅里响起十一点钟的钟声,电话铃声突然响起。怀曼去接电话,他回来时,一个人得意地笑。

“什么事这么好笑?”

“是我的一个学生。十点半之后学生一般不会打电话给老师,可他十分苦闷。他问我这个世界上为什么会有邪恶。”

“你告诉他原因了吗?”

“我告诉他,圣托马斯·阿奎那也曾被这个问题困扰,告诉他最好自己想办法弄清楚。我说,找到答案的话一定记得给我打电话。凌晨两点钟也没关系。”

“我想,你很久都不会受到打扰了。”我说。

“不瞒你说,我也这么认为。”他咧嘴笑着说。

(鄢宏福 译)

九月公主

起初,暹罗国王生了两个女儿,分别取名“夜”和“昼”。之后,他又生了两个女儿,于是他给前两个女儿改了名字,用一年四季给四个女儿取名:春、秋、冬、夏。随着时间的推移,他又得了三个女儿,于是又改用一星期的七天来给女儿们取名。等到第八个女儿降生,他不知该如何是好,突发灵感,改用月份称呼女儿们。王后说月份只有十二个,这么多新名字她很容易混淆。但国王的思维很刻板,他决定的事从不改变。他将所有女儿的名字依次取作一月、二月、三月(当然,名字是暹罗语)……一直到最小的女儿,八月。下一个女儿叫九月。

“现在就只剩下十月、十一月和十二月了,”王后说,“再生女儿的话,我们又得从头开始。”

“不,不会的,”国王说,“我觉得,对于任何男人来说,有十二个女儿就足够了。等到亲爱的小十二月出生,纵然我不情愿,也只能将你砍头。”

国王说这话时,失声痛哭,因为他深爱着王后。当然,王后也焦虑不安,她知道,如果不得已砍掉她的头,国王一定会很悲痛。对她自己也是不幸。说来也巧,他们两人都不必如此担心,因为九月是他们的最后一个女儿。在此之后,王后生的都是儿子，国王按照字母顺序给儿子们取名字。在很长一段时间内，国王、王后不再为取名的事儿烦恼，因为他们的儿子排名总共才排到字母 J。

暹罗国王的公主们名字改来改去，性格也因此变得暴躁、易怒；年长的公主们比年岁小的改名更频繁，性格也更乖戾。但九月公主的名字一直都是叫九月公主（当然，她的姐姐们由于性格乖戾，给她取了五花八门的名字），性格甜美可爱。

暹罗国王有个习惯，我想这个习惯最好能在欧洲国王中间流行开来。国王过生日那一天，不仅不收取礼物，反而派送礼物。他似乎很喜欢这个习惯，经常慨叹说很遗憾出生的日子只有一天，因此一年只能过一次生日。随着时间的推移，他就这样将暹罗的市长们敬献给他的所有结婚礼物和忠诚致辞，以及过时的皇冠都一一赠送出去。有一年过生日，他手边实在没有什么可送的东西，就送给每位女儿一只漂亮的绿鹦鹉，装在漂亮的金丝鸟笼里。总共有九只，每只笼子上都写着代表公主名字的月份。九位公主都为自己的鹦鹉感到自豪，每天花一个小时（跟她们的父王一样，公主们也很刻板）教鹦鹉说话。现在，所有的鹦鹉都会说“天佑国王”（是用暹罗语说，难度很高），有的鹦鹉能用不少于七种东方语言说“美丽鹦鹉”。有一天，九月公主去跟她的鹦鹉道早安时，发现鹦鹉死了，躺在金丝鸟笼里。她泪如泉涌，无论宫女们说什么，都无法安慰她。她哭得昏天黑地，宫女们无计可施，只得向王后禀报，王后说这纯粹是胡闹，那就罚公主不吃晚饭直接上床睡觉。宫女们想参加晚会，立即将九月公主放到床上，留下她一个人。九月公主躺到床上，尽管很饿，还是止不住哭泣。突然，她看到一只小鸟跳进她的房间。她将大拇指从嘴里拿出来，坐起身。小鸟开始唱歌，唱了一首美妙的歌曲，描绘了国王花园中的池塘，杨柳在静水中留下倒影，金鱼在杨柳树枝倒影中间来回嬉戏。唱完后，公主已经不哭了，甚至忘记了没吃晚饭。

“这首歌真动听。”她说。

小鸟对她鞠了一躬。艺术家们天生举止优雅得体，喜欢受人赞美。

“你愿意让我代替你的鹦鹉吗？”小鸟说，“我长得的确不怎么好看，但是我的声音动听得多。”

九月公主高兴地直拍手。小鸟于是跳到她的床尾，唱歌哄她入睡。

第二天早上，公主醒来时，小鸟依然在那儿。她睁开眼睛，向小鸟道了声早安。侍女们端来早餐，小鸟从公主手里啄食，在她的茶托里清洗羽毛，还从茶碟里喝水。侍女说喝洗澡水很没教养，可九月公主说这是艺术气质。小鸟吃完早餐后，又开始婉转鸣唱，侍女们很惊奇，九月公主既自豪又高兴。

“现在，我想让我的八个姐姐看看你。”公主说。

她伸出右手大拇指当作枝条，小鸟飞过来停在上面。在侍女们的簇拥下，九月公主在皇宫里穿梭，从一月公主开始，挨个儿拜访她的公主姐姐，她很注重长幼尊卑的礼节，拜访的最后一位是八月公主。在每一位公主那里，小鸟献上一首不同的歌曲。可鹦鹉们却只会说“天佑国王”和“美丽鹦鹉”。最后，她带着小鸟去见国王和王后，他们既惊且喜。

“我就知道让你不吃晚饭上床睡觉的决定是对的。”王后说。

“这只鸟唱歌比鹦鹉动听多了。”国王说。

“我想您早就听厌了人们说‘天佑国王’。”王后说，“真不明白，女儿们为什么教鹦鹉说这个。”

“衷心可嘉，”国王说，“我听得再多也不介意。但是听那些鹦鹉唠叨‘美丽鹦鹉’真是烦人。”

“它们可是用七种不同的语言说的。”公主们说。

“的确如此，”国王说，“但这简直跟我的议员们没什么区别。他们用不同的方式表达同样的意思，可无论他们怎么说，都毫无意义。”

我前面说过，公主们性格乖戾，听父王这么一说非常恼怒。不过，那些鹦鹉看起来也的确令人乏味。九月公主在宫殿楼宇间往来穿梭，像百灵鸟一样歌唱，小鸟在她身旁盘旋飞舞，像夜莺一样鸣唱。实际上，它就是夜莺。

日子就这样一天天过去了。有一天，八位公主凑在一起嘀嘀咕咕。她们去了九月公主那里，围着九月坐成一圈，遵守暹罗国公主礼仪，将脚盖在裙子下。

“可怜的九月公主，”八位姐姐异口同声地说，“你的鹦鹉死了，我们很为你难过。我们大家都有鹦鹉相伴，而你没有，这太可怕了。所以，我们凑了些零花钱，准备给你买一只可爱的黄绿色鹦鹉。”

“不劳你们费心。”九月说，（这么说不太客气，但暹罗公主们彼此之间并不十分融洽。）“我已经有了一只宠物小鸟，给我唱的歌无比动听，我不知道还要黄绿色鹦鹉做什么。”

一月用力吸了口气，接着二月用力吸了口气，继而三月也用力吸了口气。实际上，所有的姐姐们都用力吸了口气，完全遵照长幼顺序。看到这个情形，九月问她们：

“你们怎么都在用力吸气，都感冒了还是怎么着？”

“噢，亲爱的，”她们说，“这个小东西随心所欲地飞出飞进，提起它还真是荒唐。”她们的眼睛在屋内扫视一遍，眉毛挑得老高，都快看不见额头了。

“做怪样子会长皱纹的！”九月说。

“敢问你的宠物小鸟现在去哪儿了？”她们问道。

“去拜访它的岳父啦。”九月公主答道。

“你怎么能肯定它还会回来？”公主们问。

“它每次都会回来。”九月说。

“噢，亲爱的，”八位公主齐声说，“如果你肯听我们的劝告，你就不会这么冒险。等它回来——注意，如果它回来的话，那算是你幸运——把它塞进鸟笼关起来。只有这样，你才能掌控它。”

“但是我喜欢它在我屋里飞来飞去。”九月公主说。

“安全第一。”姐姐们邪恶地说。

姐姐们一边摇头，一边起身走出屋子，留下焦虑不安的九月。她的小鸟似乎已经出去很长时间，她也不知道它在干什么。可能遭遇不测。考虑到猎鹰和人类设下的陷阱，真不知道小鸟可能会遇上什么麻烦。而且，它可能会忘记她，抑或喜欢上别人，那就太恐怖了。噢，她希望小鸟安全返回，住进那只空的金丝鸟笼。她的鹦鹉被埋葬后，鸟笼就挂回了原来的位置。突然，九月听到耳朵后面一阵啼叫，看到小鸟栖息她的肩膀上。它悄无声息地进来，又轻柔地落下，她没有听到任何动静。

“我在想你到底出了什么事。”公主说。

“我知道你会担心。”小鸟说，“事实上，我今晚差点回不来了。我岳父开了个聚会，大家都想让我留下来，但是我怕你担心。”

在这种情况下，小鸟这么说真的很不合适。

九月感觉心脏在胸腔内怦怦直跳，她下定决心不再冒险。她抬起手，抓住小鸟。它已经习惯了这个动作，她喜欢将小鸟握在手心，感知它的心脏噗噗地快速跳动。我想，它也喜欢她的小手，柔软又温暖。因此，小鸟毫无防备，她将它带到鸟笼旁，塞进去，关上门。小鸟十分惊讶，一时不知说什么好。过了一会儿，它跳到象牙雕成的树枝上说：

"这是开玩笑吗？"

"没有跟你开玩笑，"九月说，"不过，今天晚上母后的猫在附近乱窜，我想你待在里面更安全。"

"我不明白王后为什么要养这些猫。"小鸟愤怒地说。

"噢，知道吗，它们是很特殊的猫，"公主说，"长着蓝蓝的眼睛，尾巴上长着鬃。这么跟你说吧，它们有皇室血统，明白吗？"

"明白，"小鸟说，"可你为什么事先不说一声就直接把我关进笼子？我可不喜欢这个地方。"

"我要是不知道你平安的话，肯定一个晚上都合不上眼。"

"噢，如果就这一次的话，我并不介意，"小鸟说，"只要你明天早上放我出去就行。"

小鸟吃了顿丰盛的晚餐，然后开始唱歌。但是歌唱到一半，它停了下来。

"我不知道自己是怎么了，"它说，"今晚我不太想唱歌。"

"好吧，"九月说，"那就睡觉吧。"

于是小鸟将头埋进翅膀里，即刻进入梦乡。九月也睡着了。天刚破晓，她就被小鸟的尖叫声吵醒：

"醒醒，醒醒，"它喊道，"把笼子打开，放我出去。我想趁露水还没干，畅快地飞一会儿。"

"你待在笼子里更享受，"九月说，"你有只漂亮的金丝笼子。是王国里最出色的匠人精心打制的,父王对这只笼子非常满意,于是命人砍掉匠人的脑袋,这样他就不能打制同样的鸟笼了。"

"放我出去,放我出去。"小鸟叫道。

"侍女们会照顾你一日三餐,从早到晚你不用担心任何事,你可以随心所欲地唱歌。"

"放我出去,放我出去,"小鸟不依不饶。想从鸟笼的隔栅中间往外挤,当然挤不出去,撞门,门自然也撞不开。后来,八位公主一起过来,看着小鸟。她们赞扬九月,说她很明智,采纳了姐姐们的建议。姐姐们说,小鸟很快就会习惯笼子,用不了几天,就会忘记自由的滋味。公主们来之后,小鸟一言未发。但她们一走,它又开始大叫:"放我出去,放我出去。"

"别再犯傻了。"九月说,"我把你关进笼子,是因为我喜欢你。我比你更清楚,怎样对你有利。给我唱支小曲儿,我就给你一块红糖。"

但小鸟站在笼子的角落里,望着屋外湛蓝的天空,一个音符也不唱。它一整天都不开口唱歌。

"生气有什么用?"九月说,"你为什么不舒展歌喉,忘记烦恼呢?"

"我怎么唱?"小鸟说,"我想看看树林和湖泊,我想欣赏绿色的稻田。"

"如果你想这样的话,那我带你出去走走。"九月说。

她拎起鸟笼走出房间,走过柳树成荫的湖畔,来到一望无际的稻田边。

"我每天都带你出来。"她说,"我喜欢你,我只想让你开心。"

“这不一样，”小鸟说，“稻田、湖泊和柳树，从笼子的隔栅中间看去很不一样。”

于是，公主又把小鸟带回家，给它送上晚饭。但它什么都不吃。公主有点儿着急，她问姐姐们该怎么办。

“你要坚定。”她们说。

“可是，小鸟如果不吃东西，会被饿死的。”她说。

“那就太不识抬举了。”她们说，“它必须明白，你都是为了它好。如果它一意孤行，那就由它去死吧。你正好能摆脱它。”

九月不明白这么做能给她带来什么好处，可她们八个人劝她一个人，而且又比她年长，她因此什么也没说。

“它也许明天就会适应笼子里的生活。”她自言自语说。

第二天醒来，她兴高采烈地喊早安，可却没有任何回应。她从床上跳起来，跑到鸟笼旁，尖叫起来，小鸟侧躺在鸟笼里，双目紧闭。她打开鸟笼，伸手将小鸟掏出来。她啜泣着，松了一口气，因为她感到小鸟的心脏还在跳动。

“醒醒，醒醒，小鸟。”她叫着。

她开始哭起来，眼泪滴落在小鸟身上。小鸟睁开眼睛，感觉身边鸟笼的隔栅不复存在。

“我只有身体自由才能歌唱，如果我不能歌唱，我就会死去。”小鸟说。

公主哭得更厉害了。

“那就享受你的自由吧，”她说，“把你关进金丝鸟笼，是因为我喜欢你，我想让你归我一个人。可我不知道，我会害你失去性命。去吧，到湖泊周围的丛林中展翅飞翔，去绿色的田野里尽情翱翔。我太喜欢你了，希望你快乐，你要怎么样都可以。”

她打开窗户，轻轻地将小鸟放到窗台上。小鸟轻轻地抖了抖羽毛。

“想来就来,想走就走吧,小鸟,”她说,“我再也不会把你关到笼子里。”

“我会回来的,我喜欢你,小公主。”小鸟说。

“我会为你奉上我最美妙的歌曲。我会飞向远方,但我一定会回来,我永远都不会忘记你。”小鸟又抖了抖羽毛,“天哪,我的身体都僵硬啦。”它说。

说完,小鸟展开翅膀,飞上蓝天。小公主放声大哭,要将心爱之人的幸福摆在自己的幸福之上,势必十分艰难。眼望小鸟飞出视线,她突然感到孤单落寞。姐姐们听说了这件事,都奚落她,说小鸟永远都不会回来。但小鸟最后飞回来了。它停落在九月的肩膀上,在她手里啄食,给她唱它在美丽的世界里上下翻飞时学会的歌曲。无论白天还是黑夜,九月都将窗户敞开,无论何时,小鸟想回来都能进来,这样对公主大有好处。后来,她出落得格外美丽。长大成人后,嫁给了柬埔寨国王,坐在白色的大象上,被迎接到国王生活的城市。但她的姐姐们从来没有敞开窗户睡觉,所以长得形容丑陋、脾气暴戾,到了适婚年龄,嫁给了国王的议员们,礼物只有一磅茶叶和一只暹罗猫。

(鄢宏福 译)

权宜婚姻

我乘坐一艘只有四五百吨位的破旧小轮船离开曼谷。船上兼做餐厅的邋遢客厅里摆有两张狭窄的条桌，桌子两侧装着旋转座椅。客舱位于船舱腹部，脏乱不堪，蟑螂满地乱爬，走近洗脸盆洗手时，硕大的蟑螂会突然昂首阔步、从容不迫地爬出来。不管你是何等淡定之人，看到此种情形都很难安然面对。

我们沿着河道顺流而下，河面宽阔，水流舒缓，风景明媚，绿色的河岸上点缀着层层叠叠的水边棚屋。轮船驶过沙洲，开阔的海面一望无际，湛蓝的海水，平稳如镜。看到大海的景色，闻到大海的气息，我心中兴奋不已。

凌晨登船之后，我很快发现，船上的乘客是我有生以来见过的最奇特的一群人。同船有两个法国商人，一个比利时上校，一个意大利男高音歌手，一家美国马戏团老板夫妇，还有一个退休的法国官员。马戏团老板是那种热衷交际的人。他这种人，你可能会想要躲得远远的，也可能会喜欢，视个人情绪而定。我碰巧心情愉快，上船不到一个小时，我们就开始摇骰子喝酒，他还给我看了马戏团的动物明星们。他个头矮胖，大腹便便，身上的白衬衣邋遢变形得看不出底色。衣领很紧，简直让人担心他会窒息。他面色红润，胡子刮得干干净净，蓝色的眼睛露出欢快的神情，棕黄色头发短而蓬乱，后脑勺挂着一顶破旧软草帽。此人名叫威尔金斯，生于俄勒冈州波特兰市。看来东方人对马戏团情有独钟，二十年来，从塞得港到横滨，威尔金斯先生带着他的动物和旋转平台，足迹遍及东方各地（亚丁、孟买、马德拉斯、加尔各答、仰光、新加坡、槟榔屿、曼谷、西贡、顺化、河内、香港、上海，这些名字从唇边滑过，裹挟着阳光、奇妙声音和多彩活动）。他过着一种奇特的生活，与众不同，人们肯定会以为这种生活为他提供了各种奇妙体验，可奇怪的是，他依然只是个普普通通的小人物，跟众多在加利福尼亚州二流城镇经营车库或打理三等宾馆的普通人别无二致。事实上，我已经惊讶地发现：不同寻常的人生经历并不会把一个人变成不同寻常的人；相反，不同寻常的人常会从乡村牧师般单调的生活中创造出不凡之处。我希望能插述我在托雷斯海峡某个小岛上遇到的隐士故事——他原本是位水手，遭遇沉船后独自在岛上生活了三十年。每每写作，人总被主题束缚住手脚，我常常凭着感觉把故事写下来，但最终为了跟整本书主题一致，又只能忍痛删减。不管是长话短说还是短话长说，总之，不管个人的思想跟大自然亲密相处多久，诸多经历后，他依然会是从前那个迟钝、麻木、粗俗的蠢货。

意大利歌手从我们身旁经过，威尔金斯先生告诉我，歌手是那不勒斯人，准备去香港跟他的乐队会合。他以前在曼谷，突患疟疾，不得不离开乐队，他块头很大，身形肥胖，一屁股坐进椅子里，发出吱呀吱呀的声响。他摘下草帽，露出一头油腻腻的长卷发，用套着戒指的短粗手指拢了拢头发。

“他不太跟人来往。”威尔金斯先生说，“给支雪茄，他会接着，喊他一块儿喝酒，就不会接受了。说他性格怪异也不过分。长得很邋遢，对吧？”

这时，一位身穿白衣服的矮胖女人走上甲板，手里牵着一只小猴崽。小猴子走得无比威武。

“这位是威尔金斯太太，”马戏团老板介绍说，“还有我们最小的儿子。搬张椅子过来，夫人，来见见这位绅士。我不知道他叫什么，但是他已经请我喝了两杯，要是他摇骰子的功夫没到家，估计也得给你买一杯。”

威尔金斯太太坐下来，心不在焉，表情木然，眼睛盯着蓝色的海面，说想要来杯柠檬汽水。

“噢，天太热了。”她嘟哝说，摘下遮阳帽扇风。

“威尔金斯太太怕热。”她丈夫说，“她可是足足忍受了二十年。”

“二十二年半了。”威尔金斯太太眼睛仍然盯着海面。

“她从来都不习惯这种天气。”

“永远都不会习惯，你知道的。”威尔金斯太太说。

她跟丈夫一样高，一样胖，跟丈夫一样长着通红的圆脸和蓬乱的棕黄色头发。不知道他们是因为彼此酷似才结的婚，还是结婚多年，彼此变得如此相似。她依然没有转过脸，继续心不在焉地盯着海面。

“你给他看过动物吗？”她问丈夫。

“肯定啦。”

“他觉得珀西怎么样？”

“觉得他很棒。”

我感觉自己被这夫妇俩撇在一边，可无论如何，我也是参与这话题的一分子，于是插话问道：

“珀西是谁？”

“珀西是我们最大的儿子。海里有条飞鱼，埃尔默！是只猩猩。他今天早上吃得好吗?"

"吃得好。他是笼里最大的猩猩。就算出一千美金我也不会卖。"

"大象算第几个儿子?"我问。

威尔金斯太太没有看我,蓝色的眼睛依然漫不经心地望着海面。

"他不是儿子,"她回答说,"我们以朋友相称。"

男侍端来威尔金斯太太的柠檬汽水、她丈夫的威士忌加苏打水和我的奎宁水杜松子酒。我们又摇了一回骰子,又是我买单。

"要是他摇骰子总输的话,可得花不少钱哪。"威尔金斯太太朝着海岸线喃喃说道。

"亲爱的太太,我猜埃格伯特一准想喝点你的柠檬汽水。"威尔金斯先生说。

威尔金斯太太稍稍转过头,瞧了一眼坐在她大腿上的猴子。

"埃格伯特,想要尝尝妈妈的柠檬汽水吗?"

小猴子吱吱叫了一声,威尔金斯太太用胳膊抱住猴子,递给他一根吸管。猴子吸起柠檬汽水,喝足后,躺回到威尔金斯太太丰满的胸口。

"威尔金斯太太心里只有埃格伯特。"她丈夫说,"也难怪,就数他最小。"

威尔金斯太太又拿起一根吸管,若有所思地喝着柠檬汽水。

"埃格伯特身体很好,"她接着说,"从来也没病没灾。"

正说着话,一直坐在那里的法国官员站起身,来回踱着步子。在曼谷登船之前,给他送行的人中有一位法国公使,一两个秘书,还有一位皇室王子。这些人不停地鞠躬、握手,轮船驶离码头时，还不停地挥舞帽子和手帕。我听到船长称呼他“总督先生”。

“这艘船上顶数他来头最大，”威尔金斯先生说，“他当过法国殖民地总督，现在正环游世界。他在曼谷看过我的马戏表演。我想，我得邀请他来喝点儿什么。我该怎么称呼他，亲爱的？”

威尔金斯太太慢腾腾地扭过头看着法国人，他纽扣眼里别着玫瑰型荣誉勋章，正来回踱动。

“什么都不用称呼，”她说，“给他看个环儿，他会自动钻进来。”

我忍俊不禁。总督先生个头不高，比正常人矮一大截，身体各个部位都小。丑陋的小脸上，五官挤成一团，跟黑人似的。长着浓密的灰头发，浓密的灰眉毛和浓密的灰胡须，看起来酷似贵宾犬，眼睛也像贵宾犬一样温和、伶俐，闪闪发光。他再次从我们身边经过时，威尔金斯先生用法语问道：

“先生，您喝点什么？”我模仿不了他那奇怪的口音。“一小杯波特酒。”他转向我，“外国人都愿意喝波特酒。这一点准没错。”

“荷兰人除外，”威尔金斯太太瞥了一眼大海说，“他们除了杜松子酒，别的什么都不喝。”

那位尊贵的法国人停下脚步，略显惊讶地看着威尔金斯先生，后者拍拍胸脯说：

“我是马戏团老板。您看过我们的表演。”

威尔金斯先生突然将胳膊环起来，做成供贵宾犬从中穿过的环状，然后指了指坐在威尔金斯太太大腿上的小猴子。

“我太太的小儿子。”他说。

总督恍然大悟似的笑起来，笑声颇富音乐节奏和感染力。

威尔金斯先生也会心一笑。

“对啊，对啊。”他叫道，“我是马戏团老板。一小杯波特酒。好嘞。好嘞。没说错吧？”

“威尔金斯先生法语说得跟法国人一样。”威尔金斯太太望着向后退去的大海说。

“荣幸之至。”总督面带微笑说。我给他搬了张椅子，他鞠了一躬，在威尔金斯太太身旁坐下。

“告诉贵宾犬叔叔，他叫埃格伯特。”她眼睛看着大海说。

我喊来男招待，又点了一轮酒水。

“你来签单，埃尔默。”她说，“这位不知名的先生最多只会掷出两个三点，别让他掷骰子了。”

“你能听懂法语吗，夫人？”总督彬彬有礼地问。

“他想知道你会不会说法语，亲爱的。”

“他以为我在哪儿长大的？难不成是那不勒斯？”

后来，总督一边打手势，一边叽里呱啦说了一通英语。我得调动自己所有的法语知识才能听得懂他说的英语。

过了一会儿，威尔金斯先生就把总督先生带下去看马戏团的动物了，后来，我们都去了那个令人窒息的客厅吃午餐。总督的妻子也来了，坐在船长右边。总督向她介绍我们，她优雅地鞠了一躬。总督夫人高大强壮，约有五十五岁，穿着样式简单的黑丝裙，头戴硕大的圆形遮阳帽，五官巨大，长相普通，形如雕像，让人很容易想起游行队伍中高大壮硕的妇女。她是扮演爱国游行中美国人或英国人的最佳人选。她跟身材矮小的丈夫站在一起，酷似小屋旁边的高楼大厦。总督先生讲起话来滔滔不绝，轻松活泼，聪明睿智，每当他说到好笑的地方，她严肃的脸上总会绽放出轻松的笑容。

“你可真傻，亲爱的。”她说着转向船长，“你可千万别太在意他。他一向如此。”

午餐时确实有不少乐子，饭后，我们各自回到客舱睡觉，打发闷热的下午时光。在这样一艘小轮船上，一旦认识了同船旅客，只要不在客舱，就会无时无刻不碰到一起，即便不想这样也无济于事。唯一自恃清高的人就是那位意大利男高音歌手。他不跟任何人说话，尽量远离大家一个人坐着，低声拨弄着吉他，得用力听，才能分辨出他弹的曲调。陆地清晰可见，大海像桶里的牛奶那般平静。我们聊着一个又一个话题，夕阳西下，大家一起共进晚餐，之后又坐到甲板上，繁星满天。两个商人在闷热的客厅里玩牌，比利时上校跟我们这一小群人在一起。上校肥胖腼腆，礼节性地跟大家问了好。很快，或许是受夜色的影响，黑暗给了这位意大利男高音歌手勇气，他坐在船头，感觉到大海的孤寂，伴着吉他开始歌唱，一开始声音很低，后来越唱越高。他陶醉在音乐中，放开嗓门纵声高歌，地道的意大利嗓音，饱含通心面、橄榄油与阳光的风韵。他唱的是我年轻时曾在圣费迪南多广场听过的那不勒斯歌曲，以及《波西米亚人》《茶花女》和《弄臣》的选段。他唱得很投入，可高音很不合拍，颤音让你想起曾经听过的三流意大利男高音，在无垠大海上如此美妙的夜晚，这种夸张的唱腔令听者动容，心中涌起淡淡的喜悦。他唱了大约一个小时，我们都安静下来。然后，他停了下来，一动不动，我们看见明亮的夜空映衬出高大的身影。

我注意到爱说笑的法国总督一直紧紧攥着壮硕妻子的手，场面滑稽而又感人。

“你知道吗，今天是我跟妻子相识的周年纪念日！”他突然打破了宁静，我还从没见过更比他健谈的人，“今天也是我们的订婚纪念日。而且，您可能觉得奇怪，这两个日子居然是同一天。”

“哎，亲爱的，”太太说，“你可别又拿这老掉牙的故事来烦扰大家。真受不了你。”

她说话时硕大、坚定的脸上带着笑容，那语气仿佛在说，她很想再听一遍这个故事。

“可他们会感兴趣的，我的小宝贝。”他一直这样称呼妻子，听到这么高大雄伟的夫人被矮小的丈夫如此称呼，真是非常滑稽，“不是吗，先生？”他问我，“这是个浪漫故事，谁不喜欢浪漫呢，尤其是在如此美妙的夜晚？”

我告诉总督，我们都急切想听，比利时上校也趁机礼貌地附和一句。

“你瞧，我们的婚姻是典型的权宜婚姻。”

“确实如此，”太太说，“没什么好否认的。婚后恋爱比婚前恋爱，感觉更好。这样的爱情也更长久。”

我留意到总督轻轻捏了一下她的手。

“你瞧，我从前在海军服役，四十九岁才退役。我身体健壮，积极活跃，急于找到一份工作。我到处寻找，四处求人。幸运的是，我有个堂兄有些政治背景。民主政府的一个好处就是，如果你有足够的影响和优点（这些才能在其他政府可能会遭埋没），通常都会有个不赖的结果。”

“亲爱的，你太谦虚了。”她说。

“公使派我到殖民地去，命我担任殖民地总督。他们派我去的是一处非常遥远、冷清的地方，我从前一直往来于各大港口之间，这对我来说无所谓。我欣然接受任命。公使告诉我，必须准备好一个月之内启程。我告诉他，对于一个老光棍儿来说，这一点易如反掌。在这个世界上，除了几件衣服和几本书之外，我一无所有。

"'怎么，上校先生，'他惊叫道，'你还是单身？'

"'当然，'我回答说，'我一直就愿意单身。'

"'要是这样的话，我恐怕得收回任命。这个职位，需要已婚人士担任。'

"说来话长，他大概意思是说，因为我的前任是个单身汉，他身上发生了丑闻，让当地的姑娘们在他任所内留宿，白人、种植园主和官太太们不断投诉他，于是决定下一任总督必须是受人尊敬的模范。我跟他讲道理，跟他申辩，总结了自己为国家服役的经历，还说了我堂兄在下次竞选时可能担任的职位。可说什么都无济于事。公使不为所动。

"'那我该怎么办？'我不满地嚷嚷起来。

"'你结婚就可以了。'公使说。

"'可是您瞧，公使先生，我一个女人都不认识。我也不是女人心仪的对象，我已经四十九啦。您以为我还能找到老婆吗？'

"'这事再简单不过。在报纸上登则广告就能搞定。'

"我目瞪口呆。不知道该说什么好。

"'好了，认真考虑一下吧。'公使说，'如果你一个月之内能找到老婆就去任职，找不到老婆就不能去。我把话说到这儿。'他面带微笑，对他来说这局面不无幽默，'要是你打算登广告的话，我推荐《费加罗报》。'

"我走出政府大楼，心如死灰。我熟悉他们想派我去的地方，知道那地方很适合我，气候我受得了，官邸宽敞又舒适。我对当总督一点儿都不厌烦，比之我仅有的一点海军退役官员津贴,那份总督工资委实不容小觑。突然,我下定决心,走进《费加罗报》办事处,拟写了一则广告,提交刊登。可是我得告诉你,提交之后当我沿着香榭丽舍大道继续往前走的时候,我的心脏跳得比我在战舰上准备战斗时还猛烈。”

总督身体往前倾,手用力压在我膝盖上。

“亲爱的先生们,你们肯定不会相信,我收到四千三百七十二封回信。信件仿佛雪崩一般袭来。我本来以为最多不过五六封信,结果只得叫了辆出租车将信运回酒店。我的房间几乎被信件塞满。有四千三百七十二位女士愿意成为总督夫人,跟我一起分享孤独。这真是令人惊愕。这些女士从十七岁到七十岁,什么年龄阶段都有。有出身名门、受过良好教育的少女,有在事业上遇挫、想要安顿下来的未婚女士,有丈夫悲惨离世、孑然一身的寡妇,也有带着孩子的寡妇,她们的孩子能陪伴已经步入天命之年的我,让我不再孤独。有的金发碧眼,有的皮肤黝黑;有的高,有的矮;有的胖,有的瘦;有的会说五种语言,有的钢琴技法娴熟。有些主动向我示爱,有些渴望得到我的垂青;有些能成为我真挚的朋友,对我不乏敬意;有些身家不菲,有些前途光明。我简直受宠若惊,不知所措。最后,我发了脾气,因为我是个暴脾气,用脚踩踩那些信件和照片,大声喊叫:这些女人我都不要!情况简直令人绝望,事到如今,我只剩下不到一个月的时间,我不可能在这么短的时间内跟四千个追求者一一见面。我觉得,如果我不跟她们一一见面的话,我会痛苦一生,因为事后我可能会因为错过命运赐予我的那个女人而后悔。我最终放弃了这件倒霉活儿。

“我走出房间,抛开这些可怕的照片和杂乱的信纸,为了驱除烦闷,我再次沿着香榭丽舍大道向前走,到和平咖啡馆坐坐。

过了一会儿，我看到一位朋友经过，他朝我点头微笑。我也想笑，可心里一片苦楚。我意识到，我只能依靠退役海军军官的生活津贴在土伦或布雷斯特度过余生，该死！我的朋友停下来，走进咖啡馆，在我对面坐下。

"'什么事这么愁眉不展，兄弟？'他问我，'你可一向是个快活的人哪。'

"我很庆幸能找个人诉诉苦，把事情的来龙去脉告诉了他。他听罢朗声大笑。事后，我想想也觉得确实好笑，可陷身其中时，我向你发誓，一点儿都不觉得好笑。我不无严肃地向朋友讲述了当时的情形，他听后努力克制着不笑出来，对我说：'兄弟，你真想结婚吗？'他问得我火冒三丈。

"'你真混蛋，'我嚷道，'我要是不想结婚，要是不想在两个星期之内立即结婚的话，我为什么要花三天时间读这些我从没见过的女人寄来的信？'

"'冷静点儿，听我说，'他回答说，'我有个表妹住在日内瓦，是瑞士人。她家是瑞士共和国最有声望的家庭之一。她的品德无可挑剔，年纪也合适，是个老姑娘，过去十五年一直在照顾体弱多病的母亲，她母亲最近过世了。她接受过良好的教育，人长得也不丑。'

"'听起来简直是个无瑕的人。'我说。

"'这我不敢说，但是她教养很好，适合做你的妻子。'

"'有件事你忘记了。我怎么可能让她放弃亲朋好友和久已习惯的生活，跟一个年近五十、其貌不扬的男人浪迹天涯？'"

总督先生突然停下来，夸张地耸着肩膀，脑袋似乎都插进身体，转向我们。

"我相貌丑陋，我承认这一点。不是那种让人心生恐怖或敬意的丑法，丑得让人一看就想笑，是最糟糕的丑法。人们第一次看到我不会吓得往后退，如果那样倒还值得欣慰。他们看到我会忍俊不禁。听着，当尊敬的威尔金斯先生今天上午领我看他的动物时，猩猩珀西伸出手，如果不是被关在笼子里的话，他肯定会将我抱到胸前，把我当成失散多年的兄弟。真有这么一次，我在巴黎植物园听说一只类人猿逃脱了，听完我赶快逃走了，我担心人们错把我当成逃脱的类人猿关进笼子。"

"哎，亲爱的，"他太太说，声音深沉、舒缓，"你说的真是越来越离谱。我不敢说你长得像太阳神阿波罗那么帅，你自然也没必要成为阿波罗那样的人，可你有着高贵的气质、冷静的外表，所有的女人都会觉得你是个优秀男人。"

"回到我的故事吧。我对朋友这么说完以后，他说：'女人的事谁也说不准。婚姻对她们来说有种奇妙的引力。问问她也无妨。毕竟女人遇到有人向她求婚也是对她的恭维。她当然也可以拒绝。'

"'但是我不认识你表妹，我也不知道怎么跟她见面。我总不能走到她家，要求跟她见面，走进客厅之后直接说：我是来向你求婚的。她会觉得我是个白痴，会呼喊救命的。再者，我生性胆怯，一直迈不出这一步。'

"'我来告诉你怎么办，'朋友说，'你去日内瓦，帮我带盒巧克力给她。听到我的消息，她会很高兴，会很乐意接待你。你们可以聊一聊，如果你不喜欢她的长相，你可以起身离开，这样谁都不会尴尬。相反，如果你喜欢她的话，可以直奔主题，正式向她求婚。'

"我很绝望。眼下也只有这个选择。我们立即去商店买了一大盒巧克力。当天晚上，我坐火车去了日内瓦。火车一到站，我就寄了一封信给她，信上说我替她表哥带了一盒巧克力，很乐意将礼物亲自送给她。不到一个小时，我就收到了她的回信，大意是她很高兴下午四点钟在家见我。约会之前，我在镜子前面打扮，领带系了又解，解了又系，足足折腾了十七遍。四点整我走到她家门口，立即被领进客厅。她正在等我。她表哥说她长得不丑。我见到她时，还是大吃一惊。她非常年轻，举止文雅，高贵若朱诺①，美貌若维纳斯，表情酷似智慧女神密涅瓦。”

“说得太玄乎啦。”太太说，“故事讲到这里，这几位绅士早就知道你说的话不可全信。”

“我向你们发誓，我丝毫没有夸大其辞。我吃了一惊，差点将巧克力盒子掉到地上。心里突然想到拿破仑时代法国军官那句著名的话：‘近卫军宁死不降。’我递上巧克力。聊了些她表哥的消息。感觉她平易近人。我们聊了一刻钟，我暗暗给自己鼓劲：加油。我于是说道：

“‘小姐，我得告诉您，我来这里不仅仅是为了送一盒巧克力。’

“她笑着说，她知道我来日内瓦显然有更重要的事。

“‘我来这儿是想请您嫁给我。’她吃了一惊。

“‘先生，你疯了吗？’她问。

“‘我恳请您听我说完再回答我。’我抢过话头，在她开口说话前，告诉她事情的原委。我给她讲了在《费加罗报》上发征婚广告的事，她笑得直流眼泪。然后，我再次提出自己的恳求。

“‘你是认真的吗？’她问道。

---

① 朱诺是罗马天神朱庇特之妻，是女性、婚姻、生育和母性之神，集美貌、温柔、慈爱于一身。

“‘我这辈子从未如此认真。’

“‘不可否认，你的请求让我很惊讶。我没考虑过结婚，我已经过了结婚的年龄。但是很显然，对于你的这个请求，女人不能轻易拒绝。我受宠若惊。能给我一两天时间考虑吗？’

“‘小姐，我已经走投无路了，’我回答说，‘我已经等不及啦。如果你不想嫁给我，我得马上回巴黎，继续阅读剩下的一千五百或一千八百封信。’

“‘很明显我不可能立即答复你。我跟你见面不过一刻钟时间。我必须跟我的朋友和家人商量一下。’

“‘这跟他们有什么关系？您已经是成年人了。事情紧迫，我不能再等。我已经把一切都告诉您了。您是个聪慧的女士。深思熟虑的结果怎能与此时此刻的心动相比？’

“‘你不是要让我即刻就答应你吧？这太过分啦！’

“‘我正是想请您这么做。我的火车再过几个小时就要返回巴黎。’

“她若有所思地看着我。

“‘你真是个疯子。为了你自己和共和国的安全，最好把你关起来。’

“‘噢，到底怎么样？’我问，‘行还是不行？’

“她耸耸肩。

“‘我的上帝。’她停顿片刻，我坐如针毡，‘行吧。’”

总督朝他妻子挥了下手。

“就是她啦。我们两个星期之后举行婚礼，我赴任殖民地总督。我娶了个宝贝，先生们，一个性格贤淑的女人，千里挑一，一个兼具男性智慧和女性温柔的、令人羡慕的太太。”

“快别说了，亲爱的。”他太太说，“你让我觉得自己跟你一样可笑。”

总督把脸转向那位比利时上校：

“你还是单身吧，上校先生？如果是的话，我强烈推荐你去日内瓦。那里简直是魅力女人的苗圃。在那里你能找到别处找不到的好老婆。日内瓦可不只是个观光城市。别浪费时间，赶紧去那儿，我给你写封推荐信，你拿去送给我太太的侄女们。”

最后，他太太对故事作了总结：

“事实上，在权宜婚姻中，你没有那么多期待，也就没有那么多失望。因为你不会向对方提出毫无意义的要求，也就没理由因为失望而感到愤怒。你并不期待完美的对象，所以你会容忍对方的缺点。激情固然重要，但激情不是婚姻牢靠的基石。哦，两个人要想拥有幸福的婚姻，必须有相同的境遇，必须有相似的兴趣。还有，如果两个人都很慷慨的话，他们会乐意付出，舒心接受，不仅自己过得顺心，也让对方过得顺心。如此一来，他们没理由不会像我们一样幸福啦。”她稍作停顿，“不过，当然啦，我丈夫是个非常、非常了不起的男人。”

（鄢宏福 译）

一封信

外面码头上，太阳炙烤。摩托车、卡车、公共汽车、私家车和出租车汇集成流。穿行在拥挤的街道上，司机个个争相摁着喇叭；黄包车在人群中敏捷穿梭，气喘吁吁的车夫高声嚷叫；扛包的苦力们，侧着身子一路小跑，喊叫着请行人让道；流动小摊贩高声叫卖商品。新加坡汇集了来自上百个国家和地区的人；这些人肤色不一，有黑皮肤的泰米尔人，有黄皮肤的中国佬，有棕色的马来人，还有美国人、犹太人和孟加拉人，大家呼来喝去，喊声嘈杂。不过，瑞普利、乔伊斯与内勒联合律师事务所里却是一派清凉宜人；跟大街上的尘灰飞扬、烈日炙烤相比，办公室里光线昏暗，远离喧嚣，异常安静。乔伊斯先生坐在私人办公室桌前，电风扇开足马力对着吹。他背靠椅背，双肘撑在扶手椅上，十指张开，指尖相抵。眼睛盯着面前满满一架破旧的《法律报告》。橱柜顶上摆放着一只只涂了漆的方形铁皮盒，上面写着不同客户的名字。

门口响起敲门声。

“请进。”

一个穿着干练白色帆布衣服的中国职员去开了门。

“先生，克罗斯比先生来了。”

他英语说得很好，每个音发得都很标准，乔伊斯先生经常揣摩他词汇量到底有多大。他叫王志诚，广东人，在格雷律师学院①学过法律，目前正在瑞普利、乔伊斯与内勒联合律师事务所实习，准备实习一两年后自己开家事务所。他勤勉，有礼貌，堪称典范。

“请他进来吧。”乔伊斯先生说。

乔伊斯起身跟访客握手，请客人就座。灯光照在乔伊斯先生背上，他的脸在阴影里。乔伊斯天生沉默寡言，他打量着罗伯特·克罗斯比，什么话也没说。克罗斯比身材高大，超过六英尺高，肩膀宽阔，肌肉结实。他是橡胶种植园主，经常在园里走动，劳作一天后还会打网球消遣。他的皮肤晒得黝黑，手上汗毛浓密，脚上穿着笨重的大靴子。乔伊斯先生心想，他那巨大的拳头一拳砸下去，定能轻而易举地结果弱小的泰米尔人。但他蓝色的眼睛中毫无凶光；眼神坦率、温和。他的五官虽无特征，却也流露着宽容、坦率与真诚。此刻，他脸上写满忧郁，形容憔悴。

“你看起来好像一两天都没睡过觉了。”乔伊斯先生说。

“是没怎么睡。”

乔伊斯先生突然注意到克罗斯比放在桌上的宽大双边旧毡帽，又看到他穿的卡其布短裤，大腿露在外面，红润的腿上汗毛浓密。他穿着开领网球衬衫，没有系领带，肮脏的卡其布外套衣袖挽得很高，看起来像刚从橡胶园里长途跋涉赶来。

“你得振作点儿，知道吗。必须保持冷静。”

“哦，我还好。”

“今天见到你妻子了吗？”

① 格雷律师学院是英国伦敦四所律师学院之一，历史可上溯至十四世纪。

“没有,我准备下午去看她。你知道,他们真他妈的不该把她逮起来。”

“我想他们也没有办法。”乔伊斯先生语气平淡、温和。

“我以为他们会准许她保释。”

“这可是一起非常严重的指控。”

“真该死!任何一个有尊严的女人都会像她这么做。不过,十个女人有九个没有她这种勇气。莱斯莉是世界上最优秀的女人。她甚至不会伤害一只苍蝇。哎,真该死,先生,我跟她结婚十二年,我还不了解她吗?上帝啊,要是我抓住那个家伙,一定会拧断他的脖子,毫不犹豫地杀了他。换作你也会这样。”

“兄弟,大家都会站在你这一边。没有人会说哈蒙德半句好话。我们都准备把你妻子救出来。我想,无论是陪审法官还是法官,都希望能够在进法庭前,促成认定她无罪的判决。”

“这件事真荒唐,”克罗斯比气冲冲地说,“从一开始就不应该逮捕她,这太恐怖了。一个弱不禁风的女人经历这一切之后,还得面对折磨人的审判。我来新加坡后,遇到的所有人,不管男人还是女人,都说莱斯莉绝对无辜。我想,把她关在牢房里几个星期太残忍了。”

“法律就是法律。毕竟,她承认她杀了人。这很残忍,我对你和她的遭遇深表遗憾。”

“我倒没什么关系。”克罗斯比插嘴说。

“可事实摆在那里,有人被谋杀,在文明国家审判不可避免。”

“除掉无恶不作的歹徒也算是谋杀吗?她除掉他,就像除掉一条疯狗。”

乔伊斯先生靠在椅背上,再次将双手指尖相抵,像是搭了个屋顶架。有好一阵子，他一句话也不说。

“作为你的法律顾问，”他终于开口说道，语气平静，冷静的棕色眼睛盯着他的客户，“有一个细节让我很不安，如果不告诉你，我会觉得自己没有尽到职责。如果你太太只对哈蒙德开了一枪，整件事情绝对能够轻松解决。不幸的是，她开了六枪。”

“她的解释非常简单。在当时的情况下，任何人都会那么做。”

“是的，”乔伊斯先生说，“当然啦，我认为这个解释很有道理。但是我们不能置事实于不顾。总是要学会换位思考，我不否认，如果我是国王委任的检察官，我就会将盘问的重点放在这上面。”

“兄弟，这太荒唐了。”

乔伊斯先生目光犀利地看了罗伯特·克罗斯比一眼。英俊的嘴唇上闪过一丝笑容。克罗斯比是个好人，但他绝对算不上聪明人。

“应当说，这一点并不是特别重要，”律师说，“我只是觉得这一点值得辩驳。现在你的煎熬马上就要到头啦，等这件事结束后，我建议你们夫妇俩一起出去玩一圈，把这一切都忘掉。虽然无罪宣判几乎已成定局，但这类审判还是会令人心力交瘁，你们到时候都需要休息。”

克罗斯比的脸上第一次绽放笑容。脸庞看起来都像变了个样，让人忘记他的粗野，只看到他灵魂中善良的成分。

“我想我比莱斯莉更渴望休息。她很坚强。上帝啊，她真是个勇敢的小女人。”

“是啊，我为她的自我控制力折服，”律师说，“我从未料到她会如此坚强。”

作为辩护律师，自从她被捕之后，他出于职责跟她多次会面。尽管做了很多工作让她能够尽量舒服一些，但客观地说，她仍身处牢房，等待着谋杀指控的审判，要是她精神崩溃了，一点儿也不稀奇。她似乎能冷静地面对审判。她经常读书，尽可能做些锻炼，经过跟管理部门协调，她被获准干点编织枕结花边之类的事情，以前在家闲着没事她也会做些类似活计打发时间。乔伊斯先生见到她时，她衣着整洁，穿着冷色、素雅、简洁的裙子，头发精心梳理，指甲修剪整齐。她举止镇定，甚至能诙谐地面对自己当下的处境。谈到这起悲剧时她轻描淡写，乔伊斯先生觉得，是良好的教养让她在如此窘迫的情形下也不显露出哪怕一丁点儿的不堪。这让他很惊讶，他从没料到她能保持幽默风趣。

他跟她断断续续结交很多年。她去新加坡的时候，通常会跟乔伊斯夫妇一起吃饭，有一两次还跟他们一起在海边度假小屋过周末。乔伊斯的妻子在莱斯莉的橡胶园里住过两个星期，其间见过杰夫·哈蒙德好几次。尽管两家人关系算不上亲密，倒也融洽。正因为如此，惨剧发生之后，罗伯特·克罗斯比立即赶往新加坡，请求乔伊斯先生亲自为遭遇不幸的妻子担任辩护律师。

莱斯莉对这件事的说辞，从第一次见面到后来一直没有任何改变。悲剧发生几个小时之后，她陈述的口气跟现在一样冷静。她镇定自若，声音平淡，唯一显露出迹象的就是说起一两个细节时，她脸上微微泛起红晕。人们永远也不会想到，她身上会发生这种事。她三十出头年纪，弱不禁风，不高不矮，不算漂亮，但很优雅。手腕和脚踝格外细腻，身材纤瘦，皮肤白皙，双手骨骼和粗粗的蓝色的血管清晰可见。她面色苍白，略呈菜色，嘴唇没什么血色,一般人不会注意到她眼睛的颜色。浅棕色头发,有点儿自然拳曲,只需稍加修饰便秀美无比,但很难想象克罗斯比太太会这么做。她娴静,愉快,为人谦逊,举止迷人。要说她不那么受欢迎的话,肯定是因为她生性腼腆。这也很好理解,种植园主的生活简单寂寞,在自己的家里,跟熟识的人相处,她自有独特迷人之处。乔伊斯太太在橡胶园住了两个星期后告诉丈夫说,莱斯莉是个和蔼可亲的女主人。她比人们想象的更有涵养。跟她接触久了,你就会惊讶于她的博学多识,幽默风趣。

她是这个世界上最不可能犯谋杀罪的女人。

乔伊斯先生尽可能地对罗伯特·克罗斯比说了这通安慰话,送他离开后,一个人待在办公室,翻阅辩护状。这纯粹是出于职业习惯,跟案情有关的所有细节他都了然于胸。这起案子成为时下的热点话题,大大小小的俱乐部里,家家户户的餐桌上,乃至从新加坡到槟榔屿的整个半岛上,无处不在议论。克罗斯比太太供述的事实十分简单:丈夫去新加坡出差,她晚上独自在家。很晚的时候,九点差一刻,她一个人吃晚饭,晚饭后坐在客厅里编织枕结花边。客厅的门敞着,通向走廊。平房里没人,佣人们已经回到院子后面的住处休息。蓦地,她听到花园砂石路上响起一声脚步声,是靴子的声音,就是说,来人肯定是白人,不是本地人。她没有听到汽车声,实在想不出深夜这个时候谁会来看她。来人走上通往平房的台阶,穿过走廊,赫然出现在客厅门口。一开始,她没认出来客是谁。她点了灯,来人站在门口,背对着漆黑的夜色。

“我能进来吗?”他问。

她没有分辨出声音是谁。

“是谁?”她问。

她做活计的时候戴着眼镜,一边说着话一边将眼镜取下来。

“杰夫·哈蒙德。”

“噢。进来喝一杯吧。”

她站起身,热情地跟他握手。见到他她非常惊讶,尽管住得很近,她和罗伯特最近跟他没怎么往来,已有好几个星期没见到他了。他是橡胶园的经理,距离克罗斯比家的橡胶园八英里远。她在心里嘀咕,他为何这个时候来拜访他们。

“罗伯特不在家,”她说,“他今晚去了新加坡。”

或许他觉得此时造访得找个说辞,于是说:

“很抱歉这么晚来打扰。我今晚感觉很孤独,所以想过来看看你们过得怎么样。”

“你到底是怎么过来的?我没听到汽车响。”

“我把车停在路上了。我担心你们已经上床睡觉。”

这很自然。种植园主凌晨就得起床给工人点名,因此吃完晚饭就会上床睡觉。实际上,第二天在距离平房四分之一英里的地方,人们发现了哈蒙德的汽车。

因为罗伯特不在,房里没有威士忌和苏打水。莱斯莉没有喊男仆,男仆可能已经睡着,她于是亲自拿酒出来,让客人自己兑了一杯,然后装满烟袋。

杰夫·哈蒙德在殖民地有很多朋友,快四十岁了,但看起来非常年轻。战争爆发时,他第一批报名参军,立下赫赫战功。两年后,由于膝盖受伤,不得不从部队退役,戴着杰出服务勋章和军工十字勋章回到马来国家联盟。在殖民地,他的台球技术首屈一指,舞技超群,网球打得也很好。尽管如今已经无法跳舞,由于膝盖僵硬,网球技术也大不如前,他还是很有人缘,大家都喜欢他。他身材高大,相貌堂堂,蓝色的眼睛散发出迷人的魅力，一头卷发乌黑发亮。了解他的人都说，他唯一的缺点就是好色，这次事件发生后，人人摇头叹息，断言他们早就知道这个缺点迟早会让他惹麻烦。

他开始跟莱斯莉聊当地的事情，聊即将在新加坡举行的赛事，聊橡胶价格，还聊到他不久前在附近看到一只老虎，说自己本来很有胜算能把老虎干掉。莱斯莉要赶着完成手上的花边活计，想要寄回国作为送给母亲的生日礼物，于是又戴上眼镜，将放着枕头的小桌挪到椅子附近。

"我希望你别戴这种牛角架眼镜，"哈蒙德说，"我真不明白，天生美貌的女人为什么要故意打扮得平淡无奇。"

听到这句话莱斯莉有些吃惊。哈蒙德从来没有用这种语气跟她说话。她告诫自己最好别当回事。

"我可不想成为绝世美人。你知道，如果你问我，我会直接告诉你，你觉得我长相平平也罢，貌若天仙也好，我都不在乎。"

"我不觉得你长相平平。我觉得你貌美如仙。"

"可真会说话，"她讥讽道，"这么看来，我只能说你很愚蠢。"

他笑笑，从椅子里站起身，坐进她身边的另一张椅子里。

"你不可能否认，你的手是这个世界上最美丽的手。"他说。

他那姿势，仿佛要抓起她的一只手。她轻轻地敲了他一下。

"别犯傻。坐回去，正经说话，否则我要送客了。"

他没有挪动。

"你难道不知道，我疯狂地爱着你？"他说。

她依然清醒冷静。

"我不知道。我压根儿也不相信，即使是真的，我也不想让你说出来。"

她非常惊讶他会说出这番话,他们认识七年,他从来没有特别留意过她。他刚从战场回来时,两人经常能见面。有一次他病了,罗伯特还开车把他接到自己家里。杰夫在克罗斯比家住了两个星期。他们兴趣迥然不同,那次见面并没有让他们成为好朋友。过去的两三年时间里,他们很少见他。杰夫偶尔过来打网球,他们偶尔会在某位种植园主的聚会上相遇,不过,通常情形是彼此一个月也见不上一回。

他又喝了一杯威士忌加苏打水。莱斯莉心想,不知道他来之前喝过酒没有。他的表现有些怪异,这让她很不安。看着他自斟自饮,她有些不快。

"我要是你的话,就不会再喝下去。"她的语气依然和蔼。

他端起杯子一饮而尽,然后放下酒杯。

"你以为我这样跟你说话是因为我喝醉了吗?"他突然问。

"这很明显,难道不是吗?"

"不,你没说真话。从我第一眼看到你,我就爱上了你。我竭力管住自己的嘴巴,现在我不得不说。我爱你,我爱你,我爱你。"

她站起身,警惕地把枕头放到一边。

"你该走了。"她说。

"我不想走。"

最后,她发了脾气。

"你这个蠢货,你不知道我只爱罗伯特一个人吗?即使我不爱罗伯特,我也永远不会喜欢你。"

"我不在乎!罗伯特不在家!"

"如果不立刻离开,我叫佣人把你轰出去。"

"他们离得远,听不见。"

她怒不可遏。她想起身到走廊上去,到那里佣人们肯定能听见她的呼喊,但他抓住她的胳膊。

“放开我。”她厉声喝道。

“没用。我抓住你了。”

她大喊:“来人哪,来人哪!”但他迅速用手捂住她的嘴巴。她来不及反应,他已经把她搂到怀里,疯狂地亲吻她。她奋力挣扎,拼命挣脱他灼热饥渴的嘴唇。

“不,不,不,”她高声叫喊,“放开我。不。”

后来发生的事,她记不清了。在此之前他说的话她都记得很清楚,后来,她不知道他在说什么,她被害怕与恐惧攫住。他似乎是在向她求爱。他狂暴地表达自己的激情。他把她死死搂在怀里。她动弹不得,他身强力壮,她的胳膊被紧紧钳在身体两侧,只能徒劳地挣扎,她感觉自己越来越虚弱。她担心自己晕厥,他对着她的脸,灼热的呼吸令她恶心。他亲吻她的嘴唇、眼睛、脸颊和头发。他胳膊箍得她喘不开气。他把她抱起来,双脚离地。她想踢他,可他把她抱得更紧。他将她扛起来。他不再说话,但她知道他脸色苍白,眼中欲火燃烧。他想把她抱进卧室。他不再是文明人,已经变成一头野兽。向前跑的过程中,他撞到桌上。僵硬的膝盖使他难以站立,再加上怀里抱着女人,他摔倒了。她立即从他怀里挣脱开来,跑到沙发后面。他站起身,朝她扑来。桌上放了一把手枪。她并非神经焦虑的女人,但罗伯特夜里不在家,她准备睡觉时把枪拿进卧室。所以,枪就放在那里。这个时候,她恐惧得近乎疯狂。她不知道自己在干什么。她听到一声枪响,看到哈蒙德踉跄一下。他惊叫一声。他说了句什么,可她没听清楚。他蹒跚着走出客厅,来到走廊上。她当时已经进入癫狂状态,完全失去控制,跟着他走出来,没错,就是这样。她肯定跟着他出来，尽管记忆一片空白，她机械地扣动扳机，一枪接一枪，直到枪膛里的六发子弹全部打完。哈蒙德倒在走廊地板上。被打得血肉模糊。

听到枪声，佣人们冲过来，发现她站在哈蒙德身边，手里握着手枪，哈蒙德已经停止呼吸。她看了他们一阵子，一言不发。佣人们惊恐万状地簇拥在一起。她把手中的枪丢到地上，依然没说话，转身走进客厅。佣人们看着她进了卧室，把钥匙插进锁孔。大家不敢碰尸体，恐惧地望着死者，情绪激动地低声议论着。后来，男管家回过神来。他跟随主人多年，是个中国人，留着平头。罗伯特是开摩托车去新加坡的，汽车停在车库里。他命令司机把车开出来，他们必须立即去地区助理官那里报告情况。他抓起手枪，装进口袋。地区助理官叫威瑟斯，住在最近的城郊，大约三十五英里远。他们花了一个半小时抵达那里。大家都睡了，他们只好叫醒地区助理官的下人。威瑟斯很快从屋里出来，他们禀明来意。男管家掏出手枪，证明自己所言不虚。助理官一边进屋换衣服，一边派人去开车，很快跟着他们驶上空无一人的马路。他们抵达克罗斯比家时，天刚破晓。威瑟斯跑上走廊台阶，看到哈蒙德的尸体，突然驻足。他摸摸死者的脸，已经完全冷硬了。

“夫人在哪儿？”他问男管家。

中国管家指指卧室。威瑟斯走进客厅，敲了敲卧室门。没人应答。他又敲了敲。

“克罗斯比太太。”他喊。

“是谁？”

“威瑟斯。”

过了一会儿，传来开锁的声音，门慢慢打开了。莱斯莉站在他面前。她没有睡，身上仍然穿着吃饭时的那件礼服。她站在那儿，静静地看着助理官。

“是你的管家喊我来的。”他说，“哈蒙德。你把他怎么了？”

“他要强奸我，我开枪把他打死了。”

“我的上帝。我说，你最好出来。你必须告诉我到底发生了什么事。”

“现在不行。我没法儿说。你要给我点儿时间。把我丈夫找回来。”

威瑟斯很年轻，遇到这种职权范围外的突发事件，不知道该如何处理。莱斯莉一直拒绝开口，直到她丈夫罗伯特赶回家，她才告诉二人事情始末。从那之后，她一遍又一遍地重复，说辞丝毫没有改变。

乔伊斯先生反复思考的就是开枪这一点。作为律师，最让他感觉棘手的是莱斯莉开了不是一枪，而是六枪，尸体检查发现，其中四枪是近距离射击所致。也就是说，那个男人倒地之后，莱斯莉站在他跟前接连又开了四枪。她承认说，之前发生的事情她都记得很清楚，可是关于这一点她记不太清了。她脑子里一片空白。她愤怒至极，失去理性，可谁也无法相信这个镇定自若、沉默寡言的女人会愤怒到失去理性。乔伊斯先生认识她多年，一直觉得她是个不会轻易动怒的人。悲剧发生之后的几个星期里，她从容镇定得令人惊讶。

乔伊斯先生耸耸肩。

“事实上，我想，”他揣摩，“即便在最贤良端庄的女人身上都可能潜藏着野性。”

门外传来敲门声。

“请进。”

中国职员走进来,关上门。他谨慎地把门轻轻关上,似乎下定决心,走到乔伊斯先生桌前。

“我能打扰您一下,跟您私下说几句吗,先生?”他问。

小职员字斟句酌的表达方式总是让乔伊斯先生忍俊不禁,他笑了笑。

“没问题,志诚。”他答道。

“我想跟您讲的事情,先生,有些微妙,非常机密。”

“说吧。”

乔伊斯遇上助理闪着精光的眼神。王志诚一贯穿着入时,最时髦的服装,锃亮的品牌皮鞋,光鲜的丝袜,黑领带上夹着镶缀珍珠和红宝石的领带夹。左手无名指上戴着钻戒。整洁的白上衣口袋里露出一支金色自来水笔和一支金色铅笔。手腕上戴着金表,鼻梁上架着夹鼻眼镜。他轻轻咳嗽一声。

“这件事跟罗伯特和克罗斯比的案子有关,先生。”

“噢?”

“我听说一个情况,先生,案情可能会有转变。”

“什么情况?”

“我得到消息,先生,被告人给这起悲剧中不幸的受害人写过一封信。”

“这有什么奇怪。毫无疑问,在过去七年中,克罗斯比太太肯定经常会有需要写信给哈蒙德先生的情况。”

乔伊斯先生历来欣赏这位职员的智识,之所以这么说是不想流露自己的判断而已。

“这种情况确实很有可能,先生。克罗斯比太太跟死者肯定有机会需要经常联系,比方说,请他一起吃晚饭,或者邀请他打网球。我一开始也是这么想的。不过,这封信是在已故哈蒙德先生被害的当天写的。”

乔伊斯先生眼睛都没眨一下。他继续盯着王志诚，脸上依然挂着淡淡的笑容，跟平时对他说话的神情一样。

“是谁告诉你的？”

“这个情况，先生，是我的一个朋友告诉我的。”

乔伊斯先生知道不好继续追问。

“您肯定还记得，先生，克罗斯比太太说过，直到事故发生的当天晚上，她已经有好几个星期没有跟死者联系过了。”

“信在你这里吗？”

“没有，先生。”

“信上怎么说？”

“我的朋友给了我一份复件。您想看一下吗，先生？”

“给我看看。”

王志诚从里侧口袋中掏出一只硕大的钱包。钱包里装满纸条、新加坡钞票和香烟卡。他从这团乱糟糟的东西中挑出半张纤薄的便条纸，放在乔伊斯先生面前。信上写的是：

> 罗今晚不在。我必须见你。我想十一点见你。我已经迫不及待，你要是不来的话，后果自负。别把车开到门口。
>
> ——莱

复件是用中国人在外国人学校学来的那种连体字写就。字迹缺乏个性，跟不祥的信函内容很不协调。

“你凭什么认为这张字条是克罗斯比太太写的？”

“我对我的知情人有十足的信心，先生，”王志诚回答，“这一点很容易求证。毫无疑问，克罗斯比太太可以立即告诉您她写没写过这张字条。”

从对话一开始，乔伊斯先生的眼睛就没有离开过受人尊敬的中国职员的脸。他不知道能否从对方脸上窥出一丝嘲讽的表情。

“克罗斯比太太不可能写这封信。”乔伊斯先生说。

“如果您这么想的话，先生，这件事当然只能到此为止。我朋友之所以跟我提这件事，是觉得我跟您同在一家律师事务所，在跟公诉人代表沟通之前您可能愿意知道有这封信的存在。”

“原件在谁手里？”乔伊斯先生犀利地问。

王志诚不露声色，他知道，乔伊斯这么问表明他的态度已经改变。

“您肯定记得，先生，哈蒙德先生死后，人们发现他跟一个中国女人有关系。这封信就在这个女人手里。”

这就是公众舆论强烈反感哈蒙德的原因之一。人们发现，几个月来，他一直让一个中国女人住在他家。

刹那间，两人都沉默不语。的确，该说的都说了，两人都深知对方。

“谢谢你，志诚。让我考虑考虑。”

“很好，先生。您想让我跟我朋友说一声吗？”

“你最好跟他保持联系。”乔伊斯先生严肃地说。

“好的，先生。”

中国职员悄无声息地离开房间，小心翼翼地关上门，留下乔伊斯先生独自思考。他盯着莱斯莉信件的复件，字迹整洁，毫无个性。疑云涌上心头，让他感到不安。他竭力想将这些不安从脑中驱逐出去。这封信肯定有个简单的解释，毫无疑问，莱斯莉能马上给出解释。天哪，必须有个解释。他从椅子上起身，将信装在口袋里，拿起帽子。他走出办公室时，王志诚正趴在办公桌上忙着写字。

“我要出去一会儿，志诚。”他说。

“乔治·里德先生跟您约好十二点钟过来，先生。我跟他说您去了哪里？”

乔伊斯先生朝他微笑一下。

“你就说不知道。”

他心里明白，王志诚很清楚他要去探监。尽管犯罪现场在毕兰德，审判却在巴鲁进行，因为监狱不便关押白人妇女，克罗斯比太太已经被转移到新加坡。

当莱斯莉被带到他房间时，她伸出纤细高贵的手，对他莞尔一笑。她穿着整齐、简洁，浓密的浅色头发精心梳理过。

“没想到今天上午会见到你。”她优雅地说。

她简直像在自己家里一般放松自在，乔伊斯先生几乎有种要她喊男仆给自己倒杯苦味杜松子酒的错觉。

“你还好吗？”他问。

“非常好，谢谢你。”她眼中闪过一丝笑意，“这里真是休养胜地。”

看守人员离开房间，只剩下他们两个。

“请坐。”莱斯莉说。

他在一张椅子上坐下来，不知该如何开口。她表现得如此冷静，乔伊斯简直难以启齿。尽管她长得并不漂亮，可外表和蔼可亲。她举止优雅，一种源自良好教养的优雅，丝毫没有社会历练中的矫揉造作。只需看她一眼就能知道她身边是些什么样的人，她在什么样的环境中长大。她的娇弱为她平添一种独特的韵致，让人根本没法将她和粗劣联系在一起。

“我正期待今天下午跟罗伯特见面。”她用和蔼、轻松的口吻说（听她说话令人愉快，她的声音、口音跟她同一社会阶层的人迥然不同），"可怜的人哪，这次审判真是让他焦心。谢天谢地，用不了几天就要结束啦。"

"到现在只剩下五天。"

"我知道。每天早上醒来，我都对自己说：'又少一天。'"她说完笑了笑，"就像从前在学校期待放假一样。"

"再问一句，这件事发生之前你好几个星期没跟哈蒙德有任何联系，我说得对吧？"

"这一点我敢肯定。我们上次见面还是在麦克弗伦斯的网球比赛上。我想我跟他说的话不超过两个字。那里有两个场地，你知道，我们不在同一个场地。"

"你没有写过信给他吗？"

"噢，没有。"

"确定吗？"

"啊，很确定。"她略带微笑回答，"除了请他吃饭打网球以外，我也没什么事需要写信给他。我已经有好几个月没有给他写过信了。"

"你们曾经有一段时间关系亲密。后来为什么不跟他联系了呢？"

克罗斯比太太耸耸瘦削的肩膀。

"相处久了就厌了。我们没什么共同语言。当然，他生病那阵子，我和罗伯特对他悉心照料，但是过去这一两年，他身体健康，而且很有人缘。他要出席很多社交场合，所以没必要再给他添麻烦。"

"你确定只是这样吗？"

克罗斯比太太犹豫片刻。

“呃，我可以告诉你。我们听说他跟一个中国女人住在一起，罗伯特说不想让他到我们家来。我见过这女人。”

乔伊斯先生坐在直背扶手椅中，一只手托着下巴，眼睛盯着莱斯莉。她说这番话时，乌黑的瞳孔突然闪过一道晦暗的红光，倏然即逝，这难道是他的幻觉吗？那闪光令人不寒而栗。乔伊斯先生调整了一下坐姿。他将双手指尖相抵。他语速很慢，说话时字斟句酌。

“我想我应该告诉你，现在有一封你写给杰夫·哈蒙德的信。”

他仔细观察她。她一动不动，脸不变色，迟疑一阵才回答。

“过去我经常写些小纸条给他，请他给我带这带那，或者，当我知道他去新加坡时，请他帮我买点儿东西。”

“在这封信上，你请他来见你，因为罗伯特去了新加坡。”

“这不可能。我从来没做过这种事。”

“你最好自己读一下。”

他从口袋里掏出纸条，递给她。她瞥了一眼，不屑一顾地递还给他。

“这不是我写的字。”

“我知道，据说这是原信的复件。”

她接过信看。她读信的时候，表情出现了可怕的变化。原本苍白的脸变得异常可怕，脸色铁青。肌肉似乎突然消失，皮肤紧巴巴地绷在骨头上。嘴唇后撇，露着牙齿，神情扭曲，凹陷的眼睛盯着乔伊斯先生。他似乎正盯着一具讲话含混不清的骷髅。

“这是什么意思？”她哑声问道。

她嘴巴干涩，声音沙哑。听上去不像人的声音。

“要问你。”他回答。

“我没有写过这封信。我发誓我没有写过这封信。”

“说话要负责。如果原件是你的笔迹，抵赖也没有用。”

“这可能是伪造的。”

“要证明是伪造的很难。但要证明这是真的却非常容易。”

她纤瘦的身体一阵颤抖。额头冒出黄豆大小的汗珠。她从包里掏出一块手帕，擦拭掌心。她又看了一眼信件，斜眼看了乔伊斯先生一下。

“信上没有日期。如果真是我写的，而我已经完全忘记，那就很可能是多年前写的。如果你能给我点时间，我可以想想是什么时候写的。”

“我知道上面没有日期。如果这封信落到检方手中，他们会盘问男仆。很快就会发现是否有人在哈蒙德死的当天送信给他。”

克罗斯比太太双手紧扣，在椅子里扭动身体，乔伊斯感觉她快要晕过去了。

“我向你发誓，我没有写过这封信。”

乔伊斯先生沉默片刻。他的眼睛从她心烦意乱的脸上移开，低头看着地板。他在沉思。

“遇到这种情况，我们没必要穷究不舍。”他最后打破沉默，慢吞吞地说，“如果持有这封信的人觉得有必要将信交给检方，请你有所准备。”

他说这话的意思是，他跟她已经无话可说，可他并没有起身离开。他还在等待。他觉得似乎等了很长时间。他没有看莱斯莉，但他知道她安静地坐着。她一声不响。最后还是他开了口。

“如果没什么要跟我说的话，恐怕我得回事务所去了。”

“读了这封信的人会怎么想?”她问。

“他会知道你在故意撒谎。”乔伊斯先生尖锐地说。

“哪里撒谎?”

“你说过,你跟哈蒙德至少有三个月没有联系。”

“这整件事对我来说是个沉重的打击。那个恐怖的夜晚发生的事就像一场噩梦。我就算忘记一个细节也不足为奇吧。”

“你能清晰地记得跟哈蒙德见面的每个细节,不可能会忘记这么重要的细节,哈蒙德死的当晚正是在你的明确要求下来你家里见你的。”

“我确实没有忘记。经历完这一切之后,我不敢提这一点。我担心如果我承认他是受到我的邀请才来的话,你们不会相信我说的话。我承认我很愚蠢,但我失去了理智,我说过我跟哈蒙德没有联系之后,只能坚持这么说下去了。”

这个时候,莱斯莉又恢复了她令人羡慕的镇静,她坦率地面对乔伊斯先生打量的眼神。她举止温婉,能打消人们对她的怀疑。

“那么,你会被要求做出解释,为什么罗伯特不在家时你请哈蒙德来见你。”

她瞪大眼睛盯着律师。他以前居然从来没有注意过她的眼睛,她的眼睛生得很漂亮,他确信自己看到了她眼中的泪光。她的声音低了下来。

“我准备给罗伯特一个惊喜。他下个月过生日。我知道他想要一支新枪,你知道,我对体育用品一窍不通。我想跟杰夫说说,请他帮我买一支。”

“或许你没看清信上的措辞。你想再看一眼吗?”

“我不想看。”她立刻回答。

“这像是你说的那种信吗？一个女人写信给一个关系疏远、不怎么熟识的男人，请他买支枪？”

“这或许有些夸张，有些感情用事。不过，我就是这样的人，你知道。我承认，这有点不可思议。”她笑着说，“毕竟，杰夫·哈蒙德不算是生人。他生病那阵子，我像母亲一样照料他。我之所以等罗伯特不在家的时候请他来，是因为罗伯特不喜欢他来我家。”

乔伊斯先生同一个姿势坐久了，感觉很累。他站起身，在屋里走了一两个来回，仔细斟酌该如何措辞。然后，他靠回先前的椅背上，慢条斯理地开了口，语气格外严肃。

“克罗斯比太太，我想跟你非常、非常认真地谈谈。这件案子还算一帆风顺。对我来说，只有一点需要解释：依我的判断，哈蒙德躺到地上之后，你至少开了四枪。人们很难接受，一个脆弱、惊恐、一贯冷静自持的女人，生性温和、举止优雅，会陷入无法自制的疯狂状态。当然，这有时也能说得过去。尽管杰夫·哈蒙德讨人喜欢，总体来说受人尊敬，我还是准备证明，他这种人会犯你义正词严指控的罪名。事实上，在他死后发现他跟一个中国女人生活在一起，这是天赐良机。仅凭这一点就剥夺了人们对他的全部同情。所有品行端正的人都会因为这件事对他产生憎恶，我们决心充分利用这一点。我今天早上告诉你丈夫，我坚信你会被宣布无罪释放，我这么说可不只是为了让他宽心。我相信助理法官会判你无罪。”

他们彼此望着对方的眼睛。奇怪的是，克罗斯比太太一动不动。仿佛一只小鸟突然遇见毒蛇，吓得无法动弹。他继续平静地说道：

“但是这封信的出现完全扭转了案情。我是你的法律顾问，我会代表你出庭。你怎么讲述事实，我就怎么采信，我也会根据你的供词为你辩护。或许，我相信你的供词，或许我有些怀疑。但是律师的职责在于，让法庭相信展示出来的证据不足以做出有罪判决，至于客户到底有罪还是无罪，他心里是怎么想的无关紧要。”

他惊讶地发现莱斯莉眼中闪过一丝笑意。他有些愠怒，口气变得冷淡起来。

“哈蒙德是在你急切，甚至可以说歇斯底里的请求之下才来到你家的，这你不会否认吧？”

克罗斯比太太犹豫片刻，似乎在思考。

“他们可以证明这封信是一位男仆送到他家的。男仆骑的是自行车。

“不要以为别人都不如你聪明。这封信会让人们对你产生原本不会有的怀疑。我不想告诉你我见到这个复件时的感受。我只想让你告诉我必要的信息，好让我保住你的脑袋。”

克罗斯比太太尖叫一声，跳起身，面如死灰。

“你不是说他们会绞死我吧？”

“如果他们得出结论，认为你杀哈蒙德并非出于正当防卫，助理法官们就会判你有罪。罪名是谋杀。法官就会判你死刑。”

“但是，他们凭什么证明？”她喘着气。

“我不知道他们凭什么证明。你自己知道。我不想知道。不过，一旦他们起了疑心，如果他们开始盘问，如果当地人被他们盘问——他们会发现什么？”

她彻底崩溃，乔伊斯来不及抓住，她就倒在地板上，昏死过去。他在房间里找水，到处也找不着。他不想叫人进来，只好将她的身体舒展开来,跪在她身边等她苏醒。她睁开眼睛时,眼中的恐惧令乔伊斯很不安。

"别动,"他说,"过一会儿就没事了。"

她开始哭泣,歇斯底里,他则轻声安慰。

"看在上帝的分上,冷静一下吧。"他说。

"请给我一点时间。"

她的勇气令人惊奇。他看得出,她竭力保持镇定,并很快冷静下来。

"扶我起来吧。"

他伸出一只手,扶她站起身。他搀着她的胳膊,把她扶到椅子旁。她疲惫不堪地坐下。

"别跟我说话,让我待一两分钟。"她说。

"很好。"

当她终于开口时,说出的话大大出乎他的意料。她叹了口气。

"恐怕我把事情弄得一团糟。"她说。

他没接话。好一阵子,两个人都没说话。

"能不能把信拿回来?"她最后说。

"我想,持有信件的人要是不想卖钱的话,我也不会听到有关这封信的任何消息。"

"信在谁手里?"

"在哈蒙德家的那个中国女人手里。"莱斯莉脸颊上瞬间浮起一抹红色。

"她要价很高吗?"

"我想她很清楚这封信的价值。我怀疑,除非出高价,否则不可能拿到。"

“你想让我上绞架吗?”

“你认为获取不利证据有这么容易吗?这跟教唆证人作伪证毫无差别。你无权请我这么做。”

“那我会有什么结果?”

“那就等候听取正义的裁决吧。”

她面无血色,浑身战栗。

“我把自己交给你了。当然,我无权要求你做不正当的事。”

乔伊斯先生这回没再争辩,莱斯莉素来自持、冷静的声音微微颤抖,令人动容。她可怜巴巴地望着他,他觉得如果自己拒绝这眼神的请求,这眼神会萦绕他一生。毕竟,无论如何,哈蒙德也不能起死回生。他想弄清楚这封信背后的真正原因。当然不能妄下结论,说她不问青红皂白就杀了哈蒙德。他在东方生活了很久,职业荣誉感已经不像二十年前那么强烈。他盯着地板。他决意要做一件明知不正当的事,却又感觉如鲠在喉,令他对莱斯莉有些隐隐的怨恨。他说话间不无尴尬。

“不知道你丈夫的家底如何?”

她红了脸,迅速看了他一眼。

“他有很多锡矿的股份,在两三家橡胶园也有些份额。我想他能筹到钱。”

“你得告诉他筹钱的用途。”

她沉默片刻,似乎在思考。

“他还爱我。为了救我,他会牺牲一切。他有必要看到这封信吗?”

看到乔伊斯先生很快皱了下眉头,她接着说:

“罗伯特是你的老朋友。我不奢望你为我做什么,我请你拯救这个单纯、善良的男人，他从没做过坏事，请你让他免受可能出现的痛苦。”

乔伊斯先生没有回答。他站起身，准备离开，克罗斯比太太，如同平日一般优雅，伸出手。这次会面令她震惊，令她形容憔悴，但她确实勇敢，打起精神不失礼仪地跟他道别。

“你真是太好了，为我解决这么多麻烦。实在感激不尽。”

乔伊斯先生回到事务所。他坐在自己的办公室，一动不动，什么都不想做，陷入沉思。脑子里纠缠着许多奇怪的念头。他有些发抖。终于，门上响起他一直在等待的小心翼翼的敲门声。王志诚开门进来。

“我打算着出去吃午饭，先生。”他说。

“知道了。”

“不知道我出去前您是否有什么吩咐，先生？”

“没有。你跟里德先生重新约定时间了吗？”

“约了，先生。他下午三点钟过来。”

“好的。”

王志诚转过身，走到门口，颀长的手指放到门把手上。仿佛突然想起什么似的，他转过身。

“您有什么话要我转告我的朋友吗，先生？”

尽管王志诚的英语很棒，翘舌音还是发不清楚。

“什么朋友？”

“手里有克罗斯比太太写给已故哈蒙德信件的朋友啊，先生。”

“哦，我忘了。我跟克罗斯比太太聊过，她说没写过这种信。这封信明显是伪造的。”

乔伊斯先生从口袋里取出复件，递给王志诚。王志诚没有理会这个暗示。

“如果是这样的话，我想，要是我的朋友将信交给公诉人代表的话，没有人会反对。”

“不会反对。但是我不知道这对你的朋友有什么好处。”

“我的朋友嘛，先生，他觉得为了公平正义，这么做是他的职责。”

“我永远不会阻止任何人履行职责，志诚。”

律师和中国职员的眼神碰到一起。两个人嘴上都没有丝毫笑意，可他们彼此非常了解。

“我很理解，先生，”王志诚说，“不过，根据我对罗伯特和克罗斯比案件的研究来看，我觉得这封信会对我们的客户极为不利。”

“我一直都很欣赏你的才华，志诚。”

“我突然想到，先生，如果我能说服我的朋友引诱持有这封信的女人将信交到我们手中，就能省去很多麻烦。”

乔伊斯先生在他的吸墨水纸上百无聊赖地画着人脸。

“我猜你朋友是个商人吧。你凭什么认为他会将信交出来？”

“信不在他手上，在中国女人手上。他只是这个中国女人的亲戚。这女人是个无知的人，不知道这封信的价值，是我朋友告诉她的。”

“他开什么价？”

“一万块，先生。”

“天哪！你以为克罗斯比太太到哪里能弄一万块？我跟你说过，这封信是伪造的。”

他说话时抬头看着志诚。志诚站在桌边，礼貌、冷静，眼神敏锐。

“克罗斯比先生拥有勿洞橡胶园八分之一的股份，还有南方河流橡胶园六分之一的股份。用这些资产作担保，我有个朋友可以借钱给他。”

“你还真是交游广泛啊，志诚。”

“是的，先生。”

“嗯，你让他们见鬼去吧。我永远不会建议克罗斯比先生出价超过五千块，多一分都不给。这封信很好解释。”

“这个中国女人不想卖这封信，先生。我的朋友花了很长时间才说服她。要是拿不出这么多钱，想都不要想。”

乔伊斯先生盯着志诚足足看了三分钟。中国职员一点都不尴尬，任由乔伊斯打量他。他态度恭敬地站在那里，眼神低垂。乔伊斯先生了解这家伙。狡猾的家伙，志诚，他想，不知道你能从中得多少。

“一万块是个天文数字。”

“克罗斯比先生肯定会付钱，他不会眼睁睁看着他太太上绞架，先生。”

乔伊斯先生再度沉默不语。除了说的这些，志诚还知道什么？如果他这么寸步不让的话，必须弄清他的底细。这个数字是精心算计好的，不管这件事的幕后主谋是谁，他肯定知道罗伯特·克罗斯比最多只能筹集到这么多。

“这个中国女人现在哪里？”乔伊斯先生问。

“她在我的中国朋友家里，先生。”

“她会来这里吗？”

“我想您最好去见她，先生。我今晚可以带您去我朋友家，她可以把信交给您。她人很笨，先生，不会用支票。”

“我没想给她支票。我会带钞票去。”

“如果没有一万块的话,去了也是白去,先生。”

“我知道。”

“我吃完午饭就去告诉我的朋友,先生。”

“很好。你最好今晚十点在俱乐部外面等我。”

“乐意效劳,先生。”王志诚说。

他朝乔伊斯先生轻轻鞠了一躬,离开房间。乔伊斯先生也出去吃午饭。到了俱乐部,不出所料,他在那里见到了罗伯特·克罗斯比先生。他坐在一张拥挤的桌旁,乔伊斯找位置从他身边经过时,在他肩膀上拍了一下。

“你走之前我想跟你说句话。”乔伊斯说。

“好的。你吃完告诉我一声。”

乔伊斯先生已经想好怎么跟他说。吃完午饭他玩了几轮桥牌,俱乐部里的人越来越少。他不想为这件事在办公室里跟克罗斯比见面。克罗斯比走进棋牌室观看,直到牌局结束。其他牌友各自忙活去了,只剩下他们两个。

“突然出了个倒霉事,伙计。”乔伊斯先生说,尽量让自己的口气显得随意,“哈蒙德遇害那天晚上,你太太好像给他写了一封信,请他到你家里去。”

“这不可能。”克罗斯比惊呼,“她一直说他跟哈蒙德没有联系。据我所知,她已经有好几个月没有见过他。”

“事实上,的确有这么一封信。信在跟哈蒙德同居的那个中国女人手里。你太太想在你生日的时候送你一份礼物,她想让哈蒙德帮她买礼物。悲剧发生之后,她情绪过度激动,这一点被她忘了。打她头一次说跟哈蒙德没有任何联系之后,就不敢承认自己说了假话。当然,这很不幸,但是我敢说这也情有可原。”

克罗斯比没有说话，宽大、红润的脸庞露出惊慌失措的表情。面对这个理解力迟钝的家伙，乔伊斯先生一方面感到释然，另一方面又觉得可气。他是个愚蠢的家伙，乔伊斯先生对愚蠢的人缺乏耐心。然而，灾难发生后，他的悲痛触动了这位律师心中柔软的神经；而克罗斯比太太请他帮忙时的说辞倒真是没有选错：不是帮她的忙，是帮她丈夫一个忙。

“我就算不跟你说，事情也明摆在这里，如果这封信落入检方手中，情况会变得非常棘手。你太太撒了谎，她得对这个谎言做出解释。如果哈蒙德不是擅自闯入的不速之客，而是受到邀请才来你家的话，情形就会改变。这会引发助理法官们的怀疑。”

乔伊斯先生犹豫了一下。眼下，他只能自己拿主意。可惜此刻不是说笑的时候，否则，他想到自己为之做出决定的人不以为意，而自己却如此慎重，想想都会觉得好笑。可是再多想想，他也只会认为乔伊斯先生跟其他律师一样是在履行职责。

“亲爱的罗伯特，你不仅是我的顾客，也是我的朋友。我想，我们必须拿到这封信。这要花很大代价。除了这一点，别的什么我都不想再说。”

“多少钱？”

“一万块。”

“可真不少。现在物价暴跌，再加上这事那事，这可是我的全部家当。”

“你能立即凑齐吗？”

“我想可以。拿我的锡股和投资的两处橡胶园作抵押，老查利·梅多斯会借给我。”

“那你愿意这么做吗？”

“真有必要这么做吗？”

“那要看你是不是希望你太太被宣布无罪。”

克罗斯比的脸红了起来。他的嘴巴奇怪地向下耷拉。

“可是……”他找不到合适的字眼，他的脸变得紫胀，“可我不明白。她可以解释清楚呀。你不是说他们会判她有罪吧？他们不能因为她除掉了一个无恶不作的歹徒而判她绞刑。”

“当然，他们不会绞死她。他们可能只会判她过失杀人。她很可能得坐个两年或三年牢。”

克罗斯比站起身，涨红的脸上充满恐惧。

“三年。”

他迟钝的脑袋似乎开了窍。他的思维仿佛黑暗中突然划过一道闪电。尽管接下来的黑暗更加深邃，他的记忆之中似乎多了隐约察觉的疑惑。乔伊斯先生发现克罗斯比因繁重工作而变得粗糙不堪的粗壮、红润的双手开始颤抖起来。

“她想给我买什么礼物？”

“她说想给你买支新手枪。”

他宽大的脸庞又涨得通红。

“你要我什么时候把钱准备好？”

他的声音变得有些诡异，仿佛被一双无形的手掐住了脖子。

“今天晚上十点。我看你可以六点钟左右带到我办公室来。”

“那个女人要来找你吗？”

“不，我要去找她。”

“我会带钱来。我要跟你一起去。”

乔伊斯先生目光犀利地看着他。

“你觉得有必要这么做吗？我想你最好交给我来处理这件事。”

“这是我的钱，对吧？我想去。”

乔伊斯先生耸耸肩。他们起身握手。乔伊斯先生好奇地盯着他。

十点钟，他们在空荡荡的俱乐部里见面。

“都准备好了吗？”乔伊斯先生问。

“准备好了。钱在口袋里。”

“那我们走吧。”

他们走下台阶。乔伊斯先生的车已经在广场等着，四周一片寂静。他们朝广场走去，王志诚从房屋的阴影中闪出来，坐到副驾驶座上，给司机指路。他们开车经过“欧罗巴酒店”，在“水手之家”拐弯，走上维多利亚大街。这里的中国商店仍在营业，无所事事的人们四处闲荡，车行道上人力车、汽车和出租马车熙来攘往。他们的车停了下来，志诚转过脸。

“我看我们最好从这里走路过去，先生。”他说。

一行人下了车，志诚继续往前走，其余的人在他身后一两步远跟着。突然，他请大家止步。

“你们在这里等，先生。我进去跟我朋友通报一声。”

他走进一家临街店面，柜台后面站着三四个中国人。是一家很奇怪的商店，什么商品都看不到，不知道他们到底在卖什么。只见他跟一个肥胖男人搭话，那人一身帆布衣服，胸前挂着大金链子，快速朝漆黑的屋外瞥了一眼。他给了志诚一片钥匙，后者走出来，朝等在外面的两个人招招手，然后溜进店铺一旁的房间入口。两人跟着他，走到楼梯口。

“你们等一下，我点根火柴。”他显然有备而来，“请上楼。”

他手里举着一根日本火柴走在前头，可那火柴压根就不亮，他们在他身后摸索着爬上楼。上了一层，他打开门，进去点亮煤气灯。

“请进。”他说。

房间四四方方，面积很小，只有一扇窗户，仅有两张低矮的中式床，上面铺着席子。角落里放着一只柜子，落着一把大锁，柜顶上放着一只简陋的盘子和一盏灯。盘子里摆着鸦片烟灯和烟枪。房间里弥漫着淡淡的鸦片苦味。坐下来后，王志诚递烟给他们。过了一会儿，刚才柜台后面站着的肥胖中国男人打开门。他用流利的英语向大家问好，随后坐在他同胞的身边。

“中国女人马上就到。”志诚说。

店里的伙计端进一只盘子，一柄茶壶，几只茶杯，给大家倒了茶。克罗斯比没有接。两个中国人低声交谈，克罗斯比和乔伊斯先生缄口不言。最后，门口传来说话声。有人低声喊门。中国男人走到门边，打开门，嘀咕几句，领进一个女人。乔伊斯先生打量着她。哈蒙德死后，他听说过这女人，但从没见过。她体态略臃肿，不甚年轻，脸盘宽大，表情漠然，脸上搽了粉，涂了胭脂，眉毛描成一条黑色的细线，给人的印象相当有个性。

她穿着淡蓝色夹袄，白色裙子，服装既非欧式也非中式，脚上穿着中式丝质便鞋。脖子上戴着粗重的金链子，手腕上戴着金手镯，耳朵上戴着金耳环，黑色头发上插着夸张的金别针。她慢吞吞地走进来，非常自信，脚步沉重，挨着王志诚，坐在床上。王志诚对她言语几句，她点点头，漫不经心地看了两个白人一眼。

“她把信带来了吗？”

“带来了，先生。”

克罗斯比什么都没说，掏出一卷面值五百的钞票，数出二十张，递给志诚。

“你点点对不对？”

志诚点了数，递给那个肥胖的中国男人。

“没错，先生。”

中国男人又数了一遍，装进口袋。他跟女人说了几句，女人从怀里掏出一封信，递给志诚，志诚快速扫了一眼。

“就是这封信，先生。”他说，正要递给乔伊斯先生，克罗斯比从他手上夺了过去。

“给我看看。”他说。

乔伊斯先生眼看着他读完信，伸出手去。

“最好交给我保管。”

克罗斯比小心翼翼地将信折起来，装进口袋。

“不用，我还是自己收起来。这可花了我大价钱。”

乔伊斯先生不好再坚持。三个中国人盯着狭窄的过道，他们心里是怎么想的，到底是不是在思考，从他们冷漠的表情上不得而知。乔伊斯先生站起身。

“今晚您还有什么事需要我效劳吗，先生？”

“不用。”他知道中国职员想留下来，领属于自己的那一份钱。他们肯定早就商量好了分配方案。接着，他转向克罗斯比：“可以走了吗？”

克罗斯比一句话也没说，站起了身。中国男人走到门口，给两人开门。志诚找到一截蜡烛，点亮，照着他们下楼。两个中国人送他们到街上。他们留下那中国女人漠然坐在床上吸大烟。到了街上，两个中国人就此道别，折身上楼。

“你打算怎么处置这封信？”乔伊斯先生问。

“留着。”

他们走到停车的地方，乔伊斯先生要开车送他一程。克罗斯比摇摇头。

“我想走一走。”他略有犹豫，脚步迟疑，“哈蒙德死的那天晚上，我去新加坡，目的之一就是去买支新枪，有个相熟的人要处理一支枪。晚安。”

他迅速消失在夜色之中。

乔伊斯先生对审判结果预料得分毫不差。助理法官们走进法庭，准备好了宣判克罗斯比太太无罪。她代表自己提供证词，简单坦率地讲了她的故事。公诉人代表很和蔼，显然不太喜欢自己的工作，漫不经心地问了几个必要的问题。他的起诉陈述简直就是在为辩方说话，助理法官们不到五分钟时间就达成一致裁决。法庭里挤满了旁听的人，爆发出雷鸣般的掌声。法官祝贺克罗斯比太太重获自由。

谁都没有乔伊斯太太那么强烈地谴责哈蒙德的行径。她对朋友忠贞不渝，坚持让克罗斯比夫妇审判结束后到她家里住一段时间，一直住到他们安顿好再离开。她跟所有的人一样，坚信审判结果毫无悬念。可怜的、亲爱的、勇敢的莱斯莉不可能住回发生过可怕灾难的平房里。中午十二点半，审判结束。到了乔伊斯家，丰盛的午宴早已准备就绪。鸡尾酒已经斟满酒杯，乔伊斯太太价值百万的鸡尾酒在整个马来联邦闻名遐迩，乔伊斯太太提议为莱斯莉身体健康干杯。乔伊斯太太健谈、活泼，眼下更是激动亢奋。幸好有她撑着场面，其他三个人都沉默不语。她也没有多想，丈夫从来话都不多，另外两位经历过这一切自然疲惫不堪。午餐时间，只有她一个人兴高采烈地唱独角戏。饭后，咖啡端上来。

"听我说,孩子们,"她欢呼雀跃地说,"现在咱们稍微歇一会儿,喝完茶之后,我开车带你们俩去海边兜风。"

乔伊斯先生平时不在家吃午饭,他自然要尽快返回事务所。

"恐怕我去不了,乔伊斯太太,"克罗斯比说,"我要赶回橡胶园。"

"今天还要去工作呀?"她惊呼。

"是的,马上就去。我已经撇下园子很长时间,有要紧的事要打理。不过,如果你能让莱斯莉待在这里我很感激,让她待一段时间,我们也好决定下一步该怎么办。"

乔伊斯太太正想发作,丈夫拦住她。

"如果他一定得走的话,就让他走。迟早要走的。"

律师话中有话,乔伊斯太太看了他一眼。她把到嘴边的话咽下去。一时间,大家谁也不说话。后来,克罗斯比开了口。

"请原谅,我马上就得出发,天黑之前才能赶到。"他从桌边站起身,"你能出来一下吗,莱斯莉?"

"当然可以。"

他们一起走出餐厅。

"我觉得他真是不体贴人,"乔伊斯太太说,"他肯定知道,莱斯莉现在需要他陪伴。"

"我敢肯定,如果不是事情紧急的话,他不会走的。"

"呃,我去看看莱斯莉的房间准备好没有。她需要好好休息一下,当然啦,休息之后尽情消遣一下。"

乔伊斯太太离开房间,乔伊斯又坐下来。很快,他听到克罗斯比发动摩托车的声响,接着是摩托车碾压花园砂石路的噪声。他起身走进客厅。克罗斯比太太站在客厅中央,两眼发呆,手中攥着一封展开的信。他进来时看了她一眼,发现她脸色惨白。

“他知道了。”她低声说。

乔伊斯先生走到她跟前，从她手中拿过信。他点了一根火柴，将信点着，看着信纸燃烧。即将烧尽时，扔到砖石地面，两人看着纸片打卷儿，燃得焦黑。他用脚踩灭灰烬。

“他知道什么了？”

她盯了他很久很久，眼里露出奇怪的神情。是蔑视，还是绝望？乔伊斯先生难以分辨。

“他知道了杰夫是我的情夫。”

乔伊斯先生一动不动，静静地听着。

“我跟杰夫很多年了。他从战场回来后，几乎立刻成为我的情人。我知道我们得小心谨慎。我们做了情人后，我假装厌倦了他，罗伯特在家时他很少来。我经常开车去一个我们知道的地方，他一个星期跟我见两三次面，罗伯特去新加坡时，他常常深夜来我的平房，那时男仆都已经睡下。我们经常见面，一直如此，神不知鬼不觉。可最近，一年前，他开始变了。我不知道是怎么回事。我不敢相信，他已经不再爱我了。他一直矢口否认。我快疯了。跟他吵闹不休。有时，我能感觉到他恨我。噢，你不知道我有多痛苦。天天忍受着地狱般的煎熬。我知道他不想要我了，可我不愿意放手。痛苦啊！痛苦啊！我爱他。我把一切都给了他。他就是我的全部生命。后来，我听说他跟一个中国女人住在一起。我不敢相信。我不愿相信。最后，我亲眼见到这个女人在村里走动，戴着金手镯和项链，一个肥胖的中国老婆娘。比我的年纪还大。太可怕了！村里人都知道她是杰夫的情妇。我从她身边经过时，她盯着我，我清楚，她也知道我是杰夫的情妇。我派人去找他。我必须见他。你已经读过这封信。我写信的时候很疯狂。我不知道自己在做什么。我豁出去了。我已经十天没有见到他。这十天仿佛漫长的一生。上一次我们分别时，他还把我抱在怀里亲吻我，让我不要多虑。可他离开我的怀抱就径直投入那个女人的怀里。”

她压低声音说着，情绪激动。突然，她停下来，紧握双手。

“这封该死的信！我们一直很谨慎。我写给他的所有的信，他都是一读完就撕掉。怎么知道他偏偏会留下这封？他到我家后，我告诉她我听说了那个中国女人。他不承认。他说那是恶意中伤。我失去控制。不知道自己对他说了什么。噢，我开始恨他。我想把他碎尸万段。什么话最伤人，我就说什么。我肆意谩骂。我真想往他脸上啐唾沫。终于，他对我恶言相向。他说他讨厌我，永远不想再见我。他说我让他腻味得要命。他承认跟中国女人确有其事，说认识她很多年，战争之前就认识，她是他唯一在乎的女人，其他人只不过是逢场作戏。他说他很高兴让我知道真相，我终于可以不再纠缠。接下来，我就不知道发生了什么，我惶恐万状，怒不可遏。我抓起手枪，扣动扳机。他惨叫一声，我眼见击中了他。他踉跄着朝走廊上冲。我追上他，又补了一枪。他倒在地上，我站到他身旁，继续开枪，直到枪膛发出咔哒、咔哒的声响，我知道没子弹了。”

最后，她停下来，喘着粗气。她的脸被残忍、愤怒和痛苦扭曲得失去人形，面目狰狞。你永远不可能想到，这样一位安静、典雅的女士身上居然充斥着如此邪恶的激情。乔伊斯先生不禁后退一步。他完全被吓呆了。那不是一张人脸，而是一副喃喃自语、面目可憎的骷髅面具。后来，他们听到另一间屋子里传来乔伊斯太太响亮、友善而愉快的叫声。

“来吧，亲爱的莱斯莉，你的房间准备好了。你得好好睡一觉。”

克罗斯比太太脸上逐渐恢复镇静。仿佛皱巴巴的纸被手抚平一样，脸上清晰可见的异样表情骤然消失，这张脸又恢复了一贯的从容、冷静，没有一丝褶皱。她脸色依旧苍白，但唇边露出和蔼、亲昵的笑容。她又变回了富有教养、雅致高贵的女人。

“我来啦，亲爱的多萝西。如此劳烦，真是抱歉。”

（鄢宏福 译）

边远任所

新助理下午抵达。驻扎官沃伯顿先生得知普拉胡帆船已经看得见时,便戴上遮阳帽,赶往栈桥。守卫是八个身材矮小的迪雅克士兵,看见他从身旁走过,士兵们立正致意。看到士兵们举止很有军人风范,制服整齐干净,枪身闪闪发亮,他感到非常满意。这些守卫让他倍感荣耀。他从栈桥望向河湾,普拉胡帆船很快就会靠岸。他身穿一尘不染的帆布裤子和白色鞋子,神采奕奕。他胳膊下面拄着镶金马六甲藤拐杖,这根拐杖可是马来西亚霹雳州苏丹赠送的。他怀着复杂的心情,等待新助理的到来。这个地区工作繁杂,独自一人难以对付。他定期还要巡视所在辖区,不便将岗位交给当地助理。长期以来,他一直是这儿唯一的白人,又一个白人到来,他心里不乏担忧。他习惯了孤身一人。战争期间,他有三年都没见过一张英国面孔。有一回,他奉命接待一位园林官员,立刻感到惊慌不已。趁着园林官还没到,他安排好接待事宜,留下一封信,说自己要去上游地区就赶紧开溜了,一直在外滞留到传令员报告说客人已经离开。

普拉胡帆船已经近在眼前。桨手都是被判了刑罚的迪雅克犯人,栈桥上站着几位看守,等待着将犯人带回监狱。这些桨手很熟悉河流,身材结实,卖力地划着船。普拉胡帆船靠岸时,一名男子从亚答凉棚下走出来，上了岸。守卫举枪致敬。

“总算到了。上帝啊，憋死我啦。我帮您把信捎来了。”

他兴奋地说。沃伯顿先生礼貌地伸出手。

“是库珀先生吗？”

“没错。难道您还在等别人？”

纯粹是一句玩笑话，驻扎官却没有笑。

“我是沃伯顿。我带你去参观你的住处。东西会有人帮你搬。”

他走在库珀前头，沿着狭窄的小路，两人走进一处院子，里面矗立着一幢小平房。

“我已经尽力把房子收拾得舒服些，当然，这房子已经空了很多年没人住。”

这是一栋桩基房子，有一间狭长的客厅，外面连着宽敞的走廊，再过去的通道两侧是两间卧室。

“对我来说已经非常好啦。”库珀说。

“你肯定想洗个澡，换身衣服。如果今晚能跟我一起用餐，我将会非常高兴。八点钟怎么样？”

“随便什么时候都行。”

驻扎官礼貌地笑笑，有些窘迫，说完就离开了。他回到要塞内自己的住所。艾伦·库珀给他印象不佳，但他是个公正的人，知道仅凭初次见面就妄下结论很不公平。库珀看起来三十岁左右，身材瘦高，脸色蜡黄，毫无血色。他面部表情刻板，长着硕大的鹰钩鼻，蓝眼睛。他走进平房脱下帽子递给男仆时，沃伯顿发现他大脑袋上留着棕色短发，跟瘦小的下巴形成奇怪的对比。他穿着卡其布短裤，卡其布衬衫，衣服寒酸，沾满泥巴，帽子破旧，似乎很长时间没有洗过。沃伯顿当然知道，这个年轻人在沿岸航行的汽船上待了一个星期，又在普拉胡帆船底舱躺了四十八个小时。

“且看他来赴宴时衣着怎么样吧。”

他走进自己的房间，房间里陈设整齐，像是经由英国贴身男仆日日打理一般。他脱掉衣服，下了台阶，走进浴室，冲了个凉。这么炎热的天气，只能穿白色无尾礼服。否则，他一定会穿上浆洗衬衫和立领外套，丝袜和漆皮鞋，像赴伦敦帕码街晚宴一样正式。他是个非常上心的主人，走进餐厅检查餐桌是否摆放妥当。餐桌上摆着兰花，银质餐具闪闪发光。餐巾折叠得棱角分明。银质烛台上蜡烛光线柔和。沃伯顿先生满意地笑笑，回到客厅等待客人到来。客人很快就来了，依然是刚上岸时那身卡其布短裤、卡其布衬衫和破旧罩衣。沃伯顿脸上的笑容顿时凝固起来。

“嗨，你穿得很正式。”库珀说，“我不知道你会这么穿。我差点穿着纱笼来啦。”

“没关系。估计你的男仆都很忙。”

“哦，真没必要为我穿得这么正式。”

“不是为了你。我一直都穿晚礼服吃饭。”

“你一个人吃饭也穿成这样吗？”

“我一个人吃饭，更加要这么穿。”沃伯顿先生回答，冷冷地望着库珀。

他看见库珀眼中闪过一丝笑意，顿时面有愠色。沃伯顿脾气暴躁。从他涨红的脸、好斗的五官和依稀变白的红色头发可以看出这一点。他的蓝色眼睛，通常冷漠而敏锐，会突然闪现出怒意。但是，他通晓世故，希望给人留下公正的印象。他必须尽力跟眼前这个年轻人友好相处。

“以前在伦敦时，在我交往的圈子里，吃晚饭不穿礼服，会让人觉得跟早上不洗澡一样怪异。来婆罗洲之后，我觉得没必要改变这个良好习惯。战争期间，整整三年我一个白人也没见到过。吃晚饭，我也必须换上晚礼服。你来这个国家时间不长，相信我，这是你保持自尊的最有效方法。一个白人如果很容易被周围环境改变，他很快就会失去自尊，一旦失去自尊，用不了多长时间，这些本地人自然而然就不再尊重他。”

“呃，如果你想让我在这样的大热天穿浆洗衬衫和立领外套的话，恐怕我得让你失望啦。”

“你在自己住所吃饭的时候，当然啦，想穿什么就穿什么。可你跟我一起用餐的时候，或许你会觉得，只有穿上在文明社会穿的衣服才有礼貌。”

两个马来男仆走进来，他们身穿纱笼，戴无边帽，穿白色上衣，衣襟缀着铜纽扣。一个端着苦味杜松子酒，另一个端着一盘橄榄和凤尾鱼。主客二人开始用餐。沃伯顿先生吹嘘说他的中国厨师在婆罗洲首屈一指，尽管条件艰苦，他仍力排万难，享用美食。他独出心裁，充分利用有限的食材。

“你想看看菜单吗？”他一边问，一边把菜单递给库珀。

菜单是用法语写的，菜肴个个名称不凡。两个男仆在一旁服侍。房间对角，另外有两个男仆挥舞巨大的扇子，驱除空气中的炎热。菜肴十分奢侈，香槟口感极佳。

“你一个人每天都这样吗？”库珀问。

沃伯顿先生漫不经心地扫了一眼菜单。

“我没发现今天的晚饭跟平时有什么两样。”他说，“我吃得不多，可我每天的晚餐都很丰盛。这样能让厨师保持良好的状态，仆人们也能恪守规矩。”

聊天在艰难地进行着。沃伯顿先生格外礼貌，他也许在这种尴尬气氛中察觉到对方的戏谑。库珀来森布鲁不过几个月，沃伯顿向他打听完吉所罗的朋友们的近况后就无话可聊了。

“顺便问一下，”他突然想起，“你有没有遇到过一个名叫赫纳尔利的小伙子？我想，他最近刚从英国国内来。”

“哦，见过，他在警察局。是个讨厌又粗鲁的家伙。”

“我真想不到他会是这样的人。他叔叔巴勒克拉夫男爵是我的朋友。前几天我还收到巴勒克拉夫夫人的一封信，请我看顾他。”

“我听说他有点儿背景。我猜，他就是凭这层关系得到那份工作的吧。他在伊顿和牛津读的书，总是不忘四处宣扬。”

“这可真令人惊讶，”沃伯顿先生说，“他祖上几百年来一直是在伊顿和牛津读书。我以为他会觉得这很平常。”

“在我眼里，他就是个讨厌的纨绔子弟。”

“你上的是什么学校？”

“我出生在巴巴多斯①。在那里上的学。”

“哦，原来如此。”

沃伯顿先生回答得简洁利落，语气傲慢，库珀脸红了。好一阵子，他们谁也没有说话。

“我收到吉所罗寄来的两三封信，”沃伯顿先生接着说，“给我的印象是，赫纳尔利年纪轻轻，但成就不凡。大家都说他在运动方面首屈一指。”

“哦，是的，他很受欢迎。他正属于吉所罗欢迎的类型。我

---

① 巴巴多斯是位于加勒比海与大西洋边界上的独立的岛屿国家，是西印度群岛最东端的岛屿。

本人倒还没发现这个首屈一指的运动家有什么能耐。长远来看，会打高尔夫和网球的人跟别人相比有什么优势吗？谁会在意你能在台球桌上连得七十五分？英国人就是太他妈的在意这些东西。”

“你这么想？我相信这个一流的运动家在战场上的表现肯定不逊于任何人。”

“哦，你要是说起战争的话，我正有话要说。我跟赫纳尔利在一个团，我敢向你保证，大家绝对受不了他。”

“何以见得？”

“我就是这些人中的一员。”

“哦，你没有得到军衔。”

“我本来很有机会被授予军衔。可我属于所谓的‘殖民地居民’。没上过学，没有势力。我他妈始终只能当个大兵。”

库珀眉头紧蹙。他不可遏止地谩骂起来。沃伯顿先生盯着他，蓝色的小眼睛眯缝着打量对方，心里对他已有评价。他转换话题，开始跟库珀谈工作，详述库珀的职责。十点钟，沃伯顿站起身。

“我不能久留你啦。路途劳顿，我敢说你一定很累了。”

两人握手道别。

“呃，是这样，”库珀说，“你能不能帮我找个男仆？我从吉所罗启程时，原来的男仆没有跟着来。他把我的行李送到船上后就不见了踪影。船开出很远，我才发现他没有跟来。”

“我问一下我的男管家。他肯定能帮你找一个。”

“好吧。让他直接把人送过去，如果长相过得去，我就留下。”

月亮升起来，他们出去时用不着点灯。库珀步行穿过要塞，回到自己的平房。

“真不明白，他们为什么要派这种人过来？”沃伯顿先生心想，“如果他们派这种人来，我可不会正眼看他。”

他沿着自己的花园散步。要塞建在一处小山丘上，花园一直延伸到河边。河岸上建有一处凉亭，他习惯晚饭后来到这儿抽支雪茄。他常常能听到下面河流里有人说话的声音，不知道是哪个胆小的、白天不敢露面的马来人。有时也会听到低低的责备声，有人压低声音对那马来人嘀咕着什么，或是提醒他什么。正常工作时间，沃伯顿可从来都不会听到这些。他重重地坐进长藤椅里。库珀！这个心怀嫉妒、缺乏教养的家伙，盲目自大，自以为是，愚蠢无知。沃伯顿先生的怒意很快消失在幽静美丽的夜色中。空气中弥漫着甜蜜的花香，沁人的香气从凉亭入口处一棵树上传来。萤火虫忽闪忽闪，携着银光轻盈飞舞。月光在宽阔的河面上为湿婆神的新娘轻盈的脚步铺设一条通道。河对岸，一排棕榈树在夜空的映衬下呈现优美的轮廓。平静悄然降临到沃伯顿先生的灵魂深处。

他性情古怪，有过非凡的人生经历。二十一岁那年，他继承了一笔数额巨大的财产，高达十万英镑。牛津毕业后，他沉溺于那个年代（沃伯顿先生如今五十四岁）出身显赫的年轻人才能过上的纵情放荡的生活。他在蒙特街有处公寓，有私人马车，在沃里克郡有私人狩猎屋。凡是名流聚会的场所，都有他的身影。十九世纪九十年代初期，他是伦敦上流社会的名人，那时的上流社会还不失时髦与显赫。还没人能够预料到那场动摇上流社会的布尔战争①。彻底摧毁上流社会的第一次世界大战，也仅仅

① 布尔战争（Boer War）是英国人和布尔人之间为了争夺南非殖民地而展开的战争。历史上一共有两次布尔战争，第一次布尔战争发生在1880年至1881年，第二次布尔战争发生在1899年至1902年。

存在于悲观主义者的预言之中。那个时候，做个有钱的年轻人感觉不错，沃伯顿先生的壁炉架上堆满各种重大聚会的邀请。沃伯顿先生得意洋洋地摆着这些请帖，他是个十足的势利鬼。他不是怯懦的势利鬼，遇到比他有钱有势的就自惭形秽，或者见了别人升官出名就阿谀奉迎，再或者见到有钱人就眼红。他是那种赤裸裸、纯粹的普通势利鬼，喜欢显摆。他敏感暴躁，宁愿受到身份高贵的人责骂，也不愿受到普通人的赞扬。他的名字在伯克贵族名册中无足轻重，偏生喜欢吹嘘跟某个贵族家庭有转弯抹角的关系，说得煞有介事。不过，他从来不提，他通过母亲格宾斯女士，从一位正直的利物浦工厂主那里继承了财产。在考斯或是在阿斯科特，当他跟某位公爵夫人在一起，甚至跟皇族王子在一起的时候，那些亲戚也许出于对他时尚生活的艳羡，自然会承认跟他熟络。

不难想象，他很快家道中落，人尽皆知，当然，曾经的富有使他不至于身无分文。他崇拜的达官贵人嘲笑他，但他们心底清楚他对自己的死心塌地。可怜的沃伯顿是个可恶的势利鬼，不过他人确实不坏。他经常会对没钱的贵族施以援手，遇上有人遭遇困境，他也会慷慨解囊，借出一百英镑。他的宴会十分丰盛。他牌技很烂，但是在有身份的牌友面前，他从不计较输掉多少。他喜欢赌，运气却不怎么好，他输得很体面，一场牌下来输掉五百英镑，依然从容镇定，令人不得不佩服。他对打牌的激情，几乎跟他对名声的激情一样强烈，这激情成了他衰败的罪魁祸首。他生活奢靡，赌博输掉的钱数额巨大。他开始一掷千金，先是赛马，紧接着是股市。他性格单纯，心怀歹意的人发现他是个坦率的猎物。我不知道他是否意识到，那些狡诈的朋友在他背后耻笑他，可我觉得，他隐约感觉必须得小心自己的钱袋。他最终落到放贷人手中。三十四岁,他彻底变成穷光蛋。

他深受上流社会影响,义无反顾地做出下一步选择。像他这般处境的人,挥霍掉财富之后,往往会去殖民地。没有人听见沃伯顿先生抱怨过。他不抱怨任何人,即令一个贵族朋友建议他做一笔投机买卖,结果一败涂地。他没有向借他钱的人催债,也没有向任何人伸手求助,自己想办法还清了债务(他并不知道,可耻的利物浦制造商就是靠他这笔钱发的家)。他长那么大都没干过活,却开始四处寻找谋生出路。他依然开开心心,满不在乎,不忘幽默。他不想向偶然遇见的人透露自己的不幸,让别人也跟着不舒服。沃伯顿先生是个势利鬼,可他同时也是个绅士。

他对那些多年来朝夕相伴的显贵朋友的唯一请求就是给他举荐一份工作。彼时,显要之人森布鲁的苏丹雇佣了他。起航头一天晚上,他最后一次来到俱乐部。

"听说你准备出国,沃伯顿。"赫勒福德的老公爵问他。

"是啊,我准备去婆罗洲。"

"上帝啊,你为什么要去那种地方?"

"噢,我破产了。"

"破产?真是遗憾。回国一定记得跟我们说一声。祝你一切顺利。"

"好的。那里可以尽情打猎,知道吧。"

公爵点点头,从他身边走开。几个小时后,沃伯顿先生望着英格兰的海岸消失在浓雾之中,将生命中一切有价值的东西都留在身后。

二十年时间倏然过去。他跟形形色色的贵族妇女保持密切的书信往来,他的信幽默风趣。对于有贵族头衔的人,他的敬爱之情丝毫未减,时时刻刻从《泰晤士报》(报纸发行六个星期后他才能收到)上关注这些人的来去行踪。他密切关注生老病死、婚丧嫁娶的消息,时刻准备送上贺信或吊唁。图文并茂的报纸展示着贵族们的外貌,他不时返回英国,详细了解上层社会的消息。对于社交圈子里即将崭露头角的新人,他也了如指掌。他对时尚的兴趣依然不减当年。时尚对他似乎仍是最重要的东西。

然而,不知不觉中,一个新的兴趣悄然走进他的人生。如今,他的职位满足了他的虚荣心。他再也不是奉承拍马之辈,需要看贵族们的脸色行事。他在这里一言九鼎。每逢他经过,迪雅克卫兵必定立正致意,对此他心满意足。他喜欢评判他的同胞,乐于调解上司间的口角。过去,遇到猎人头目惹是生非,他就严惩不贷,并对此引以为傲。除了爱慕虚荣,他还拥有无所畏惧的勇气。人们盛传,他曾单枪匹马深入村寨,招降残暴的海盗。他对自己的行政职位驾轻就熟。他严厉、公正而又诚实。

慢慢地,他开始深深地爱上这些马来人。马来人的风俗习惯令他趣味盎然。听他们聊天,他从不感到厌倦。他欣赏马来人的美德,对他们的恶行,他只会耸耸肩,一笑了之。

“从前,我风光的时候,”他会说,“跟英格兰最显赫的贵族过从甚密,可我认识的绅士远远比不得生性善良的马来人,我很骄傲能够跟马来人交朋友。”

他欣赏马来人举止得体,欣赏他们彬彬有礼和偶尔爆发的激情。他天生就知道如何跟他们相处。他对马来人向来非常温和。但他从没有忘记自己是个英国绅士,他不能容忍白人屈服于土著人的习俗。这一点他不会让步。他也不像很多白人那样,娶本地女人为妻,尽管此类事体已经蔚然成风,他认为这种结合不仅令人厌恶，而且有失尊严。曾经被威尔士王子艾尔伯特·爱德华亲切地称作“乔治”的他，无论如何不想跟土著人扯上任何关系。每从英国探亲回到婆罗洲，他都感觉非常放松。国内的朋友跟他一样，都已不再年轻，年轻人将他看作乏味的老头。对他来说，今日的英国跟他年轻时相比，已经丧失了很多美好的东西。但是，婆罗洲毫无变化。如今，这里已经成为他的家乡。他打算能干多久就干多久，他打心眼儿里希望，在被迫辞职前，能在岗位上寿终正寝。他已经在遗嘱中郑重声明，不管身死何处，他希望遗体能运回森布鲁，跟他心爱的人民埋在一起，聆听河流舒缓地流淌。

但他从不向人袒露这些想法。谁也不会想到，这位衣着光鲜整洁、身材魁梧、面容干净、头发花白的人，竟会如此多愁善感。

他熟知任所内所有待处理的工作。接下来的几天，他不无怀疑地留神观察这位新来的助理。他很快就发现，助理工作勤奋，能力不凡。唯一令他不满的就是助理对待当地人态度粗暴。

“马来人生性腼腆、敏感，”他对助理说，“我想，如果你能一直礼貌、耐心、友善地对待他们，效果会更好。”

库珀发出短促、刺耳的笑声。

“我在巴巴多斯出生，战争期间在非洲驻扎过。我想我对黑人的性情无所不知。”

“我对黑人一无所知，”沃伯顿先生犀利地说，“我们谈的可不是黑人。我们谈的是马来人。”

“他们不是黑人吗？”

“真是无知。”沃伯顿先生反驳道。

库珀一言不发。

库珀到任的第一个星期天，沃伯顿邀请他一起吃晚餐。他安排得非常隆重，尽管两人前一天还在办公室见过面，后来还在要塞走廊上一起喝过苦味杜松子酒，他还是让男仆送上一封措辞谦恭的请帖。库珀很不情愿地穿上晚礼服，沃伯顿先生很欣慰地看到库珀尊重了他的要求，却发现库珀的衣服剪裁糟糕，衬衫不合身。当晚，沃伯顿先生心情很好。

"顺便说一句，"握手时，他对库珀说，"我已经让管家帮你物色一个男仆，他推荐他的侄子。我见过那个小伙子，看起来精明勤快。你想见见他吗？"

"我倒不介意。"

"他正候着呢。"

沃伯顿先生叫来管家，让他去传他侄子进来。不一会儿，一个身材瘦高的年轻人来到跟前。他长着一双深色的大眼睛，身材周正。身上的纱笼十分整洁，身穿白外套，头戴无缨毡帽，缀着暗紫色天鹅绒。他说自己叫阿巴斯。沃伯顿先生满意地看着他，听着他一口地道、流利的马来语，沃伯顿先生顿时显得无比温和。他对白人言辞刻薄，可遇到马来人，他就变得谦逊而又和善。他相当于是这块地方的苏丹。他十分清楚如何保持自己的威严，又让当地人感到自在。

"他人怎么样？"沃伯顿转向库珀问道。

"不错，我敢说他肯定不像其他人那么浑。"

沃伯顿先生告诉小伙子他被录用了，随后就让他出去了。

"能找到这样的男仆是你的幸运。"他告诉库珀，"他的家庭很有声望，一百多年前从马六甲搬来的。"

"我并不介意给我擦鞋倒水的仆人血管里流的是不是贵族血液。我只要求一点：服从安排，动作麻利。"

沃伯顿先生抿了抿嘴唇，没有做声。

两人开始用餐。菜肴丰盛，酒水上乘。两个人喝着喝着，来了酒劲儿，谈话不像之前那般刻薄，甚至滋生了丝丝友情。沃伯顿先生素来养尊处优，星期天晚上更比平时奢侈。他开始觉得自己之前对库珀不太公平。自然，库珀算不上绅士，可这也不是他的错，随着对他了解加深，发现他人很好。他的缺点也许主要在他的举止。他工作十分出色，动作麻利，尽职尽责，全面周到。等到甜点端上来时，沃伯顿先生感觉对全人类都充满善意。

"这是你的第一个星期天，我要给你倒一杯上乘的波特酒。也就只剩下二十几瓶了，专门留到重大场合喝的。"

他向男仆吩咐几句，不一会儿，波特酒就奉上来了。沃伯顿看着男仆打开酒瓶。

"这瓶波特酒是我的老朋友查尔斯·霍林顿送的。他珍藏了四十年。我又珍藏了很多年。他的酒窖在英格兰闻名遐迩。"

"他是酒商吗？"

"不完全是，"沃伯顿先生面带笑容，"我说的是卡斯尔雷的霍林顿男爵。他是英国最富有的贵族之一。是我的老朋友。我跟他弟弟一起在伊顿读书。"

这可是沃伯顿先生不容错失的好机会，他讲述了一件趣闻，目的只想说明一点——他认识一位伯爵。波特酒果然上乘，他喝了一杯又一杯。他解除了所有的戒备。他已经好几个月没有跟白人聊过天。他开始讲各种故事，讲自己在达官显贵中如何露脸。听他讲故事的口气，你会以为政府部门确定人选或制定政策，全是因为他在某个公爵夫人耳畔递过悄悄话，或者是因为他在饭桌上提出过建议。从前在阿斯科特赛马会、古德伍德公园赛马会和考斯赛艇会的美好时光浮现在他眼前。又一杯波特酒下肚。他回想起每年在约克郡和苏格兰参加的盛大宴会。

“那时,我有个男仆叫福尔曼,他是我这辈子用过的最优秀的男仆,你知道我看中了他哪一点吗?你知道,在管家房里,夫人们的侍女和绅士们的男仆都按照主人的等级就座。他跟我说,他厌倦了跟我一起出席一个又一个宴会,在这些宴会上,只有我没有头衔。这就意味着他只能坐在桌子尾端,盘子还没端到他跟前,菜肴最好的部分已经被抢食一空。我把这件事告诉赫勒福德老公爵,他大笑着说:‘上帝啊,如果我是英国国王的话,为了给你的仆人一次机会,我会赏你一个子爵头衔。’‘您就收下这个仆人吧,公爵,’我说,‘他是我最出色的仆人。’‘那好,沃伯顿,’他说,‘如果他能伺候好你,也一定能伺候好我。叫他过来吧。’”

有一次在赌城蒙特卡洛,沃伯顿先生跟费奥多大公搭档打牌,一个晚上横扫赌场;还有一次在马里昂巴德,沃伯顿先生跟爱德华七世一起玩巴加拉纸牌游戏。

“当然啦,他那时还只是威尔士王子。我记得他对我说,‘乔治,如果你再借五百英镑的话,恐怕连衬衫都要输掉啦。’他说得对。我想,他一辈子没有说过比这更真诚的话。他是个了不起的人。我从前一直说,他是欧洲最伟大的外交家。但那时候,我少不更事,没有采纳他的建议。要是我没有借那五百英镑的话,我敢说我不会落到今天这步田地。”

库珀一直望着他。凹陷的棕色眼睛,眼神冷酷、傲慢,唇边带着一抹嘲弄的笑容。库珀在吉所罗对沃伯顿其人早有耳闻,名声不算坏,他们说他把辖区治理得井井有条,可就是出了名的势利。大家都拿他打趣,大家没理由不喜欢像他这么慷慨善良的人。库珀也早已听说过威尔士王子和巴加拉纸牌的故事。库珀当时听得并不仔细。他一来就讨厌驻扎官的做派。他很敏感,沃伯顿先生故作礼貌的挖苦令他苦恼不安。沃伯顿先生听到不同意见时的沉默令他窒息。库珀在英国待的时间很少,对英国人有种莫名的厌恶。他尤其厌恶私立学校出来的男生,因为他总是担心对方会以施恩者的身份自居。他害怕别人在他面前装腔作势,为了先发制人,他总是装出一副盛气凌人的架势,让大家觉得他高傲自大。

“不管怎么说,战争给我们带来一项好处,”他最后说,“战争摧毁了贵族的势力。从布尔战争开始,到一九一四年他们就全完啦。”

“英国贵族家庭厄运降临,”沃伯顿说得无比悲壮,俨然一位对路易十五王朝念念不忘的流亡者,“他们再也供养不起宏伟的宫殿,盛大的宴会很快将变成记忆。”

“依我看,这可真是大快人心。”

“可怜的库珀,你哪里知道希腊和罗马昔日的辉煌?”

沃伯顿先生做了个手势。他眼前立即浮现出往日的辉煌壮观。

“相信我,我们已经受够了那帮混蛋。我们需要务实的政府和务实的官员。我生在英国直辖殖民地,我这一生都在殖民地度过。我根本不把这些贵族放在眼里。英国的病根就是势利。如果说有什么东西惹我发火的话,那就是势利鬼。”

势利鬼!沃伯顿脸上红一阵紫一阵,眼里喷着怒火。这个字眼他一辈子都无法摆脱。他年轻时追捧上流社会,贵妇人并不排斥被他追捧,可即便是贵妇人,有时也会对他大发雷霆,沃伯顿先生不止一次听到她们骂自己“势利鬼”。他也知道,有些讨厌的家伙称他势利鬼。多么不公平啊！唉，没有什么比“势利鬼”这个词更令人憎恶。毕竟，他喜欢跟处在同一阶层的人交往，只有跟他们在一起他才觉得自在，人们怎么能骂他势利鬼？不过是“物以类聚，人以群分”罢了。

“我非常同意你的看法。”沃伯顿答道，“势利鬼对别人既羡慕又鄙夷，因为别人的社会阶层比自己高。这是我们英国中产阶级最常见的缺点。”

他看到库珀眼中闪过一丝笑意。库珀举起一只手想要掩住笑容，结果却欲盖弥彰。沃伯顿先生双手微微颤抖。

库珀可能永远都不知道，他严重地冒犯了长官。库珀本人非常敏感，可奇怪的是，他对别人的感受却很迟钝。

因为工作需要，他们白天经常要见几分钟面，下午六点一起在沃伯顿先生的走廊上喝酒。这是乡村旧俗，沃伯顿先生绝不想打破。他们一日三餐各吃各的，库珀在他的平房里吃饭，沃伯顿先生在要塞里用餐。公务结束之后，他们都散步到夜幕降临，两人各走各的。这片乡村只有几条小路，丛林紧挨着村庄的种植园，沃伯顿先生看到助理大步流星走过来时，他会有意绕个圈子避开他。无礼、自负、偏狭的库珀令沃伯顿很烦闷。库珀到任几个月后发生的一件事情，令驻扎官对他的态度由厌恶变成憎恨。

沃伯顿先生要到内地巡视，他放心地将任所交给库珀管理，他相信库珀能力不凡。他唯一不满的地方就是库珀不够宽容。库珀为人正直、公正、勤奋，但对当地人缺乏同情心。沃伯顿先生觉得很有意思，这家伙认为自己跟别人平等，却又觉得当地居民低人一等。他很冷酷，对当地人缺乏耐心，欺凌弱小。沃伯顿先生很快就发现马来人对库珀既厌恶又惧怕。沃伯顿隐隐有一丝高兴。如果他的助理也像他一样深得民心,他心里倒不会那么舒服。沃伯顿先生做了周密安排才出去考察,三个星期后返回任所。他回来时,恰好他的邮件也都到了。他走进客厅,首先映入眼帘的就是一大堆摊开的报纸。库珀刚才去接了沃伯顿,两人并肩走进客厅。沃伯顿先生转向一位留在任所的男仆,厉声责问男仆摊开的报纸是怎么回事。库珀急忙解释。

"我想看看有关伍尔弗汉普顿谋杀案的消息,就借阅了你的《泰晤士报》,看完我就把它还回来啦。我知道你不会介意。"

沃伯顿先生转过身,脸色煞白。

"我介意。我非常介意。"

"对不起,"库珀说,看不出任何情绪变化,"我实在等不及你回来。"

"你不会连我的私人信件也一并打开读完了吧?"

库珀不为所动,微笑着看看怒气冲冲的长官。

"噢,私人信件跟报纸可不一样。再说了,我真没想到你会介意我翻看你的报纸。报纸上又没什么隐私。"

"我很介意别人在我之前翻看我的报纸。"他走到报纸堆前,差不多有三十期,"简直太放肆了。你把报纸都弄乱了。"

"我们很容易就能理好顺序啊。"库珀说着,走到桌子旁边。

"别碰我的报纸。"沃伯顿惊叫道。

"为这么点小事发脾气也太小气了。"

"你胆敢这么跟我说话?"

"噢,见鬼去吧。"库珀说完从房间里冲了出去。

沃伯顿先生气得浑身发抖,一个人盯着报纸发呆。他人生的至大快乐被那双冷酷、残忍的手给毁了。对大多数身处边远地区的人而言,收到邮件后的第一件事就是迫不及待地打开,挑出日期最近的报纸,浏览国内最新消息。沃伯顿先生却不是这样。他要求报纸经销商在报纸外包装上写上每份报纸的日期。他命令管家每天早上在走廊的桌上放一份报纸,一杯早茶。沃伯顿先生格外享受一边品味早茶,一边打开包装读早报的感觉。这让他感觉仿佛身处英国。每星期一早上,他读六个星期之前的星期一《泰晤士报》,以此类推。星期天,他读《观察家报》。就跟吃晚餐时穿晚礼服一样,这是他跟文明世界保持联系的一种方法。他很自豪,无论新闻多么激动人心,他从来不向诱惑低头提前打开报纸。战争期间,新闻悬念有时令人难以抗拒,读完一天的报纸,他不得不经受悬念的折磨,其实报纸就摆在他面前的架子上,他完全可以不费吹灰之力就打开报纸。这是他让自己经受的最严峻的考验,然而,他成功地战胜了自己。现在倒好,密封完整的报纸却被这个蠢货贸然全部打开,而他仅仅只是想知道某个令人讨厌的女人谋杀了她令人讨厌的丈夫。

沃伯顿先生唤来仆人,命他找来包装。他尽力将报纸折叠整齐,包卷起来,顺次编上号。干这份工作时他心情郁闷。

“我永远都不会原谅他,”他说,“永远不会。”

当然,他出巡的时候男管家也一直跟着他。他每次出巡,都会带着这名管家,因为他熟悉沃伯顿的喜好,沃伯顿可不是那种愿意在丛林旅行时放弃享受的人。可自打出巡回来后,管家就一直在佣人处闲聊,听说库珀跟他自己的佣人闹了矛盾。除了年轻的阿巴斯之外,所有的佣人都走了。阿巴斯也想离开,但他叔叔奉驻扎官之命将他安排在库珀身边,没有叔叔的许可他不敢擅自离开。

“我夸赞他干得不错,先生,”管家说,“可是他很沮丧。他说主家不好,他想知道,他能不能跟其他人一样离开。”

“不行,他必须留下来。库珀先生得有佣人可供使唤。找人顶替这些走掉的佣人了吗?”

“没有,先生,没人愿意去。”

沃伯顿先生皱起眉头。库珀是个傲慢的蠢货,可他毕竟公职在身,得有佣人供他使唤。任由他的房子邋遢脏乱可不行。

“走了的那些仆人跑到哪里去了?”

“他们回村里了,先生。”

“今晚去见他们,告诉他们我希望他们明天天亮前回到库珀先生家。”

“他们说不想去,先生。”

“我的命令也不听?”

这名管家已经跟着沃伯顿先生十五年,能分辨出主人语气的细微变化。他并不害怕主人,主仆二人共同经历过很多风雨。有一回在丛林里,驻扎官救了管家一命,还有一回,在湍流中,若非管家出手相救,驻扎官早就溺水身亡。管家知道什么时候驻扎官的命令必须无条件服从。

“我到村里跑一趟吧。”他说。

沃伯顿先生指望助理借着这个机会为自己的无礼行径道歉,但库珀真是粗野难泯,压根没有丝毫悔意。第二天上午,两人在办公室见面,库珀对此只字不提。沃伯顿先生出去了三个星期,回来后两人每天见面议事的时间比以前略长。议事结束,沃伯顿先生打发他离开。

“没有别的事了,谢谢。”库珀转身离开,沃伯顿先生却又叫住他,“我听说你跟仆人相处不好。”

“他们想敲诈我。他们——那个没用的东西阿巴斯除外,他还算识相——他们居然有脸跑路,我就坐等着。结果他们又屁颠屁颠跑回来啦。”

“什么意思?”

“今天一大早,中国厨师和其他所有的人,都跑回来,回到各自岗位。这些家伙,脸皮还真厚;还真拿自己当回事。我猜他们终于想明白,我没有那么好糊弄。”

“事实并非如此。他们是奉我的加急命令回去的。”

库珀脸色略微涨红。

“如果你不干涉我的个人私事,我将会非常感激。”

“他们不属于你的个人私事。你的佣人跑路让你看起来无比愚蠢。你大可以做傻事,但我不允许你在别人面前丢丑。你的房子里缺少佣人使唤便是不合时宜的。我一听说你的佣人跑路,就命令他们天亮之前必须返回。这样才合乎时宜。”

沃伯顿先生点点头,示意库珀谈话结束。库珀并不理会他。

“要我告诉你我是怎么干的吗?我把他们都叫过来,把他们全部解雇。给他们十分钟时间,让他们滚出我的房子。”

沃伯顿先生耸耸肩。

“你凭什么认为自己还能雇到人?”

“我已经告诉自己的职员帮我留意找人。”

沃伯顿先生沉吟片刻。

“我觉得你的行为很愚蠢。我要你永远给我记好了:只有好主人才能培养出好佣人。”

“你还有何指教?”

“我想教教你举止礼仪,可看来十分困难,我也不想浪费时间。就等着看你找好佣人吧。”

“你大可不必为我操心。我自己能搞定。”

沃伯顿先生无奈地笑了。他知道库珀讨厌他,就跟他讨厌库珀一样。他知道,没有什么比找自己讨厌的人帮忙更让人难堪。

“我告诉你吧,你要在这里请到马来佣人或者中国佣人,比找英国管家或法国厨师还要难。除非有我的命令,否则没人会跟你的。你想不想让我下个命令?”

“不需要。”

“随你的便。再见。”

沃伯顿先生刻薄地关注着事态发展。库珀的职员说服不了马来人、迪雅克人或者中国人服侍这样一个主人。阿巴斯依然对他忠心耿耿,但他只会烹煮当地食物。库珀习惯了吃粗粮,一天三顿米饭他的胃实在吃不消。没有人负责打水,这么热的天他每天要洗好几个澡。他咒骂阿巴斯,可阿巴斯却跟他对着干,动作慢条斯理,不愿加班。听说他留下来完全是因为驻扎官的强留,库珀觉得格外烦恼。这种情况持续了两个星期。然而,一天早上,他发现被他辞退的那拨佣人又回到家里。他怒不可遏,吃一堑长一智,这一次,他什么也没说任由他们留下来。他硬生生咽下如此这般羞辱,内心对沃伯顿先生怪诞行为的烦躁和不屑已经升级成憎恨:驻扎官用心险恶,让他沦为当地人的笑柄。

如今,两人互不理睬。尽管彼此嫌恶,任所里仅有的两位白人,养成了每天下午六点一起喝杯酒的习惯,现在这习惯只能打破。每个人都住在自己的房子里,权当对方不存在。库珀已经熟悉业务,公事上两人也不需要有任何牵扯。遇到必须转达的消息,沃伯顿先生会让勤务兵告诉库珀,如果有命令要传达,就会通过正式信件知会库珀。他们不可避免地经常见面,但两人一个星期说话不超过六个字。不可避免的见面令两个人都无法忍受。他们对彼此的敌意耿耿于怀,沃伯顿先生每天散步的时候，心里只想着对助理官的仇恨。

最可怕的是，他们很可能一直就这么敌对下去，直到沃伯顿离开。这种情况很可能要持续三年。沃伯顿没有任何理由可以向总部投诉：库珀工作做得无可挑剔，况且现在人才难觅。沃伯顿确实听说库珀对当地人凶暴。本地人也对库珀确实不满。可具体看来，他也只能说，库珀在原本可以温和的地方显得过于严厉，在原本可以表示同情的地方显得冷酷无情。他的工作无可指摘。沃伯顿先生处处观察着他。仇恨通常会让一个人变得目光犀利，他怀疑库珀无节制地使用当地人，可又在法律许可的范围内，库珀一定认为只有这样才能让长官火冒三丈。他总有一天会做过头。没有谁比沃伯顿先生更清楚，连续酷热会让人多么烦躁，再加上一个晚上不睡觉会让人多么难以自我控制。想到这里，他自顾自笑了。迟早有一天，库珀会落到自己手中。

这个机会终于来了，沃伯顿先生心里乐开了花。囚犯归库珀管理。犯人们铺筑道路、修建房屋，如果需要，他们就得沿河划普拉胡帆船，打扫城镇，或自己找些事情来做。要是表现好，他们还有机会当家庭仆役。库珀尽情使唤他们。他喜欢看犯人们不停劳作。他很享受给他们摊派各种活计。可他很快发现，自己这些努力纯属枉然，犯人们表现极为恶劣。他惩罚这些犯人延长劳动时间。而这一点违反了制度，沃伯顿先生发现后，压根不与助理官商量，立即下令遵守旧的工作时间。库珀出去散步时，惊讶地发现犯人们大步流星地走回监狱，而他曾命令犯人不到天黑不能收工的。他责问当班的看守，看守告诉他这是驻扎官的命令。

库珀气得脸色煞白，大步回到要塞。沃伯顿先生身穿一尘不染的白帆布衣服，头戴干净的遮阳帽，手里拿着手杖，后面跟着宠物狗，正准备开始每天下午的例行散步。他刚才看见库珀离开，知道他到河边散步去了。库珀跳上台阶，直冲到驻扎官面前。

“你撤销我让犯人干到六点的命令，我想知道你到底是什么意思！”他大发雷霆。

沃伯顿先生睁大冷静的蓝眼睛，露出无比惊讶的神情。

“你疯了吗？无知到敢用这种口气跟长官说话吗？”

“见鬼去吧。犯人归我管，你无权插手。你干你的，我干我的。我想知道，你这么要我到底是什么意思？这里的人都会知道你撤销了我的命令。”

沃伯顿先生故作镇静。

“你无权发号施令。我之所以撤销，是因为你的命令太残酷，太专横。相信我，论起说我让你出丑，一半都不及你让自己出丑。”

“自从我一来，你就不喜欢我。你想尽一切办法让我待不下去，仅仅是因为我不拍你的马屁。因为我没对你阿谀奉迎，你就处处害我。”

库珀气得语无伦次，简直要发狂。沃伯顿先生眼神益发冷酷、犀利。

“你错了。我知道你粗俗没教养，但我对你的工作相当满意。”

“你这个势利鬼！该死的势利鬼！因为我没上过伊顿公学，你就觉得我粗俗没教养。在吉所罗大家告诉过我你是哪号人。你还不知道吧，你是整个国家的笑话！你跟我讲你著名的威尔士王子故事时，我差点忍不住放声大笑。上帝啊，大家在俱乐部里讲到这个故事时笑得多畅快啊！上帝啊，我宁愿做个没教养的人，也不做你这样的势利鬼。”

这下可触到了沃伯顿先生的痛处。

“再不立刻滚出去，我非教训你一顿不可。”他怒吼道。

库珀欺身靠近，就差没有脸贴着脸了。

“来呀，来呀，”他说，“我倒要看看你怎么教训我。想听我再说一遍吗？势利鬼！势利鬼！”

库珀比沃伯顿先生高三英寸，年轻力壮，肌肉结实。沃伯顿先生身材肥胖，已经五十四岁。他猛地甩出一拳。库珀一把抓住他的胳膊，将他推了回去。

“别他妈犯傻啦。你给我记住，我可不是绅士。打架我最在行。”

他怪叫一声，苍白的长脸上带着狞笑，跳下走廊台阶。沃伯顿先生怒火中烧，气得心脏怦怦直跳，疲惫地瘫坐到椅子上。他浑身刺痛，仿佛长满痱子。有那么可怕的一刻，他觉得自己要哭出声来。可他突然意识到管家在走廊上，他本能地控制住自己的情绪。管家走上前来，给他倒了一杯威士忌加苏打水。沃伯顿先生一言不发，端起杯子一饮而尽。

“你有话要说吗？”沃伯顿先生问，唇边竭力挤出一丝笑容。

“先生，助理官先生是个坏人。阿巴斯不想给他干了。”

“让他再等等。我要给吉所罗写信，请他们把库珀先生调走。”

“库珀先生对马来人很坏。”

“你先下去吧。”

管家默然走开。沃伯顿先生一个人陷入沉思。他仿佛看见吉所罗的俱乐部里，人们围坐在挂着法兰绒窗帘的桌旁。夜幕降临，他们打完高尔夫和网球，进来喝杯威士忌和苦味杜松子酒，听他们讲述自己和威尔士王子在马里昂巴德的笑话，开怀大笑。他又羞又气。势利鬼！大家都觉得他是势利鬼。他一直以为他们是好人，他一直对他们很绅士，毫不歧视他们这些二等公民。现在，他憎恨这帮家伙。可是，对众人的憎恨跟他对库珀的憎恨不可同日而语。如果真的拳脚相向的话，库珀肯定会把自己打得落花流水。羞辱的泪水顺着他涨红的圆脸流淌下来。他坐在那里，足有几个小时，一支接着一支抽烟，甚至有了轻生的欲望。

最后，管家回来，问他要不要换衣服吃晚餐。当然要！他素来如此。他从椅子上疲惫地站起身，换上浆洗衬衫和立领外套。他在装饰精美的餐桌前坐下，跟往常一样，两个男仆在一旁服侍，另外两个男仆挥动巨大的扇子。两百码外的平房里，库珀身穿马来纱笼，饭食粗糙。他赤着脚，很可能一边吃饭，一边读着侦探小说。饭后，沃伯顿先生坐下来写信。苏丹不在，他给苏丹的代表写了一封机密信函。库珀工作表现出色，他写道，但他跟库珀实在合不来。两人之间关系剑拔弩张，如果能将库珀调任别的岗位，他将不胜感激。

第二天早上他派人将信送出去。两个星期后，回信跟当月的函件一并寄来。是给他的私人信函，内容如下：

亲爱的沃伯顿：

我不想以官方身份给你回信，所以这封信也仅代表我个人的观点。当然，如果你坚持的话，我会将这件事汇报给苏丹。不过，我劝你最好放弃这个想法。我知道，库珀好比一颗未经加工的钻石，他能力不凡，战争期间过得很不如意，我想，他需要机会。我觉得你有点太在意社会地位。当然，男人能成为绅士固然好，不过能力出色、工作勤奋更加重要。我想,你得忍耐一点儿,这样就能跟库珀和谐相处。

致礼!

理查德·坦普尔

信笺从沃伯顿先生手中跌落。字里行间的意思非常明显。他交往二十年的迪克·坦普尔,出身伯爵家庭的迪克·坦普尔,认为他是个势利鬼,因此对他的请求感到厌烦。沃伯顿先生突然觉得意志消沉。他所处的时代已经逝去,未来掌握在拙劣的一代人手中。库珀就是典型的代表,他对库珀恨之入骨。他伸手倒酒,看到这个动作,管家走上前来。

"我不知道你还没有走。"

男仆捡起信件。啊,这就是他等着没有离开的原因。

"库珀先生会离开吗,先生?"

"不会。"

"那可就要倒霉了。"

有那么一会儿,沃伯顿似乎没听到这句话。但只是那么一会儿工夫。他突然坐直身子,盯着男仆。他警觉起来。

"什么意思?"

"库珀先生对阿巴斯不好。"

沃伯顿先生耸耸肩。库珀这种人怎么会知道如何跟佣人相处?沃伯顿先生知道他的套路:一忽儿跟佣人打得火热,一忽儿又对他们粗鲁残暴。

"让阿巴斯回家吧。"

"库珀先生拖欠他的工资,所以他还不能走。三个月来,他没付他一分钱。我告诉阿巴斯耐心等待。可他很生气,他不愿听我解释。如果库珀先生继续这样对他,恐怕就要倒霉了。"

"幸好你告诉我这一点。"

这个蠢货！他难道这么不了解马来人，以为自己可以尽情伤害他们？如果阿巴斯背后藏有匕首，库珀就他妈的好看啦。短剑。沃伯顿心跳突然停了一下。他只需静观其变，总有一天，阿巴斯会除掉库珀。这句话从他脑海一闪而过，他黯然一笑。他突然心跳加速，仿佛看见自己憎恶不已的那个家伙脸朝下躺在丛林小径上，背上插着匕首。这个没教养、欺凌弱小的家伙死得其所。沃伯顿先生叹了口气。他有责任警告他，当然，他必须这么做。他给库珀写了一个正式的短笺，让他立刻赶到要塞见他。

十分钟后，库珀站在沃伯顿面前。自从沃伯顿差点要打他那天开始，两人一直没有说话。沃伯顿并不出言请他落座。

“你要见我？”库珀问。

他衣服邋遢。脸上、手上红斑密布，蚊子叮过后，被他用手挠得血迹斑斑。瘦长的脸上，神情阴鸷。

“我听说你又跟佣人们闹矛盾了。我管家的侄子阿巴斯抱怨说你拖欠他三个月的工资。我认为这是专横的行为。这孩子想离开你，我当然不能责怪他。我要求你支付他的全部应得工资。”

“我想他不会离开我的。我扣发他的工资是为了督促他表现更好。”

“你不了解马来人的性格。马来人对于伤害和愚弄格外敏感。他们脾气冲动，睚眦必报。我有责任警告你，如果你把这孩子逼急了，到时候吃亏倒霉的恐怕是你自己。”

库珀不屑地笑笑。

“你觉得他能把我怎么样？”

“我觉得他会杀了你。”

“你很在意吗?”

“哦,我不在意,”沃伯顿先生回答,淡然一笑,“我会尽力面对所有的结果。但我有义务适当警告你。”

“你以为我会害怕该死的黑人?”

“这一点儿都不关我的事。”

“好吧,我来告诉你。我知道该怎么保护自己。阿巴斯这个肮脏、狡诈的流氓,如果他敢在我背后耍什么花样,上帝啊,我会拧断他的脖子。”

“我没什么好说的,”沃伯顿先生说,“晚安。”

沃伯顿先生朝他点点头,让他离开。库珀涨红了脸,一时间,不知道该说什么,也不知道该做什么,他转过身,蹒跚着走出房间。沃伯顿先生望着他离开,嘴上挂着冰冷的笑容。他已经履行了自己的职责。可如果他知道,库珀回到平房之后,一声不吭、闷闷不乐地躺到床上,感觉痛苦、孤独,突然失去控制,他会作何感想?库珀悲痛地啜泣,大滴大滴的泪珠从瘦削的脸上扑簌簌滚落而下。

经过这件事之后,沃伯顿先生很少见到库珀,也一直没有跟他讲话。他每天早上阅读《泰晤士报》,在办公室处理公务,锻炼身体,更衣,就餐,坐在河边抽雪茄。偶然遇上库珀,他也不予理睬。尽管两人知道对方时时刻刻就在附近,却都假装对方不存在一般。时间未能缓解两人之间的仇恨。他们彼此观察,对彼此的活动了如指掌。尽管沃伯顿先生年轻时是个出色的射手,但随着年龄增长,他对在丛林中猎杀大型动物已经失去兴趣。每逢星期天或者放假,库珀会携枪外出:他要是打到猎物,就会在沃伯顿先生面前耀武扬威;如果他空手而归,沃伯顿先生会耸耸肩笑笑。他们这些二等公民居然也想当冒险家!圣诞节对两人来说都格外煎熬:他们各自待在房里,独自用餐,都喝得酩酊大醉。方圆两百英里,他俩是唯一一对白人,两人住的地方喊一嗓子彼此就能听见。新年伊始,库珀发起烧来,沃伯顿先生看到他时大吃一惊,他已经变得枯瘦不堪,看起来病得不轻,身体虚弱。这种不自然的孤独,原本完全没有必要的孤独,令库珀无法忍受。沃伯顿先生感觉也好不到哪里,常常夜不能寐。他躺在那里东想西想。库珀拼命酗酒,很快就濒临崩溃。在对待当地人方面,他努力收敛,不想惹出什么事端,遭到长官责难。两人之间进行着一场严酷的无声战争。这是一场忍耐力的考验。几个月过去了,双方毫不示弱。两人就像生活在永恒黑暗中的人,精神饱受压抑,坚信黎明永远不会到来。他们的生活似乎永远笼罩在枯燥乏味的仇恨之中。

最后,不可避免的事情传到沃伯顿先生耳朵里,他似乎始料未及,大吃一惊。库珀责怪男仆阿巴斯偷窃他的衣服,男仆拒不承认。库珀抓住他的后颈,将他从台阶上踢了下去。男仆索要工资,库珀对他一阵臭骂,说如果一个小时之内再看到他,一定会将他交给警察。第二天上午,男仆在要塞外面,在库珀步行前往办公室的路上拦下他,再次索要工资。库珀攥紧拳头,照他脸上就是一拳。男仆摔倒在地,爬起来时,鼻子血流如注。

库珀头也不回地走了,开始一天的工作。可他无法专心工作。这一拳平息了他的愤怒,他开始觉得自己做得太过分了。他开始担心。他感到不安,闷闷不乐,垂头丧气。沃伯顿先生坐在隔壁办公室,他有种冲动,想将这件事报告给沃伯顿。他在椅子上挪动一下,可他知道沃伯顿听完会嗤之以鼻。他能想见他傲慢的笑容。他有种恐惧的不安,担心阿巴斯会有所行动。沃伯顿警告过他。他叹口气。他多傻呀!他不耐烦地耸耸肩膀。

他不在乎，他还有很多事情要做。这都是沃伯顿先生的错。要不是他跟自己过不去，这种事也不会发生。沃伯顿从一开始就让他的生活坠入地狱。这个势利鬼。他们那些人都这样：就因为他是殖民地居民。他在战争中一直没有得到军衔，这真是奇耻大辱；他跟别人一样出色。这些人都是可耻的势利鬼。如果他现在屈服的话，那真是见鬼。当然，沃伯顿肯定知道这件事，什么事都逃不过那个老家伙的眼睛。他不害怕。他不害怕婆罗洲的马来人，让沃伯顿见鬼去吧。

他想得没错，沃伯顿先生会知道这件事。吃午餐时，沃伯顿的管家告诉了他。

"你侄子现在哪里？"

"我不知道，先生。他走了。"

沃伯顿先生不置一词。吃完午餐，他照例睡了一会儿，可今天他发现自己无法入睡。他的眼睛不自觉地扫视库珀正在休息的平房。

这个白痴！沃伯顿先生心里有些犹豫。这家伙知道自己的处境多么危险吗？他感觉得叫他过来。可每次他想跟库珀讲道理，库珀都将他羞辱一番。沃伯顿先生心里突然涌起愤怒，额头血管暴涨，他紧握双拳。他已经警告过这个没教养的东西。现在，让他自作自受吧。不关自己的事，无论发生什么，都与自己无关。也许，出了事，吉所罗当局才会后悔没早点听从他的建议，将库珀调任别处。

那天晚上，他莫名其妙地感到心里不踏实。晚餐后，他在走廊上走来走去。男仆回过住处后，他问男仆有没有见到阿巴斯。

"没有，先生，我猜他或许去了他舅舅村里。"

沃伯顿先生目光犀利地盯着男仆，男仆低下头，不敢看沃伯顿先生的眼睛。沃伯顿先生走到河边，坐在凉亭里。可他心神不宁。河水静静流淌，有种不祥的预兆，仿佛一条巨大的毒蛇缓缓地向着大海滑去。水面上方的丛林里一片死寂。鸟儿不再鸣唱。微风也不再拂动肉桂树叶。周围的一切仿佛都在等待着什么事情降临。

他穿过花园，走到马路上。从那里可以瞥见库珀平房的全景。卧室里点着灯，路对面传来爵士乐的声响。库珀正在听留声机。沃伯顿先生打了个寒战，他向来不喜欢这种乐器。要不是听到这种音乐，他可能会走进去跟库珀谈谈。他转身回到自己的住所。他读书直到深夜，最后进入梦乡。没睡多久，他就开始做噩梦。他似乎被一声尖叫惊醒。当然，尖叫是梦里听到的，真实生活中没有听到尖叫声——比方说，从平房传来的尖叫声。他醒着躺在那里，一直躺到天亮。接着，他听到急促的脚步声和吵嚷声，男管家闯了进来，没戴帽子。沃伯顿先生心跳骤停。

"先生，先生。"

沃伯顿先生跳下床。

"我马上来。"

他套上拖鞋、纱笼和睡衣上装，穿过自己的院子，走进库珀的院子。库珀躺在床上，嘴巴张开，一把匕首刺在心脏的位置。他在睡梦中被人捅死。沃伯顿先生吃了一惊，不是因为他对眼前的场面始料未及，他吃惊是内心涌过一阵狂喜。他肩膀上的重担终于被移除。

库珀身体冰凉。沃伯顿先生从伤口拔出匕首，匕首捅得很深，他费了很大的劲才拔出来，他盯着匕首。他认得这把匕首。几个星期前，一个小贩曾经向他兜售，他知道后来库珀买下了。

"阿巴斯在哪里？"他厉声问。

“阿巴斯在他舅舅村里。”

当地警官站在床头。

“派两个人去村里把他逮起来。”

沃伯顿先生立即采取必要措施。他神情严肃地下达命令。他的命令简洁、强硬。然后,他返回要塞,刮掉胡须,洗了个澡,换身衣服,走进餐厅。他的盘子旁边放着尚未打开包装的《泰晤士报》。他吃了点水果。男管家为他倒茶,另一名男仆给他端来一盘鸡蛋。沃伯顿先生胃口大开。管家在一旁等候。

“什么事?”沃伯顿先生问。

“先生,我侄子阿巴斯整晚都待在他舅舅村里。有人作证。他舅舅发誓说他没有离开过村子。”

沃伯顿先生皱起眉头,抬头看他。

“库珀先生是被阿巴斯杀害的。你跟我都很清楚。必须要伸张正义。”

“先生,你不会绞死他吧?”

沃伯顿先生犹豫片刻,尽管他的声音依然坚决而严肃,他的眼神却游移了一下。马来人很快注意到这个变化,他自己的眼里也露出理解的神情。

“他犯下这个罪行也是因为受到严重挑衅。阿巴斯会判有期徒刑。”沃伯顿停下来,吃了些果酱,“等他在牢里待一段时间之后,我会叫他到我家里来当佣人。你可以培训他一下。我敢肯定,在库珀先生家里,他养成了不少坏习惯。”

“阿巴斯要自首吗,先生?”

“他最好自首。”

管家退下。沃伯顿先生拿起他的《泰晤士报》,不紧不慢地拆开包装。他喜欢展开沉甸甸、发出簌簌声响的报纸。清新凉爽的早晨透出甜美的气息，他的眼睛久久地望着花园，眼神满是和善。他心底一块石头总算落了地。他翻到登载生老病死、婚丧嫁娶消息的那一版。他总是喜欢先看这一版。一个熟悉的名字吸引了他的注意。沃姆斯科克夫人终于如愿生了个儿子。天哪，这个老贵妇该会多么兴奋啊！下次递送邮件时，一定要给她写封贺信。

阿巴斯会是个不错的男仆。

库珀这个蠢货！

（鄢宏福 译）

同花顺

我不太晕船。由于天气恶劣，牌局早早散了，但我也没有下到船舱里。我们习惯打牌到凌晨一两点钟，赌注不大，输赢无关痛痒。大风刮了一整天，夜幕降临时升级为怒吼的狂风。一两个牌友说感觉不舒服，另一两个牌友打得也心不在焉。即便不晕船，海上的恶劣天气也令人不适。我讨厌那种说喜欢风暴天气的傻瓜，吹嘘说能够精力充沛地在甲板上行走自如，赌咒发誓地说恶劣的天气对他压根算不了什么。比之船上的木结构嘎吱作响，玻璃器皿四处乱滚，人坐在椅子里随着船身晃动滚来翻去，比之狂风怒号、巨浪滔天，我更喜欢陆地。有个牌友说他玩够了，我想没谁会恋战，最后一局没有人再加注。船身摇来晃去，我肯定睡不着，北太平洋的浪涛不断撞击弦舱，我无法安心看书，索性独自待在吸烟室里。我将刚才玩的两副牌放在一起重新洗牌，气定神闲地独自玩起来。

玩了大约十分钟，门突然被强风吹开，扑克牌吹得四处飞散。两个乘客气喘吁吁地躲进吸烟室。船上乘客不多，从香港开出至今已十余天，因此，我和船上的每一位乘客都熟悉了。我曾跟刚刚躲进来的两位说过几次话。看到我一个人坐着，他们走到我桌边。

他们俩年纪都很大了。或许正因为这一点，他们才形影不离。从他们在香港登船初次见面开始，全天大部分时间都能看到他们一块儿坐在吸烟室里。两人交谈不多，中间摆着一瓶维希矿泉水，安然自得。他们都很有钱，这也是两人之间的一个共同点。富人跟富人在一起才觉得自在。他们知道，钱财意味着优势。他们对穷人的感觉是，穷人总是渴望着某种东西。的确，穷人羡慕富人，被人羡慕的感觉很舒服，可穷人也会嫉妒富人，这样一来，他们的羡慕就不那么单纯。罗森鲍姆是犹太人，略有些驼背，身体虚弱，衣服耷拉在身上，给人一种半死不活的感觉。老迈消瘦的身体仿佛距坟墓仅一步之遥，脸上流露着狡诈的表情，是多年老于世故的象征，看着倒也自然。他为人和善友好，常请大家喝酒、抽雪茄，他的乐善好施是有名的。另一个叫唐纳森，苏格兰人，年轻时去加利福尼亚闯荡，开矿赚了一大笔钱。他身材矮胖，面色红润，胡子刮得干干净净，除了后颈一圈银发外，头顶光秃秃，眼神格外和气。无论他闯世界时曾经何等叱咤风云，经过一番岁月磨砺，他如今温和友善。

“我以为你们早上床睡觉去啦。”我说。

“我是该去睡觉了，”苏格兰人回答说，“听罗森鲍姆讲从前的事儿，就把睡觉给忘啦。”

“反正睡不着，躺到床上有什么意思？”罗森鲍姆先生说。

“明天早上跟我一起到甲板上走十圈，保证你能睡着。”

“我这辈子从来不锻炼，也不打算从现在开始锻炼。”

“这么说太愚蠢了。你要是坚持锻炼，肯定比现在加倍精神。看看我吧。你永远不会相信我七十九岁了，对吧？”

罗森鲍姆先生用挑剔的眼神打量着唐纳森。

“是，没错。你身体保持得很好。看起来比我还年轻。我才七十六岁。可我一直都没有机会保养。”

正说到这儿,侍应生走过来。

“酒吧马上要打烊了,先生们。需要我帮你们拿点儿什么吗?”

“风暴肆虐的夜晚,”罗森鲍姆说,“咱们来瓶香槟吧。”

“给我来一小瓶维希矿泉水。”唐纳森说。

“噢,好吧,我也来一小瓶维希。”

侍应生转身离开。

“说了你可别介意,”罗森鲍姆有些不满地说,“要我像你这样清心寡欲地活着,可真受不了,哪怕把全世界的钱都给我一个人也不行。”

唐纳森朝我温和地笑笑。

“罗森鲍姆受不了的是,我五十七年来没有碰过一次牌,没有沾过一滴酒。”

“那我问你,这样的生活你是怎么过来的?”

“我年轻时,酗酒、赌博,样样都干,后来遭遇一次可怕的变故。我自此吸取教训,痛改前非。”

“说给他听听吧,”罗森鲍姆先生说,“他是个作家。他可以写篇故事,没准儿还能挣张船票钱呢。

“直到现在,我依然不情愿讲这个故事。长话短说吧。我和另外三个人一起打牌,都是朋友,年龄最大的也不超过二十五岁。包括我、我的同伴和麦克德莫特兄弟俩。兄弟俩感情甚笃,一个有什么,都会跟另一个共享,一个到镇上去,另一个总是跟着。他们总在一起说说笑笑。一对帅小伙,身高都超过六英尺,英俊潇洒。我们这群人玩得很疯狂,总体上运气不错,一旦赢了钱,便毫不吝惜地花掉。一天晚上,我们喝了很多酒,然后开始玩牌。我猜大家都喝高了。不知为什么,麦克德莫特兄弟突然开始争吵。其中一个说另一个打牌作弊。‘收回你的话。’杰米吼道。‘我要让你去见鬼。’埃迪说。我和同伴还没反应过来,杰米掏出手枪,把他兄弟打死了。”

轮船剧烈摇晃起来,我们紧紧抓住座椅。酒吧食品柜上的瓶子、杯子在架子上滑动,发出叮叮咣咣的声响。从这个温和的老者口里讲出这么可怕的故事,让人感觉无比怪异。那是另一个时代的故事。眼前的老者身材肥胖,脸色红润,后颈一圈银发,身穿无尾礼服,衬衫前面缀着两颗大珍珠。你很难相信,他竟然亲身经历过如此凶残的事件。

“后来呢?”我问。

“我们迅速清醒过来。一开始,杰米不敢相信埃迪已经断气了。他把埃迪抱在怀里,不停地喊他。‘埃迪,’他喊道,‘快醒醒,好兄弟,快醒醒。’他喊叫了一整夜。第二天,我们跟他一起开了四十英里进城。我和同伴一边一个扶着他,将他交给行政司法长官。跟他握手道别时,我哭了。我告诉同伴,有生之年,我再也不碰牌,再也不沾酒。我都做到了,我会继续坚持下去。”

唐纳森先生低下头,嘴唇颤抖。他似乎又回忆起多年前的那一幕。我很想问他一个问题,可他显然情绪过度激动,不便打扰。他和同伴似乎毫不犹豫地将这个倒霉的年轻人交给法律处置,仿佛这是天经地义的事情。似乎说明,纵然这样一伙放荡、野蛮的人,也本能地对法律存有敬畏之感。我不由得一阵战栗。唐纳森先生喝完杯里的维希矿泉水,匆匆道声晚安就离开了。

“这个老家伙有点儿小孩子脾气,”罗森鲍姆先生说,“我不相信他以前能精明到哪里去。”

“咳,他以前一定精明过人,不然怎么会赚到那么多钱。”

“怎么会?! 那个时候的加利福尼亚,挣钱根本不需要脑子好使,只要有运气就行了。我绝非妄言。想在约翰内斯堡发财,才真正需要脑筋管用。八十年代的约翰内斯堡。那场面真叫壮观! 跟你说吧,我们一大帮人,个个都是玩命的主。人人都只考虑自己,谁落后谁倒霉。”

他若有所思地抿了一口维希矿泉水。

“你若想到板球和棒球,高尔夫、网球和足球,你可以尽情去玩,那些都是小伙子的游戏。我问你,成熟男人还会拼命奔跑、使劲击球吗? 扑克才是唯一适合成熟男人的游戏。你是所有人的对手,所有人也都是你的对手。团队合作? 谁能靠团队合作发财? 发财只有一个办法,那就是摧毁你的对手。”

“我不知道你还打过牌。”我打断他,“哪天晚上露一手?”

“我不打牌了。已经戒了,不过是因为我个人的原因。我才不会因为某个倒霉朋友被杀就戒牌呢。再说了,一个蠢到被人干掉的家伙也不配当朋友。时光不再啊! 要想知道什么叫真正的扑克,就得到那时候的南非去看看。那可是我见过的赌注最大的牌局。扑克高手云集,绝对没有输了不认账的主。场场壮观。就拿其中一场来说吧,一天晚上我在约翰内斯堡跟几位大亨一起玩牌,突然有人把我叫开了一会儿。赌注总额有两三千镑。‘帮我接一下牌,我去去就来。’我说。‘没问题,’他们说,‘不着急。’哎呀,我离开不到一分钟时间。我回到牌桌,拿起牌,发现自己拿了一手从 8 到 Q 的同花顺。我一声不吭,迅速把牌抓到手里。我猜得到其他人手里的牌。可你知道吗,我犯了个错误。”

“什么意思? 没听懂。”

“那一局很快就结束了，赌注最终被三张七赢走了。我万万没有想到会是那样。我想当然地认为别人手里会有从 9 到 K 的一手同花顺。眼看着，这一局我输掉十万英镑。”

“真倒霉。”我说。

“那一场下来，我差点得了心脏病。可令我彻底金盆洗手不再打牌的是另一手同花顺。我一辈子总共抓到过五次同花顺。”

“天啦，能够抓到同花顺的机会可是万不及一呢。”

“那回是在旧金山，就在前年。我一整晚手气都很差。但是，我输的钱不多，因为我根本没机会叫牌，连对子都没抓到过，即便抓到，顶多也就一对。后来，我又抓了一手牌，跟之前的牌一样烂，所以我没有加注。坐在我旁边的家伙也没有加注，我把手上的牌给他看。‘一个晚上都是这种烂牌！’我说，‘拿到这手烂牌还怎么个打法？’‘啊，那你想要什么样的好牌？’他盯着我的牌问，‘无论是谁拿到同花顺都会下注的。’‘什么？’我惊叫一声。我浑身颤抖得像片树叶。我又看了一眼手里的牌。我以为抓到手的是两三张小红桃加上两三张小方块。居然是五张红桃同花顺，我居然没看出来。全怪我的这双眼睛！我知道这意味着什么。我老啦。我一生几乎不曾哭过。我不是那种人。可当时，我忍不住哭了。我竭力克制，眼泪还是止不住顺着脸颊滚落。后来，我站起身。‘先生们，我自此戒牌了！’我说，‘老眼昏花连同花顺都看不清，还玩什么扑克牌。天意如此，只能认了。在生之年，我永不再玩扑克牌。’我留下一个筹码，把剩下的筹码全都兑换成现金，从房间里走出去。从那以后，我再也没有玩过牌。”

罗森鲍姆先生从马甲口袋里掏出一个筹码，递给我。

“我把这个筹码留作纪念。走到哪里都带着。我不是个多愁善感的老傻瓜,你瞧,我知道扑克曾经是我生平至爱。如今,我只在乎一样。”

“哪一样?”我问。

他精明的小脸上浮现一丝笑容,厚厚的眼镜片后面,湿乎乎的眼睛闪着讥讽。脸上有着不可思议的机敏与狡诈。他发出老年人特有的尖细笑声,吐出一个词:“博爱。”

（鄢宏福 译）

在劫难逃

我跟船长握手道别后，走到挤满乘客的下层甲板，从马来人、中国人和迪雅克人中奋力挤到舷梯旁。透过船舷，我看到自己的行李已经装上摆渡船。摆渡船形体庞大、笨拙，挂着方形竹编巨帆，船上挤满比比画画的本地人。我奋力爬进去，船上的人给我挪出了地方。我们距海岸还有大约三英里，海风强劲地吹着。摆渡船向岸边驶去，遥遥可见绿色葱茏的椰树林一直延伸到海边，树丛掩映着村落的棕色屋顶。一个会讲英文的中国人指着白色的平房告诉我，那里就是地区行政长官府邸。尽管行政长官尚不知情，但我此行正是前往他的府邸，跟他一起住些时候。我口袋里揣着一封举荐信。

离船登岸，行李被放在我身旁金光闪闪的沙滩上，我顿感孤立无助。小城地处偏远，在婆罗洲北部。想到要去自我举荐给一个素昧平生的人，告诉他我要投靠在他的屋檐底下，睡觉、吃饭、享用威士忌，心中不免有些畏缩。正如此这般想着，来了一只小船，接我前往要去的码头。

我很快发现自己这些担心纯属多余。刚一抵达平房，递上我的举荐信，地区行政长官就迎了出来。他身材结实、面色红润、活泼开朗，三十五岁上下。他热情欢迎我的到来，抓着我的手，喊男仆上酒，又叫另一名男仆照管我的行李。他打断我的客套话。

“上帝啊，伙计，你不知道见到你我有多开心。不要以为我为你提供食宿是麻烦事。事实恰恰相反。想待多久就待多久。待他个一年。”

我笑了。他立刻将手头的工作放到一边，还不忘宽慰我说，没什么工作非得当天完成。说完，他一屁股重重坐进长椅里。我们聊天，喝酒，接着聊天。白天的暑热渐渐褪去，我们去丛林里走了很长时间，回来时两人都大汗淋漓。此时，洗澡更衣简直是人生一大乐事，接着我们共进晚餐。我累透了，尽管主人兴致勃勃想要彻夜长谈，我只能抱歉地恳请他容我回房间睡觉。

“好吧，我马上去你房间看看是否都准备妥当。”

房间很宽敞，两边都有凉台，没什么家具，有张挂着蚊帐的大床。

“床很硬，你不介意吧？”

“不介意。今晚可以不用摇摇晃晃地睡觉啦。”

主人若有所思地盯着床。

“上回，睡在这张床的是个荷兰人。你想不想听个有趣的故事？”

我只想快点上床睡觉，可偏偏他是主人，况且，我有时也喜欢来点小幽默，知道想要讲个幽默故事却没有听众的滋味。

“他也是坐你这条小船过来的，是海岸旅行的最后一段航程。他走进我办公室，问我驿站在哪里。我告诉他没有什么驿站，要是他没地方住，我愿意提供住处。他高兴得跳起来。我让他把行李取来。

“‘这是我的全部家当。’他说。

“他举起一只闪亮的黑色手提箱。小提箱里看起来很空，可这跟我没什么关系，我让他自己先到平房里去，我完成手头工作随后就到。正说话间，我办公室门开了，秘书走了进来。这个荷兰人正背对着门，或许秘书开门有些突然。不知何故，荷兰人惊叫一声，跳起两英尺高，拔出手枪。

“‘你到底要干吗？’我问。

“当他确定来人是我的秘书时，整个人快瘫掉了，靠在桌边，喘着粗气。我说话时，他身体抖得像筛糠。

“‘请您原谅。’他说，‘我的神经，我的神经出问题了。’

“‘看来确实如此。’我说。

“我说话很冷淡。说实在的，我真希望自己没有邀请他同住。他看起来不像是喝多了酒，我不知道他是不是警方抓捕的逃犯。要真是那样的话，我心想，他可就真是愚蠢透顶，自投罗网了。

“‘你赶紧去躺着吧。’我说。

“他走了出去。我回到平房时，发现他一声不吭，直挺挺地坐在凉台上。他洗过澡，刮过胡子，换了身干净衣服，看起来很体面。

“‘你干吗这么直挺挺地坐着？’我问他，‘坐在长椅里更舒服些。’

“‘我喜欢挺直身子坐着。’他说。

“真是个怪人，我心想。这么热的天，他要挺直身子坐着，不愿躺下休息的话，那是他自己的事。他相貌普通，人高马大，方头方脑，刚硬的短发根根直立。我猜他四十岁左右。让我印象最深刻的是他的表情。蓝色的眼睛，很小，里面有着令人费解的东西。脸颊下垂，仿佛随时都要哭出来。他随时准备迅速扭头向左后方看，仿佛身后有什么动静。上帝啊，他神经十分紧张。几杯酒下肚，他终于开口说话。他的英语很棒。除了轻微的口音之外，你很难听出他是外国人。不得不承认，他很健谈。去过不少地方，读过很多书。跟他聊天真是种享受。

“我们下午喝了三四杯威士忌，后来又喝了很多苦味杜松子酒，因此，到晚餐时间，我们都很兴奋，我看得出他是个好人。当然，晚餐时我们又喝了不少威士忌。我碰巧还藏有一瓶班尼狄克汀，因此我们又喝了点利口酒。我顿时觉得我们关系变得十分亲密。

“最后，他告诉我他来这里的原因。故事非常诡异。”

我的主人停下来，望着我，嘴巴微微张着，似乎至今想起这个故事，依然觉得诡异无比。

“那个荷兰人从苏门答腊岛来，他得罪了一个亚齐人①，那个亚齐人发誓要杀了他。一开始，他没当回事，可那个家伙动了两三回手，情况开始变得难以收场，他于是决定出去躲一躲风头。他去了巴达维亚②，决心在那里享受一番。可到那儿一个星期，他发现那个亚齐人鬼鬼祟祟地躲在墙根那儿。上帝啊，他跟过来了。看来，他不达目的誓不罢休。荷兰人开始意识到这绝不是开玩笑，他觉得最好逃到苏腊巴亚③去。有一天，他正在那里散步，你知道，街上人熙熙攘攘，他偶然一回头，却发现那个亚齐人一声不响地跟在他身后。他吓了一跳。换作是谁都会被吓一跳。

“这个荷兰人径直回到酒店，收拾好行李，坐下一班轮船去

---

① 印度尼西亚苏门答腊岛北部民族。

② 印度尼西亚首都雅加达的旧称。

③ 印度尼西亚东北岸港口城市，现在的泗水。

了新加坡。当然,他住在梵维克酒店,荷兰人都喜欢住在那里。有一天,他在酒店前面的院子里喝酒,那个亚齐人大摇大摆地走进来,盯着他望了一阵,走了出去。荷兰人告诉我说,他简直吓傻了。那家伙完全可以拿波状刃短剑捅进他的胸膛,而他根本没有招架之力。荷兰人知道这家伙肯定在伺机行事,该死的土著人要杀了他,他从这人的眼中看得清清楚楚。他精神彻底崩溃。"

"可他为什么不去报警?"我问。

"谁知道。我猜他不希望警方介入吧。"

"他到底对那亚齐人做过什么?"

"我也不知道。他不愿告诉我。但我问他时,从他的表情来看,我猜这件事很严重。我觉得,他心里清楚无论这个亚齐人怎么对他,他都罪有应得。"

我的主人点燃一支烟。

"后来呢?"我问。

"往返新加坡和古晋①的轮船船长每到新加坡就住在梵维克酒店,轮船凌晨出发。荷兰人心想,正好趁这个机会甩掉那家伙。他把行李丢在酒店,装作去给船长送行的样子,跟船长一起上了船。轮船起航时,他趁机留在船上。他那个时候还算精神正常。他什么都不在乎,只想着要摆脱那个亚齐人。到了古晋,他觉得自己终于安全了。他在客栈里订了个房间,去中国商店买了几套西装,几件衬衫。但他告诉我,他睡不着。只要一闭上眼睛,就会梦到那个亚齐人,一夜醒来五六次,总觉得有人拿短剑割他的脖子。上帝啊,我很同情他。他跟我说话的时候,浑身

① 马来西亚港口城市。

抖个不停，声音沙哑，透出恐惧。我刚才在他眼中看到的正是这种恐惧。你还记得吧，我告诉过你他脸上有种诡异的表情，令人捉摸不透。原来是恐惧。

“有一天，在古晋的俱乐部里，他朝窗外看，发现那个亚齐人坐在外面。两人眼神交汇。荷兰人精神崩溃，昏了过去。他醒来的第一个念头就是逃离古晋。要知道，古晋交通不方便，把你接过来的那条小船是他唯一可能逃离的机会。他坐上小船，确信那个亚齐人不在船上。”

“可他为什么要来这里呢？”

“小船沿途停靠五六个地方，那个亚齐人不可能猜到他来这里了。他正是因为看到只有一条摆渡船带大家上岸，渡船上不过十来个乘客，他才决定在这里离船上岸的。

“‘无论如何，到这里总算能安全一阵子了，’他说，‘只要我能安安静静待上一段时间，神经一定会恢复正常。’

“‘想待多久就待多久，’我说，‘你在这里很安全，不管怎么说，到下个月轮船到来之前你都很安全。如果你觉得有必要，我们可以盘查来此下船的乘客。’

“他非常信赖我。我能看出他如释重负。

“夜很深了，我建议大家都去睡觉。我把他带到房间，看是否收拾妥当。他把浴室门锁上，把百叶窗闩好。尽管我告诉他不会有危险，我转身离开时，听到他在我身后锁上了房门。

“第二天早上，男仆给我端来早茶，我问他有没有叫荷兰人起床。他说正要去叫。我听到男仆反复敲门。我心里暗自奇怪。男仆猛砸房门，就是没人应答。我觉得事出蹊跷，于是站起身。我也敲了门。敲门声很响，足以把死人吵醒，可荷兰人依然沉睡。后来，我把房门撞开。蚊帐整齐地塞在床四周。我撩开蚊帐。他仰面躺在床上,两眼圆睁。他死了。一把短剑横插在他的喉咙上。你尽可以说我胡编乱造,但是我对天发誓所言非虚。他身上其他任何地方都没有伤痕。房间里空无一人。

“很有趣,对吗?”

“那要看你对趣味的理解了。”我回答说。

我的主人快速看了我一眼。

“你不介意睡在这张床上,对吧?”

“不——不介意。但我真希望你等到明天早上再讲这个故事。”

(鄢宏福 译)

露水情缘

尽管跟我本人没有任何关联，但我即将要讲的这个故事采用第一人称，因为我不想在读者面前假装无所不知。故事本身如我所述，但故事背后的原因仅为个人臆测，他日，读者或许会认为我的猜测纯系讹误。谁也无法保证自己一猜就对。但是，假若你对人性问题感兴趣，那就没什么会比思考某些事件背后的动机更有趣味了。我是在一个非常偶然的场合听到下面这个悲惨故事的。我打算在婆罗洲北部的一个小岛上住两三天，地区行政长官慨然留宿。东奔西跑了好一阵子，我乐得有个地方歇脚。这座小岛一度非常重要，曾经专设总督进行管理。如今，除了总督曾经住过的气派石头官邸仍在，小岛昔日的辉煌已荡然无存。地区行政长官住在曾经的总督府邸，他每每抱怨房子大而无当。其实房子住起来倒也舒服，客厅无比巨大，餐厅可容纳四十个人，卧室宽敞恢宏。房子里面布置得却很简陋，新加坡政府精打细算，尽可能在上面少花钱。但这些却是我喜欢的风格。厚重的办公家具有一种令人忍俊不禁的单调、庄严。花园太大，地区行政长官根本无暇打理，任由热带植物恣意生长。地区行政长官名叫亚瑟·洛尔，性格沉静，个头不高，三十八九岁，已婚，有两个孩子。洛尔一家从没有想过要在这里长期居住，认为不过是暂时住在这里，仿佛从灾区来这里临时避难似的，憧憬有朝一日能调到其他任所，在熟悉的环境里安顿下来。

我很快就喜欢上洛尔一家。地区行政长官性格随和，幽默风趣。我敢肯定，他的各项职责都完成得漂漂亮亮，但他竭力不摆一丝官架子。他满口乡言俚俗，却也不乏善意的刻薄。他跟两个孩子一起玩耍的场景令人羡慕。显然，他对自己的婚姻十分满意。洛尔太太娇小、丰腴，性格和善。精巧的眉毛下，一双深色的眼眸，说不上漂亮，但很迷人。她看起来很健康，神采奕奕。夫妻两个不停地插科打诨，两人都觉得对方十分有趣。那些笑话笑点不高，也无新意，可夫妻俩乐在其中，你不禁会被他们感染。

我觉得他们见到我也很高兴，尤其是洛尔太太，因为除了照管房子和看护孩子之外，她的生活乏善可陈。岛上白人屈指可数，社交生活单调寂寥。见面不到二十四小时，她就一再挽留我待上一个星期，一个月，甚至一年。我到达当晚，他们举办了一场晚宴，政府税官验货员、医生、教师和治安队长在内的政府职员纷纷应邀前来。第二天晚上，就只有我们三个人吃饭。前一天晚宴上，客人们带着各自的佣人侍候用餐。现在，只有洛尔家的一名男仆和我的一个随行佣人在一旁招呼。他们把咖啡端进来后就离开了。我和洛尔每人点上一支方头雪茄。

“你不知道吧，我以前见过你。”洛尔太太说。

“在哪里？”我问。

“伦敦，一次舞会上。我听到有人将你介绍给别人。在卡斯特伦夫人的卡尔顿府联排①。”

---

① 卡尔顿府联排是英国伦敦圣詹姆士区的一条街道，此处特指建筑在街道南边阳台之上、可以俯瞰圣詹姆士公园的两排房屋。

“噢？什么时候的事？”

“我们上次回国休假的时候。那天还有俄罗斯舞蹈演出。”

“我想起来啦。两三年前。真想不到，你们也在！”

“我们当时打招呼说的正是这句。”洛尔太太脸上漾开迷人的笑容，“我们这辈子头一回参加那样的舞会。”

“哦，那次舞会引起了巨大轰动，”我说，“堪称极品时尚舞会。你们玩得开心吗？”

“我一点也不喜欢。”洛尔太太说。

“别忘了，是你坚持要去的，毕伊，”洛尔说，“我早就料到我们俩跻身那些时尚人物中间会很落伍。我的礼服还是在剑桥读书时候穿的，一直都不太合身。”

“我特意去彼得·鲁滨逊商店买了一件裙衫。衣服挂在商店里很好看。真希望我没有浪费那笔钱。跟那里的人相比，我觉得自己从来都没有那么寒酸过。”

“咳，没关系。反正也没什么人认识我们。”

那次舞会我记忆犹新。卡尔顿府联排金碧辉煌的房间被黄玫瑰花环装饰得格外耀眼，宽敞巨大的客厅尽头搭起了舞台。舞蹈演员们身穿专门设计的摄政王时代服装，一位现代作曲家专门为当天晚上的两场精彩芭蕾舞演出谱曲。看着精彩绝伦的演出，任谁脑中都会闪过一个庸俗的念头：舞会开销一定是个天文数字。卡斯特伦夫人模样俏丽，热衷于这样的聚会，但我想没有谁会觉得她有多好客，她认识的人实在太多了，不可能特别关注到某位客人。我不禁疑惑：如此高贵的晚宴上，她为何要邀请两位来自遥远殖民地的微不足道的小人物？

“你跟卡斯特伦夫人认识很久了吗？”我问。

“我们根本不认识她。她寄了一张邀请函，我们想看看她长什么模样，就去参加了。”洛尔太太说。

“她才干超群。”我说。

“这一点我敢肯定。管家领我们进去的时候，她不知道我们是什么人，但很快就记起来了。‘哦，对啦，’她说，‘你们是可怜的杰克的朋友。赶紧去找个能看到舞台的位置坐下吧。你们一定会喜欢利法尔[①]，他舞技一流！’然后，她转过头向其他来客问好。不过，她看了我一眼。她想知道我对她的底细究竟了解多少，她一眼就看得出我什么都知道。”

“别说这些废话啦，亲爱的。”洛尔先生说，“就凭看一眼，她怎么会知道你对她的想法，你又何从知道她在想什么？”

“是真的，我告诉你。就在目光交接的一瞬间，我们彼此心思袒露无疑。我不会弄错，我毁了她当天晚上办舞会的兴致。”

洛尔笑了，我也笑了。洛尔太太语气中有着成功实施报复后的得意劲。

“你太轻率了，毕伊。”

“她是你的知交吗？”洛尔太太问我。

“算不上。十五年来，我经常能够见到她，也应邀去她家参加过无数宴会。她的宴会很棒，总能让你如愿以偿见到想要结识的人。”

“你觉得她人怎么样？”

“她在伦敦算得上一个风云人物。她说话风趣，长相俏丽。她为艺术和音乐多方奔走。你怎么看她呢？”

“我觉得她是个婊子。”洛尔太太笑着坦言。

---

① 谢尔盖·利法尔（Serge Lifar，1905—1986），法国芭蕾演员、编导，原籍俄国。

“这么说可就毁了她的形象啊。”我说。

“告诉他吧，亚瑟。”

洛尔犹豫片刻。

“我不知道该不该说。”

“如果你不想讲，那我来说吧。”

“毕伊对她可真是毫不仁慈，”他笑着说，“说起来真不体面。”

他吐了个漂亮的烟圈儿，全神贯注地欣赏。

“快说吧，亚瑟。”洛尔太太催促。

“哦，好吧。事情发生在我们上次回国之前。我当时担任雪兰莪州[1]行政长官。有一天，一群当地人来向我报告，说河流上游几个小时航程远的镇子上死了个白人。我根本不知道那里住了个白人。我想最好去看看，于是坐上小艇，溯流而上。到那儿之后，我询问一番。警察只知道他在市场里跟一个中国妇女同居多年，除此之外，一无所知。这座市场十分独特，两边是高耸的房子，中间是木板通道，铺设在沿河两岸的桩上，通道上方搭了遮阳棚。我带了几个警察，跟着当地人走进那栋房子。一楼是卖黄铜制品的商店，楼上的房间都租出去了。店主领着我爬上两段昏暗幽黑、摇摇欲坠的楼梯，那里弥漫着中国店铺常有的臭味。走上楼梯顶端，店主喊了一嗓子。一位中年的中国妇女打开门，看得出，她眼睛都哭肿了。她一言未发，闪身让我们进去。房间像只笼子一般大小，勉强有个屋顶。临街开了一扇小窗，被街上的雨棚遮挡了光线。屋内除了一张松木桌和一把断背餐椅，再无其他家具。靠墙的席子上躺着一个死人。我首

① 又称雪州，马来西亚十三州之一，位于马来半岛西海岸中部。

先命人把窗户打开。屋内的恶臭令我作呕,其中还掺杂着刺鼻的鸦片味。桌上摆着一盏小油灯和一根长长的针状物。我当然知道这些物件的用途。烟枪放起来了。死者身上穿着一条纱笼,一件脏兮兮的汗衫。棕色的长发略微泛灰,留着须茬。确实是个白人。我仔细检查他的身体。我得确定他是否属于自然死亡。身上没有暴力留下的痕迹。他瘦得只剩皮包骨头。我觉得,他很可能是饿死的。我问了店家和中国妇女几个问题。警察确认了他们的供述。据说,这男人咳嗽得很厉害,痰里带血,从外表能够看出他肯定患了肺结核。那个中国人说,他鸦片瘾非常重。看来确实如此。幸运的是这种案子并不多,可也不算稀奇——白人沉沦乃至走向堕落深渊的故事。那个中国妇女看起来非常爱他。她靠自己微薄的收入养了他两年时间。我对后续处理此事做了必要指示。当然,我要查明死者的身份。我猜他是某家英国公司的职员,或者是英国商店在新加坡或吉隆坡的助理。我询问中国妇女,死者是否留下任何财物。眼见他们拮据的生活状况,这个问题显得十分荒谬,可她走到角落里一个破旧的手提箱边,打开箱子,拿出一个方形包裹给我,包裹有两本小说那么厚,用旧报纸包着。我看了一眼手提箱。里面没有任何有价值的物品。我接过包裹。”

洛尔的雪茄已经熄灭,他凑到桌上的蜡烛前,再次点燃雪茄。

“我打开包裹。里面包着一层纸。纸上写着:敬呈地区行政长官,烦请转交伦敦卡尔顿府联排 53 号卡斯特伦子爵夫人。字迹工整,写字的人显然受过良好教育。我恰好是在任地区行政长官,这出乎我的意料。当然,我得查看里面的内容。我割断绳子,看到的第一件物品是一只黄金和铂金烟盒。你能想象得到我当时的困惑。据我了解，死者和中国妇女食不果腹，而香烟盒看上去价值不菲。除了烟盒和一捆信件之外，再没有其他东西。没有信封。信纸上的字迹跟包装纸上的字迹一样工整，出自签名为‘杰’的同一人之手。总共有四五十封信。我没时间细读，只是粗略翻了一下，我发现这些信都是一个男人写给一个女人的情书。我派人找来中国妇女，问她死者姓名。她要么是真不知道，要么就是不愿意告诉我。我命人将死者安埋，然后就乘船离开了。我后来将这件事告诉了毕伊。”

他朝妻子温柔地笑笑。

“我费了好大的劲才说服亚瑟。”她说，“一开始，他坚决不让我看那些信，但我才不会听他的那些说辞呢。”

“这不关我们的事。”

“你得尽力查出他的名字。”

“看了信你能得到什么好处？”

“噢，别傻了。”她笑道，“如果你不让我读这些信件，我肯定会憋疯。”

“你后来查出他的名字了吗？”我问。

“没有。”

“信上没有地址吗？”

“有，有地址，一个很出人意料的地址。大部分信件用的都是外交部的信笺。”

“这倒奇怪。”

“我不知该如何是好。我想写信给子爵夫人说明情况，但我不知道这样做会惹出什么麻烦。包裹上说明，要我亲自转交给她，我于是将包裹全部包好，放在保险箱里。我们准备春天回英国，我想最好等到那时再从长计议。信的内容相当有失体面。”

“说得委婉了一点。”洛尔太太咯咯笑出了声，“事实是，这些信件泄露了那些不为人知的秘密。”

“我觉得没必要详细说了。”洛尔说。

为了要不要详细说，夫妻俩争执不下。不过我看得出，洛尔先生不过是做个样子，显示一下作为公职人员的审慎，但他夫人决意要将故事和盘托出，他也拗不过。她厌恶卡斯特伦夫人，对她不吝用最恶毒的字眼。她同情那个男人。洛尔尽力为她轻率的言论打圆场，纠正她夸张的措辞。他提醒她，她这是在凭空想象，信上也许不是这个意思。她确实可能添油加醋了。显然这些信给她留下了深刻印象，从她生动的描述以及洛尔不时的插述中，我对信件内容有了一个大致完整的印象。无疑，那些信件委实令阅者动容。

“我真是无法向你描述，看着毕伊沉迷信中的样子，我有多么反感。”洛尔说。

“那是我读过的最棒的情书。你从来没有给我写过那样的情书。”

“我要是写那样的信，你该把我当成什么样的傻瓜呀。”他咧嘴一笑。

她对他莞尔一笑，情深意切，风情无限。

“我想我该把你当成大傻瓜，天知道我为什么会对你那么痴迷。”

整个故事清晰地呈现出来。写信的人，神秘的杰，可能是外交部的一名职员，爱上了卡斯特伦夫人，她也爱他。两人成为情人，起初的信件充满浓情蜜意。两人都沉浸在幸福之中，憧憬着他们的爱情地久天长。离开她之后，他立即给她写信，告诉她自己对她多么倾心，她对自己多么重要。他对她魂牵梦绕。看起来她同样痴迷于他，在一封信里他就她抱怨自己没去两人约定的地方见面为自己开脱。他向她诉说因临时公务缠身无法赴约的苦痛。

后来，灾难降临了。至于事情原委，或个中缘由，读者只能自己猜测。卡斯特伦子爵知道了真相。他并非只是怀疑妻子出轨，他手中掌握了确凿证据。夫妻交恶，她离开丈夫回了娘家。卡斯特伦子爵扬言要跟她离婚。信件格调发生了根本的改变。杰立即写信，要求跟卡斯特伦夫人见面，但她请求他不要去。她的父亲坚决反对两人见面。杰对她遭受的不幸哀痛不已，对自己给她带来的麻烦深感沮丧，他对她在娘家经受的煎熬感同身受，她的父母雷霆震怒。可与此同时，有一点很明显，他感觉如释重负，因为危机终于爆发。只要两人真心相爱，一切都无所谓。他说他恨卡斯特伦，让他尽管离婚好了。这样他们俩就能尽快结婚。可这些信都是他写给她的，没有她的回信，人们只能从他的回信中猜测她在前一封信上说了什么。显然，她吓得惊慌失措，无论他说什么都无法让她定心。当然，他得辞职离开外交部。他请她放心，辞职对他来说没什么。他可以另寻工作，到殖民地去，那里能赚得更多。他相信自己能够让她幸福。自然会有流言蜚语，但很快就会烟消云散，只要离开英国，没有人会打扰他们。他恳求她鼓起勇气。之后，似乎她写了些任性的话。她痛恨被休掉，卡斯特伦拒绝当被告，承担离婚的过失，她不想离开伦敦，伦敦印刻了她全部的生活，她不愿意落得个客死他乡，葬身偏远不毛之地的下场。他痛苦地回了信。他说愿意为她去做任何事情。他哀求她像从前一样爱他，想到这次灾难可能会改变她对自己的感情，他内心饱受煎熬。她指责他让两人的生活陷入糟糕至极的境地。他并不为自己辩解。他愿意承认，一切都是自己的错。后来，卡斯特伦似乎受到来自高层的压力，事情似乎出现了转机。不知她在信上写了些什么，那个叫杰的男人变得十分绝望。他的信简直语无伦次。他再次恳求她见他，乞求她鼓起勇气，反复诉说她是他在世间的一切，他很害怕她受人影响，请她破釜沉舟跟他一起去巴黎。他完全丧失理智。之后，似乎好几天她都没有给他写信。他无法理解发生的一切。他不知道她是否收到他写给她的信。他万分痛苦。终于，他遭受致命打击。她一定是在信中说，只要他愿意从外交部辞职并离开英国，她丈夫还愿意接纳她。他的回信令人心碎。

"他从来就没有看清她的真实面目。"洛尔太太说。

"看清什么面目？"我问。

"你不知道那女人信上是怎么写的？我知道。"

"别傻了，毕伊。你不可能知道。"

"你才傻呢。我当然知道啦。那女人跟他摊牌。她利用对方的善良。她拿父母当借口。她拿孩子们当借口。我敢说孩子们从出生到现在，这是她第一次想到过他们。她知道杰痴恋自己，愿意为自己付出一切，包括放弃她。她知道，杰愿意为她牺牲一切，他的爱、他的生命、他的职业，乃至他的一切。她诱使杰为她牺牲。她诱使杰主动提出。她诱使杰说服她接受他的所有牺牲。"

我微笑着，全神贯注地聆听洛尔太太的分析。她是女人，出于女性的本能，知道女人在这种情况下会怎么做。她觉得这么做十分可恶，可她内心深处知道换作是她自己也一定会这么做。当然，这纯粹是编造，根据一个叫杰的男人写就的情书展开想象，但我感觉这种推论的合理性非常大。

那捆信札讲的大致就是这些。

听完故事,我大为吃惊。我认识卡斯特伦夫人多年,彼此交往并不深。对她丈夫我更是知之甚少。他热衷政治,我和洛尔夫妇受邀参加那场盛大舞会时,他担任外交部副部长。除了在他家里,我从未在别处见过他。卡斯特伦夫人的美貌闻名遐迩。她身材高挑,身段曼妙,光彩照人。她皮肤细腻光滑,蓝色的大眼睛,眼距稍大,面庞饱满,令她看来颇为温顺柔和。一头淡棕色的秀发,风姿绰约。她冷静、沉着,这样一位贵妇,居然会被激情所驱,如信上那般不堪,真令我吃惊。卡斯特伦夫人很有谋略,毫无疑问,她在卡斯特伦的政治生涯中扮演着非常重要的角色。我断然不能相信她竟会如此轻率。不过,细想起来,我以前似乎听说过卡斯特伦夫妇关系不睦,但我从没听到任何细节,每次见面,都是妻贤夫贵的和美形象。卡斯特伦身材高大,面色红润,一头乌黑发亮的头发,说话热情,声音洪亮,精明的小眼睛十分警觉。他工作勤勉,辩才一流,有些自负。过于关注自己的重要性,时时不忘炫耀职位和财富,酷爱摆出一副施恩于人的做派。

我完全可以想象,当他发现自己的妻子跟外交部一个不起眼的小职员有染,两人肯定闹得不可开交。卡斯特伦夫人的父亲在外交部当了多年常任次长,若女儿因为跟自己的下属通奸而遭丈夫离弃,肯定会令他无比尴尬。就我所知,卡斯特伦深爱他的妻子,自然被嫉妒折磨得发狂。他性格孤傲,缺乏幽默。他担心别人的冷嘲热讽。被人戴绿帽子的丈夫可没什么尊严可言。我猜他不想陷入丑闻,丑闻会危及他的政治前途。或许卡斯特伦夫人的顾问威胁说要为她辩护,在公众面前曝光家丑令他毛骨悚然。他很可能迫于压力,觉得让妻子的情人彻底消失,把妻子弄回身边是最好的选择。毫无疑问，卡斯特伦夫人承诺满足丈夫的所有条件。

卡斯特伦夫人当时一定惊恐异常。我不会像洛尔太太那样，极端贬抑她的行为。她很年轻，如今也不超过三十五岁。谁知道是在什么情况下她成为杰的情妇？我怀疑她无意之中坠入爱河，浑然不觉地开始了婚外恋情。她肯定素来沉着、冷静，但这种人往往最容易受到天性的捉弄。我相信她完全失去了理智。卡斯特伦如何发现二人的奸情不得而知，但从她保留情人的信件这一事实表明，她深陷爱河，举止草率。亚瑟·洛尔之前提过，很奇怪死者身上只有他写给她的信却没有她的回信，但这一点在我来看似乎很好解释。奸情败露后，为了换回她的信，她把他的信退寄给他。他手里自然就有了这些信。一遍遍读着那些信，他才能重温对他而言意味着整个世界的爱情。

我想，卡斯特伦夫人当时被激情吞噬，压根就没想过一旦事情败露会产生什么后果。当沉重的打击降临到她头上，她无疑被吓得惊慌失措。她对孩子的感情，虽不比像她这样养尊处优的其他女人深刻多少，但她断然不想失去孩子。我不知道她是否爱过她的丈夫，但据我所知，她对丈夫的名声和财富相当在意。当时的前景一定非常晦暗。她将失去一切，失去卡尔顿府联排，失去优越的地位和安全感。父亲不再会给她钱，情人工作尚无着落。她向家族乞求屈服的行为虽然算不得英勇，却也能够理解。

我陷入沉思，亚瑟·洛尔则继续讲述他的故事。

"我不知道该如何跟卡斯特伦夫人取得联系。"他说，"尴尬的是，无法确定死者的姓名。不过，回到国内，我就给卡斯特伦夫人写了封信。我自报家门，说受人之托转交一些信件与黄金和铂金烟盒给她，托付的人最近在我辖区里去世了。我说，死者要求我当面转交这些物品。我以为她压根儿不会搭理我，或者通过律师跟我联系。但她写了回信。跟我约好，让我一天中午十二点在卡尔顿府联排跟她见面。当然，我这么做有些愚蠢。我后来站在门口按响门铃时，心情非常紧张。管家打开门。我说跟卡斯特伦夫人有约。一个男仆接过我的帽子和外套。领我上楼，走进一间巨大的客厅。

"'我去禀报夫人一声，先生。'男仆说。

"男仆走后，我紧张地坐在椅子边上，四处观望。四周墙壁上挂着巨幅画作，都是肖像画，知道吧，我不知道作者是谁，我猜是雷诺兹[①]和罗姆尼[②]，还有很多东方陶瓷，镀金储物柜和镜子。所有的物品都精美绝伦，顿时让我觉得自己渺小、寒碜。我的西装散发出樟脑的气味，膝盖处皱巴巴的，领带感觉有些刺眼。男仆回到客厅，请我跟他一起进去。他又打开一扇门，我进入内室，房间不如客厅那般恢宏，但装饰同样华丽。一位夫人站在壁炉前，看到我走进去，微微颔首致意。我感觉穿过房间时笨手笨脚，唯恐绊到家具，心里默默祈祷，希望我看起来不像自己感觉到的那样傻头傻脑。她没有请我坐下。

"'我听说你有些东西想亲自交给我，'她说，'太麻烦你了。'

"她脸上没有笑容，看上去十分镇定，可我直觉她在打量我。说句实话，这让我有点儿反感。我可不喜欢被人当成寻找工作的司机。

---

① 约书亚·雷诺兹(Sir Joshua Reynolds,1723—1792)，英国著名肖像画家。

② 乔治·罗姆尼(George Romney,1734—1802)，英国肖像画家。

“‘没什么，’我生硬地说，‘区区小事而已。’

“‘东西带来了吗？’她问。

“我没有理会她，打开随身携带的公文包，掏出信札，递给她。她一句话也没说，接过信，看了一眼。她的妆画得很浓，但我敢发誓她脸色变得煞白。看不出她脸上神情的变化。我留意到她的手。她双手微微颤抖。很快，她镇定下来。

“‘噢，对不起，’她说，‘请坐吧。’

“我坐了下来。有那么一会儿，她不知该如何是好。她手里攥着信札。我知道这些信的内容，心里揣测她作何感想。她不露声色。壁炉架旁有张桌子，她打开抽屉，将信放了进去。接着，她在我对面坐下，请我抽烟。我将香烟盒递给她。香烟盒装在我胸前的口袋里。

“‘他还请我把这个交给你。’我说。

“她接了过去，看着烟盒。她一句话也不说，我耐心等待。不知道是否该起身告辞。

“‘你跟杰克很熟吗？’她突然问道。

“‘我根本不认识他。’我说，‘直到他死后我才见到他。’

“‘收到你的信我才知道他死了。’她说，‘我已经很久没有见到他了。当然，他是我的一个故友。’

“我在想，她是不是以为我没有读过信，或者她已经忘记信上的内容。如果说她刚看到信时很惊讶，此时此刻她已经镇定下来，说话的口气十分随意。

“‘他是怎么死的？’她问。

“‘肺结核，鸦片，还有饥饿。’我说。

“‘太可怕了。’她说。

“她说话的语气很平常。不管她心里是怎么想的，她都不愿意让我察觉。她非常冷静,可我感觉,尽管只是感觉而已,她在打量我,绞尽脑汁打量我,揣测我到底知道多少。我想,她心中应当十分清楚。

“‘你是怎么拿到这些东西的?’她问。

“‘他死后,所有财物由我保管。’我解释说,‘这些东西卷在包裹里,指明请我转交给你。’

“‘当时有必要打开这个包裹吗?’

“我真希望我能描述她问这个问题时的冷漠和傲慢。我气得脸色发白,但我并不想掩饰自己的愤怒。我回答说,我的职责是查明死者的真实身份。以便跟他的亲属取得联系。

“‘好吧。’她说。

“她望着我,好像在说,会见到此为止,她期待着我起身离开。但我偏不。我想着从她那里套出点有用的信息。我告诉她我被请去查看死者的经过,以及我的调查发现。我告诉她事情的始末,还告诉她,据我所知,临终除了一个中国妇女,没人可怜他。突然,门开了,我们不约而同转过头。一个身材魁梧的中年男人走进来,见到我,他停下脚步。

“‘抱歉,’他说,‘我不知道你在会客。’

“‘进来吧。’她说。等他走上前来她介绍说:‘这是洛尔先生。这位是我丈夫。’

“卡斯特伦子爵朝我点点头。

“‘我正想着要问你。’他说着,突然停了下来。

“他的眼睛停留在卡斯特伦夫人手中的香烟盒上。我不知道她是否觉察到他眼里的疑问。她朝他微微一笑,出奇地镇定自若。

“‘洛尔先生刚从马来联邦回来。可怜的杰克·艾蒙德死

了，给我留下这个烟盒。'

"'是吗？'卡斯特伦子爵问，'他什么时候死的？'

"'大概六个月前。'我说。

"卡斯特伦夫人站起身。

"'好吧，我就不留你啦，你肯定很忙。感谢你，满足了杰克的请求。'

"'如果所传不虚的话，马来联邦形势很糟糕。'卡斯特伦子爵说。

"我跟两人握了手，卡斯特伦夫人摇了铃。

"'你要在伦敦待一段时间吗？'我离开时，卡斯特伦夫人突然问道，'不知道你愿不愿意参加我下周举办的一场小宴会。'

"'我跟太太一起回国的。'我说。

"'噢，那太好啦。我给你们寄份邀请函。'

"几分钟后，我来到大街上。离开他们，我感到浑身轻松。我刚才真是吃惊不小。卡斯特伦夫人一说到杰克·艾蒙德这个名字，我顿时想起来了。在中国人的住房里饿死的可怜流浪汉，是杰克·艾蒙德。我曾经跟他很熟。我跟他一起吃过饭，一起打过牌，一起打过网球。想想看，他就在离我很近的地方死去，我却完全不知道，真是可怕。他肯定知道，他只需给我捎个信，我绝对不会坐视不管。我走进圣詹姆斯公园，坐了下来。我想好好理理思绪。"

我能理解，亚瑟·洛尔得知这个流浪汉的真实身份之后的震惊，因为我也很震惊。奇怪的是，我也认识杰克。我们关系不深，我在各种聚会场合见过他，还不时一起在乡间别墅里共度周末。确实，我已经多年没有想起过他，可现在，我居然还没能把死者和杰克·艾蒙德联系在一起，也太愚蠢了。想起这个名字，脑海里就浮现一应与他相关的记忆。他突然放弃至爱的外交事业，原因原来在这里！那时，战争刚刚结束，我碰巧在外交部有几个熟人。大家公认，杰克·艾蒙德是外交部所有年轻人中最聪明的，外交部的最高职位对他而言几乎唾手可得。当然，他需要等待时机。他突然决定放弃这样的机会，跑到远东地区做生意，这一举动着实令人费解。他的朋友们竭尽所能劝导他。他说自己赔了钱，靠工资无法过活。大家都认为他应该勉力支撑，等待时机好转。我清楚地记得他的长相。他身形高大俊拔，衣着过于考究，但他正值青春年少，穿着华美也不为过。深棕色的头发整洁光滑，蓝色的眼睛，修长的睫毛，神采奕奕，形体俊朗。他幽默风趣，乐观开朗，反应敏捷。我从没见过比他更有魅力的人。这是一种危险的气质，有些人会利用自身的这种气质牟利。他们通常会以容颜俊美为筹码，过上衣食无忧的生活。然而，杰克·艾蒙德和蔼、大方。他因令人愉悦而自我愉悦。全无半点骄矜自负。他颇具语言天赋，法语、德语说得不带一丝口音，举止得体令人羡慕。你会觉得，假以时日，他能出色地胜任某个国家的大使。人人都喜欢他。这也难怪卡斯特伦夫人会疯狂地爱上他。我任想象自由驰骋。有什么东西比年轻的恋情更撩人心魄呢？一对璧人，在温暖和煦的初夏夜晚并肩散步，在舞会上他拥她入怀，在餐桌上，怀着隐秘的欣喜，他们眉目传情，还有激情似火的约会，短暂而充满危险，纵有万般危险也值得，在某个秘密的幽会地点，二人纵情享受，偷食禁果。

结局竟如此悲惨，令人不寒而栗！

“你是怎么认识他的？”我问洛尔。

“他在德克斯特与法米洛尔公司上班。哦，是家航运公司。他工作出色。他身上带有总督等人的举荐信。我当时在新加坡。我想，第一次是在俱乐部里见到他。他牌技出众，擅长马球，网球技巧同样娴熟。人见人爱。”

“他有喝酒之类的嗜好吗？”

“没有。”亚瑟·洛尔语气热烈，“他非常优秀。女人对他神魂颠倒，这也无可厚非。他是我见过的最体面的家伙。”

我转向洛尔太太。

“你认识他吗？”

“算是认识。我和亚瑟婚后去了霹雳州。他很友好，我印象深刻。没有哪个男人长着他那么长的睫毛。”

“他在国外待了很长时间没有回国。前后有五年时间吧，我想。我不想拿些陈词滥调来形容他，不过，也只有那些话最适合他。他口碑极佳。有不少家伙厌恶他，认为他的好工作是凭关系得到的，但这些人无法否认，他工作非常出色。我们知道他在外交部供过职，可他从不据此张扬炫耀。”

“我觉得他吸引我的地方，”洛尔太太插话说，“在于他格外活泼。跟他聊一聊就会让你觉得精神振奋。”

“他的船起航之前，举行了热闹的欢送会。我碰巧要去新加坡待几天，于是头天晚上我参加了欧罗巴酒店的晚宴。我们关系变得非常亲密，玩得很尽兴。给他送行的人很多。他只准备去六个月。我想，大家都盼望着他归来。如果他没回去的话，就好了。”

“为什么？出了什么事？”

“具体我不是很清楚。我的职务又调动了，我到了北区。”

真伤神！自己动脑筋编个故事比讲述真实的故事倒还容易些。真实的故事里，你不仅要揣摩行为动机，甚至很多关键的地方，你都不知道他做了些什么。

"他是个好小伙子,但跟大家关系都不十分亲近,你知道,新加坡有很多小团体,他结交的圈子比我们的圈子规格高多了。到了北区之后,我就把他忘了。有一天,我在俱乐部里,听到有人谈论他。是沃尔顿和肯宁。沃尔顿刚从新加坡来。那儿举办了一场重大的马球比赛。

"'艾蒙德参加了吗?'肯宁问。

"'他笃定没有参加,'沃尔顿说,'上个赛季就被赶出球队啦。'

"我插了一句。

"'你们说什么?'我问。

"'你不知道吗?'沃尔顿说,'他彻底破产啦,这个可怜的家伙。'

"'怎么破产的?'我问。

"'酗酒。'

"'听说还吸毒。'肯宁说。

"'对,我听说了。'沃尔顿说,'这样下去,他好景不长啦。是吸鸦片,对吧?'

"'如果他不收敛的话,会丢饭碗的。'肯宁说。

"'我不明白,'洛尔继续说,'他是最不可能干那些事的人。他是典型的英国人,是个绅士。沃尔顿回国休假归来时似乎跟他同船。他在马赛上的船,情绪低落,可这不值得大惊小怪。很多人离开祖国时都会很失落,要一段时间才能平复。他喝了很多酒。人们经常也会这样。但沃尔顿说得很玄乎。他说,杰克·艾蒙德似乎失去了生活的方向。这种变化很容易发现,他一直是个热情洋溢的人。大家似乎认为他跟一个英国姑娘订了婚,在船上,大家纷纷猜测,一致认为他一定是被姑娘给蹬了。’”

“亚瑟告诉我的时候，我也是这么说的。”洛尔太太说，“毕竟，离开心爱的姑娘五年时间还是太长了。”

“无论如何，大家觉得他回到工作岗位后，就会走出阴影。不幸的是，他根本无法自拔。他的情绪越来越糟。很多人都很喜欢他，大家竭尽所能劝他振作起来。但无济于事。他让大家别管他，他变得粗鲁、易怒。这一切简直太荒唐了，他在众人面前一直和善。沃尔顿说，你简直难以相信，这竟然会是同一个人。政府部门解雇了他，后来的单位也都无一例外最终将他除名。总督太太奥蒙德夫人为人非常势利，她知道杰克·艾蒙德跟上层很有渊源，因此，若非杰克·艾蒙德实在太不像话，否则她绝对不会对他冷眼相待。杰克·艾蒙德一向是个好小伙子，沦落到这步境地真令人惋惜。我替他感到惋惜，不过当然啦，这并不会影响我的食欲或睡眠。几个月后，我有机会到新加坡去，我去俱乐部时，向人打听他的消息。他已经失业，经常两三天都不去办公室。我还听说有人请他到苏门答腊一家橡胶园里当经理，希望他远离新加坡的诱惑，重新振作起来。你知道，大家都很喜欢他，不想看他就此沉沦下去。可是没用。鸦片彻底毁了他。苏门答腊的工作没干多久他又回到了新加坡。我后来听说你根本认不出他的样子。之前他一直衣着整洁、外表潇洒，现在却变得衣衫褴褛、邋遢不堪、脾气暴躁。俱乐部里不少人齐心协力，多方安排。大家觉得要再给他一个机会，将他送到沙捞越州。此举依然毫无作用。依我看，实际情况是，他根本不想别人帮他。我猜他一心向死，越快越好。后来，就没有人见到过他。有人说他回国了，总之，他淡出了人们的记忆。你知道，在马来联邦这种地方，人们很容易做到隐姓埋名。我想，这就是为何当我找到身着纱笼、满脸须茬的死者，躺在三十英里外臭气熏天的中国人住房里，却根本没有想到他就是杰克·艾蒙德。我已经多年没有听到他的消息。”

“想想他生前遭受的痛苦吧。”洛尔太太叹着，眼里泪光盈盈。她生性善良、温柔。

“整件事情难以解释。”洛尔说。

“为什么？”我问。

“哎，既然他自甘堕落，为什么刚开始出国的时候没有堕落？刚出国的头五年，他表现积极，十分出色。如果这件事令他崩溃的话，那他从刚出事的时候就应该崩溃。头五年时间里，他快乐得像只小鸟。简直可以说无忧无虑。但我听说，他休假回来后，判若两人。”

“在伦敦的六个月里发生了什么事情，”洛尔太太说，“很明显是这样。”

“我们就不得而知啦。”洛尔叹息说。

“我们可以猜测。”我笑着说，“这回小说家就派上用场啦。要我说说我的想法吗？”

“说吧。”

“嗯，我想在最初的五年中，他为自己做出的牺牲感到欢欣鼓舞。他放弃自己赖以生存的一切，为的是救赎他至爱的女人。我觉得他心里一直有种成就感。他依然爱她，全心全意。我们很多人都会在爱河中沉浮。有些人一生只会爱一次。我想他就是其中之一。他有着隐秘的幸福，因为他能为值得牺牲的人牺牲自己的幸福。我想，她一直是他魂牵梦萦之人。后来，他回到英国。我想他一如既往地爱着对方，我猜，他毫不怀疑地认为对方对自己的爱也同样炽烈而坚贞。我不知道他有着什么样的期待。他可能会期待,对方终于明白再也没有必要压抑自己的爱欲,决定跟他一起私奔。又或许,他知道对方依然爱他如昨,感到心满意足。然而,事实却是,由于他们生活在同一个圈子,两人免不了再次见面。可他却发现,曾经激情相爱的姑娘变成了举止稳重、深谙世故的女人,他发现,对方从来没有像他想象得那样深爱自己,他甚至怀疑,她无情引诱自己做出牺牲来拯救她自己。他看到她出席不同的聚会,落落大方,春风得意。他终于明白,他赋予她的美好品质只不过是自己的幻想,她不过是一个普普通通的女人,一时鬼迷心窍,误入歧途,如今已走出阴霾,回归原来的生活。显赫的家族,财富,社会地位,世俗的成功:这些才是她在意的东西。他牺牲了一切:他的朋友、他熟悉的环境、他的职业,还有他的专长,他的一切——结果却是虚空。他蒙受欺骗,这让他彻底崩溃。你的朋友沃尔顿说得不错,你自己也留意到了,他说杰克似乎失去了生活的方向。事实的确如此。从此以后,他了无牵挂,或许,更糟糕的是,尽管发生了这一切,尽管认清了卡斯特伦夫人的真实面目,他依然爱她。全心全意爱一个人,百般努力却无法自拔,而你爱的人却根本不值得你爱,我真不知道有什么事情比这种情况更可怕。因此,他沉溺于鸦片。为了忘却,也为了记住。"

我一口气讲完,终于停下来。

"这都是你的猜想。"洛尔说。

"我知道这是猜想,"我回答说,"但这种猜想非常契合实际。"

"他身上一定有个致命弱点。他本来可以去争取,去抗争。"

"或许吧。或许像他这样魅力不凡的人身上总会存在致命弱点。或许很少有人像他一样爱得如此深沉，如此投入。或许他根本不想斗争，不想抗争。我无权责备他。”

我没有继续说下去，因为我担心他们会觉得我有点愤世嫉俗：如果杰克·艾蒙德没有这么迷人的长睫毛，他可能现在还活得好好的，也许成为驻某国外务大臣，还有可能成为驻法国大使呢。

“我们去客厅吧。”洛尔太太说，“仆人要收拾餐桌了。”

这就是杰克·哈蒙德的结局。

（鄢宏福 译）

雷　德

船长将手插进裤子前兜（不是裤子两侧的口袋），因为肥胖，非常吃力地掏出一只硕大的银表。他看看手表，又看看西沉的落日。夏威夷舵手看了船长一眼，没有说话。船长双眼盯着越来越近的海岛。岛外礁石旁围着一圈白色的泡沫。船长知道礁石中有个缺口，可以容船身通过，船再驶近一些，他应该能够看见。距天黑还有近一小时时间。礁石湾中水很深，能轻而易举地抛锚泊船。掩映在椰子树丛中的村落已然在望。村落头人是大副的朋友，上岸去他那里过夜应该很愉快。这时，大副走上前来，船长转过身说：

"咱们带上一大瓶酒，再找几个姑娘跳跳舞。"

"我没看见那个缺口。"大副说。

大副是夏威夷土著人，相貌堂堂，皮肤黝黑，颇有几分罗马后期皇帝的风采——身材壮硕，面庞英俊，五官轮廓分明。

"我百分之百肯定这附近有个缺口，"船长说，他举着望远镜眺望前方，"不知道为什么看不见。派个人爬到桅杆顶上打探一下。"

大副叫来一个船员，令他爬上桅杆查看。船长望着夏威夷船员爬上去，等他回话。可夏威夷船员喊话说，除了绵绵不绝的白泡沫什么都没看见。船长的萨摩亚语说得跟土著一样地道，他破口大骂。

“还让他待在上面吗?”大副问。

“待在上面有个鬼用?”船长骂道,“这个蠢货真是不顶一点用。我要是在上面保管能看见入口。”

他气冲冲地看着细长的桅杆。对于一辈子攀爬椰子树的土著人来说,爬上桅杆太容易了。但他自己又肥又重。

“滚下来吧,”他吼道,“你连个死狗都不如。我们沿岛礁往前开,看看能不能找到缺口。”

这艘纵帆船有七十吨重,装有煤油发动机。在不逆风的情况下,航速能达到每小时四五海里。船体年久失修,最初刷的白漆,如今已邋遢不堪,颜色斑驳、肮脏。船上散发出一股刺鼻的煤油味,还有因经常装载椰肉干而残留的气味。现在,船距离岸礁不足一百英尺,船长命令舵手环着岸礁向前开,留心查找那个缺口。开了好几英里也没有找到,他明白肯定已经错过了缺口。岛礁近处的白泡沫连成一片,压根儿就看不到什么缺口。太阳即将坠下海面。船长一边咒骂愚蠢的船员,一边吩咐第二天上午再靠岸。

“把船掉个头,”他下令说,“这里定不了锚。”

他们又朝外海航行了一阵,天已经完全黑了。他们将船停稳锚定。船帆收起后,船身开始剧烈摇晃。在阿皮亚,大家都说,这艘船总有一天会翻沉。船主是德裔美国人,还经营着最大的商店。他坦言,给再多钱他也不愿搭这条船出海。中国厨子穿着邋遢、破旧的白裤子、白套衫,过来告诉大家晚餐准备好了。船长走进船舱时,看见轮机员已经坐好开吃了。轮机员瘦高个,脖子瘦骨嶙峋,蓝色工装里面套着无袖毛衫,胳膊很细,小臂上布满刺青。

“真见鬼，只能在海上过夜。”船长说。

轮机员没说话，两人一声不响地吃晚饭。船舱里点了一盏昏暗的煤油灯。吃完最后一道罐头杏肉，中国佬给他们上茶。船长点了一支雪茄，走上甲板。远处的海岛只能看到黑魆魆一团。繁星满天，四周唯有海浪拍打的声音。船长坐进折叠躺椅，悠闲地抽起了雪茄。三四个船员走上甲板，坐了下来。其中一个拿出班卓琴，另一个拿出六角手风琴。两人开始演奏，其中一个放开歌喉。那些乐器上拨弄出来的土著歌曲听起来非常奇怪。后来，有两个人伴着歌声跳起舞来。一种充满野性和原始意味的舞蹈，节奏很快，手脚舞动，身体狂扭，富有肉感，充满挑逗却毫无激情。动作具有强烈的动物性，赤裸裸的，怪异而毫无神秘感，简单、短促，可以说是非常幼稚。终于，两人跳累了，直接躺到甲板上睡下。周围再次安静下来。船长费力地从椅子里站起身，沿着甲板扶梯爬下去，走进自己的房舱，脱掉衣服，爬到铺位上躺下。酷热的夜晚，让他气喘吁吁。

第二天早上，晨曦悄然罩上宁静的大海，前一天晚上被错过的岛礁缺口显现出来，就在他们停泊方位东侧不远的地方。帆船驶进礁湖，海面风平浪静。珊瑚礁石中间，色彩斑斓的小鱼在海水深处自在游弋。落锚后，船长吃了早餐，走上甲板。天空洁净，阳光明媚，清晨的空气凉爽舒适。碰巧是星期天，空气中弥漫着安详静谧的感觉，大自然仿佛正在安然休憩。他感到浑身舒畅，坐在那里，望着绿树葱茏的海岸，懒洋洋的，十分惬意。突然，一抹笑意在他唇边漾开，他随手将雪茄烟蒂扔到水里。

“我想。我该上岸走走，”他说，“把小船放下去。”

他笨拙地爬下扶梯，让水手把小船划进小海湾。繁茂的椰子树林一直延伸到海边。椰子树虽不整齐,可间距均匀,也算井然有序。这些椰子树仿佛一群跳芭蕾的老姑娘,韶华不再却依然招展,拿腔作势地立在那里,妄图再现昔日优雅。他悠闲地穿过树林,顺着一条弯弯曲曲的小路往前走,来到水面宽阔的溪流边。溪上有座小桥,桥面由十来根椰子树干首尾相连而成,连接处用插入河床的树杈支撑着。椰子树干圆溜、光滑,桥上没有扶手,要想通过这座桥不仅脚下要稳,心里还须有十分的勇气。船长犹豫了一下,但看到溪流对岸,树木掩映间有幢白人的住房。他鼓足勇气,小心翼翼地抬脚过桥。他目不转睛地盯着脚下,由于树干连接处高矮不齐,他踉跄了一下。走过最后一根树干,踏在对岸坚实的土地上,他终于松了一口气。他只顾着凝神屏气过桥,居然没发现有人一直在观察他。听到说话声,他吃了一惊。

“要是没走习惯的话,过这座桥可需要点儿胆量。”

他抬起头,看到一个男人站在面前。这人显然是从他刚才看见的那栋房子里出来的。

“我看到你犹豫不决的样子,”来人继续说,嘴角挂着笑意,“还以为会看到你掉下去呢。”

“这辈子都休想。”船长嘴硬道,虽然他还没有完全恢复自信。

“我自己也掉下去过。我记得清清楚楚,一天晚上打猎回来,我就掉下去了,猎枪什么的,都掉下去了。至今,每次过桥我都会让人帮我拿着枪。”

那人已不太年轻,蓄着灰色的小胡子,面容清瘦。他上身穿无袖汗衫,下身穿帆布裤子。脚上没穿鞋,也没穿袜子。他的英语带有轻微的口音。

“你就是尼尔逊吧?”船长问。

“正是。”

“我听说过你。料想你就住在附近。”

船长跟着主人走进一栋小平房，经主人招呼，重重地坐进椅子里。趁尼尔逊出去取威士忌和酒杯的当口，船长四下里打量着房间，暗暗吃了一惊。他从没见过这么多书。四面墙上，书架从地板一直连到天花板，架上堆满了书。一架大钢琴上摆放着各种乐谱，宽大的桌子上杂乱无章地堆满书籍、杂志。这房间让他感觉不自在。他记起，尼尔逊是个怪人。尽管他在岛上生活了很多年，没有人知道他的具体情况，认识的人都觉得他性情古怪。尼尔逊是瑞典人。

“你这里书可真多。”他见尼尔逊回来，感叹道。

“书多无害。”尼尔逊笑着回答。

“这些书你都读过？”船长问。

“大多数读过。”

“我平常也会看点东西。我让他们定期给我送《星期六晚邮报》。”

尼尔逊给客人倒了满满一杯威士忌，又递上一支雪茄。船长主动说起到这里来的缘由。

“我昨晚就到了，找不到岛礁入口，只好在海湾外面定锚。我以前没来过这附近，可我的朋友们有些东西要送过来。你认识格雷吗？”

“认识，他在前面不远处开了家商店。”

“嗯，他要一些罐装商品，他自己还有些椰肉干要装船。大家觉得我与其在阿皮亚闲着，不妨过来跑一趟。我经常在阿皮亚和帕果帕果之间行船，可那里眼下暴发了天花病，不过也不算严重。”

他喝了口威士忌，点燃雪茄。他不善言辞，尼尔逊身上有种东西令他紧张，他总想找点话说，以缓解这种紧张情绪。瑞典人睁着黑色的大眼睛望着他，流露出淡淡的兴趣。

“你这里收拾得很干净。”

“确实花了不少工夫。”

“你在那些树上也花了不少工夫吧。树木长势喜人。如今椰肉干的价格不错。我以前也有一小片种植园，在乌波卢岛①，后来卖了。”

他又扫了一眼房间，这些书令他感到一种难以名状的敌意。

“我猜你住在这里会觉得有点孤单吧？”他说。

“习惯了。我在这里二十五年了。”

船长再也想不出还能说点什么，只好一声不响地抽烟。尼尔逊显然没想要打破沉默。他若有所思地打量来客。来人个头很高，六英尺多，非常壮实。赤红色脸膛长满脓疱，双颊密布紫色的细小血管，五官深陷在赘肉中。眼睛布满血丝，胖得几乎看不见脖子。除了后脑勺一缕斑白的头发，几近秃顶，硕大的前额油亮发光，本该给人精明的感觉，却让他看起来一副蠢相。他身穿蓝色法兰绒衬衫，领口敞开，露出长满红色胸毛的胖胸脯，下身穿蓝色哔叽布裤子。他笨重地坐在椅子里，腆着啤酒肚，肥胖的双腿岔开，四肢肌肉松弛。尼尔逊不禁猜想，不知道这人年轻时是副什么模样。真难以想象，这个臃肿肥胖的家伙也曾有过青春年少的时候。船长喝完杯中的威士忌，尼尔逊将酒瓶推给他。

“再喝点。”

船长俯过身子，一只大手抓住酒瓶。

---

① 岛国西萨摩亚的主岛之一。

“你怎么会想到这里来?”他问。

“哦,我来岛上休养。我肺不好,医生断言我顶多只能活一年。事实证明他们错了。”

“我的意思是说,你怎么会在这里定居?”

“感伤主义。”

“噢!”

尼尔逊知道船长压根不明白这话的意思。他望着船长,深色的眸子闪过嘲讽的笑容。或许正是因为船长粗俗、愚钝,他才一时兴起,打开话匣子。

“你过桥的时候只顾着脚下平衡,无暇看风景,不过,人人都觉得这里景致不错。”

“你这栋房子确实不错。”

“啊,我刚来那会儿,还没有这栋房子。原址是一间土著棚屋,一个蜂窝似的屋顶,再加几根柱子,罩在一株开满红花的大树下。四周围着黄色、红色和金色的斑斓灌木丛,形成天然篱笆。再往外就是成片的椰子树,这些椰子树像女人一样充满幻想、爱慕虚荣,伫立在岸边,从早到晚欣赏自己的倒影。我那时很年轻——哦,已经是二十五年前的事啦——想在死神来临前,尽情享受短暂的美好时光。这是我见过的最美的地方。一眼之下,我就怦然心动,有一种想要放声大哭的冲动。我才二十五岁,尽管我装得不以为意,可我真的不想死。这么说吧,这里美妙绝伦的风景让我欣然接受命运的安排。来到这里,我觉得过去的一切倏然离去。斯德哥尔摩和那里的大学,连同波恩,似乎都变成了别人的生活,我好像终于体验到哲学博士(我本人也在其中)热烈讨论的‘实在’状态。‘一年!’我告诉自己,‘我有一年时间。能在这里生活一年,我将死而无憾。’

“人在二十五岁的时候,都会有些愚蠢,感情用事,充满伤感。不过,如果年轻时没这些经历,五十岁也就难以洞察世事。

“喝酒,朋友！别听我胡说八道。”

他纤瘦的手朝酒瓶一挥,船长一饮而尽。

“你一点儿都没喝。”船长说着,伸手去抓酒瓶。

“我饮酒一向节制。”瑞典人笑着说,“我喜欢让自己沉醉在比酒精更奥妙的东西中。不过也许只是矫饰。不管怎么说,沉醉的效果更长久,伤害更微小。”

“听说美国人如今时兴吸食可卡因。”船长说。

尼尔逊笑起来。

“不常有机会见到白人,”他继续说,“偶尔喝一点儿威士忌也无妨。”

他给自己倒了点威士忌,加了苏打水,尝了一口。

“来了没多久,我就发现为何这里会有如此超凡脱俗的景致。爱曾在此短暂驻留,宛如迁徙的鸟儿,在大洋中间偶遇航行的船只,短暂地收起疲惫的双翅,欣然小憩。这里弥漫着激情的馨香,一如故乡草地上五月盛开的山楂花般芬芳。在我看来,但凡人类爱过或遭受过苦痛的地方,总会留下若有若无的气息,永不消逝。这些地方因此沾染了精神的韵致与富足,神奇地影响着过往的旅人。我希望我能说明白。”他微微一笑,“不过,我也不知道你到底能听明白多少。”

他沉吟片刻。

“我想,这个地方之所以如此美丽,是因为爱情之花曾经在这里盛放。”他突然耸耸肩,“不过,这也许只是因为年轻的恋情与优美的环境激发了我的审美感受。”

那些比船长聪明多了的人都完全有可能听不懂尼尔逊这番话

充满玄奥的话。说完之后，他本人似乎都讪讪地笑起来。似乎这番饱含感情的话令他自己都觉得荒谬。他曾经说过自己是个感伤主义者，可当感伤主义遭遇怀疑主义，那可任谁都理解不了啦。

他沉默片刻，盯着船长，眼中升起一丝疑惑。

“唉，我总觉得曾经在哪里见过你。”他说。

“我不记得见过你。”船长说。

“我有种奇怪的感觉，你的面相很熟。我疑惑了好一阵子。可我记不起何时、何地见过你。”

船长夸张地耸耸肥厚的肩膀。

“我来岛上三十年了。这么多年过去，哪里还能记得清楚都见过哪些人？”

瑞典人摇摇头。

“是啊，有时候偏偏就会有一种错觉，明明到了从没去过的地方，却有种似曾相识的感觉。我见到你第一眼就有这种感觉。”他古怪地笑笑，“或许，我前世见过你。或许，或许你是古罗马战舰舰长，而我是操桨的奴隶。你来这里三十年了吗？”

“整整三十年。”

“认不认识一个叫雷德的人？”

“雷德？”

“我只知道他叫雷德。我不认识他。我甚至从来没有见过他。然而，他在我心里的形象比很多人都更清晰，比方说，超过我对多年来朝夕相处的兄弟们的了解。他就像保罗·马拉泰斯塔[①]或者罗密欧一样，清晰地存在于我的想象世界。我敢说，你

---

① 保罗·马拉泰斯塔和里米尼的弗兰切斯卡，是但丁在《神曲·地狱篇》中描写的一对情侣，因偷情而丧生并被判入地狱。

从没读过但丁或莎士比亚的作品吧?”

“确实没读过。”船长承认。

尼尔逊一边抽着雪茄,一边靠到椅背上,失神地望着静静的空气中升起的烟圈。他唇边浮起笑意,眼神依然严肃。他看着船长。船长粗鲁肥胖的身体显得格外令人讨厌。有股安于肥胖的自我满足,看着就让人生气。那副样子令尼尔逊心烦意乱。但眼前这个人跟他想象中的那个人之间的巨大差距,又让他有几分高兴。

“雷德简直算得上这世上最英俊的人。我当时跟认识他的很多白人聊过,大家一致公认,他的俊颜令人一见倾心。大家称他雷德[①]是因为他满头火红色的头发。红色的、波浪状的长卷发。这种完美的红色头发肯定备受前拉斐尔派艺术大师们青睐。我觉得他并未因此而目空一切,他天真无邪;即令他为此目空一切,也没人会责备他。他个头很高,六英尺一两英寸,以前矗立在这里的土著房子的中央立柱上用刀刻记着他的身高;俊美堪比古希腊诸神,宽肩窄臀酷似太阳神阿波罗,同时,又有普拉克西特列斯[②]雕塑的丰满与圆润。他身上散发着令人费解而又神秘的女性风情与雅致。他的皮肤白皙剔透,如牛奶,似锦缎,简直像少女的肌肤。”

“我小时候皮肤也很白皙。”船长说,布满血丝的眼中闪着亮光。

尼尔逊没理会他。他正专注自己的故事,插嘴让他有些不耐烦。

---

① “雷德”英文为“Red”,意思是“红色”。

② 公元前4世纪古希腊著名的雕刻家。

“他的面容跟身材一样俊美。蓝色的大眼睛，深色的眼眸，有人说他的眼眸是黑色的。跟多数长红头发的人不一样，他长着深色的眉毛和深色的长睫毛。五官精致，无与伦比，红唇点缀。他当时年方二十。”

讲到这里，瑞典人戏剧般夸张地停了下来，抿了一口威士忌。

“他无与伦比。英俊潇洒数第一。他好比一朵绚丽的花朵绽放在旷野中。简直是自然造化。

“一天，他来到你今天早上停驻的港湾。他是个美国水手，在阿皮亚离开军舰。一位和善的土著人允许他搭乘纵帆船，把他从阿皮亚带到萨福图。后来，他坐着独木舟来到岸边。我不知道他为什么要离开军舰，或许是因为军舰上的生活太多约束令他感到厌倦，或许他惹上了麻烦，又或许南海诸岛的浪漫色彩透入他的骨髓。这些岛屿常会不经意间就将人轻易掳获，让人情不自禁坠身其中。或许是绿树葱茏的山峦与湛蓝的海洋激发了他内心深处的柔软气质，涤荡了他身上的北方豪情，就像黛利拉魅惑拿撒勒人①一样。不管怎么说，他想藏匿在青山碧海中，过着安闲静谧的生活，直到军舰驶离萨摩亚。

“海湾里有一处土著棚屋。正当他站在那里，不知何去何从时，一个年轻姑娘从棚屋里走出来，邀他进去。他只懂一两个土著词语，姑娘的英语也大抵如此。但他读懂了姑娘迷人的笑容和纤美的手姿，他随她走进棚屋。他在席子上坐下，姑娘给他几片菠萝。对雷德的描述是道听途说，可那个姑娘我亲眼见过，

① 《圣经·士师记》中记载，犹太人士师参孙天赐神力，抵御非利士外族。但参孙受到坏女人黛利拉的引诱，失去神力。

在他们认识三年后，那时姑娘刚满十九岁。你根本无法想象她有多美。她惊艳热烈，貌若芙蓉，身材高挑，长着族人中最精致的五官，两只大眼睛宛若棕榈树下的两泓清潭，披肩秀发，乌黑拳曲，头上戴着芬芳的花环。她的一双纤手精致、小巧、可爱，令人怦然心动。她每天笑意盈盈，笑起来风情万种，令人膝盖酥软。她的皮肤仿佛夏季成熟的玉米田那般金黄光灿。哦，我该怎么描述她呢？她美若仙子。

“两个年轻人，一个十六岁，一个二十岁，一见钟情。一种纯粹的爱情，不是那种由怜爱、志趣相投或心意相通而生的爱情，他们爱得纯粹而简单。是亚当醒来，见到伊甸园中夏娃玉露般的双眸望着他时激发的爱情。是动物求偶、众神交合的爱情。是让世界产生奇迹的爱情。是令生命意义充盈的爱情。你一定没有听过那位睿智而又愤世嫉俗的法国公爵的名言，他说，一对恋人中，总有一个主动去爱，另一个被动接受对方的爱。话虽尖刻，却是不争的事实。可不时也会有那些幸运儿，爱着对方，也被对方所爱。果真如此，人们便可以幻想日月永驻，好比约书亚向以色列人的上帝祈祷时那样。

“过了这么多年，只要一想起这两个人，年轻、俊美、单纯、热恋，我依然感到心痛。这爱情美得令人心碎，就像凝望浩渺无垠的夜空中皎洁的月光倾泻在海面上那样令人心碎。凝望美之极致，总令人黯然神伤。

“他们还是孩子。姑娘性格温和、甜美而善良。小伙子的性格我不了解，不过，我倾向于把那时的他想象得纯真而坦率。我愿意相信他的灵魂跟他的容颜一样英俊。但我敢说，他的灵魂跟鸿蒙之初山林万物一样简单醇美——裁苇为笛，临泉沐浴。世界初时，小鹿会紧随长了胡须的半人马，飞奔着穿过林中的沼泽。灵魂是令人讨厌的东西,人类灵魂健全多以痛失伊甸乐园为代价。

“雷德来到岛上时,海岛刚刚被白人带来南海的瘟疫肆虐过,三分之一的岛民被夺去生命。姑娘失去了所有的近亲,住在远房表亲家中。亲戚家中有两个弯腰驼背、满脸皱纹的老太婆,另有两个稍微年轻一点的女人,还有一个男人和一个男孩。雷德在这一家待了一段时间。不过,或许是因为他担心离海岸太近,可能会遇见白人,暴露自己的藏身地。或许是因为这对恋人不愿跟这么多人朝夕相处,唯恐减少片刻的欢愉。一天清晨,这对恋人带上姑娘仅有的几件物品离开了,沿着椰树丛中绿草如茵的小径一路前行,一直走到你看见的那条小溪。他们必须越过刚才那座小桥。看到男孩害怕,女孩开心地笑了。她牵着他的手,走完第一根树干,男孩勇气丧失殆尽,折返回去。他只得脱光衣服,冒险渡河,姑娘将他的衣服顶在头上,带过河对岸。两人在那里的一间空棚屋里安顿下来。棚屋本就属于姑娘(岛上的土地占有权是个非常复杂的问题),抑或棚屋主人在流行病暴发时死去,不得而知。总之,没有人质疑,棚屋归他们了。棚屋里的全部家当就是几张用来睡觉的草席,一面镜子和一两只碗。在这片美丽的土地上,这些家什足以居家安顿。

“俗话说,幸福不觉时日过,对幸福的恋人而言尤甚。他们整天什么也没做,却也总觉日头太短。女孩有自己的土著名字,可雷德叫她萨莉。他很快就学会了土著人的简单语言。他经常一连几个小时躺在席子上,任姑娘兴高采烈地在他耳畔叽叽喳喳。他话不多,或许是懒于思考。他一支接一支,不停地抽着姑娘用当地烟草和树叶制成的香烟,他看姑娘一双巧手编织草席。土著居民经常来到小屋,讲述岛上古老部落相互征战的旧事。

有时，他去岛礁上捕鱼，带回满满一篮子色彩斑斓的渔获。有时，他晚上举着火把去抓龙虾。棚屋周围长满大蕉树，萨莉将大蕉果实烤熟做餐食。她知道如何用椰子做出美味佳肴，溪边的面包果树一任他们取用。遇上节日，他们宰杀一头小猪，在炙烫的石头上烹煮。他们一起在溪中沐浴。傍晚，他们坐在装着舷外支架的独木船上，荡舟海湾。落日余晖映在湛蓝的海面上，仿佛荷马笔下的希腊海水一样泛着深红色的光芒。海湾之中，海水颜色千变万化，一会儿呈现碧绿、紫色、翠绿，一会儿又被夕阳染成金黄。接着，珊瑚色、棕色、白色、粉色、红色、紫色，美轮美奂。海面景象万千。海湾宛若一座神奇的花园，急速游弋的鱼儿则像是花丛中往来穿梭的蝴蝶。一切恍如梦境。珊瑚间一泓泓水潭，澄澈透明，清晰可见水底白色的沙滩，是沐浴嬉水的绝佳之处。嬉水完毕，他们清新、愉快地踏着柔软的草地回到溪边，手牵手一路徜徉，八哥在头顶的椰子树上愉快地歌唱。夜幕降临，寥廓的苍穹金星闪闪，似乎比欧洲大陆的星空更加辽远，温和的海风轻柔地吹过敞开的棚屋，夜晚倏而即逝。她十六，他二十。晨曦悄悄爬上房顶，窥视这对可爱的孩子，彼此相拥，睡梦正酣。太阳躲在大蕉树硕大凌乱的树叶后，不忍打搅梦中的人儿。忽而，一个恶作剧，顽皮地射进一缕金色的阳光，仿佛波斯猫伸出的爪子，在他们脸上轻轻搔挠。他们睁开惺忪的双眼，微笑着迎接新的一天。几个星期过去了，几个月过去了，一年过去了。这对恋人——我不想说他们爱得激越，激越的爱情总会蕴含一抹悲伤的影子，一丝凄楚或痛苦，他们爱得纯粹，爱得全心全意，纯粹而自然，一如初相见时的彼此倾心，彼此交托。

“如果有机会问问这对恋人，我敢肯定，他们一定会觉得彼此的爱绵绵不绝。我们难道还不懂吗，爱情的第一要义就在于永恒的信念？然而，或许雷德自己还没有意识到，女孩也毫无察觉，雷德的心中已经萌发了一颗细小的种子，有朝一日，这种子生根发芽，衍生而为厌倦。有一天，有个海湾土著人告诉他们，海岸不远处停了一艘英国捕鲸船。

"'太好了，'雷德说，'不知道能不能拿坚果和大蕉换一两磅烟草。'

"萨莉为他制作的烟叶吸起来劲头足，味道好，但雷德并不满足。他突然渴望吸食真正的烟草，浓烈、刺鼻的烟草。他已经好几个月没有吸烟斗了。想起烟斗，口水顿时流了出来。你可能会觉得，既然他身上露出这些征兆，萨莉自然会劝他打消念头，可萨莉完全陶醉在爱情中，从来没想到地球上有什么力量能将雷德从自己身边夺走。两人一起进山，采摘大篮大篮的野橘，绿色的野橘，甜美多汁。两人一起在棚屋周围采集大蕉，一起去树上采摘椰子、面包树果实和芒果，他们一起将水果运到海湾。他们将水果装上摇摇晃晃的独木舟，雷德和告诉他捕鲸船靠岸消息的土著男孩一起，向岛礁外划去。

"这是萨莉最后一次见他。

"第二天，男孩一个人回来了。他痛哭流涕，讲述了事情的经过。他们坐着独木舟划了很久，最后到了捕鲸船边。雷德喊了一声，一个白人朝船舷外看了一眼，邀他们上了船。他们搬着水果上船，雷德将水果堆在甲板上。白人和他攀谈起来，双方似乎达成了协议。一个人走下甲板拿了些烟草上来。雷德随即取了一些，点上烟斗。男孩模仿他从口中吐出烟雾、自在享受的样子。然后，他们对雷德说了些什么，雷德随即走进船舱。船舱的门敞开着，男孩好奇地朝里面观望，看见他们拿出酒瓶和酒杯。雷德边喝酒边吸烟。他们似乎问了雷德什么问题，雷德摇摇头，笑了。第一个跟他们打招呼的那个人也笑了,又给雷德倒满酒。他们继续聊天、喝酒,男孩看着实在无聊,蜷缩在甲板上睡着了。后来,他被人踢醒,跳起来,发现轮船正缓缓驶出港湾。他看到雷德坐在桌旁,头枕在胳膊上,睡得正酣。他朝雷德走过去,想叫醒他,一只粗壮的手抓住他的胳膊,一个男人怒气冲冲地嚷了一通他听不懂的话,指着船舷外边。男孩大声喊叫雷德,可他被抓起来,扔出船舷。他只得绝望地游到漂离岸边很远的独木舟旁。他将独木舟推到岛礁边,爬进去,一路哭着,向岸边划去。

"很明显,不知是因为船员逃跑还是由于疾病蔓延,捕鲸船上缺少人手,雷德上船时船长让他签雇佣协议,被他拒绝了,船长于是派人把他灌醉,绑架了他。

"萨莉伤痛欲绝,哭喊了整整三天。土著人想尽办法安慰她,可根本没有用。她不吃不喝,精疲力竭,变得无精打采。她整天待在小海湾,望着那片环礁湖,无望地等待雷德能脱险回来。她坐在白沙滩上,一坐就是几个小时,泪流满面,晚上,她拖着疲惫的身躯,穿过小溪,回到曾经的幸福小屋。雷德来之前供她住宿的亲戚让她搬回去住,可她说什么都不肯。她坚信雷德会回来,她想让雷德回来后能够第一时间找到她。四个月后,她产下一名死婴,接生的老婆子留在棚屋里陪她。她生活中的快乐荡然无存。如果说随着时间的推移,她的痛苦逐渐减轻,那是因为痛苦已经被挥之不去的忧伤取代。土著人大多情感炽烈,稍纵即逝,你根本无法想象到她竟如此矢志不渝。她坚信雷德迟早会回来。她守候着他,每当有人穿过这座椰子树干搭成的小桥,她都急切张望,说不准是雷德终于回来了。"

尼尔逊停下来,轻轻叹口气。

"她最后怎么样了?"船长问。

尼尔逊苦涩地笑了。

“哦，三年之后，她跟另一个白人好上了。”

船长的胖脸上露出一丝嘲笑。

“这种事经常发生。”他说。

瑞典人看了他一眼，眼神充满憎恶。他不知道为什么这个粗俗、肥胖的家伙让他如此反感。但他的思绪飞散开来，往事历历在目。他回到了二十五年前。当时，他厌倦了在阿皮亚喝酒赌博、沉迷女色的生活。他放弃了曾经雄心勃勃的事业，第一次来到岛上。他将一切功成名就的梦想抛之脑后，一心只想舒舒服服度过余下的几个月时光。他住在一个混血商人那里。商人在村庄边上离海岸几英里的地方开了一家商店。有一天，他沿着椰子树下绿草如茵的小径漫无目的地闲逛，来到萨莉住的棚屋。这里的景色美到令人悸痛。突然，他见到萨莉。她是他见过的最美妙的精灵，深邃、明亮的眼眸流露着悲伤，莫名地打动了他。夏威夷土著民族容颜俊美，美人比比皆是，但那种美仅止于外表，实则空洞。这双悲伤的深色眼眸充满神秘，你能从这眼眸中感到人类灵魂的痛苦、复杂与挣扎。商人告诉他萨莉的故事，他感动不已。

“你觉得雷德会回来吗？”尼尔逊问。

“恐怕不会。等到这艘船能回本，恐怕还得许多年，那时，他肯定早把萨莉忘了。我敢保证，他醒来发现自己被绑架，一定会怒不可遏。他一定会想跟人打架。可他也只能自认晦气。我猜，过不了一个月，他也许就会觉得离开小岛是莫大的好事。”

尼尔逊一直无法忘怀这个故事。或许是因为他生了病，身体虚弱，雷德青春洋溢的身体令他浮想联翩。他自己形容丑陋、其貌不扬，但对别人的美向来不吝表扬。他从未激情四溢地爱过，自然，也从未被激情四溢地爱过。这两个年轻人之间激情四溢的恋情令他格外兴奋。有种难以言表的“绝对”之美。他再度来到溪畔棚屋。他擅长言辞，思维活跃，任何东西上手都快，他已经花了不少时间学习当地语言。积习难改，他甚至已经开始搜集素材准备撰写有关萨摩亚语的论文。跟萨莉住在一起的老婆子邀请他进屋坐坐，给他端上卡法酒，还递上烟草。老婆子很高兴有人跟她聊天，可聊天时他一直望着萨莉。萨莉让他想起那不勒斯博物馆中的塞姬①。她的五官跟塞姬一样纯净、分明，虽然生过孩子，可看起来还像个少女。

见过两三次面之后，他才哄得她开口说话。不过，她只问他在阿皮亚有没有见过一个叫雷德的人。雷德失踪已经两年，显然她从未停止过对他的思念。

尼尔逊很快发现自己爱上了萨莉。他需要坚强的毅力才能压抑住每天往溪边跑的冲动。见不到萨莉，他满脑子都是她。起先，他知道自己时日无多，只想看看她，偶尔听她说说话，这份爱给他带来美妙的幸福感觉。他陶醉在纯真无瑕的爱恋中。他对萨莉毫无非分之想，只想为这美丽的人儿编织美妙的幻想。可这里新鲜的空气，宜人的气候，充足的睡眠和简单的饮食，对他的健康产生了意想不到的效果。夜晚，他的体温不再飙升到危险的高度，咳嗽逐渐减轻，体重开始增加。半年过去，他一次都没有咳血。突然，他看到了生的希望。他仔细研究自己的病情，突然萌发出希望——如果精心调理，他的病有望康复。他欢欣鼓舞，开始展望未来，还制订了计划。当然，生龙活虎的生活不适合他，不过，他可以选择在岛上生活，微薄的收入在别的地

① 希腊神话中的人物，外表和心灵美丽无双。

方可能难以为继，在这里却绰绰有余。他可以种椰子树，并以此为业。他可以派人把书和钢琴运过来。他头脑机敏，意识到自己所有这些计划只不过是为了掩饰萦绕在心头的欲望。

他想得到萨莉。他爱恋的不仅是她的美貌，更爱他从她痛苦眼眸中窥得的哀伤灵魂。他要用激情让她陶醉。最终，他要让她忘记过去。他沉浸在狂喜中，幻想着自己也能给她带来幸福。他从不敢奢望这近在咫尺的幸福。

他请萨莉跟他同住。萨莉拒绝了。他早已料到这个结果，因此并不十分沮丧，他相信迟早有一天萨莉会顺从自己。他的爱无法抗拒。他把心中的想法告诉了老婆子，令他惊讶的是，老婆子和各位邻居早已经看穿他的意图，竭力说服萨莉接受他。毕竟，土著都愿意替白人管家，按岛上的标准来衡量，尼尔逊算是个有钱人。给尼尔逊提供食宿的商人来找萨莉，劝她别犯傻，劝她不要坐失良机。告诉她，这么久过去了，别再指望雷德会回来。女孩的拒绝更加激起尼尔逊的欲望，原本纯真的爱恋变成了蚀骨的激情。他下定决心，不畏一切艰难险阻。他不让萨莉有片刻安宁。最后，厌倦了他的死打烂缠和百般劝说，厌倦了周围人的轮番请求和责备，萨莉同意了。第二天，当他欢呼雀跃去见她的时候，他发现夜里她把与雷德共同生活过的棚屋放火烧了。老婆子怒气冲冲地跑到他面前，数落萨莉，可他挥挥手让她不要再提。有什么关系，他们可以在棚屋旧址盖一栋平房。要是他想把钢琴和大量图书弄来的话，欧式房屋更方便。

于是，他就建成了这栋木房子，如今他在里面已经生活了多年，萨莉成了他的妻子。然而，除了头几个星期，他满足于萨莉给自己的一切，沉浸在欣喜中，后来，他就再也不知幸福为何物。出于厌倦，萨莉的确顺从了他，但她给他的是她自己全然不在乎的东西。他曾隐约窥见的灵魂依然疏离。他知道萨莉压根就不喜欢自己。她依然爱着雷德,一直在等他归来。尼尔逊知道,只要一见到雷德,她会立刻撇下他的爱,他的柔情,他的爱怜,他的宽容,她会毫不犹豫地离开自己。她丝毫不会顾忌他的苦闷。他被痛苦攫住了,他锲而不舍地叩击着她那残忍拒绝他的顽固"自我"。他的爱怜变成了痛苦。他想用温柔融化她的心灵,可她依然故我。他对她投以冷淡,她丝毫不以为意。他对她发火,辱骂她,她一声不吭地流泪。有时,他觉得萨莉是个骗子,所谓的灵魂不过是他一厢情愿的幻想,他无法进入她心灵的圣所,因为圣所压根就不存在。他的爱恋变成他想要逃离的牢狱,却又没有勇气打开牢门去呼吸外面的新鲜空气。这场爱恋变成了折磨,他渐渐麻木了,绝望了。最后,爱恋之火燃尽熄灭,看着她望着纤细的独木桥,他的心中不再燃起怒火,而只是不耐烦。多年来,两人因生活习惯和彼此的方便而住在同一个屋檐之下,回想起曾经的激情,他惨然一笑。岛上的女人衰老得很快,她如今也成了老妇人,他对她已经没有爱,剩下的只是忍耐。她从不干涉他。他沉溺在自己的钢琴和书籍中。

他的思绪引着他继续说下去。

"如今,当我回想起雷德和萨莉之间短暂而炽烈的爱情,我觉得他们应该感谢无情的命运,在他们爱情最炽烈的时候将他们分开。他们痛苦,可那痛苦格外美丽。他们并未遭受真正的爱情悲剧。"

"我不明白你的意思。"船长说。

"真正的爱情悲剧不是生离死别。你觉得要过多长时间,恋人间的爱会渐渐消逝?望着你曾经痴心爱恋,须臾不离左右的女人,你突然觉得见与不见都无所谓,那种痛苦才真正可怕。

爱情的悲剧源于冷漠。”

他讲这番话的时候，发生了一件不同寻常的事情。虽然他说话的对象是船长，他的这些话却不是说给船长听的，他一直在将思绪组织成文说给自己听。他眼睛盯着对方，却根本没有看他。可现在，他的眼前浮现出一个身影，不是眼前这个男人的身影，而是另一个男人的身影。仿佛他正望着一面让人变得面目狰狞的哈哈镜，他从这个肥胖、丑陋的男人身上瞥见了一个年轻小伙子的影子。他迅速将他打量一番。为什么他信步闲逛会来到这个地方？他心头一震，呼吸停滞。心中涌起莫名的怀疑。他的猜想不可能是真的，却又的的确确是事实。

“你叫什么名字？”他突然问。

船长的脸皱巴起来，发出圆滑世故的笑声。他看起来充满恶意，又格外庸俗。

“太久没有听到这个名字，我自己都差点儿忘了。不过，三十年前，岛上的人一直叫我雷德。”

他低声笑了，几乎听不到声音，硕大的身体随着颤动。笑声令人厌恶。尼尔逊浑身战栗。雷德大为开心，笑得眼泪从布满血丝的眼中滚落到脸颊上。

尼尔逊吸了口气，正在这时，一个女人走进来。是个土著女人，身材高大，肥胖但不显臃肿，皮肤黝黑（土著人随着年龄的增长肤色越来越深），头发灰白。她穿黑色长袍，纤薄的衣服勾勒出硕大的乳房。这一刻终于来临。

她来跟尼尔逊商量家务事，尼尔逊答复了她。不知道她有没有像他那样听出声音里的不自然。她漠然地望了窗边椅子里坐着的男人一眼，走出屋子。这一刻终于来了，却又走了。

好一阵子，尼尔逊一句话也说不出来。他深深地震惊了。

他终于开口说道：

“如果你愿意留下来跟我们一起吃晚饭，我会非常高兴。家常便饭。”

“不必了，”雷德说，“我得去找格雷这家伙。把他的东西卸下来就走。明天要返回阿皮亚。”

“我叫个男孩给你带路。”

“那太好了。”

雷德从椅子里抬起身，瑞典人叫了个正在种植园里干活的男孩。他告诉男孩船长要去的地方，男孩走上木桥。雷德跟着他准备上桥。

“别掉下去了。”尼尔逊说。

“绝对不会。”

尼尔逊一动不动地站在那里，望着雷德穿过木桥消失在椰子树丛中。他重重坐进椅子里。一直以来横亘在他面前，挡住他幸福的就是眼前这个人吗？这么多年来，萨莉朝思暮想、翘首期盼的就是这个人吗？这太荒诞了！他突然感到满腔怒火，恨不得跳起身来，将身边的一切砸烂。他被欺骗了。造化弄人，他们俩最终还是见面了！他纵声大笑，笑得凄惨，笑声越来越大，变成歇斯底里的狂笑。众神对他开了一个残忍的玩笑。如今，他已经变成一个老头。

萨莉走进来，告诉他晚餐准备好了。他坐在她面前，准备吃饭。他想知道，如果此时此刻，告诉她坐在椅子上的那个身材臃肿的老头是她年轻时就朝思暮想的恋人，她会说什么？若是在多年以前，他恨她给自己带来的痛苦，他会很高兴告诉她这个真相。因爱生恨，他想像她伤害自己一样去伤害她。可现在他已经不在乎。他淡淡地耸耸肩。

“那个人想干什么?”她问。

他没有马上回答她的问话。她太老了,一个身形肥胖的土著老妇人。他不知道自己年轻时为何那么疯狂地爱着她。他匍匐在她脚下,虔心爱着她,而她丝毫不为所动。浪费,真是浪费!而今,望着她,唯有鄙夷。他的耐心耗尽了。他回答说:

“他是纵帆船船长。从阿皮亚过来。”

“哦。”

“他给我捎来家里的消息。我大哥病重,我得回去。”

“要去很久吗?”

他耸耸肩,不置可否。

(鄢宏福 译)